막달라 마리아 이야기

알라바스트론

· 깨어져야 하는 향유병 ·

나남
nanam

옮긴이_김동찬

1948년 서울 출생, 서울대 문리대 영어영문학과 졸업하고
한순실업 대표이사를 지냈다.
1985년 그리스도 안에서 다시 태어났다.
1996년부터 현재까지 뉴질랜드 Auckland Christian Assembly에서
장로로 하나님과 사람들을 섬기고 있다.
역서로 《하나님의 인치심》이 있다.

막달라 마리아 이야기

알라바스트론
•깨어져야 하는 향유병•

2010년 11월 10일 발행
2010년 11월 10일 1쇄

지은이_ 주디스 고울딩
옮긴이_ 김동찬
발행자_ 趙相浩
발행처_ (주) 나남
주소_ 413-756 경기도 파주시 교하읍
        출판도시 518-4
전화_ (031) 955-4600 (代)
FAX_ (031) 955-4555
등록_ 제 1-71호(79.5.12)
홈페이지_ http://www.nanam.net
전자우편_ post@nanam.net

ISBN 978-89-300-2084-8
ISBN 978-89-300-2064-0 (세트)
책값은 뒤표지에 있습니다.

막달라 마리아 이야기

알라바스트론

· 깨어져야 하는 향유병 ·

주디스 고울딩 지음

김동찬 옮김

나남
nanam

작가노트

그래서 그녀는 "그분의 발치 뒤편에 섰다." 그녀는 향유가 담긴 '알라바스트론'(흔히 설화석고로 만든 작은 병 또는 플라스크)을 갖고 왔다.⋯ 향유가—특히 장미, 그리고 아이리스 나무의 기름—팔레스타인에서 널리 생산되고 사용되었다는 증거를 우리는 갖고 있다. 이 향유가 든 플라스크를 여인들은 목에 걸어서 가슴 아래로 내려뜨렸다.⋯ 따라서 그렇게도 사랑이 많았던 그녀가 가져왔던 '알라바스트론'은 유대의 여인들에게는 일상적인 것이었을 것이라는 가능성은 적어도 없지는 않아 보인다.

—《메시아 예수의 생애와 시기》, 390쪽

이 소설을 위해서 공부하면서 나는 아주 존경받는 옥스퍼드의 신약성경 학자인 알프레드 에더세임의 방대하고 조예 깊은 연구결과 속에 깊이 묻혀 있던 '알라바스트론'이라는 말에 대한 위와 같은 언급을 발견했다. 다른 근거들에 의하면, 봉을 열어 향이 나오도록 하기 위해서는 때때로 향유를 담은 용기가 깨어져야만 했다고 한다. 나에게는 나의 주인공 막달라 마리아가 알라바스트론을 목에 걸고 있었을 것으로 여겨졌다. 더욱 흥미로운 것은 알라바스트론이 깨어짐, 피 흘림, 그리고 궁극적으로는 축복을 상징한다는 개념이다. 이런 의미에서 메시아*인 예수는 십자가에 매달렸을 때 하나의 알라바스트론이었다.

---

* 기름부음받은 자라는 의미의 히브리어.

막달라 마리아 이야기

알라바스트론
•깨어져야 하는 향유병•

차 례

⚱ 작가노트 ⋯ 7

⚱ 프롤로그 ⋯ 13

제 1 장 ⋯ 17

전능하신 여호와께서 말씀하시되, "힘으로도 아니고 능력으로도 아니며,
오직 나의 영으로 되느니라." −스가랴 4:6 NIV 성경

제 2 장 ⋯ 32

사람들의 사악함이 땅에서 커지고 −창세기 6:5 KJV 성경

제 3 장 ⋯ 47

독사의 알을 품으며 거미줄을 짜나니 −이사야 59:5 NIV 성경

제 4 장 ⋯ 61

내가 보지 못 하는 것을 주께서 내게 가르치소서 −욥기 34:32 KJV 성경

제 5 장 · · · 77
"좋은 소식을 가져오며 산을 넘는 발이 어찌 그리 아름다운가"
　　　　　　　　　　　　　　　　　　　　－이사야 52: 7 KJV 성경

제 6 장 · · · 95
보라, 주의 손이 짧아져서 구원하지 못하는 것도 아니요
　　　　　　　　　　　　　　　　　－이사야 59:1 KJV 성경

제 7 장 · · · 109
일어나라, 빛을 발하라, 이는 네 빛이 이르렀고,
여호와의 영광이 네 위에 임하였음이니라 　－이사야 60:1 NIV 성경

제 8 장 · · · 135
소고와 춤으로 그를 찬양하라 　－시편 149:3 KJV 성경

제 9 장 · · · 158
안식일을 기억하여 거룩하게 지키라 　－출애굽기 20:8 KJV 성경

제 10 장 · · · 177
여호와의 능력은 많은 물소리보다 위대하시나이다 　－시편 93:4 NIV 성경

제 11 장 · · · 195
그가 우리가 단지 먼지뿐임을 기억하심이로다 　－시편 103:14 NIV 성경

제 12 장 · · · 210
하나님은 우리를 죽을 때까지 인도하시리로다 　－시편 48:14 KJV 성경

제 13 장 · · · 227

오직 주는 사유하시는 하나님이시라, 은혜로우시며 긍휼히 여기시며
　　　　　　　　　　　　　　　　　　－느헤미야 9:17 NIV 성경

제 14 장 · · · 241

손을 펴사 모든 생물의 소원을 만족케 하시나이다 －시편 145:16 NIV 성경

제 15 장 · · · 262

··· 이방의 빛이 되게 하리니 －이사야 42:6 NIV 성경

제 16 장 · · · 282

다투는 시작은 방축에서 물이 새는 것 같은 즉 －잠언 17:14 NIV 성경

제 17 장 · · · 300

너의 눈은 그 영광중의 왕을 보며 －이사야 33:17 NIV 성경

제 18 장 · · · 321

여호와께서 나의 흑암을 밝히시리이다 －사무엘하 22:29 NIV 성경

제 19 장 · · · 336

보라 처녀가 수태하여 아들을 낳을 것이요 －이사야 7:14 KJV 성경

제 20 장 · · · 355

보라 네 왕이 네게 임하나니, 그는 공의로우며 구원을 베풀며
겸손하여서 나귀를 타나니 －스가랴 9:9 NIV 성경

제 21 장 ··· 373
어린 양은 하나님이 자기를 위하여 친히 준비하시리라 —창세기 22:8 KJV 성경

제 22 장 ··· 392
개들이 나를 에워쌌으며 악한 무리가 나를 둘렀나이다 —시편 22:16 NIV 성경

제 23 장 ··· 407
그 얼굴이 타인보다 상하였고 —이사야 52:14 NIV 성경

제 24 장 ··· 426
사망을 영원히 멸하실 것이라 —이사야 25:8 NIV 성경

🏆 에필로그 ··· 439
🏆 책을 번역하고 ··· 443

프롤로그

A.D.68년

    시몬의 아들 요나가 사랑하는 아들 베냐민에게 안부를 보낸다. 하나님 우리 아버지와 우리 주 예수 그리스도께서 너에게 은혜와 평안을 주시길 기도한다. 너의 어머니가 사랑을 보낸다. 너의 어머니는 어머니가 너와 너의 가족을 위해 끊임없이 기도하고 있다는 것을 네가 알기를 원하신다. 네 어머니의 기도용 묵주가 뜨거운 손길로 인하여 날마다 그 크기가 작아지는 것을 내가 직접 보고 있다. 너도 상상할 수 있겠지만, 네 어머니는 네 누이들을 위하여 선정한 구슬들도 상당히 닳게 만들었다. 네 어머니께서는 다음번에 네가 누이들과 누이들의 가족들을 만나면 제루살라와 베다니 모두에게 우리의 포옹과 입맞춤을 전해달라고 내게 말씀하신다.

    나는 팔레스타인의 구릉지의 여름이 얼마나 멋질 수 있는지를 잊고 있었다. 더위는 내 피곤한 뼈를 달래주는 향유이고, 내 등허리와 다리의 차가운 통증은 녹아내리고 있다. 내 아들아, 우리가 이 여행을 해야 한다고 권해 준 것에 대해 고마워하지 않을 수가 없구나. 이 여행은 내 건강과 또한 다른 면들에서도 유익하단다.

    우리는 18일 전에 막달라 마을에 도착하였고 믿음의 길을 따르는 사람이며 로마의 집정관인 가이우스 발레리우스의 집에서 비밀리에 모이는 교회의 장로들에게 환영을 받았다. 가이우스는 내 유산에 관계되는 법적 의무사항들을 정리하는 데 도움을 주고 있다. 내가 작년 겨울에 그에게 보낸 편지에 따라서, 그는 내 부모님이 내게 상속한 재산들의 대부분을 살 구매자를 찾아놓았다.

재산 중 내가 남겨 놓은 유일한 부분은 빌라와 그것을 둘러싼 정원이다. 남아 있는 것으로부터의 작은 수익금들은 세금과 운영비를 내느라고 없어졌다. 얼마 정도의 수익금은 너와 네 누이들에게 주려고 내가 갖고 있고, 또 다른 수익금들은 우리가 브리타니아*에 세운 교회들에 씨앗을 심듯 보내려고 한다.

막달라의 성도들이 주는 사랑과 친교에 나는 커다란 용기를 얻는다. 따라서 나는 지금 상당한 어려움과 기근을 겪고 있는 예루살렘의 교회와 막달라의 믿음의 형제들에게 넉넉한 선물을 책정해 놓았다.

우리는 이곳에서 아주 평안하며, 우리 어렸을 적의 고향으로 돌아와서 기쁘다. 어떤 가슴 사무치는 순간들에는 나는 다시 소년이 된다. 외롭고 돌봐줄 누군가가 필요해 대리석 기둥들 사이에서 놀던 버려진 방랑아였던 소년이. 그러다가 향수가 변해 기쁨이 된다. 왜냐하면 내가 어떻게 입양되었고, 또 친아들의 모든 사랑과 특권을 이어받는 상속자가 되었는지를 기억하기 때문이다.

이 아침 나는 내 어깨에 기대어 있는 너의 어머니와 더불어 베란다에 앉아 있다. 이슬이 풀잎들 사이에서 마치 하늘로부터의 벽옥(*jasper*)인 양 반짝거리고, 당당한 사이프러스 나무들은 몇 세대 동안 항상 그래왔듯이 서늘하게 호숫가 길들에 그늘을 만든다. 넉넉한 산울타리가 야생의 풍요 속에 충만하며, 아침의 따뜻한 첫 햇살들을 붙잡으려는 부끄럼 없는 꽃들을 일으켜 세운다. 어떤 것들은 결코 변하지 않는다.

---

* 브리튼 섬의 고대로마 이름.

나는 눈을 감고 내 어머니의 향기를 들이쉰다. 어머니가 값진 향유로 정제한 하얀 장미들의 특별한 혼합, 그리고 그것들을 알라바스트론에 담아 비단으로 엮은 끈으로 묶어 목에 걸었던 그 향기. 내 어머니에 관해서는 많은 이야기가 전해지고 있다. 내 아들아, 그러나 네가 잘 알듯이 모두 다 사실은 아니다. 이것이 내가 어떤 일들을 — 나의 소년 시절로부터 내가 회상하는 것들과, 그리고 나의 부모님이 나중에 내게 그것들을 설명해주신 대로 — 기록해두기로 작정한 한 가지 이유이다.

빌라를 한 번 자세히 살펴보았더니 튼튼하기는 하지만 해야 할 일들이 많이 생겼다. 부서진 박공들, 껍질이 들고 일어나는 벽토, 물이 스며 나오는 타일들, 뽑아서 태워버려야 할 잡초들과 덩굴 풀 등. 이런 종류의 일들은 항상 있단다. 내 아들아, 그래서 우리가 보다 중요한 할 일들을 멀리 하도록 한단다. 나는 이 길고 무사 평온한 여름날들을 보다 유익하게 이용해야만 한다. 허드렛일들은 기다려도 되니까.

나는 파피루스 종이 한 두루마리를 샀다. 빌라 뒤편에 있는 향유공방이, 거기 있는 긴 의자들과 탁자와 더불어 내 작업실이 될 것이다. 그곳에선 커다랗게 뚫린 창문으로 분수와 뒤뜰이 내다보인다. 꿀벌들이 와도 나는 걱정하지 않는다. 벌들의 끊임없는 붕붕거림이 나를 한결같도록 해줄 것이다. 정원의 제비들의 명랑한 법석거림은 내 정신이 쇠퇴하는 것을 막아줄 것이다. 너의 어머니가 도와주겠다고 약속했다. 우리가 같이 기억하는 것이 좋을 것이다. 그렇지만 이러한 평온한 날들이, 아니면 이날들을 귀한 용도로 사용할 영감이 영원히 계속되지는 않는다는 것을 나는 알고 있다. 그것들은 그 자체로 선물이다. 그렇기에 이 선물들은 결코 낭비되어서는 안 된다.

진심으로 네게 말하지만 내 아들아, 팔레스타인의, 이렇게 외면상으로는 평온한 시간에도 말썽은 빚어지고 있다. 보다 큰 도시들에서는 끓어오르는 소요가 있다. 몇몇의 혁명 일당들이 마리스 길과 다른 통상로

들을 따라 대상들을 습격하고 있다. 한때 내 아버지가 속했던 열심당원들과 다른 비슷한 성향의 집단들이 계속해서 반란의 가마솥을 휘젓고 있다. 우리 주님이 그를 따르는 사람들의 놀란 눈앞에서 하늘로 올라가신 지 38년이 되었다. 그 기간 동안 우리 믿음의 사람들은 하나님의 사랑과 구원의 메시지를 전파하면서 많은 먼 나라들로 갔다. 그러나 다른 사람들은 평안과 마음의 변화에 반대해 투쟁한다. 그들은 반란, 증오, 그리고 폭력을 조장한다. 이곳의 많은 형제자매들은 엄청난 규모의 전쟁이 팔레스타인에서 한두 해 사이에 일어날 것이라고 말한다.

하지만 전쟁이 일어나기 전에 너의 어머니와 나는 브리타니아로 돌아가야 한다. 우리는 이른 봄에 항해를 할 계획이다. 그때까지는 나는 온화한 겨울, 좋아진 건강, 그리고 내가 써야만 하는 졸작을 기대하고 있다.

너는 이 편지를 주석상인인 머어윈에게서 받을 것이다. 그는 다음 주에 아마포와 올리브기름을 싣고 두로에서부터 항해한다. 우리는 여행의 은총을 위해 그에게 손을 얹고 기도했다.

이곳의 성도들이 안부를 보낸다. 브리갠티아와 아트르바티아의 우리 교회들에 나의 축복을 전해주기를 부탁한다. 우리들을 위한 그들의 사랑에 대해 하나님께 끊임없이 감사드린다. 지금 굉장한 핍박 아래 있는 로마의 교회를 위해 매일 기도해라.

끝으로 사랑하는 베냐민아, 하나님께서 네가 구하고 상상하는 것 이상으로 너를 축복하시고 네게 평안과 지혜를 주실 것을 기도한다. 우리가 없는 동안 네 아내와 아이들이 형통하고 건강하며, 그리고 우리 딸들의 남편들과 아이들이 천사들에 의해 보호받기를 기도한다. 너의 어머니와 나는 하나님께서 우리에게 주신 가족들에 대해 항상 감사드린다. 여느 때와 마찬가지로 내가 서명한다.

-시몬의 아들 요나, 너의 사랑하는 아버지이며 믿음의 길을 따르는 사람

제 1 장

A.D. 28년

전능하신 여호와께서 말씀하시되,
"힘으로도 아니고 능력으로도 아니며, 오직 나의 영으로 되느니라."

스가랴 4:6 NIV 성경

글로바의 아들 시몬은 포도주가게의 어둑한 안쪽에 혼자 앉아 있었다. 반쯤 먹다가 만 보리빵 과자가 그의 팔꿈치 가에 있었고, 두 손에는 느슨하게 든 빈 잔이 있었다. 다른 손님들은, 대부분이 그 마을의 상인들이나 행상꾼들이었는데, 바깥 공기를 즐기며 다정하게 이야기하면서 점심식사를 했다. 그러나 시몬은 그 지방의 방문객이었으며 그다지 사교적인 사람이 아니었다. 그는 혼자 있는 것이 낯선 사람들과 가벼운 농담을 하는 것보다 낫다고 생각했다. 특히 근래처럼 그의 생각들을 사로잡는 것들이 너무 많은 때에는 더욱 그러했다.

열흘 전에 막달라에 온 뒤로 그에게 그 가게는 수수하게 경제적으로 식사할 수 있는 곳이었다. 거기 와서 창문이 없는 가게의 그늘진 곳의 구석에 위치한 늘 같은 탁자에 앉는 것이 일과가 되었다. 주인인 제케미야의 아들 살룸은 능률적으로 그의 시중을 들었다. 그는 또한 그 나사렛 사람에 관한 시몬의 질문에 설명이나 더 이상의 긴 이야기를 요구하지 않고 대답해주었다.

소문에 의하면, 그 나사렛의 랍비는 막달라에서 몇 마일 북쪽에 있는 가버나움에 있었다. 향수상인인 바타샤를 만나지만 않았다면 시몬은 벌써 그곳으로 갔을 것이다. 시몬이 그녀와 처음으로 우연히 만난 곳은 호숫가의 산책로였다. 그녀는 하루의 일이 끝나서 그녀의 향수가게를 닫은 뒤 집으로 걸어가는 길이었다. 그녀는 자유롭게 그를 대화속으로 끌어들였는데, 그것은 그가 보기에는 구설수에 오르기도 쉽고 남의 호기심을 자아내기도 쉬운 유대인의 사회적 예법에서 벗어난 행동이었다.

그녀는 금발에 푸른 눈을 가진 눈에 띄는 여인이었다. 그녀의 태도는 겸손한 유대여인들과는 달리 당당하고 세속적이었다. 그녀는 자기의 유대인 아버지는 수입업자이고 어머니는 아버지가 다른 지방으로 여행을 갔다가 만난 어느 부족의 공주였다고 말했다. 비록 유대 교회학교에서 교육받았지만 바타샤는 전통적 히브리 가치의 어느 것도 몸에 익히지 않았다. 그 대신 그녀는 독립적인 여성사업가였다 — 세련되고, 거리낌 없고, 그리고 이교도적이었다.

요컨대, 그녀는 팔레스타인의 현재의 문화에서 그가 경멸하는 많은 것의 축도였다. 그럼에도 그는 하루의 마지막 잔광이 그녀의 정원에 있는 나신의 대리석 신과 여신상들을 장밋빛 홍조로 물들일 때, 그녀의 빌라의 기둥들이 받치고 있는 베란다까지 매일 저녁 그녀와 같이 걸어오는 것을 포기하려 하지 않았다. 그녀의 아버지가 이 인상적인 그레코로만 식의 빌라를 지었는데 나중에 그녀가 향유를 생산하기 위해 풀이 풍성한 정원들과 바깥채를 증축했다.

그가 성마른 소리 — 이 사이에서 쉬쉬하고 나는 반쯤 말하는 욕 — 를 냈다. 살룸은 그 소리를 자기를 부르는 소리로 알고 다른 손님들의 시중을 들기 위해 바깥으로 나가기 전에 급히 와서 그의 잔에 포도주를 다시 채웠다. 아무런 생각 없이 시몬은 한 모금을 마셨다. 거룩하신 여호와여, **스스로를 유혹하면서** 그는 이 여인과 무엇을 하고 있는 것입니까? 그는 자주 옛날의 여러 족장들이 여자들에게 약했던 것을 비웃곤 했다. 다윗은 밧세바에게 빠져버려서 그녀를 차지하기 위해 살인을 꾸몄다. 솔로몬은 남방의 검은 미인이 그의 궁전을 이방의 우상들로 가득 채우도록 만들었다. 삼손은 들릴라가 그의 힘과 운명을 박탈하는 동안 그녀의 침대 위에 평안히 누워 있었다. 그는 스스로가 그들 족장들과 같아지도록 용납할 것인가?

그는 우선 그가 갈릴리에 온 이유에 주의를 집중했다. 유대에 있는 그의 혁명당은 이 새로운 선지자가 정말로 메시아인가를 알아보라는 중요한 임무를 그에게 맡겼다. 만일 그들이 시몬이 한 여인에게 가까이 하기 위해서 이 작은 마을에 머물며 그들의 자금을 낭비하고 있다는 것을 알면 뭐라고 할 것인가? 열심당원들은 가볍게 상대할 사람들이 아니었다 — 그들은 그들의 임무를 심각하게 받아들였다.

네 명의 로마군인들이 가게 안으로 들어 와서 조리대 쪽으로 으스대며 걸을 때 그는 고개를 들었다. 살룸은 그들의 시중을 들다가 옷에 걸려 비틀거렸다. 시몬은 팥죽 한 그릇에 장자의 명분을 팔아버린 살룸과 같은 유대인들에 분노했다 — 전통과 종족의 순결함과 여호와 하나님의 최고의 주권을 공경하지 않는 탐욕스럽고 물질주의적인 유대인들. 로마의 침략자들과 싸우는 대신 그들은 침략자들의 노예가 되었다. 그는 몸을 뒤로 기울여 그늘 속으로 더 들어갔다. 그의 검은 눈은 흑요석처럼 반짝거렸다.

그는 얼마나 그들을 미워했던가, 전능하신 하나님께서 유대인들에게 주신 땅을 훔쳐간 이 로마인들, 사람들을 세금으로 부담을 지우고 한때 여호와의 제단들이 서 있었던 그들의 도시들을 우상과 이방신전들로 가득 채운 이 강탈자들. 이들은 팔레스타인의 곳곳을 정의와, 자유와, 그리고 관용의 이름으로 활보하면서 항상 히브리 민족의 주체성을 강탈하고 있었다. 그는 이들 모두 지옥으로 떨어지기를 바랐다 — 이들에게 붙어먹는 부정한 유대인들도, 또 하나님을 모르는 이 이방인들도.

군인들은 그를 등지고 서서 잔을 들어 올려 마시면서 큰 소리로 떠들고 있었다. 무리 중의 우두머리는 고급장교의 문장을 담은 화려한 장식이 있는 칼을 차고 있었다. 그와 그의 패거리들은 시몬이 보기에는 남자들에게는 전혀 어울리지 않는 짧은 튜니카*를 입고 있었다. 심홍색 깃털이 달린, 윤이 나서 반짝거리는 그들의 헬멧은 그들이 마시고 건방진 태도로 난폭한 농담을 하는 동안 조리대 꼭대기 위에 놓여 있었다. 살룸은 독수리같이 그들 주위를 맴돌았다 — 조심하고, 아첨하며 —. 그런 그의 손은 그들의 돈을 낚아채는 갈고리 발톱이었다.

시몬의 몸은 경직된 분노의 자세로 팽팽해졌다. 그들의 오만함, 스스로 공언하는 권력, 심지어는 짧게 자른 머리와 수염 없는 얼굴까지 그를 격분시켰다. 시끄러운 얘기소리를 반쯤 들으며 그는 조용히 기다렸다. 그는 이런 때에, 일어나서 나가다가 그들이나 혹은 살룸에게라도 예의 바른 태도로 말을 해야만 되는 난국에 처하기를 원하지 않았다.

책임자인 그 장교가 말을 제일 많이 했다. 그의 이름은 마르셀러스였다. 시몬의 입이 비웃음으로 뒤틀렸다. 예쁘장스러운 이름이군, 이라고 그는 생각했다. 그의 어머니라면 이름을 듣고 틀림없이 여자라고 생각했을 것이다. 시몬은 마르셀러스가 헤롯왕의 덕행을 칭송하는 것을 듣고 있었다. 살룸이 동의한다고 빠르게 고개를 끄덕이는 것이 시몬을 더욱 화나게 만들었다.

---

* 옛 그리스·로마인들이 입던 의복.

누구든 제 앞가림을 하는 유대인이라면 헤롯 안디바를 경멸했다. 갈릴리의 지배자인 헤롯대왕의 이 아들은 공개적으로 부도덕했다. 그는 자기 형의 부인을 손에 넣은 뒤 뻔뻔스러운 근친상간의 불륜 속에서 그녀와 같이 살고 있었다. 그럼에도 그는 스스로를 제사장 왕이라고 공언하며 유대의 절기들의 중요성을 거의 알지도 못하면서 그 절기들을 지켰다. 세례 요한이 요단의 광야 사막에서 커다란 소리로 그를 규탄했다. 그러나 이 독재자는 이 선지자를 마캐러스의 지하감방에 집어넣어 버림으로써 곧 잠잠하게 만들었다.

시몬은 다시 이 군인들의 잡담에 귀를 기울였다. 보다 낮은 계급의 장교들이 마르셀러스를 상대로 그의 여자친구들 중 한 명을 놀리고 있는 것 같았다. 그 숙녀는, 만일에 그렇게 불릴 수 있다면, 최근에 그들의 관계를 끊어버린 것이 분명했다. 마르셀러스는 자기의 패거리들에게 상황이 단지 잠정적이라고 주장했다.

"그녀는 내게 돌아올 거야"라고 공언하면서 경의의 표시로서 잔을 들어올렸다. "그녀가 팔고 있는 향유만큼이나 달콤한, 나의 금빛 비너스에게."

시몬의 몸 안에 있는 근육 하나도 움직이지 않았다. 단지 무언가를 깨닫기 시작하면서 그의 눈만 천천히 커졌다.

"바타샤, 나의 이교도의 여신이여. 그대는 나와 쾌락을 나누기 위해 다시 한 번 그대의 따뜻하고 달콤한 품 안으로 나를 초대할 것이오."

시몬이 돌연 움직였다. 로마의 지배에 대해 억눌린 그의 분노가 이제 질투심과 뒤엉켰다. 그가 앞으로 튀어 올랐을 때 그의 옷자락이 휘날렸고, 두 손은 살인할 준비로 주먹 쥐고 있었다.

"널 죽이겠다!" 그가 마르셀러스의 면전에 있던 잔을 치자 부서진 잔의 조각들이 그의 입 안으로 들어갔다. 이어서 피 묻은 시몬의 손이 마르셀러스의 목덜미를 향했다. "널 죽이겠다"라고 그는 꽉 다문 이빨 사이로 다시 말했다.

　나머지 세 명의 군인들이, 잠시 놀라서 굳어 있다가 재빨리 시몬의 어깨를 잡고 그를 떼어놓으려 했다. 그러나 직업이 석수고 거구인 시몬의 힘은 엄청나게 셌다. 그들이 빗발치듯 그의 머리를 타격하자, 그는 마르셀러스를 놓고 돌아서서 번갈아 그들을 공격하되 빠른 타이밍과 무서운 정확성으로 아주 거칠게 공격했다. 예루살렘의 뒷골목에서 싸움을 배웠기에 시몬은 힘의 규칙 이외의 다른 규칙은 따르지 않았다. 훈련받은 군인들의 공격이 때때로 그의 몸의 일부와 부딪혔지만 그를 진정시키기에는 별 효과가 없었다.

　정신을 좀 차린 마르셀러스가 뒤에서 시몬을 붙잡고 두 팔로 시몬의 목을 단단히 붙잡았다. 시몬은 몸을 틀면서 팔꿈치를 재빨리 움직여 마르셀러스의 배를 가격하며 그를 위로 들어올렸다. 귀에 들릴 만큼의 끙 하는 소리를 내며 마르셀러스는 숨을 내뱉었다. 그렇지만 싸움에 익숙해 있기에 마르셀러스는 붙잡은 시몬을 놓아주지 않고 다른 군인들이 도와줄 수 있을 때까지 계속해서 그를 꼭 붙들었다.

　서로 도운 끝에 그들 네 명은 모두 피투성이의 야만적 드잡이로 뒤범벅이 되어 격투를 벌였던 흙바닥에 시몬을 찍어 눌렀다. 실내는 먼지와 아람어와 라틴어의 투덜거리는 욕지거리로 가득 찼다. 살룸은 놀라서 비명을 질렀고 신경 약한 연못새처럼 팔짝거리며 난투를 더욱 혼란스럽게 만들었다.

　"그 놈 꼭 잡아!" 마르셀러스는 시몬의 몸통으로 몸을 내던지며 소리쳤다. 날카롭게 명령할 때 피가 뿜어 나와 시몬의 볼과 목에 묻었다. 군인들은 마르셀러스가 숨이 차서 헐떡거리면서 일어나는 동안 시몬의 팔과 다리를 움직이지 못하도록 하고 또 겨우 겨우 그의 가슴을 내리눌렀다.

　"그 괭이소리 그만 내, 이 늙은 멍청아!" 마르셀러스는 살룸에게 소리쳤다. "수건이나 가져와!"

좀 조용해지기는 했지만, 여전히 무어라고 꿍얼대면서 살룸은 서둘러 명령에 순종했다. 바닥에 납작 자빠뜨려진 채, 시몬은 벗어나기 위해 마지막 시도를 했다. 그는 반쯤 앉은 자세까지 일어나는 데 성공했지만 군인들은 곧 그를 다시 눌러 내렸다. 그의 근육들이 그들의 손과 둥글게 눌러 내리는 무릎 아래서 옹이 졌다.

"그 놈 꼭 잡아!"라고 마르셀러스는 외쳤다. "너희들 이 미친 유대놈 하나가 우리를 이기도록 놓아둘 참이냐?" 그는 수건으로 얼굴을 훔쳐낸 뒤 혀로 자기 입속을 더듬어 자기 이빨들이 괜찮은가 점검했다. "사악한 히브리의 개새끼"라고 그는 중얼거렸다.

겁먹지 않고 시몬은 욕을 하면서 입으로 침 뱉는 소리를 냈다. 그것은 어느 나라말로라도 이해가 되는 제스처였다. 아무 말도 하지 않고, 시몬의 얼굴에서 결코 눈을 떼지 않으며, 마르셀러스는 칼집으로부터 천천히 그의 칼을 뽑았다.

살룸은 다시 비명을 지르기 시작했다. "오, 안 됩니다! 자비로운 여호와여, 그를 죽이지 마십시오!"

"찔러버리세요, 마르셀러스 님! 재빨리! 그러면 우리가 이놈을 이놈이 속한 하수도 속에 던져 넣겠습니다"라고 군인 중 하나가 재촉했다.

"오, 안됩니다. 안 돼요! 내 가게에서나, 내 하수도에서는 안 돼요." 살룸은 그의 관자놀이의 성긴 잿빛 머리카락을 잡아당겼다. "제발, 꼭 그를 죽여야 한다면 마을 밖으로 그를 데려가시오!"

시몬은 혐오하면서 살룸을 응시했다. 이 가게주인에겐 이 로마인들이 히브리 형제를 죽이는 것이 그에게 폐만 안 된다면 괜찮다는 것이었다. 그리고는 그는 마르셀러스의 갈색의 이국 눈동자를 들여다보면서 자신이 곧 죽을 것이라는 것을 알았다. 이 사실을 깨닫자 그의 몸은 항거를 멈추고 잠잠해졌다. 이제 그는 서러움을 느꼈다. 그가 이런 식으로 죽어야 한다는 것이 서러웠다. 팔레스타인의 자유나 이스라엘의 영광을 위한 싸움터에서가 아니라 평판이 의심스러운 여자를 위해 더러운 포도주가게 안에서 죽어야 한다니. 그는 눈을 감고 여호와에게 용서를 빌었다.

"그래, 기도해라! 네 보이지 않는 신에게 네 운명에서 구해 달라고 기도해라." 마르셀러스는 칼끝으로 시몬의 겉옷의 거친 천 사이를 뚫고 조롱하다가 그의 가슴팍의 살을 찢었다. 그런 뒤 그는 쟁기를 잡은 농부처럼 칼을 지렛대로 삼아 자세를 취했다. 시몬의 상당히 큰 몸을 칼날로 뚫기 위해서는 그의 모든 힘을 쏟아야 할 것이었다.

"안 돼요!" 살룸이 비명을 질렀다. "부탁드립니다! 내 가게에서 이 사람을 죽여서는 안 됩니다! 마을 전체로 소문이 퍼질 것입니다. 벌써 손님들 중 몇몇이 당신들이 싸우는 것을 봤습니다. 당신이 칼을 뽑았을 때 그들은 떠났습니다. 당신이 이 사람을 죽인다면 그들은 회당의 장로들에게 당신이 히브리인을 죽였다고 고할 것이고 그러면 말썽은 끝이 없이 계속될 것입니다!"

마르셀러스는 주춤했다. 칼에 주었던 힘이 늦춰졌다. "그의 말이 맞다. 나는 막달라에서 평화를 유지하도록 명령을 받았지 소동을 일으키라는 명령을 받지 않았다. 헤롯은 대중들과 분란이 생기는 것을 좋아하지 않는다."

"그럼 그를 기지로 데리고 가서 감옥에 넣어버립시다. 그가 로마의 장교를 공격한 벌을 면할 수는 없습니다."

마르셀러스는 뒤로 물러나서 칼을 집에 넣었다. "안 되지." 그는 보다 이성적으로 생각하기 시작했다. "나의 부대는 이제까지 사고가 없었다. 나는 헤롯의 총애를 받고 있다. 이번 일은 보고하지 않을 것이며, 또한 이 똥개놈을 감옥에 넣지도 않을 것이다."

"그렇다고 그를 그냥 보낼 수는 없습니다!"

"물론 아니지." 그는 시몬을 내려 보며 험악한 웃음을 지었다. "내가 너를 끝내 줄 때쯤이면,"이라고 말하면서 그는 시몬의 귓가의 흙에다가 침을 뱉었다. "너는 내가 단 한 번 자비롭게 찌름으로써 너를 죽여주었으면 하고 바랄 것이다. 그를 일으켜 세워"라고 그는 부하들에게 명령했다. 꼭 쥐어진 그의 주먹은 단단한 복수의 무기가 되었다. "그를 꼭 잡아. 시간 좀 걸릴 거야."

구타는 잔인했다. 결국 시몬이 반쯤 정신을 잃고 털썩 무릎을 꿇고 내려앉자, 군인들도 그를 놓고 마르셀러스와 합세해서 어둠이 몰려 올 때까지 그를 패고 발길질했다.

다음 날 아침, 시몬은 새벽이 첫 호박색 빛을 낼 때 눈을 떴다. 고통의 바다 속에 떠있으면서 그는 자기 상황의 심각성과 어떻게 적응할지를 생각하며 잠깐 동안 멍한 상태 속에서 움직이지 않고 있었다. 그는 작은 보급품 방 속의 나무로 된 낮은 간이침대 위에 누워 있었다. 그는 그 방이 포도주가게의 안쪽 방이고, 살룸이 그를 이곳에 데려다 놓아 스스로 회복하거나 아니면 죽거나 하도록 놓아두었을 것이라고 추정했다.

얼굴을 찡그리면서, 그는 천천히 앉은 자세로 일어나서 몸을 앞으로 숙이고 구타당한 머리를 두 손으로 감쌌다. 무슨 일이 있었던가를 충분히 생각해보면서, 그는 고통스러운 한숨을 내쉬었고, 우둔했던 행동을 진심으로 후회했다. 행동으로 옮기기 전에 한 동작씩 시도해보면서, 그는 일어나서 가까운 물대야가 있는 곳으로 고통스럽게 조금씩 다가갔다. 부어 오른 눈을 씻고 수염에 말라붙은 피를 씻어냈다. 얼굴은 너무 약해져서 접촉에 민감했다. 그리고 턱은 턱뼈 위에서 느슨하게 놀았다. 그가 입은 옷은 피투성이 누더기였다.

신성한 성서 두 두루마리, 세면도구들, 그리고 그가 안식일에만 입는 비싼 옷 한 벌이 든 그의 여행가방이 바닥에 놓여 있었다. 살룸이 그가 묵었던 여관에서 가방을 가져왔을 것이 뻔했다. 침대 발치에서 시몬은 조잡한 거친 아마포로 만든 튜니카 한 벌과 겉옷 한 벌이 있는 것을 보았다. 이 기대하지 않았던 평범한 여행복이 준비된 것에 그는 놀랐으며 살룸에 대한 낮았던 평가도 조금 올라갔다. 막달라를 가능한 빨리 떠나고 싶은 마음에 처음에 그는 새 옷들을 무시했다. 그러나 조금 있다가 마음을 바꾸어서 피로 얼룩진 그의 옷들을 버려 버렸다.

몸을 구석구석 씻으면서 그는 몸통에 난 퍼렇게 멍든 자리들이나 심장 곁에 칼로 찢긴 상처를 슬퍼하지 않으려 노력했다. 그는 새로운 속옷을 입으면서 거칠고 불쾌한 질감이 상처에 닿는 것을 느꼈다. 다음에 겉옷을 입고, 다음엔 벨트를 집어서 단단히 착용했다. 옷의 주름 속의 비밀주머니를 뒤져 남아 있던 몇 개 남은 동전이 그대로 있는지 확인하려 했다. 동전 하나가 없었다. 그는 얼굴을 찡그렸다. 그리고 다시 한번 그 교활한 가게주인을 마음속으로 경멸했다. 그 동전은 살룸이 수고한 것이나 싸구려를 구입한 것들보다 훨씬 가치 있는 것이었다. 그렇지만 시몬은 그런 걸 가지고 승강이 할 상황이 아니었다.

고통과 메스꺼움과 싸우면서, 그는 가게를 떠나 도시의 북문으로 향했다. 그의 걱정스러운 시선이 오른쪽으로 멀리 뻗어 나아가서 갈릴리 바다가 자색과 분홍색의 음영 속에서 깨어나기 시작한 곳까지 미쳤다. 높다란 담황색의 막달라*가 — 이것을 따라 도시의 이름이 생겼다 — 근처의 거대한 삼나무들 사이로 솟아올라 웅장한 파수병처럼 서 있었다. 원래 이 망루는 다가오는 적들을 방어하기 위한 것이었으나, 이제는 아이러니한 기념비가 되어버렸다. 이제는 적들이 이 탑의 발치에 망루를 쳐서 헤롯이 건설한 요새 안에서는 물론, 망루의 담장 안에서도 살았다.

시몬은 머리를 숙여서 성문을 지키고 있는 병사들과 눈이 마주 치는 것을 피했다. 그는 로마군과 다시 싸우고 싶은 마음이 없었다. 정말이

---

* 히브리어로 탑이라는 뜻.

지, 장터에서 성문까지 측은한 모습으로 절름거리지 않고 걷는 것만으로도 힘들어서 머리가 아프고 다리가 떨렸다.

그렇지만 일단 시골길로 나와 시원한 산들바람을 얼굴에 맞자, 그는 힘이 새로 생기는 것을 느꼈다. 곧 길의 분기점에 달했다. 오른쪽 길은 바타샤가 살고 있는 호숫가의 화려한 주택가로 닿았다. 그는 잠깐 멈추어서 그쪽 방향을 성난 모습으로 노려보았다. 여자들이란! 하고 그는 생각했다.

그녀를 마음속에서 지워버리고, 길을 벗어나 구릉지방 쪽으로 단호한, 그러나 절뚝거리는 걸음걸이로 나아갔다. 그는 야영할 곳을 찾으려 했다. 그렇게 며칠 쉬고 난 후에 나사렛 사람을 찾아 가벼나움으로 가려 했다.

그가 더욱더 멀리, 그리고 깊이 외딴 지역으로 들어가자 태양은 그의 머리 위에서 뜨거운 형벌이 되었다. 그는 빨리 자연의 힘과 구릉을 자주 배회하는 야생 자칼*을 피할 수 있는 안전한 은신처를 찾아야만 했다. 비틀거리다가 그는 심하게 넘어져 주저앉으면서 거의 의식을 잃었다. 시력이 돌아왔을 때 그는 한 어린 소년이 약간 떨어진 곳에서 그를 쳐다보고 있는 것을 보았다. 팔을 들면서 그는 힘없이 손짓을 했다. "넌 누구냐?"라고 그는 지친 목소리로 물었다.

"저는 요나예요." 소년은 보다 가까이 걸어와서 머뭇거리며 시몬의 어깨를 건드렸다. "아저씨 다치셨군요. 가까이에 시원한 장소가 있어요." 소년은 끌어당겼다. "저랑 같이 가세요. 제가 안내할게요."

---

* 여우와 이리의 중간형 야수.

빵 굽는 내음이 동굴 안으로 흘러 들어갔다. 시몬은 그의 잠자리에서 일어나 입구로 걸어갔다. 바위에 기댄 채 그는 계곡 위를 내려 보았다. 조용하고 쉴 만한 날이었다. 멧비둘기가 근처에서 울었고 귀뚜라미들은 덤불속에서 슬픈 교향곡을 연주했다. 언덕은 저녁의 자줏빛 겉옷을 발치로 끌어당기며 금빛 관들을 썼다. 요나는 동굴 뒤편의 개간지에서 판판한 돌 위에 과자 몇 개를 굽느라고 쪼그리고 있었다. 나뭇가지를 들고 그는 과자 한 개 한 개에 움푹한 우물모양을 만들었다. 그리고 계란들을 깨서 그 안에 넣었다. 그리고 열을 견뎌 낼 돌 보호벽을 만들었다. 그리고는 자랑스럽게 미소 지으며 뒤로 나앉았다.

시몬은 어린 것의 재간을 보며 싱긋이 웃었다.

"시장하셨으면 좋겠네요?"

"물론 시장하지"라고 시몬이 대답했다.

"내일은 고기를 가져오도록 해 볼게요."

"계란이면 됐어."

시몬은 요나에게 어디에서 먹을 것들을 가져오는지 자세히 묻지 않았다. 계란은 가까운 누군가의 닭장에서 가져왔을 것이고 곡식은 아마도 그리 멀지 않은 밭에서 훔쳤을 것이다. 그리고 우유는 글쎄, 어떤 순진한 염소가 이 꾀바른 소년에게 그 젖꼭지를 공격당했을지는 알 수가 없었다. 이 도둑질이 그를 불편하게 만들었다. 그러나 유대의 율법은 수확물의 어느 정도의 가장자리 지역은 불행한 사람들이 가져갈 수 있도록 이삭줍기를 허용했다. 현재의 상황에 그와 요나가 이 불행한 범주에 들어간다는 것은 논의의 여지가 없었다.

"준비됐습니다. 아저씨!"요나는 과자들을 흙쟁반 위로 담아 올리고 우유를 그릇에 부었다.

시몬은 불 옆의 바위 위에 앉아서 맛있게 먹기 시작했다. 이번에도 지난 닷새 동안 요나가 만들었던 다른 음식들과 같이 맛이 좋았다.

"아저씨 상처가 아주 좋아지고 있어요"라고 요나가 음식을 씹으면서 말했다. "그러나 눈 위의 벤 자국은 아직도 염증이 있어요. 그건 틀림없이 흉터가 남을 것 같아요. 하지만 눈은 더 이상 까맣지는 않아요." 그는 히죽 웃고는 빨리 우유를 마시기 위해 몸을 굽혔다. "그렇지만 이젠 우스꽝스러운 누런색이 됐어요."

"상처를 꿰맸어야 하는 건데"라고 시몬은 인정했다. 하얀 흉터가 아마도 평생 동안 그의 눈썹 하나를 반으로 갈라놓을 것이라고 생각하니 약간 후회가 되었다.

"바늘하고 실만 있었으면 내가 꿰맬 수 있었을 텐데요."

"물론 그랬겠지"하고 시몬은 웃었다. 그리고는 갑자기 그는 침묵했다. 고개를 들어 그는 물었다. "네 부모님은 어디 계시니, 꼬마야?"

"아무도 안 계세요."

이 대답은 부모에 대해 물었을 때마다 시몬이 듣는 대답이었다. 그는 천천히 씹었다. "네 말은 아버지가 안 계시다는 말이지?"

"네."

"그럼, 네 어머니는 어디 계시니?" 시몬이 계속 캐물었다. 또 답을 미루도록 하지는 않겠다고 그는 마음먹었다. 아마도 도망자나 아니면 고아 신세로 이 구릉지에서 한동안 살아왔을 것이 틀림없는 이 상냥한 소년에 대해 그는 보다 더 알고 싶었다.

"엄마는 죽었어요."

시몬은 입으로 가져가던 빵 조각을 떨어뜨렸다. 그리고 그릇을 옆으로 치웠다. "어머니가 어떻게 돌아가셨니?"

조금 전에 이미 식사를 끝낸 요나는 무릎을 끌어안고 불 옆에 앉아 있었다. "사람들이 돌로 쳐 죽였어요."

"누가 돌로 쳤어?" 시몬이 조용히 물었다.

요나는 두 입술을 모아 오므렸다. 그리고는 불을 응시했다. 그때 그의 검고 빛나는 눈에 눈물이 고였다. "가버나움의 회당의 장로들이었죠. 그들은 엄마를 창녀라고 부르면서 길거리로 끌고 나가 돌로 쳤어요." 그는 순간 두 발로 튀어 오르더니 언덕을 달려 내려갔다. 그의 발꿈치를 따라 작은 자갈들이 무너져 내렸다.

아연해져서 시몬은 잠시 동안 앉아 있었다. 소년 생각에 가슴이 아팠다. 밤이 다가오고 있었다. 그는 아이에게 가서 무언가 위로를 해줘야만 한다는 것을 알고 있었다. 그러나 그는 어떻게 해야 할지 몰랐다. 상냥한 행동은 그에게 어색한 것이었다.

그는 도금양의 관목 숲 속에서 요나를 발견했다. 요나는 무릎 사이에 머리를 묻고 울고 있었다. 시몬은 아래로 내려가서 그를 끌어안았다. 반사적으로 요나도 팔을 둘러 시몬의 허리를 껴안았고 얼굴을 그의 겉옷에 묻었다. 소년의 여윈 어깨와 떨고 있는 등을 붙잡고 시몬은 그가 울도록 놔두었다. 그런 무서운 일을 겪은 소년에게 누가 무슨 말을 할 수 있단 말인가?

"그 사람들은 엄마를 나쁘다고 했지만 그렇지 않아요. 그녀는 우리 엄마예요. 그리고 저를 사랑했어요. 우리가 먹을 것이 필요해서 엄마는 남자들에게서 돈을 받았어요. 엄마를 죽인 뒤에 그 사람들은 저를 쫓아냈어요." 그는 시몬을 올려 보았다. 소년의 얼굴이 슬픔으로 일그러졌다. "엄마가 보고 싶어요"라고 그는 속삭였다.

시몬은 소년을 데리고 야영지로 돌아왔다. 어두웠다. 야영지에 피워 놓았던 불의 잔재에서 피어오르는 백열의 연기기둥이 돌아오는 길을 안내했다. 이럴 때에 말을 한다는 것은 지독히도 부적절하다는 것을 시몬은 본능적으로 알고 있었다. 그들은 말없이 걸었고 시몬은 아버지와 같은 팔을 요나에게 계속해서 두르고 있었다.

시몬에게는 삶의 고통에 대해 준비된 대답이 없었다. 그가 할 수 있는 전부는 인간적으로 다가가 돌보아 주는 것이었다. 동굴로 돌아오자 그는 요나가 잠자리에 들 수 있도록 도왔다. 그가 어렸을 때 그의 어머니와 아버지가 그를 위로하려고 했던 것처럼 그는 요나에게 담요를 덮어주면서 시간을 보냈다. 그리고는 축복의 기도를 해주고 어깨를 다독거려 주면서 물러갈 준비를 했다.

"가지 마세요"라고 요나가 졸린 목소리로 중얼거렸다.

"알았어." 시몬은 그렇게 일찍 자려고 생각하지 않았지만 잠자리에 눕자 곧 눈꺼풀이 무거워졌다. 가버나움의 바리새인들은 대단히 직무에 태만했다 라고 그는 잠에 빠져들면서 생각했다. 유대의 율법에 의하면 회당의 자선사업기구는 고아들을 돌보기 위한 대책을 항상 반드시 마련해야만 했다.

제 2 장

사람들의 사악함이 땅에서 커지고

창세기 6:5 KJV 성경

헤롯 안디바는 티베리아스를 겨우 8년 만에 지었다. 그럼에도 그 도시는 영원한 아름다움의 도시였다. 그리스 양식으로 지어진 도시의 대리석 둥근 지붕과 기둥들이 줄지어 서 있는 베란다는 갈릴리 바다를 향해 하얗게 빛이 났는데, 마치 푸른 비단의 바다를 향한 다이아몬드 술잔과 같았다.

많은 경건한 유대인들은 티베리아스를 피했는데, 그 이유는 이 도시가 고대의 매장지 위에 지어졌기에 "부정하다" 라고 생각되었기 때문이었다. 힐렐의 딸 마리아 바타샤는 자기가 충분히 앞선 사고방식을 갖고 있어서 이런 종류의 종교적 미신에 매어 있지 않은 것을 기뻐했다. 그녀는 수도를 방문하는 것을 줄곧 기대했기 때문에 이번에는 계속해서 붙잡고 늘어지는 이모의 애원도 그녀가 헤롯의 궁전에서 손님으로 머무는 것을 즐기기 위해 가는 것을 막지 못했다.

이모 그레테는 바타샤가 축제에 참가하는 동안 한 차례 '발작'을 겪지 않을까 걱정했다. 바타샤는 집 밖에서 발작을 일으킨 적이 없었다. 그래서 그레테는 그럴 경우 아무도 바타샤를 돌보아 줄 사람이 없을 것을 걱정했다. 그렇지만 바타샤는 완강하게 여행을 떠날 것을 고집했고, 이별의 포옹을 할 기회도 주지 않고 무정한 침묵 속에서 이모와 작별했다.

궁전에 도착하자 그녀는 마차에서 나와 눈처럼 하얀 포장석 위로 발을 내디뎠다. 노예 하나가 그녀의 말과 마차를 울타리가 쳐진 옆길로 인도했고, 그 길 끝에는 팔라디오* 양식으로 지어진 부산한 소리가 나는 마구간이 있었다. 헤롯의 기장을 가슴 전체에 달고 있는 다른 노예 하나가 그녀의 운전사인 알렉시스를 노예들의 숙소가 있는 다른 방향으로 안내했다. 바타샤는 손님들을 영접하기 위해 열려 있는 두 개의 거대한 청동문을 향해 넓고 푸른 물결 색깔의 계단을 올라갔다. 곧장 그녀는 헤롯의 청지기의 부인인 그녀의 친구 요안나에게 환영의 포옹을 받았다.

요안나는 우아한 태도로 영접팀들에게 양해를 구한 뒤, 바타샤를 중앙 홀의 정원들을 통과해 안내했다. 서로의 손을 잡고 그들은 뛰놀며 목신으로 장식된 웅장한 대리석 분수를 옆을 지나가 풍요로운 설비를 갖춘 복도로 내려갔다. 그곳에서 요안나는 문을 열고 조용한 방으로 안내했다.

"구사와 나는 당신을 위해 최고의 숙소 중 하나를 예약해 놓았지요"라고 말하며 요안나는 미소 지었다.

이런 호사스러움에 익숙하지 않은 것은 아니지만 그래도 바타샤는 조용한 놀라움으로 주위를 둘러보았다. 반투명의 페르시아 비단이 방 한가운데의 침상을 휘둘렀고 흰 타일바닥 위로는 여러 개의 표범 가죽들이 물결이 튀듯 검은색으로 깔려 있었다. 동양의 융단들이 벽들을 장식하였고 타원형의 거울들이 구석마다 놓여 있었다.

---

* 16세기의 이탈리아의 건축가.

노예 하나가 그녀의 옷이 담긴 삼나무 상자를 갖고 왔고 또 다른 노예는 포도주를 담은 마개 달린 유리병과 보석이 박힌 포도나무 사이에서 쉬고 있는 바커스를 묘사한 받침 있는 잔들, 그리고 다양한 치즈가 담긴 은쟁반을 가져왔다. "할 말이 없네요"라고 바타샤는 놀라서 커진 눈으로 반쯤 웃으며 말했다.

"즐겨요"라고 요안나가 말했다. "나는 이제 다른 손님들을 맞으러 돌아가야 해요" 하면서 빨리 덧붙였다. "그렇지만 연회가 시작되기 전에 얘기할 시간을 갖기 위해 돌아올게요. 목욕탕은 이 열주랑(peristylium) 정원 끝에 있어요. 바닥 아래의 온천에서 물이 나오므로 여행의 피로와 먼지를 씻을 수 있는 편안함을 줄 겁니다." 그녀는 바타샤를 잠깐 껴안은 뒤 급히 떠났다.

잠시 후 바타샤는 여성용 목욕탕의 측면으로 들어갔다. 그녀는 풀 가에 한가로이 있는 8명가량의 꾸미지 않은 여인들을 보았다. 노예들이 향유를 그들의 어깨와 등에 바르고 있었다. 바타샤는 벗은 몸에 익숙지 않아 빨리 시선을 돌렸다. 몇 명의 여인들은 물속에서 느긋하게 헤엄을 치고 있었는데 사자머리 형상의 물 꼭지에서 쏟아지는 물로부터 잘 손질된 머리형을 보호하기 위해 목을 백조처럼 내놓고 있었다. 모든 것으로 미뤄 보되 이 여인들도 역시 벗고 있었다.

익숙지 않은 상황에 압도되어 바타샤는 빨리 빠져 나가고 싶은 마음뿐이었다. 그러다가 그녀는 여인들이 사용한 향수냄새를 맡고, 남아서 대담하게 대처해야겠다고 결정했다. 어쨌든 그녀는 사업을 확장하기 위해 왔고, 또 그녀의 향수들은 지금 여기서 쓰고 있는 어느 것보다도 한결 우수했다. 재빨리 옷을 벗고 스스로의 몸을 감추기 위해 가능한 빨리 그녀는 물속으로 들어갔다.

가까이에서 잡담중인 여인들은 거의 그녀를 주목하지 않았기에, 바타샤는 긴장을 풀고 따뜻한 물속에서 조금씩 움직이기 시작했다. 그녀들의 날카로운 목소리가 명료하게 들려왔기에 엿듣지 않을 수가 없어서, 금세 그녀는 그 대화에 마음을 빼앗기게 되었다.

"클라우디아를 눈여겨보았어요? 지난 달 피네아의 파티에서 그녀는 최소한 임신 4개월로 보였어요. 지금은 물수제비뜨는 돌처럼 홀쭉해요"라고 무리 중 주장 격으로 보이는 여인이 말했다.

"낙태했겠지요"라고 그녀의 친구들 중 하나가 말했다. "누구나 다해요. 아주 효과적인 새로운 도구가 있대요."

"여러분들도 줄리아에 관한 얘기 들었겠지요"라고 또 다른 여인이 말했다. "난 그 여자가 플라비오에게 오래도록 충실하리라고는 생각지 않았어요. 그 여잔 가만히 있지 못하는 타입이잖아요, 잘 아시듯이."

"플라비오도 역시 악명 높아요. 그 사람 왜 그렇게 자주 로마를 벗어나서 시골의 자기 땅을 보러 간다고 생각하세요? 결코 포도원을 보러 가는 게 아녜요. 그 사람 거기다가 정부를 하나 뒀어요."

바타샤는 그들에게서 멀어지기로 결심했다. 그녀는 스스로를 세상적인 여자라고 생각하고 있지만, 그래도 그 여자들의 대화는 듣기 불편했다. 그런데 우연히도 여자들의 떼거리도 역시 그 시간에 이동하기로 작정하고 다시 그녀로부터 가장 가까운 곳으로 다가왔다. 그리고 여자들은 다시 클라우디아가 낙태했을 것이라는 것에 대해 이야기를 시작했다.

"하지만 안토니가 얼마나 아들을 원하는지 여러분들 알죠? 나는 그 여자가 어쩜 그렇게 뻔뻔할 수 있는지 상상할 수 없어요."

"어머나, 그렇다면 당신은 아직 클라우디아를 잘 모르시는 거예요. 그녀는 결코 모성적 타입이 아니에요. 허영심이 너무 강하죠. 예쁜 몸매를 그대로 유지하기 위해서는 무슨 짓이라도 할 여자지요. 솔직히 말하면, 사람의 욕망은 결코 같을 수가 없지요. 정말이지, 만일 낙태가 몇 년 전에도 그렇게 유행이었다면, 나도 한 번 했을 거예요. 사실은 두 번이었을 거예요. 모두 알다시피 모성이라는 것은 시인들이 그렇다고 우리를 믿게 하려 하는 만큼 고귀한 상태는 아니잖아요. 여자들은 애기 낳느라고 몸 망가지지요, 아기를 출산할 때 극도의 고통을 겪어야 하지요. 그리고서는 애들을 참아내려고 타르타로스*의 고통을 겪어내야 하지요. 다행히 애들을 우리 손에서 떠나보내 맡길 노예들이 있다는 것을 신들에게 감사해요."

바타샤는 여자들을 대강 훑어보고는 빨리 눈길을 돌렸다. 그들 중 두 여자가 대놓고 껴안고 있었는데, 그것은 그녀가 방금 요안나와 나누었던 것과 같은 우정의 포옹이 결코 아니었다. "실례합니다"라고 그녀는 그들의 주변을 조심스럽게 돌아나가며 말했다. 그녀가 층계를 올라갈 때 말소리가 별안간 작아지더니, 곧 조용했다.

"여보세요, 어디서 오신 분인가요?" 그들 중에서 제일 말 많은 여자가 물어왔다. "우리는 로마에서 왔지요, 우리 친구이며 헤롯의 사절인 피니어스 리사너스께 초대받았지요."

"막달라가 제 고향입니다. 저는 바타샤입니다." 그녀는 손을 뻗어 가까이에 있는 탁자 위에 쌓여 있는 수건 하나를 집어 몸을 말리기 시작했다.

"거긴 우리 변방 속주 중의 하나인가요?" 라고 무리 중의 다른 여자가 경멸하는 투로 물었다.

바타샤는 미소했다. "아뇨, 가까이에 있는 작은 마을입니다. 헤롯이 저를 그의 연례 봄 연회에 초대했는데 헤롯이 총애하는 청지기의 부인이 제 친한 친구이기 때문입니다. 그녀는 수건으로 몸을 감싸 단단히 접어 넣었다. "개인적으로는 저는 아직 왕을 뵙지 못했어요."

"저 분 말하는 것 들어봐요." 여자들은 웃었다. "왕이래요! 여러분 들었죠? 좋은 생각을 가졌군요. 당신." 리더 격의 여자가 몸을 들어 층계로 올라오자 다른 여자들도 그녀를 따라왔다. "다만 그를 주님이라고,

---

* 그리스 신화에 나오는 가장 깊은 지하의 나락.

왕이라고 부르기만 하세요. 그러면 당신은 곧장 그의 총애를 받을 걸요." 한 노예가 급히 그녀 옆으로 와서 수건으로 닦기 시작했다. "물론 그는 단지 분봉왕(tetrarch)*일 뿐예요. 그러나 우리 중 지혜로운 사람들은 그가 얼마나 아첨을 좋아하는지 알고 있지요. 우리는 그를 각하라고 부르고 노예처럼 행동해요. 그 결과, 그는 우리를 이 재미있는 작은 잔치에 매년 초대하지요."

"그래요. 헤롯은 이 신에게 버림받은 작은 속주의 왕이죠. 헤로디아가 그의 부인이고요"라고 또 다른 여자가 신랄하게 빈정거리는 목소리로 덧붙였다. 모두 웃었다.

바타샤는 이들이 헤로디아를 질투하고 있다고 생각했다. 분봉왕의 현재 부인 — 그렇게 부르는 것은 논쟁의 여지가 있다 해도 — 은 굉장한 미인으로 평판이 나 있었다.

바타샤는 앉아서 다리에 기름을 바르기 시작했다.

"오, 저 아름다운 향기는 무엇이죠?"

"장미죠." 한 여자가 말했다.

"아니, 생강이에요"라고 다른 여자가 반박했다.

"이건 제가 직접 혼합한 특별한 향이에요"라고 바타샤가 말했다. "저는 향수상인이에요. 제 가게는 막달라에 있어요."

"거긴 얼마나 멀죠?"

"단지 북서쪽으로 3마일이에요. 이거 받으세요"하고 그녀는 권했다. "여러분 각자에게 조금씩 샘플을 드리지요." 그녀가 그들의 손바닥에 향수를 조금씩 부어주자 그들은 열심히 손들을 내밀었다. "이건 오직 우리 땅에서만 경작되는 흰 꽃으로 만들었어요. 우리 집안에 전해 내려오는 이야기에 의하면, 우리 조상님 중 한 분이 멀리 고대 바빌론

---

* 고대로마에서 1주(州)의 4분의 1의 영주(領主) 또는 속령(屬領)의 영주〔소왕(小王)〕.

의 가공원*에서부터 첫 꽃꽂이를 해온 것이래요. 저는 그것을 막달라의 장미라고 불러요. 우리는 1년의 이때부터 화밀을 증류해 꽃이 다 없어지는 여름까지 계속하지요. 우리는 이 향수를 충분히 갖고 있어서 여러분이 제 가게를 방문할 수만 있다면 사실 수 있어요. 저의 지배인인 수산나가 제가 없을 때에는 대신 있는데 여러분을 즐겁게 모실 것입니다. 그러면 여러분은 세상 그 어느 곳에서도 구할 수 없는 꽃의 진수를 갖고 로마로 돌아가시는 것입니다. 이 향수는 아주 귀하고, 또 아주 비쌉니다."

"감미로워요"라고 한 여인이 손바닥으로 목을 두드리며 단언했다. "난 꼭 좀 사야겠어요." 다른 여인들도 기분 좋은 중얼거림으로 동의했다.

자기 물건들을 챙겨서 떠나면서 바타샤는 그 여자들이 기회가 나는 대로 빨리 막달라로 올 것이라고 생각했다. 결과적으로, 그녀와 수산나는 새로운 손님들의 쇄도로 괜찮은 수익을 올릴 것이었다.

홀을 내려가는 길에 그녀는 다시 오기로 한 약속을 지키기 위해 그녀에게 오고 있던 요안나와 만났다. 친구 요안나는 바타샤가 앉아서 다과라도 같이 하자고 했을 때 열심히 즐겁게 응하려고 애는 썼지만 무언가 다른 생각에 사로잡혀 있는 것같이 보였다.

"무슨 일 있어요? 몸이 안 좋은 것 아녜요?"

요안나는 포도주 한 모금을 마시기 전에 한숨을 쉬었다. "글쎄, 나도 모르겠어요. 이제는 내가 이런 일에, 예전만큼 그렇게 신이 나지 않는 것 같아요. 작년과 재작년에는 달랐어요. 전에는 기쁘게 열중했었는데." 그녀는 손을 흔들었다. "그런데 올해는 내가 당사자가 아니에요. 마치 옆에 서서 구경하고 있는 것 같아요. 설명할 수 없어요, 그런데 구사도 똑같은 감정이라는 것을 내가 느껴요."

---

* 공중에 걸려 있는 것처럼 만든 정원.

"누군가 당신을 화나게 하는 말을 했나요? 바타샤는 목욕탕에서 만났던 여자들을 기억했고, 그들 중 하나가 그녀의 친구를 화나게 하는 말을 했을까 생각했다. "난 헤롯이 초대한 로마에서 온 유명한 여자 손님들을 몇 만났어요"라고 그녀가 평했다. "그녀들은 덕의 표본들은 아니더군요."

"그 사람들은 역겨워요." 요안나는 진실로 못마땅하다는 태도로 말했다.

"그럼 그 여자들 중 하나가 뭐라고 했어요?" 바타샤는 격분했다. 요안나는 상냥하고 순진했다. 그녀는 때때로 현실 세상을 극복하기가 힘들었다.

"아니에요." 요안나는 생각에 잠겨서 술잔 가장자리를 만지작거렸다. "아무도 내게 직접 뭐라고 하지 않았어요. 그냥 내가 그들과 어울리지 못할 따름이죠."

"그럼 물론!"하며 바타샤가 소리 질렀다. "당신은 애인이 생겼거나, 또는 낙태를 하지 않았죠. 나는 당신이 그런 사람들 같지 않아 정말 기뻐요. 왜냐고요?"하며 그녀는 분개해서 덧붙였다. "나는 방금 사람들 보는 데서 사랑놀이에 빠져 있던 두 여자를 목격했다고 생각하거든요."

요안나는 억지웃음을 지으며 고개를 가로저었다. "그건 옥타비아와 패드라가 틀림없을 거예요. 그런 관계는 이 사회에서는 남자들은 물론 여자들 사이에서도 관대하게 방관되지요. 작년에 나는 무관심한 사람 중의 하나였어요. 그런데 이제는 이런 것들 모두 몸에 벌레가 기어 다니는 것같이 만들어요."그녀는 그녀의 잔을 낮은 탁자 위에 놓고 진지하게 앞으로 나와 앉았다. "그러나 변한 것은 그들이 아니에요. 변한 건 나예요. 그리고 구사도요. 우리가 그 갈릴리의 랍비를 만난 뒤부터 시작되었어요."

오 제발, 또 갈릴리 사람 이야기를 다시 안 했으면! 하고 바타샤는 생각했다. 요안나는 모든 대화에서 그 사람을 끌어들였다. 어떤 떠돌이 선지자를 이렇게도 중요하게 생각하는 것은 터무니가 없었다. 그렇지만 친구를 사랑했기에 그녀와 마음을 같이하기로 결심했다. "나는 당신이 그가 어린 바울을 고쳤다고 믿는 것을 압니다. … " 그녀는 두둔하는 목소리로 시작했다.

"아니, 그분은 정말 고쳤어요!"

"물론이죠." 바타샤는 요안나의 직선적이고 약간 열광적인 눈길을 피하기 위해 치즈 한 조각을 베어 물었다.

"나는 당신이 그걸 안 믿는 거 알아요"라고 요안나가 힐문했다. "그러나 당신이 그 자리에 있어서 우리 어린아이가 한순간 열이 펄펄 나다가 다음 순간 깨어나서 꿀 탄 우유를 달라고 하는 것을 보았으면, 당신도 역시 믿었을 거예요." 그녀의 눈은 정열적으로 타올랐다. "그건 선지자가 멀리서 행한 기적이었어요. 그가 바울이 나았다고 선언한 시각에 우리 아들은 죽어가던 아이로부터 보통의 건강한 아이로 바뀌었어요. 그리고 그 똑같은 순간에 놀라운 변화가 구사와 내 속에도 일어났어요."

요안나는 그녀가 갑자기 나타난 이 선지자와 관련된 무언가 신비한 것을 체험했다고 생각하는 것이 확실했다. 바타샤의 생각에는 바울은 어떻게든 열병에서 회복될 것이었다. 요안나와 그녀의 남편은 행복한 우연을 기적으로 만들고 있었다. "현실적으로 생각하려고 노력해봐요." 바타샤가 부드럽게 말했다. "이 갈릴리 사람은 그냥 사람이지, 무슨 신이 아니에요."

"그렇지 않아요." 요안나가 자신 있게 반박했다. "그분은 단순한 사람보다 훨씬 그 이상인 분이에요. 당신도 알게 될 거예요."

만일 그 갈릴리의 랍비가 사람을 비이성적인 상태로 만든다면, 바타샤는 보고 싶지 않았다. 종교란 그녀에게 소용없는 것이었다. 종교란 너무 속박적이고, 한정적이고, 그래서 — 강박 관념적인 것이었다.

요안나가 연회를 위한 마지막 준비를 하는 구사를 돕기 위해 떠난 뒤 바타샤는 옷치장을 시작했다. 그녀의 옷은 속이 비치는, 진주색깔의 비단으로 만든 단순한 토가*였다. 그 옷은 그녀의 몸 위로 주름을 지어 내려오다가 그녀의 허리 근처에서 모여 가슴을 십자로 가로지른 뒤 목 뒤에서 만나 산호와 벽옥의 브로치 속으로 들어갔다. 한 여자노예가 도와주러 왔기에 바타샤는 여자노예가 자기의 머리를 손질해서 몇 개의 커다란 곱슬머리로 만들어 머리 정수리로부터 금실처럼 흘러내리도록 했다.

그다음 그 노예는 화장품을 그녀 얼굴에 바르고서 조용히 말없이 그녀의 손톱을 적갈색으로 물들였다. 그 뒤 또 다른 노예가 한 접시의 과일 케이크와 새 물병을 갖고 오자 그 노예는 절을 하고 떠났다. 바타샤는 자기 방 주변을 화려한 새 옷을 입고 걷다가 스스로의 모습을 바라보았다. 반짝반짝하도록 잘 연마된 청동거울은 프리즈** 위에 금빛으로 치장된 빛나는 여신인 양 그녀를 비추었다. 막달라의 먼지 나는 거리, 그녀의 매일의 생활을 구성하는 장사꾼들의 아우성과 승강이에서 멀리 떨어져 있었기에 그녀는 마치 딴 세계에 와 있는 것처럼 느껴졌다.

그녀는 헤롯을 알현할 기회가 생겨 헤롯에게 그의 후대에 대한 감사의 선물을 드릴 수 있기를 희망했다. 바닥에 무릎을 꿇고 앉아 그녀는 자기 여행궤짝 안을 뒤졌다. 잠깐 뒤에 그녀는 일어나서 가늘고 정교한 장식이 있는 알라바스트론***을, 거기 달린 기다란 금줄을 이용해 목에 걸었다.

조심스레 문 두드리는 소리가 나자 또 다른 노예가 와서 큰 절을 하며 입실 허가를 공손히 기다리고 있었다. 그는 잘 생겼고 그녀와 같은 연

* 로마시대의 헐거운 겉옷.
** 건축: 소벽(小壁).
*** 흔히 설화석고로 만든 작은 병 또는 플라스크.

배였으며 전형적 이목구비에 짧고 검은 머리가 이마 위로 고리를 지어 흘러내리고 있었다. 그녀는 웃으면서 그를 들어오게 했다.

"아가씨"하고 그는 다시 경의를 표하며 절을 하면서 말했다. "제 이름은 트롤리어스이며, 궁정 예술가입니다. 저는 아가씨께서 보디페인팅을 몸에 하시기 원하시는지 알려고 왔습니다."

바타샤는 곤혹스러운 미소가 나오려는 것을 참았다. "몸에다 그림을 그려?" 그녀가 머뭇거리며 물었다. "나는 그런 것은 전혀 들어본 적이 없는데."

머리를 숙인 채, 그는 설명했다. "보디페인팅은 로마의 여인들 사이에서 최신 유행이 되었습니다. 맨살에 풍경이나 도안을 묘사하는 다양한 색깔의 페인트로 장식합니다. 이는 특별한 경우를 위한 일회적 장식이며 어렵지 않게 지워집니다. 헤로디아 왕비께서는 원하시는 어느 손님들의 몸에라도 그림을 그려드리라고 명령하셨습니다." 그는 마치 노예가 자유롭게 이야기하는 것이 허용되지 않았다는 것을 상기한 듯이 갑자기 말을 중단했다.

"알겠어." 바타샤는 노예들과의 친숙함이 일반적으로 용납되지 않는다는 것을 알고 있었다. 그러나 호기심이 그녀로 하여금 이 진기한 현상에 관해 그와 더 대화하도록 자극했다. "그럼 너는 어떻게 이 참으로 놀라운 직업에 종사하게 되었어?"

그는 시선은 바닥을 향한 채 얼굴을 들었다. 그의 표정은, 비록 감정을 드러내지는 않았지만, 자존심과 정열의 흔적이 내비쳤다. "저는 타고난 예술적 능력이 있습니다. 이 궁전의 많은 벽화들이 제 작품입니다. 열주로 둘러싸인 정원 벽들의 올림포스 산의 신들의 그림도, 원기둥들을 감고 올라가는 포도나무와 과일들도 모두 제가 그린 것입니다." 그는 눈을 들어 침울하게 창문 밖을 노려보았다. "그런데 헤로디아 왕비께서 오셨습니다. 왕비께서는 몸에 그림을 그리는 로마의 새로운 예술에 굉장히 매혹 당했습니다. 헤롯왕께서 이집트로 저를 보내서 기술을 배워오도록 했습니다. 그리고 이제는 이것이 제 시간의 대부분을 빼앗고 있습니다."

바타샤는 작은 안락의자에 앉았다. 그녀는 그에게 의자를 권하지 않았는데, 노예 신분의 그가 거절할 것을 알고 있었기 때문이었다. 기둥이 많은 정원을 지나가면서 그녀는 그 노예가 말했던 벽화들과 기둥들의 아름다운 우아함을 주목했다. 그런데 지금 그는 그 재능을, 그녀가 목욕탕에서 만났던 그런 여자들의 몸에 그림을 그려주기 위해 사용하고 있다고 그녀는 추정했다.

"오늘은 얼마나 많은 여자들에게 그려주었나, 트롤리어스?" 그녀는 조용히 물었다.

심미적 혐오감의 표정이 그의 얼굴을 스쳤다. "세어보지는 않았습니다만, 아가씨. 추측하기론 여덟 아니면 아홉입니다. 저는 유니콘으로 좀 유명하게 되었습니다. 유니콘을 좋아하십니까, 아가씨?" 이제 그는 그녀의 눈을 마주 보았고, 자기를 내세우지는 않지만 그런대로 유머가 내비치는 그의 표정을 그녀는 보았다.

"너는 내가 보디페인팅하면 좋아 보일 거라고 생각해?" 그녀의 입 꼬리가 올라갔다.

"아닙니다. 아가씨의 단순한 의상이 아가씨에게 필요한 모든 장식입니다." 말하면서 그는 낮게 절을 했다.

"이제 물러가라. 트롤리어스"라고 그녀는 부드럽게 말했다. "나는 이 유행이 오래 계속되지 않아서 네가 얼른 석고 위에 아름다운 예술을 남기는 작업을 다시 시작하길 바란다."

잠시 뒤에 또 다른 노예가 와서 문의했다. 근위대의 한 대원인 피니어스 리사너스라는 사람이 그녀를 만나기를 원한다는 것 같았다. 그녀는 즉시 그를 들어오도록 했다.

"당신이 막달라에서 온 향수상인 바타샤이십니까?"

"그렇습니다." 그녀는 고수머리로 무거운 머리를 우아하게 끄덕였다.

"혜롯왕의 개인적인 친구이자 왕이 총애하는 청지기 구사의 지인으로서"라고 그는 아마포로 주름 잡힌 팔로 몸짓을 하며 말을 시작했다. "저는 오늘 당신을 연회장으로 모셔가는 특권을 부여받았습니다." 근위대는 황제의 개인적 호위대를 구성하는 귀족들의 엘리트 집단이었다. 이 사람은 중요한 인물이었다. 따라서 바타샤는 으쓱했다. "영광으로 생각할 사람은 바로 저군요. 당신은 친절하십니다. 너무 부담을 드리는 것이 아니길 바랍니다."

"그 반대입니다." 그의 감상하는 눈길이 솔직한 감탄으로 그녀의 위로 미끄러졌다. "저의 기쁨입니다. 도착했을 때 당신을 보았습니다. 그리고 그때 당신을 만나길 원했습니다."

그녀는 그를 방 안쪽으로 안내했다. "가기 전에 뭐 좀 드시겠습니까?" 그녀는 그에게 앉도록 손짓하며 말했다. "가기엔 아직 상당히 이른데요."

그는 긴 의자 위에 편안히 자리 잡고 그녀가 권하는 포도주를 받았다. 그녀는 이분이 아까 목욕탕에서 여자들이 얘기한, 멋진 파티를 로마에서 열었다던 바로 그 피니어스일까 하는 의문을 가졌다. 그는 술마시고 흥청거리는 모임들을 즐기는 사람으로 보였다. 그의 눈가에는 방탕의 기질이 있었고 긴 의자에 놓인 베개들 사이에 자리 잡은 그의 태도에는 권태로움이 있었다. 그는 바타샤가 근위대의 대원은 이만큼 젊을 것이라고 상상했던 만큼 젊지는 않았다. 쉰 살에서 하루도 빠지지 않을 것이라고 그녀는 판단했다. 그녀는 그가 석류나무 껍질의 수액으로 머리를 감지 않을까 생각했다. 너무도 인위적으로 까매서 자연스럽지 않았다.

"포도주 맛있지 않아요? 제가 알기론 혜롯왕이 포도주를 마실리아*

44

에서 수입하지요."

"아주 맛있어요"라고 그녀는 약간 떨어진 푹신한 의자에 앉으며 예의 있게 동의했다. 이 사람의 무언가가 그녀를 불편하게 만들었다.

"왕은 충분히 그럴 수 있는 여유가 있지요"라고 피니어스는 의사를 표명했다. "이 영지는 왕이 티베리우스 황제가 믿어주었으면 하는 만큼 가난하지는 않습니다. 왜냐하면, 자줏빛 염료에서 얻는 세금 하나만 해도 엄청나니까요."

바타샤는 애매모호하게 얼버무렸다. 정치적 사안들에 대해 아무것도 모르기에 그녀는 화제를 바꾸었다. "당신께서는 매년 헤롯왕의 연회에 오시나요? 어떤 여인들에 의하면 이 여행은 많은 로마인들에게 매년 봄, 즐거운 유람으로 간주된다고 들었어요."

그는 긴 의자를 떠나 바로 그녀 옆에 와서 섰다. 나무 가까워서 맨 팔의 그녀의 살이 위축될 정도였다. "헤롯왕은 항시 나를 초대하지요." 그는 말했다. "왜냐하면 내가 로마에서 영향력을 발휘해서 황제로부터 그가 호의를 받도록 하니까요."

그의 기름진 목소리와 약탈성의 내밀함이 그녀로 하여금 본능적으로 조심하게 만들었다. 재빨리 그녀는 일어났다. "저는 정원들을 보고 싶었어요. 오늘 노예들이 색유리 촛대들을 설치할 때 잠깐 보았어요. 지금쯤이면 불이 밝혀졌나 궁금하군요."

"가서 볼까요?" 그는 그녀에게 팔을 내밀었고 그녀는 관습에 따라 그 팔을 잡았다. 정원의 불 밝힌 작은 길을 따라 걸으며 그녀는 긴장을 풀기 시작했다. 대기는 향기, 무성한 꽃들의 관목, 그리고 길게 뻗어나간 별이 총총한 포도덩굴로 빽빽했다. 지위 높은 사람들, 그리고 유력 인사들이 피니어스에게 말을 걸려고 자주 멈춰 섰으며, 그때마다 그는 항

---

* 오늘날의 마르세유.

상 경의를 표하며 그녀를 사람들에게 소개했다.

"당신은 유명하군요"라고 그녀가 말했다.

"그래요. 나는 자주 사람들에게 잔치를 베푸는데 그게 나를 인기 있게 만들지요. 야심적인 사람들은 내 손님 목록에 남아 있기 위해 나를 찾는답니다. 나의 화려한 호화로운 잔치는 유명합니다." 그는 미소를 내리깔며 자기 손으로 그녀의 손을 덮었다. "새로운 생각을 떠올리는 것은 내 상상력을 시험하지요."

정말로 바타샤는 휙 뿌리치고 싶었지만 손을 빼는 것은 예의가 아닐 것이었다. 침묵하고 있자니까 그녀는 막연한 걱정, 설명할 수 없는 공포를 경험하기 시작했다.

"이제 연회를 시작하나 봅니다"라고 그는 머리를 들고 기분을 가다듬으며 자기 생각을 말했다. "음악이 들리는군요. 첫 순서가 시작되기 전에 우리는 헤롯왕의 긴 자화자찬의 연설을 듣는 지겨움을 겪어야 할 겁니다. 하지만, 그다음부터는 모두 아주 즐길 만하지요. 나는 헤롯왕이 크레타 섬에서 굉장한 무용수들을 데려왔다고 들었습니다."

바타샤도 역시 심벌즈와 북이 울리는 강한 리듬을 들었다. 그것은 귀에 거슬리는 소음으로, 그녀가 유대의 축제 때 익히 듣던 탬버린이나 수금 소리와는 아주 달랐다.

"우리 로마의 여인들이 오늘 저녁 멋지지 않습니까? 요사이 유행하는 보디페인팅의 패션에 나는 굉장히 감탄합니다. 멋진 유니콘을 그린 리비아가 오는군요." 피니어스는 감탄하며 웃고 손을 흔들었다.

바타샤도 그 여자를 알아보았다. 그녀는 목욕탕에서 만났던 여자들 중 가장 말 많던 여자, 그 도덕적 지도자였다. 그녀의 맨살의 배 위에 그려진 트롤리어스의 정교한 작품은 꿈틀거리는 움직임 속에서 무언가 우스꽝스럽게 괴기한 것이 되어 있었다. 당황해서 바타샤는 급히 시선을 돌렸다 — 그녀는 웃어야 할지 울어야 할지 몰랐다.

제 3 장

독사의 알을 품으며 거미줄을 짜나니

이사야 59:5 NIV 성경

횡와식탁*이 준비된 식당은 봉화들로 환히 밝혀져 있었다. 그녀는 건너편에 있는 구사와 요안나를 보고 작게 손을 흔들어 아는 체를 했다. 구사는 주변의 사람들과 억지로 기쁜 표정을 지으며 웃고 이야기했다. 요안나는 얼굴이 어두웠고 수심에 잠긴 것같이 보였다. 그녀는 그들의 느낌을 이해하기 시작했다 — 헤롯의 봄 연회에 오는 것에 대한 그녀 자신의 의구심이 이제는 확연히 뿌리를 내려서 빠른 속도로 자라고 있었다.

로마의 식사풍습은 손님들이 긴 의자 위에서 식탁으로 직각으로 기대어 눕도록 되어 있었다. 그들은 왼쪽 팔꿈치에 기대어 식탁 쪽으로 머리를 가까이 하고, 음식을 먹기 위해 오른손을 이용했다. 팔레스타인에 이미 널리 퍼진 이 풍습에 익숙하기에, 그녀의 옆자리가 헤롯에게 더 가까울 것이라고 생각하고 피니어스가 그녀에게 가리킨 긴 의자에 바타샤는 기꺼이 자리를 잡았다.

그녀의 왼쪽, 아니, 보다 정확히 말해 그녀의 등 뒤에는 백발의 위엄

---

* 로마에서 3면에 눕는 안락의자가 있는 식탁.

있어 보이는 신사가 있었다. 그들이 만찬 동료가 될 것이었기에, 그녀는 몸을 틀어 그에게 친절한 미소를 보냈다. 그는 얼굴을 찌푸려 답례한 뒤 조용한 무관심 속에 자리를 잡고 서로 인사를 교환하며 말을 주고받는 사람들의 소란스러움을 흘깃 쳐다보았다.

"안녕하십니까, 타씨터스님" 하고 피니어스는 그녀의 등 뒤에 서 있는 그 남자에게 말했다. 그는 가까이에 있는 은주발에서 한 줌의 견과를 집어 입에다 털어 넣었다. "귀하를 여기서 만나다니 놀랐습니다."

타씨터스가 대답하기 전에 헤롯이 환영사를 하기 위해 일어났다. 거의 경외를 표하는 듯 실내가 조용해졌다. 헤롯은 그녀가 잘 모르는 정치, 상업과 세입, 사람들에 대한 일화, 그리고 사건들에 대해 이야기했다. 그녀는 헤롯의 이야기를 별로 이해할 수 없었기에 모든 주의를 집중해서 그의 외모를 관찰했다.

그의 얼굴은 비정상적으로 좁았고 그의 눈들은 튀어나온 코 위로 가까이 모였다. 목과 팔과 다리는 가는 반면, 몸은 아주 부자연스럽게 비대했다. 말하면서 보석으로 무겁게 치장된 손으로 교묘하게 제스처를 썼다. 그를 쳐다보면서 바타샤는 그녀가 정원에서 한 번 보았던, 쥐를 금방 잡아 삼킨 무지갯빛의 뱀이 생각났다.

그녀는 그의 아버지, 팔레스타인 전역을 지배했던 헤롯대왕이라고 불렸던 분에 관한 이야기들이 기억났다. 관습적으로 로마인들은 한 지역을 점령하면 될 수 있는 대로 원주민의 통치자들을 두는 것을 선호했다. 헤롯대왕은 반은 유대인이고 반은 이두미안*이었는데 권력에 있는 사람들의 비위를 잘 맞췄다. 정치적으로 교활하고 지독하게 야심적이어서 그는 로마와 화친함으로써 팔레스타인의 왕의 칭호를 확보했다. 그리고 그는 계속해서 수로와 도로, 장엄한 정부청사와 전체 도시

---

* 구약의 '에서'에서 비롯된 에돔민족을 라틴어로 이르는 말.

들을 헬레니즘 양식으로 건설했다. 그는 심지어 예루살렘에 유례없이 아름답고 풍요로우며 장대한 성전까지 지었다.

그러나 유대민족의 마음은 결코 이런 사람을 사랑하거나 존경할 수 없었다. 왜냐하면 그는 살인자였기 때문이었다. 시기심 많은 음모의 계략 속에서 그는 처남, 장모, 숙부, 총애하던 부인 마리암네, 마카비즈*의 온 가족, 그리고 자기 자신의 아들 몇 명까지 살해했다. 그의 만년은 광적인 편집증으로 얼룩졌다. 베들레헴에서 왕이 태어났다는 소문을 듣자, 그는 그 마을의 두 살 이하의 모든 남자아이들을 살해하라는 명령을 내렸다. 아직까지도 계속 입에 오르내리는 소름 끼치는 잔학한 행위였다.

헤롯대왕이 죽은 뒤에 팔레스타인은 몇 구획으로 나뉘었다. 그의 아들 헤롯 안디바는 갈릴리와 페레아**를 상속받고 다른 아들 헤롯 빌립은 북쪽 지역인 이투레아***를 다스렸다. 그러나 둘 다 법, 세금, 그리고 충성의 문제에서 로마제국에 종속되어 있었다. 로마는 유대의 부유하고 말썽 많은 지역들을 본디오 빌라도라는 행정장관을 임명해 그를 통해 다스렸는데 성시 예루살렘도 이 지역들에 속해 있었다.

바타샤는 이제 그녀의 이목을 여왕에게 집중했다. 헤로디아는 그녀의 정식 남편인 헤롯 빌립을 떠나 이제는 남편의 형인 헤롯 안디바와 살고 있었다. 믿음을 실천하는 유대인들은 그들 관계의 근친상간적 성격에 화가 난데다가 헤롯이 헤로디아를 그의 새로운 왕비로 주장하기 전에 그의 법정 부인과 이혼을 하지 않았기에 더욱 분개했다. 간통은 심각한 율법의 파기였다.

바타샤는 헤로디아가 소문대로 정말 아름답다는 것을 인정했다. 그

---

* 유대의 애국자.
** 요단 동쪽의 옛 이스라엘 지역.
*** 헤롯 시절의 이스라엘 지역의 그리스 이름.

러나 그 아름다움은 사랑스러움이나 정숙함의 아름다움이 아니라 노골적 권력의 자세에 힘입은 아름다움이었다. 그녀의 태도는 대담했다. 그녀의 입은 크고 표정이 풍부했으며, 그녀의 갈색 눈은 민감하고 교활했다. 숱이 많은 황갈색 머릿결은 얼굴 뒤로 넘어가 완벽한 피부와 깨끗하고 귀족적인 이마를 감싸고 있었다. 피부 위에 그림이 그려진 그녀의 몸은 관능적이었다. 진실로 그녀의 몸을 가려 주고 있는 것은 그 노예화가가 그린 현란한 그림 이외에는 거의 없었다. 단지 투명한 천으로 된 베일 하나와 값비싼 보석 몇 타래가 다였다.

헤롯은 환호성 속에서 연설을 마쳤고, 그녀도 세련된 열정으로 사람들의 환호에 합류했다. 심홍색의 비단 튜닉을 입은 노예들이 음식 접시들을 가지고 들어왔다. 양념된 야채들, 구운 닭, 귀한 황소 살코기, 향기로운 소스에 담긴 종달새 혓바닥, 약초 처리를 한 돼지고기가 들어 있는 빵, 그리고 다른 이국적 음식 등.

노예 트롤리어스도 헤롯에게 개인적으로 술을 따르는 사람으로서, 왕 내외의 바로 측근에 자리 잡은 손님들에게 포도주를 따르는 일을 책임지고 있었다. 바타샤의 술잔을 채우면서도 그는 아는 체를 하지 않았다. 그렇지만 그녀는 그가 그녀를 의식하고 있다는 것과 어떤 신중한 친밀감을 느꼈다.

피니어스는 음식을 가지러 손을 뻗을 때마다 습관적으로 그녀에게 너무 가까이 기댔다. 바타샤는 그가 헤로디아에게 경의를 표하기 위해 자리를 뜨자 해방된 것 같았다. 이제까지 거의 먹지 않은 그녀는 피니어스가 없자 좀 편안해져서 붉은색 고기 한 점을 집어 입에 넣었다. 아주 부드럽고 즙이 많은 것을 느꼈다.

"음식이 맛있군요"라고 바타샤는 왼쪽에 있는 타씨터스에게 말을 걸었다.

"예. 정말로요"라고 그는 대답했다. "하지만 나는 덜 익은 고기는 싫어합니다. 그건 야만스럽기도 하고 위장에 너무 부담이 되지요. 마치 뭔가 죽은 것이 들어 있는 것같이. 그리고 나는 종달새 혓바닥은 절대적으로 싫어합니다. 얼마나 많은 이 아름다운 피조물들이 이 게걸스러운 군상들을 먹이기 위해 살육당했는지를 상상해보십시오. 얼마나 많은 아름다운 노래들이 소멸되어버렸는지 상상해보십시오." 슬픈 태도로 그는 흰 치즈 한 조각을 자르더니 아끼면서 조금씩 썹었다.

"타씨터스 님을 용서해 드려야만 합니다." 자기 의자로 돌아오더니, 피니어스는 보다 더 바타샤에게 가깝게 자리 잡았다. "저 분은 스토아 학파 철학에 속해 있어서 그의 모든 기쁨은 스스로에게서 모든 쾌락을 박탈하는 데 있습니다. 당신이 이곳과 로마에서 발견하는 퇴폐의 위로 당신을 올려놓는 것, 그것이 당신에게 우월감을 주지요. 그렇지 않습니까, 타씨터스 님?"

"그것 위로 올라가는 것은 그렇게 힘들 것 없소"라고 침착한, 그러나 유약한 그 남자는 코웃음 치며 대답했다. "옛날의 로마, 로마의 고상함이 그 최고의 영예이고, 로마의 시민들이 도덕적이고 정의로웠던, 그 때의 로마를 명예롭게 생각하는 사람들이 주변에 많지 않다는 것이 유감입니다."

피니어스는 웃었다. "타씨터스 님, 당신은 별나고 순진합니다. 사람은 시대에 부응해야만 합니다. 그리고 바로 지금은 시대가 우리에게 쾌락을 제공하고 있습니다." 그는 바타샤의 팔을 그의 손등으로 어루만졌다. "용서하시오. 친애하는 분, 나는 놀라울 정도로 쾌락주의적입니다. 그게 내 유일한 덕이랍니다." 바타샤는 혐오감으로 소름이 끼쳤다. 혐오감을 감추기 위해 그녀는 계속해서 로마를 규탄하는 타씨터스의 말을 들으려고 몸을 돌렸다.

"여러분께 말씀 드리지만 이것이 결국 로마를 멸망시킬 것입니다— 안에서부터 먹어 들어오는 이 부도덕의 해악, 이 게으른 종국. 우리가 용기와 명예와 가족의 옛 가치로 돌아가지 않는다면, 로마를 우월하게 만들었던 그 모든 것들로 —"

"쉬잇!"하고 피니어스가 손을 들어 말을 중단시켰다. "이제 조용하시오, 설교 그만 하시고. 무용수들이 공연을 시작하려고 하오."

크레타의 무용수들은 바타샤가 이제껏 보았던 그 무엇보다도 관능적이고 도발적이었다. 남자들은 허리에 두르는 작은 천 외에는 아무것도 입지 않았다. 여자들은 허리 위로는 알몸이었다. 그들의 기름칠한 몸뚱어리는 북소리와 심벌즈의 반향에 맞추어 선회했다.

먹을 것과 마실 것을 물리도록 먹고 난 군중들은 호색적이고 술 취한 집단이 되었다. 쌍쌍이 보이는 데서 입 맞추고 껴안았다. 더러는 같이 방을 떠나서 그들의 욕망을 더욱 탐닉하기 위해 보다 어둡고 은밀한 장소를 찾아갔다. 음악과 흥청대는 환락은 최고조까지 계속되었다. 바타샤는 결코 기도에 열중했던 사람은 아니지만 그때는 조용하고 열정적인 간구로 기도에 열중하기 시작했다. "오, 성스러운 여호와여. 건전하고 품위 있는 모든 것의 이름으로 호소하오니, 저를 이 난잡에서 구원하소서, 그럼 저는 약속하오니 이런 사람들과 다시는 상관하지 않겠습니다."

피니어스와 타씨터스는 계속해서 그들의 철학을 논했다. 대화를 통해 바타샤는 타씨터스가 아들을 변호하기 위해 헤롯과의 알현을 간청하기 위해서 왔다는 것을 알았다. 티베리우스 황제의 견책을 받은 군인이었기에, 그의 아들은 가버나움의 전초지로 추방을 당해 있었다. 헤롯과 대화를 마친 뒤에 타씨터스는 급히 퇴장했다. 빈둥거리고 있는 몇 개의 몸뚱어리들을 비켜 지나오는 그의 얇은 콧구멍은 혐오를 내뿜고 있었다.

음악이 잠깐 멈춘 동안 무용수들은 쉬기 위해 물러갔고 피니어스는 바타샤를 헤롯 앞으로 데리고 나갔다. 그녀의 머리가 흥분되고 있었다. 헤롯의 화려한 의자로 걸어 나가는 동안, 그녀는 한 차례의 발작의 시작을 알리는 신호인 비현실적인 특이한 몽롱함을 느꼈다. 그걸 깨닫는 순간 그녀는 순간적인 공포를 느꼈다. 그녀의 푸른 눈은 재빨리 요안나를 찾았다. 그녀의 친구는 어디에도 보이지 않았다. 요안나와 구사는 눈에 뜨이지 않게 그 자리를 빠져나갔었다.

발작이 진전되는 과정을 잘 알고 있기에, 그녀는 완전히 쇠진해지기 전까지 아직 약간의 시간이 있다는 것을 계산했다. 이 특이한, 사물을 일차원적으로 보게 되는 과정, 그리고 뒤이어 따라오는 두통이 한두 시간 강렬하게 진행된 뒤에 드디어 발작이 그녀를 덮쳐 버린다.

그녀는 헤롯 앞에 무릎을 꿇었고 피니어스는 왕 내외에게 그녀를 소개했다. 바타샤는 자신이 목에 두르고 있었던 알라바스트론을 끌러내서 그것이 진기한 향수이기에 왕비에게 선물로 드리고 싶었다고 설명하며 헤로디아에게 그것을 증정했다.

헤로디아는 흡족해 하면서 알라바스트론의 뚜껑을 열어 그 정수의 일부를 스스로에게 바른 다음 헤롯의 팔에도 약간의 기름을 문질렀다. 그런데 그녀 스스로의 향수의 향기가, 아름답게 만들기 위해 그녀가 사랑으로 준비하면서 많은 시간을 소비했던 그 향수가, 그녀의 코를 채우며 구역질나게 했으므로 그녀는 왕 내외가 선물을 수락하는 말을 하는 것을 거의 듣지 못했다. 그녀가 사랑하는 향기가 이렇게 역효과를 냈던 적은 그때까지 한 번도 없었다.

그들은 왕의 높은 자리에서 그들의 의자로 돌아왔다. 피니어스가 그녀의 잔을 포도주로 다시 채웠고 그녀는 마시려고 손을 뻗었다.

그때 누군가가 그녀의 왼쪽 귓가에 속삭였다. "포도주를 마시지 마세요. 그가 안에다 마취제 가루를 넣었어요."

놀라서 그녀는 고개를 들었다. 트롤리어스가 타씨터스가 남겨놓고 간 그릇들을 치우기 위해 탁자 위로 구부리고 있었다.

"그거 마시지 마세요"라고 그는 물러가기 전에 다시 부드럽게 경고했다. "그 사람이 아가씨를 마취시키려고 합니다."

무용수들이 굉장한 호랑이를 줄에 매어 데리고 나오자 군중들은 다시 들뜨기 시작했다. 바타샤는 지겨웠지만 감정을 억누르고 불필요한 주의를 끌지 않고 빠져나갈 수 있는 길을 사방으로 찾아보았다. 그녀는 이 상황에서 살아만 나갈 수 있다면 다시는 그녀의 안전하고, 또한 분홍색 대리석 담장과 순수한 꽃들로 잘 보호된 자기 집과 땅에서 나오는 모험을 하지 않겠다고 맹세했다.

피니어스가 호랑이의 맹렬한 포효에 확실히 정신을 뺏긴 것 같았을 때 바타샤는 바닥에 그녀의 포도주를 살며시 부어버렸다. 그리고는 피니어스에게 몸이 좋지 않으니 방으로 데려가 달라고 부탁했다.

그녀의 잔이 빈 것을 보고 그는 미소 지으며 그녀의 손을 잡고 일어서도록 도와주었다. 그녀는 몸을 추스르기 전에 비틀거렸다. 오, 왜 이모님의 말을 듣지 않았던가? 왜 이 건전치 못한 장소에 와서 이런 위험 속에 스스로를 빠트렸나?

피니어스는 그녀를 그녀의 방으로 다시 데려오자 갑자기 익숙한 움직임으로 그녀를 문을 향해 눌러 움직이지 못하게 만들었다. 그녀는 몸부림치면서 그의 포도주 신 냄새 나는 입맞춤으로부터 피하려고 애를 썼다. 그는 문을 열고 그녀를 밀어 넣었다.

"이제 우리 둘뿐이야. 당신, 나한테 반항하려는 것은 아니겠지. 그렇지?" 그는 그녀에게 다가오면서 말했다.

그녀는 믿지 못해서 고개를 흔들었다.

"아니지, 물론 아니겠지. 당신은 날 원해. 그래야만 해." 그는 그녀의 어깨를 붙잡고 그녀의 목에다 입을 맞췄다.

바타샤는 그의 얼굴을 손바닥으로 찰싹 때려 그를 밀어냈다. 그러자 분노가 그의 욕정을 부추겼다. 그는 그녀를 긴 의자 위로 내던지고 그의 몸으로 그녀를 짓눌렀다.

"오, 안 돼요, 제발." 그녀는 흐느끼며 말했다. 충격으로 놀라 병이 나고 의식이 없어진 채로 그녀는 약하고 떨리는 두 팔로 그를 밀쳐내려고 애썼다.

잠시 뒤 그녀는 무언가가 그를 타격하는 충격을 들었고 또 느꼈다. 그가 천천히 그녀를 놓고 의식을 잃은 채 바닥으로 미끄러져 내리자 그녀는 믿을 수 없이 놀라서 얼어버렸다.

눈을 들어보니 트롤리어스가 피 묻은 대리석 장식을 손에 들고 서 있었다. "오, 하나님!" 일어나 앉으려고 애를 쓰면서 그녀는 소리쳤다. "무슨 짓을 했어? 이것 때문에 사람들이 너를 죽일 거야." 그녀는 무력하게 하늘을 향해 손을 들었다. "오, 거룩한 여호와여, 제가 무엇 때문에 이 무서운 장소에 왔습니까!"

"저는 그가 아가씨를 해하도록 놔둘 수 없었습니다"라고 그 노예는 침착하게 설명했다.

"그래, 하지만 너는 모르겠니? 너는 정녕 죽을 터이고, 나는 결코 나를 용서하지 못할 거야."

"저는 살 겁니다"라고 그는 단호하게 말했다. "저는 많은 일들을 겪어내며 살아왔습니다."

그녀는 피니어스를 내려 보았다. 그의 뒷머리의 상처로부터 스며 나오는 피가 그의 화려한 토가에 얼룩졌다. 그는 움직이지 않았다. "이 사람 죽었어?" 그녀는 작고 가냘픈 목소리로 물었다.

트롤리어스가 무릎을 꿇고 피니어스의 손목을 들은 뒤 자기 손을 그의 코 가까이에 놓았다. "안 죽었습니다"라고 트롤리어스는 차갑게 대답했다. "이 사람은 살아서 또다시 다른 불운한 희생자들을 약탈할 것입니다."

"무엇이 사람을 이렇게 악하게 만들까?" 그녀가 물었다.

"정욕입니다"라고 그가 대답했다. "정욕과 권태입니다. 그리고 지옥같이 시꺼먼 마음이지요."

그녀의 눈이 눈물로 그득했다. "그는 나를 욕보이려고 했어. 내가 어떻게 네게 진 신세를 갚지?"

"여기서 떠나심으로요"라고 그가 대답했다. "이 사람들 중의 하나가 되지 않으심으로요. 이런 종류의 사람들은 이미 너무 많습니다 — 다른 사람들을 노예로 부려 먹는 사람들. 다른 사람들을 뜯어 먹고. 다른 사람들을 괴롭히는 사람들."

그는 피니어스를 들어서 일으켜 세운 뒤에 자기 어깨 위로 걸쳤다. "저는 이 짐승을 바깥으로 데려가서 야자나무 숲 아래에 갖다 놓겠습니다. 그가 여기 있었다는 모든 증거를 확실하게 제거해 주십시오. 그는 연회장에서 상당히 마셨습니다. 아침에 깨어나면 그는 자기가 정신이 나가서 머리를 부딪쳤다고 추측할 겁니다. 속된 주정뱅이라고 동료들에게 놀림당하고 모욕당하는 것이 두려워서 그는 조용히 있을 것입니다."

"그가 여기 왔었던 것을 기억하지 못할까?" 그녀가 물었다.

"아마 기억하지 못할 겁니다. 독한 포도주는 혼란과 망각을 야기하지요." 트롤리어스는 창가로 가서 아라스 천*으로 된 커튼을 열었다. "그 외에도, 그는 이 일을 기억하려 하기보다는 오히려 친구들에게 알리지 않도록 하는 것에 더 신경을 쓸 것입니다. 하지만 떠나세요, 아가씨. 그가 아가씨께 질문할 것에 대비해 아침 일찍 떠나세요"라고 말하고 그는 그의 짐과 더불어 창문턱에서 밤 속으로 조용히 떨어져 내렸다.

그녀가 더 말할 기회가 있기 전에 암흑이 그를 삼켜버렸다. 잠시 동안 그녀는 오직 바라보기만 했다. 그리고는 발작이 임박했다는 것을 생

---

* 색실로 무늬를 짜 넣은 천의 일종.

각하면서 그녀의 시야가 흐려졌다. 그녀는 신음했다. 그녀는 이 밤에 충분히 고통을 받지 않았는가? 바닥을 천천히 걸어 왔다 갔다 하면서 그녀는 발작과 싸우려고 했다. 두 번째 단계의 발작이 이미 그녀를 덮쳤다. 색깔도 균형도 뒤틀렸다. 벽들이 움직였고, 거울들이 빛을 발했고, 울긋불긋한 주단들이 열을 발하고, 그리고 횃불들이 기괴한 형상과 그림자들을 던졌다.

공포에 잡혀, 그녀는 무작정 문 쪽으로 달려갔다. 그녀는 알렉시스를 불러 당장 마차를 준비하라고 하려 했다. 그러나 그렇게 되면 아직도 향연장에 남아 즐기고 있는 사람들의 주목을 끌게 될 것이었다. 그들은 질문을 할 것이고 그러다가 다친 피니어스가 발견될 수도 있었다. 아니 그렇게는 하지 말아야 한다. 그녀는 혼자서 고통을 겪어내야만 했다. 트롤리어스가 제안했던 것같이, 아침에 사람들이 자고 있는 동안 조용히 떠나야 했다. 그리고 집에서 갑작스러운 부름을 받았다는 메시지를 남겨 놓을 것이었다.

요안나! 그녀는 요안나를 찾으려 했다. 그러면 그녀가 와서 도와줄 것이었다. 아, 하지만 안 돼. 그녀의 친구가 앞으로 일어날 일을 본다면 그녀는 수치스러워 죽을 것이었다. 오, 하나님, 그녀는 조용히 울었다. 당신은 어디 계십니까? 나는 너무 외로워요. 당신은 상관 안 하십니까?

개구리 모양의 생물체 하나가 그녀의 말초적 시야로 뛰어들었다. 그놈의 입술은 비웃음으로 삐쳐 나와 있었다. "오, 가 버려"라고 그녀는 신음했다. 그 녀석은 그녀의 머리 너머로 호를 그리며 꿈틀거리며 나아가다가 그녀의 왼쪽 기괴한 빛의 섬광 속으로 사라졌다. 공포가 그녀의 입을 마르게 했다. 그녀는 힘을 다해서 등불을 끄고는 침대 위에 쓰러졌다.

그들은 곧 올 것이다 — 와서 부정한 기쁨으로 그녀를 괴롭힐 것이다. 그 초록색 물체가 되돌아왔다. 그 녀석은 그들의 사자(使者)였다.

그녀는 녀석이 다시 뛰어 사라지기 전에 녀석의 소름 끼치는 비늘 덮인 몸뚱어리와 뿔난 대가리를 뚜렷하게 보았다. 그녀는 긴 의자 위로 자빠졌다. 그녀의 머리가 돌아갔고 그녀는 뻣뻣하게 되었다.

이제 그들 모두 그곳에 있었다. 번쩍이는 푸른 놈 하나는 독을 뿜으며 추악하게 뱀처럼 움직였다. 가죽 같은 해골만 남은 새들이 위에서 펄럭거렸고, 그들의 끈적끈적한 날개들은 썩은 냄새를 그녀의 코로 불어넣었다. 죽음이 사람의 형상으로 그녀 앞에서 확대되었다. 피부는 갈색, 나이는 천 살, 그 얼굴은 유사(流沙)의 끓는 구멍이었다. 그것들은 사람도, 동물도 아니고 단지 살아 있는 존재들의 거대한 비틀림이었다. 한 놈은 오직 눈들만 가졌다 — 두꺼운 살갗의 눈구멍 속에서 튀어나와 그녀의 머리를 유동성 광기로 가득 채우는 거대한 눈들.

그 놈들은 사탄의 부하들이었다. 그녀는 놈들의 이름을 들어 알고 있었다. 그모스, 다곤, 아남멜렉, 네르갈, 식굿, 므니, 말감* 등이었다. 그 놈들은 그녀의 마음속에서 오래전에 어느 사악한 나라에서 가장 어두운 밤에 일어났던 일들을 행했다. 놈들은 피 흘리며 절단되는 몸뚱어리들이나 사악한 성적 의식과 같은 음란한 환상을 갖고 그녀를 괴롭혔다. 놈들은 불의 제단 위에 발가벗은 어린애를 제물로 드렸다. 그녀는 그 아이들의 힘없는 몸뚱어리들이 버둥거리고, 작은 눈들이 석탄같이 백열하는 것을 보았다.

이 나쁜 영들은 그들의 힘이 쇠할 때까지 계속해서 공격했다. 그들의 괴롭힘은 완만한 형체와 움직임이 되었다가 우중충한 소용돌이가 되어

---

* 그모스: 민수기 21:29 참조. 모압 사람들의 신, 다곤: 사사기 16:23 참조. 블레셋 사람들의 신, 아남멜렉: 열왕기하 17:31 참조. 스발와임 사람들의 신, 네르갈: 열왕기하 17:31 참조. 바빌로니아 · 아시리아의 신, 식굿: 아모스 5:26 참고, 므니: 이사야 65:11 참고, 말감: 스바냐 1:5 참조. 나중에 모압 사람들 사이에서 그모스가 된 신.

천천히 그녀의 마음에서 빠져나갔다.

　드디어 그녀는 죽음과 같은 잠에 맡겨졌다. 그녀는 몇 시간 뒤 깨어났다. 새벽이 시작되기 전 잿빛 안개가 그녀 몸의 땀과 뒤섞여서 그녀의 머리칼을 이마와 목에 달라붙게 했다. 그녀는 천천히 긴 의자에서 일어났다. 그녀의 찢긴 연회가운은 축축해졌고 더럽혀졌다. 마치 수의처럼 그녀의 몸에 달라붙어 있었다.

　그녀는 기진맥진한 상태로 거울을 향해 걸어갔다. 최근 몇 년 사이 발작이 보다 격렬해졌다. 그러나 이번의 발작은 최악의 것이었다. 창백해 생기를 잃은 눈동자가 그녀를 마주 쳐다보았다. 바로 그 순간 착란과 제정신, 어둠과 빛, 악의 세계와 평안의 동경 사이를 날듯이 넘나들며 결코 전에는 용납할 수 없었던 어떤 사실을 그녀는 스스로 받아들이고 있었다 ― 그녀의 어머니가 자살했다는 사실. 그녀와 똑같은 증세의 발작을 겪으면서 그녀의 어머니는 20년 전에 호수로 걸어 들어갔고, 마귀들은 물 밑에서 그녀를 잡아 내렸다. 이제 바타샤는 그 사건에 관련된 모든 속삭임과 소문이 사실이었다는 것을 알았다.

　이제 그녀는 깨달았다. 이 사티로스들*이 핏속에 있었다. 그들은 희생자 위에서 주인 노릇을 하며 드디어 그녀를 파멸로 몰고 갔다. 이제 장성한 여인으로서 ― 전에는 한 번도 그런 적이 없었지만 ― 그녀는 그녀의 어머니와 일체감을 갖게 되었다. 그들은 비슷했다 ― 그들은 똑같이 더럽혀진 피를 가졌다.

　그런 고통이 불공평하거나 부당하다든가, 그리고 그녀와 어머니가 그런 고통을 받아 마땅할 어떤 짓도 하지 않았다든가 하는 것들은 문제가 되지 않았다. 오직 실재하는 것은 그 사악한 고통의 존재였다. 그녀는 싸우려고 노력해왔다. 그녀는 기도했고, 울었고, 애원했다. 그러나

---

* 반인반수의 숲의 신.

지금 이 순간, 거울 속에 나타난 그녀의 패배한 모습을 보면서 도움도, 희망도 없다는 것을 인정했다. 모든 것이 황량하였고, 절망이었다.

그녀는 목욕탕으로 가서 머리카락과 피부에 묻은 악취를 씻어내고 향유를 몸에 바르고 가장자리에 자줏빛 장식이 있는 깨끗한 아마포 겉옷을 입었다. 다시 방으로 가서 머리를 땋고 어머니가 전에 했던 옛날 방식으로 머리 위로 감아 올렸다. 그녀가 열 살이었을 때부터 아직도 약해지지 않은 새로운 슬픔이 순간적으로 그녀를 사로잡았다. 그녀를 감싸주던 희고 향긋한 팔과 여름날의 갈릴리 바다와 같이 푸르고 웃음 담긴 눈을 가졌던 그녀의 어머니는 아름다웠다.

고통스러운 회상에서 벗어나 그녀는 여행 상자를 챙겼고 피니어스 때문에 생겼던 흔적을 없애기 위해 마지막으로 방을 점검했다. 비밀이 누설될 흔적이 없는 것에 마음을 놓고 그녀는 알렉시스를 찾아 나섰다. 궁전은 고요했다. 그녀는 연회장 밖에 잠들어 있는 하녀 하나를 발견했다. 그 하녀를 깨워서 힐렐의 딸 마리아 바타샤의 운전수를 찾아오라고 명령했다.

졸린 눈의 여자아이는 급히 명령에 순종하였고, 곧 그녀의 하인이 나타났다. 그는 아직도 멍한 상태로 완전히 깨어나지는 않은 상태였다. 전날 저녁의 축제는 분명 하인들의 숙소까지 확대되었던 것으로 보였다.

그들이 떠날 때, 새벽이 연자줏빛 슬픔으로 도시의 둥근 지붕들을 물들이며 호수 위로 터져 올랐다. 알렉시스는 흔들리는 갈대들의 음각 세공물로 소문난 북문을 통해 마차를 몰았다. 바타샤는 뒤쪽으로 한 번 시선을 주었다. 겉은 아름다우나 속에서는 썩어 들어가는, 그것은 회칠한 무덤이었다.

제 4 장

내가 보지 못 하는 것을 주께서 내게 가르치소서.

욥기 34:32 KJV 성경

시몬은 몸이 회복되는 동안 활동을 할 수 없었으므로 마음이 편치 않았다. 그는 추상적 사색이나 깊은 명상에 몰두하는 사람이 아니었다. 그는 돌을 갖고 일하는 것을 오히려 좋아했다 — 석공업은 그의 생각과 계획을 유형의 것으로 만드는 형적이었다. 그러면서도 그는 성서를 경외하였고 여행을 오면서도 두 개의 두루마리를 갖고 왔다. 하나에는 이사야의 예언서가, 또 하나에는 다윗의 시편 모음이 적혀 있었다. 이날 아침 그는 시편 중 하나를 읽으면서 외우려 하고 있었다. 어렸을 적에 엠마오의 작은 마을의 학교에 다녔을 때에 거의 모든 수업들은 기계적인 암기에 의한 것이었다. 그는 모세의 율법들을 암기하였고 그것들을 축어적으로 암송하게 되었다. 그러나 율법 선생님은 더 이상의 사색을 장려하지는 않았다. 해석은 서기관들의 임무였고 그들이 신성한 계명들을 매일의 삶의 규칙과 규례로 분류했다.

하고 있던 잔일들을 마치자, 요나가 와서 시몬의 어깨너머로 뚫어지게 보았다. "저도 읽을 수 있었으면 좋겠어요"라고 그는 아쉬운 듯 말했다.

61

"이리 오렴, 꼬마야." 시몬은 그의 큰 팔로 요나의 허리를 둥글게 감아 앉도록 만들었다. "너는 이제껏 나에게 좋은 음식들을 만들어주었고 내 상처와 멍든 곳들을 돌보아 주었다. 이제 내가 너에게 히브리어의 철자법을 가르쳐 주는 것으로 신세를 갚겠다." 그는 요나가 쪼그리고 앉는 동안 그들 사이에 모래를 치워서 바닥에 커다란 정사각형을 만들었다.

시몬은 모래에다 몇 개의 원순(圓脣) 모음들을 그린 뒤에 그것들을 합해서 세 글자의 어근이 되는 단어들을 만들어 나갔다. "이것이 우리 조상들의 고대언어이다. 이 말은 안식일 예배 때 회당에서 이외에는 더 이상 사용되지 않는다. 우리들의 모든 성경들은 이 언어로 기록되어 있다. 소년 소녀들은 아주 어렸을 때에 이 글을 배우도록 장려받고 있다." 시간이 지날수록 그들은 깊이 몰두했다. 요나가 빠르게 하나하나를 새로운 지식으로 흡수하는 동안 시몬은 랍비 학자인 체하는 어조가 되어가고 있었다. 아침의 그림자들이 나무 아래에서 짧아졌다가 이어서 반대쪽으로 미끄러져 갔다.

마침내 시몬은 일어나서 주먹을 등허리의 잘록한 곳에 놓고는 허리를 폈다. 배우려 하는 지칠 줄 모르는 욕망 속에서 요나는 아직도 모래 칠판 위에 구부려 앉아 새로 습득한 기능을 연습하고 있었다.

"너같이 똑똑한 아이는 학교에서 공부를 해야 하는 건데"라고 시몬은 말했다. "내일 가버나움에 가서 회당의 지도자들에게 말을 해야겠다. 네가 제대로 교육을 받도록 하는 것은 그들의 책임이다." 그는 요나가 살고 있는 환경의 조악함을 둘러보았다. "그리고 이 동굴이라니!" 그는 개탄했다. "어린 소년은 결코 이렇게 자라날 수가 없어! 장로들이 당연히 마땅한 양부모를 찾아줘야 돼."

요나가 펄쩍 뛰었다. "안 돼요, 아저씨! 나는 가버나움에 돌아가 살지 않을 겁니다. 회당을 다스리는 바리새인은 나쁜 사람이에요. 그 사람이 바로 우리 어머니를 죽인 군중들을 이끌었던 사람이에요."

"그렇다면 그 사람은 너 때문에라도 자기 의무를 지킬 이유가 더 많은 게다. 회당은 고아들을 부양해야만 한다. 그것은 법이다."

"안 돼요!" 요나는 완강하게 고집했다. "저는 결코 악마의 손에 제 자신을 맡기지 않겠어요!" 아이는 화가 나서 동굴 입구에서 힘차게 걸어 나가 언덕 아래 마을 쪽으로 갔다.

얼마 뒤 요나는 신선한 물고기 한 꾸러미와 밀 씨앗, 마른 무화과가 든 작은 자루를 갖고 돌아왔다. 아이는 말없이 불을 지피고 생선을 굽기 시작했다.

시몬은 요나가 그것들을 훔쳤을 것이라고 단정 지었다. 물고기는 하루의 이때쯤에는 미끼를 물지 않는다. 그리고 만일 문다 해도 아이에겐 고기를 잡을 장비가 없었다. 시몬은 다른 식량들에 대해서는 못 본 척 해왔다. 왜냐하면 그런 양식들은 법의 허용 한도에서 용인될 수 있었기 때문이었다. 그러나 그는 요나가 저속한 도둑이 되어서는 결코 안 된다고 생각했다.

"이 물고기들 어디서 났니, 꼬마야?" 시몬이 비난이 담긴 무거운 목소리로 물었다.

"누군가가 제게 줬어요." 요나는 조심스럽게 생선 하나를 뒤집었고, 그 신선한 냄새가 뜨거운 바위로부터 공중으로 떠올랐다.

"너 호숫가로 내려가 어떤 순진한 어부가 딴 데 보고 있는 동안 물고기들을 집어 왔지?"

"아녜요!" 요나가 방어하는 목소리로 단언했다. "맹세코 받은 거예요."

"도둑질은 신성한 율법에 어긋난다고 아무도 네게 가르치지 않았니?" 시몬은 엄하게 물었다. "사람이 자기 것이 아닌 것을 취하면 무서운 죄를 짓는 것이라는 것을?"

"우리 어머니가 가르쳐 주셨어요. 또 다른 모든 계명들도요. 저는 도둑이 아니에요. 마을 변두리에 사시는 아주 나이 드신 여자분에게 이 물고기들을 받았어요. 한 마음씨 좋은 어부가 일주일에 두 번 그 할머니께 신선한 물고기 꾸러미를 드려요. 그 어부는 친절한 분이시죠. 그 할머니는 혼자 생활하실 수 없어요."

시몬이 흔들렸다. "그 할머니가 누구셔? 이름이 뭐지?"

"스발이에요. 그 할머니는 제가 말씀 드리려고 하는 바리새인의 어머니세요. 그 할머니는 마을 변두리에 초라한 오두막에 사셔요. 할머니는 건강이 안 좋으시고 심한 질환으로 완전히 구부리고 걸으세요. 때때로 제가 할머니의 정원일을 해 드리면 그 친절한 어부가 할머니가 필요한 것보다 더 많은 물고기를 갖다 드리니까 할머니는 제게 돈 대신 물고기를 주세요."

"만일 그 여자분의 아들이 장로라면, 왜 그 장로는 어머니를 부양하지 않을까?" 시몬이 물었다. "율법은 우리 부모님이 나이 드시면 우리가 돌보아 드려야 한다고 명령하는데."

"제가 말했잖아요"라고 요나가 참을성 있게 대답했다. "그 바리새인은 나빠요. 자기는 좋은 집에서 아주 부자로 살면서 스발 할머니를 도우려 하지 않아요. 그는 어머니를 위해 사용할 돈을 회당에 낸다고 주장해요. 자기 어머니가 굶어 돌아가셔도 그는 알 바가 아니라고 할 걸요."

"음." 시몬은 율법에 있는 이 허점을 알고 있었다. 어떤 사람이 자기 수입의 일부를 고르반,* 또는 하나님께 바쳐진 것이라고 맹세하면 그는 가족의 의무를 피할 수 있었다. 요나의 논리에 수긍이 되고 또 아이를 잘못 비난했던 것이 꽤나 마음에 걸리자 시몬은 갑자기 화제를 바꾸

* 마가복음 7:11 참조.

었다. "생선 이제 다 구워졌니?"

　요나는 쉽게 용서하고 씩 웃으면서 먹을 것을 준비했다. 시몬도 앉아 관습적인 식전 기도를 한 뒤 둘은 같이 먹기 시작했다. 요나는 상냥하게 여러 가지에 관해 이야기를 했다. 스발 할머니에게 물고기를 대주는 어부는 베드로라는 이름의 남자였다. 그는 마을의 북쪽 지역에서 부인과 장모와 함께 새 집에서 살고 있었다. 그의 고기잡이는 아주 잘 되고 있었다.

　"그를 만난 적이 있니?" 하고 시몬이 물었다.

　"아무렴요. 때때로 저는 여관에서 허드렛일을 하는데요. 거기서 몇 번이나 그분을 만날 기회가 있었어요. 그분은 몸이 큰 사람이에요. 거의 아저씨만 해요. 그런데 그분 수염과 머리카락은 불같이 빨개서 사자를 연상하게 만들어요."

　"그럼 그 사람 사자같이 소리 지르니?" 시몬이 눈을 반짝거리면서 물었다.

　"안 그래요." 요나가 구워진 밀 씨앗을 소리 내어 먹으며 말했다. "그분은 잘 웃어요, 하지만 소리 지르진 않아요. 그 여관은 동쪽에서 오가는 여행자들이 묵는 장소예요. 베드로 아저씨는 그들과 함께 저녁도 먹고 또 그들을 이야기 속으로 끌어 들이기도 해요. 압둘의 여관은 다정한 토론으로 유명해요. 모든 사람들이 베드로 아저씨를 좋아하지요. 어느 날 저녁 접시를 닦고 있는데 그분이 제게 한 세겔*을 던져 주시더니 말씀하시기를, 이제 제가 가버나움에서 제일 부자소년이라고 하시는 거예요. 그리고 저도 그렇다고 생각했지요, 왜냐하면 온전한 한 세겔은 큰돈이었으니까요. 그 돈으로 지금 입고 있는 옷과 요리 도구는 물론, 우리를 따뜻하게 해주는 털 담요들도 샀지요. 그 뒤로 베드로 아

---

* 옛 이스라엘의 은화.

저씨는 저에게 몇 번이나 돈을 주었지요. 그리고 그분은 절 웃기려고 익살스러운 말들도 하지요. 한 번은 그분이 페니키아의 선원에게 데나리온*이 든 가방을 주는 것을 보았어요. 그 선원은 화물사고로 발이 하나 없는 사람이에요."요나는 마지막 물고기를 시몬에게 권했다가 시몬이 고개를 흔들자 자기가 먹었다.

"전 베드로 아저씨를 좋아해요. 그분은 친절해요."

시몬은 베드로가 굉장히 친절하던지, 아니면 상습적으로 취해 있는 사람임이 틀림없을 것이라고 생각했다. 데나리온이 가득한 지갑을 전혀 낯선 사람에게 주는 것은 관용을 넘어선 행동이었다. 단 1데나리온만도 보통의 하루 임금이었다.

"그런데 요 몇 주 동안은 베드로 아저씨를 못 보았어요"라고 요나는 하품하며 말했다. "그분은 압둘의 여관에 더 이상 안 오세요. 위대한 랍비 한 분이 그분의 집에 머무시는데 많은 사람들이 항상 주변에 모여든대요. 그 랍비께서는 치유자이시며 선생님이래요. 그분의 이름은 예수고요, 나사렛에서 오셨대요."요나는 또 하품이 나오는 것을 막았다. 밤이 그들의 다정한 화톳불 주변으로 다가왔다.

"너 가서 좀 자는 것이 좋겠다, 꼬마야."시몬은 요나에게 불가를 떠나 동굴 안의 그의 잠자리로 가라는 몸짓을 했다. "베드로가 사는 곳이 어디라고 그랬지?"

"마을의 북쪽 지역, 호수 근처예요"라고 요나는 담요 속으로 들어가며 대답했다.

시몬은 노숙지를 정돈하고 남은 불을 마무리해 불이 꺼지면서 숲의 잔잔한 예열이 동굴 안으로 흘러들어 온기를 공급하도록 만들었다. 치유자이며 기적을 행하시는 분이리라고 그는 생각했다. 이 나사렛 분이

---

* 신약성경에 나오는 고대 로마의 은화.

그들이 오랫동안 기다려왔던 왕이실까? 자기 잠자리 위에 누우면서 시
몬은 그가 아침에 외웠던 시편 중 몇 구절을 조용히 암송했다. 어찌하
여 열방이 분노하며 민족들이 허사를 경영하는고? 세상의 군왕들이 나
서며 관원들이 서로 꾀하여 여호와와 그 기름받은 자를 대적하네. 하늘
에 계신 자가 웃으심이여. 주께서 저희를 비웃으시리로다. 내가 나의
왕을 내 거룩한 산 시온에 세웠다 하시리로다. 내게 구하라, 내가 열방
을 유업으로 주리니 네 소유가 땅 끝까지 이르리로다. 네가 철장으로
저희를 깨뜨림이여. 질그릇같이 부수리라 하시도다. *

　그는 용사의 꿈을 꾸면서 잠이 들었다. 메시아께서 팔레스타인을 하
나님께서 택하신 민족에게 돌려주셨다. 그분은 100여 년 전에 팔레스
타인을 점령하고 있던 수리아 군을 물리쳤던 유다 마카비**보다 더 강
하고, 단지 200명***의 횃불 든 양치기들과 같이 미디안 사람들을 완패
시킨 기드온보다 더 용감했으며, 심지어는 이스라엘로부터 이방인 적
들을 추방하고 뒤에 이스라엘로 위대한 신정왕국을 이룩했던 다윗보다
도 위대하셨다.

　젊고 정열적인 히브리인들로 구성된 군대를 거느리고 메시아께서는
그 어깨에는 구름을, 그 머리에는 햇빛을 짊어진 거인처럼 일어나셨
다. 이 땅을 우상숭배, 무거운 세금, 그리고 부도덕한 관습으로 오염시
킨 로마의 침략자들에 대한 공격작전을 그분이 지휘하셨다. 그분은 얼
굴 앞으로는 예루살렘을, 그리고 등 뒤에는 헤르몬산을 등지고 요단강
에 양 발을 벌리고 서셨다. 그러면 적들은 그분의 영광에 놀라 떨었다.
그들의 말들은 뒷걸음쳤다. 그들의 전차들은 먼지 속에서 부서져 버렸
다. 그들의 피가 대지를 적셨다. 시몬은 잠을 자며 미소 지었다.

---

* 시편 2편.
** 기원 전 165년에 수리아로부터 예루살렘 성전을 되찾게 한 이.
*** 300명이 잘못된 것 같음.

시몬은 새벽에 일어났다. 조용히 자기의 짐들을 모아 챙기면서 그는 요나가 깨기 전에 꽤 멀리까지 갈 생각을 했다. 그는 언덕 아래의 냇물까지 목욕을 하러 갔다. 육체를 깨끗하게 하는 것은 종교적 의무였다. 세심하게 씻고 옷을 입은 뒤에 그는 배낭에서 부드러운 오렌지 나무빗을 꺼내 자기의 성글고 검은 머리를 빗었다. 그런 뒤 그는 빗으로 수염을 정리해 수염이 단정한 히브리인에게 어울리지 않는 엉클어진 곱슬수염이 되지 않도록 했다. 마지막으로 그는 백단향 향유를 머리에 발라 윤과 향기가 나도록 했다.

이제 그럴듯해 보이는 스스로에 흡족해하며 그는 여행가방을 집어 들고 북쪽을 향해 떠났다. 관목 사이의 길을 몇 걸음 걸은 뒤 그는 갑자기 멈추었다. 거기 요나가 커다란 바위 위에 걸터앉아 히죽거리고 있었다.

"좋은 아침이에요, 아저씨."

"좋은 아침이구나, 꼬마야"라고 시몬은 침울하게 대답했다.

"작별인사도 없이 떠나시려고요?"

"네가 하도 깊이 잠들었기에 깨우기가 싫어서 그랬다." 죄의식이 가슴을 찔렀다. 그는 허리춤에 손을 넣어 반 세겔짜리 동전을 꺼냈다. "네 친절에 대한 보답이니 이것 받아라."

요나가 그의 손을 밀쳐냈다. "저는 아저씨 돈 필요 없어요."

당황하기도 하고 쑥스럽기도 해서, 시몬은 동전을 다시 허리춤에 찔러 넣고 앞을 향해 나아갔다. "나는 이제 가야만 한다, 꼬마야. 하나님의 축복이 네게 있기를 기원한다."

언덕 꼭대기에 도착했을 때, 시몬은 자기 뒤에서 무슨 소리가 나는 것을 느꼈다. 탁탁 튀는 나뭇가지들, 물러나는 돌들, 그리고 밀려나는 나뭇잎들의 갑작스러운 움직임. 돌아보자 그는 요나가 짧은 거리를 두고 따라오는 것을 보았다. 그는 막대기에 그의 소유물이 든 누더기 가방을 매어 들고 오고 있었다.

"그런데 너 지금 뭘 하고 있는 거냐?"

"저는 아저씨랑 같이 갈 거예요. 저는 아저씨의 종이 돼서 어디를 가시든지 따라갈 거예요."

"나는 거치적거리는 어린아이와 같이 다닐 수 없단다"라고 시몬은 초조해져서 설명했다. "나는 중요한 사명을 띠고 있다."

"저는 어리지 않아요. 전 이제 거의 어른이에요! 저는 거치적거리지 않을 거예요. 제가 얼마나 쓸모 있나 여태껏 보셨잖아요."

"나는 종을 둘 형편이 안 된단다. 나는 너를 먹여 줄 수도 없다. 샀을 줄 수 없는 것은 말할 것도 없고"라고 그는 단정적으로 말했다. 불쑥 그는 다시 길을 걷기 시작했다.

"저한테 삯을 주실 필요 없어요." 요나는 가벼운 발걸음으로 열심히 뛰어서 그를 따라왔다. "제게 여러 가지를 가르치실 수 있잖아요." 그는 시몬의 앞에서 춤추듯 돌아다니다가 시몬의 긴 걸음이 땅바닥을 질주해 나오면 뒤쪽으로 깡충 뛰었다. "아저씨는 저에게 읽기를 가르칠 수 있어요. 석공이 될 수 있도록 가르칠 수도 있고요. 저는 직업이 필요해요. 바로 아저씨가 그렇게 말씀했잖아요."

"돌을 자르려면 튼튼한 팔이 필요하단다"라고 시몬은 짧게 말했다. 그는 결코 이 소년을 책임질 마음이 없었다.

"그럼 제가 튼튼한 팔을 만들게요. 보세요"라고 말하며 그는 누벼서 만든 허리띠 밑으로 손을 넣어 무엇을 찾았다. "저는 제 돈으로 살 수 있어요. 저는 아저씨가 필요한 경비를 도와드릴 수 있어요." 헐떡거리며 손을 내뻗은 채 그는 계속해서 시몬의 앞에서 달렸다. "또 우리가 필요하면 더 벌 수도 있어요."

시몬은 멈추어서 믿기지 않는 눈으로 소년을 응시했다. 요나의 지저분한 펼쳐진 손바닥 안에는 몇 개의 반 세겔짜리 동전들이 있었다. 질려서 시몬은 고개를 이쪽저쪽으로 흔들면서 내려 보았다. 이 영악한 작은 망나니는 무슨 일이 있더라도 그의 현재의 상황에서 벗어나려고 결단을 내린 것이었다. 시몬은 이 꼬마가 그의 절망적인 상황에도 불구하고 발휘하고 있는 끈질김과 당당함에 경탄할 수밖에 없었다. 그의 마음이 갑자기 누그러졌다.

"좋다, 그러면!" 하고 그는 거짓으로 화난 체하며 말했다. "당분간 나와 같이 여행해도 좋다. 그러나 단지 네가 살 곳을 내가 찾아낼 때까지만이다, 알았지?" 그는 요나의 팔을 붙잡아 언덕 아래의 냇가를 향해 내몰았다. "그동안이라도 나는 지금 같은 모양의 너와 같이 있는 것을 사람들에게 보이기 싫다. 나는 네가 요 몇 달 동안 제대로 목욕을 했는지 의심스럽다."

그는 요나를 벗겨서 차가운 물속으로 들어가게 했다. 그리고 소년 스스로가 씻는 것에 흡족하지 않아, 그도 옷을 벗고 물속에 들어갔다. 요나가 반항의 소리를 질러댔지만 무시하고 그는 거세게 소년의 머리를 북북 문질러 닦았다. 그런 뒤 그는 요나를 바위 위에 앉혀 놓고 자기 배낭에서 면도칼을 꺼내 귀를 다치고 싶지 않으면 조용히 하라고 명령하면서 소년의 길고 윤기 나는 머리카락을 잘랐다. 그는 긴 머리는 아이에게 혐오스러운 것이라고 말했다. 요나가 어른이 되면 머리를 어깨까지 길러도 됐다. 그것은 존경받는 유대인 남자로서 인정받는 스타일이었다.

요나는 기뻐서 그를 쳐다보고 있었지만 시몬은 조용히 스스로를 나무랐다. 애를 데리고 다니는 것은 미친 짓이다. 여행은 그 자체로 힘들고 때로는 위험하다. 그가 예루살렘에 요나와 같이 나타나면 그의 동료 야고보는 뭐라고 할 것인가? 제자를 받는 것에 관해서 그들이 이야기를 한 적은 있었다. 그렇지만 분명히 팔이 젓가락보다도 굵지 않은 말라깽이 영양부족의 아이를 두고 말한 것은 아니었다. 일단 예루살렘에 돌아가면 아마도 그는 요나가 있을 곳을 알아낼 수 있을 것이다. 분명 누군가 소년을 입양하기를 원하고 사랑할 것이다. 시몬의 가슴은 연민으로 부풀었다.

"이제는 넌 항상 네 태도에 주의해야만 한다"라고 그는 무뚝뚝하게 말했다. "아니면 때려 줄 것이다."

요나가 히죽 웃었다.

"오늘 우리는 그 어부, 베드로의 집에 갈 거다. 왜냐하면 나는 그 선지자 예수를 만나고 싶기 때문이다. 그분은 언젠가는 왕이 될 수도 있다. 따라서 너도 그분에 대해서 제대로 행동을 잘 해라."

"아, 그렇게 하겠습니다"라고 요나는 약속했다.

"그리고 말을 삼가서 침묵해라. 성가신 질문을 너무 많이 해서 남에게 방해가 되는 것은 어린애에게 어울리지 않는다."

요나는 말없는 복종으로 미소 지으며 머리를 끄덕였다. 그의 젖은 머리가 햇볕 속에 빛났다. 시몬이 손을 뻗어내려 그 머리를 헝클며 쓰다듬었다.

한낮 오후의 타오르는 열기가 아른거리는 테라스 속 가버나움의 포장도로 위로 올라왔다. 많은 사람들이 베드로의 집 앞 거리를 꽉 메웠다. 병든 아이들을 가진 여자들은 젖가슴에 매달려 우는 애들을 끌어안은 채 들여보내 달라고 애원했다. 절름발이들은 사람들이 그들을 함부로 밀치고 잡아당겨 비틀거리도록 만들자 떨어져나가지 않으려고 발버둥을 쳤다. 장님들은 그들의 보이지 않는 눈을 가지고 앞을 향해 눈을 실룩거렸다. 시몬은 한 문둥병 환자가 "부정하다. 부정하다!"라고 분노해서 외치는 군중들의 주변을 휩쓸고 다니는 것을 보고 경악했다. 뒤섞인 목소리들이 시끄럽게 시몬의 귀를 공격했고 사람들의 악취가 그의 콧속으로 피어올랐다.

그는 요나를 옆으로 끌어당기며 떨어지지 말라고 명령했다. 요나는 팔을 시몬의 허리에 두르고 회반죽같이 붙어 다녔다. 시몬은 군중 사이로 조금씩 움직여서 그의 순전한 몸집의 크기와 부피 덕분에 얼마간 앞으로 나아갔다. 드디어 그는 안마당의 입구까지 도착했고 거기서 군중들을 정돈시키려 애쓰며 땀을 흘리고 있는 붉은 얼굴빛의 남자 하나를 보았다.

"저 분이 베드로 아저씨에요." 요나가 말했다. "저 분 목소리를 알아요."

"친구들!" 베드로의 옅은 갈색 눈이 걱정과 좌절의 표정을 보였다. "제발 줄을 서세요. 선생님은 여러분 모두를 만나실 거에요!" 고함소리와 불평소리가 군중들로부터 솟았다. 베드로가 손으로 불같이 빨간 머리를 빗질했다. "야고보! 요한!" 하고 그는 손을 들어 단념하며 소리쳤다. "난 이 사람들을 어떻게 할 수가 없어."

곧이어 시몬은 사람의 입에서 나온 소리 중 가장 우레처럼 큰 두 사람의 목소리를 들었다. "물러나시오! 가장 아픈 사람들이 먼저 들어오도록 길을 양보하시오!" 시몬은 키가 크고 근골이 건장한 두 사람의 히브리 남자들을 보았다. 한 사람은 다른 사람보다 젊었다. 마지못해서 군중들은 그들의 열정적인 명령과 계속되는 외침에 반응하기 시작했다. 혼란통에 시몬은 요나를 옆에 끌고 눈에 뜨이지 않게 문 안으로 빠져들어 갔다.

마당 안의 인파도 마찬가지로 대단했지만 그곳 사람들은 비교적 조용했다. 그의 큰 키 덕분으로 시몬은 흙기와 지붕 아래 모여 있는 안쪽의 작은 무리를 보았다. 그들 한가운데에 그 선지자가 서 있었다. 그의 두 팔은 고통 속에 있는 사람들을 향해 뻗어 있었고, 그들이 어려움을 호소할 때에 개별적으로 그들에게 귀를 기울이고 있었다.

시몬은 보다 앞으로 나아갔다. 감지할 수 있을 정도의 흥분이 마당을 채우고 있었다. 대기 속에서 그 흥분이 맥박 치고 있었다. 들이쉬는 숨 하나하나가 시몬을 떨리는 기대감으로 고취시켰다. 항상 어떤 처지에서도 그렇게 변함없이 강하던 그의 다리에서 힘이 빠져나갔다.

그 순간 예수가 쉬었다가 머리를 쳐들었다. 그는 마치 시몬을 일부러

찾고 있었다는 듯이 시선을 시몬에게 돌렸다. 그 선지자의 눈동자는 그 강렬함으로 시몬에게 충격을 주었다. 그 눈동자들은 하늘같이 청명하였고 영원같이 깊었다. 마치 무엇인가가 돌을 부수는 데 사용되는 가장 강력한 도구와 같은 힘으로 시몬의 배를 치는 것 같았다. 그는 주저앉지 않기 위해서 무릎을 꼭 고정시켜야만 했다. 목구멍으로 흐느낌이 솟아올랐다.

갑자기, 집에서 마당으로 뛰어 나온 한 여인이 그 순간을 부셔버렸다. 그녀는 화난 목소리로 격렬하게 소리쳤다. "내 지붕에서 내려와요! 거기서 내려오라고 했잖아요!" 그녀는 하늘을 향해서 주먹을 흔들었다.

그녀가 가리키는 곳을 쳐다보자 시몬은 4명의 남자들이 들것을 끌고 지붕을 타고 앞으로 나오고 있는 것을 보았다. 예수가 있는 위까지 오자 그들은 흙기와를 떼어내 옆에 조심스럽게 쌓아 놓기 시작했다.

"불량배들아!" 그녀는 비명을 질렀다. "말해두지만, 나는 이 깡패들이 내 집을 망가뜨리도록 놔두지 않겠어"라고 그녀는 모여 있는 사람들 모두에게 대고 말했다. "우리 사위는 어디 있어요?" 그녀의 눈동자가 이리저리 찾았다. "베드로, 즉시 저 사람들을 중단시켜!"

베드로가 뒷계단으로 뛰어올라 그들이 있는 곳을 향해 조심스럽게 지붕 위로 발을 옮겼다. 들것에 이르자 그는 무릎을 꿇었다. 들것 위에는 한 중풍병자가 누웠는데 그의 팔다리는 가늘고 쇠약했으며 그의 얼굴은 고통의 마스크였다. 잠깐 주저하다가 베드로는 일어나서 그들이 줄을 이용해 들것을 지붕의 구멍을 통해 밑으로 내리는 것을 도왔다.

"자네 그를 내려주려는 건가?" 그 여인이 소리 질렀다. "베드로, 거기에서 내려와. 떨어져서 목을 부러뜨리려고 그래!"

시몬이 아까 보았던 두 사람의 목소리 큰 사람들이 그녀를 다시 집안으로 끌어들이려고 했다. 다시 소동이 일어났다. "베드로!" 하고 그들 중 하나가 소리쳤다. "와서 당신 장모님 좀 어떻게 해봐. 장모님이 사람들을 당황하게 만들고 있어."

중풍병자가 예수 앞에 안전하게 도착한 것을 확인한 뒤 베드로는 바깥 계단을 뛰어내려 왔다. 곧 그와 한 젊은 여인이 레아를 둘러쌌다. 레아는 계속 투덜거리며 욕도 하고 경고도 하면서 그들이 이끄는 대로 따라갔다.

시몬은 뚫린 지붕 아래에서 벌어지는 광경에 이목을 집중했다. 예수가 올려보고 있었다. 그는 즐거워 보였다. 뚫린 구멍에서 햇살이 그의 얼굴 위로 쏟아졌고, 그리하여 활짝 웃는 미소와 따뜻한 연민의 표정을 밝히 드러냈다.

"굉장한 믿음입니다!"라고 그는 아직도 지붕 위에 있는 4명에게 소리쳤다. 그의 눈들이 주름져 오그라들었고 수염 사이로 흰 미소가 넓게 번졌다. "나는 당신들의 결단과 믿음에 경탄합니다. 그리고는 간이침대 위에 있는 남자를 내려 보았다. "친구여, 당신의 죄가 사해졌습니다. 당신은 이 순간 하나님께 의롭게 되었습니다."

예수 가까이의 덩굴시렁 밑의 그늘진 구석에 앉아 있던 바리새인들의 무리로부터 충격받은 한탄소리가 튀어나왔다. "이 사람은 자기가 누구라고 생각하는 겁니까?"라고 한 사람이 비난의 목소리로 말했다. "오직 하나님께서만이 죄를 사하실 수 있으십니다. 이 사람에겐 그런 권세가 없습니다. 그는 여호와 하나님을 대신해서 말할 수 없습니다."

"저 사람이 내가 말씀드렸던 그 바리새인이에요"라고 요나가 속삭였다. "저 사람은 아마도 예루살렘에서 온 친구들과 함께 있을 거예요."

예수가 고개를 돌려 화려한 옷을 입고 안락한 받침대 위에 앉아 있는 6명을 마주보았다. 그는 잠깐 동안 그들을 응시했다. 그들은 그들의 흰 옷에 달린 푸른색 술을 흔들면서 불안하게 움직였다.

"당신들은 왜 내게 불평을 하면서 거기 앉아 있습니까?"라고 드디어 그는 조용하고 부드러운 목소리로 물었다. "왜 당신들은 가슴 속에 불신과 적의를 품고 있습니까? 나는 이 사람의 죄가 사해졌다고 말했습니다. 어떤 것이 쉽습니까? 중풍병자를 낮게 하는 것과 그의 죄를 사해 주는 것 중에서?"

시몬과 요나는 재빨리 벽 옆의 보다 좋은 장소로 옮겼다. 시몬은 그 질문에 의아해했다. 어떤 것이 쉬웠을까? 라고 그는 스스로에게 물었다. 그러다가 그는 무언가를 깨달았다. 그건 별 차이가 없는 것이었다 — 하나님께서는 둘 중 어느 것이라도 별 힘 안들이고 하실 수 있으시기 때문이었다.

예수는 마치 대답을 기다리는 것과 같이 계속해서 바리새인들의 무리들을 주시하셨다. 그들은 난처한 표정을 짓고 대답을 거부했다. 손을 흔들어 그들을 떠나게 한 뒤에 그는 조용히 숨죽이고 있는 군중들에게로 돌아왔다.

"나는 여러분에게 인자가 죄를 사하는 권세를 갖고 있다는 사실 — 나는 내가 원하는 것을 모두 할 수 있다는 것 — 을 알려 드리고 싶습니다." 그의 펼쳐진 팔이 마치 지팡이와 같이 중풍병자 위로 낮게 내려졌다. '일어나시오!' 라고 그는 명령했다. "일어나 당신 침상을 들고 당신의 길을 가시오."

어떻게 했는지, 그 병자는 뼈만 남은 자기의 다리들을 자기 밑으로 가져가서는 발에다가 힘을 주었다. 그는 소리쳤다. 그는 웃었다. 그는 두 팔을 들어 예수를 둘러싸고 있는 지붕을 통해 흘러 들어오는 빛을 향해 뻗었다. "나는 나았다!" 라고 그는 소리쳤다. 그리고는 곧장 감사함으로 예수 앞에 무릎을 꿇었다. 그리고 계속 흐느끼면서 자기에게 다가온 4명의 친구들에게 돌아섰다. 그들 모두 울기도 하고 동시에 말도 했다. 그들은 그가 침상을 말아 올리는 것을 도와주었으나 그는 침상을 자기가 들고 갈 것을 고집했다. 그들이 떠날 때 놀라 두려움에 사로잡힌 군중들은 길을 비켰다.

시몬은 정신을 잃을 것 같았다. 든든하고 몸에 익숙한 돌의 부축이 필요해 그는 등을 돌 벽에 기대었다.

"아저씨 보셨지요?"라고 요나가 속삭여 물었다.

"봤다"하고 답하는 시몬의 목소리는 감동으로 끈적거렸다. "오, 하나님. 우리의 메시아께서 드디어 오셨군요."

제 5 장

"좋은 소식을 가져오며 산을 넘는 발이
어찌 그리 아름다운가"

이사야 52: 7 KJV 성경

티베리아스의 연회가 있은 지도 6주가 지났다. 바타샤는 그것을 악몽으로 기억하고 있었다. 그녀는 트롤리어스가 그녀를 구하기 위해 취했던 영웅적 행위가 발각되지 않았기를 바랐다. 그 뒤로는 그녀에게 발작은 일어나지 않았지만 그녀는 절망감과 우울감에 사로잡혀 있었다. 매일 아침 반겨주는 햇살과 또 다른 하루의 일과에 눈을 뜨기 전에, 그녀는 무언가 크고 악한 것이 그녀의 마음 한 구석에 웅크리고 있는 것같이 느껴졌다. 그것은 어둡고 위협적인 것으로, 미지의 무서운 곳으로 그녀를 휩쓸어가려고 하는 것 같았다. 그녀가 일상의 업무 속으로 빠져들어 가면 그 위협은 물러갔다. 그러나 다음날에는 다시 돌아와서, 그녀가 두려움에 몸을 구부린 채 잠의 어둠에서 의식이 돌아오는 새벽까지 여행하는 동안 그녀의 침대 옆에 앉아 있었다.

그녀가 대리석 조각처럼 창백하고 생기가 없이 티베리아스에서 집으로 돌아왔을 때, 그녀의 이모는 그녀가 "발작"으로 고통당했다는 것을 알아차렸다. 그녀는 곧 그 사실을 인정했지만 자세한 상황을 의논하거나 일어났던 다른 일을 알리려 하지는 않았다. 이모의 걱정스러운 안색과 염려하는 충고들을 무시하고 그녀는 일에 집중했다. 예전보다 수확이 훨씬 풍요로웠다. 꽃들은 개화하기 시작하는 동안 거두어져야만 한다. 만발할 때까지 기다리면 여름 공기로 인해 그 정수가 낭비될 것이기 때문이다.

그녀의 노예 알렉시스는 노동자들을 감독하고 바구니들의 기록을 보관하며 세 군데 증류소가 계속해서 운영되도록 확인하는 일을 담당하고 있었다. 그녀는 가능한 한 많은 시간을 실험실에서 향수들을 섞으면서 보냈다. 막달라의 흰 장미의 향유(attar)가 그녀 특유의 향수의 중심 요소였다. 그러나 그녀는 그것을 내음이 오래가도록 앰브레뜨 씨앗*이 가미된 아몬드유의 바탕에 첨가했다. 그리고 소두구 열매와 정향 몇 방울로 비밀스러운 처방의 마무리가 지어지면, 바타샤는 이를 즉시 이집트에서 수입해온 불투명한 알라바스트론에 주입했다.

알라바스트론은 연마된 대리석 같은 재료로 만들어졌는데 그 색깔은 보다 짙은 결이 내비치는 파스텔이었다. 향유는 잘라낸 오목한 내부에 보관되었고 보석이나 대리석 마개로 뚜껑을 했으며 밀랍으로 봉인되었다. 향유는 그 안에서 봉인이 부서질 때까지 움직이지 않고 있다가 봉인이 깨지면 정수가 새로 살아나서 지극히 작은 향기의 방울로 공기에 스며들었다.

향수 속에서 작업을 하는 것이 뱌탸샤에게는 치유의 효과가 있었다. 월계수와 캐모마일, 그리고 로즈메리는 평온케 하는 효과가 있었다. 백단향 향유는 그녀에게 힘을 주었다. 일랑일랑 향유는 그녀를 미소 짓게 만들었다. 이것들과 또 다른 향유들, 방향 연고와 기름들이 비커, 점적기, 측량용 국자, 저울, 그리고 알라바스트론과 같은 장식용 상자

---

* 인도가 원산지인 식물에서 나오는 향료의 재료.

들, 깡통들, 펜던트들과 더불어 그녀의 실험실 선반들을 장식했다.

그녀는 저택 안에 작업장을 설치했다. 그녀의 친구 요안나가 한여름 어느 날 아침 그녀를 찾아와 만난 곳도 바로 이 작업장이었다. "요안나!"라고 미소와 더불어 쳐다보면서 그녀는 소리쳤다.

"그레테 아주머니가 당신이 여기 있을 것이라고 말씀해 주셨어요"라고 요안나가 말했다. "내가 방해하는 것이 아니었으면 해요."

"물론 아니죠"라고 그녀는 하던 일을 계속하면서 요안나에게 자기 옆의 긴 의자에 앉으라는 동작을 했다.

"당신이 집에 있다니 놀라워요. 나는 아마도 가게에 있으리라 생각했지요"하고 말하며 요안나는 향유의 원료들을 재고 있는 바타샤의 손을 주목해서 보았다.

"키레네 사람, 수산나가 가게의 운영을 맡았어요." 바타샤가 설명했다. "그래서 내 모든 시간을 생산에만 쏟을 수 있어요. 우리는 동업자가 되기로 합의했어요. 그녀는 또한 우리의 물품 목록을 확장해서 그녀의 남편과 아들들이 북인도로 여행 갔다가 돌아올 때 갖고 오는 감송향과 유향 같은 외국 수입품들을 포함시켰어요. 수산나는 그들과 같이 매년 계속해서 장삿길을 따라 아프리카의 해변에서 인더스 강까지 여행하는 것에 지쳤어요. 내가 한참 동안 알라바스트론을 그분들에게 구입했기에 우리는 친밀한 사이가 되었지요. 그래서 내가 남자들이 힘든 여행을 하는 동안 나랑 같이 일하자고 제안했어요. 참 당신은 어떻게 지냈어요?"하며 그녀는 재빨리 쳐다보면서 물었다. "무슨 일로 막달라에 오셨어요?"

"헤롯이 마카이루스*에 있는 자기 궁전으로 떠났어요. 그래서 나와 남편 구사는 여름 끝 무렵에 그가 돌아올 때까지 가버나움에서 지내려

---

* 헤롯이 세례 요한을 가두었다가 참수한 요새.

고 해요. 티베리아스의 연회 이후로 당신을 못 봤기에 내가 구사를 설득해서 시골로 가는 길에 잠깐 여기 들르자고 했어요." 요안나가 설명했다.

어리둥절해하면서 바타샤는 계속해서 재료들을 조정했다. "구사와 바울도 여기 같이 왔어요?" 라고 그녀는 물었다.

"그들은 밖에서 나를 기다리고 있어요. 바울은 당신 말들을 보고 싶어 했어요. 우리는 날씨가 너무 좋기에 당신도 우리와 같이 칸 하틴* 까지 같이 갔으면 해요" 라고 요안나가 흥분해서 말했다.

"칸 하틴요?" 바타샤는 이상해서 반문했다. 그것은 시골에 위치한 두 개의 봉우리를 가진 산이었다. 그 산 주변에는 아무것도 흥미를 끌 만한 것이 없었다.

"제발 우리랑 같이 가요" 라고 요안나가 간청했다. "예수님이 거기서 야영을 하고 있어요. 그리고 많은 사람들에게 가르침을 베푸실 거예요. 사람들이 두로, 시돈, 데가볼리, 그리고 심지어는 예루살렘과 에돔에서도 그분의 말씀을 들으려고 오고 있어요."

그 선지자의 대중적 인기가 커지는 것을 바타샤가 모르고 있다는 사실은 요안나를 놀라게 하지 않았다. 바타샤는 매일같이 스스로를 자기 집 속에 가두어놓고 이 얼마 동안 아무 곳에도 가지 않았다. "나는 할 일이 있어서" 라고 말하며 그녀는 고개를 흔들었다.

"바타샤, 제발요" 라고 부드럽게 말하며, 요안나는 친구의 온전하고 분산되지 않은 주의를 받기 원한다는 것을 보여주기 위해 비커와 다른 장비들을 옆으로 치웠다. "연회가 당신에게 실망스러웠던 것을 알아요, 아마도 그래서 당신이 일찍 떠났겠지요."

"피니어스라는 그 귀족은 끔찍한 노인네예요" 라고 바타샤가 화가 나

---

* 예수께서 산상수훈 〈마태복음 5장〉을 설파한 갈릴리에 있는 산 이름.

서 대답했다. "나는 왜 당신 남편이 그 사람이 나와 동반하도록 했는지 상상이 안 가요."

"아니, 남편은 알지 못했어요!" 요안나가 변호했다. "피니어스가 당신을 원했어요. 그리고 그가 황제의 근위병의 하나이고 또 헤롯이 총애하니까 좋은 생각같이 보였어요."

바타샤가 깊은 한숨을 쉬었다. "오, 당신 남편을 비난하지 않아요"라고 그녀는 말했다. "그러나 피니어스는 정말 나빴어요."

"그렇다면 그가 연회 뒤에 넘어져서 머리를 심하게 다쳤다는 것을 알면 당신 기쁘겠네요. 그 때문에 그 사람은 남은 축제 내내 기분이 안 좋았어요."

계속해서 손을 움직일 일이 없어지자, 바타샤는 조용히 두 손을 무릎 위에서 꼭 잡았다. "자, 힘내요"라고 요안나는 부드럽게 권했다. "하루 쉬고 우리랑 같이 떠나요. 멋질 거예요."

어찌할 바를 몰라 바타샤는 일어나서 천천히 걷기 시작했다. 그녀는 일에 푹 빠져 집에 있는 그 안락함을 떠나기 싫었다. 그러면서도 이 좋은 날에 사람들과 어울리는 즐거움도 원했다.

"당신이 당신과 그 백부장 마르셀러스에 관해서 돌아다니는 소문을 염려하고 있다면 제발 그러지 말아요."

바타샤는 반쯤 걸음을 내딛다가 중지하고 친구를 마주보려 돌아섰다. "무슨 이야기예요?"

"살룸의 포도주가게에서 벌어졌던 싸움에 대해서 듣지 못했어요?" 바타샤가 고개를 흔들자 요안나가 계속했다.

"마르셀러스가 그 안에서 당신의 … 연 … 연인이라고 허풍을 떨고 있었는데, 그때 글로바의 아들 시몬이라는 여행자가 그 사람에게 싸움을 걸었대요."

"나의 연인이라뇨?" 하고 바타샤가 목이 멘 소리로 말했다.

"참혹한 장면이었대요. 마르셀러스와 그의 동료들이 그 사람을 거의 죽게 만들었대요. 그 소문은 퍼져서 가버나움까지 갔어요."

바타샤는 왜 그 석공이 막달라를 작별의 말 한마디 없이 떠나버렸는지 의아해했었다. "시몬이 많이 다쳤대요?" 라고 그녀는 물었다.

"아무도 몰라요" 라고 요안나는 말했다. "그렇지만 그가 걸을 수 있었던 것은 분명해요, 왜냐하면 파수병들이 그가 떠나는 것을 다음 날 일찍 보았다니까요. 그 사건이 난 뒤 사람들은 스스로의 각본을 추가해서 그 이야기를 퍼뜨렸어요. 그게 당신의 평판에 해가 되었을까 걱정에요. 사람들이란 항상 최악의 것을 믿는 거 아시잖아요."

"난 놀라지 않아요" 라고 바타샤가 우울하게 말했다. "나는 항상 사람들과 달랐어요. 우리 어머니 때문에 사람들은 결코 나를 정말로 인정해준 적이 없었어요."

친구가 고민하는 것을 보고, 요안나는 바타샤에게 팔짱을 끼고 기둥이 많이 서 있는 정원을 같이 걸었다. "그들의 입방아에 당신이 영향받지 않는다는 것을 보여줄 이유가 더 생겼네요. 오늘 우리랑 같이 가요," 그녀는 달콤한 어조로 졸랐다. "좋은 시간이 될 거예요."

"당신 나랑 같이 있는 것, 남들이 봐도 정말 괜찮아요?" 바타샤가 반쯤 농담으로 말했다.

"미욱하게 굴지 말아요" 라고 그녀는 부드럽게 나무랐다. "구사에 의하면 그 포도주가게에서의 쓸데없는 말들 때문에 평판이 나빠진 여자가 하나 둘이 아니래요. 다른 사람들과 같이 있을 때 여자들에 대해서 큰소리를 치는 남자들이 꽤 있나 봐요. 그렇게 해야 자기들이 강하고 중요하게 보인다고 느끼나 봐요."

"엄마! 바타샤 아줌마!" 바울이 뛰어서 그들에게 왔다. 그의 통통한 다리가 땅바닥을 차고 힘차게 움직였다. "아빠가 서두르지 않으면 모두 놓칠 것이라고 말씀하세요!"

"우와 어디, 내 멋진 작은 친구." 바타샤는 손을 뻗어 그의 허리를 잡아 들어서 그녀의 무릎에 올렸다. "어디 좀 보자. 세상에, 굉장히 자랐구나!"

바울이 몸을 틀어 그녀의 무릎에서 내려 자랑스럽게 똑바로 섰다. "예수님이 나를 고쳐 주셨어요. 내가 얼마나 건강한지 보이세요?"

"정말 그렇구나!"

"우리랑 같이 가실 거죠? 오, 제발 가세요. 엄마가 그러시는데 우린 담요 위에 앉아서 달콤한 무화과를 먹을 수 있대요. 아줌마는 나랑 같이 노래하실 수도 있고요, 손뼉 치며 놀 수도 있고요." 아이는 신이 나서 춤을 추었다. "재미있을 거예요. 예수님이 이야기도 하실 거고, 그리고 그땐 우린 조용히 해야 해요. 왜냐하면 그분은 중요한 분이기 때문이지요. 세상에서 가장 중요한 분이래요. 아빠가 그러세요."

"잘 알았다." 바타샤는 아이를 빨리 안아주고 돌려세워 엉덩이를 찰싹 때렸다. "가서 아빠에게 네가 '달려라 나귀야, 숨어라 나귀야'라고 하기 전에 나는 마차에 마구를 장착해야 한다고 말씀 드려라."

그들이 칸 하틴에 가까이 갔을 때 바타샤는 복닥거리고 있는 군중의 규모에만도 놀랐다. 그들 중 대다수는 눈에 띌 정도로 암하아레츠*였지만 옷을 잘 입은 많은 외국인들과, 또한 그들의 관습적인 푸른 술이 달린 겉옷을 입고 있는 종교지도자들의 무리들도 또한 같이 있었다. 그녀는 놀랐다. 한 가난한 선지자가 어떻게 이 많은 사람들을 모이도록 할 수 있단 말인가?

산으로 마차를 모는 것은 유쾌했다. 땅은 푸르른 식물들과 생생한 색깔로 비옥했다. 도금양이 담자색에서부터 주홍빛으로 어우러져 그늘에서 피어났고 칸나와 양귀비와 아네모네가 언덕과 초지 위에 제왕같

---

* 성경적 히브리어로 '그 땅의 사람들, 보통 사람들'이라는 뜻, 신약시대 제사장과 하층계급 사이에 있었던 민중을 가리킴.

이 퍼져서 햇살에 씻겨나간 널따란 색채의 팔레트를 도출해냈다.

산 중턱쯤에서 그들은 뽕나무의 낮은 가지들 아래 있는 그늘진 자리를 발견하자 말을 매어놓고 담요를 펼친 뒤 음식을 펼쳤다. 바울은 사방을 뛰어다니며 신이 나서 구경하며 모든 지저귀는 새들과 나비들을 보고 즐겁게 탄성을 질렀다. 다른 사람들도 이미 작은 무리를 이뤄 자리를 잡고 있었으며, 그들의 대화 내용의 일부가 때때로 바람에 섞여 날아왔다. 구사는 좀더 위쪽 사람들이 밀집한 구릉지로 걸어가다가 바타샤가 아직 만나본 적이 없는 한 중년의 남자와 이야기를 하기 위해 멈춰 섰다.

"저 분은 남편의 옛 친구 나다니엘이에요"라고 요안나가 말했다. "저 분은 예수님을 단속적으로 벌써 1년 넘게 따라다니고 있어요. 남편은 저 분이야말로 한 번도 다른 사람에 대해 험담이나 비판하는 말을 하지 않고 살아갈 수 있는 사람이라고 그래요."

나다니엘을 주시하면서 바타샤의 푸른 눈이 미소 지었다. 그는 순수한 유대인의 용모 — 매끈한 올리브색의 피부, 힘이 넘치는 검은 눈, 그리고 튀어나온 코 — 를 가졌다. 그의 벗겨진 머리는 태양의 보호를 거의 받을 수 없는 은빛 광택을 내면서 벌써 분홍빛으로 변하고 있었다. 그의 태도는 허세가 없었고 다정했다.

그런 뒤 그녀는 얇게 썬 치즈와 올리브 조각을 접시에 담아내는 데 전념했다. 친구와 헤어져서 온 구사는 곧이어 계속해서 음식을 차리고 있는 그녀와 요안나와 합류했다.

"어떤 일이 생겼나 맞춰볼래요?"라고 그가 말했다. "예수께서 나다니엘을 자기와 같이 여행을 함께 할 12명의 측근 그룹의 한 사람으로 택하셨답니다."

"그래요, 그보다 더 나은 사람을 선택할 수도 없을 걸요"라고 요안나가 접은 냅킨들을 담요 위에 놓으면서 의견을 말했다. "저 개미들 좀 봐요"라고 그녀는 짜증이 나서 말했다. "이 개미들이 팔레스타인 전체에다가 우리가 음식을 가져왔다고 신호를 보냈겠다. 바울아"라고 그녀는 주변에서 놀고 있는 아들을 불렀다. "모두 다 개미 밥되기 전에 와서 앉아라. 예수께서 그 외에 누구를 택하셨대요?"라고 그녀는 물었다.

구사는 담요 위에 주저앉았다. 그리고는 쉬는 자세로 퍼지더니, 올리브를 슬며시 가져가려고 손을 뻗었다.

"잠깐요! 우리가 감사 기도할 때까지 기다리세요."

"베드로, 그 어부는"라고 말하며 그는 올리브의 살의 맛을 즐기면서 입 안에서 올리브 씨를 발라 엄지와 집게손가락 사이로 빼어내려고 했다.

"음, 말할 것도 없지요. 랍비께 헌신한 사람이 있다면 바로 베드로지요. 그는 모든 것을 버렸습니다. 그는 이제 생업을 소홀히 할 뿐 아니라, 베드로가 여행 때문에 너무 자주 드보라와 그들의 새집에서 멀어지고 있다고 그의 장모 레아가 요즘은 불평하고 있지요."

"레아는 모든 것에 대해 불평하지요"라고 구사가 의견을 말했다. "드보라와 베드로는 이 문제에 관해서 완전히 의견이 같아요."

"그래도, 새색시로서 그녀는 그가 그렇게 자주 집을 비우는 것에 아주 행복할 순 없을 거예요"라고 요안나가 지적했다.

"드보라는 그를 이해하고 있어요"라고 구사가 올리브를 더 갖다 먹으며 강조했다.

요안나가 날벌레들을 쫓느라고 사용하고 있던 냅킨으로 그의 손을 찰싹 때렸다. "그는 무책임해요"라고 그녀는 개미와의 전쟁은 물론 더위와 피크닉을 준비해야 하는 임무가 힘들어서 말했다.

"무책임한 건 아니고"라고 구사가 반대했다. "오히려 감정적이지요. 그리고 관대하고요"라고 덧붙이면서 그는 치즈 한 조각을 재빨리 가져왔다.

"잘못에 관대하겠지요"라고 요안나가 응수했다. "그의 동생 안드레가 둘 중에서 실제적인 사람이에요."

"예수님은 안드레도 택하셨어요."

"그럼 둘 다 가버리면 누가 생업을 담당하지요?"라고 요안나가 물었다. "바울아!"하고 그녀가 고조된 목소리로 불렀다. "지금 곧장 이리와. 식사준비 됐다."

"그들의 동업자, 벳새다의 세베대가 생업이 계속 **가라앉지 않도록** 할겁니다"라고 말하곤 그들의 생업이 고기잡이인 것을 생각하고 자기가 사용한 언어유희에 만족해 씩 웃으면서 계속해서 먹을 것을 슬쩍 가져왔다. "세베대의 두 아들, 야고보와 요한도 역시 예수님과 같이 갈 거랍니다. 그들이 외가 쪽으로 랍비의 사촌이라는 것을 나도 방금 알았어요."

"그래서 아마도 그들을 택하셨나 보군요"라고 요안나가 언짢은 투로 말했다. "아, 어린 요한은 꽤 괜찮지요, 제 생각에"라고 그녀는 인정했다. "그렇지만 야고보라뇨! 누가 그 떠버리를 옆에 두기 원해요?"

"당신 왜 그렇게 화가 났소?"하고 구사가 이마를 찌푸리며 물었다.

"나 화 안 났어요!"라고 말하며 그녀가 파리 한 마리를 찰싹 때리자 파리는 무례하게도 그녀의 깨끗한 흰 상보 위에 내장을 흘리며 죽었다.

구사는 바타샤를 쳐다보았다. 그녀는 그들이 말을 주고받는 동안 신중하게 침묵을 지키고 있었기 때문이었다. 그의 표정은 말없이 그녀의 도움을 간청하고 있었다.

"자, 여기 바울 왔습니다!" 바타샤는 아이가 도망가려 하자 팔을 꼭 잡으며 소리쳤다. "예쁘지, 이제 먹을 시간이다." 허물없는 태도로 그녀는 아이를 번쩍 들어서 담요 위에 앉도록 만들었다. "자아, 거기에!"

"네 손 좀 봐라!"요안나가 기겁을 한 목소리로 바울에게 말했다. "가서 씻어라. 물이 어디 있지요, 여보?"

구사가 생각에 잠겨서 턱을 쓰다듬었다.

"제발요! 당신 깜박하고 물 안 가져왔다고는 말하지 마세요!"

"글쎄, 어떻게 그걸 생각할 수 있었겠소?" 그는 변명조로 반문했다. "당신은 보석과 요리용 냄비만 빼고는 집안에 있는 모든 것들을 끌어내도록 했어요. 자, 그냥 식사합시다. 먼지 조금은 결코 아무도 해하지 않아요. 정말 내가 어렸을 땐, 난 아마 먼지를 한 트럭은 먹었을 걸요."

"그건 혐오스러워요!" 요안나가 화가 나서 반박했다. "나는 당신같이 깨끗하지 않은 손으로 식사하도록 자라나지 않았어요. 내가 엄격한 유대인이라는 것을 잊지 마세요."

"당신이 항상 기억나게 해주는데 내가 어떻게 잊겠소!" 라고 말하는 구사의 귀가 붉어졌다. 그는 그녀의 말을 자기의 순수하지 않은 가계에 대한 직접적 모욕이라고 받아들였다. 어린 바울은 눈물에 젖어 손을 바라보다가 자기는 단지 나뭇잎과 가지들로 포대를 지으려고 했을 뿐이라고 얼버무렸다.

바타샤는 그들의 즐거운 소풍이 사소한 말다툼으로 망치는 것을 보면서 난처해져 서둘러 중재자가 되었다. "내가 가서 물을 빌려 올게요. 앉아요, 요안나" 라고 그녀는 말했다. "바울 아빠는 요안나에게 포도주를 주세요, 그리고 곧장 기도하세요. 우리 모두 다 덥고 배고프니까요."

가까이 있던 사람들이 물을 많이 가져왔기에 기꺼이 바타샤에게 조금 주었다. 그녀는 그 물을 주전자에 담아 갖고 와서 거기에 천을 담가서 바울의 손과 얼굴을 씻겼다. 그러는 동안 구사도 역시 손을 닦았고, 요안나도 한숨을 쉬기는 했지만 같이 했다.

"내 좋은 리넨 제품인데! 결코 전처럼 되지는 않을 거야."

"도대체 어떤 바보가 소풍 오면서 비싼 냅킨을 가져와?"

요안나의 턱이 떨렸다.

"그런데요!"라고 바타샤가 큰소리로 가로 막았다. "그 선지자는 또 누구를 택했습니까, 바울 아빠? 5명의 이름만 말했는데요." 그녀는 구사에게 빵 그릇을 넘겨주고는 요안나에게는 치즈를 좀 고르라고 손짓했다. "그분이 12명을 택했다고 하지 않으셨던가요?"

구사가 고개를 끄덕였다. "마태가 있지요. 그는 물건을 갖고 도시 북쪽으로 떠나는 행상들에게 세금을 징수하는 가버나움의 세리였어요. 그는 몇 주 전부터 예수님을 따르기 시작했어요." 마태에 관해 어떤 독설적인 평이 나오지 않나 해서 구사의 눈길이 자기 부인 쪽으로 날아갔다. 음식을 먹고 있었기에 요안나는 아무 말도 하지 않았다. "예수님이 그 사람을 친구삼자 많은 사람들이 불쾌해 했지요"라고 구사가 계속 했다. "당신들도 잘 알듯이 사람들은 세리들을 최악의 협잡꾼으로 생각하지요."

"정말이지 이 선지자 분은 자기를 따를, 좀더 나은 사람들을 찾을 수 있을 텐데요"라고 바타샤가 못마땅해서 고개를 흔들었다.

"나도 모릅니다"하며 구사가 생각에 잠겼다. "예수님은 날카로운 통찰력과 분별력을 갖춘 분입니다. 분명히 그분은 마태 속에서 무언가 구제할 수 있는 것을 보았을 것입니다. 물론 마태는 너무 좋아했고, 예수님을 따라 다니기 위해 곧장 관청의 자기 자리를 그만 두었습니다. 그리고 그는 정성껏 만찬을 준비해서 세관의 모든 자기 친구들을 초청해서 랍비를 만나도록 했습니다. 서기관들과 바리새인들은 예수님이 죄인들과 같이 식사하려고 자리에 앉으므로 스스로를 더럽혔다고 격노했습니다. 이 소식은 예수님을 조사하기 위한 대표단을 보냈던 예루살렘의 종교지도자들에게 전해졌습니다."

"이 선지자께서는 지배층의 지지를 얻고 있는 것 같지는 않군요"라고 바타샤가 의견을 말했다. "그분이 중요한 정치적 지위를 맡으려면 서기관과 바리새인의 법을 따라야만 할 텐데요."

"예수님은 그들의 법을 따르면서 종교적 지도자들의 비위를 맞출 필요가 없어요"하고 요안나가 끼어들었다. "그분은 누구에게나 순응할 필요가 없어요. 그분은 스스로의 법전을 쓰실 수 있어요."

바타샤는 친구의 광신적 발언을 무시하고 구사에게 그의 제자들의 목록을 계속 말해달라고 부탁했다. "그들 중에는 누구 훌륭한 시민들이 없나요?"

"벳새다의 빌립이 있지요"라고 구사가 대답했다. "그는 부유하고 아주 존경받는 은세공사 집안 출신이지요. 그리고 도마와 가룟 유다가 있지요. 나는 그들에 대해서는 도마가 쌍둥이라는 것 이외에는 잘 몰라요. 그리고 알패오의 아들 야고보가 있는데 그는 석공이에요. 그는 작은 야고보라고 불리는데, 왜냐하면 바타샤가 떠버리라고 말한 다른 야고보보다 훨씬 키가 작기 때문이죠. 작은 야고보는 다대오라는 아들이 있는데 예수님은 그 아들도 택하셨습니다. 그리고 열심당원 시몬이라고 불리는 다른 석공이 있습니다." 바타샤는 이 사람이 자기가 알고 있는 시몬이란 이름의 바로 그 석공, 마르셀러스와의 싸움에서 거의 죽을 뻔 했던 그 사람이라는 것을 알았다. 그들이 같이 걸을 때 그는 예수라는 선지자를 찾고 있다고 말한 적이 있었다. "바울 아빠는 그 사람에 대해서 좀더 아시는 것 있어요?"라고 그녀는 궁금해서 물었다.

구사의 눈썹이 좁혀졌다. "나다니엘이 그 사람과 작은 야고보가 동업자라고 말했다고 생각해요. 그들은 예루살렘에서 왔어요. 시몬은 불과 같은 사람이에요. 그리고 예수께서 구세주 왕이 되신다고 특별히 관심을 갖는 혁명론자이지요."

"조용히요, 여보!"라고 요안나가 말했다. "저기 예수님이네요. 말씀을 시작하려고 하세요."

그 선지자는 산의 쌍둥이 봉우리 사이의 굉장히 큰 평평한 바위 위에 서 있었다. 비록 보통의 히브리 남자들보다 어쩌면 조금 큰 키이기는 하지만, 남루한 갈색 겉옷을 걸친 그는 특별해 보이지 않는 사람이었다. 멀리 떨어져 있기에 그녀는 그의 얼굴을 선명히 볼 수 없었다. 모두 일어나서 숨죽인 기대감에 빠져들어 가는 엄청난 군중에 그녀도 합류했다.

그의 말은 정확한 아람어였으며 갈릴리 사람들에게 흔한 보통의 지방 말투는 없었다. 말을 끝낸 뒤 그는 곧이어 데가볼리에서 온 사람들과 배운 사람들을 위해 역시 완벽한 헬라어로 통역해서 말했다. 그의 설교를 돋보이게 만드는 고대의 히브리 구절들마저도 제사장들이나 서기관들이 말하는 것과 같이 정확했다. 그의 뚜렷하고 굵은 목소리는 아주 명료하게 언덕을 넘어 들려 왔다.

"심령이 가난함을 깨달으면 복이 있나니, 그리하면 당신이 하나님의 구원을 체험할 것입니다. 그리고 당신의 죄로 인해 애통해 할 때 기뻐하시오. 왜냐하면 그때 하나님이 정녕 당신을 위로할 것이기 때문입니다. 하나님께서는 겸손한 당신을 축복하십니다. 그리고 언젠가 당신은 이 땅을 다스리는 것을 도울 것입니다. 당신이 그 무엇보다도 의를 간구할 때에 기뻐하시오. 하나님이 당신에게 의를 주실 것이기 때문입니다. 그리고 당신이 다른 사람에게 긍휼을 베풀면 하나님께서는 계속적으로 당신에게 긍휼을 베푸실 것입니다. 당신의 의지와 감정이 순수할 때 하나님은 당신을 축복하실 것입니다. 그리고 당신에게 하나님이 모습을 드러내실 것입니다. 당신이 화평케 하면 당신은 온전해질 것입니다. 그리고 하나님은 당신을 하나님 스스로의 후사로 여기실 것입니다. 당신이 하나님께 속했기에 어려움이 생기면 그의 왕국이 당신의 기업이 된다는 것을 확신하십시오."

"수수께끼 같은 말씀을 하시네요"라고 바타샤가 요안나에게 속삭였다.

"그냥 들으세요." 요안나의 시선은 결코 산을 떠나지 않았다.

바울이 가만히 있지 못하고 있었다. 바타샤가 아이를 데리고 나무 밑

그늘로 가겠다는 신호를 했다. 계속해서 선지자가 하는 말 한마디 한마디에 집중하면서 요안나가 고개를 끄덕였다. 소리 내지 않고 그녀와 바울은 막대기로 땅바닥에 그림도 그리고 우스운 모양의 얼굴 그림을 보고 웃음을 주고받으며 놀기 시작했다. 그녀는 더 이상 주의해서 랍비의 말을 듣지 않았다. 그의 수수께끼 같은 발언은 실제 세상에선 아무런 실용적 가치가 없었다. 그는 꿈꾸는 자 — 이상주의자였다.

얼마 뒤 바울은 담요 위에 누워 잠이 들었다. 바타샤는 조용히 소풍 뒷정리를 하기 시작했다. 랍비의 목소리가 더 이상 들리지 않기에 그녀는 고개를 들어 쳐다보았다. 그는 감사기도를 드리느라고 두 팔을 쭉 뻗고 서 있었다. 바타샤는 경의를 표하며 일어섰다. 그리고는 그의 제자들이 그를 둘러싸더니 시야에서 사라졌다. 사람들이 천천히 움직이면서 서로 섞였다. 어떤 이들은 그가 위대한 스승이며 제사장이나 서기관보다도 훨씬 박학하다고 경탄했다. 또 다른 이들은 삶의 사소한 고민 거리와 좌절감에 사로잡혔기에 선지자의 말씀의 여운이 쉽사리 사라져 갔다. 그렇지만 또 어떤 이들은 병을 고쳐달라고 소리쳤다.

그녀는 알렉시스를 찾기 위해 많은 군중들을 훑어보았다. 그를 찾자 그녀는 떠날 준비가 되었다고 알려 주었다. 그러나 그녀가 마차를 향해 가고 있을 때 요안나가 그녀의 팔을 붙잡고 군중들 중 울긋불긋한 무리들을 향해 뒤쪽으로 끌었다.

"예수께서 이쪽으로 곧 오실 거예요"라고 요안나가 설명했다. "만나 보지 않을래요?"

친구의 감정을 상하는 것이 싫어 바타샤는 조용히 동의했다. 그녀는 알렉시스가 뒤에서 따라오나 보기 위해 뒤돌아보았다. "우리 금방 갈 거야"라고 그녀는 웃으며 말했다. "제발 가까이에 있어."

그 충실한 노예는 고개를 끄덕였다. "제 생각엔 아씨께서 더 계셨으면 합니다. 저는 금방 선지자께서 손 마른 사람을 고치시는 것을 보았어요. 아마도 그분이 아씨의 두통도 고치실 수 있을 겁니다. 같이 그를 기다리시죠."

바타샤는 놀랐다. 그가 한 말은 그녀가 이 노예가 말하는 것을 들은 이래 가장 긴 말이었고, 사실상 그녀는 그를 평생 동안 알아 왔다. 그녀의 아버지가 그를 골의 전쟁터*에서 구했다. 은혜에 감사해서 알렉시스는 그녀의 아버지와 그 가족을 평생 모시겠다고 맹세했다. 그의 조용하고 흔들리지 않는 충성은 그녀의 힘들었던 어린 시절을 통해 변하지 않은 몇 가지 중 하나였다.

"여기 어느 분이 스승님의 손길이 필요하십니까?" 부드러운 말씨의, 그러나 안짱다리인 한 남자가 그들 가운데로 왔다. 그는 상당히 키가 작았고 믿을 수 없을 정도로 밝은 여러 가지 색깔의 겉옷을 입고 있었다. "나는 알패오의 아들 야고보입니다. 스승님의 제자 중 하나입니다. 아픈 분이나 고통받으시는 분이 있으면 앞으로 나오세요. 예수님이 곧 오실 겁니다."

요안나가 주저하지 않고 소리쳤다. "여기 내 친구요"라고 그녀는 바타샤를 손짓하며 말했다. "굉장한 두통을 앓고 있어요. 부디 랍비께 그녀를 고쳐달라고 부탁 드려요."

사람들이 모여들기 시작했다. 바타샤는 부끄러움의 물결이 등을 타고 어깨를 넘어서 얼굴로 몰려오는 것을 느꼈다.

"그 여자 분에게 무슨 문제가 있나요?" 라고 호기심에 찬 구경꾼이 물었다. "그녀는 아프거나 고통을 당하는 것 같지 않아 보이는 데요."

"그녀에겐 두통이 있어요"라고 요안나가 완강히 반복했다. "상당히 심각해요."

바타샤가 요안나를 조용히 시키려고 팔을 확 잡아당겼다.

---

* B. C. 58에 로마가 Gaul에서 일으킨 전쟁.

"오오! 두통이라, 그래요?"라고 군중 중의 한 남자가 야유했다. "이제 랍비께서 여자의 부인병도 고쳐주셔야 하겠습니까?" 군중들이 웃었고 곧 그들에게 흥미를 잃기 시작했다.

요안나는 그 작은 제자의 화려한 소매를 붙잡았다. "제발 예수님께 내 친구가 심하게 고통당하고 있다고 말해 주세요"하고 애원했다.

"사실입니까, 젊은 아가씨?"라고 그 제자가 바타샤에게 물었다.

바타샤는 말하기도 너무 수치스러워 시선을 내려뜨렸다. 요안나가 급히 설명했다. "그럼요, 사실이에요. 그녀에겐 발작이 있어요. 그녀는 귀신들렸다고 그래요. 그녀의 어머니도 똑같은 병이었는데 자살했어요."

비타샤가 고개를 발딱 쳐들었다. "요안나, 무슨 말을 하는 거예요?" 그녀는 돌아서 가려고 했다. 요안나는 필요하다면 씨름이라도 할 준비가 되어 있다는 듯이 그녀의 팔을 단단히 잡았다.

"야고보, 그쪽에 누구 아픈 사람 있어요?"

바타샤는 시몬이 군중 사이를 어깨로 밀치며 나오는 것을 보았다. 그의 검은 머리가 햇볕 속에서 푸름으로 반짝였다. 그녀를 금방 알아보자 그의 검은 눈들이 좁아져서 악마 같은 표정이 되었는데 그의 눈썹 하나 사이로 뻗어 나간 흰 상처 자국에 더욱 위협적인 모습이 되었다.

"저 여자의 친구 말이 저 여자가 귀신 들렸다는데"라고 야고보가 바타샤 쪽을 향해 손짓하며 설명했다. 귀신이라는 말이 들리자 군중들은 머리를 쳐들고 더 가까이 밀쳐왔다. 귀신 들림과 귀신 쫓아냄은 언제나 구경거리를 마련해 주기 때문이었다.

"이 여자는 바타샤라고 하는데 막달라의 향수상인이에요"라고 시몬이 야고보에게 말했다. "그녀는 이 방면에서 여자 죄인이라고 평판이 나 있지요. 그녀가 혹시라도 귀신이 들렸다면 아마도 탐욕의 귀신일거요"라고 말하면서 그는 돌연 자기 동료에게 몸짓을 했다. "다른 데로

93

갑시다, 정말로 선생님의 치유를 받을 자격이 있는 사람을 찾읍시다."

야고보는 자신이 없어 얼굴을 찌푸렸다. "당신은 선생님의 능력을 믿습니까"라고 그는 바타샤에게 부드럽게 물었다.

"시간 낭비하지 말아요, 야고보" 하고 시몬이 막아섰다.

마치 상처를 감추려는 듯이 어깨걸이를 가슴 위로 내려뜨리면서 그녀는 고개를 쳐들었다. 그리고는 결코 그녀가 느끼고 있지 못한 품위 있는 냉정성으로 소리쳤다. "당신, 내게 당신의 예수를 믿느냐고 물었죠"라고 그녀는 야고보에게 말했다. "아니, 나는 안 믿어요." 군중들이 노해 와글거렸다. 그래도 그녀는 자기주장을 고집했다. "당신의 스승은 방금 하나님에 관해서, 그리고 그분의 사랑과 자비에 관해서 설교를 하셨소. 그런데 당신, 시몬" 하고 그녀는 그를 향해 말했다. "그 스승의 가장 가까운 제자의 한 사람인데도, 방금 나에게 사탄의 친절을 보여 주었소. 바로 그 제자들이 그가 가르치는 것을 웃음거리로 만드는 그런 사람을 내가 어떻게 믿을 수 있겠소?"

떨리는 손길로 겉옷을 부여잡고 그녀는 돌아섰다. 그녀가 당당하게 걸어 나오자 수군거리는 군중들은 갈라섰고, 그녀는 중단하지 않고 가서 마차에 올랐다. 알렉시스는 말고삐를 잡았다. 짧은 순간 동안 그녀는 뒤를 돌아보았다. 그녀는 예수의 얼굴을 보았다. 그분은 언덕 위에서 사랑과 연민의 표정으로 그녀를 바라보면서 움직이지 않고 서 계셨다. 마치 그분은 모든 것을 알고 이해하신다는 것 같은 표정이었다. 그녀는 다시 아버지의 품에 안긴 어린애같이 느껴졌다. 그 순간은 시간의 작은 파편이었지만 그 안에 영원의 고통을 축약해서 담았다.

"선생님 …" 하고 그녀는 마차가 돌아서서 산을 내려가기 시작할 때까지 그분의 시선을 놓치지 않고 속삭였다.

제 6 장

보라, 주의 손이 짧아져서
구원하지 못하는 것도 아니요

이사야 59:1 KJV 성경

　예수가 그의 열두 제자들을 데리고 게네사렛 평원* 위로 가고 있을
때 갈릴리의 언덕들은 자줏빛 그늘 속의 서쪽으로 누워 있었다. 제자들
은 시끄럽고 요구사항 많은 군중들을 가까운 마을의 그들의 야영지나
여인숙으로 돌려보냈다. 그날은 길고 더운 날이었으며 그들은 피곤했
다. 그들이 시원한 남쪽 산들바람 속으로 걸어가고 있을 때 그들의 발
걸음은 거칠고 이슬 젖은 풀 속을 무겁게 내디뎠다. 태양은 언덕 꼭대
기로 내려 앉아 금빛 주홍빛 긴 띠로 갈라져서 숨을 거두기 시작했다.
매미들의 평화로운 찌르륵거림 이외에는 아무런 소리도 없었으며 제자
들은 자기들끼리 간헐적으로 이야기를 나누었다.

　침묵 속에서, 시몬은 다른 사람들에게 약간 떨어져서 걸었다. 생각
하고 싶지 않았지만 그는 바타샤에 대한 생각에 사로잡혀 있었다. 그녀
를 다시 만났다는 것이 혼란스러웠다. 많이 노력했지만 그는 그녀를 마
음속에서 떨어낼 수 없었다. 저녁 공기 속에서 그는 그녀의 향기를 숨

---

* 가버나움과 막달라 사이의 작은 평야, 마태복음 14:34 참고.

쉬었다. 그녀의 얼굴과 머리카락이 일몰 속에 있었고, 그녀의 모습이 갈릴리의 언덕 속에 있었다.

그들이 캠프를 쳤을 때, 그와 작은 야고보는 요나와 다대오가 가져온 장작으로 불을 피웠다. 베드로와 안드레가 음식 자루를 풀자 배고픈 모두는 빵과 마른 생선으로 식사를 하려고 모여들었다. 배가 부르고 기분 좋은 불이 원기를 회복시켜주자 그들은 저녁식사 동안 동료서의 다정한 대화들을 나누었다. 예수는 계속해서 가르치셨다. 그들이 듣고 있는 동안 별이 나와서 그들 머리 위로 빛나는 커다란 천막, 혹은 하늘 뚜껑을 만들었다.

"여러분은 세상의 빛입니다"라고 그는 말했다. "산 위에 있는 동네와 같아서, 밤에도 빛이 나와 모든 사람이 볼 것입니다. 사람들이 등불을 켜서 그릇 아래 두지 않습니다. 사람들은 등불을 등잔대 위에 켜서 집 안사람 모두에게 비춥니다. 그러므로 여러분의 영적 밝음이 사람들 사이에서 비치도록 하십시오. 사람들이 여러분이 하는 착한 일들을 보게 하고 여러분의 행실로 인하여 하나님께 감사드리도록 하십시오."

그는 햇볕에 말린 물고기 한 조각을 떼어내어 소금에 절였다. 그는 물고기 조금을 가까이에 있던 제자 요한에게 주고 스스로도 한입 베어 물었다. "여러분은 소금입니다"라고 그는 미소와 더불어 그들에게 말했다. "사람들을 단련시키고 보존하는 소금입니다. 그러나 소금이 맛을 잃어 맛이 없어지면 무슨 소용이 있습니까? 아무데도 쓸 데가 없습니다. 소용없는 재와 같이 여겨질 것입니다."

낮에 사람들에게 시달렸어도 선생님의 활력은 줄어든 것 같지 않았다. 그들 모두 새벽부터 일어나서 움직였는데, 그런데도 오직 그만은 피곤의 기색이 없었다. 그의 눈은 살아 있었고 목소리와 태도는 아직도 힘찼다. 시몬은 선생의 힘과 정력에 놀랐다.

불이 약해졌다. 베드로는 졸면서 때때로 자기 수염 속으로 머리를 끄덕이다가 스스로의 코고는 소리에 놀라 깨곤 했다. 나다니엘은 하품을 억누르고 있었고 요나는 시몬의 허벅지를 베개 삼고 벌써 잠들어 있었다. 예수는 말씀을 멈추고 다정한 눈길로 자기의 지친 제자들을 둘러보았다. 그는 어린 다대오가 불편한 자세로 잠들어 있는 것을 보고 작은 야고보에게 손짓해 그의 아들이 보다 편하게 잘 수 있게 하라고 시켰다. 그리고는 그는 요나 위로 구부려 살펴보았다. 요나는 제자라고 하기에는 너무 어렸지만 그래도 그들과 한 무리였다. 시몬이 요나의 머리와 어깨를 다시 자리 잡아 주자, 예수는 자기 겉옷으로 아이를 보다 안전하게 감싸주었다. 그런 다음 그는 자기 사촌 요한을 축축한 밤공기에서 지켜주기 위해 망토를 벗어 덮어주었다. 그리고는 밤 속으로 걸어나갔다.

나머지 사람들은 하나씩 하나씩 스스로의 겉옷으로 몸을 감싸고 잠에 빠져들었다. 시몬은 계속해서 꺼져가는 불 앞에 우울하게 앉아 있었다. "선생님은 어떻게 저러실 수 있을까?"라고 그는 자기 동료에게 속삭였다. "선생님은 우리보다 먼저 일어나시고, 하루 종일 병정처럼 일하시고, 그리고는 나가서 밤의 절반은 기도하세요."

자기 외투를 몸 아래로 펼치면서 작은 야고보는 대답했다. "선생님은 우리처럼 잠을 많이 필요로 하지 않으시는 것 같아요."

"오늘 선생님이 군중들을 사로잡는 것 보았지요?"라고 낮은 목소리로 시몬이 물었다. "선생님은 우리 조상 다윗같이 카리스마가 있어요." 시몬의 눈이 불빛 속에서 번쩍였다. "1년 안에 선생님은 이스라엘의 왕좌로부터 팔레스타인을 다스리실 것이라고 나는 당신에게 장담해요."

"예수님이 권력을 잡으면 헤롯은 뭘 할까요?" 작은 야고보가 빈정대듯 물었다. "경배할까요?"

"그 돼지는 죽어야지요"라고 시몬이 거친 속삭임으로 말했다. "그리고 빌라도, 유대 총독도 역시 죽어야지요."

"나는 우리의 평화로운 랍비께서 사람들을 죽이면서 왕권을 인수할 거라고 생각지 않아요"라고 작은 야고보가 지적했다. "그분은 그런 유형의 지도자가 아녜요."

"그분은 지배하기 위해 태어나셨어요"라고 시몬이 반박했다. "그분과 같은 가계의 야고보와 요한에 의하면 그분은 다윗의 직계 후손이에요. 그리고 누구든 그분이 위대한 지도자 자질을 가지셨다는 것을 알 수 있어요."

"사실이에요. 그렇지만 전쟁이나 피를 흘리는 것은 그분의 계획이 아니라고 나는 확신해요."

"그러나 로마와의 싸움은 불가피해요"라고 시몬은 주장했다. "세상에서 이교도의 기생충을 제거하는 것이 뭐가 나빠요? 하나님도 우리에게 고맙다고 하실 걸요."

"그럴 수도 있고, 안 그럴 수도 있죠." 작은 야고보는 시몬의 견해에 확실한 자신의 의견을 말하려 하지 않았다. 하품을 하며 누운 뒤 그는 콧소리로 말을 했다. "나는 동생 요세가 우리 생업을 잘 돌보았으면 해요. 그 애는 꽤 게으르잖아요. 매번 1시간쯤 돌을 쪼다가 그 애는 허리가 아프다고 투덜거려요."

"그건 당신 어머니 잘못이에요. 아이 버릇을 잘못 들인 거죠."

"맞아요"라고 작은 야고보는 인정했다. "어머니는 그 애를 애지중지했지요. 아마도 그 애가 막내라서 그랬을 거예요."

"여자들이란!" 하고 시몬은 조용히 감정을 터뜨렸다. "여자들이란 쓸모도 없고 경박해요, 모두 다 그래요. 여자들은 애굽에 내렸던 재앙들보다 더 나빠요."

작은 야고보는 몸을 일으켜 한 팔꿈치로 기댔다. "당신이 밤의 절반을 이야기하며 보내기로 작정하였으니 나도 자는 건 포기하는 게 좋을 것 같소" 하고 그는 걸걸하게 소리를 맞추어 코를 고는 야고보와 베드로를 부러운 눈으로 쳐다보았다. "최소한 눕기라도 하지 그래요?"

"난 졸리지 않소. 오늘 아침 예수님이 많은 제자들 중 당신을 불렀을 때 기분이 어땠소?"

"글쎄요"라고 야고보가 생각에 잠겨 대답했다. "나는 물론 엄청난 고마움을 느꼈지요." 그는 적당한 표현을 찾고 있는 것같이 보였다. "무언가 멋진 일이 일어날 겁니다. 나는 굉장한 기대감이 있어요. 당신이 예루살렘에 돌아와서 내게 그분에 관한 말을 했을 때 나는 당신과 같이 가고 싶다는 설명할 수 없는 충동을 느꼈어요. 그런데 우리 어머니가 그분이 내 사촌이라고 알려 주셔서 나는 내가 직접 와서 그분을 만나야만 한다고 생각했어요."

"당신 아버지 쪽으로 친척인데도 불구하고" 하고 시몬이 생각을 말했다. "당신하고 그분이 만난 적이 없다니 이상하군요. 그분들이 명절 때마다 올라오면 틀림없이 그 가족들이 예루살렘을 방문하셨을 텐데요."

"그분의 아버님과 우리 아버님이 형제지간이에요"라고 작은 야고보가 설명했다. "몇 년 전에 그분들이 심하게 다투셨어요. 그때 내가 불과 열 살 때였기에 나는 그걸 희미하게 기억해요. 그건 우리 숙부이신 요셉께서 부인을 선택하는 것과 관계가 있었어요."

"당신 아버님이 동생이 결혼하는 것을 원치 않으셨던가요?"

"확실히는 기억이 안나요. 일종의 스캔들이 있었지요. 우리 아버지는 그것 때문에 굉장히 화가 나셨어요. 아버지는 숙부 요셉에게 마리아라고 하는 젊은 처녀와 약혼한 것에 대해 끔찍한 말씀을 하셨어요. 아버지가 온화한 분이셨기에 나는 아버지의 행동에 놀랐었어요. 나는 아버지가 그렇게 행동하시는 것을 본 적이 없었어요. 나는 그 전에 숙부 요셉께서 결혼할 마리아 아주머니를 만난 적이 있었어요. 그래서 그렇게 좋은 분에 대해서 반대할 사람은 아무도 없을 거라고 생각했어요. 내가 기억하기로는, 그분은 조용하고 정숙한 유대인 처녀였어요." 작은 야고보는 기억에 사로잡혀 미소 지었다. "그분에게는 무언가 특별한 것이 있었어요, 내적 평온과 순결함 같은."

시몬은 심술궂은 눈길로 그를 쳐다보았다. 그의 동료는 여자들을 이상화하려는 경향을 가졌다. 시몬은 그가 자기의 죽은 부인 타비타에게 찬사를 보내는 것을 몇 번이고 들었었다.

"나는 예수님이 그 아주머니와 닮은 걸 볼 수 있어요"라고 야고보는 계속 말했다. "그분은 햇볕 속에서 금빛 그리고 적갈색의 가닥으로 빛을 발하는 똑같은 검고 비단 같은 머리결과 또 똑같은 높은 이마와 조용한 눈매를 가졌어요. 하지만 아주머니는 작은 분이에요. 그리고 우리 집안 남자들은 우리 아버지나 요셉 숙부를 포함해서 모두 작은데, 선생님은 누굴 닮아서 키가 큰지 모르겠어요"하고 그는 조용히 웃었다. "여호와 하나님으로부터겠죠, 내 생각엔."

"그분은 훌륭한 왕이 되실 거예요"라고 시몬은 공언했다. "다윗이나 솔로몬보다 더 멋진 왕이 되실 거예요."

"그분은 그런 왕들과는 달라요"라고 야고보가 하품을 억누르며 말했다. "내가 다윗왕의 밧세바와의 혐오스러운 행위를 상기시킬 필요가 있을까요? 불쌍한 의심도 하지 않는 그녀의 남편을 죽인 것은 놔두고서라도. 그리고 솔로몬 왕은요! 그는 이스라엘에 화려함과 부를 가져왔지만 그 속에서 뒹굴다가 하나님에 대한 소망을 소진하고 말았지요. 예수님은 이제까지 세상에 있었던 어느 누구와도 달라요"라고 야고보는 계속했다. "모든 선지자들과 왕들을 합쳐놓아도 비교가 안 돼요."그는 짜증스레 진정한 뒤에 눈을 감았다.

"이제 자려고요?"하고 시몬이 물었다.

"그래요, 당신도 자는 게 좋아요. 내일 가버나움에 가야 하는데 그건 한가로운 산책이 아녜요."

시몬은 지친 태도로 손으로 머리를 빗질했지만 눕지는 않았다. 그는 계속 앉아서 연기 나는 숯덩이들을 응시했다.

별안간 그의 동료가 신경질적으로 외투를 벗어던지며 일어나 앉았다. "무슨 일 있어요?"라고 그는 큰 속삭임으로 물었다. "나는 당신이 이러는 거 처음 봅니다. 늘 당신은 레바논의 벌목된 백향목처럼 우리들 중 누구보다도 먼저 잠들었는데. 무엇 때문에 그래요? 그 여자 때문이오?"

"여자라니 무슨?" 즉각적으로 수비 태세가 되어 시몬이 물었다.

"내가 누구를 말하는지 당신이 잘 알 거요. 예수님이 사람들을 모욕하라고 우리를 군중 속으로 보내지 않았다는 것은 당신도 알고 있어요. 그때 그 여자가 가버리지 않았다면 군중들이 그녀에게 어떤 짓을 했을지 아무도 몰라요. 당신 양심에 돌팔매를 맞고 싶어요? 예루살렘의 종교지도자들이 선생님과 그 제자들이 폭동과 살인을 선동하며 돌아다닌다는 것을 들으면 얼마나 기뻐할지 생각해 봐요. 당신도 알듯이 그들은 끊임없이 헤롯 앞에 내놓을 예수님에 대해 불리한 고소거리들을 찾고 있어요." 시몬에게 등을 돌리곤 그는 머리와 온몸을 외투로 감쌌다. "주무시오" 하고 그는 숨죽인 목소리로 단호히 명령했다.

생각도 계획도 없이 시몬은 죽어가는 불을 뒤로 하고 걷기 시작했다. 그의 강건하고 힘 있는 다리는 그를 달빛 비치는 들판을 지나 막달라의 호숫가까지 데려갔다. 거대한 탑과 그 밑의 요새는 잠들어 있었다. 그는 호숫가를 따라갔다. 기슭의 고요한 표면은 달빛 속에 검은 오닉스처럼 빛이 났다. 드디어 그는 바타샤의 사유지 뒤편에 있는 갈대로 둘러싸인 작은 만에서 걸음을 멈추고 부서져 가는 벤치 위에 앉았다.

어쩌면 야고보가 옳았다. 선생님은 사람들을 정죄하라고 그들을 부른 것이 아니라 섬기고 치유와 구원으로 인도하라고 부르신 것이었다. 시몬이 바타샤에 대해 어떻게 생각하든 선생님의 이름으로 그녀를 거부한 것은 그의 잘못이었다. 그는 감정을 개입시키지 말았어야 했다.

마치 은빛의 커다란 타원형 접시처럼 달이 높게 걸렸다. 밤이 늦었다. 아마도 이경*(the Second Watch) 쯤 된 것 같았다. 내일 그는 피곤하리라. 그는 고개를 앞으로 숙여 얼굴을 거칠고 무감각해진 손으로 비볐다. 돌연 그는 무슨 소리를 들었다 ― 바로 그의 왼쪽에서부터 바타샤의 빌라가 있는 방향에서 나온 낮은 신음소리 같은 것이었다.

그는 고개를 들고 어두운 초목 사이를 뚫어지게 쳐다보았다. 하나의 흰 물체가 언덕을 내려와 만 쪽으로 흘러왔다. 그의 가슴이 갑자기 요동쳤고 그는 두려움 속에 굳어졌다.

처음에 그는 그것이 유령이라고 생각했기에 그의 다리는 싸울 준비를 하느라고 긴장했다. 다음 순간 그는 달빛에 의해 은빛이 된 긴 머리결의 장막을 보았다. 그것은 바타샤였다. 그러나 무언가 굉장히 잘못된 것 같았다. 그녀가 다시 신음하면서 어머니를 찾았을 때 그의 뒷목이 찌르듯 아팠다. 그리고 그녀는 "아바"라고 말했다. 이는 히브리어로 아빠라는 뜻이었다.

그녀가 호숫가에 이르러 물속으로 미끄러져 들어가는 것을 시몬은 꼼짝 않고 계속 주시했다. 이어서 그는 달리기 선수처럼 몸을 앞으로 굽히고 벤치에서 미끄러져 내려갔다. 이제 그녀는 허리 깊이까지 들어갔다. 그녀의 가운이 부풀어올랐다가 곧 물에 휩싸여 삼켜졌다. 갑자기 그녀가 하얀 두 팔을 달을 향해 던지더니 균형을 잃고 뒤를 향해 휘젓는 것 같았다. 그는 숨을 죽이고 그녀의 머리가 수면을 뚫고 나와 생명을 유지시킬 공기를 크게 들이마시기를 기다렸지만 허사였다. 물은 밀려가며 동요했고 그녀는 무엇에 끌리는 것같이 더 멀리 나아갔다.

그의 몸 안의 모든 추진력이 즉각 행동으로 바뀌었다. 그는 머리로부터 물로 뛰어들었다. 눈을 크게 떴지만 물 밑에는 지옥 같은 어둠 이외

---

* 하룻밤을 오경(五更)으로 나눈 둘째 부분. 밤 9시부터 11시 사이.

에 아무것도 보이지 않았다. 그의 손들이 물속을 수색했다. 그의 머리가 산소부족으로 터질 것 같았다. 급하게 그는 물 위로 떠올라 크게 헐떡여 숨을 쉬고 공포로 얼었지만 다시 물에 뛰어들어 이번에는 더 깊이 들어가 튼튼한 팔로 물속을 더듬었다.

드디어 그녀의 머리카락이 그의 손에 닿았고 다시 그녀의 가운의 얇은 옷자락이 만져졌다. 그는 그것을 꽉 잡고 그녀를 자기 손이 미치는 범위로 끌어당기려 했다. 그러나 그녀가 일곱 귀신의 힘으로 항거했기에, 그리고 숨 쉬고 싶은 그의 욕구가 너무도 강했으므로, 그는 거의 그녀를 놓질 뻔했다. 그는 훅하고 물을 들이켰다. 그런 뒤 그녀를 자기 몸 옆에 꽉 붙잡아 놓고 위로 올라오려고 온 힘을 다해 물을 걷어챘다.

기침을 하면서, 그리고 거의 의식을 잃어가면서 그는 그녀의 축 처진 몸을 붙잡은 채 한 손으로 기슭을 향해 헤엄쳤다. 그의 발이 돌연 호수의 바닥에 닿자 그는 깜짝 놀라며 안심했다. 그는 겨우 물 밖으로 나왔다. 그의 젖은 옷과 바타샤의 엄청난 무게 때문에 비틀거리며 그는 그녀와 함께 풀 속으로 쓰러졌다.

깊은 숨을 들이쉰 뒤 그는 그녀의 얼굴을 자기 쪽으로 향하게 했다. 그녀는 창백했고 기절해 있었다. "아, 당신, 바보 같은 여자!" 재빨리 그는 그녀를 뒤집어놓고 등을 눌렀다. "숨 쉬어요!"라고 그는 절망적으로 소리쳤다. "제발요!"

물이 그녀의 입에서 뿜어져 나왔다. 그녀는 약하게 기침을 했고, 그는 그녀의 허리가 들이마신 숨으로 팽창하는 것을 느꼈다. 그녀가 헐떡이며 기침을 시작하자, 그는 "자비로운 여호와여"라고 말했다.

잠깐 뒤 그는 그녀를 뒤집어서 그를 보도록 했다. 그녀의 눈이 확 하고 두려움에 크게 떠졌다. "오! 하나님, 사탄이 나를 괴롭히려고 당신도 보냈습니까?" 그녀는 그를 약하게 밀어냈다. "가세요."

"어떻게 된 겁니까? 나랑 싸우려 하지 마시오. 당신 돌았소?"

"오. 시몬" 하고 그녀는 그의 옷자락을 잡으며 애원했다. "제발 가세요, 제발 가세요. 당신은 이런 꼴의 나를 보면 안 돼요."

"괜찮아요. 내가 당신을 이모님께 데려다 드리겠소. 당신은 추워서 신경이 약해졌소." 그가 그녀를 팔로 안으려 할 때 그녀의 머리가 뒤로 확 젖혀졌고, 그녀의 몸이 경련하였으며 그녀의 눈이 안구 안에서 돌아갔다. 뒤로 물러앉아서 그는 그녀가 발작에 사로잡히는 것을 지켜보았다. 그녀의 사랑스러운 얼굴이 경련하며 뒤틀려 괴상한 모습으로 바뀌었다.

처음엔 반사적으로 놀랐다가 그의 가슴이 연민으로 무너졌다. 그녀의 친구 말이 맞았다. 바타샤는 귀신들려서 고통을 받고 있었다. 그는 결코 알지 못했을 것이었다. 부드럽게 그는 허리를 숙여 그녀를 들었다. 그녀는 더 이상 몸부림치지 않았지만 아직도 뻣뻣했고, 그의 팔 안에서 마치 뒤틀린 쇠처럼 굽혀지지 않았다.

그녀의 이모가 그를 베란다에서 맞았다. 등불 속에서 그녀의 얼굴은 황량하였고 괴로워 보였다. 그녀는 신경질적으로 계속 중얼거렸다. 처음에는 아람어로, 그 뒤로는 알지 못하는 족속의 말로 계속했다. "브리기타, 브리기타! 내 작은 금발의 동생아. 바타샤, 바타샤!" 그녀는 신음했고 흐느꼈다. "브리기타와 그 딸에게 그런 고통에 그런 죽음이라니!" 그녀는 바타샤의 젖은 머리와 창백한 얼굴을 쓰다듬었다. "너는 자살하면 안 돼, 안 돼, 안 돼. 나는 네가 이런 참혹한 짓을 할 걸 알고 있었다."

"조용하세요!" 시몬이 그녀를 스치며 지나갔다. "그녀는 죽지 않았어요. 그녀의 방이 어딥니까?"

등을 높이 들고 그레테는 그의 곁을 급히 지나 중앙 홀과 기둥으로 둘러싸인 안마당을 지나 바타샤의 방으로 갔다. "그녀를 구하려고 여호와께서 당신을 보내셨군요!"라고 그녀는 말했다. "하나님께 감사드립니다. 자비로운 여호와께 감사합니다." 그리고는 그녀는 마치 그녀의 감사의 표현에서 어떤 가능한 신성도 배제하고 싶지 않다는 듯이 다시 그녀 종족의 방언으로 빠져들었다.

시몬은 바타샤를 침대에 눕혔다. 나쁜 영이 그녀를 붙잡고 있는 힘을 좀 늦추는 것 같을 때 그녀의 몸이 유연해졌다. 그녀의 숨결이 부드러워지고 그녀의 얼굴이 침대 곁의 탁자를 장식하고 있는 꽃들처럼 희고 창백해지는 것을 그는 지켜보았다.

"그녀는 얼마나 오래 이 병을 앓고 있습니까?" 시몬이 물었다.

"얘가 열두 살 때부터지요." 그레테는 훨씬 평정을 찾았지만 아직도 혼란스러운 상태에서 무릎을 꿇고 조카의 손을 잡았다. "얘가 처녀가 되면서 발작을 일으켰어요."

"한 번으로 끝납니까?"

"아뇨. 발작이 연속적으로 밤새 엄습할 거예요. 보름달 밤에 발작이 얘를 공격해요. 그러다 새벽이 되면 떠나지요."

"갔다가 다시 오겠소"라고 단호하게 말하고 시몬은 발꿈치를 돌려 목표와 결단하는 마음을 갖고 큰 걸음으로 방을 떠났다.

그는 서둘러 야영지로 돌아와 예수를 찾았다. 선생님은 아직도 밤 기도를 하러 가셔서는 돌아오지 않았다. 시몬은 재빨리 마른 옷으로 갈아입고 예수를 찾으러 나갔다. 계속해서 부드러운, 그러나 급한 목소리로 불러대다가 그는 예수를 이렇게 되는 대로 무작정으로 찾는 데 절망하기 시작했다. 별안간, 마치 기적처럼 그는 양우리의 문가에 무릎 꿇고 있는 선생님을 보았다. 달빛이 그의 어깨와 숙인 머리 위로 빛났다.

"선생님이세요?" 하고 시몬은 다급한 목소리로 불렀다.

예수가 천천히 일어나셨다. 힘을 얻어 시몬이 가까이 다가갔다. "선생님, 막달라에 선생님의 도움이 필요한 여자가 하나 있습니다." 시몬은 이제 선생님의 얼굴을 똑똑히 볼 수 있었다. 튀어나온 광대뼈, 고귀한 매부리 코, 그리고 깊고 헤아림이 있는 항시 변하는 눈.

시몬이 급히 설명을 계속했다. "그녀는 악령에 사로잡혀 있습니다. 그녀는 오늘밤 물에 뛰어들어 거의 죽을 뻔 했습니다. 저는 아직 그렇게까지 괴로움을 받는 사람을 본 적이 없습니다." 그는 무릎을 꿇고 절을 했다. "그녀를 도와주실 거죠? 부탁드립니다."

예수가 손을 앞으로 내밀었다. 그의 손이 시몬의 춥고 떨리는 어깨를 따뜻하게 해주었다. "물론 그래야죠."

다시 바타샤의 집에 도착하자 시몬은 대문의 자물쇠를 벗기고 횃불이 밝혀진 집의 안뜰로 예수를 인도했다. "이분은 나사렛의 예수님이십니다" 하고 시몬은 입구에서 그들을 맞는 그레테에게 말했다. "바타샤를 고쳐주시려고 오셨습니다."

"의사이신가요?"라고 그레테가 물었다. "우리는 이미 의사들을 만났었습니다."

"이분은 다릅니다. 옆으로 비키세요."

그녀는 놀란 눈으로 예수를 보았다. 예수가 고개를 끄덕였다. 그의 평온한 태도 속의 무엇인가가 틀림없이 그녀를 안심시켰을 것이었다. 바타샤의 방은 타들어가는 기름등불로 희미하게 밝혀져 있었다. 예수가 그녀에게 가까이 가는 순간, 그녀는 또 한 번의 격렬한 발작으로 들어갔다. 노예 알렉시스가 침대 한쪽에 서 있었고 다른 쪽엔 키가 큰 석고상 같은 아프리카 여자가 손으로 바타샤가 뒤틀고 꿈틀거리는 동안 그녀를 잡아 눌렀다.

"네 이름이 무엇이냐?"라고 예수가 바타샤를 향해서 명령하듯 물었다.

그녀가 소리를 지르자, 몇 개의 이 세상 것 같지 않은 목소리들이 절규하며 말했다. "그모스, 다곤, 아남멜렉, 네르갈, 식굿, 므니, 밀감입니다!* 그런데 왜 우리를 괴롭히십니까, 나사렛의 예수여? 우리를 멸하러 오셨습니까? 나는 당신이 누군지 압니다 — 당신은 하나님의 거룩하신 분입니다!"

"조용히 해라!" 예수가 날카롭게 명령했다. "그녀에게서 지금 당장 나오라, 그리고 다시는 돌아오지 말라."

바타샤는 뱃속 깊은 곳으로부터 구역질하며 숨 막혀 하며 침대에 기댔다. 시몬은 공포의 순간을 경험했다. 틀림없이 이런 폭력적 사태는 그녀를 죽일 것이었다. 다음 순간, 깊고 탈진한 신음소리를 내더니 그녀는 의식을 잃고 베개를 향해 뒤로 쓰러졌다.

"그녀가 죽었습니까?"라고 시몬이 물었다.

"당신의 믿음이 어디 있습니까?"라고 예수가 물었다. "하나님을 믿으시오. 내 말을 들으시오. 당신은 무엇을 위해서도 기도할 수 있고, 믿기만 한다면 기도한 것을 얻을 수 있소. 그러나 당신이 기도할 때는 먼저 당신이 미움을 가진 누구라도 용서해야 하오, 그래야 하늘에 계신 당신의 하나님께서 당신의 죄도 역시 용서하실 것입니다."

시몬이 고개를 끄덕였다. 이는 랍비의 잘 알려진 가르침이었으며 시몬이 받아들이긴 했으나 완전히 이해하지는 못하는 것이었다. 로마가 이스라엘을 점령하고 지배하는 것 같은, 너무 잔인하고 불공평하기에 용서할 수 없는 것들이 있다. 따라서 시몬은 예수가 용서에 관해 일반적인 것들에 관해 말하는 것이며, 당연히 이러한 개념에는 예외가 있다고 생각했다.

예수가 앞으로 나아가 바타샤의 침대 모서리에 앉았다. 그는 그녀의 힘없는 하얀 손을 자신의 두 손으로 잡았다. 당황하고 초점 없이 그녀의 눈이 열렸다. 그녀가 예수를 응시하는 동안 그녀의 표정이 풀렸고 경이로 바뀌었다.

"마리아"라고 예수가 그녀를 부드럽게 불렀다.

---

* 성경에 나오는 귀신들 이름.

그녀의 눈에서 눈물이 솟더니 흘러 넘쳤다. "아무도 제가 아이일 때부터 그렇게 불러주지 않았어요." 예수가 부드러운 미소로 대응하자, 그녀는 계속 말했다. "저는 너무도 무력하게 고통받고 있었어요. 그런데 선생님이 오셨어요. 그리고 선생님은 귀신들을 쫓아 보내셨어요. 이제 모든 것들이 달라질 거예요." 감정이 격앙된 그녀는 고개를 돌려 얼굴을 베개에 파묻고는 흐느꼈다. "어떻게 은혜를 갚을 수 있을까요?"

예수가 일어나서 그레테에게 그녀에게 먹을 것을 주라고 말했다. 그리고서 그는 알렉시스와 놀란 아프리카 여자에게 다정한 고갯짓으로 인사를 했다. 그들 둘 다 절을 하고 무릎을 꿇었다. 시몬도 방 안에 있는 강한 힘을 느꼈다. 그 힘은 명료하고 느껴질 수 있어 마치 수정으로 된 종소리의 여파와 같았다.

예수가 돌아서더니 시몬에게 따라오라고 손짓했다. 시몬은 몽유병자처럼 비틀거리며 쫓아가다가 한참 뒤에야 제대로 보조를 맞출 수 있었다.

제 7 장

일어나라, 빛을 발하라, 이는 네 빛이 이르렀고,
여호와의 영광이 네 위에 임하였음이니라

이사야 60:1 NIV 성경

그다음 열흘 동안 바타샤는 그녀의 삶을 재정리했다. 그녀의 변호사와 상담하고, 아버지의 옛 친구인 아시마와 의논하고, 그리고 노예들에게 자세하게 설명했다. 그녀와 이모도 처음으로 온전히 뜻을 같이 했다. 그레테의 유일한 슬픔은 자기가 너무 늙어서 바타샤와 같이 여행을 할 수 없으므로 상당히 오랫동안 서로 헤어져 있어야 한다는 것이었다.

7월의 첫날이 청명하고 따뜻하게 동텄다. 바타샤는 그녀의 빌라로부터 북으로 굽이쳐 있는 길을, 전에 거기에 갔을 때와 같은 느낌을 갖고 내려 보았다. 흙으로 덮인 노면이 양쪽으로 늘어 서 있는 사이프러스 나무들로 새로이 생긴 그늘과 더불어 조용히 서늘하게 누워 있었다. 그녀는 어린 시절, 해와 그늘이 있던 밭들, 풀 내음과 촉촉한 땅에 대한 향수들을 생각했다. 그런 뒤 그녀는 앞날 — 이제는 몸이 회복되었으니 모험으로 빛날 앞날 — 을 생각했다.

웃으면서, 그녀는 돌아서 이모를 껴안았다. 그리고 마른 양피지 같은 그녀의 볼에 입을 맞추었다. 솟아나는 그레테의 눈물을 무시하고 그녀는 단호하게 새로 마련한 네 바퀴가 달린 마차를 향해 걸었다. 그리고 마차를 몰기로 한 그녀의 사업 동반자인 수산나의 옆에 앉았다. 그런 뒤 모여 있는 집안 모든 사람들에게 손을 흔들고 돌아서서 약속과 목표가 있는 삶을 향했다.

그들은 정오쯤에 가버나움의 요안나의 집에 도착했다. 태양은 바로 머리 위에서 불타고 있었다. 친구의 시원한 팔에 안겨 환영받으며 열주랑의 그늘 속에 앉는 것은 커다란 기분전환이었다. 요안나는 그들에게 헤르몬산에서 짚으로 채운 가죽 주머니 안에 담겨 매일 운반되는, 눈으로 차갑게 한 살구주스를 대접해 원기를 회복하게 했다.

바타샤가 눈치 채지 않게 요안나는 수산나와 친해지려고 노력했다. 비록 다정한 성격이긴 했지만 이 아프리카 여자는 아람어가 좀 어려운지 강한 악센트로 짧은 답변만 계속했다. 드디어 할 말이 더 없어서 그녀는 불편한 모습을 보이지 않으려고 눈을 내리 깔았다.

"나는 당신이 다시는 나를 보기 원하지 않을 거라고 생각했어요"라고 그녀는 불쑥 말했다. "그렇다 해도 나는 당신을 탓하지 않았을 거예요."

"당신은 내 친구예요" 하고 바타샤가 부드럽게 항변했다.

"내가 그 제자에게 당신의 상태에 대해 말했을 때 내가 미웠지요?"

"단지 잠깐 동안요."

"미안해요" 하며 요안나가 얼굴을 들었다. "나는 단지 어떻게 해서든 도와주고 싶었을 뿐이에요."

"알아요" 하고 바타샤가 그녀에게 안심시키는 미소를 보냈다.

요안나는 슬픔의 눈물을 지워버리면서 빨리 한 모금을 마셨다.

"당신 내 새로운 마차 봤어요?" 하고 바타샤가 화제를 바꾸려고 밝게 물었다.

"어떻게 안 볼 수가 있어요? 마치 당신과 수산나가 극동으로 가는 순

110

레자들과 함께 하려고 준비하는 것같이 보이는 데요!"라고 요안나가 탄성을 질렀다. "염소가죽 아래 있는 것은 뭐지요? 알라바스트론들을 다메섹으로 갖고 가나요?"

"염소가죽은 천막이에요. 그 밑에 있는 것들은 우리가 꽤 오랫동안 편안히 살기 위해 필요한 생활용품이고요. 요리도구, 식품, 옷, 담요, 세숫대야 등이에요"라고 말하는 바타샤의 목소리가 흥분으로 높아졌다. "그리고 그 밑에 레몬나무 상자 속에 숨겨져 있는 것들은 모두 금은 보석이에요." 바타샤와 수산나가 서로 보며 씩 웃었다.

"이 모든 것들을 갖고 어디를 가나요?"라고 요안나가 물었다.

"말할 수가 없네요"하고 바타샤가 말했다. "왜냐하면 나도 아직 모르니까요."

"수수께끼 놀이 하는 건가요? 몇 번 만에 알아맞혀야 하나요?"라고 말하며 요안나는 방석 쪽으로 몸을 기대면서 장난스럽게 참는 표정을 취했다. 그녀는 친구의 새로운 소식이 마치 병아리가 알의 한계를 벗어나 부화하듯이 스스로의 결단으로 곧 터져 나올 것을 알고 있었다.

"예수님이 우리 집에 오셨었어요." 바타샤가 요안나에게 온전히 기댔다. "그리고는 그분은 저를 순식간에 치유해 주셨어요." 그녀의 목소리가 경이로움으로 헐떡였다. "수산나에게 물어보세요. 그녀가 보았어요."

꼬았던 다리를 재빨리 풀며 요안나가 허리를 세우고 앉았다. "바타샤! 나는 당신에게 이런 일이 일어날 줄 알았어요!" 그녀는 빨리 바타샤의 아프리카 동업자를 쳐다보며 그녀의 웃음 가득한 얼굴과 하얀 미소를 놓치지 않았다. 순간적으로 그녀들 셋은 손들을 꼭 잡고 웃으면서 껴안았다. "그런데 왜 예수께서 당신 집으로 오셨지요?"라고 요안나가 물었다.

"얘기가 길어요"라고 바타샤가 말했다. "내가 발작을 하고 있을 때 열심당원 시몬이 예수님을 우리 집으로 모시고 왔어요. 선생님은 곧장 일곱 귀신들에게 내 몸에서 나가라고 명령하셨고, 내 생명과 건강을 회복시켜 주셨어요. 그 귀신들은 나를 파멸시키려고 나를 호수 속에 던졌어요. 그러나 나는 이제 어린 시절 이후 처음으로 건강하고 행복해요."

"오, 참 멋져요!" 하고 요안나가 소리쳤다. "나는 당신이 낫게 해달라고 아주 여러 번 기도했어요."

바타샤가 다정한 눈길로 그녀를 바라보았다. "아마도 그것이 진정한 우정의 표시일 거예요. 서로를 위해 우리가 얼마나 많이 기도하나 하는 것이요." 그녀는 손수건을 찾느라고 허리춤을 뒤졌다. "날 좀 보세요. 또 울지요. 내가 결코 울거나 하는 사람이 아니라는 것 알지요" 하며 그녀는 코를 훌쩍이며 얼굴에서 눈물을 찍어냈다. "울면 참 흉하지요, 그렇지만 선생님을 만난 뒤에 나는 굉장히 울어요. 내가 평생 동안 흘렸어야 할, 그러나 흘리지 않았던 모든 눈물들이 마치 요단강 상류에서 터져 나오듯 이제 쏟아져요." 그녀는 계속해서 눈과 볼에서 물기를 가볍게 닦아내며 미소 지었다.

"내가 그분이 당신을 변화시킬 것이라고 그랬잖아요, 안 그래요?" 하고 요안나가 말했다.

"예, 그랬지요. 그분께서 나를 마리아라고 불렀어요. 비상한 통찰력이 아니라면 어떻게 그분이 그 이름을 아실 수 있겠어요? 나는 오랫동안 내 히브리 이름으로 불린 적이 없어요. 그리고 그분이 내 이름을 불렀을 때, 너무도 사랑과 용납하는 마음으로 부르셨기에 나는 내가 더 이상 내 어렸을 때의 하나님을 거절할 수 없다는 것을 알았어요. 여하튼 여호와께서 이 모든 날들 동안 내가 돌아오기를 기다리고 계셨다는 것 ― 말하자면 집으로 돌아오기를 ― 나는 알게 되었어요."

"이제 무엇을 할 건가요?" 요안나가 물었다. "그리고 마차와 생활용품들은 왜 필요한 거죠?"

"나는 그분을 만나서 제대로 감사를 드리려고 해요. 그리고는 그분께 그분의 여행에 나를 데리고 다녀달라고 부탁하려고 해요"라고 바타샤가 말했다.

"하지만 당신은 여자예요"라고 요안나가 그녀의 말을 진심으로 받아들이지 않고 반대했다. "그분의 모든 제자들은 남자예요."

"그건 상관없어요." 바타샤가 결단의 표시로 턱을 내밀며 대답했다. "나는 이미 모든 것들을 정리했어요. 막달라의 내 가게는 아버지의 옛 친구이신 아시마에게 넘겨 드렸어요. 그분은 믿을 만한 분이며, 아버지가 돌아가신 뒤 그분이 내게 베푼 친절을 나는 잊은 적이 없어요. 그분이 연로하시기에 나는 그분의 손자를 고용해서 돕도록 했어요. 나는 또한 모든 나의 노예들을 해방했고 그들에게 자유롭게 떠나라고 말했어요. 그들이 떠나기를 거부해서 나는 그들에게 급여를 주고 데리고 있기로 했어요." 노예들의 충절을 상기하며 그녀의 눈이 다시 눈물로 가득했다. "알렉시스가 이제는 감독이 되어 향수의 생산을 총 책임질 거예요. 정말이지 그는 내가 향수를 배합하는 것을 아주 자주 도와주었어요. 수산나의 남편과 아들들이 인더스 유역에서 돌아올 때까지는 재고가 아주 많지는 않겠지만, 살림이 원만하게 돌아갈 수 있을 정도의 수입은 충분할 거예요. 수산나도 그녀가 할 수 있는 만큼 선생님을 모시겠다고 맹세했으므로 나와 같이 갈 거예요."

"맙소사"라고 요안나가 개탄했다. "당신은 선생님이 당신들이 선생님을 따르도록 허락할지도 아직 모르잖아요. 나는 당신과 수산나가 엄청난 실망을 향해 가고 있는 것이 아니기를 바라요."

"그게 무슨 말이에요?"

"그분은 어쩌면 당신을 원하지 않을 수도 있어요, 바타샤" 하고 요안나가 충고했다.

"그분이 왜요? 나는 해 드릴 수 있는 것이 많아요." 그녀는 예전의 자신만만한 태도로 머리를 쳐들었다.

"당신의 돈은 그분에게 영향을 못 줘요, 바타샤. 그분은 그런 종류의 사람이 아니세요."

"단지 돈만이 아니에요. 나는 재주도 기술도 있어요. 교육도 받았어요"하면서 그녀는 망설이는 어조로 말소리를 낮추었다. "나는 집안 살림 쪽 일도 돌볼 수 있지요, 그리고 수산나는 훌륭한 요리사예요."그녀는 잠깐 말을 멈추었고 불안으로 이마를 찌푸렸다. "오, 요안나"하고 그녀가 감정을 폭발했다. "그분은 그냥 나를 받아들여야만 해요!"

요안나가 잠깐 동안 생각에 잠겨 조용히 있었다. "좋아요. 그렇다면, 만일 그분이 당신의 제안을 고려한다면 나도 갈 수 있나 그분께 여쭈어 볼래요?"하고 그녀가 물었다. "단지 여름 동안요."그녀가 빨리 덧붙였다. "내 생각은, 만일 그분이 당신과 수산나를 받아들인다면 나 역시 못 갈 이유가 없지 않아요."

"진심인가요?"하고 바타샤가 물었다. "바울은 어떻게 하고요?"

"바울은 할머니와 고모를 만나러 예루살렘에 갈 거예요. 그 애는 1년의 이때쯤에는 보통 그들과 더불어 적어도 두 달을 같이 지내곤 해요. 그리고 남편은 곧 헤롯을 모시러 티베리아스로 파견될 거예요. 나는 이미 남편에게 이번에는 가기 싫다고 말해 놓았어요. 지난봄의 지독한 난장판 이후에는 남편도 역시 가기를 원치 않을 거라고 난 생각해요. 그렇지만 당연히 이 모든 것에 대해 완전히 결정하기 전에 남편과 더불어 의논을 해야만 하겠지요"하고 말한 뒤 그녀는 아람어를 온전히 알아듣지 못하기에 대체로 침묵하고 있는 수산나에게 몸을 돌렸다. "당신이 선생님을 따르기 원해도 남편께서는 괜찮으신가요?"하고 물었다.

바타샤나 요안나보다 나이가 들고 신중한 수산나는 단순히 미소만 지었다. "그는 아직 이것에 대해 몰라요."그녀는 진한 악센트의 말투로 대답했다. "그렇지만 내가 여기에서 결정했기 때문에"— 그녀는 자기 가슴을 두드렸다 —"그는 동의할 거예요."

요안나가 머리를 끄덕였다. "제 남편도 역시 반대하지는 않을 거예요." 그녀는 말했다. "왜냐하면 남편도 선생님을 나만큼 좋아하니까요."

혼자서 투덜거리면서 시몬은 집 입구 위의 상인방의 크기를 쟀다. 그날 그들이 집으로 걸어 들어오는 순간 레아는 먹이를 찾는 새와 같이 시몬에게 달려들어 부서진 곳을 가리켰다. 그가 그걸 고칠 수 있을까? 물론 할 수 있지. 그 무례한 녀석들이 지붕을 뜯어버린 뒤 그는 지붕의 기와들을 멋지게 다시 놓았잖아. 시몬은 작은 목소리로 레아의 흉내를 냈다.

그의 튼튼한 석공의 팔이 매듭이 잡힌 줄자를 들어올리면서 피곤으로 떨렸다. 그녀는 그가 피곤에 지쳐 앞을 못 볼 정도였던 것을 몰랐단 말인가? 그들이 그날 아침 나인을 출발해서 저녁까지 가벼나움으로 돌아오기 위해 속보로 25마일을 걸어온 것을 몰랐단 말인가? 선생님은 점심 한 입 먹을 시간만큼도 쉬지 않았고, 계속해서 따라 잡기 힘든 긴 걸음걸이로 걷다가 마침내 마을 외곽까지 와서 뒤돌아보고는 제자들이 띄엄띄엄 떨어져서 허덕거리며 걸어오는 것을 보고 놀라셨다. 맨 마지막에 한참 뒤에 떨어져서 숨을 헐떡이고 있던 사람은 가롯 유다였다.

그들 중 아무도, 심지어는 성급하게 말하기로 유명한 베드로까지도, 예수에게 천천히 가자는 말을 감히 하지 않았다. 그들 모두 그날 아침 나인에서 나오는 길에 일어났던 일에 아직도 압도되어 있었다. 예수가 죽은 사람을 살아나게 하셨다. 너무도 엄청난 기적이었기에 그 기적이 일어난 이후 아무도 그에게, 또는 서로서로에게 하루 종일 그 일에 관해서 말하지 않았다.

"새로 갈아야만 할 겁니다, 그렇죠." 작은 야고보의 부드러운 목소리가 뒤에서 나서 시몬을 놀라게 했다.

그는 펄쩍 뛰었다가 약이 올라 두 팔을 내려뜨렸다. "뭐 하는 거요, 이런 식으로 사람 몰래 다가와서? 당신들을 크기에 따라 구분하지 말고 당신은 조용한 야고보라고 부르고 또 다른 야고보는 시끄러운 야고보라고 불러야 했을 것 같소." 그는 돌아서서 다시 줄자를 돌에 갖다 대었다. "이걸 갈아야 한다는 것은 나도 알아요. 그래서 크기를 재는 겁니다. 상인방을 부분 수리하진 않아요. 너무 위험하니까요." 그는 투덜거리며 표시를 하고 줄자를 움직였다. "저 영악한 할망구가 내일은 내가 집을 손보고 새것으로 갈아 넣고 하느라고 종일을 보내도록 만들 거예요. 왜 당신을 시키지 않나 몰라요"라고 그가 중얼거릴 때 그의 빈 뱃속도 따라서 같은 소리를 냈다. "하지만, 당신도 역시 석공 가문에서 나오지 않았소?"

"꼭 그렇지는 않아요"라고 작은 야고보가 말했다. "우리 조상들은 목수였어요. 나의 숙부 요셉이 목수였고, 그리고 내 사촌인 선생님의 직업도 목수이지요. 나의 아버지는 분가한 뒤에 돌을 맞추는 직업으로 갈라져 나왔고 엠마오로 이사했어요."

"같은 일이죠. 당신들은 항시 건축 일에 종사해왔군요." 시몬의 피곤해서 둔해진 손가락이 숫자들을 적어놓은 파피루스 종잇조각을 떨어뜨렸다. 그는 성마른 욕설을 내뱉었다가 때때로 나오는 과격한 말씨를 고치겠다고 하나님께 약속했기 때문에 곧 뉘우쳤다.

"자, 내가 돕지요." 그의 동료가 그것을 주우려고 구부렸다. "당신은 고양이처럼 흥분해 있군요. 오늘 아침 일을 목격한 뒤에 우리 모두 그래요."

"정말이지 내가 예수님을 만난 뒤 여러 가지 일들, 믿지 못할 일들을 보아왔지만, 오늘 아침 일은 모든 것들을 압도해요." 시몬이 말했다. "그 사람은 죽은 사람이었어요. 철저히, 그리고 완전하게 죽어 있었어요. 누구라도, 깊은 잠에 빠져 있었던 사람이라도, 그 모든 수의들을 뚫고 숨을 쉴 수는 없어요."

　"오, 물론 그는 죽어 있었죠"라고 작은 야고보가 응답했다. 나는 아주 가까이 있었기에 그의 영이 그의 육체로 돌아온 뒤에 첫 번 들이 쉬는 숨으로 가슴이 부푸는 것을 볼 수 있었어요. 그런 뒤 그는 그를 휘감고 있는 옷에서 빨리 빠져 나오려고 발버둥 쳤어요."

　시몬은 손으로 줄자를 계속 감아올리려고 신경을 집중했다. "모두 너무 신비해요"라고 그는 말했다. "선생님은 어디서 그런 비상한 힘을 얻는 것일까요? 어떻게 그 사람의 영에게 육체로 돌아오라고 명령할 수 있을까요? 그리고 왜죠? 매일 많은 사람들이 죽어요. 왜 특히 이 사람은 되살렸을까요?"

　"나는 선생님이 어떻게 하나님이 아니면 할 수 없는 그 많은 기적들을 행하는지 알 수 없어요." 작은 야고보가 말했다. "그렇지만 왜 그 젊은이를 살리셨는지는 조금은 알 것 같아요. 그 어머니 때문일 겁니다. 예수님이 그 어머니에 대한 자비심으로 압도되셨어요. 그 소년은 그 어머니가 이 세상에 남긴 전부예요. 만일 소년이 죽어버리면 그녀는 바리새인과 그들의 자선기구에 맡겨질 것이죠. 그녀의 슬픔은 고용된 애도자들의 시끄럽고 허식적인 것과는 달리 조용하고 끝없이 깊은 것이었죠. 의식이 행해지는 동안 마치 아들이 무덤으로 가는 것을 막으려는 것처럼 그녀가 계속해서 버드나무 관에 한 손을 얹고 있는 것을 봤어요? 예수님은 우리가 이 인생에서 겪어야 하는 충격과 고난을 깊이 동정하는 분이에요." 야고보가 의견을 말했다. "예수님은 그 어머니 때문에 감동했어요. 아마도 그녀가 예수님에게 자기 어머니와 또 어머니가 아들을 잃으면 어떠실까 생각나게 했을 겁니다."

동의하기에 고개를 끄덕이면서 시몬은 줄자와 다른 도구들을 옆으로 치웠다. 피로와 신경의 긴장이 메슥거리게 만들었다. 아마도 열여덟 살쯤 되었을 젊은 유대인 여자인 베드로의 부인, 드보라가 밤색 덮개로 수수하게 감싼 머리를 하고 슬리퍼를 신은 발로 토닥거리며 그들에게 걸어왔다. 그녀는 순종적이었으며 주제넘지 않았다. 이는 시몬이 여자들에게서 귀하게 여기는 두 가지 성격이었다.

"우리 남편이 다락방으로 오시래요"라고 말하며 그녀는 수줍은 암사슴 같은 눈길을 아래로 깔았다. "저녁식사가 나올 거예요."

시몬에게는 더 이상의 재촉이 필요 없었다. 그는 그녀를 따랐고 야고보는 뒤처져서 왔다. 그들은 서둘러 씻고 음식이 진열된 낮은 식탁 주변에 동양식으로 앉았다. 예수는 없었다. 식탁 상단의 그의 빈자리만 유독 눈에 띄었다.

"선생님은 어디 계시나?" 레아가 식탁 위에 곡식가루를 뿌린 생선접시를 놓으며 베드로에게 물었다.

"선생님은 바리새인 시몬의 집에 저녁초대를 받으셨습니다"라고 베드로가 미안해하며 말했다. "말씀 드리는 것을 깜박했습니다."

"흠!" 하는 소리를 내서 레아는 사위의 생각 없음에 대한 자기 의견을 확실히 나타냈다. "그럼 지금 감사 기도를 드려요. 더 이상 지체하면 음식이 식어요."

베드로가 전통적인 기도를 하는 동안 시몬은 조용히 화가 치밀었다. 그는 그렇게 위세를 부리는 장모를 참아내는 자기 동료를 이해할 수 없었다. 베드로는 특별히 오래 참는 성격을 천성적으로 타고난 것 같지는 않았다. 이 건장하고 붉은 수염의 어부는 아내를 사랑하고 존경하기에 가정의 평화를 지키기 위해 장모를 참아내는 것이라고 그는 짐작했다.

"내가 데리고 있는 요나가 말하길 그 바리새인은 피해야 할 사람이라고 하던데요"라고 시몬은 물고기 한 조각과 향기로운 유교병 말이를 갖다 먹으며 의견을 말했다.

"맞아요"라고 자기 접시에 버터를 바른 파를 덜어오려고 소매를 걷어 올린 마태가 말했다. "그리고 그 사람에겐 예루살렘에서 온 관리들이 같이 있어요. 산헤드린의 회원들이죠. 우리가 오늘 돌아온 뒤에 내가 세관을 지나갈 때 친구들이 이 사실을 알려줬어요. 의심할 것도 없이 그 바리새인과 그 관리들은 예수님을 심문해서 무슨 잘못이든 찾아내려 할 거예요."

그들은 예수가 그가 잘못 되기를 원하는 돈 있고 권력 있는 사람들과 어울리는 것이 괜찮은가에 대해 토론하기 시작했다. 레아는 베드로가 예수를 가게 놔두었다고 심하게 비난했다. 누구도 나쁜 사람이 없다고 생각하는 나다니엘은 해로운 일이 생기지 않을 것이라고 의사를 밝혔다. 반면에 벳새다에서 온 도시적이고 부유한 제자인 빌립은 심각하게 우려했다. 유다는 의견을 말하지 않았다. 그는 먹느라고 정신이 없었다.

유다에게는 시몬이 좋아할 수 없는 어떤 탐욕스러운 구석이 있었다. 그것은 다른 모든 생각들을 가려버리는, 육체의 안락을 추구하는 욕심이었다. 꿀에 절인 무화과를 연달아 먹는 그의 손가락들에서 국물이 떨어졌다. 쌍둥이 도마는 바리새인들과 같이 식사하기로 결정한 선생님의 지혜에 대해 의심을 나타냈다. 그는 항상 일어날 수 있는 최악을 지적했는데 고의로 그러는 것은 아니고 부정적 가능성에 대해 깊이 생각하는 그의 천성적 성향 때문이었다.

식사가 거의 끝나가고 있었다. 그들은 잘 먹었고 또 문제에 관해서도 철저히 검토했다. 베드로가 감정에 이끌려 주먹으로 식탁을 내려쳤다. 잔들이 달그락거렸고 등잔들이 깜박였다.

"나는 이런 게 싫습니다"라고 그는 걸걸한 목소리로 외쳤다. "왜 야고보와 요한은 벳새다로 가야만 했습니까? 이럴 때 우린 그들의 충고를 이용할 수 있었을 텐데 말입니다."

"하지만 확신하지만 바리새인들은 예수님을 해하려 하지 않을 것입니다"라고 작은 야고보가 말했다. 그의 목소리는 언제나 평온한 이성의 목소리였다.

"사람들이 무슨 짓을 할지 누가 알아요?" 베드로가 힐난했다. "나사렛에 있는 선생님의 친구들과 이웃들마저도 선생님을 절벽에서 밀어 떨어뜨리려고 했어요. 선생님과 같이 자라난 사람들인데도요! 선생님의 매부의 집안사람들이 그들을 선동했어요."그렇지 않아도 삐걱거리는 베드로의 목소리가 높아졌다. "자, 말해 봐요. 그런 비슷한 일이 생길 것이라고 생각해요? 때때로 사람들은 스스로 옳은 척하는 악한 동물로 바뀌어요."

걱정스러운 침묵이 식탁을 덮었다. 드보라가 남편 곁으로 가서 손을 그의 어깨 위에 얹었다. 베드로가 손을 뻗어서 자기 손으로 아내의 손을 덮었다. "그렇다면"하며 그녀가 망설이면서 용기를 내어 말했다. "당신하고 몇 분이 그 바리새인의 집으로 가셔서 바깥에 서 계실 수 있지요. 모든 것이 순조로우면 거기 가 있는 것이 해가 될 것이 없고요, 무슨 일이 생기면 당신들이 가까이에서 선생님을 도울 수 있지요." 베드로가 고개를 들어 아내의 부드러운 큰 눈을 쳐다보았다. 식탁 바로 맞은편에 앉아 있었기에 시몬은 드보라의 손길과 부드러운 말이 베드로의 안에서 일으키는 변화를 뚜렷하게 볼 수 있었다. 보라, 사자가 양으로 변했다.

"베드로, 저렇게 훌륭한 아내를 둔 당신은 행복한 사람이요"라고 나다니엘이 수염 사이로 목소리를 냈다. "그녀가 좋은 해결책을 내 놓았소."

"내가 가겠소." 시몬이 일어서기 전 급히 손을 닦으면서 제안했다.

"그래요, 당신과 작은 야고보가 나랑 같이 갑시다"하고 베드로가 말했다. 선생님이 안 계실 때에 통솔권을 떠맡는 것은 베드로의 타고난 성격이었다. "셋이면 충분할 겁니다. 너 이상 가는 것은 말이 생길 수 있소. 문제를 일으키는 것은 우리 의도가 아니오. 그리고 당신이 돌보는 요나도 데리고 갑시다." 그는 시몬에게 제의했다. "만일 문제가 있으면, 그 아이가 뛰어 돌아와서 다른 사람들을 부를 수 있으니까요."

평화로운 구경꾼들이 그 바리새인의 집 앞의 마당을 꽉 채우고 있었다. 팔레스타인의 관습에 따라, 바리새인들은 고위층 방문객들을 일반인들이 완전히 볼 수 있는 장소에서 대접했다. 그 장소는 햇볕과 비바람을 막아주는 작은 지붕 아래로 집에 제대로 딸려 있는 곳이었다. 자기의 중요한 손님들과 차려 놓은 상의 풍요로움을 과시함으로 주인은 자기의 사회적 신분을 높이고 친구들과 이웃에게 선망과 감탄을 자아내려고 하는 것이었다. 이번에도 그 바리새인은 가난한 떠돌이 랍비보다는 예루살렘에서 온 대표단과 자기의 친분 관계를 과시하려 하는 것이 뻔했다.

겹겹의 군중들을 헤치고 나아가다가 횃불들로 밝혀진 정자 지붕 아래에서 펼쳐지는 만찬의 광경을 뚜렷하게 볼 수 있는 곳까지 왔을 때, 제자들은 멈추어 섰다. 주인은 예수를 예루살렘 무리의 왼쪽에 앉도록 배석하였는데 이는 가장 낮은 지위의 자리로 간주되는 곳이었다.

베드로는 이런 모욕적인 자리배치에 굉장히 화가 나서 씩씩거렸다. "저들은 자기들 가운데 위대한 선지자가, 엘리야보다 더한 권능으로 기름 부음을 받으신 분이 계시다는 것을 알지 못하는가?" 하고 시몬에게 말했다.

그 관리들은 때때로 지적으로 겸양한 말투로 예수에게 말을 걸거나 질문을 하려고 했다. 그들의 대단한 체하는 태도를 더욱 부채질하는 것은 그들의 복장이었다. 그들은 종교적으로 높은 지위를 표시하는 흰 술장식이 깊이 달린 관례적인 푸른 겉옷을 입었다. 이와 대조적으로 예수는 평민들이 입는 간단하고 거친 옷을 입고 있었다.

시몬이 베드로에게 몸을 향하며 낮은 소리로 투덜거렸다. "저 봐요! 저 바리새인이 하인들에게 예수님께는 저급의 포도주를 드리라고 지시하였군요. 저들이 예루살렘에서 온 하객들에게는 다른 포도주병으로 따라주는 것이 보이죠?"

베드로가 곧장 화를 냈다. "저들이 고기의 가장 좋은 부분들을 역시 바리새인들에게 주고 있군요. 하인들이 때로는 선생님을 아예 무시하는군요." 베드로가 화가 나서 이를 갈았다. "이런 식으로 좀더 계속하면 내가 저들 한가운데로 달려들어 저들의 화려한 의복 위로 상을 모두 뒤엎어버리겠소."

베드로의 분노가 결코 내면 깊숙이 있지 않았던 시몬의 분노를 부추겼다. "왜 선생님은 저들을 쳐서 죽여 버리지 않는 겁니까? 죽은 사람을 살려내는 힘이 있으시다면 정녕 선생님은 이 혐오스럽고 부적절한 위선자들을 손짓 한 번으로 죽여 버릴 수 있을 터인데!"

작은 야고보가 시몬의 소매를 잡아끌었다. "두 사람 다 이쪽으로 와서 진정들 해요. 당신들은 화가 나서 무슨 말을 하는지도 모르고 있어요. 저 바리새인이 확실히 우리 랍비를 모욕하고 있지만 그는 선생님을 해하거나 공격할 의도는 분명히 없어요. 그리고 군중들은 평화로이 있고요. 이리들 와요"라고 그는 두 사람에게 강요했다. "소동부리지 말고요."

시몬은 잠깐 그냥 있었다. 그의 눈은 그날 하루의 긴 여정으로 좀 피곤하고 외로워 보이는 선생님 위에서 떠나지 않았다. 그는 예수가 이 생각 없는 사람들에게서 떠나셨으면 했다. 그는 선생님이 드보라와 레아가 보살펴 드릴 베드로의 집에 계셨으면 했다. 레아는 지난번에 예수가 심한 열병에서 고쳐주었기에 항상 성실히 선생님을 모셨다. 그녀는 구할 수 있는 최상의 포도주를 선생님께 드렸고 항상 특상의 고기로 맨 먼

122

저 대접해 드렸다. 시몬은 이 주제넘은 늙은 잔소리꾼 할멈에게 그 점에 대해서만은 짐수를 주어야만 했다. 그녀는 선생님을 왕처럼 대했다.

그는 요나가 옷을 잡아끄는 것을 느꼈다. "가셔야죠, 아저씨?"

시몬은 이제는 그에게 아주 소중하게 된 소년을 내려 보았다. "그래"라고 말하며 그는 미소 지었다. "먼저 가라. 내가 뒤에 따라가마"라고 말하고 몸을 돌리자마자 힘껏 앞으로 나아가려는 여자와 부딪쳤다. 그는 그 여자가 넘어지는 것을 막기 위해 여자의 어깨에 손을 얹었다. 낯익은 향기가 그의 코를 채웠다. "바타샤!" 그의 손이 불에 닿은 듯 떨어졌다.

"시몬, 당신인 줄 몰랐어요." 그녀는 놀라서 쳐다보았다.

"여기서 뭐 하십니까?" 그녀가 치유된 밤 이후에 그녀를 처음 만나는 것이었다.

"저는 선생님께 선물을 드리려고 왔어요." 그녀는 정교하게 생긴 알라바스트론 병 하나를 보호하려고 손으로 감싸서 가슴에 안고 있었다. "저를 고쳐 주신 것에 대해 선생님께 감사하고 싶었어요." 그녀의 눈에 눈물이 고였다. "저는 또 선생님을 내게 모시고 온 것에 대해 시몬 당신에게도 감사를 드려요."

"그건 마땅히 해야 할 일이었소"라고 시몬은 무뚝뚝하게 대답했다. "당신 이렇게 많은 사람들 앞에서 정말 선물을 갖고 가려고 하오? 거긴 예루살렘에서 온 바리새인들이 참석하고 있어요. 주인이 누가 끼어드는 것을 좋아하지 않을 수도 있어요."

"그래도 할 거예요"라고 그녀는 말했다. "저는 기다릴 수 없어요. 제가 선물을 드리는 것이 공개적이라도 상관 안 해요. 저 바리새인이 어떻게 생각하든 저는 걱정 안 해요." 그녀는 고집스럽게 턱을 앞으로 내밀었다. "오늘 만찬을 대접하는 바리새인이 여기서 저를 환영하지 않을 걸 저는 알아요. 하지만 그럼에도 불구하고 저는 선생님을 공경할 거예요, 왜냐하면 그렇게 하는 것이 옳다고 바로 내 가슴 속에서 느끼니까요."

시몬은 그녀가 지나가도록 옆으로 비켜섰다. 그리고 요나가 있는 곳을 찾아내서 곧 아이에게 다가갔다. "말씀을 나누던 여자분이 누구예요?"라고 요나가 물었다.

"그냥 아는 사람이야"라고 시몬은 짧게 대답했다. "넌 그 여자에 대해 알 필요 없어." 그는 아이에게 바타샤의 복잡하고 조금은 비정상인 성격에 대해 설명할 의도가 전혀 없었다.

바타샤는 마당 안으로 걸어 들어가 연단 위의 낮은 식탁을 중심으로 놓인 긴 의자들 위에 멋진 작품같이 편안히 앉아 있는 만찬 손님들을 향해 나아갔다. 앞으로 내어 든 그녀의 두 손에는 알라바스트론 병이 놓여 있었다. 그녀가 예수의 발치에 멈추어 섰을 때, 마당에서 바라보고 있던 사람들은 물론, 모여 있는 모든 사람들까지 침묵에 휩싸였다. 그 바리새인은 그녀의 원수였다. 그는 그녀의 아버지를 증오했고, 이제는 힘을 다해서 진실이 아닌 말과 소문으로 그녀를 파멸시키려 하고 있었다. 바로 원수의 집의 적대적인 담장 안에서 이러한 상황에 처하자 그녀의 용기가 흔들렸다. 그때 예수가 그의 깊고 평온한 눈 속으로 그녀를 끌어들였다. 그러자 그녀는 예수 이외의 모든 것을 잊었다. 높으신 분들 중 한 명의 조심스러운 기침소리도, 그 바리새인의 당황한 웃음소리도 그녀는 거의 듣지 못했다. 헤로디아에게 향수 선물을 증정할 때 헤롯 앞에서 낭송하였던 것과 비슷한 조심스럽게 연습했던 말씀이 감정의 폭풍에 의해 산산조각이 나 그녀의 마음속에서 수많은 음절의 파편이 되어버렸다. 스스로가 부족하다는 느낌이 그녀를 휩쌌다. 그녀는 자격이 없었다. 그녀의 생애는 이기적이었고 불건전했다. 어린 시절부터 어른이 되기까지, 그녀의 행보는 불신과 오만의 굴속을 지나온 것이었다. 그녀가 소박한 어린이의 믿음을 상실한 것이 언제였던가? 눈 큰 어린아이가 하늘을 향해 소리 냈던 단순한 믿음의 기도를 그녀는 언제 망각하였던가?

그녀는 이 순수한 분에게 다가갈 권리가 없었다. 그녀는 죄인이었다. 그녀의 무관심, 냉소, 그리고 자기집착이 마치 그녀가 살인, 도둑질, 또는 가증스러운 죄를 범한 것과 마찬가지로 그녀를 죄인으로 만들었다. 그녀는 우주를 창조하신 하나님에 대해, 어릴 적에 그 하나님과의 친밀했던 것에 대해 아무런 생각도 하지 않았었다. 또한 그녀는 하나님의 다른 창조물들에 대해 진심으로 걱정해본 적이 없었고 또한 세상을 보다 좋게 만든다거나 사람들이 살기에 보다 사랑스러운 곳으로 만든다는 것에 대해 진지한 생각을 해본 적이 결코 없었다. 마리아 바타샤가, 그리고 그녀의 야망과 필요와 계획이 이 우주의 중심이었다. 그런데 이제 그녀는 얼마나 그녀가 영적으로 가난한지 깨달았다. 그 깨달음과 더불어 그녀는 드디어 선생님이 산에서 그날 말씀하셨던 첫 가르침을 이해했다. "심령이 가난한 자는 복이 있나니." 선생님의 검고 신비한 눈을 들여다보면서 그녀는 그의 발아래 무릎을 꿇고 고개를 숙이고 울기 시작했다.

당신을 향한 저의 커다란 사랑과 관심을 선언할 수 있기를 제가 얼마나 바랐던가요. 오, 나사렛으로부터의 다정한 분이여! 그녀는 속으로 소리쳤다. 그러나 저는 억눌려 있어요. 그리고 죄송하고 죄송합니다. 저는 나를 내세웠고 거만했어요. 그러나 이제는 제가 얼마나 보잘것없는지 알아요. 거리낌 없이 울면서 그녀는 예수가 그날 산에서 하셨던 다음 번 말을 기억했다. "애통하는 자는 복이 있나니."

제가 어떻게 제 슬픔을 제대로 표현할 수 있을까요? 그녀는 소리 없이 말했다. 제 목이 눈물로 가득해서 저는 말을 할 수 없어요. 제가 당신에 대해서도, 당신이 표명하는 삶에 대해서도 아무런 관심도 갖고 있지 않았을 때 당신은 저를 찾아내시고 저의 고통에서 저를 치유해 주셨어요. 그러한 사심 없는 자비의 행동에 대해 어떻게 갚아드려야 하나요? 그런 사랑에 대해 어떻게 감사해야 하나요?

빛나는 머리결의 휘장이 앞으로 흘러나와 그녀의 부끄러움을 숨겼다. 그녀는 머리카락을 이용해 그분의 먼지투성이의 발 위에 진흙 실개천을 만든 자기의 눈물을 닦았다. 깊은 슬픔과 감사하는 마음속에서 그녀는 그분의 발을 닦는 하녀와 같은 임무에 온 정성을 쏟았다. 두껍고 딱딱해진 발바닥은 그의 여정에서부터 묻어온 모래가루들로 무거웠다. 아무도 그분을 회복시켜 드리기 위해 물 한 방울도 대접해 드리지 않았다. 그녀는 알라바스트론의 봉함을 깨어 향기로운 기름을 그분의 발에 발랐다. 부드럽게 그녀는 눈물로, 이제는 기름과 뒤섞인 그녀의 눈물로 더러움을 닦아냈다. 그리고는 그분의 발을 자기 머리카락으로 씻어냈다.

향기가 방에 퍼져나가면서 그녀의 영혼 속에 더 깊은 물결이 흘러나오도록 했다. 그녀는 자기가 어디 있는지도, 자기의 겸손한 행동을 말 없는 다수의 목격자들이 지켜보고 있다는 것도 잊고 있었다. 계속해서 알라바스트론을 비워내며 그녀는 그분의 발에서 흙이 없어져 깨끗해질 때까지 그분을 섬겼다. 그리고 그녀는 그분의 발목을 껴안고 그의 발바닥의 하얀 장심에 입을 맞추고 눈물로 얼룩진 자기의 뺨을 그분의 발등 위에 놓았다.

그 바리새인의 얼굴이 혐오감으로 뒤틀렸다. 바타샤가 자기 집에 들어왔다는 것과 또 이 거지 같은 선지자 앞에서 그렇게 그녀를 낮추는 행동을 했다는 것이 그를 당황시켰다. 몇몇의 그의 귀한 손님들이 그녀가 누구냐고 작은 소리로 물었다. 그는 그녀가 평판이 의심스러운, 창녀보다 나을 것이 없는 여자라고 대답했다. 그는 만일 예수가 진정한 하나님의 사람이라면 저런 죄 많은 여자의 접촉을 피했어야만 했다고 말했다.

예수가 그들의 속삭이는 대화 속으로 끼어들었다. "내가 여러분께 드릴 말씀이 있소." 그는 바타샤의 숙인 머리에서 시선을 들어 바리새인을 쳐다보았다.

주인은 예의 있는 척 대답했다. "좋지요, 그럼 말씀하시죠. 선생님."

정중하고 잘 조절된 목소리로 그는 문제를 냈다. "금리를 받고 돈을 빌려주는 상인이 한 사람 있었소. 그에게 빚진 사람 중 하나는 500데나리온을 빚졌고, 또 한 사람은 50데나리온을 빚졌습니다. 빚을 준 사람이 선한 마음으로 두 사람의 빚을 다 탕감해 주었습니다. 그렇다면 둘 중에 누가 더 그를 사랑하겠습니까?"

"그야 물론 더 많이 탕감해 준 사람이죠." 바리새인은 미소를 지으면서 거드럭거리는 태도로 이 터무니없이 간단한 질문에 대답했다.

"당신은 옳게 판단했습니다"라고 예수께서 말했다. 그는 아직도 그의 발밑에 꿇어 앉아 있는 바타샤를 향했다. "당신은 이 여인이 보입니까? 내가 당신 집에 들어와 관습에 따라 신발을 벗었을 때 당신은 가장 평범한 예의인 발 씻을 물도 내게 주지 않았소, 그런데 이 여인은 자기의 눈물로 내 발을 적시고 자기의 머리카락으로 내 발을 닦아 주었소. 당신은 내게 환영의 입맞춤도 하지 않았소. 그녀는 부드럽게 내 발에 입 맞추고 계속해 내 발을 쓰다듬었소. 당신은 가장 싼 기름으로라도 내 머리에 붓지 않았으나, 그녀는 가장 아름다운 향유의 알라바스트론을 깨어 내 발에 부었소. 당신은 적게 빚진 사람과 같소. 당신은 스스로를 이미 의롭다고, 용서를 받을 필요가 없는 사람이라고 생각하고 있소. 그러므로 용서는 당신에게 아무런 의미가 없소. 용서가 주어진다 하더라도 당신은 위로를 받거나 또는 호의에 대해 감사를 느끼지 않을 것이오. 그 반면에" 하고 예수는 다정하게 바타샤를 보면서 말했다. "이 여인은 자기의 마음속을 들여다보고 마음이 죄로 그득한 것을 발견했소. 그녀는 용서받아야 할 것이 많은 것을 깨달았소. 그녀가 용서받은 보답으로 베푸는 사랑은 그녀가 필요했던 용서에 비례하는 것이오." 예수는 자기를 초대한 주인을 확고한 눈길로 쳐다보았다. "적은 양의 용서만 필요하다고 생각하는 사람들은 그 보답으로 아주 적은 양의 사랑만 내놓을 따름이오."

예수가 바타샤에게 몸을 굽혔다. 그리고 손을 그녀의 턱 밑으로 가져가 그녀의 상한 얼굴을 들어서 그를 쳐다보도록 만들었다. "당신의 믿음이 당신을 구원했소. 당신은 이제 깨끗합니다. 죄가 사해졌소. 자유와 평화 속에 당신의 길을 가시오."

바타샤는 일어나서 망토로 머리를 가리고 정원을 떠났다. 그녀는 빨리 걸어서 그녀가 묵고 있던 요안나의 집 앞의 사람들이 없는 길까지 왔다. 그러나 안으로 들어가기 전에 그녀는 돌로 된 긴 의자에 앉아서 망토를 벗었다. 고개를 들어 그녀는 광대한 우주, 반짝이는 가루 같은 별들의 길, 하늘의 태곳적 율동과 순환, 그 깊음의 벨벳 같은 쪽빛 신비를 맨 얼굴로 대했다. 깊은 자비심이 그녀를 휩쌌다. 전에는 결코 느끼지 못했던 안정감이었다. 습습한 밤공기가 그녀의 얼굴을 적셨고 뜨겁게 달아오른 그녀의 눈을 시원하게 해주었다. 그녀는 모두 쏟아낸 것같이 느꼈다. 그리고 동시에 가득한 — 마치 새로운 정수로 채워진 텅 빈 알라바스트론같이, 평화와 사랑의 진수를 느꼈다.

베드로의 집에서 그날 밤을 지낸 시몬과 다른 제자들은 아침식사가 끝난 뒤 선생님의 말씀도 듣고, 앞으로 있을 여행의 일정에 관한 계획도 세우면서 바닥의 등받이 방석에 기대 누워 있었다. 시몬은 해가 너무 높이 떠서 돌이 만지기에 너무 뜨거워지기 전에, 그리고 돌 표면이

분별하려는 눈에 잘 안 보이도록 너무 하얘지기 전에 빨리 채석장에 가서 베드로의 현관을 고칠 상인방 돌을 사고 싶이 미음이 급했다.

그가 막 일어서서 양해를 구하려는 때, 드보라가 들어와서 선생님을 뵙고 말씀을 드리기 원하는 여자 한 분이 밖에 왔다고 그녀의 평상시의 정숙한 태도로 알렸다.

"그녀에게, 주님이 오늘 저녁에 사람들에게 말씀을 전하고 병을 고치실 때에 그녀를 보실 거라고 말해요"라고 베드로가 말했다.

"제가 이미 그렇게 권했는데요, 여보."드보라가 말했다. "그런데 그 여자분은, 비록 아주 친절하고 예의 바르지만 굉장히 끈질기게 오늘 아침에 선생님을 뵙기를 원해요. 그녀의 이름은 바타샤이고, 막달라에서 오셨대요."

시몬이 나가려고 일어서다가 다시 털썩 주저앉았다. "랍비여, 이 여자는 바로 선생님이 막달라의 그녀 집에서 일곱 귀신에게서 구원해 주셨던 그 여자입니다. 저는 그 여자가 무엇을 원하는지 모르겠습니다" 하고 그는 베드로에게 몸을 돌렸다. "보내버려요. 그 여자는 당신 집에, 그리고 당신의 정숙한 부인이 있는 곳에 어울리는 부류의 여자가 아니오."

"그녀를 금하지 말아요"라고 예수가 말했다.

시몬은 조용히 입술을 깨물었다. 돌과 상인방에 대한 그의 모든 생각들이 그의 마음을 떠났다. 왜 바타샤는 항시 때때로 나타나서 그를 당황시키고 불편하게 만드는 것일까?

방으로 들어와서 바타샤는 예수에게 경의를 표하기 위해 잠깐 무릎을 꿇었다. 그녀는 긴 머리를 가리는 반투명의 베일을 썼고 흰 리넨 제품의 소박한 겉옷을 입었다. 다시 일어설 때 그녀는 빨리 남자들로 가득한 방을 일별하다가 시몬의 적의에 찬 눈길과 마주쳤다. 그녀는 턱을 평소의 완강한 태도로 조금 앞으로 내밀며 단호한 자세로 발을 단단하게 내디뎠다. 푸른 눈은 침착하였고 맑았다.

"왜 당신은 이렇게 이른 시간에 우리집에 들어오기를 간청하셨소?"
드로가 불친절하지는 않게 물었다. "무슨 그렇게도 중요한 일이 있소?"

"폐를 끼쳐서 죄송합니다"라고 바타샤가 베드로에게 고개를 숙여 경
의를 표하며 대답했다. 초조하게 감정을 억누르면서, 바타샤는 선생님
도 그녀를 예의 없고 저돌적이라고 생각하시는지 궁금했다. 그만큼 그
녀는 예수가 자기를 좋게 생각하기를 원했다. "사과드립니다. 선생님"
하고 그녀는 예수께 부드럽게 말을 했다. "하지만 저는 선생님께 부탁
드릴 일이, 제게는 너무도 중요한 일이 있습니다."

예수가 내려 보았다. 그의 손가락은 무심히 양탄자의 무늬를 따라 움
직였다. "내가 당신을 위해 무엇을 하길 원하시오?" 하고 그는 물었다.

바타샤가 망설였다. 잠깐 그녀의 용기가 흔들렸다. 아마도 선생님께
거절당하고 이 사람들에게 비웃음당하기보다는 도망가는 것이 더 나을
것이다. 그러나 선생님을 위해 일하려는 그녀의 결심이 다른 모든 생각
들을 쫓아버렸다. "저는 선생님과 같이 여행하기를 원해요"라고 그녀
는 짧게 선언했다. "저도 여기 계신 분들과 같이 제자가 되기를 원합니
다." 그녀는 제자들을 향해 손짓했다. "저는 선생님을 섬기고, 선생님
의 길을 가고 싶어요."

시몬이 폭발했다. "그건 터무니없소! 당신은 우리가 가는 곳에 갈 수
없소. 당신은 여자예요!"

"그래서요?" 그녀가 힐문했다. "그래요, 저는 여자예요. 그렇지만 저
도 역시 선생님께 배울 권리가 있어요. 저도 선생님의 발치에 앉아 선
생님의 가르침을 받아들일 권리가 있어요."

"당신에겐 권리가 없소!" 하고 시몬이 고함을 질렀다. "이건 남자들,
튼튼한 남자들이 할 일이오. 당신은 길에서 기진할 것이오. 당신의 시
원한 빌라로 돌아가 새 포도주나 홀짝이며 당신의 연고와 약을 갖고 노

시오."

당혹스러운 침묵이 방에 가득 찼다. 베드로가 사태를 진정시키려고 팔을 벌렸다. "확실히 이해하시겠지요"라고 그는 바타샤에게 말했다. "단순히 우린 여자들과 함께 할 수 없는 겁니다. 바로 지금 우리들은 갈릴리의 모든 도시들과 마을들을 여행할 계획을 세우고 있소. 덥고 힘든 여행이 될 겁니다. 나는 내 아내마저도 우리와 함께 오지 못하도록 했소, 비록 집사람이 선생님께 아주 헌신적인데도 말입니다. 여자들의 동행은 짐이 될 것입니다."

"자, 알겠지요?"라고 시몬이 보다 절제된 목소리로 말했다. "베드로의 부인은 자기 자리를 지킬 줄 압니다. 참다운 이스라엘의 딸이 당연히 그래야 하듯이."

"저도 역시 제 자리를 알아요"라고 바타샤가 굽히지 않고 말했다. "제 자리는 주님과 같이 있는 거예요. 베드로의 부인도 그렇게 느낀다면 베드로께서도 다시 고려하셔서 부인이 가도록 허락해야 해요. 저에겐 요안나라고 하는 친구가 있는데 그녀도 역시 주님을 사랑하고 주님의 모든 움직임을 잘 알고 있어요. 그녀도 역시 당분간 주님과 같이 여행하길 원해요. 그녀의 굉장한 헌신과 섬기려는 의지를 생각할 때 저는 그녀의 바람도 받아들여져야 한다고 생각해요."

시몬이 놀라서 손을 하늘을 향해 들었다. "아이구, 맙소사!"라고 그는 소리쳤다. "이 여자는 우리를 매년 헤롯을 방문하는 로마인들과 같이 휴가를 즐기는 떼거리들로 만들 것입니다. 나는 지금 그 모습을 볼 수 있습니다. 즐거운 유람객들의 무리들이 갈릴리의 샛길을 어슬렁거리며 가난하고 핍박받는 사람들에게 말씀을 전합니다. 그리고 여자들이 여행 중에 가져온 경박하고 하찮은 물건들로 인하여 캠프를 치는 데 하루 걸리고 걷어내는 데 하루가 걸립니다. 여자들은 모든 도시마다 들려서 물건을 사고 머리를 손질해야 합니다. 그리고 예수님은 자기의 여자들을 같이 데리고 다닌다는 말을 듣게 될 것입니다"라고 말하곤 시몬이 숨이 차서 멈추었다.

"시몬." 나다니엘이 충고했다. "아무도 감히 예수님이 그렇게 부도덕하다고 비난하지 않을 것입니다. 바리새인들은 예수님을 많은 이유로 비난하겠지만 결코 그런 이유로는 아닐 것입니다!"

"글쎄요"라고 도마가 의심쩍은 태도로 말했다. "예수님이 마태와 그의 동료들과 식사를 하신 뒤부터 그들은 예수님을 먹기를 탐하고 포도주를 즐기는 사람이라고 부르고 있습니다. 그 목록에 한 가지 죄를 더 첨부하는 것이 무슨 큰일이겠습니까?"

"그들은 단지 예수님의 평판을 떨어뜨리려고 하고 있습니다"라고 나다니엘이 조리 있게 말했다. "그들도 마음속에서는 선생님이 순결하다는 것을 알아요."

바타샤는 상황이 급격히 나빠지고 있는 것을 보았다. 그녀는 작은 야고보에게 부탁하는 눈길로 호소했다. 그는 외면했다. 모두 그녀에게 반대하는 것인가?

"여러분들 모두 반대한다 해도"라고 말하며 그녀는 지지 않으려 했다. "저는 제가 옳다고 생각해요. 남자들은 할 수 없지만 여자들은 할 수 있는 일들을 생각해보세요, 그리고 여자들이 할 수 있는 모든 음식물들 하고요. 제 동업자인 수산나도 같이 오고 싶어 하는데 그녀는 아주 훌륭한 요리사예요."

"자비로운 여호와여!"하고 시몬이 끼어들었다. "이 여자는 얼마나 많은 여자들을 데려오려고 하는 겁니까? 우리에게는 요리를 맡아 하는 안드레가 있습니다."

그들 중 몇몇이 안드레의 요리 솜씨를 생각하며 얼굴을 찡그렸다. 바타샤는 기회를 잡았다고 생각했다. "수산나의 솜씨는 헤롯의 수석 빵 굽는 사람을 부끄럽게 만들 겁니다"라고 그녀가 말했다. "그리고 우리들은 가난한 사람들을 위해 쓸 기금도 모아 놓았습니다.”

유다의 눈썹이 올라갔다. 무리의 회계 담당지 역할을 하고 있었기에 그는 언제나 돈에 관심이 있었다. 그녀의 열정적인 목소리는 또한 나다니엘과 작은 야고보로부터도 마지못한 경탄의 표정을 끌어냈다. 어찌할 수가 없어 시몬은 양쪽 허리 가를 두 손으로 꽉 쥐면서 그녀를 압도해버릴 논거를 생각해내려 했다.

“여자들은 옷을 수선하고 세탁도 할 수 있어요.” 그녀가 지적했다. “남자들이 너무 피곤해서 허드렛일들을 할 수 없을 때 우리 여자들은 야영지를 깨끗하게 하고 천막을 정돈할 수 있어요. 남자들이 지쳐있을 때 우리들은 격려와 위로를 해드릴 수 있어요.”

턱을 쓰다듬으면서 베드로는 바타샤가 제안하는 것의 논리성을 생각하고 있는 것 같았다. “드보라와 너무 자주 떨어져 있는 것이 힘들어요” 라고 그가 고백했다. “그리고 천사와 같아요. 그녀가 어떻게 방해가 될 수 있겠어요?”

“선생님을 섬기려고 하는 헌신과 기꺼운 마음에 대해서는 여자들이 칭찬받아야 하지요” 라고 작은 야고보가 너그럽게 동의를 표했다. 시몬은 그르렁거렸다.

예수는 그들이 의견을 주고받는 동안 움직이지도 않으면서 침묵을 지켰다. 그는 아직도 머리를 숙이고 있었다. 검은 머리가 그의 얼굴 양쪽에서 정결하고 빛나는 장막처럼 흘러내려 그의 표정을 가렸다. 바타샤는 그의 볼의 윗부분만을 볼 수 있었는데, 넓고 충만해 마치 그가 조용히 흥미를 느끼는 것같이 보였다. 그녀는 그의 앞에서 무릎을 꿇고 열렬히 앞으로 기댔다.

“제가 같이 가도록 해주세요” 하고 그녀는 부드럽게 간청했다. “당신께서는 제가 당신을 얼마나 사랑하는지 아십니다. 제가 당신에게서 배울 수가 없다면 저는 살고 싶지 않습니다.”

그는 천천히 얼굴을 들었다. 그의 깊숙한 두 눈이 재미있다는 표정과 또 다른 무언가로 반짝였다. 완전한 승낙이었다. "마리아"라고 그는 그녀가 알아듣기 시작한 사랑스러운 승낙의 친숙한 목소리로 말했다.

눈물 속에 웃으면서 바타샤는 얼굴을 양손으로 감쌌다. "오, 감사합니다! 위대한 스승님! 저의 친애하는 선생님이여!"

제 8 장

소고와 춤으로 그를
찬양하라

시편 149:3 KJV 성경

　예수와 그를 따르는 사람들은 상업도시인 두로와 시돈 사이의 중간
에 있는 넓은 설탕같이 고운 모래 해변과 접한 싯딤나무 작은 숲 속에서
야영을 했다. 그들의 오른쪽으로는 오랜 역사의 시돈이 10마일쯤 북을
향해 누워 있었다. 이 도시는 바알 신에 대한 사악한 우상숭배적 헌신
으로 유명했다. 남쪽으로 희미하게 시야에 들어오는 것이 대도시 두로
였는데, 이는 알렉산더 대왕에 의해 300년도 더 이전에 지어진 제방 길
에 의해 본토와 연결된 섬 도시였다. 두 도시가 모두 지중해의 완만한
물결을 타고 들어오는 활발한 해상무역에 힘입어 번성했다. 두로는 가
까운 해변에 흰색, 그리고 라벤더색으로 엄청나게 많이 서식하는 뼈고
둥으로 만드는 자줏빛 염료의 수출로 유명했다. 시돈은 외국으로부터
의 불법적인 모든 종류의 상품들, 말하자면 상아, 보석 원석, 흑단, 그
리고 노예 같은 것들을 불법 거래했다.

　예수는 매일 두 도시 중 하나로 들어가서 그 회당에서 말씀을 설파했
다. 이스라엘 역사 전체를 통해 히브리 민족은 많은 곳으로 퍼져나갔기

에, 알려진 문명세계에서의 주요 도시치고 믿음을 실천하는 단결된 유대인 그룹이 없는 곳은 없었다. 이 작은 공동체들은 그들 선조들의 전통을 온전히 붙잡고 있었다. 그들의 종교의식을 고수하고, 모든 이교도적 간섭을 멀리하고, 가족의 혈통을 순수하게 지키려고 노력했다. 하나님의 선택된 민족으로서 유대인들은 변함없이 번성하였고 사업에 능했다. 유대인 은행업자들의 공동체가 두로와 시돈의 재물을 통제했고 그들의 굽은 코 아래로 이방인들을 내려 보면서 그들 이방인들의 돈을 조종하고 증식시켜 주었다. 반면에 이방인들은 금융과 융자업무를 위해 그들이 필요로 하는, 이 이상하지만 있어야만 하는 민족의 집단을 업신여기면서도 두려워했다.

야영지 중심에 깊고 청정하고 풍성하고 단 물이 가득한 풍요로운 샘이 하나 있었다. 안드레는 이 귀한 샘 때문에 이 특별한 장소를 천막을 세울 곳으로 선정했다. 아무도 왜 이 샘을 팠다가 그 뒤에 버렸는지 알 수 없었다. 안드레는 한때 이곳이 번성하던 염료작업 장소였을 것이라고 추정했다. 왜냐하면 신선한 물은 자줏빛 염료 생산에 필수적이었기 때문이었다. 샘이 거기 있는 이유가 무엇이건 모두 감사하게 생각했고 샘은 매일의 삶의 중심부 또는 자석처럼 사람을 잡아끄는 곳이 되었다.

바타샤와 수산나뿐만 아니라 요안나도 바타샤의 흔들리는 사륜마차를 타고 왔다. 드보라는 베드로와 같이 왔고 야고보와 요한은 그들의 어머니 살로메를 모셔왔는데 그녀는 부지런하고 실질적인 작은 여인으로, 그녀의 닭들을 가져오려고 생각했다.

열심당원 시몬은 긴장된 모습을 보였다. 그는 짜증스럽게 캠프 주변을 걸으면서 닭들을 쫓아냈는데 그 닭들은 그래도 우연히 혹은 순전한 고집으로 자주 그의 길에 끼어들었다. 그러나 그만이 이 안락한 작은 천막촌에서 불행해 보이는 유일한 사람이었다. 다른 모든 사람들은 좋은 음식과 건조하고 안락한 염소가죽으로 된 숙박소에 만족했다.

저녁이 되어 저녁식사 때가 되었다. 제자들이 시돈에서 돌아왔으나 선생님은 안 오셨다. 살로메가 그녀의 장남에게 예수가 어디 있냐고 묻자 야고보는 선생님은 뒤에 남아서 시돈 도시의 부유한 은행가 중 한 사람의 집에서 저녁식사를 하실 것이라고 답했다.

주고받는 인사와 손 씻기 등 저녁식사 전의 일반적인 소란스러움이 계속되는 동안 바타샤는 해변으로 나와 낮은 파도 속에서 놀면서 조수가 지나간 자리를 뒤져 물에 씻긴 보물찾기를 좋아하는 요나를 찾았다. 해안선에서 무언가 건축물을 열심히 짓고 있는 아이를 발견하자 그녀는 소리쳤다.

"요나야! 저녁 먹을 시간이다!"

모래투성이가 된 채 아이는 일어섰다. 넘실거리며 부풀어 오르는 파도 속으로 뛰어 들었다가 아이는 그녀 쪽으로 뛰어왔다. 아이의 허리 가리개가 마치 두 번째 살갗인 양 가는 허리에 달라붙어 있었다. 아이는 머리카락과 눈에서 물을 흔들어 털어내며 그녀를 보고 웃었다.

"가만있어!" 그녀는 무뚝뚝하게 명령하면서 리넨 수건으로 아이의 머리를 거칠게 말려주고는 돌이켜 세워 등을 닦아주었다. "이런! 너 점점 수산나처럼 까매지는구나. 곧 누구나 네가 누비아의 꼬마라고 생각하겠다."

"재미있어요." 아이의 검게 탄 얼굴이 이빨을 더 희게 보이도록 했다. "언제 아줌마와 같이 물에 들어갔으면 좋겠어요. 어제 두로에서 돌아온 뒤에 다대오와 같이 수영했는데 그 애는 항상 자기 아버지, 작은 야고보 아저씨랑 같이 예수님을 따라가야만 한다고 말해서 제 놀이동무로 생각할 수가 없을 것 같아요. 전 요한 형에게도 같이 수영하자고 사정했는데 그 형은 이제 너무 커서 엄숙해요." 아이의 검은 눈이 그녀를 애처롭게 쳐다보았다. "아무도 절 재미있게 해주지 않아요."

그녀는 수건을 한쪽 어깨에 던져 걸치고는 아이의 턱을 손으로 잡았다. "내가 곧 너와 같이 물에 들어갈게"라고 그녀는 약속하고 아이의 갈색 코에 입 맞추기 위해 허리를 구부렸다.

"내일요?"라고 아이가 신이 나서 물었다.

"아마도." 그녀는 웃었다. "이제 빨리 가라! 저녁 먹기 전에 마른 옷으로 갈아입어. 젖은 허리가리개를 나뭇가지 위에 걸어놓는 것 잊지 말고"라고 그녀는 언덕 위로 급히 달려가는 아이에게 소리쳤다. 그녀의 미소는 가까이 서 있는 시몬을 보는 순간 급히 사라졌다. 시몬은 못마땅해서 가슴 위로 팔짱을 끼고 있었다.

그녀가 그를 지나치려 할 때 그가 그녀의 팔을 잡았다. "그 아이를 애기 취급하지 말아요."

그는 그의 손을 뿌리쳤다. "왜 안 돼요? 그 애는 사랑스러운 아이예요. 그 애는 애정이 필요해요."

"몇 년 지나면 그 아이는 히브리 소년 성장기의 마르* 단계에 달해요. 그때가 그 아이가 어른이 되는 시기입니다"라고 시몬이 단호히 설명했다. "내가 그 아이의 유일한 아버지이기에 나는 그때의 책임을 위해 그 아이를 준비시키려고 해요."

"그때까지는 그 애는 아직 아이예요"라고 그녀는 주장했다. "어린 시절에 받았어야 할 많은 애정을 못 받은 아이예요. 그리고 제가 그 아이를 사랑해 주고 또 조금이라도 엄마 노릇을 해줄 수 있다면 저는 할 거예요."

그들은 서로를 노려보았다. 푸른 눈과 검은 눈이 부딪혀서 어느 한쪽도 물러서려 하지 않았다. 시몬이 명령을 함으로써 교착상태를 깨뜨렸다. "그 아이를 약하거나 여자 같게 만들지 말아요."

"사랑은 그 아이를 더 강하게 만들 거예요"라고 그녀는 감정을 억제

---

* 화산폭발 후 활동이 중지되어 화구만이 원뿔형의 요지(凹地)로 남아 있는 경우. 이곳에 물이 괴면 마르(maar)가 됨.

하려고 노력하며 주장했다. 제자들 간에 다툼이 있으면 선생님께 누가 된다는 것을 그녀는 알고 있었다. 나엽의 말을 찾으면서 그녀는 눈을 아래로 했다. "간섭하지 않도록 노력할게요"라고 그녀는 언덕을 오르려고 돌아서 전에 드디어 양보의 말을 했다. "와서 식사하세요. 수산나가 닭과 사프란을 이용한 쌀로 그녀 최고의 요리를 준비했어요. 저도 꿀과 밤을 곁들인 달콤한 반죽과자를 만들었고요. 당신은 피곤하고 시장할 텐데요."

그들은 말없이 조심스럽게 거리를 두고 걸어서 캠프로 돌아왔다. 바타샤가 흘깃 그를 보았을 때 그의 얼굴에서 잠시 스쳐가는 묘한 표정을 포착했다. 그것은 자책감이 뒤섞인 어떤 혼란스러움이었다. 불가에 빙 둘러앉아 그날 일어났던 일들을 의논하는 남자들의 말에 귀를 기울이면서 그녀는 식사시간 동안 그를 피했다.

베드로는 예수가 보통 사람들은 경탄하게 만들었고 그의 단순한 이야기들은 회당의 똑똑한 사람들을 당황하게 만들었다고 말했다. 오늘 예수는 사람들에게 여러 가지 땅에 씨를 뿌리는 농부에 대해 이야기했다. 예수가 사람들에게 잘 들으라고 몇 번이나 말했지만 많은 사람들은 그가 몸짓까지 섞어가며 그들 눈앞에서 비유로 설명해주는 것을 이해하지 못했다. 사람들의 가슴이 영적인 것을 받아들일 수 있으면 예수의 말씀은 그 안에서 진리와 자유로 자라날 씨앗이었다.

바타샤가 들키지 않게 시몬에게 눈길을 주었을 때 그녀는 그의 미소를 발견했다. 어떤 분노도, 불안도 그의 표정에 없었다. 그 순간에는 그가 아마도 그녀가 보았던 누구보다도 잘생긴 사람이라고 그녀는 인정했다. 그녀는 빨리 고개를 돌렸다.

"나는 선생님 말씀의 모든 상징성을 내가 완전히 이해한다고 자신 못해요." 나이든 나다니엘이 정직하게 말했다. 그는 생각에 잠겨 자기 코의 둥근 콧마루를 비비면서 잿빛 수염을 흔들었다. "때때로 나는 선생님이 진실로 우리가 알기를 원하는 것이 무엇인지, 무엇을 우리가 믿기를 기대하시는지 하는 모든 것에 대해 명확히 알 수 없어요. 그가 가르치는 것들의 아주 많은 부분은 간단해서 우리는 그걸 받아들여요. 그렇지만 자세히 검토해보면 그게 어려워지고 분석하기에 너무 복잡해져요."

"나는 당신이 뭘 의미하는지 알아요"라고 도마가 동의했다. "때때로 나도 그분이 진실로 누구인지, 그리고 내가 어떻게 그분께 대응해야 하는지 의아해요."

"당신은 계속해서 혼란 속에 있으시오"하고 시몬이 비난했다. "예수님은 오래 기다려 왔던 메시아입니다. 바로 지금 그분은 부유층과 암하아레츠*의 양쪽 모두 사람들의 인기와 신망을 얻고 있습니다. 이제 때가 되면 그분은 사람들이 자신을 유대와 갈릴리, 그리고 모든 외곽지역의 왕으로 공포하는 것을 허락하실 것입니다. 그분은 우리가 솔로몬 시대 이후에 보지 못했던 멋진 정치로 다스릴 것입니다. 그리고는 고대의 페르시아의 키루스 대왕, 또는 그리스의 알렉산더 대왕, 또는 로마의 시저처럼 그는 전 세계를 점거하실 것이며 모든 사람들이 그분을 진정한 왕으로 경의를 표할 것입니다."

"그리고 그분의 제자들로서 당신들 열두 명은 그분의 장군들이 되겠지요"라고 살로메가 신이 나서 말했다. 이 열심히 일하는 마르고 작은 여인은 자기 두 아들, 야고보와 요한을 향한 그녀의 착한 야망을 비밀로 하지 않았다.

도마는 시몬의 달갑지 않은 비판을 놀리려는 듯 목소리를 높였다. "고대의 선지자들은 이 땅을 영광 속에 다스릴 메시아에 대해 예언하였소"라고 그는 인정했다. "그러나 이사야 선지자는 또한 고통받는 메시

---

* 하층 민중들.

아, 가난하고 비천하며 사람들의 짐을 지고 또 그들의 죄를 위해 피를 흘릴 메시아에 대해 이야기했소."

"나는 시몬이 생각하는 복수하는 정복자로서의 예수님을 상정하기 전에 이사야가 말하는 그런 역할 속의 그분을 볼 수 있어요"라고 작은 야고보가 조용히 미안한 표정으로 자기 동료에게 정중히 고개를 끄덕이며 말했다. "시몬과 나는 이 두 가지 상이한 개념에 대해 많은 의견을 나누어 왔소."

"말도 안 돼요!" 하고 시몬이 단언했다. "메시아는 우리를 로마의 예속에서 구해내시고 그 스스로의 신정국가를 세울 것입니다. 그건 우리 모두 아주 명백히 알아야만 해요." 그의 눈이 동조자를 찾아 한 바퀴 돌았다.

베드로가 한숨을 쉬었다. "우리끼리 다투지 맙시다. 우리 중 아무도 주님의 마음을 모릅니다. 그분을 완전히 이해하는 것은 우리의 능력 밖이에요. 우리가 확실히 할 수 있는 모든 것은 그분을 우리 온 마음을 다해 섬기고 우리가 그분의 가르침을 받을 좋은 땅인가를 확인하는 것입니다" 라고 그는 화해를 조장하는 어조로 말했다. "그분이 정복하는 메시아인가, 아니면 그와 다른 메시아인가는 때가 되면 그분이 우리에게 알려주실 거예요."

"베드로가 옳습니다." 빌립이 동의했다. "나는 알렉산드라의 대학에서 공부했고 안디옥의 학식 있는 서기관들을 사사한 적이 있소. 아무도 메시아가 정확히 어떤 분이실지에 관해 의견이 같지 않았소. 거의 모든 사람들이, 특히 젊은 열심당원들은 시몬과 같은 생각이었소. 그들은 메시아가 정치적인 왕이어서 로마와 같이 무력적인 강제노동이 아니고 자비와 지혜를 가지고 다스리시는 분이기를 원하지요."

생각에 잠긴 침묵이 모두에게 떨어졌다. "두로와 시돈 사람들은 예수님을 어떻게 받아들입니까?" 드보라가 조용히 물었다. "예수님은 그들 중 아픈 사람들을 고쳐주시나요? 군중들은 갈릴리의 군중들이 그랬듯이 그분을 따라오나요?"

"그분은 여기서는 다르셔"라고 베드로가 생각에 잠겨 말했다. "마치 예수님이 능력을 사용하지 않는 것 같아요."

"그건 이 지역이 다른 곳보다 훨씬 이방인의 지역이기 때문입니다." 시몬이 추정적으로 말했다. "그분은 우선적으로 아브라함의 후예들을 돌보려고 오셨기 때문에 이교도의 지역들에는 그분의 모든 것을 다 내어주려 하지 않는 겁니다."

빌립은 동의하지 않았다. "나는 그분이 누군가를 단순히 혈통이나 종족에 근거해 거부하리라고는 믿지 않아요. 나의 어머니는 그리스 사람인데도 결국 그분은 나를 선택하셨어요. 저 막달라 여인은 혼혈이지만 그분은 일곱 귀신에게서 그녀를 치유하셨어요." 그는 마음을 열고 다정하게 바타샤를 보면서 말을 멈췄다. "나는 그분이 능력을 사용하시지 않는 것은 그 사람들이 그분을 하나님의 진정한 선지자로 받아들일 준비가 안 되어 있기 때문이라고 믿습니다. 그들은 여호와의 이야기를 우리 유대의 아이들과는 달리 요람에서부터 배우지 않았어요. 결과적으로 그들은 영적인 것들에 관한 감각이 없어요. 그들은 감각에 의존해 살고 그들의 감각에 의해 그들은 행복해지기도 하고 불안해지기도 해요. 그들의 종교적 믿음은, 만일 있다면 미신에 근거하고 있어요. 선생님이 베푸는 기적을 보는 순간, 그들은 즉각 그분이 마술사, 더 심하게는 주술사라고 가정하게 되지요. 선생님의 비유를 다시 언급해서 말한다면, 나는 예수님이 여기서는 이방인들에게 씨를 뿌리고 있다고 생각해요. 예수님은 참을성 있게, 그리고 공을 들여서 토양을 준비하고 씨를 뿌리실 겁니다. 그리고 그분은 떠나셔서 때가 되어 싹이 나도록 놓아 둘 것입니다. 그분이 돌아왔을 때, 만일 모든 것들이 제대로 되어 있으면 그분은 하나님의 왕국을 위해 추수를 할 것입니다."

바타샤가 그에게 경탄의 미소를 보냈다. 바타샤는 특히 빌립을 좋아했다. 그는 부드럽고 풍자적 유머를 가진 학자풍의 사람으로, 그의 모든 생애를 삶의 의미에 내한 지식과 대답을 찾는 데 보낸 사람이었다.

드보라는 뛰어난 음악가여서 많은 악기들을 연주할 수 있었는데 그 모든 악기들을 그녀는 여행 중에도 가져왔다. 매일 저녁식사 후에 불가에 앉아 있을 때 그녀가 사람들을 즐겁게 해주는 것은 습관이 되었다. 오늘 저녁에 그녀는 키노를 선택했는데 이는 수금의 한 종류로, 가운데가 비었고 양의 장선으로 줄이 매어 있는 소리판으로 만들어진 것이었다. 손가락으로 퉁기면 이 악기는 영혼을 달래주는 아름다운 가락의 소리를 냈다. 바타샤는 다윗이 사울 앞에서 그의 정신적 긴장을 달래 주기 위해 연주했던 수금의 종류가 이것이 아닌가 생각했다.

드보라는 자주 자기 음악에 곁들여서 맑고 부드러운 소프라노의 목소리로 노래했다. 그 느낌이 아름다워서 바타샤의 재능 없는 존재 속에 착한 부러운 마음이 스쳐 지나가도록 만들었다. 바타샤는 돼지 목 따는 소리 정도는 낼 수 있었으나 그것도 그녀가 정말로 잘하려고 집중할 때만 그 정도의 소리라도 낼 수 있었다. 이 분야에서의 그녀의 재주 없음을 알기에 무리 중 다른 많은 사람들은 아주 훌륭하게 같이 노래 불렀지만 그녀는 따라 부르는 것을 삼갔다. 시몬은 멋진 바리톤의 목소리를 가졌는데 아마도 그의 깊은 가슴 덕분이었을 터이고, 요한의 테너는 다정하고 풍요로웠다. 선생님마저도 불 앞에서 찬송을 부르기를 좋아하셨고 놀라운 화음의 영역을 보여주었다. 오늘 저녁은 그가 없기에 안락하기는 했지만 깊이는 없는 것처럼 보였다.

만일 바타샤에게 스스로를 음악적으로 어떻게라도 표현할 수 있는 능력이 있다고 한다면 그것은 춤을 통해서였다. 춤이라면 그녀는 아주 즐겼고 굉장히 잘 추었다. 어렸을 때 그녀는 춤이 있기에 결혼식과 파티에 가는 것을 좋아했다. 드보라가 연주하는 동안 그녀는 자주 몸이 흔들리는 것을 억제하고 겉옷 밑에서 박자에 맞춰 움직이는 발을 숨기기 위해 등을 똑바로 세워야 했다.

드보라가 강한 박자의 전통적인 히브리 곡조로 바꾸어 가자 음악은 고조되었다. 나다니엘과 젊은 다대오가 손뼉을 치기 시작했다. 바타샤는 발을 가만히 갖고 있기 힘들었다. 갑자기 예수가 뒤에서 나타나 그녀의 팔을 잡고 일어나도록 만들었다. 그는 미소를 지으며 불빛 속에 빛나는 얼굴로 그녀를 자기 옆으로 이끌었다. 그리고 그들은 유대의 명절과 축제 때 아주 자주 나오는, 옆과 뒤로 밟는 스텝을 추기 시작했다. 팔을 그의 허리에 두른 채 그녀는 그의 뛰어난 리드와 확실한 스텝을 따라갔다. 어린이와 같은 순수한 기쁨으로 웃으면서 그녀는 지나가면서 요나를 잡아챘다. 아이가 비틀거리다 곧 자세를 바로 잡았다. 이번에는 아이가 베드로를 잡았고 삶을 열심히 즐기려 하는 태도가 습관이 되어 있는 그는 열정적으로 참가했다. 곧 다른 몇몇이 같이 따라 하자 춤은 라인 댄스가 되었다.

선생님이 불빛 속에서 하얀 미소를 눈부시게 반짝이면서 춤을 주도했다. 그건 바타샤가 그녀의 일생을 통해 느낀 몇 번 안 되는 순수한 기쁨 중 하나였다. 앞뒤를 헤아리려는 순차적 생각은 그 순간 멈추었다. 과거는 상실된 기억이었으며 미래는 먼 염려였다. 오직 그 순간 춤, 그리고 선생님에게 기댐만이 있었다. 만일 선생님이 광활한 별이 흩뿌려져 있는 밤 속으로 뛰쳐나가기로 결정하셨다면 그녀는 자신 있게 믿음의 확실한 걸음으로 안심하고 그를 따랐을 것이다.

음악이 웃음과 손뼉 속에 드디어 그쳤다. "주님, 저녁식사 어떻게 하셨어요?" 그녀가 숨을 헐떡이며 물었다. "충분히 잡수셨어요? 시장하시면 제가 무엇을 좀 드리지요."

"선생님," 요나가 그의 허리에 매달리며 끼어들었다. "내일 저랑 같이 수영하러 가실래요?"

그가 대답하기 전에 드보라가 예수님이 최소한 포도주 한 잔은 드셔야 한다고 말했다. 그들 모두는 마치 자석에 끌리듯 주변으로 몰려들었다. 실로메는 기름을 그의 등에 발라드리겠다고 킨했다. 왜냐하면 힘든 하루를 보낸 뒤에 때로는 그가 그의 이모에게 그렇게 해달라고 하곤 했기 때문이었다. 머리를 흔들고 웃으면서 예수는 요나의 머리에 손을 넣어 헝클어놓고 그가 필요한 것은 오직 아버지께 기도하러 나가는 것이라고 말하고 허리를 굽혀 살로메의 볼에 입 맞추었다. 그가 혼자 잠자리에 들기 전에 자주 밤에 명상에 잠기러 나가곤 했기 때문에 그들은 잠자코 이해했다.

다음날 아침, 바타샤와 요안나는 나귀에 마구를 달고 몇 가지 생필품도 구하고 또 시장의 가게들을 이리저리 기웃거려 보려고 시돈을 향해 떠났다. 그들이 여러 가지가 넘쳐나는 도시에 도착했을 때 바타샤는 쌀과 견과류 조금, 그리고 그녀의 기호에 맞는 은종이 달려 있는 가벼운 풍경을 하나 샀다. 그녀는 또한 요나에게 갖다 줄 최상의 품질의 석류 열매도 좀 골랐다. 요안나는 구사에게 어울릴 것 같다고 생각하는 놋쇠 장식 못이 박혀 있는 허리 띠, 그리고 자기를 위해서는 공작석으로 된 작은 옥합을 구입했다.

시장은 갖가지 색깔이 난무했고 또 공중에서 부딪히는 여러 다른 언어들의 짧고 날카로운 소음으로 시끌벅적했다. 바타샤는 사람들의 다양한 복장과 광경에 기뻐하며 시장의 들고 나는 흐름 속에 빠져들었다. 그러나 때로는 그녀는 조용히 울었다. 군중들 속에는 적지 않은 절름발이와 불구자들이 끼어 있었는데 그들은 길 위에 웅크리고 앉아 동전 한 닢이나 빵 조각을 구걸하고 있었기 때문이었다.

한순간, 그녀는 자기를 응시하고 있는 한 늙은 거지와 눈이 마주쳤다. 그가 반쯤 진열대 뒤에 숨어 있기에 그녀는 그를 똑똑히 볼 수 없었다. 확인하고 싶은 충동이 그녀를 그가 있는 방향으로 한걸음 나아가도록 만들었다. 그는 재빨리 달아났고 사람들의 밀치락달치락이 그의 존재를 지워버렸다.

"무슨 일이에요?" 하고 요안나가 물었다. "당신 마치 귀신이라도 본 것 같아요."

바타샤가 더듬거렸다. "아니 … 아무것도 아녜요. 잠깐 누군가 아는 사람을 보았다고 생각했어요. 당신이 구사의 허리띠를 산 저 진열대 뒤에 그가 서 있었거든요" 하고 그녀는 가리켰다. "그런데 이젠 가버렸어요."

"그래요, 누구였는데요?"

"아니, 나도 몰라요"라고 말하며 바타샤는 괜찮다는 손짓을 했다. "아무도 아닐 거예요, 내 생각엔. 그냥 이상한, 이름 모르는 노인이에요."

요안나가 어깨를 으쓱했다. "당신 필요한 것 다 샀나요?"

바타샤가 멍하니 엮어 짜서 만든 자기의 가방 안을 들여다보았다. "예, 다 산 것 같아요."

"그렇다면 내 생각엔 돌아가는 것이 좋겠어요"라고 요안나가 말했다. "수산나가 저녁식사 준비하는 데 우리 도움이 필요할 거예요."

그들은 나귀에 올라 혼잡하고 시끄러운 도시의 길들을 빠져 나와 앞으로 나아갔다. 9월 초의 태양은 무자비했다. 요안나는 계속해서 향수가 뿌려진 비단 손수건으로 이마를 닦아냈다. 한낮의 야외의 열기 속에서 여행하는 어려움에 익숙하지 않은 것이 명백했다.

"휴우, 나는 마치 기름 한 방울이 될 때까지 녹아버리는 느낌이에요" 하고 그녀는 투덜거렸다.

"나는 오늘 수영을 할까 해요" 하고 바타샤가 생각에 잠기면서 말했다. "수영하기 좋은 날이고, 또 요나랑 계속 약속했거든요. 내가 빵 굽는 준비를 해두면 당신이 마무리 할 수 있지요?"

"그럼요" 하고 요안나가 말했다. "그런데 물속에서 뭘 입으세요?"

"나는 짧은 튜닉이 있어요. 당신도 같이 물에 들어갈래요? 그러면 서둘러서 빵을 만들고 같이 수영해요. 요나가 좋아할 거예요. 가련한 작은 장난꾸러기! 그 애는 모두에게 물이 얼마나 좋은지 계속 말하지만 아무도 그 애한테 마음을 안 줘요."

"아뇨, 하지만 고마워요! 나는 남편이 결혼 뒤에 만들어 준 작은 푸른 수영장에서만 수영해요. 거기에선 바닥을 볼 수 있고 물이 머리를 넘지 않아요. 엄청나게 닥쳐오는 파도가 있는 커다란 바다는 내게 안 맞아요. 게다가 그 모든 투명한 꿈틀거리는 것들, 그리고 커다란 집게발을 가진 긴 다리의 동물들. 우우!" 그녀는 몸서리를 치면서 친구를 곁눈으로 쳐다보았다. "내 생각엔 당신도 사람들이 대해에서 보았다는 바다괴물에 대해서 들었을 거예요. 긴 뱀과 같은 목에 구슬 같은 눈들, 면도날같이 날카로운 이빨을 가진 작은 사악한 머리들을 가진 엄청난 거대 동물들 말예요?"

바타샤가 비눗방울 같은 웃음을 웃었다. "그럼요, 바다에 하도 오래 있어서 심심해진 선원들이 지어낸 그런 옛 이야기들을 들었지요. 그렇지만 구슬 같은 눈들과 면도날같이 날카로운 이빨들은 당신이 지어낸 과장인데요."

요안나가 방긋이 웃었다. "그렇지만 괴물들이 그걸 갖고 있다는 것은 이치에 맞아요. 아니면 그 괴물들이 어떻게 물 밑에 있는 죄 없는 흰 다리를 보고 즙이 많은 멋진 먹이로 알고 물어 삼키겠어요?"

바타샤는 웃고 그녀를 겁쟁이라고 불렀다. 그들은 그들이 야영하고 있는 소나무 숲 앞의 기다란 해변에 도착하였기에 이제는 야영지를 둘러싸고 있는 키 큰 나무들을 뚜렷하게 볼 수 있었다. 감각을 동원해서 그늘과 물을 열심히 찾고 있던 나귀들의 걸음이 빨라졌다.

바타샤는 돌아오는 길 내내 들락날락하는 불안한 감정으로 괴로움을 당하고 있었다. 그녀는 왠지 모르지만 감시당하고 있다는 느낌이 들었다. 그녀의 푸른 눈이 그녀 왼쪽의 거대한 부서진 담장의 돌들을 향해 내달으면서 그녀를 불안하게 하는 이유를 본능적으로 찾았다. 별안간 그녀는 비명을 지르고는 손으로 입을 막았다. 잿빛의 덥수룩한 몸이 없는 것처럼 보이는 노인의 머리가 바위꼭대기에서 그녀를 내려 보고 있었다. 그녀가 시장에서 보았던 바로 그 얼굴이었다.

"바타샤, 무슨 일예요?" 하고 요안나가 놀라서 돌아보면서 소리쳤다. 그녀의 친구가 아직도 나귀 위에 앉아 있고 모래 바닥으로 떨어지지 않은 것을 보고 그녀는 안도의 한숨을 쉬었다. "나는 당신이 떨어져서 다친 줄 알았어요."

"아니, 난 괜찮아요" 하고 그녀는 정신이 산란해서 손을 흔들었다. 그리고는 바위들을 다시 훑어보았지만 그녀의 어린 시절을 고통스럽게 생각나게 만드는 그 낯익은 검은 눈을 가진 풍상에 시달린 얼굴의 흔적은 볼 수 없었다. 아무것도 아냐 — 하얀 큰 바위들 위로 열기 속에서 떠오른 환상에 불과해, 라고 그녀는 논리적으로 생각했다.

"이 멍청한 짐승들" 하고 투덜거리면서 요안나는 연신 이마를 가볍게 두드리며 불안정하게 흔들리며 나귀를 탔다. "이것들은 우리 뼈들을 부러뜨리고 내장을 응고시키기에 딱 맞아요."

야영지에 돌아온 뒤 2시간이 안 되어 바타샤는 튜닉을 입고 물가로 내려왔다. 요나가 신이 나서 놀리는 것을 무시하고 그녀는 리넨 수건 위에 앉아서 팔과 다리, 코에 기름을 발랐는데, 특히 코는 두껍게 발랐음에도 너무 많이 태양에 노출되어 벌써 놀라운 속도로 주근깨가 생기고 있었다.

요나는 계속해서 사정없이 그녀를 못살게 굴었다. 그녀가 있는 곳으로 물을 튕기면 물은 태양을 받은 다이아몬드 방울들로 부서졌다가 목마른 모래 속으로 흐트러져 들어가 사라져버렸다. 그녀는 아이에게 자기는 못 된 아이들을 아주 간단히 다룰 수 있는 방법을 잘 아니까 조심하지 않으면 아주 후회하게 될 것이라고 경고했다.

아이는 아랑곳없이 웃으면서 또 한 수먹의 물을 그녀에게 흠뻑 끼얹어 그녀가 헉 소리를 내도록 만들었다. 그녀가 일어나서 단호한 자세로 아이를 향해 나아가자 아이는 낄낄거리다가 도망가려고 다가오는 파도 속으로 뛰어들었다. 몇 분 안 되어 그녀는 아이를 따라가 붙잡고 밑에서 아이의 다리를 잡아채서 완전히 물속에 담갔다.

그런 뒤 그들은 파도를 탔고 또 밀려나가는 물결 속에 잠깐 동안 웅크리고 앉아서 손가락과 발가락으로 움직이는 모래 속을 파내어 여러 가지의 흥미로운 보물들을 찾아냈다. 얼마 안 되어 해변은 그들이 찾아낸 조가비와 매끄러운 돌들, 그리고 떠내려온 나무 조각들의 무더기들로 뒤덮였다.

마침내 바타샤는 물에서 나와 수건 위에 털썩 주저앉았다. 그녀는 요나에게 그녀가 쉬는 동안 계속 놀고 있으라고 말했다. 그녀는 눈을 감고 지중해의 태양이 그녀의 서늘해진 피부로부터 작은 물방울들을 흡수하도록 놓아두었다. 곧 그녀는 나른해져서 졸음이 왔고 반의식적인 상태로 들어갔다. 그녀는 멀리서 나는 목소리들을 몽롱하게 들었으나 남자들이 돌아오기에는 아직 너무 일렀기에 주의를 기울이지 않았다.

"도대체 당신 뭘 하고 있는 겁니까?" 시몬의 거친 음성이 그녀의 평화를 깨뜨렸다.

그녀의 눈이 확 하니 열려서 그의 시꺼먼 우거지상을 보았다. 그녀는 급하게 겉옷을 찾아 서둘러 걸쳤다.

"와, 와, 여기 무엇이 있나요?" 하고 빌립이 걸어오며 말했다. 그의 태도는 재미있고 다정했다. "인어? 바다의 요정? 금빛 표류물 하나?"

"물 어때요?" 안드레가 다른 사람들과 같이 도착하면서 물었다.

"좋아요" 하고 바타샤가 물에 젖은 머리를 흔들었다. "아주 좋아요" 하면서 그녀는 아직도 흥분해서 콧구멍이 어떤 거대한 베헤못*처럼 곧 터질 것같이 팽창해 있는 시몬을 걱정스레 흘깃 보았다.

"여기 재치 있는 여자분이 있네요"하고 나다니엘이 둘러선 사람들에 끼면서 흥얼거렸다. "휴, 나는 바다에서 수영해본 적이 없지만 오늘 같은 날에는 나쁜 생각이 아니네요."

"허!"하고 베드로가 멀리서 소리쳤다. "이게 우리가 떠나가면 여자들이 하루 종일 하는 일인가요? 카프리 섬의 부유한 로마인들의 무리처럼 바닷가에서 빈둥거리는 것이요?"

바타샤가 그의 빈정거림에 대응했다. "한 번 해보셔요. 아주 상쾌해요."

"선생님! 선생님!"하고 요나가 파도 속에서 불렀다. "들어오세요! 재미있어요!"

예수가 물가로 가더니 허리가리개만 남기고 옷을 벗었다. 물결 속으로 헤쳐 들어가다 다가오는 파도 속으로 뛰어들자 그의 튼튼하고 근육질인 목수의 팔이 힘차고 쉽게 바다를 갈랐다.

자극을 받은 베드로가 거친 베두인 사람처럼 소리를 지르더니 훌러덩 옷을 벗어던지고 커다란 쇼맨십과 더불어 물로 뛰어들었다. 그러자 그들 모두, 심지어 나이든 나다니엘까지, 방학을 맞은 남학생들처럼 고함을 치며 물로 들어 왔다. 도마가 반신반의해 주춤하고 있자 안드레와 베드로가 그의 팔을 잡아서 옷 입은 채로 그냥 물속에 잡아넣었다.

바타샤는 그 광경을 아주 재미있게 관찰했다. 심지어는 시몬도, 동료들과 같이 행동하려는 열성으로, 행복한 아우성에 끼어들었다. 바타샤는 자기가 시몬을 다른 사람들보다 더 많이, 그리고 보다 큰 관심을 갖고 보고 있다는 사실을 깨닫자 급히 고개를 돌리고는 음식 준비를 하는 다른 여인들을 도우러 갔다.

---

* 사탄을 상징하는 괴물: 욥기 40:15에 하마로 번역되어 있음.

얼마 뒤 드보라가 사람들에게 저녁식사가 준비되었다고 말하러 해변으로 나갔다가 물을 뚝뚝 떨어뜨리며 돌아왔다. 신이 난 베드로가 그녀를 물로 끌어들였었던 것이다.

"모두 다 미쳤어요"라고 살로메가 취사용 단지를 문질러 닦아내며 중얼거렸다. "당신들은 저들이 평생 하루도 물에 들어간 적이 없었던 것으로 생각하겠어요. 그러나 우리 아들들은 어부예요! 언제나 배와 그물을 갖고 일을 했지요. 항상 젖어 있었고요." 단지가 반짝거리자 그녀는 또 다른 단지를 세차게 잡아챘다.

"저 분들은 열심히 할 일을 했어요"라고 바타샤가 말했다. "그리고 무척 덥고요. 누구든 때로는 노는 것이 필요해요."

살로메가 마치 논다는 개념은 그에게 어려서부터 없었다는 듯이 "흐응" 하고 코웃음 쳤다. "이제 저들이 왔으면 해요"라고 그녀는 말했다. "닭고기가 차가워져요."

"나는 그 열심당원은 닭고기를 다시 먹는 걸 좋아하지 않을 거라고 생각해요"라고 요안나가 말했다. "그는 어제 밤 수산나가 만들었던 그 맛있는 요리를 거의 손도 안 댔어요."

"그 열심당원은 닭이라고는 요리가 된 것이든, 주변을 걸어 돌아다니는 것이든 다 좋아하지 않아요"라고 살로메가 말했다. "다음번에 그가 내 흰 다리를 가진 닭 중 하나를 걷어차면 이걸로 맞을 거예요!"라고 말하며 이 힘 좋은 작은 여인은 주먹을 단단히 쥐고는 그것이 마치 굉장한 무기라도 되는 듯 공중에서 흔들었다.

바타샤는 웃음이 나오는 것을 참았다. 살로메가 주먹으로 시몬을 치는 것은 레바논의 곰의 등허리에 도토리가 떨어지는 정도의 효력이 있을 것이었다.

"그 사람은 왜 항상 화가 나 있지요?"라고 요안나가 큰소리로 물었다.

"그분은 아주 진지해요"라고 드보라가 설명했다. "아마도 모든 열심당원들이 다 그럴 거예요." 그녀는 우물가에서 머리의 소금기를 씻어냈고 수건으로 머리를 감싸고 있었다.

"왜 예수가 그렇게 퉁명스러운 사람을 선택했을까요?" 하고 자기는 항상 바빠야만 한다는 생각 속에 있는 살로메가, 수산나가 이미 준비해서 리넨 수건으로 덮어놓은 요리 접시들을 만지작거리며 말했다. 체격이 좋은 그 아프리카 여인이 눈동자의 흰 자위를 위험스럽게 번쩍이며 계속 쳐다보았다.

"예수님이 왜 그들을 선택했는지 곰곰이 생각해본 적 있으세요?" 라고 드보라가 질문했다. 그녀는 꼬아서 짠 가죽 끈으로 허리에 붙들어 맨 잘 건조된 튜닉 코트를 입고 텐트에서 돌아왔다. "제 남편은 성도가 아니었어요. 결코 아니었어요! 그는 술집에 너무 자주 갔고 또 충동적이고 거친 행동으로 유명했지요. 저는 그의 좋은 자질을 알고 있는 사람은 저뿐이라고 생각했어요. 그런데 예수님은 그의 좋은 자질을 즉시 알아보시고 어느 날 그가 고기를 잡고 있을 때 그에게 사람을 낚는 어부가 되게 해주겠다고 말씀하시면서 베드로를 곧장 갈릴리 바다 밖으로 불러내셨어요. 제자들 하나씩을 보면 모두 결점이 있는 것을 볼 수 있을 거예요." 그녀는 잠깐 멈추고 다시 생각했다. "제 생각엔 아마도 나다니엘은 예외일 거예요" 하고 그녀는 말을 수정했다. "저는 어떤 기준으로 선생님이 제자들을 선택하시는지는 몰라요" 하며 그녀는 깊이 생각하며 말을 계속했다. "그러나 그 기준은 사람의 온전함에 근거하지 않았어요."

"그분은 속사람을 볼 수 있고, 마음속을 볼 수 있어요. 그분은 사람이 하나님을 갈망하는지, 그리고 하나님을 알려는 열성이 있는지 없는지를 아세요" 라고 요안나가 해변을 향한 길로 걸어 나가며 말했다. "제가 가서 그들을 부르는 게 좋겠어요" 라고 그녀는 씩씩하게 자원했다. "그들은 틀림없이 시장할 거예요."

영리하게 행동해 요안나는 물에 젖지 않았다. 곧 남자들은 맑은 우물
물로 씻고 깨끗한 옷을 입고 불가에 앉아 게걸스럽게 먹었다. 베드로가
내일 야영을 끝내고 모두 갈릴리로 돌아가기로 결정했다고 발표했다.
바타샤는 슬펐다. 그녀는 지난 2주간 어린 시절 이후의 그 어느 때보다
도 행복했다.

그날 밤 그녀는 해안선에 서서 하늘과 바다의 광활한 공간을 내려 보
았다. 영원을 향한 길처럼 수평선에서 끝이 나는 하늘과 바다는 반사되
는 달빛의 리본에 의해서만 분별이 될 수 있었다. 습한 미풍이 그녀의
긴 머리칼의 휘장을 들어 올렸고 우수에 잠긴 그녀의 건조한 눈을 시원
하게 했다. 그녀는 몸을 돌려 한 남자가 언덕 아래로 내려오는 것을 보
았고, 즉시 그가 누군지 알아보았다. 빌립의 걷는 모습은 잘못 볼 수가
없었다. 그는 그를 둘러싸고 있는 세상에 대해 항상 풍자적인 질문을
하려는 듯 머리를 묘한 각도로 기울이고 걷는, 그녀가 알고 있는 유일
한 사람이었다.

"또 수영하러 가려고요?" 하고 그가 물었다.

"아뇨, 그냥 잠깐 나와 있고 싶어서요."

"나랑 같이 걷겠소?" 하고 그는 그녀의 옆으로 왔고 그들은 해변을 천
천히 같이 걷기 시작했다. "내일 우리들은 돌아갑니다."

"알아요" 하고 그녀가 한숨을 내쉬었다.

"당신은 돌아가고 싶지 않나 보지요?"

"오, 저도 갈 때가 된 것을 알아요"라고 그녀가 말했다. "다만 여기서
저는 즐겼어요."

"당신은 파리와 모기와 살에 끈적거리는 모래들을 즐겼다는 겁니까?"
하고 그는 눈썹을 추켜올리며 냉소적으로 물었다.

그녀는 웃었다. "물론 그런 것들을 즐긴 것이 아니죠. 그러나 사람들
을 즐겼어요. 우리 사람들이요. 저는 그들을 알아야만 했고 가족처럼

생각해야만 했어요. 여기서 우린 모두 가까웠어요. 다시는 이와 같지 않을 수도 있어요."

"그래, 당신은 우리들에 대해 평가를 내렸습니까?"

"평가는 아니고요" 하고 그녀가 답했다.

"아니면 혹시 관찰이요?" 하고 그가 다그쳤다. 그녀가 고개를 끄덕이자 그는 계속했다. "그렇다면, 나는 당신이 나에 대해 어떤 관찰을 했는지만 알고 싶군요."

그가 장난을 치고 있다고 깨닫자 그녀는 미소를 지었다. "글쎄요, 저는 당신이 아주 멋있고 굉장히 교양 있는 분이라고 생각해요."

"그럼 날 좋아해요?" 그의 눈이 달빛 속에서 즐겁게 반짝였다.

그녀는 가슴 속에서 작고 기분 좋은 장난기를 느꼈다. "그러기를 원하세요?"

그는 머리를 뒤로 젖히고 웃었다. 전환점에 도달하자 그들은 돌아서서 캠프를 향해서 걷기 시작했다. "그럼요, 사실 그러기를 원하지요."

잠깐 동안 그녀는 부끄러움으로 휩싸였다. 그녀는 이 매력적이고 지적인 남자가 자기에게 관심을 가질 것이라고 결코 상상해본 적이 없다. "왜 오늘 저를 보고 바다의 요정이라고 불렀어요?" 하고 그녀는 화제를 바꾸려고 물었다.

그는 싱긋이 웃었다. "농담한 거예요. 내가 어렸을 때 그리스 사람이신 어머니가 옛 조상들과 그들의 많은 신들에 관한 놀라운 이야기들을 해주셨는데 그 신들의 대부분은 내 생각에는 상당히 바람직하지 못한 존재들이었어요. 그들은 우리의 전설적인 민족의 영웅들 중 한 사람과 관련해서는 특히 변덕스럽고 복수심이 강했어요. 그 영웅의 이름은 오디세우스였어요. 트로이전쟁에서 돌아오는 여행길에 그는 많은 시련과 재난을 겪지요. 호머라고 하는 그리스 사람이 약 800년 전에 웅대한 서사시로 이 모든 것을 기록했지요. 그리고 나는 알렉산드리아와 아테

네의 대학에서 이 시를 문학작품으로 공부했어요. 그렇지만 물론 그때는 내가 아이였을 때 어머니가 잘 시간에 그 시 안에 불어넣어주셨던 모든 무시무시함이나 전율은 없었어요."

"어머니가 당신의 머릿속을 이방신들과 그 비슷한 것들로 가득 채운다고 당신의 유대인 아버지가 뭐라고 안 하셨어요?" 하고 바타샤가 물었다.

"물론이죠, 아버지는 철저하게 반대하셨고 어머니에게 그만두라고 몇 번이나 말씀하셨지요. 그렇지만 어머니는 타고난 이야기꾼이셨고 나는 열광적인 청취자였어요."

"그러면 바다의 요정은 고대의 그리스의 여신들 중 하나인가요?" 하고 그녀가 물었다.

"여신이 아닙니다. 요정이지요. 아름다운 바다의 요정. 세 명의 요정이 있었지요. 그들은 한 섬에서 살면서 아름다운 노래를 불러 항해자들을 유혹해 암초에 부딪쳐 죽도록 했지요. 오디세우스는 자기 부하들의 귀를 초로 막아서 그들이 들을 수 없도록 해 파멸당하지 않도록 했지요."

"어머나! 그럼 저를 바다의 요정이라고 부른 것은 잘하신 것이네요"라고 그녀가 말했다. "왜냐하면 제가 노래를 하면 틀림없이 사람을 괴롭도록 만들 테니까요."

그들은 야영장으로 이르는 길에 도착했기에 서로를 돌아보았다.

"올라갈 거죠?" 하고 그가 물었다.

"잠시 뒤에요" 하고 그녀가 말했다. "먼저 가세요."

그가 그녀의 손을 잡았다. "바타샤, 나는 우리들이 서로에 대해서 훨씬 더 많이 알기를 원해요." 그녀의 손을 놓고 그는 떠났다.

곤혹스러워져서 그녀는 돌아서서 물가 쪽으로 천천히 걸었다. "맙소사" 하고 그녀는 두려운 생각이 들어서 갑자기 속삭였다. 근래에 했던 모든 일들 때문에 그녀의 손이 오늘 바다 속에서 요나와 같이 보았던 가시투성이의 생물체 같은 느낌을 주지 않았을까? 아이고, 야영장을 떠나기 전에 왜 로션을 좀 바르지 않았던가? 빌립이 어떻게 생각할까?

"흠, 당신 옛 버릇으로 빠져드는데 그렇게 시간이 안 걸리죠, 그렇죠?"

자신의 쓸데없는 걱정으로부터 놀라 깨어났을 때, 그녀가 마주한 것은 시몬의 얼굴이었다. 그의 검은 눈동자들이 흑요암의 성난 파편같이 반짝거렸다. "무슨 말씀하시는 거예요?" 그녀는 당황해서 물었다.

"나는 마르셀러스에 대해 말하는 거요"라고 그가 거칠게 말했다. "그리고 지금은 빌립에 대해서. 당신은 남자를 유혹하는 여자이고, 앞으로도 항상 그럴 거요."

그녀는 속으로 한숨지었다. 시몬이 그녀를 저속하게 평가하는 것을 피할 방법이 없어보였다. 그녀에 대한 그의 평가를 끌어올리고 평화를 추구하기 위해 그녀는 침묵도 시도했고 또 화해도 시도했다. 그러나 둘 다 효과가 없었다. 따라서 그녀는 정면 대결이 이제껏 시도했던 것보다 더 해로울 것이 없을 것이라고 결정했다.

"그리고 당신은 불쾌한 짐승 같은 사람이군요." 그녀가 신랄하게 말했다. "불행하게도 또한 당신은 앞으로도 항상 그럴 것으로 보이는 군요." 그가 한 발 앞으로 나왔지만, 그녀는 물러서지 않았다. "그리고 마르셀러스에 대해서라면요, 당신이 그에게 싸움을 걸 아무런 이유도 없었어요"라고 그녀는 힐난했다. "그건 당신의 결정이었어요. 당신의 성급한 행동을 제 잘못으로 돌리지 마세요. 그리고 당신과는 상관없는 일이지만 빌립은 저를 경의와 사려를 갖추고 대해 주었고 그건 제가 당신을 위해서 말할 수 있는 것보다 훨씬 더 많은 것을 이야기하는 것이지요."

"당신이 그를 유혹해서 여기까지 온 것이오" 하고 그는 비난했다. "그는 오늘 몸을 다 드러내는 수영복을 입고 있는 당신을 보고 자신을 주체

할 수 없었던 것이오." 격한 감정은 시몬이 거의 말을 할 수 없도록 만들었다. 그는 잠깐 멈추었다가 다시 폭발했다. "당신은 남자 앞에서 보여주고 유혹했던 밧세바보다 나을 것이 없소."

분해서 그녀의 입이 딱 벌어졌다. "나는 누구든지 밧세바를 유대의 역사에서 가장 어두운 추문의 하나라고 비난하는 사람들은 시대를 막론하고 정말로 역겨워요." 그녀는 장황한 비난을 시작했다. "그녀가 다윗왕을 유혹하려는 계획을 세웠다는 기록은 전혀 없어요. 벗은 여인을 찾으려고 지붕 위로 나온 것은 바로 다윗이요. 그녀를 자기 왕궁으로 데려오고 임신하게 한 것도 바로 다윗이요."

"조용히 해요." 시몬이 부드러운 그러나 위협적인 목소리로 명령했다.

"그리고 그녀의 남편을," 그녀는 그의 얼굴에 대고 계속했다. "죽게끔 꾸민 것도 바로 다윗이요."

"조용하라고 했소!"

"죄를 범한 것도 바로 다윗이에요. 다윗의 욕정이에요!"

별안간 그는 그녀를 자기 몸으로 꽉 껴안고 강렬하고 온전하게 그녀에게 입을 맞췄다. 그 입맞춤에는 노여움도, 무도함도 없었다 ― 단지 순수한, 있는 그대로의 정열만이 있었다. 그가 그녀를 놓아 주었을 때 그녀는 뛰어 달아났다.

야영장은 잠들어 있었다. 일단 천막 안으로 들어오자 그녀는 담요 위에 쓰러져 숨을 가다듬었다. 그녀의 심장이 쿵쾅거리기를 멈추고 흥분이 가라앉자 그녀는 배를 깔고 돌아누워 얼굴을 팔 사이에 묻었다. 그리고 소리 없이 웃기 시작했다. 맙소사! 만일에 그녀가 이브를 강력하게 변호했더라면 그는 무슨 짓을 했을까?

제 9 장

안식일을 기억하여
거룩하게 지키라

출애굽기 20:8 KJV 성경

가버나움으로 돌아오자 모두 각각 자기 할 일을 해야 했기에 두세 주일이 지나서 베드로의 집에서 다시 모일 때까지 무리는 흩어졌다. 바타샤는 요안나와 같이 있으면서 막달라에 가서 이모와 며칠을 지내며 향수가게도 돌아보려고 계획했다. 야고보와 요한은 그들의 어머니와 더불어 갈릴리 호수 북단에 있는 벳새다에 갔다. 빌립이 그들과 동행했는데 그곳이 그의 부친이 번창하고 있는 수입업을 하는 곳이었기 때문이었다. 마태는 가버나움의 자기 집에 머물렀다. 다른 제자들은 흩어져서 친구나 친척들의 집으로 갔다. 시몬과 작은 야고보는 그들의 가족들을 방문하기 위해 유대로의 여행할 계획을 짰다.

바타샤가 막달라로 떠날 준비를 하기 위해 자기 짐을 싸다가 시돈에서 샀던 작은 풍경을 꺼내 들었다. 풍경은 몸 전체를 위에서 아래로 기분 좋게 흔들면서 딸랑거리는 음악을 쏟아냈다.

"아름답네요"라고 요안나가 방으로 들어오며 말했다. "우리가 시돈을 방문했을 때 당신이 그걸 샀던 것을 기억해요."

"맞아요" 하고 바타샤가 풍경을 사랑스럽게 쳐다보며 말했다. "나는 이모에게 이걸 드리려고 해요. 계속 여행하며 돌아다니다보니 이걸 달아 둘 곳을 찾기 힘들었어요. 그레테 이모는 이걸 베란다에 달아 놓고 거기서 매일 이 아름다운 소리를 즐길 수 있을 거예요."

"시몬이 여기 와 있다는 것을 말하러 왔어요" 하고 요안나가 말했다.

바타샤가 풍경을 여행 상자 속에 넣자 풍경은 불협화음을 내며 상자 속에 내려 쌓였다. "누구라고요?"

"그 열심당원요. 그분이 당신을 만나기 원해요. 그가 안마당에서 기다려요."

바타샤는 무슨 일이 있을지 잘 몰라 떨리는 마음으로 즉시 나갔다. 해변에서 만난 이후에 그녀와 시몬은 말을 하지 않았으며 애써 눈이 마주 치는 것을 피했었다. 시몬은 헐렁한 겉옷을 입고 크고 범하기 어려운 자세로 등을 돌리고 서 있었다. 그는 요나와 같이 있었는데 이 생각지 못했던 상황에 대한 그녀의 걱정을 한결 덜어주었다.

"안녕하세요, 시몬" 하고 그녀는 상냥하게 인사했다. 요나가 달려와서 팔로 그녀의 허리를 감쌌다. "안녕, 장난꾸러기." 그녀는 포옹으로 아이를 반겼다.

시몬이 그녀를 향해 서 있었다. "바타샤" 하고 그는 간단한 고갯짓으로 그녀에게 인사를 했다.

"앉지 않으실래요?" 하고 그녀는 요안나의 푸른 타일로 된 수영장 옆의 벤치를 가리켰다.

시몬이 고개를 흔들었다. "난 시간이 없소. 작은 야고보와 나는 엠마오로 즉시 떠나야 하오. 다대오가 베드로를 돕기 위해 가버나움에 남아 있을 것이오. 사람들이 예수께서 돌아오셨다는 것을 듣고 벌써 모여들기 시작했소. 야고보와 나는 가족들을 방문하고 우리 사업도 점검해야만 하지만 가능한 빨리 돌아와야 하기에 우리는 여정을 서둘러야만 하오." 그러더니 그는 주저하며 말했다. "요나가 당신이 애를 막달라에 와서 며칠 있으라고 말했다고 하는데, 진심이오?"

"아, 그럼요" 하고 그녀가 대답했다. "저는 기꺼이 요나가 우리 집에 와 있기를 바라요."

"단지 우리 여정이 아이에게 너무 힘들 것 같아서 그러는 거요" 하고 시몬이 설명했다. "나는 매일 매일 계속해서 힘들게 걷는 고생을 아이에게 시키고 싶지 않아서요."

"이해합니다" 하고 그녀는 그를 안심시켰다. "당신이 없는 동안 요나가 저와 같이 지내는 것을 정말 환영해요."

그의 시선이 그녀의 눈과 마주쳤다가 굉장한 감탄과 더불어 요안나의 수영장을 보러 간 요나를 찾기 위해 재빨리 다른 곳으로 움직였다. 끊임없이 수없는 푸름의 음영으로 부서지는 화려한 색깔의 타일 속의 물을 바라보고 있는 소년을 쳐다보면서 시몬의 표정이 부드러워졌다.

아마도 지금이 친절한 대화를 시도할 좋은 때일 것이다 라고 바타샤는 생각했다. "시몬." 그녀는 망설이며 말을 시작했다. "그날 저녁 호수에서 저를 구해 주시고, 또 제 병을 고치기 위해 예수님을 모셔 오신 것에 대해 아직 제대로 감사를 못 드렸습니다. 제 마음으로부터의 감사를 받아주십시오." 그녀는 이 간단한 감사의 표현이 다정한 사이는 아니더라도 적어도 그들 사이의 긍정적인 대화를 열어주는 계기가 되기를 희망했다.

"기적을 행하신 분은 예수님이오"라고 말하고 그는 손을 저으면서 퉁명스럽게 화제를 종결지었다. 그 문제에 대한 더 이상의 대화를 막아 버리고 그는 돌연 그녀의 발밑에 배낭 하나를 놓았다. "여기 요나의 물건들이 있소. 2~3주 안에 내가 아이를 데려가겠소."

그녀가 그의 선제적인 태도에 적응하기도 전에 그는 안마당을 가로질러 뒤 한 번 돌아보지 않고 앞의 출구를 통해 나가버렸다. 그녀는 고개를 젓고 깊은 한숨을 쉬었다. 그런 뒤 그녀는 수영장 가에 엎드려서 물속으로 손을 빙빙 돌리고 있는 요나를 향했다.

"들어가면 안 돼" 하고 그녀는 엄하게 말했다.

아이가 씩 웃었다.

"정말로 얘기하는 거야. 요안나의 수영장은 주로 보기 위한 것이지, 말썽꾸러기 아이가 괴물처럼 분탕질 치기 위한 곳이 아냐. 우리 집에 가면 너는 호수에서 수영할 수 있어. 그리고 우리 집에는 네가 숨어서 놀 수 있는 장소들이 아주 많아. 거기엔 심지어 내가 어렸을 때 우리 아버지가 지어주셨던 오래된 나무집도 있어."

"나무집이라뇨?" 하고 요나가 펄쩍 뛰었다. "그게 뭐에요?"

"그건 하늘과 땅 사이의 안전한 장소로 그곳에선 꿈을 꿀 수 있는 곳이지" 하고 그녀가 말했다. "거기 가면 내가 너에게 보여줄게."

시몬과 작은 야고보는 갈릴리 바다의 서쪽 해안을 따라 남으로 갔다. 그들은 옛 도시 벳 예라*에서 요단강을 건너 강의 동쪽 둑을 따라감으로써, 엄격한 유대인이 그러듯 사마리아의 땅을 접촉하는 것을 금하는 율법을 지켰다. 일단 팔레스타인에서 사용되는 많은 석회석을 산출하는 곳인 낮은 요르단 계곡의 흰 절벽이 보이는 곳으로 들어오자, 그들은 강을 다시 건너 빌라도의 행정구역인 유대로 들어가기 위해 강을 다시 건너려고 서쪽으로 방향을 잡았다.

작은 야고보는 넓고 흰 고원의 사막에서 생겨난 쿰란** 근처의 에세

---

* 갈릴리 해 남단의 고대의 성채도시.

** 사해의 북서부의 고대 유적지. 이곳의 동굴에서 사해문서가 발견되었음.

네파*의 공동체에 대해 이야기를 시작했다. 오직 특별한 형제 관계의 구성원들만이 수도원 내부에 들어 갈 수 있었다. 요단강 둑을 오르내리면서 회개와 메시아의 오심에 관한 말씀을 선포하기 전의 세례 요한도 에세네파의 한 사람이었다. 요한은 아직도 살아서 헤롯 안디바의 궁전의 하나인 마카이루스의 지하동굴에 갇혀 있었다. 분봉왕이 요한에게 개인적인 관심을 갖고 있다는 소문이 있었지만 시몬과 작은 야고보는 이 위대한 선지자가 살아남을 가능성을 생각하면 걱정이 되어 고개가 흔들렸다.

두 제자는 예루살렘을 우회해 엠마오로 가는 길로 정확히 접어들었다. 그들이 드디어 그들의 초라한 작은 채석장과 그 채석장 끝에 야고보가 가족들과 같이 살고 있는 작지만 잘 관리된 집이 보이는 곳까지 왔을 때는 늦은 저녁때였다.

"아" 하고 야고보가 괴롭게 숨을 쉬었다. "내 동생 요세가 돌들 주변에 풀이 자라게 놔둔 것을 좀 봐요. 괜찮은 기념비를 찾고 있는 손님이 저기 레바논의 대리석이 수치스럽게 저렇게 덩굴과 잡초로 휩싸여 있는 것을 보면 뭐라고 할까요?"

"그는 여기 전부를 망쳐놓았구먼!" 하고 시몬도 분연히 이를 갈았다. "우리는 저 특별한 돌을 위해 비싼 대가를 치렀어요. 일단 로마의 세관이 저 돌 때문에 세금을 짜낸 뒤에는 결코 되찾을 수 없는 대가를요. 난 이렇게 만든 당신 동생의 아둔한 머리를 부숴버리겠소!"

"진정해요, 친구." 야고보가 분노로 돌처럼 단단해진 시몬의 팔을 붙들었다. "우리 불쌍한 연로하신 어머니를 생각해요. 우리가 요세에게 사업을 맡겼을 때 어느 정도 이럴 것은 각오했잖아요?"

시몬은 시무룩하니 아무 약속도 하지 않고 침묵했다. 그들 둘은 앞으

---

* 고대 유대교의 한 분파.

로 걸어가, 야고보의 허식은 없지만 튼튼해 보이는 집 안으로 들어갔다. 야고보의 어머니가 소리를 지르며 장남을 두 손으로 열정적으로 맞아들이며 그의 머리를 손으로 붙잡고 움푹한 입으로 그의 양쪽 볼에 소리를 내며 입을 맞추었다.

시몬은 집안 내부를 둘러보다가 그들이 없는 사이에 새롭게 치장된 것을 보고 놀랐다. 옛날 골풀 깔개는 없어지고, 대신 값비싼 페르시아의 융단이 바닥을 장식하고 있었다. 정교한 직물 벽걸이가 초라한 진흙벽 위에 걸려 있었고 어두운 구석구석마다 세련되게 만들어져 윤기 나는 상이 놓여 있었는데, 그 위에는 금과 청동의 장식품들이 뒤죽박죽으로 가득히 쌓여 있었다.

어머니가 포도주를 가지러 가자 야고보도 시몬과 같이 조용한 놀라움 속에 방안을 살펴보았다. 곧 어머니가 간단한 음료와 먹을 것을 갖고 돌아왔다. 붉은 에나멜로 상감 세공된 작은 은쟁반과 짝을 이루는 잔들과 고급과자들을 담은 금줄 세공된 바구니를 들고 오셨다. 그들은 낮은 대리석 식탁 둘레에 모여 있는 금란 무늬의 방석 위에 조용히 자리를 잡았다. 시몬이 잔으로 포도주를 마시고는 포도주가 따뜻한 비단처럼 맛이 진한 것을 발견했다.

"어머니, 이 모든 것들이 어디서 났습니까?" 하고 야고보가 믿기지 않는 몸짓으로 팔을 흔들었다.

"요세가 내게 사주었단다" 하고 그녀는 아주 자랑스럽게 대답했다. "그 애는 예루살렘의 아파트에 살고 있는데 새 직업으로 돈을 아주 잘 번다."

"요세가 어머니를 떠났다고요?" 야고보가 놀랐다. "그 애가 어머니를 혼자 계시게 하면 안 되는데요, 어머니. 내가 그러지 말라고 했는데요. 그리고 그 새 직업이 뭐예요? 우리 가족은 항상 가족사업을 했잖아요. 아버지께서는 우리의 일의 중요성을 우리에게 명심하도록 하셨는데

163

요."

그녀는 사탕과자 하나를 이빨 없는 입속에 넣고 기쁘게 먹었다. "그렇게 화내지 마라. 나는 지금 호강하며 살고 있고 항상 그랬듯이 건강도 좋다. 게다가 요세가 일주일에 2~3번 나를 보러 온단다. 자, 이제 그 선지자님에 대해 말해다오. 유대 전역에 그분에 대한 소문이 파다하다. 그분이 정말 네 아버지의 동생 요셉의 장남이냐? 그분이 정말 메시아냐? 생각만이라도 해 봐라. 우리의 친척이 메시아라니."

야고보는 어머니의 예수에 관한 질문들은 무시했다. "동생의 새 직업에 대해서 얘기해 주세요" 하고 그는 고집했다.

"요새는 예루살렘의 많은 유력한 친구들을 사귀었단다" 라고 그녀는 그녀의 목에 달린 무거운 목걸이를 쓰다듬으며 우쭐대면서 말했다. 그 목걸이에는 창백한 유리구슬들이 박혀 있었는데 시몬은 죽은 사람들의 눈과 닮았다고 생각했다. "그 애는 성전을 새로 건축하는 일을 감독하는 직업을 얻었다. 굉장하지 않니?"

시몬이 날카롭게 숨을 들여 쉬었다. 그는 그럴 것이라고 의심했다. 아무도 로마의 높은 사람들과 결탁해서 그들의 엉덩이에 입을 맞추지 않는 이상 그렇게 빨리 돈을 벌 수 없었다. 욕심 많고 쥐 같은 얼굴의 야고보의 동생이 적에게 붙어먹은 것이었다.

"난 가겠소!" 그는 돌연 일어섰다.

야고보가 문까지 그를 따라 나왔다. "걱정 마시오" 하고 그가 낮은 소리로 말했다. "내가 이 문제를 처리하겠소."

시몬은 혐오감 속에 돌아서서 분연히 자신의 집을 향해 걷기 시작했다. 그는 자기 동료가 요세를 어떻게 적당히 봐주면서 — 이제 까지도 그래 왔듯이 — 처리할지 충분히 알고 있었다. 그 애송이가 자기들의 사업을, 등의 땀을 쏟아 부으며 했던 사업을, 망하도록 내버려 둔 것을 어떻게 잊을 수 있나. 그들은 상인방 돌들을, 주춧돌들을, 기념비들을, 그리고 때로는 무덤의 입구를 덮을 둥근 묘석들을 쪼아냈다. 힘든 일이었다. 그리고 결코 부를 가져오는 일은 아니었다 — 그러나 정직하고 존경받는 일이었다. 무엇보다도 중요한 것은 로마의 지배와 관계없는 일이었다.

부모님 집의 서늘한 실내로 들어섰을 때에는 그의 분노도 삭았다. 어머니의 포옹은 삼나무의 평온한 향기로 그를 감쌌다.

"시몬!" 하고 그의 아버지가 뒷방에서 그를 불렀다. "내가 듣는 게 시몬의 소리 맞지? 이리 와라, 너 망나니 녀석."

시몬은 아버지의 방으로 들어가서 침대에 누워계신 아버지를 보았다. 아버지는 따뜻한 환대로 근심을 감추었다. 아버지는 심하게 고통스러울 때만 이렇게 등받이 방석들에 기대 계셨다. "누가 너를 망나니라고 부르냐?" 침대 한쪽으로 살며시 앉으면서 아버지는 빈정거렸다.

"우리는 막 네 이야기를 하고 있었단다. 그렇지 않소, 한나?" 하고 아버지는 기쁘게 말씀했다. "어렸을 때의 네가 얼마나 거칠고 고약했는지, 하는 이야기를." 그의 아버지는 한쪽 팔꿈치를 짚고 일어나 앉으려고 베개 사이에서 흥분해서 움직였다.

"그렇게 움직이지 말아요, 글로바. 그러면 더 아프잖아요."

"흥!" 하고 그는 아내의 경고를 물리쳤다. "애를 봐요, 한나" 하고 그는 자랑스럽게 계속했다. "우리 아들은 다윗의 아름다움과 삼손의 힘을 가졌소."

시몬이 히죽 웃었다. 그의 아버지의 표현은 언제나 엉뚱하였고 지나치게 과장됐다. "고맙습니다, 아버지."

"말해 봐라, 아들아" 하고 글로바는 시몬에게 가까이 기댔다. "우리는 우리의 메시아를 발견한 것이니?"

시몬이 미소와 더불어 머리를 끄덕였다. "예, 아버지, 맞습니다."

"하!" 글로바가 의기양양해서 베개 위에서 무너져 내렸다. "난 알고

165

있었어. 난 그분이 올 것을 알고 있었어. 이제 곧 걸어가서 그분을 뵐
거야. 나는 예루살렘으로 가는 길을 걸어가서 나의 메시아에게 경배할
거야."

시몬이 고개를 들어 어머니와 비밀스러운 슬픔 속에 눈짓을 주고받았다.

안식일 전날 저녁에 한나는 모든 방들을 화분과 푸른 잎으로 꾸몄다.
율법에 의하면 모든 집들이 안식일 새벽을 신부처럼 차리고 맞아야만
했기 때문이었다. 안식일 등불이 켜지자 시몬은 씻으러 자기 방으로 들
어갔고, 그러는 동안 그의 어머니도 물을 한 냄비 들고 자기도 씻고 또
관절염으로 몸이 너무 굽고 마비되어 가장 간단한 동작마저 할 수 없는
남편이 씻는 것을 돕기 위해 그녀의 방으로 들어갔다.

가장 좋은 옷들을 차려 입고 그들은 어머니 한나가 최선을 다해 준비
한 식탁에 앉았다. 양념한 양고기, 올리브기름과 식초에 담근 신선한
채소와 파, 그리고 무교병이었다. 기도를 한 뒤 그들은 먹기 시작했다.
시몬이 어머니에게 집안 형편에 대해 물었다. 아버지가 자신 있게 가로
막아서 그가 아직 건강했을 때 벌어놓은 것으로 잘 지내고 있다고 말했
다. 석공일을 더 할 수가 없어서 아버지는 옛 친구들을 위한 작은 일들
에 의지하고 있었다. 일은 보잘것없는 것들이었지만 정직한 일이었고
자존심 강한 아버지는 불평하지 않았다.

식사가 끝난 뒤 시몬은 어머니가 아버지의 잠자리를 돌보아 드리는
동안 식탁에 머물렀다. 그는 일어나서 어머니가 집안 살림 돈을 넣어
두는 도자기 단지의 뚜껑을 열었다. 한심할 정도로 적은 돈밖에 없는
것을 보고 그는 여행에서 남은 자기 돈의 대부분을 집어넣고는 재빨리
뚜껑을 닫았다.

그는 선생님의 회계를 맡아보고 있는 유다를 생각했는데, 그가 시몬
이 선교 자금을 그의 부모께 드렸다는 것을 알면 좋아하지 않을 것이기
때문이었다. 유다는 심지어는 야고보와 시몬이 집으로 돌아가는 데 필

요한 여행경비를 주는 것에 대해서도 불평했다. 그러나 예수가 부유한 지지자들로부터 기부받은 돈들은 필요할 때 제자들이 사용하고 나머지는 가난한 사람들에게 나누어주어야 한다고 말하면서 중재했다.

선생님의 견책에 유다는 입을 삐죽거리며 자리를 떴고 시몬은 그때 처음으로 유다에 대해 자신의 이중적 감정이 교차하는 것을 느꼈다. 결국 기부금은 예수께 드려진 것이었지 유다에게 주어진 것이 아니었다. 유다가 제자로서 분개했다는 것은 선생님에 대한 불경과 또한 돈을 모으고 축적하는 것에 대한 지나친 집착을 드러낸 것이었다. 그래서 시몬은 유다를 불신하기 시작했다.

안식일의 동이 트자 시몬과 어머니는 병상의 글로바를 남겨두고 회당으로 서둘러 갔다. 빠른 걸음으로 갔다가 예배가 끝난 뒤에는 천천히 엄숙하게 돌아오는 것이 랍비들에 의한 규칙이었다. 한나는 여자들의 회당에 자리를 잡았고 시몬은 아브라함의 후손들인 성인 남자들의 모임의 장소로 지정된 주랑으로 들어갔다.

성직자들이 모였다. 그들의 얼굴은 회중 쪽을 향했고 그들의 등은 아론의 성지라고 하는 경전 두루마리를 담고 있는 성궤를 향했다. 시몬의 눈길이 회당장, 즉 회당의 최고통치자인 요아힘의 아들 하다드를 찾아냈는데 그분은 시몬이 기억할 수 있는 만큼 오랫동안 회당장 자리를 지켜온 분이었다. 기민하고 늙은 그의 눈이 시몬의 눈과 마주치자 눈가의 주름이 조용하게 움직여 알아보았다는 표시를 했다. 왼쪽 맨 끝에는 경전 담당 성직자인 삼미야가 서 있었는데 그는 또한 교장선생님이기도 했다. 이 존경할 만한 분은 인내심을 가지고 시몬에게 읽고 쓰기, 그리고 제대로 된 히브리어의 억양으로 율법을 한마디, 한마디 어떻게 암송해야 하는지를 가르쳐 주셨다.

시몬은 평화로운 느낌으로 가득했다. 요아힘의 아들 하다드가 낯익은 예배를 시작하자 그는 큰 골격의 몸을 딱딱한 돌 의자에 편안히 기댔다. 이것이 고향 ─ 옳고 신성한 것을 전통에 따라 지키는 것 ─ 이었다.

예배가 끝나자 회당의 지도자들을 포함한 몇몇의 옛 친구들이 그에게 예수에 관해서 물었다. 유명한 랍비의 소식은 이들에게도 전해졌고, 시몬은 고향에서 자기가 그의 가까운 추종자로서 명사 비슷하게 되어 있다는 것을 발견했다. 시몬은 백부장의 하인을 고쳐 준 것과 문둥병자를 깨끗하게 해 준 것과 같은 커다란 기적들 중 몇 가지를 다시 이야기해 주었다. 그는 혹시라도 불협화음을 도발할 것 같은 일들은 언급을 피했다. 그는 과부의 아들을 살려 준 일은 자기 이야기에서 뺐는데 선생님이 죽은 자를 다시 살려낸 일이 그들의 믿음을 한계점 이상으로 이끌어가지 않을까 걱정하였기 때문이었다.

그는 가벼운 도취감 속에서 어머니와 함께 집으로 돌아왔다. 안식일에 예배를 드리는 것은 항상 그를 존재의 보다 높은 수준으로 끌어올렸는데, 그 속에서 그는 온몸으로 하나님과 교감했다. 어머니와 함께 걸으며 그는 우로도, 좌로도, 조금도 치우치지 않고 하늘에 완벽한 장대함으로 떠 있는 태양을 축복했다. 그는 자기 머리칼을 조용히 스치는 미풍의 손가락을 축복했다. 그는 머리를 들어 상냥한 푸른 하늘을 축복했고, 다음엔 들의 풀들을, 그리고 거의 추수할 때가 된 곡식들을 축복했다. 땅 위의 모든 것들은 그렇게 있어야 할 그대로였다. 하나님께서 모든 것들을 다스리고 계셨고 그는 평화를 느꼈다. 시몬은 안식일에는 복잡한 일들을 생각하지 않기로 했다.

일주일 중 이날에는 요리가 허용되지 않았기에 그들은 남아 있던 찬 음식을 저녁으로 먹었다. 그런 뒤에 글로바는 잠을 자기 위해 침대로 갔고 한나는 친구를 만나러 길을 따라 걸어 나갔으며 시몬은 어머니가 정성들여 가꾼 꽃과 관목들이 있는 작은 안뜰에서 한 시간 휴식을 취했다. 눈을 감고 있자 그는 예수가 갈릴리의 초록 들판의 백합들 사이에 서 있는 것을 보았다. 그는 아주 멀리에서 시몬을 쳐다보았다. 그는 시몬을 알아보았다고, 활짝 열린 솔직한 미소를 보내며 손을 흔들었다. 시몬의 가슴이 사랑으로 부풀었다. 깜짝 놀라 깨어나서 시몬은 졸았다는 것을 깨달았다. 그는 팔을 들어 이마의 땀방울을 훔쳐내고서는 아버지를 보러 집 안으로 들어갔다.

글로바는 얕은 잠이 들어 있었다. 시몬은 아버지의 가슴이 천천히 위아래로 움직이는 것을 지켜보고는 아버지 곁의 낮은 침상에 조용히 앉았다. 그가 없는 동안 아버지는 훨씬 악화되었다. 이불 밖으로 나온 그의 손은 옹이가 지고 뒤틀렸으며 손가락 관절은 호두만 했다. 어머니는 아버지의 장애가 척추까지 번졌다고 말했다. 결국 그의 온몸이 그의 손처럼 될 것인가? 시몬은 아버지의 손을 자기 손으로 부드럽게 덮었다. 아버지의 손은 차고 뻣뻣해서 겨울의 나뭇가지 같았다.

왜 사람은 노년에 고통과 질병을 감내해야만 하는가? 왜 죽는 날까지 활력 있게 건강하게 살 수 없단 말인가? 왜 죽음은 조금씩 다가오는 대신 순간에 올 수 없는가? 천사가 어느 순간에 와서 시간이 되었다고 말하면 사람이 품위 있게 그의 하나님을 만나러 갈 수 있지 않은가?

"오, 아버님, 아버지, 아빠" 하고 부르며 시몬은 아버지의 손 위에 엎드려 조용히 울었다.

"나를 애도하기 전에 최소한 내가 무덤에 들어가기까지 기다려라, 나의 아들아."

시몬은 고개를 들어 아버지의 장난기로 가득 찬 눈을 보았다. "저는 아버지의 손을 슬퍼하고 있었어요"라고 시몬은 눈물을 억제하려고 눈을 깜박였다. "이건 제가 기억하는 손이 아니에요. 제게 석공 일을 가르쳐준 손을 저는 기억해요."

"너에게 바르게 행동하는 법을 가르쳐 준 손이 더 지금의 손과 같지" 하고 글로바는 싱긋 웃으며 대답했다. "너는 정말로 겁도 없고 다루기 힘든 아이였지. 네가 무엇이 될까 하고 걱정하던 때도 몇 번 있었다. 지금도 나는 네 걱정을 한단다. 그러나 이제 너는 어른이고 나는 병이 들었구나. 아직도 네가 뺨을 맞을 필요가 있다면 하나님께서 때리셔야만 하겠구나."

"아버지, 저는 제 스스로 앞가림을 할 수 있어요."

"아무도 자기 스스로 앞가림을 할 수 없단다"라고 아버지는 말씀하셨다. "네 바로 앞에 그 본보기가 있지 않니? 만일 내가 내 처지에 대해 명령을 내릴 수 있다면 내가 이렇게 누워 있겠니? 내 손들이 쓸모없이 되고, 손가락이 흉하게 되고, 내 척추는 딱딱해져서 뒤틀린 쇠꼬챙이가 되고? 나는 이런 것과 싸워왔다. 내 아들아, 나는 이것과 전력을 다해 싸워왔다. 자기 스스로 앞가림하는 사람 이야기는 이만 해두자!"

시몬이 진지하게 아버지에게 몸을 구부렸다. "예수님이 몇 달 안에 겨울 명절에 참석하러 예루살렘에 올 계획을 하고 계세요. 그분이 오셔서 아버지를 낫게 해 줄 거예요."

"그때 그분을 모셔 와라"라고 글로바가 힘없이 말했다. "난 그분이 필요하다. 내 손을 계속 잡아라, 아들아, 너의 따스함이 내 고통을 녹여 주는 것을 느낄 수 있다."

시몬은 아버지가 깊은 잠이 드실 때까지 부드럽게 계속 잡고 있었다. 그리고 그는 믿음의 기도를 하고 이제 잠이 들어 느슨하게 풀어진 아버지의 손을 놓았다.

어머니가 들어와 그의 귀에 속삭였다. "엘르아살 벤 사무엘이 너를 만나러 왔다."

시몬은 신음을 억제했다. 그는 언젠가는 동료 열심당원과 이야기를 해야만 한다는 것을 알고 있었지만 오늘 안식일에는 아니었다. 마지못해서 그는 일어나 안마당으로 나갔다.

"시몬!" 하고 엘르아살은 그를 보자 큰소리를 냈다. "나의 옛 친구여."

"쉿!" 하고 시몬이 손짓했다. "아버지가 잠드셨어. 건강이 안 좋으셔."

엘르아살이 목소리를 낮추었다. "예수에 관해 무슨 이야기를 해 줄 수 있어?" 라고 묻는 그는 친구의 나이 드신 아버지의 건강에 대해서는 관심이 없었다. "우리 모두는 네 이야기를 들으려고 열심히 기다려 왔어. 그분이 메시아이셔?"

"맞아." 시몬은 낮은 돌 벤치에 앉으며 엘르아살에게 같이 앉자고 손짓했다.

"그럴 줄 알았어!" 그의 친구의 눈이 흥분으로 불타올랐다. "나는 그분이 작년 유월절에 베데스다의 연못에서 절름발이를 일으켜 세우는 것을 보았지. 어떤 사람들은 그것이 병적으로 흥분한 상태에서의 치유이기에, 시간이 지나면 그 늙은이의 뼈가 그의 아랫도리에서 다시 침몰해 전보다 더한 손상을 가져올 것이라고 했지. 그렇지만 그는 지금도 걸어 다녀."

엘르아살은 저돌적으로 시몬에게 다가왔다. 시몬은 뒤로 물러났다. 그는 오늘만은 엘르아살의 뜨거운 기운 속으로 끌려들어 가기를 원치 않았다. 오늘은 안식일이었다.

"너 예수께 우리가 도와드릴 것이라고 말씀 드렸어? 우리에게는 기꺼이, 그리고 열심히 싸울 잘 무장되고 조직된 군대가 있다고 말씀 드렸냐고?" 하고 엘르아살이 물었다.

시몬은 눈 사이를 조이려고 잠깐 손을 올렸다. "예수님은 정치에 대해서는 말씀 안 하셔. 그분은 병들고 가난하고 영적 위로를 받으려고 애원하는 사람들을 위해 많은 시간을 쓰셔. 그분을 따르는 사람들 중 어떤 이들은 그를 고난받는 메시아로 생각해."

엘르아살은 잠깐 침묵했다. "그럼 너는 그분을 어떻게 생각해?" 하고 그는 의심쩍게 물었다.

시몬이 한숨을 쉬었다. 그는 이런 질문을 받을까 두려웠었다. 다른 제자들과는 그는 예수가 원수를 갚아주는 이스라엘의 구원자여야 한다고 주장했다. 이제는 그도 명백한 자신이 없었다. 그는 예수와 함께 식사했고 또 수영도 했다. 그는 예수의 부드러운 표정을 지켜보았고, 아픈 사람들을 그의 치유의 손길 아래로 데려 왔다. 그는 이제 그의 제자이자 형제가 되었다.

"왜 말 안 해?" 하고 엘르아살이 재촉했다.

"나는 단지 그분이 엄청난 내적 능력을 가졌다는 것을 알아" 하고 시몬이 적당한 말을 찾으며 대답했다. "그분은 왕국에 대해서 말해. 그러나 나는 그분이 어떻게 그 왕국을 세우실지에 관한 계획이나 전략에 대해서는 아는 게 없어. 그분은 무력에 의존하는 분은 아냐."

확실히 화가 난 엘르아살이 자리에서 일어섰다. "내가 너를 더 잘 알지 못했다면 시몬, 나는 이 선지자와 너와의 관계가 너를 겁쟁이로 만들어놓았다고 말했을 것이다."

시몬도 역시 일어섰다. 그는 오늘은 엘르아살과 다투지 않으려 했다. 아마도 내일은 그를 겁쟁이라고 비난한 것에 대해 그의 동료 열심당원과 싸우려 마음먹을 것이었다.

"우리는 세례 요한을 우리의 지도자로 삼으려 했었다" 하고 엘르아살이 지적했다. "그러나 그는 우리를 받아들이지 않았다. 그의 의로운 거절이 그를 어디로 데려갔는지 보라. 헤롯의 희생물이 되어 지하 감옥에 처박혀 있지. 만일 그 갈릴리 사람도 역시 너무 온건해서 권력을 잡지 못한다면 우리는 다른 지도자를 찾을 것이다. 예수 바라바라고 하는 사람이 있다. 그는 벌써 여리고 노상에서 3명의 로마 병정을 죽였지. 그가 너희의 예수만큼 대중의 인기는 없을지라도 그 사람이 우리와 더 비슷해."

시몬은 충분히 논리적인 사람이어서 엘르아살의 논리가 잘못된 것을 알고 있었다. 메시아의 명칭을 주는 것은 사람이 아니었다 — 하나님이었다. 예수가, 열심당원들이 메시아는 이래야만 한다고 미리 정해 놓은 개념에 맞지 않는다 하더라도 그로 인해 그의 메시아의 자격이 덜해지는 것은 아니었다. 시몬은 가슴 위로 팔짱을 끼고는 침묵했다.

"무슨 일이 있는 거야, 시몬? 너의 충성심은 어디로 갔어?"

"나는 나사렛 예수에게만 충성할 거야"라고 시몬이 단호하게 말했다.

"그렇다면 너는 우리를 배반한 거야!" 엘르아살이 시몬의 얼굴에 주먹을 날렸다. "더러운 놈!" 하고 그는 시몬의 발에 침을 뱉고는 마당 밖으로 걸어 나갔다.

시몬은 깊고 떨리는 숨을 들이쉬고는 천천히 팔짱을 풀었다. 그는 조용히 아래를 내려 보고 근소한 차이로 자기의 엄지발가락을 빗나간 모욕적인 물체를 피해서 집으로 걸어 들어갔다. 싸우지 않고 참기 위해서는 얼마나 많은 힘을 써야만 하는지, 하고 그는 얼굴을 찌푸리며 생각했다.

저녁이 다가오자 어머니는 등불을 켰다. 그에게 미소 지으며 어머니는 그녀 곁의 긴 의자에 와서 앉으라고 손짓하셨다. 그는 하라는 대로 했으나 지쳐서 등을 기대고 앉았다.

"너 오늘 아침에 릴라가 얼마나 사랑스러워 보이는지 느꼈니?" 하고 어머니가 물었다.

"누구요?"

"릴라말이다. 우리 오랜 친구인 이새와 소파의 딸이지."

그는 그제야 기억했다. 이새 아저씨와 시몬의 아버지 사이에는 언젠가 그들 집안이 그들 후손들의 결혼으로 결합될 것이라는 묵시적 약속이 있었다. 어머니는 아주 가끔 그것에 대한 운을 뗐지만 시몬 생각에는 너무 자주인 것 같았다.

"네, 그 아이는 아주 매력적이에요." 그는 말끔한 얼굴에 얌전한 갈색 눈을 가진 어린 소녀를 막연히 기억해냈다. 그는 마치 그가 논할 기분이 아닌 그 이야기는 하지 말아달라고 하는 것 같은, 예사 아닌 눈길을 어머니에게 보냈다.

"그 애가 벌써 열여섯 살이 되었단다. 우리 관습에 의하면 결혼할 만한 충분한 나이지. 한 해 더 지나면 노처녀 취급을 받게 되지. 이새는 네가 그 애에게 구혼하기를 바라기에 모든 다른 구혼자들을 거절하고 있단다. 너도 네 아버지의 바람을 알고 있지."

시몬은 짜증이 나서 입을 뒤틀며 볼 안쪽을 깨물었다. 지옥의 모든 세력들이 한 남자의 안식일을 망치려고 공모했단 말인가? 이제 그를 공격하기 위해 사단이 어머니마저 동원했다. 어머니의 부드러운 간청보다 더 당황스러운 것은 없었다. 그가 오늘 아침에 느꼈던 따뜻함과 평화스러움은 거의 모두 사라져버렸다. 인생의 모든 문제점들과 수많은 성가신 일들은 안식일을 존경하지 않았다.

"갈릴리로 돌아가기 전에 약혼식 준비를 생각해보지 않겠니?" 하고 어머니는 부드럽게 재촉했다.

"어머니, 전 아내를 원치 않습니다. 제발 이새 아저씨에게 저는 릴라를 결혼상대로 달라고 할 의도도 없고 결코 그런 생각을 해본 적도 없다고 잘 말씀드려 주세요. 지금, 또는 가까운 장래에 아내를 맞는다는 건 불가능한 일이에요. 제가 할 일은 예수님과 같이 있는 거예요. 우리의 모든 여행들은 저를 가난한 남편으로 만들 거예요. 아마도 언젠가, 예수께서 이스라엘에 평화를 가져오시면 저는 결혼을 생각해볼 거예요. 그러나 그건 몇 달, 아니 몇 년이 걸릴 거예요."

한나는 못 들은 것처럼 기쁘게 그를 보고 어머니다운 미소를 지었다. "하지만 분명히 선생님이 결혼을 반대하시는 것은 아니시겠지" 하고 그녀는 부드럽게 달랬다. "결혼은 우리 사회에서 가장 중요한 근거지란다. 여호와께서는 남자와 여자가 서로 결합해 자녀를 낳으라고 규정하셨다."

그는 한숨지었다. "물론 예수께서는 결혼을 인정하세요. 요나의 아들 베드로는 선생님의 가장 가까운 제자라고 할 수 있는데도 결혼했어요. 그리고 선생님의 동생인 안드레는 타싸라는 이름의 처녀와 결혼했어요. 그녀의 아버지는 벳새다에 있는 직조공이에요. 하지만 저는 지금 당장은 아내를 취하므로 생기는 여러 문제들이나 책임감을 원하지 않아요."

"하지만 아버지와 나는 우리들 노년에 곁에 있을 손자들이 있었으면 하고 정말로 원한단다" 하고 그녀는 아들의 의무감에 호소해 말했다. "최소한 고려라도 해보지 않겠니?"

이것이 항시 어머니가 아들이 자기 뜻에 굽히도록 하는 방법이었다. 그의 아버지는 그에게 수갑을 채워서 후려쳐 비틀거리게 하려는데, 어머니는 귀뚜라미처럼 그의 귀에서 귀뚤귀뚤하고 울어대는 것이었다. 그는 신음하면서 마지못해 고개를 끄덕였다.

글로바가 소리를 지르면서 팔을 괴상하게 흔들고 비틀거리며 방으로 들어왔기에 그들의 대화가 갑자기 중단되었다. 시몬이 의자에서 튀어 일어나 아버지를 잡으면서 아버지의 계속되는 고통이 급기야 아버지를 실성케 만들었을 것이라고 생각했다.

글로바는 위아래로 뛰면서 아들에게 저항했다. 시몬은 겨우 아버지를 바닥에 좌정시켰다. "나를 놓아줘, 커다란 골리앗아!" 하고 아버지는 소리쳤다.

시몬은 아버지의 허리를 감싸 잡아 침대로 다시 모셔갔다. 그는 겁먹었다. 그는 사람들이 단말마의 마지막 고통 속에서 때때로 믿을 수 없는 힘을 발휘한다고 들었다. "아버지! 제가 도와드릴 게요!"

"봐라! 봐라!" 하고 글로바는 소리치며 그의 손들을 시몬의 얼굴 앞으로 들었다. 방안이 침묵과 정지 상태에 빠졌다. 시몬이 똑바로 쳐다보았다. 글로바가 손가락들을 꼼지락거리고는 웃었다. 혹들이 사라졌다. 한나가 그의 손 하나를 잡고는 뒤집어 보고 다시 뒤집어 보고는 눈물을 터뜨렸다.

시몬이 일어서서 아버지를 들어올렸다. "예수님이 고치셨어요" 하고 시몬이 경외의 조용한 목소리로 말했다. "제가 기도했어요, 그랬더니 그분이 고치셨어요. 멀리 있다는 것은 문제가 안 돼요. 그분의 능력은 절대적이에요."

"하, 하!" 하고 글로바가 활기찬 웃음을 터뜨렸고 주위를 맴돌면서 공중으로 뛰어올랐다. "내 다리! 내 허리!" 그는 상체를 활처럼 만들어 구부렸다. "예수께서 예루살렘에 오시면 나는 걸어서 그를 만나러 가서 그의 발에 입맞춤할 거야" 라고 글로바는 신이 나서 춤추며 선언했다. "내가 말한 그대로 나는 할 거야. 나는 그를 금방 알아볼 거야. 왜냐하면 나는 자면서 그를 보았기 때문이야. 그는 백합꽃 들판 속에 서 있었어."

제 10 장

여호와의 능력은 많은 물소리보라
위대하시나이라

시편 93:4 NIV 성경

여름이 마음 내키지 않는 어린애같이 습습한 가을의 열기를 뒤에 끌고 팔레스타인으로부터 떠났다. 바타샤와 수산나는 향수를 섞으면서 아틀리에에 앉아 있었다. 그들이 없는 동안 장사가 잘 되었기에 막달라의 상점은 재고를 보충해야 했다. 빌라는 조용했다. 갑자기 그녀는 안마당에서 들려오는 특유한 바리톤의 낯익은 목소리를 들었다. 새로운 알라바스트론에 향수방울을 세며 넣다가 그녀의 손이 잠깐 움직이지 않고 멎었다가 이어서 그녀는 주입기를 내려놓았다.

"잠깐만요, 수산나" 하고 그녀는 동업자에게 말했다. "내 생각에 손님이 온 것 같아요."

그녀는 서둘러서 돌무더기를 지나 기둥들이 서 있는 안마당으로 들어가 인사치례로 가벼운 이야기들을 하고 있는 그녀의 이모를 발견했다.

"안녕하세요, 시몬" 하고 그녀가 공손한 미소와 함께 끼어들었다. "그레테 이모, 우리한테 뭐 먹을 것 좀 갖다 주실래요. 주스 좀 하고, 또 수산나가 만든 꿀 과자도 조금요."

그레테가 서둘러 자리를 뜨자 시몬은 그녀의 제의를 손짓으로 사양했다. "난 아이를 데리러 왔어요" 하고 그는 짤막하게 말했다.

그녀는 정교한 장식이 있는 쇠로 만든 의자를 가리켰다. "요나는 점심 먹고 놀러 나갔어요, 하지만 금방 올 거예요. 앉지 않으실래요?"

시몬은 성마른 조급함을 보이곤 혐오하는 눈길로 정교한 소용돌이 무늬의 의자를 쳐다 본 뒤 방석이 놓인 긴 의자에 앉았다.

"작은 야고보는 당신과 같이 돌아오지 않았나요?" 하고 그녀가 물었다.

"그는 내가 돌아오기 사흘 전에 엠마오를 떠났소" 하고 시몬이 답했다. "그는 아들을 만나고 싶어 했고 가능한 빨리 아들과 다시 같이 있고 싶어 했소. 나는 내 부모님 만나는 기간을 줄이고 싶지 않았소."

"그럼 당신은 아직 예수님을 못 보았군요?" 그레테가 쟁반을 갖고 다시 들어와 그들 사이의 탁자 위에 놓고 갔다.

"아직요" 하고 시몬은 쟁반을 무시하며 대답했다. "그분은 안녕하시죠?"

"네, 안녕하세요. 요나와 제가 지난주에 가버나움에 갔다 왔어요. 사람들이 데카폴리스*에서 매일 그분의 가르침을 들으러 쏟아져 들어와요. 그리고 산헤드린**에서는 그분을 함정에 빠뜨리려고 또 다른 대표단을 예루살렘에서 보내왔어요."

"그들의 끈질긴 핍박이 나도 걱정돼요" 하고 말하는 시몬의 지적인 검은 눈이 근심으로 깊어졌다. 그는 소식을 더 듣기 위해 몸을 앞으로 내밀었다.

바타샤가 그 기대에 부응해서 계속 말했다. "예수께서 말씀하실 때 많은 하층민들은 그분이 다윗의 아들이며 메시아라고 외쳤어요. 관리들이 큰소리로 그분이 사단의 아들이라고 주장하면서 그들의 말을 가

---

* 당시의 도시 연합체 10개 도시를 의미하는 헬라어.

** 예수님 당시 유대인들의 최고 의결기관.

로막았지요."

"말도 안 되는 소리!" 하고 시몬이 가볍게 분을 터뜨렸다. "사단의 아들이라면 그분이 왜 악령들을 쫓아낸단 말이오? 그렇다면 그분은 자신에게 반대되는 일을 하고 있다는 것이죠."

"예수께서도 바로 그렇게 말씀하셨어요. 그리고 거룩한 것을 악하다고 말하는 것은 심각한 죄라고 덧붙이셨어요"라고 말하고 그녀는 주스를 한 모금 마시고 과자를 한 입 깨물었다. 시몬이 같이 먹지 않는다 하더라도 그녀는 먹으려고 마음먹었다.

그런데 놀랍게도 그도 그녀를 따라서 탁자 위로 몸을 구부렸다. 무슨 일이든 반만 하는 성격이 아닌 사람이기에 그는 기록적인 빠른 순간에 주스를 단숨에 들이마시고 꿀 과자 두 개를 먹어 치웠다. 그리고는 방석에 기대 보기에도 편한 자세를 취했다.

"당신이 없는 동안 예수님의 어머니께서 그분을 만나러 나사렛에서 올라 오셨어요" 하고 그녀는 스스럼없이 말했다. "저는 그녀를 베드로의 집 밖에서 만났어요. 그녀는 혼자였고 너무 외로워 보여서 제가 뭐 도와드릴 것 없느냐고 여쭈었지요. 그러자 그녀는 자기가 누구인 것을 밝히고 예수님이 나오셔서 자기를 만나 줄 것을 기다린다고 말했어요. 그녀는 예수님의 두 형제분이 선생님께 가서 자기가 그곳에 있다고 말하려고 군중 사이를 뚫고 들어가고 있다고 말했어요."

시몬이 천천히 고개를 흔들었다. "예수께서는 가족에 대해서는 거의 말씀하시지 않아요" 하고 그가 말했다. "그분이 하는 사역에 대해 형제들 사이에 불화가 있는 것으로 보여요. 나는 예수께서 가슴 아파하신다고 생각해요."

바타샤가 머리를 끄덕였다. "당신이 맞아요. 제가 요한에게 형제분들이 예수님을 만나려고 안으로 들어오려 한다고 말했더니 예수님이 자기를 따르는 사람들이 자기의 진정한 가족인데, 그 이유는 그들이 자

179

기를 믿기 때문이라고 말씀하셨어요. 그분은 슬퍼하면서도 그들을 만나기를 줄곧 거절했어요."

시몬은 잔을 다시 가져다가 느슨하게 손에 잡은 채 앉아 있었다. "그게 그분에게 얼마나 부담스러울까" 하고 그는 중얼거렸다.

"그건 또 그분의 어머니를 괴롭히는 것이 틀림없어요" 하고 바타샤가 심각한 어조로 계속했다. "그녀는 다른 아들들이 소식을 갖고 돌아오자 주저앉았어요. 그들 형제들은 화가 나서, 예수님은 미쳤으니까 포기해 버려야 한다고 말했어요. 그날 하루 종일 왔다 갔다 하던 비가 잿빛의 가슴 아픈 가랑비가 되어 내리기 시작했지요. 그들이 그녀를 끌고 갈 때 그녀 얼굴에 나타난 분노를 저는 결코 잊을 수 없을 거예요. 그녀는 비에 젖은 황량한 대기 사이로 행여 예수님의 모습을 얼핏이라도 볼 수 있을까 하며 계속 뒤를 돌아보셨지요. 형제들은 사나운 욕설을 계속해 댔고요. 그녀는 갈기갈기 찢어졌을 거예요"라고 말하고 바타샤는 눈을 들었다. 시몬이 한마디, 한마디 그 미묘한 뜻까지 받아들이면서 열심히 그녀의 말을 듣고 있었다. "나중에 예수님은 저녁을 드시려 하지 않았어요" 하고 덧붙일 때의 그녀의 목소리는 슬픔으로 가라앉아 있었다. "그리고 예수님은 말씀도 없이 나가셔서 혼자 밤을 지내셨어요."

"그분은 너무도 훌륭하신 분이지요" 하고 시몬이 부드럽게 말했다. "모든 방면에 너무 완벽하셔서 우리들은 때때로 그분도 사람이라는 것을, 그분도 우리처럼 처절하게 고통을 느끼고 가슴 아파하고 소외감을 느낀다는 것을 잊어버리지요."

그들은 온전한 일치감 속에서 슬픈 미소를 나누었다. 이번만은 서로 이야기를 주고받으며 편안한 감정을 느꼈기 때문이었다. 그들이 공유하고 있는 하나의 위대한 근본적 존재 — 예수와 그에 대한 그들의 공동적 사랑 — 로 인하여 드디어 그들 사이에 신뢰감이 형성되었던 것이다.

"아저씨! 아저씨! 돌아오셨군요!" 하고 요나가 홀을 지나 안마당으로 달려들어 왔다.

시몬이 일어나 넉넉하고 격렬한 포옹으로 그를 붙잡아 빙 돌리며 둘이 서로 웃었다. "물론 돌아왔지" 하고 시몬이 우레처럼 큰소리로 말했다. "너 내가 너를 버린 줄 알았니?" 그는 요나를 자기 발 위에 올렸다가 떼어놓았다. "너 훨씬 튼튼해졌구나."

요나의 쭉 뻗은 사춘기의 몸은 바타샤와 머물고 있는 짧은 시기 동안 눈에 띌 정도로 좋아졌다. 그녀는 그에게 좋은 음식을 먹고 잘 쉬어야 한다고 강조했다. 그 결과 그는 힘이 넘쳐났다. 그의 숱 많은 검은 머리칼은 빛나는 곱슬로 자라 있었고 그의 검은 눈은 생기가 가득했으며 흰자위는 깨끗하고 건강했다.

시몬이 그의 머리를 붙잡고 양 볼에 입을 맞췄다. "너 근사해 보인다!"

바타샤가 멍하니 조용히 그들을 지켜보았다.

"가서 짐을 챙겨라" 하고 시몬이 무뚝뚝하게 명령했다. "해질녘까지 우리가 가버나움에 도착했으면 한다." 요나가 방을 나가자 그는 바타샤를 향했다. "애가 말을 잘 들었소? 내가 애에게 순종하라고 가르쳤는데요."

바타샤가 고개를 끄덕였다. "저는 그 애랑 같이 있어서 좋았어요." 그녀는 요나가 한 번 이상 심장을 멈추게 하는 곤경에 빠졌다는 말은 하지 않았다. 요나는 나무집에서 떨어져 다리로 나뭇가지를 잡고 알렉시스가 구하러 갈 때까지 땅 위에서 위태롭게 매달렸던 적이 있었다. 또 어느 날 아침엔 요나가 허락 없이 머큐리에 올라탔던 적도 있었다. 그 종마는 단지 바타샤와 알렉시스가 타는 것에만 길들여져 있었기에 아이를 마구간 바닥에 내동댕이쳐 구겨 박아 버렸다. 바타샤는 굉장히 혼을 냈고 요나는 그 꾸지람을 좋은 마음으로 받아들이면서 다시는 말 가까이에 감독하는 사람 없이 가지 않겠다고 약속했다. 그러나 이 모든

181

것들에도 불구하고 바타샤는 이 아이의 생기발랄한 장난들이 — 머리
칼을 쭈뼛하게 만드는 것들만 아니라면 — 그리울 것을 알고 있었다.

요나가 자기 소지품이 든 가방을 들고 돌아왔다. 시몬이 그걸 들어보
고는 바타샤에게 의아하게 쳐다보았다.

"제가 그 애에게 새 옷들을 좀 사주었어요"하고 그녀가 말했다. 시몬
이 미소 짓자 그녀도 대답으로 방긋 웃었다. "당신이 싫어하지 않았으
면 해요."

그는 머리를 흔들었다. "고맙소."

요나가 그녀를 꺼안아서 놀라게 했다. "언제 가버나움에 오실래요?"

"곧"하고 아이의 이마에 입맞춤으로 그녀는 약속했다. "나는 선생님
을 뵙지 않고 오래 견딜 수가 없단다."

호숫가는 사람들로 붐볐다. 예수, 베드로, 안드레, 야고보, 그리고
요한이 베드로의 배에 타고 육지에서 약간 떨어져 나와 예수가 사람들
에게 계속해서 떠밀리지 않고 가르칠 수 있었다.

시몬과 요나는 기슭의 바위 위에 앉아서 귀를 기울이고 있었고, 양피
지 위에 선생님의 말씀들을 받아쓰고 있는 마태도 같이 있었다. 다른
제자들은 어떤 소요라도 진정시킬 자세로 주변을 돌고 있었다. 그러나
그날은 대중들이 잔잔한 호수처럼 평화로웠기에 불필요한 예방책이었
다. 예수가 저녁때까지 비유로 가르쳤기에, 군중들 중 많은 사람들이
상인들이 문을 닫기 전에 먹을 것을 사려고 시내 안으로 흩어져 들어갔
다. 베드로가 그 튼튼한 배를 물가로 몰아왔고 예수는 뭍으로 내렸다.
시몬이 앞장서서 선생님이 남아 있는 군중들 사이로 쉽게 가도록 길을

열었다.

그들은 저녁을 먹으러 베드로의 집에 갔다. 베드로의 장모가 흥분해 있었다. 군중들 몇몇이 그녀의 새 화단을 짓밟았기 때문이었다. 바타샤가 막달라에서 꺾꽂이용 가지들을 가져왔는데, 그것들이 밟혀서 가지와 잎사귀들이 애처롭게 잘린 것들을 보곤 그만 레아의 분통이 터진 것이었다. 그렇지만 레아는 힘껏 불평을 줄이면서 선생님의 식사를 준비하기 위해 마음을 쏟았다.

식사를 하면서 도마와 빌립이 예수께 그의 가르침 중 일부를 설명해 달라고 청했다. 시몬은 화가 났다. 저들은 선생님이 시장하신 것을 모른단 말인가? 그는 하루 종일 대중들에게 가르치셨다. 그리고도 이제 개인적으로 상세하게 설명하지 않고는 식사도 마치실 수 없단 말인가?

"선생님께서 식사하시도록 합시다" 하고 시몬이 성난 목소리를 했다.

예수가 손을 들어 시장한 것을 좀 미뤄도 좋다는 표시를 했다. "나는 여러분 모두 듣기를, 잘 듣기를 바랍니다" 라고 그는 그들의 온전한 주목을 요구하는 어조로 말했다. 그는 빌립을, 그리고는 도마를 예리한 눈길로 뚫어지게 보았다. "나는 당신들이 내 말의 단순성, 그러면서도 그 속에 있는 깊은 중요성을 이해하기 바랍니다. 나는 어느 특정인을 위해 장황한 설명을 하지는 않겠습니다. 여러분들은 내가 선택한 사람들이고 나는 여러분들을 위한 큰 계획이 있습니다." 그는 한 사람, 한 사람에게 자기의 눈을 맞춰나가다가 유다에게 가서 멈추었다.

그들 모두 식탁 끝에 있는 유다를 보기 위해 몸을 돌렸다. 유다는 완전히 음식에 빠져 있어 빵 조각을 꿀이 섞인 굳은 우유에 찍어 무아경의 상태에서 그것들을 입속으로 넣고 있었다. 드디어 모두 자기를 보고 있고 자기는 선생님께 주목하지 않았다는 것을 알아채고서야 그는 미안한 마음으로 먹는 것을 멈추고 어깨를 으쓱했다.

시몬이 코웃음을 쳤다. 저 친구는 빵과 육즙 소스 한 그릇에 영혼을 팔아버릴 것이다.

선생님이 말씀을 계속했다. "천국은 마치 밭에 묻혀 있는 보물상자와 같습니다. 사람이 이를 파보고 자기가 발견한 것이 무엇인지를 압니다. 그가 그 밭을 사기 위해 가서 자기 소유를 다 팝니다. 마찬가지로, 좋은 진주상인은 값진 커다란 진주를 찾습니다. 그가 그 좋은 진주를 발견하자 그것을 갖기 위해서 다른 모든 보석들과 작은 진주들을 팔 것입니다. 하나님의 왕국은 그 값진 진주와 같은 것입니다."

"이것도 또한 천국에 대해 생각하기 위한 것입니다" 하고 그는 말을 이었다. "이는 내가 전에 말한 적이 있지만, 그래도 다시 말할 가치가 있습니다. 세상 끝에는 사람들을 거둬들이기 위해서 커다란 그물이 쳐질 것입니다. 여러분들 중 일부는 어부이므로 여러분 모두 그것이 어떤 것일지 상상할 수 있을 것입니다. 의로운 사람들은 남겨질 것입니다. 그러나 악한 사람들은 내던져질 것입니다. 바로 어부들이 좋은 고기들은 담고 나쁜 것들은 던져버리는 것과 꼭 같습니다."

"그들은 어디로 던져집니까, 예수님?" 그의 사촌 요한이 물었다.

"게 힌놈,* 즉 불 연못 속이지요. 거기에서 그들의 슬픔과 분노는 끝이 없을 것입니다. 나는 누구도 그런 고통을 겪기를 원하지 않습니다." 그는 힘주어 말했다.

"하지만 주님. 거의 항상, 저는 제가 의로운 사람이 아닐 거라고 걱정합니다" 하고 베드로가 충동적으로 소리쳤다. "우리가 어떻게 의로워지고 선해져서 지옥을 피할 수 있을까요?"

"내가 길입니다." 예수가 말했다.

그들 모두는 아연한 침묵 속에서 다양한 자세로 앉아 있었다. 눈에 띄지 않게 한숨을 쉬고 예수는 다시 음식 위로 몸을 굽혔다. 햇볕으로

---

* 고대 히브리 문학에서 '지옥'을 뜻하는 말. 구약에서의 힌놈 골짜기에서 그 어원을 빌림.

윤이 난 그의 짙은 머리카락이 등불에 의해 감빛 광택으로 빛났다.

저녁식사 뒤에 그들은 집을 나왔다. 비록 땅거미가 내려앉았지만 떨어져 나간 사람들의 무리들이 아직 배회하고 있다가 생각 없이 결정하고 예수에게 밀려오기 시작했다. 시몬은 선생님이 마치 쫓기는 사람처럼 느끼지 않나 하고 걱정했다. 피곤한 흔적이 그의 얼굴에 주름을 만들었다. 시몬의 가슴은 걱정으로 부풀었다. 적어도 시몬은 유대로 피할 수가 있었다. 그러나 예수는 그가 해야 할 일이 있었기에 그런 휴식을 취하지 못했다.

"주님, 배를 타고 호수의 동쪽으로 가시죠." 베드로가 돌연 제안했다. 그는 가까이에서 까딱거리며 떠있는 그의 고깃배 세 척을 가리켰다.

예수가 고개를 끄덕여 동의하자 베드로는 자연스레 지도자 역할을 하기 시작했다. "작은 배 두 척을 타도록 합시다" 하고 그가 말했다. "작은 것들이 빨라요." 그는 시몬과 작은 야고보와 그의 아들 다대오, 그리고 안드레가 자기하고 예수와 같이 가자고 말했다. 나머지 제자들은 세베대의 아들 야고보와 요한과 함께 다른 배에 탔다.

그들이 막 떠나가려고 할 때 요나가 선미로 뛰어들었다. 시몬이 그에게 내리라고 명령했다. 너무 늦었고 또 요나는 자야 한다고 그가 말했다. 소년은 순종했고 슬픈 표정을 짓고 물가에 섰다. 돛이 펴지고 바람을 가득 받자 배들이 기슭으로부터 미끄러져 나갔다. 외로운 소년은 애처로운 눈으로 바라보고 있었다.

예수가 소리쳤다. "요나야, 난 네가 필요한데 날 위해서 뭣 좀 해주었으면 좋겠다."

"네, 선생님?" 하고 묻는 소년의 얼굴이 밝아졌다.

"돌아가서 여자분들에게 우리가 호수의 다른 쪽으로 갔다고 말씀 드려라. 그렇지 않으면 여자분들이 걱정할 것이다. 지금 그렇게 해라. 널 믿는다."

요나는 즉각 돌아서서 불평하고 있는 군중들을 헤치고 나가 바위 위로 기어 올라갔다 — 황혼 속에 보잘것없는 점, 그러나 단지 선생님이 그를 필요로 한다고 했으므로 중요하게 된 존재였다. 예수가 싱긋 웃자 시몬도 역시 웃음을 터뜨렸다.

"저 아이는 언젠가 하나님의 위대한 사람이 될 겁니다" 하고 시몬은 아버지의 자부심으로 예언했다.

돛들은 힘찬, 그러나 부드러운 바람을 받아 팽팽했다. 밤이 본격적으로 내려앉았고 뱃머리는 물결을 조용히 가르며 나아갔다. 물거품들만 말없이 배의 양면으로 미끄러져 왔다. 큰 강이나 바다가 없는 유대 지역에서 왔기에 시몬은 항해에 익숙지 않았으나 금방 긴장을 풀고 스스로 즐기기 시작하면서 이런 뜻밖의 행사를 제안한 베드로에게 많은 사랑을 느꼈다. 그는 맞은편의 작은 야고보를 쳐다보았다. 그도 또한 바다에서의 경험이 없는 사람이었다. 그들은 의외로 기쁘다는 표정을 주고받았다. 베드로는 작은 배의 뒤편에 앉아 아주 자신 있게 키를 다루고 있었다. 예수는 선미의 그물 위에 편하게 구부리고 앉아 머리를 가죽 베개 위에 놓고 잠이 들어 아주 녹초가 된 사람이 그러듯이 부드럽게 코를 골았다.

하얀 유령 같은 돛들을 가진 야고보의 배가 우현 쪽에서 약간의 거리를 두고 경쾌하게 떠다녔다. 그들 대화의 단편 조각들이 바람을 가로질러 간헐적으로 날아왔다. 단지 여기에서 한 구절, 저기에서 한 구절 알아들을 수 있을 정도로.

"베드로! 앞을 봐요!" 하고 야고보가 돌연 소리쳤다.

숯검정 같은 구름들이 새까만 수평선으로부터 뿜어 나왔다. 그 구름들은 속에 번개가 가득 들었고 초록과 은빛의 기괴한 음영으로 번쩍이며 멀리서 천둥을 만들어내고 있었다.

시몬은 갈릴리 바다가 거칠고 급작스러운 폭풍으로 악명 높다고 들었다. 바다를 품고 있는 분지는 대개의 경우 평화롭지만 한쪽은 가다라*의 뜨겁고 메마른 절벽으로, 그리고 다른 쪽은 갈릴리의 서늘한 언덕들로 둘러싸여 있었다. 때때로 기류가 물 위에서 격렬하게 부딪쳐 양쪽 정상에서 휩쓸고 내려왔다.

성난 흰 머리의 파도들이 빨리 모여들기 시작하면서 그들을 이리저리 흔들었다. 베드로가 야고보에게 소리쳤다. "허어! 나쁜 날씨에 대비하도록 해요."

시몬은 뒤이어 빠르게 벌어지는 일들을 점점 놀라는 마음으로 지켜보았다. 그는 아직도 깊이 잠들어 있는 예수를 걱정스러운 눈으로 쳐다보았다. 물보라가 예수의 평온한 얼굴을 적셨다. 그리고 그는 안드레를 불러 키를 조종하는 것을 돕도록 시킨 베드로를 보았다. 배를 안정시키려는 노력으로 그들의 팔에서 근육이 불거져 나왔다.

파도가 배의 좌현을 넘어 뛰어올라 그를 덮치자 작은 야고보가 소리를 질렀다. 그는 배의 가장자리를 맹렬하게 끌어안았다. "다대오!" 하고 그는 아들에게 소리쳤다. "기다리세요!" 바로 그의 옆 가까이에서 번개가 내려치고, 뒤이어 곧장 귀가 떨어질 것 같은 천둥이 울리자 다대오가 비명을 질렀다. 살려달라고 기도를 읊어대면서 그는 아버지의 발치에 쓰러졌다.

"자기 자리를 지켜요" 하고 베드로가 그들에게 명령했다. "균형을 이루기 위해 한 쪽에 한 사람씩 있어요!" 두 번의 물 벽이 그를 계속해서 후려쳐 그의 입을 물로 채우고 그를 거의 배 밖으로 내동댕이칠 뻔했다. 또 다른 번개 빛줄기가 하늘을 위에서 아래로 찢어 내렸고 너무도 극렬해서 모두에게 실질적으로 충격을 주는 천둥이 뒤따라 울렸다. 놀랍게도 예수는 물이 조금 고여 있는 곳에서 계속 자고 있었는데, 그의

* 갈릴리 맞은편 지역이름으로, 예수가 귀신에게 명해 돼지들에게 뛰어 들어가도록 한 곳.

몸은 마치 뼈가 없는 것처럼 배의 요동에 따라 흔들리고 있었다.

세베대의 아들 야고보의 목소리가 희미하게 들려왔다. "선생님! 선생님! 배가 거의 뒤집히려 해요!"

배에서 시몬이 있는 쪽이 별안간 경악할 높이로 올라갔다. 배를 눌러 내려 앉히려는 본능적 노력으로 그는 무거운 상체를 물에 젖은 어둠 속으로 활처럼 굽혔다. 작은 야고보와 다대오가 하얗게 질려서 그를 바라보며 그의 발치에 누워 있었다.

배가 장난감처럼 거의 완전히 한 바퀴를 휙 돌아 부서질 듯 내려앉았다. 베드로가 공포에 질려 키를 놓아버렸다. 그는 예수에게 쓰러져서 그를 잡고 마구 잡아 흔들었다. "선생님, 일어나세요!" 하고 그는 소리쳤다. "우리가 빠져 죽어도 상관 안 하실 겁니까?"

예수가 퍼뜩 팔꿈치로 궤고 일어났다. 갑자기 뜬 그의 눈은 살아 있었다. 그는 일어나서 넓은 보폭으로 발을 벌렸다. 바람이 그의 젖은 옷을 낚아채며 그를 강타했다. 그리고 그의 발밑에서 배가 꿈틀거렸다. 폭풍이 그의 주변으로 몰려들어 적대적으로 그를 흔들었다.

시몬은 원시적인 힘이 사방에서 몰려들고 있는 것을 느꼈다. 그것은 조용하고 차갑고 악했다. 그것은 단순한 나쁜 폭풍이 아니었다. 그것은 파괴의 도구였다. 호수의 물과 두려움의 습기를 눈에서 훔쳐내면서 시몬은 평생 하지 않았던 행동을 했다 — 그는 두려움으로 웅크렸다.

예수가 당당한 권능을 펴려는 것같이 오른 팔을 올렸다. "멈춰라!" 하고 그는 이제껏 울렸던 어느 천둥보다도 크게 말했다. 이 한마디가 하늘을 뚫고 메아리에 메아리가 되어 울려 퍼졌다. 악한 구름들이 역으로 돌아 하나씩 뒤로 움직이기 시작했다. 그들의 머리 위로 무한의 공간이 열려서 끝없이 넓어지는 평화로운 원이 되었다.

그는 사나운 물결로 돌아서서 손가락으로 가리켰다. "너도! 잠잠해져라!" 정적의 거대한 층이 물결 위로 덮쳐 평화의 장막을 만들었다.

이제 배는 요람처럼 부드럽게 흔들렸다. 별들이 명랑하게 반짝거리며 나왔다. "오, 믿음이 없는 어린아이 같은 사람들" 하고 그는 그들을 향해 돌아서며 말했다. "왜 그렇게 두려워합니까?" 하고 그는 다시 배 뒤편의 자기 자리로 돌아가서 베개 대신 팔을 굽혀 베고 누었다.

"이제 괜찮아요!" 하고 멀리서 야고보가 소리쳤다. 그의 배는 항로를 벗어나 있었다.

"여기도 괜찮아요!" 하고 베드로가 대답하면서 자기 턱을 두 손으로 받쳤다.

"베드로!" 하고 야고보가 물을 가로질러 불렀다. "어떻게 된 겁니까?"

"예수님이 폭풍에게 멈추라고 명령하셨소!" 하고 베드로가 소리쳤다.

순간적으로 침묵이 흘렀다. 그리고 야고보가 대답했다. "감사합니다. 주님!"

시몬은 한줄기의 흰 빛이 선생님의 짙은 수염을 가르는 것을 보았다 그리고 그의 부드러운 그러나 격앙된 웃음을 들었다.

다음 날 저녁때까지 바타샤는 미칠 것 같았다. 그녀는 가버나움의 요안나의 집에 일찍 도착해서 예수와 제자들이 전날 밤 늦게 갈릴리 바다를 가로질러 배를 타고 나갔다는 것을 알았다. 맹렬한 폭풍이 그들이 항해하는 지역으로부터 와서 가버나움의 동쪽으로 불어 들어왔다.

그녀는 손을 꼭 잡고 얼굴을 찡그린 채 모자이크 무늬로 된 마룻바닥을 걸었다. 레아는 밖에서 무슨 소식을 듣는 대로 요나를 보내 알려주겠다고 약속했다. 만일 아이가 금방 오지 않으면 그는 베드로의 집으로 가서 레아와 드보라와 같이 기다릴 작정이었다. 갑자기 그녀는 멈추어서 열심히 귀를 기울였다. 날씨가 너무 추워 안마당에 앉기가 어려울 때 손님들을 영접하는 중앙홀을 지나 있는 정식 거실로 요안나가 들어왔다. 빌립이 그녀의 뒤를 쫓아 왔다. 그들 모두 웃고 있었다.

"다들 무사하세요" 하고 요안나가 안도하며 말했다.

"하나님 감사합니다!" 하고 바타샤가 탄성을 질렀다.

"그래요, 우리들은 모두 은혜 속에 무사합니다" 하고 빌립이 그의 평상시의 침착한 태도로 그녀를 안심시켰다. "비록 잠깐 동안 제법 괴로운 시간이 있었지만" 하고 그가 계속 말했다. "우린 물에 젖었고 추웠고 놀라서 거의 정신을 잃었지만, 우리들 머리의 머리카락 하나 상하지 않았어요. 요나가 와서 당신께 알려드리려 했지만 내가 대신 오겠다고 자청했습니다."

요안나가 그에게 다과를 내올까 하고 물었다. 그녀를 흘깃 보더니 그는 베드로의 집에서 방금 먹었다고 설명하며 정중히 거절했다. 그리고 그는 다시 바타샤에게 눈을 돌렸다.

잠깐 무슨 일이 있을 것같이 다들 가만히 있다가 이윽고 요안나가 침묵을 깼다. "모두 무사히 돌아온 것에 대해 여호와를 찬양합니다. 괜찮으시다면 저는 이제 가서 바울을 목욕시키겠습니다."

바타샤의 눈매가 올라갔다. 요안나는 하루 중 이렇게 일찍 바울을 목욕시킨 적이 없었다. 요안나는 그녀의 의아해하는 눈길을 알고 있다는 미소로 대답하고는 어머니로서의 성가신 의무에 쫓겨 바쁜 것처럼 방을 떠났다.

"앉으세요" 하고 바타샤는 긴 의자를 가리켰다. "그리고 일어났던 일을 제게 말해 주세요."

완벽한 옷차림의 전형인 빌립이 자줏빛과 주홍빛으로 잘 짜인 호화로운 복장으로 그녀 곁에 앉아 다리를 꼬았다. 홍옥으로 된 프리즘이 그의 오른쪽 귀를 뚫고 달려 있었고, 유행에 따르는 부유한 남자들이 그러는 것처럼 금빛실로 정교하게 짜인 허리띠가 그의 날씬한 허리를 둘러서 둔부 위에 걸쳐있었다. 그는 다른 제자들보다 짧은 머리를 하고 있었으며 그의 편안한 귀족적인 얼굴에는 수염이 없었다.

"우리들이 여자분들에게 그렇게 걱정을 끼쳤다는 것을 알고 죄송했었습니다." 그는 사과했다.

"베드로가 우리 모두 배를 타고 호수를 건너가자고 제안했습니다. 그는 예수님에게 쉴 시간을 드리고 싶어 했고 우리 모두는 좋은 생각이라고 여겼습니다."

"저는 가버나움에 오늘 도착했습니다" 하고 바타샤가 말했다. "어젯밤 막달라에는 전혀 비가 오지 않았어요. 그런데 요안나는 여기는 폭풍이 아주 심했다고 말했어요."

"호수 위에는 더 심했지요" 하고 그가 음울한 웃음으로 대답했다. "나는 세베대의 아들 야고보의 배에 탔는데 그는 잠깐 동안은 폭풍을 독설로 가라앉히려고 했지요. 천둥을 더 큰 천둥으로 이겨내려는 시도였겠지요, 아마도."

"예수님은 어디 계셨죠?" 하고 바타샤가 물었다.

"그분은 베드로의 배를 타고 나가셨죠. 시몬이 나중에 내게 말하기를 예수께서는 깊이 잠들어 계셨다고 해요. 베드로가 그분을 깨워서 도움을 청하려고 꽤나 힘을 주어서 깨웠어야만 했지요."

"그렇지만 예수님은 뱃사람이 아니시잖아요?" 하고 바타샤가 의문스러운 어조로 물었다.

빌립의 가느다란 손가락들이 하릴없이 루비 귀걸이를 잡아당겼다. 그의 손들은 가늘고 매끈하며 못 박힌 곳도 없는 학자의 손이었다. "그분은 그 누구보다도 자연의 요소와 조화되어 있으신 것이 분명해요. 그분이 일어나서 폭풍에게 조용하라고 명령하시자 순간에 폭풍이 그쳤다고 그 열심당원이 말했어요." 빌립은 생각에 잠겨 보석이 달린 귓불을 계속 만지작거렸다. "나는 폭풍이 그렇게 갑자기 멈춘 것이 이상하다고 생각했어요. 대부분의 폭풍이 잠잠해질 때 나타나는 점차적으로 바람이 멈춘다든가, 마지막으로 한 차례 비가 내린다든가 하는 일도 없었어요." 하면서 그는 머리를 흔들었다. "너무 이상해요 …" 하고 그는 중얼거렸다. "우리 모두는 굉장히 놀랐어요."

예수가 자연의 법칙을 제어하는 권능을 가졌다는 사실은 바타샤의 믿음에 조금도 압박감을 주지 않았다. 그분께서 그녀의 몸속에 깊숙이 숨어 있었던 일곱 악령을 쫓아내실 수 있었다면 하늘의 어떤 변덕스러운 혼란이라도 확실히 지배하실 수 있었을 것이었다.

"우리들은 오늘 아침에 가다라의 기슭에 배들을 상륙시켰지요" 하고 그는 계속해서 말했다. "베드로가 물고기를 잡아왔고 예수님이 불을 지펴 고기를 구우셨어요. 우리는 왜 우리의 하인같이 행동하시냐고 항의했지만 그분은 괜찮다고 우리를 안심시켰어요. 고기는 내가 여태껏 먹어 본 것들 중 최고였어요. 입에서 맛있게 녹았지요. 예수님은 계속 우리들의 시중을 들었어요. 마치 어머니처럼. 물론 우리가 춥고 힘든 상황에 있었다는 것을 생각하시고 그렇게 하실 필요가 있다고 생각하셨겠지요."

"빌립" 하고 바타샤가 부드럽게 나무랐다. "배운 사람으로서, 당신은 이 모든 것들을 기록하셔야 돼요. 누군가는 이런 놀라운 사실들을 보존해야만 해요. 시간은 우리가 중요한 일들을 잊도록 만들지요."

빌립이 조용히 웃었다. "하지만 저는 역사가가 아니지요. 마태가 그 일을 하기로 스스로를 지명했지요. 그는 1년이 넘도록 계속 기록해왔어요." 바타샤가 의심쩍은 표정을 짓자 그가 덧붙였다. "전에 세리였기에, 그는 내가 할 수 있는 것보다 정확한 기록을 보존하는 데 훨씬 더 열심예요."

그는 뒤로 기대며 방석을 가로질러 그녀의 뒤에 팔을 편안하게 놓았다. "선생님은 우리들에게 믿음이 없다고 말씀하셨죠" 하고 그가 말했다. "당신은 믿음이 어디 있는지 아세요?" 하며 그는 그녀를 보고 풍자적으로 미소 지었다. "나는 믿음이라고 불리는 이것을 찾아내서 그분을 즐겁게 해 드리고 싶어요. 이건 사람의 가슴 속 저 아래에 있는 작은 실과 같이 조그마해서 소홀히 하고 사용하지 않으면 쇠퇴하고 줄어드는 어떤 작은 조직인가요? 아니면 하나님께서 사람을 두 개의 뇌를 갖도록 창조하셨나요?" 하고 그는 의견을 내놓았다. "하나는 지성이라고 부르고 하나는 믿음이라고 부르는 뇌 말입니다. 몇 세기를 지나면서 믿음의 뇌는 아몬드만 한 크기로 줄어들고, 반면에 다른 뇌는 두개골의 빈 곳을 완전히 채울 만큼 커져서 우리 인종들은 우리의 창조주보다 우리 스스로의 생각에 의존하기를 더 좋아하도록 되었나 봐요. 나는 우리 모두는 우리 몸 어딘가에 자고 있는 작은 믿음의 씨를 갖고 있다고 생각하고 싶어요 — 단지 영광으로 폭발하기를 기다리면서."

그는 일어나서 자기 겉옷을 찾았다. "이제 가야만 하겠군요. 환영해 주신다고 너무 오래 있었으니 틀림없이 당신의 인내심을 지나치게 시험했군요."

그녀는 홀을 지나 현관까지 그를 따라왔다. "말도 안 돼요, 빌립. 시내를 지나서 여기까지 오셔서 여러분들 모두 안전하다고 우리를 안심시켜 주시는 당신은 참 사려 깊은 분이세요."

웃으면서 그는 그녀의 손을 잡고는 떠나기 전까지 잠깐 잡고 있었다. 그녀가 응접실로 걸어 돌아오니 요안나가 진지하게 기다리고 있었다. "그는 당신에게 관심이 있어요" 하고 요안나가 기분 좋은 표정으로 말했다. "그가 뭐라고 했어요?"

바타샤는 심심하지 않도록 가져온 바느질감을 찾아 들었다. 실로 그림을 그리는 것은 항상 그녀에게 최고의 소일거리였다. "그는 믿음에 대해서 말했어요" 하고 그녀는 잠깐 올려보며 대답했다.

실망해서 속상한 모습을 거의 감추지 못하면서 요안나가 다그쳤다.
"당신은 그를 어떻게 생각해요?" 하고 그녀는 호기심이 나서 물었다.

바타샤는 자수에다 바늘을 찔렀다. "난 몰라요."

제 11 장

그가 우리가 단지 먼지뿐임을 기억하심이로다

시편 103:14 NIV 성경

또 하나의 커다란 무리가 예수의 가르침을 들으러 호숫가에 모였다. 그곳 시골지방의 바깥 갈릴리의 황금 언덕들에는 여러 가지 색깔의 야영천막들이 점점이 박혀 있었고 사람들은 서늘한 가을태양 아래에 수확물을 늘어놓았다. 바타샤는 요나를 보호하려는 마음으로 지켜보고 있었다. 이런 규모의 군중들은 무슨 일을 일으킬지 모르고, 또 근본적으로 무분별하다는 것을 알기에 시몬과 다른 제자들은 예수 가까이에 붙어 있었기 때문이었다.

바타샤는 회당장들 중 한 사람이 사람들을 밀고 들어오는 것을 보았다. 그 사람은 야이로라는 경건한 사람이었는데, 다른 바리새인들과는 달리 예수를 부당하게 괴롭히지 않았다. 그의 숱 많고 때 이르게 회색으로 변해버린 머리가 바람에 마구 흩날렸고 걱정으로 생긴 주름살들이 이마에 골을 만들었으며 눈들의 바깥쪽 구석에서 빛을 발했다.

"주님!" 하고 그는 군중들 위로 격렬히 손을 흔들었다. 군중들을 헤치고 들어오는 그의 목소리에는 일말의 히스테리가 섞여있었다. 예수가 사람들에게 길을 내어주라고 말했고, 야이로는 숨이 차서 그의 앞에 도착해서는 그의 발치에 쓰러졌다.

"부탁합니다. 주님! 내 어린 딸이 — 그 아이가 아픕니다." 그는 기진해 숨을 들이쉬었다. "의사는 그 애가 죽을 거라고 합니다. 부디 와주십시오!" 그는 울기 시작했고 계속해서 두서없이 애원했다. "당신이 그 애에게 안수해주세요, 선생님. 그 애는 나의 가장 소중한 — 사랑스럽고 아름답고 연약한 — 아이입니다. 태어날 때부터 천사였고 — 내 아내의 눈의 눈동자이며 — 우리 마음 속 가장 깊은 곳 전부.

예수가 그를 일으켜 세웠다. "딸이 어디 있소?" 야이로가 방향을 가리키자 예수는 그의 어깨를 잡고 부드러운 안심의 말로 그를 위로하면서 함께 걷기 시작했다.

또 하나의 기적을 목격하게 될 것을 눈치 챈 군중들이 웅성거렸다. 바타샤는 분노가 밀려오는 것을 느꼈다. 그들의 관심은 전부 어떤 놀라운 일을 다음번에 목격하고 그것에 대해 어떻게 쑥덕거리며 즐길 것인가에 있는 것 같았다. 그들은 이 가련한 아버지의 고통에 관해서는 진심으로 걱정하지 않나? 그들 중 어느 하나라도 예수가 무슨 일을 하는지 이해하였나? 그들 중 어느 하나라도 이기심이 없는 일을, 그들의 마음에서 무언가 귀한 것을 뽑아내어 돌려받을 것을 전혀 생각지 않고, 그것이 필요한 누군가에게 준 적이 있나?

그들은 그녀를 제치려고 앞으로 떠밀었다. 제자들이 선생님 주위로 사람 벽을 만들었다. 그녀는 요나를 붙들어서 작은 야고보와 다대오 사이에 끼어들라고 신호했다. 요나가 가까스로 비교적 안전하게 길을 잡자 그녀는 할 수 있는 힘을 다해 스스로를 사람들의 마구잡이 행태에서 보호하려고 했다.

누군가가 뒤에서 세차게 그녀를 밀어 작은 야고보 쪽으로 쏠리도록 만들었다. 그녀는 야고보의 목을 붙잡고 놓지 않았다. 그는 금방 그녀를 알아보고 놀란 그녀의 푸른 눈을 들여다보았다.

"미안해요!" 하고 그녀가 소란스러운 군중들 너머로 소리쳤다. "사람들이 밀어요."

작은 야고보는 그녀를 자기 앞으로 오도록 해놓고는 시몬에게 소리쳤다. "막달라 좀 돌보아 주겠소? 군중들이 너무 거칠어요."

시몬이 말없이 화강암 같은 그의 팔을 내밀었다. 그는 부드러움과는 거리가 먼 태도로 그녀를 자기 쪽으로 끌었고 그녀는 상처 입은 새처럼 붙어서 시몬과 같이 조금씩 앞으로 나아갔다.

바타샤는 오른쪽 아래를 내려다보다가 한 여자가 사람들의 반대 방향으로 손과 무릎으로 기면서 발에 차이고 사방에서 짓밟히며 오는 것을 보고 경악했다. 사람들의 발길에 채여 넘어질 때마다 그녀는 악을 쓰고 다시 일어나 굽히지 않고 선생님 쪽을 향해 움직였다.

바타샤는 시몬 가슴 옆의 안전한 장소에서 튀어나왔다. 그가 화를 내며 그녀를 붙잡으며 그녀와 모든 여자들을 향한 불평을 내뱉었다. 바타샤는 자기 몸을 아래로 내던져 그 여자를 자기 몸으로 보호하면서 그녀를 일으켜 세우려 했다.

"일어나세요! 당신은 사람들이 당신을 죽이기 원해요?"

"아니, 아녜요!" 하고 그 여자는 연약한 팔을 마구 흔들면서 그녀를 밀어내려 했다. "나는 저 분을 만져야 해요. 단 한 번만 만지면 돼요 ― 그게 필요한 다예요."

바타샤는 그 여자가 예수께 가려고 결심했고, 그러기 전에는 결코 일어나지 않거나 혹은 가는 도중에 죽어버릴 것이라는 것을 깨달았다. 그녀와 싸운다는 것은 위험하고 소용없는 짓이었기에 바타샤도 역시 손과 무릎으로 기면서 그녀가 앞으로 나가도록 도왔다. 그들이 선생님을 둘러싼 제자들에게까지 나가자 그녀는 시몬의 발을 향해 돌진해서 그가 비틀거리도록 만들었다.

"바타샤! 당신 미쳤소?"

그가 그녀를 향해 튀어나오자 그녀는 그를 피해서 예수가 걷고 있는 좁은 공간 안으로 그 여자를 끌어넣었다. 그 여자는 필사적인 노력으로 팔을 뻗었고 그녀의 손가락들은 미친 듯이 움직였다. "부탁합니다" 하고 말하며 그녀는 애처롭게 흐느꼈다. "제발, 제발요!" 분명 알아채지 못했기에 선생님은 계속 걸어갔다.

바타샤가 그녀의 팔을 잡아채서 자꾸만 앞으로 나아가는 예수의 겉옷을 향해 힘껏 밀었다. 그 여인의 처절한 욕구가 바타샤에게도 어느 정도 전달되었다. 바타샤의 유일한 생각은 그 여자의 구하는 손길이 아주 순간적이라도 예수께 닿는 것을 확인하는 것이었다. 그녀는 손가락들이 한 올의 작은 달랑거리는 옷의 술에 가까워지는 것을 보았다. 그리고는 그 여자가 기뻐서 부르짖는 것을 들었다.

갑자기 예수가 돌아섰다. "누가 내 옷에 손을 대었습니까?" 하고 그는 큰소리로 물었다.

밀고 밀치던 시끄러운 움직임이 서서히 멈추자, 바타샤는 그 여자를 자기 옆에 끌어올리면서 서둘러 일어섰다. 시몬이 당황해서 바다와 같이 많은 사람들을 살펴보았다.

"선생님, 비록 우리들이 사고를 막으려고 노력하고 있지만 이 많은 사람들 속에서는 누구라도 손을 댈 수가 있습니다."

"이 사람들을 보세요, 선생님" 하고 말하며 베드로가 팔을 들어 몸짓을 했다. "그런데도 누가 손을 대었느냐고 물으십니까? 우리들은 아무도 선생님께로 못 가도록 계속 밀어냈습니다."

예수는 움직이지 않았다. "누군가 내 옷 가장자리를 만졌습니다. 나는 치유의 능력이 내 몸에서 빠져나가는 것을 느꼈습니다. 누굽니까?"

깊은 침묵이 군중들 위로 내려앉았다. 바타샤가 자기 뒤에 웅크리고 있는 여자를 흘깃 보았다. 그녀가 그 여자의 손을 잡자 그 여자는 눈물을 터뜨리며 비틀거리며 앞으로 나와 예수의 발치에 쓰러졌다.

"제가 그랬습니다! 손을 댄 사람은 접니다!" 하고 그녀는 울부짖었다. "저는 선생님을 만지면 제가 나을 것을 알았습니다. 그리고 저는 나았습니다! 저는 제 병의 근원이 말라버린 것을 느꼈습니다" 하고 그녀는 손으로 얼굴을 가렸다. "제발, 화내지 마세요. 저는 선생님의 능력을 훔치려는 의도는 없었어요."

예수가 그녀를 일으켜 세워 자기를 보도록 만들었다. 그는 다정하게 미소 지었다. "당신에겐 믿음이 있습니다. 이스라엘의 딸이여, 당신은 나의 회복시키는 능력을 믿었습니다. 이제 평안히 가서 병에서 놓여 건강하시오."

야이로의 집에서 온 하인 둘이 군중을 뚫고 나왔다. 바타샤는 그들이 무슨 말을 하는지 들으려고 기다리지 않았다. 그녀는 그 여자의 숙인 머리를 자기의 겉옷으로 가리고 길을 인도했다.

그는 그 여자의 이름이 베로니카라는 것을 알아냈다. 그녀는 만성적인 혈루증으로 열두 해를 고통받아 왔다. 그녀와 그녀의 남편은 병을 고치려고 그들의 모든 재산을 의원들에게 탕진했다. 그들의 집은 안디옥에 있었는데 병을 고치는 선지자가 갈릴리에 있다는 말을 듣고 그들은 모든 것을 팔고 가버나움으로 이사를 왔다.

그 여자가 가리키는 대로 가서 바타샤는 별 어려움 없이 그녀의 집을 찾았다. 그녀가 문처럼 사용하고 있는 휘장을 밀고 들어갔고 아직도 굉장히 흥분한 베로니카가 따라 들어왔다.

"여보!" 하고 남루한 옷차림의 빈약한 체격의 남자가 달려 나와 베로니카를 부축해서 불이 약하게 타고 있는 화로 앞의 골풀 깔개로 데려갔다. "어디에서 이 사람을 찾으셨습니까" 하고 그는 바타샤에게 물었다. "저는 걱정으로 반쯤 정신이 나갔습니다. 저는 아내가 예수님을 만나러 군중 속으로 가지 않았을까 걱정했습니다. 아내는 군중들과 부딪힐 만큼 튼튼하지 못합니다. 우리들은 계속해서 예수님을 개인적으로 만나

뵐 방법을 생각하고 있었습니다. 그런데 오늘 아침 일어나보니까 아내가 없었습니다.” 그는 팔을 아내에게 두르고 아내의 곁에 무릎을 꿇고 앉아 바타샤를 우러러 보았다. “아내를 집으로 데리고 와주셔서 감사합니다.”

바타샤가 미소를 지었다. “오늘 이분은 선생님을 만났고 선생님은 이분을 치유하셨습니다. 선생님을 따르는 여자 중 하나인 제가 도움이 될 수 있었습니다. 제 이름은 힐렐의 딸 마리아 바타샤로, 베냐민 지파입니다.”

“사실예요!” 하고 베로니카가 말했다. “이제부터 저는 정상적으로 생리를 할 거예요. 그리고 우리가 항상 원했던 아이도 가질 거예요.” 그녀의 남편의 이마가 그녀의 이마와 닿았고 그는 조용히 울기 시작했다. “이젠 더 이상 의사가 필요 없어요. 여보, 우리 돈을 다 갖고 가고 나에게 토끼의 점적을 삼키라고 하던 의사들 말예요. 개구리의 간이나 독사의 땀의 소금기가 필요하다는 처방도 더 이상 필요 없어요. 당신, 내 배위에 까맣게 태운 늑대의 해골 재를 뿌렸던 애굽 사람 생각나요? 우리는 그가 사기꾼인 줄 알고 있었어요. 그렇지만 우리는 우리 눈에 진실이 나타나는 것이 두려워 서로를 쳐다보지 않았어요. 항상 기적만을 바랐지요. 그러나 이제는 다른 여자들처럼 나도 회당에 내 자리를 차지할 수 있어요. 내가 이젠 깨끗하니까요. 그리고 나는 당신과 결혼했을 때처럼 튼튼하고 굳건한 사람이 될 거예요. 그리고 우린 아들을 가질 거예요.” 그녀는 부드럽게 오래된 히브리의 찬송, 찬양의 시를 부르기 시작했다.

눈치 채지 않도록 조용히 바타샤는 문 쪽으로 움직였다. 떠나기 전에 그녀는 허리 띠 밑으로 손을 넣어 감람석으로 장식된 가죽 지갑을 찾았다. 지갑은 거의 터질 듯이 가득했다. 그녀는 지갑을 투박한 탁자 위에 놓고는 초라한 휘장을 밀어내고 밖으로 나왔다.

그날 저녁, 그녀는 베드로의 집으로 걸어갔다. 선생님이 야이로의 딸을 죽음에서 살려냈다는 소문이 마을 전체에 퍼져 있었다. 그녀는 평소처럼 많은 군중들이 베드로의 집 문가에서 떠들어대고 있을 것이라고 생각했으나, 이상할 정도로 사람들이 없었다. 마치 기적을 구하는 사람들도 너무 놀라고, 너무 두려웠으며, 너무 많은 기적을 보았기에 더 이상 받아들이기 지쳐버린 것 같았다.

그녀는 방해받지 않고 집으로 들어갔다. 레아는 아직 등불을 밝히지 않았다. 그녀는 시몬과 작은 야고보가 시무룩하게 긴 의자에 앉아 있는 것을 보았다. 빌립과 도마는 탁자 곁에서, 마치 몰려드는 어둠 속에서 그것을 보려고 하는 것처럼 펼쳐진 두루마리 위에 움직이지 않고 웅크리고 있었다. 다대오는 곁에서 심심해서 빈둥거리고 있었고 가룟 유다는 칼로 손톱을 손질하는 멋진 묘기를 부리고 있었다.

"예수님은 어디 계세요?" 하고 묻는 그녀의 목소리가 스스로의 귀에 공허하게 울렸다.

"산에 기도하러 가셨어요" 하고 다대오가 힐끗 올려보며 말했다.

"야고보와 요한은 밤을 지내러 집으로 갔소" 하고 시몬이 덧붙였다. "마태도 또한 자기 집에 갔소. 요나는 밖에서 놀고 있고요."

"사람들이 예수께서 죽은 야이로의 딸을 살려내셨다고 하던데요."

침묵이 그녀에게 돌아왔다. 드디어 빌립이 입을 열었다. "사람들은 우리에게서 들은 게 아닙니다. 주님이 우리에게 침묵하라고 명령했습니다. 틀림없이 야이로의 하인들이 소문을 퍼뜨렸을 겁니다."

"그럼 사실이군요? 주님이 정말로 살리셨어요?" 그녀가 물었다.

"그래요" 하고 작은 야고보가 큰 한숨을 들이쉬었다. "지난봄에 나인*에서도 그러셨지요. 그때는 과부의 독자를 살리셨죠. 우리 모두 증

---

* 나사렛 남동쪽 지역. 누가복음 7:11 참조.

인입니다."

"그럼 당신은 예수님이 아이를 살리는 것을 보셨어요?" 하고 그녀는 다그쳤다.

"아뇨" 하고 도마가 답했다. "우리는 밖에서 사람들을 물리치고 있었죠. 예수님은 베드로와 야고보와 요한하고만 함께 집안으로 들어갔어요."

그녀는 조용하게 책을 보고 있는 빌립에게로 갔다. 그녀는 그의 팔에 손을 댔다. "여러분, 모두 뭐가 잘못되었나요? 선생님에 대한 믿음이 없어진 거예요?"

"아뇨" 하고 빌립이 신음하듯 말했다. "우리는 선생님이 하신 것을 압니다. 그 여자애는 죽었다가 지금은 살아났어요. 단지 우리는 너무 많은 것들을 — 자연의 법칙과 상치되는 너무 많은 것들을 보았습니다. 선생님은 우리들 사람의 사고과정을 뒤집어버렸어요" 하며 그는 관자놀이를 비볐다. "사람의 머리로 너무 많이 받아들였을 따름이에요. 그런데도 선생님은 우리를 계속해서 앞으로, 앞으로 끌고 나갑니다. 끝이 어딘지 우리 중 아무도 모릅니다."

"베드로는 어디 계세요?" 하고 그녀가 물었다.

시몬이 무기력하게 손짓했다. "자기 방에 있소."

"좀 쉬세요, 시몬" 하고 그녀가 짤막하게 말했다. 그들에 관한 그녀의 걱정이 그녀의 목소리를 잔소리처럼 만들었다. "모두 지치셨어요. 몸은 마치 다루기 힘든 노새 같아요." 그녀는 이 비유가 시몬에게 특히 적절하다고 생각했다. "지나치게 피곤하면 멈추어서 더 가려고 하지 않지요." 그녀는 팔을 크게 올리며 그들 모두에게 향했다. "가서들 주무세요. 그냥 한 무리의 사람들처럼 — 여러분들은 너무 바보 같아서 뭐가 필요한지도 몰라요."

"그런데 우린 아직 저녁도 안 먹었소" 하고 유다가 지적했다.

"음식은 도움이 안 돼요. 잠만이 여러분을 회복시킬 거예요."

빌립이 양피지를 말면서 서서히 일어났다. "그녀가 옳아요. 나도 너무 피곤해서 제대로 생각할 수가 없어요."

방을 나와서 바타샤는 위층의 베드로와 드보라의 방으로 갔다. 문을 두드리자 드보라가 조용히 맞아들였다. 베드로는 옷을 완전히 입은 채 한 팔을 얼굴 위로 놓고 누워 있었다. 그녀가 발끝으로 살금살금 걸어 침대로 갔다.

"내가 병상에라도 있는 것처럼 조용히 걷지 말아요." 하고 베드로가 거친 목소리로 놀렸다.

"당신같이 맹렬한 늙은 사자는 병도 안 나요." 그녀가 말했다. "단지 게으를 뿐이죠. 저는 왜 당신의 성녀 같은 부인이 당신을 참아주는지 상상이 안가요."

베드로가 나른하게 웃자 드보라도 미소 지었다. "오늘 당신이 도와준 여자분말입니다" 하고 그가 물었다. "그 여자 어때요?"

"그녀는 나았어요" 하고 바타샤가 답했다. "그녀는 오랫동안 혈루증을 앓았지요. 저는 미래에 대한 계획을 세우는 그녀를 남편 품에 맡겼어요. 그들은 가난해요, 그래서 돈 좀 놓고 왔어요." 그녀는 베드로가 그런 행동을 이상하게 생각하거나 그녀가 칭찬받으려고 그 말을 했다고 생각하지 않을 것이라는 것을 알았다. 베드로 자신도 생각 없이 지나칠 정도로 베푸는 사람이었다.

"잘 했어요, 잘 했어" 하고 그는 깊은 숨을 쉬며 말했다.

"제가 떠난 뒤 오늘 무슨 일이 있었어요?" 그녀가 부드럽게 물었다.

그는 팔을 들었고 그녀는 그의 눈을 보았다. 그의 눈은 내적 광채로 가득했다. 그녀는 가끔 이러한 빛남을 예수에게서 보고는, 그걸 보지 못했던 요안나에게 한 번 말한 적이 있었다. 예수를 만나 예수에게 가까이 있기 전에 다른 세계로부터의 존재들에게 괴로움을 받았기 때문에 바타샤는 자기가 세상 너머의 세상에 대한 잔존하는 감수성을 갖고 있다고 믿게 되었다. 그녀는 본능적으로 베드로가 옛 선지자들이 셰키나* 또는 하나님의 영광이라고 말했던 예수의 능력을 이제 반영하고 있다는 것을 알았다.

"당신이 그 여자와 떠난 뒤에," 베드로가 말했다. "야이로의 하인 두 사람이 왔습니다. 그들은 야이로의 딸이 죽었다고 했습니다. 예수님은 그들의 말을 무시했습니다. 야이로가 쓰러지자 예수님이 그를 붙들어서 일어나도록 했습니다. 예수님은 그에게 평안히 믿음을 지키라고 했습니다. 우리가 그의 집에 갔을 때 이미 애도자들이 거기 있어서 큰소리로 울고 또 피리를 불고 있었습니다."

"예수님이 그들에게 떠나라고 명했습니다. 말하시길 아이가 단지 자고 있을 뿐이라 했습니다. 그들이 예수님을 비웃었습니다. 예수님은 우리 중 일부에게 그들을 내보내라고 말했습니다. 그리고는 야고보와 요한, 그리고 나와 함께 앞장 선 야이로와 함께 집 안으로 들어갔습니다."

"우리가 아이의 방안으로 들어가자 예수님은 아이의 어머니만 빼고 아이의 침상에서 울고 있는 모든 친척들에게는 모두 나가라고 했습니다." 기억해내려고 그가 잠깐 멈추었다. "아, 죽음의 정적 속에서도 그 여자애는 얼마나 예쁘던지! 아이의 머리칼은 담황색이었고 얼굴은 마치 정교한 설화석고와 같았지요. 두 손은 가슴 위에 교차해서 놓였는데 젖가슴은 미래의 여성스러움에 대한 어린아이다운 약속이었어요. 그 또한 나를 슬프게 만들어서 나는 거의 절망 속에 빠졌습니다."

"선생님은 의식이 없는 여자아이의 팔을 잡고 부드럽게 일으켜 앉도록 했습니다. '달리다굼'**하고 선생님은 속삭였습니다. '일어나라, 소

---

* 하나님의 현현.
** 아람어로 소녀야 일어나라는 뜻, 마가복음 7:41 참조.

204

녀야. 내가 말하노니 죽음에서 일어나라.'"

"아이는 일어서서 눈을 떴습니다. 크고 푸른 색깔의, 그러나 당황해서 졸린 듯한 눈이었습니다. 애 어머니가 환호의 비명을 지르며 아이를 껴안았지요. 애 아버지는 고마움으로 예수님 앞에 엎드렸지요. 야고보, 요한, 그리고 나도 선생님과 같이 기쁨을 나누었습니다. 그리고는 예수님이 아이에게 먹을 것을 좀 주라고 말씀했습니다. 나중에 우리들은 선생님이 그 말씀을 한 것은 아이가 이 땅에 보다 굳건히 자리를 잡도록 만들려고 그러셨다고 생각했지요. 왜냐하면 아이는 아직도 이 세상과 저 세상 사이에 끼어 있는 것같이 공허하고 연약해 보였으니까요. 선생님은 또 부모들에게, 누구에게도 그 일에 대해 말하지 말라고 주의를 주었습니다."

베드로가 천천히 머리를 저었다. "나는 구름에 떠서 그 집을 나왔어요. 하지만 사람이 얼마나 오래 공중에 떠있을 수 있겠어요? 육신으로 된 인간들은 높은 곳에 살도록 만들어지지 않았지요. 거긴 공기가 너무 희박하고 또 비현실적이지요" 하고 그는 서글프게 웃었다. "그리고 우리들은 먼지에 불과하지요. 흙으로 만든 그릇…."

"주무세요, 여보" 하며 드보라가 그의 이마를 손으로 쓰다듬었다. "그만 생각하시고, 그냥 쉬세요."

그다음 몇 주일 동안 예수와 그의 제자들은 갈릴리의 도시와 마을들을 폭넓게 돌아다녔다. 많은 무리의 사람들이 구릉의 우묵한 층들에 자리 잡은 촌락에서 예수의 말씀을 들으러 나왔다.

바타샤와 다른 여자들은 천막과 다른 생활용품들이 실린 그들의 마차를 타고 따라다녔다. 처음에는 여자들의 동행에 반대했지만 이제는 시몬도, 비록 마지못해서이기는 하지만 여자들의 동행이 좋은 생각이었다는 것을 인정했다. 염소가죽의 천막은 밤에는 살을 에고 낮에는 물어뜯는 칼날 같은 가을바람으로부터 그들을 보호해 주었다. 그러나 모든 것을 감안할 때 날씨는 양호했고, 11월의 마지막 안식일이 밝고 상쾌하게 동터왔을 때는 다가오는 겨울이 온화할 것이라는 예상을 갖다 주었다.

그들은 예수의 고향인 나사렛 외곽에서 야영했다. 시몬이 베드로에게 왜 선생님이 마을 안에서 가족들과 함께 머물지 않으시냐고 물었다. 시몬은 바타샤가 예수의 어머니와 형제들이 몇 주일 전에 가버나움을 방문했으나, 선생님이 그들을 만나기를 거부했다고 말했던 것을 기억했다. 베드로는 그 가정에 심한 갈등이 있는 것은 이미 비밀이 아니라고 말했다. 그는 이번 방문 동안 치유와 화해가 일어나기를 바라며 여호와의 은총이 이 일에 같이 하시기를 기도해왔다.

안식일 아침, 그들 모두는 회당을 향해서 바타샤보다 먼저 떠났으며 바타샤는 요나와 다른 여자들과 같이 뒤에 따라가기로 했다. 그들이 도착했을 때 회당은 폭발할 듯 만원이었다. 자주 그랬듯이 예수님의 명성은 그보다 먼저 와 있었다. 분명히 마을 사람들은 예수의 마지막 고향 방문에 대해서는 그들 편한 대로 망각한 것으로 보였다. 그때 그들 중 어떤 이들이 기적을 보여 달라고 요구했다. 예수는 그들의 믿음의 결여가 하나님의 축복을 허용치 않고 있다는 말을 내비쳤다. 격노해서 그들은 예수를 공격하려고 했다.

그러나 회당의 간부들이 예수에게 예배를 맡아달라고 부탁했을 때, 이는 여행 중 존경받는 랍비들에게 때때로 주어지는 명예였기에 시몬은 안심했다. 어쩌면 오늘 선생님과 그의 가족은 물론 그의 고향 사이에 화해의 치유가 일어날 것이다.

시몬은 안식일에 대한 그의 평상시의 경외심을 갖고 말씀을 들었다. 예수가 잠깐 말을 멈추었을 때 시몬은 회중 속의 누군가에게 '쉿' 하는 낮은 소리를 들었다. 듣는 사람들 사이에서 마치 깃털이 움직이는 것 같은 작은 소요가 있었으나 예수는 다시 말을 계속했다.

그 버릇없는 소음이 다시 들렸을 때 시몬은 뒤를 돌아보았고 소리를 낸 말쑥하게 생긴 젊은 애를 보았다. 그 아이는 요나보다 그렇게 나이가 많아 보이지 않았다. 예수는 아무 일도 없었다는 듯이 계속 성경을 읽었지만 그의 권위는 손상되었다. 사람들이 중얼거리며 소란스러워졌다.

예수가 가르침을 끝내고 당시의 관습에 따라 회중들에게 질문을 하도록 했다. 다른 마을들에서는 예수가 많은 사람들을 지혜와 지식으로 감화시켰을 때 이렇게 질문을 받도록 했다. 나사렛의 회중들은 아무런 질문도 하지 않았다. 남자 하나가 커다란 속삭임으로 이 사람이 그의 아버지가 목수이며, 자기들 사이에서 살았던 바로 그 예수냐고 물었다.

"이 사람은 자기가 누구라고 생각합니까?"라고 다른 사람이 말했다.

"목수의 아들이라, 하! 나는 벽돌 만드는 사람이오. 그럼 나도 선지자가 되는 것 아니오?"

시몬이 참아내느라고 이를 악물었다. 이들은 선생님의 품위를 떨어뜨릴 뿐 아니라 안식일을 망치고 있었다. 예배가 끝나자 그는 그 아이가 자기 형으로 보이는 좀더 나이든 젊은이 곁에 서 있는 것을 보았다. 시몬은 먹이를 보고 달려드는 매처럼 그들에게 달려갔다.

"너 버르장머리 없는 녀석!" 하고 그는 소리를 냈던 아이에게 말했다. "누군가가 너를 제대로 패줘야 해."

시몬이 아이의 겉옷 자락을 잡아 흔들어대기 시작하자 놀라서 그 아이의 눈이 휘둥그러니 커졌다. 아이의 형이 끼어들었다. 시몬은 그도 같이 붙잡아 그들의 머리를 같이 박아버리려 했다.

"시몬!"선생님의 명료하고 힘찬 목소리가 강철로 된 날과 같이 그의 분노를 갈랐다. "그 아이들을 놓아줘요. 내 동생들입니다."

시몬이 즉시 그들을 놓아 주고 뒤로 물러섰다. 사람들이 몰려들었다.

조용히 품위를 지키며 예수가 서늘한 아침 햇살 속에 섰다. "야고보. 요셉." 그는 처음에는 나이든 동생에게, 그리고는 나이 적은 동생에게 머리를 끄덕였다.

나이 든 아이가 소리쳤다. "왜 돌아와서 우리들을 형의 미친 허세부리기 속으로 끌어들이는 거예요? 형이 메시아라는 이 모든 말로 인해서 형이 우리에게 무슨 짓을 하는지 생각해 봐요."

선생님의 눈이 고통으로 가득했다. "나는 이곳에 가족을 갈라놓고 형제와 형제가 서로 대적하도록 만들기 위해서 온 게 아니다." 명백한 괴로움 속에서 예수는 그의 형제들에게 자기를 받아들이고 자기가 하는 일을 믿어달라고 애원하는 것 같았다. "그러나 만일 그렇게 될 수밖에 없다면, 그렇게 되어야 하겠지" 하고 그는 체념의 목소리로 말했다. 그는 목이 마른 듯 입술을 적셨다. "항상 그랬지. 선지자는 자기 고향에서도, 자기 집에서도 존경을 받지 못하지."

"제자들을 데리고 떠나세요" 하고 그의 동생 야고보가 거칠게 말했다. "말썽 생기기 전에요. 지난번에 어떤 일이 있었는지 기억하지요, 그렇죠? 사람들이 형을 절벽으로 끌고 가서 거의 밀어버리려고 했잖아요. 누님 룻의 남편과 내가 아니었더라면 사람들은 밀었을 거예요. 그러면 형은 죽었고요. 그게 형이 원하는 거예요?"

"그건 내가 마실 잔이 아니다" 하고 예수는 괴롭게 인정했다.

"가요, 어머니." 선생님의 동생이 몸짓을 했다. 바타샤 곁의 작은 여인이 잠깐 눈을 감아 눈물을 참으며 천천히 따라 나섰다. 아이 둘이 그녀로부터 떨어져 나와 예수에게 뛰어갔다. 그 아이들은 쌍둥이였다 ─ 약 여섯 살가량의 사내아이와 계집아이였다.

웃으면서 예수가 무릎을 꿇고 아이들을 잡아 팔 안에서 들어올렸다. 그가 마치 새끼를 다루는 엄마 곰처럼 사내아이를 어깨에 올리고 계집아이를 허리에 걸어 올리자 아이들은 큰소리로 외쳤다.

"언제 돌아올 거예요, 예수 오빠? 보고 싶어요" 하고 계집아이가 그의 허리를 끌어안으며 말했다.

"다시 집에 돌아와서 우리를 등에 태우고 들에 나가 구름놀이를 우리와 같이 해요" 라고 작은 사내아이도 그렁그렁한 눈으로 사정했다.

천천히 예수는 아이들을 땅 위에 내려놓고, 무릎을 꿇고, 아이들의 얼굴에 입을 맞추었다. 그것이 또 헤어져야 하는 신호라는 것을 눈치 채고 아이들이 다시 예수를 올라타려고 했다. 아이들의 어머니가 불렀고 예수는 아이들을 부드럽게 밀면서 어머니 말을 들으라고 말했다.

시몬은 아이들이 눈을 비비면서 떨어져 나가는 것을 보면서 가슴이 뭉클했다. 가족 내의 갈등은 자주 아이들을 가장 힘들게 만드는 것이었다. "여기를 벗어납시다" 하고 노여움으로 머리를 흔들면서 신음처럼 말한 뒤 그는 화가 난 걸음걸이를 떼어놓았다.

제 12 장

하나님은 우리를 죽을 때까지 인도하시리로다

시편 48:14 KJV 성경

그들이 가버나움으로 돌아온 지 일주일이 되었다. 예수는 다시 갈릴리로 여행을 하자고 말했다. 그러나 이번에는 그들이 서로 나뉘어서 여러 갈래 길로 가자고 했다. 그는 구릉지의 작은 촌락들에 숨어 있어, 그에 관한 소식을 아직 듣지 못했을 많은 사람들이 있다고 말했다. 나뉘어 가면 더 많은 사람들을 만날 수 있을 것이라고 했다. 제자들 중 몇몇은 회의적이었다. 예수 없이 그들이 무엇을 할 수 있을까? 그들은 기적을 행할 능력이 없었다. 기적이 없이 사람들이 믿을 것인가?

예수는 그들에게 능력을 부여해 줄 것이라고 말해 그들을 안심시켰다. 시몬은 그들에게 단순히 예수의 이름을 말하기만 했어도 자기 아버지가 치유되었다는 것을 상기시켰다. 만일 그의 아버지가 실제로 예수와 같이 있지 않으면서도 기적을 받을 수 있었다면 다른 많은 사람들도 그럴 수 있을 것이었다. 믿음이 그들의 가슴 속에 뿌리를 내렸으며 강한 기대로 피어올랐다.

예수는 그들에게 어떻게 행동해야 하며 무엇을 기대해야 할 것인가를 매일 가르쳤다. "여행을 위해 아무것도 가지지 마시오, 지팡이마저 가지지 마시오. 돈이나, 돈을 넣을 어떤 것도 가지지 마시오. 음식도 여벌의 옷도 또한 갖지 마시오.”

“하지만, 주님” 하고 유다가 항의했다. “음식도 돈도 없이, 우리가 어떻게 살아남습니까?”

“일꾼은 부양받을 자격이 있습니다” 하고 예수가 대답했다. “마을의 합당한 집에 머물면서 그들의 관용에 의존하시오. 어느 마을이든 여러분을 영접하지 않으면 발의 먼지를 떨어버리고 가던 길을 가시오.”

“작은 야고보와 제가 유대로 가서 가족들을 만나도 되겠습니까?” 하고 시몬이 물었다.

“나는 이번에는 우리가 하는 일을 주로 갈릴리에서 했으면 합니다. 유대의 때가 아직 오지 않았습니다. 그러나 여러분의 가족을 잠시 방문하는 것은 괜찮습니다. 어떤 경우에도 이방인이나 사마리아인에게는 전하지 마시오.”

“하지만 주님” 하고 빌립이 물었다. “하나님의 구원의 능력은 누구에게나 주어져야 하지 않습니까?”

예수가 미소와 더불어 답했다. “내가 나의 때에 일을 한다는 것을 이해하시오. 우리는 먼저 이스라엘 집의 잃어버린 양들에게 전합니다.”

도마의 얼굴이 당황해서 찡그려졌다. “내게는 이 모든 것이 좀 위험하게 들립니다. 사람들이 때때로 얼마나 적대적인지 아시지요.”

“도마!” 하고 베드로가 참지 못하고 소리쳤다. “우리가 무슨 일을 하든지 당신은 항상 어두운 면만 봅니까?”

모두 웃었다. 예수가 대화에 끼어들며 다시 한 번 엄숙하게 말했다. “나는 여러분 누구에게도 편안할 것을 약속하지 않았습니다. 내가 여러분을 보내는 것이 양을 이리 가운데 보냄과 같습니다. 어느 정도는 도마가 옳습니다. 조심하고 뱀같이 지혜로우시오. 비둘기같이 순결하고 해를 주지 말고 나쁜 마음을 품지 마시오. 이것을 아시오 ─ 참새 한 마리도 아버지께서 허락지 아니하시면 땅에 떨어지지 않습니다. 그러니 두려워하지 마시오. 여러분은 많은 참새보다 귀합니다. 악한 사람들이 여러분을 채찍질에 넘기더라도 꿋꿋이 버티고 담대하시오. 여러분 아버지의 영이 말할 것과 필요한 힘을 주실 것입니다."

"병든 자에게 우리가 안수합니까?" 하고 마태가 물었다. 그는 선생님의 가르침을 적고 있었던 비망록에서 머리를 들고 바라보았다.

"나는 여러분을 하나님의 나라를 선포하기 위해 보냅니다. 나는 여러분에게 병을 고치고, 죽은 자를 살리고, 문둥병자를 깨끗하게 하고, 귀신을 쫓아내는 능력을 드립니다. 이 모든 것을 여러분은 내 이름으로, 내 능력과 권세로 할 수 있습니다."

그는 여러 가지들을 반복하면서 계속해서 지시했다. 떠나기 전날 그는 산으로 기도하러 나갔고, 제자들은 각기 가족들과 친구들에게 작별을 고하러 자기들의 길을 떠났다.

시몬은 요나가 바타샤와 머물도록 막달라로 데리고 갔다. 요나는 자기가 다대오보다 불과 몇 살밖에 어리지 않은데 왜 다대오는 가야만 하느냐고 따졌다. 그러나 시몬은 완강했다. 시몬이 행동방침을 한 번 결정하면 결코 변경이 없고 이의를 제기해봤자 그를 화나게 할 뿐이라는 것을 알기에 요나는 수그러들었다.

대면 인사가 끝난 뒤 여분의 방에서 짐을 풀도록 요나를 놓아두고 돌아왔을 때, 바타샤는 앞 응접실에서 두 손을 등 뒤로 깍지 긴 채로 서서 창문 너머의 잔디밭을 가로질러 겨울 오후의 태양 속에 던져진 긴 그림자들을 내다보고 있는 시몬을 보았다. 그녀는 아이를 다시 놔두고 가야 하는 그의 심정을 이해했다.

"앉아서 편히 쉬세요, 시몬. 수산나를 시켜 맛있는 포도주를 좀 가져오도록 할게요."

그는 쿠션 위에 편하게 앉았다. "아이를 데리고 같이 가고 싶은 유혹

212

과 싸워야 했지요" 하고 그는 한숨과 더불어 마음을 털어놓았다. "그러나 이성이 유혹을 이겨냈습니다. 그 아이의 나이에는 매일 공부를 하는 것이 가장 우선이지요. 이 여행은 위험할 수도 있고요. 선생님도 그건 인정했습니다. 요나는 잘 자라고 있지만 아직 온전한 어른은 아닙니다."

"제가 아이가 매일 공부하는지 지켜볼게요" 하고 바타샤가 약속했다.

수산나가 포도주와 새로 구운 아몬드 과자를 담은 쟁반을 들고 들어왔다. 요나가 그녀의 뒤를 따라 코를 킁킁거리며 들어 왔다.

"너, 먹고 노는 데에만 매일을 낭비하면 안 돼" 하고 시몬이 엄한 목소리로 아이에게 충고했다. "바타샤 아주머니가 너 공부하는 것을 도와주시겠다고 했다. 아주머니는 서고를 갖고 계시니까 내가 돌아와서 네가 몇 권을 정복했는지 잘 세어볼 것이다."

요나는 따뜻한 과자를 한 입 물고는 씩 웃었다. "알겠습니다. 아저씨."

"그리고 너 여기서 도움이 되는 사람이 돼라. 내가 돌아왔을 때 네가 게을러지고 살쪄있으면 안 된다."

"저는 결코 유다 아저씨처럼 되지 않을 거예요, 아저씨."

바타샤는 웃음을 참았다. 하나님은 분명 아이의 정직함을 용서하실 것이었다. 정말이지 요나는 결코 유다와 같이 되지는 않을 것이다. 모든 제자들 중에서 요나는 요한과 가장 비슷했다. 곧고 말랐으며 근육질은 아니지만 잘 균형을 이루었다. 요나에게는 또한 요한의 예리한 감수성과 가장 예기치 않은 순간에 이따금씩 튀어나오는 성급한 대담함이 있었다.

"반드시 하루에 세 번 기도해라. 마음에서 악을 없애라. 정결의 법을 준수하고, 주님께서 가끔 우리에게 명령하셨듯이 주님의 가르침을 따르라" 하고 시몬은 훈시했다.

"당신은 어디로 가세요" 하는 바타샤의 질문이 시몬을 훈계에서 벗어

나도록 했다.

"유다와 나는 남쪽으로 갑니다. 야고보가 다대오와 같이 가기에 그와 내가 짝이 되었습니다." 짧게 잘라 말하는 시몬의 어조는 이렇게 조가 짜인 것이 그에게 그다지 기쁘지 않다는 것을 드러냈다. 그는 허리춤에 손을 넣어 동전으로 배가 부른 긴 지갑을 꺼냈다. "이거요, 거의 잊을 뻔 했습니다. 우리가 떠나 있는 동안 당신이 우리의 회계 담당자가 되어줘야 해요. 돈과 떨어지는 것이 유다에게는 어려운 일이었지만 그도 강도들과 소매치기들이 덤벼들 수 있는 노상에 이렇게 많은 돈을 갖고 간다는 것은 무모하다고 동의했어요. 당신과 다른 여자들이 이 중 많은 부분을 기부하였으므로 우리들은 이걸 당신이 보관하도록 하는 것이 최선이라고 생각했습니다."

바타샤는 지갑의 내용물들을 탁자 위에 펼쳤다. "예수님이 많은 돈을 가난한 사람들에게 주도록 하셨나 보지요"라고 이상하다는 표정으로 눈썹을 올리며 그녀가 말했다.

"왜 그런 말을 하지요?" 하고 시몬이 앞으로 다가오며 물었다. "예수님은 근래에는 어떤 특별한 지출을 허락하지 않았습니다."

그녀는 곤혹해 하면서 손가락으로 동전들을 만지작거렸다. "저는 유다에게 은 한 달란트를 지난주에 주었습니다. 그건 로마인들이 칠십오 파운드의 은의 가치에 상당하도록 최근에 발행한 새로 주조된 동전이에요. 그게 여기 없어요."

"확실해요?" 하며 시몬이 탁자 위로 몸을 숙였다.

그녀는 확신했다. 알렉시스가 그녀의 장부에 출납을 적어놓았다. "누가 자금에 손을 댈 수 있지요?" 하고 그녀가 야무지게 물었다.

"유다뿐입니다. 우리 나머지 사람들 중 누구도 장부를 보관하거나 현금을 갖고 다니기 원하지 않아요. 심지어는 마태도, 전에 그가 세리였기에 논리적으로는 가장 적임자이지만 그 일을 하기를 거절했습

214

니다."

시몬이 갑자기 모욕을 느낀 것같이 몸을 곧게 폈다. "물론 내가 그 달란트를 이곳으로 갖고 오는 도중에 가졌을 수도 있지요. 당신 그렇게 생각하는 거지요?"

"어리석게 굴지 마세요!"라고 그녀가 흥분된 소리로 말했다. "다른 거라면 몰라도 당신은 도둑은 아니라는 걸 전 알아요!"

"'다른 거라면'이라니 그게 무슨 뜻이요?"하고 그가 격앙된 목소리로 물었다.

눈썹을 치올리며 그녀가 즉각적으로 반박했다. "몇 개만 말해볼까요? 완강하고, 성급하고, 사려가 없고, 그리고 지독하게 무례하지요."

"왜 두 분이 서로에게 화를 내세요"하고 요나가 어린아이의 솔직함으로 끼어들었다. "돈을 누가 훔쳤는지는 뻔하네요 — 유다 아저씨네요. 화를 내셔야만 한다면 그 아저씨를 비난하세요."

바타샤의 눈이 시몬의 눈과 묶여 있다가 둘 다 사실 — 유다가 도둑이라는 — 을 인정하면서 슬며시 다른 곳을 향했다. 선생님의 가장 가까운 추종자의 한 사람으로서 그는 어떻게 그럴 수가 있을까?

시몬이 갑자기 손가락으로 자기 머리를 헤집었다. "예수님께 말해야만 할 것 같소"라고 그는 분노의 숨을 내쉬며 말했지만 그 사실을 정면으로 꺼내놓기를 주저하는 모습이 완연했다.

"안 돼요! 제발 그러지 마세요!"하고 그녀가 탁자 위로 몸을 숙이며 그의 팔을 붙잡았다. "예수님께 상처가 될 거예요. 그리고 그 일이 다른 모든 사람들의 의욕에 어떤 영향을 미칠까 생각해보세요."그녀는 그의 팔을 놓고 자기 손들을 꼭 잡았다. "어쩌면 제가 잘못 생각했을 거예요. 어쩌면 제가 마음속에 착각을 일으켜 유다에게 줄 것을 깜박하고는 그냥 주었다고 생각했을 수도 있어요. 누군가를 도둑질로 죄를 씌우는 것은 심각한 일이에요."

시몬이 주먹으로 탁자를 내리쳤다. 동전들이 돌바닥 위로 날아가서 구르다가 난장판으로 흩어지며 멈춰섰다. "다른 말 하지 말아요. 필경 유다가 이런 짓을 한동안 했을 것이요. 다른 사람들이 알면 유다를 조각을 내버릴 거요! 베드로 혼자만도 그를 죽을 정도로 때려줄 거요. 이런 종류의 잘못은 용서받을 수 없어요. 때때로 나는 유다가 선생님의 말씀을 도대체 듣기나 하는지 의심스러워요. 선생님은 우리들에게 몇 번이고 돈을 사랑하는 것이 일만 악의 뿌리라고 말씀하셨는데 말이오. 그런데 유다가 나와 함께 여행하도록 되어 있다니! 그에 관한 이런 것을 알고도 내가 어떻게 그를 참아낼 수 있겠소?"

바타샤도 유다에 대해 상당히 반감을 느끼고 있었지만 크게 상심한 시몬을 달래기 위해 그녀는 그 반감을 억눌렀다. "어쩌면 그 사람, 다시는 안 그럴 거예요. 그가 그 달란트를 보고 그 돈이 어떤 가치라는 것을 알았을 때 유혹에 졌을 거예요." 그녀는 목소리를 바꾸고 다시 시몬의 팔을 잡았다. "그리고 시몬, 제가 잘못 생각했을 수도 있어요. 우리 모두 바쁘니까 그럴 수도 있어요. 제발, 그냥 잊어버립시다. 당신은 떠나기 전날 저녁에 비난하고 돌아다니며 모든 것들을 망쳐버리면 안 돼요. 그런 행동이 선생님께 미칠 영향을 생각하세요."

"당신이 옳소" 하고 그가 평정을 회복하며 말했다. "당신이 물론 옳소. 그걸 지금 폭로하는 것은 나쁠 것이요. 진정으로 나쁠 것이요." 그는 일어나서 문 쪽으로 향했지만 아직도 의기소침했다. "제시간에 가버나움에 도착해서 잠 좀 자두려면 난 지금 가야만 하겠소." 그는 어깨너머로 요나를 바라보았다. 그의 아이에 대한 사랑이 얼굴표정에까지 드러났다.

"길이 구부러지는 곳까지 우리들이 같이 배웅할게요" 하고 그녀가 제안했다.

조금 뒤 그녀는 겨울 겉옷의 두건을 꼭 잡아 차가운 저녁 바람이 그녀의 머리를 흩뜨리지 못하도록 했다. 시몬을 동경하도록 자신을 방임하는 것이 합당하지도, 지혜롭지도 않다는 것을 알면서도 무슨 이유에서인지 그녀는 시몬과 헤어지는 것이 싫었다.

"나무집은 아직도 거기 있어요?" 하고 요나가 멀리 월계수의 숲을 가리키며 물었다.

"물론이지" 하고 바타샤가 답했다. "네가 지난번에 왔을 때와 마찬가지로 바로 거기에 있지."

"가서 봐야겠네요" 하고 요나가 말했다. "안녕히 가세요, 아저씨." 하고 그는 손을 시몬에게 내밀었다. "아저씨를 위해 아침저녁으로 기도할게요." 그가 뛰어서 떠나기 전에 시몬이 그의 어깨를 붙들어 자기 팔 안으로 쓸어 넣었다.

"하나님께서 너를 축복하고 지켜 주시기를 기도한다. 아들아" 하고 시몬이 요나의 양 볼에 입을 맞추면서 쉰 목소리로 말했다. "사랑한다."

"저도 아저씨를 사랑해요" 하고 요나가 그의 수염을 만졌다. 그리고는 울면서 떠나갔다.

"쟤가 나무집을 찾을까요?" 하고 시몬이 아이를 향해 미소 지으며 물었다.

"아, 그럼요" 하고 바타샤가 대답했고 그들은 계속 걸었다.

그들이 길이 방향이 바뀌어 내리막으로 구부러지는 곳까지 왔을 때, 바타샤는 몸을 돌이켜 그를 마주보았다. "안녕히 가세요, 시몬. 요나의 기도에 저의 기도를 더할게요. 요나 걱정은 하지 마세요." 그녀의 두건이 바람에 벗겨져 두터운 금발의 깃발이 펼쳐졌다. 그녀는 손을 뒤로 해서 머리를 다시 잡아 흐트러진 망토 속으로 넣으려고 했다.

"그냥 둬요" 하고 속삭이는 그의 검은 눈동자들이 부드러워졌다. 그는 다가와서 그녀의 뒷머리를 두 손으로 감싼 뒤 숱 많고 향기로운 머리를 손으로 꼭 쓰다듬었다. "당신 머리가 좋아요. 나는 항상 좋아했어요." 그의 말은 거의 들리지 않았다. "비단 같아요." 그는 그녀를 앞으로 당겼다. "나는 당신에게서 나는 냄새를 사랑해요." 하고 그는 자기 머리를 숙여 입을 맞추고는 떨어져서 속삭였다. "이렇게 하길 원했소." 그리고는 다시 부드럽게 그녀의 입술을 앗았다.

그녀는 눈을 감았다. 눈물이 그녀의 눈썹 속에 빛나는 벽옥처럼 모였다. 오, 하나님. 그가 저를 좋아하는 군요, 하고 그녀는 생각했다.

"당신이 보고 싶을 거요"라고 드디어 그녀의 얼굴을 놓아 주었을 때 그가 말했다.

"저는 봄에 여기 있을 거예요"라고 그녀는 부드럽게 약속했다. "기다리겠어요."

베드로와 안드레는 시몬, 유다, 작은 야고보, 그리고 다대오와 함께 고라신까지 같이 여행했다. 이 여섯 제자들이 갈릴리의 남쪽 지방에서 말씀을 증언할 것이었다. 베드로와 안드레는 구릉지에 숨겨져 있는 농부들과 목자들의 고립지역들에 중점을 두기 위해 서쪽의 세포리스*와 가나까지 갈 계획을 잡았다. 시몬과 다른 세 제자들은 다볼산**의 동쪽과 남쪽의 평야에 그들의 노력을 경주할 예정이었다.

저녁때가 되었을 때 그들은 나인이라는 마을 근처의 작은 동네의 믿는 사람 집에서 좋은 대우를 받았다. 그들은 정성 어린 갈릴리 음식을 먹었으며 가족들과 노래하며 웃고 담소하는 시간을 즐겼다. 가장인 여무엘에게는 여섯 살부터 열일곱 살까지의 일곱 아이들이 있었다. 그들 모두 음악을 좋아했으며 원숭이마냥 즐겁게 하려고 열심이었다. 그의 부인인 시나는 훌륭한 주부여서 제자들이 자러 간 손님방은 비록 작았지만 깨끗이 빗질이 되어 있었고 가난한 사람들의 집에서 흔히 발견 되는 이나 다른 벌레들이 없었다.

---

* 갈릴리 중부지역으로 나사렛에서 북북서쪽으로 4마일가량 떨어진 곳.
** 갈릴리 바다 서쪽 17km에 있는 산, 성경에서는 여호수아 19:22에 처음 언급됨.

시몬의 골풀 침대는 신선하고 푹신했으며 거친 담요는 집주인 여자가 세탁에 사용했던 소다 냄새가 났다. 편안했지만 그는 잠을 이룰 수가 없었다. 차고 창백한 달이 떠올라 그를 내려 보는 동안 그는 움직이지 않고 높은 곳의 열린 창문을 통해 내다보았다.

이봐, 당신 말라깽이 늙은 친구, 하고 그는 생각했다. 뭐가 문제야? 너도 역시 잠을 이룰 수 없나? 네가 얼굴은 못 생겼고 머리는 대머리이기 때문에 그럴 거야. 네가 사람을 미치게 만든다고들 하지만 난 미신을 믿는 사람이 아냐, 그래서 난 네 주름투성이의 얼굴을 똑바로 쳐다볼 수 있고 두려워하지 않아. 위대하신 여호와께서 너를 창조하셨을 때 네게 주신 특별한 소명이 무엇이냐? 하늘을 두루 돌아다니며 사람들이 잘 때 그들을 엿보면서 네 우스꽝스러운 둥근 입으로 그들을 내려 보며 낄낄거리는 것이 너의 소명이냐? 넌 지금 나의 아이 요나를 보고 있니? 그 아이가 손가락들을 코 위에다 놓고 자는 것을 이제 알았냐? 그 애가 엄지손가락을 빨곤 했던 유아기 버릇이 남은 거라고 난 생각한다. 넌 어떻게 생각하느냐?

넌 바타샤가 잘 때 그녀의 창문 안도 들여다보니? 그렇지만 그녀에게는 얇은 운모로 된 겨울 덧문이 있어서 네가 훔쳐보지 못하도록 할 거야. 바타샤의 잠든 모습이 그의 방황하던 내적 독백을 중지시켰다. 따뜻한 비단 아래의 부드러운 곡선, 흰 어깨 위의 은빛 머리카락, 부드러운 볼을 향해 초승달을 형성하는 짙은 눈썹들, 그가 이별의 입맞춤을 했을 때처럼 닫혀 있던 두 눈.

그는 신음이 나오는 것을 억제하며 돌연 일어났다. 조용히 그는 뒷문을 통해 집을 빠져 나왔다. 그는 여름에는 채소밭이었다가 지금은 마르고 시들어버린 초목들 사이를 지나 걸었다. 돌담장에 이르러 멈추어 서서 그는 먼저 머리를 담장에 기댔다. 자기의 뜨거운 이마에 닿는 담장의 단단한 차가움이 느껴졌다.

"시몬, 어디 아파요?"

그는 돌아서며 몸을 바로 했다. 달빛 속의 베드로의 얼굴이 우려를 내보였다.

"아니, 난 괜찮아요. 잠을 깨워서 미안합니다."

"나는 얕은 잠을 자요. 드보라는 이슬 떨어지는 소리도 날 깨울 거라고 그러죠. 왜 그래요? 당신은 전혀 잠들었던 것 같지 않아 보이는데요." 하며 그는 자기를 믿으라는 듯 다정하게 시몬의 어깨를 건드렸다.

시몬이 손을 올려 자기의 눈 사이를 짚었다. 베드로에게 말할까? 그는 누군가에게 말하고 싶었다. "사실은, 난 때때로 잠들기가 힘들어요. 사실은" 하고 그는 말을 토해냈다. "때때로 나는 여자와 같이 있고 싶어요."

"아" 하며 베드로는 놀라움을 표시하지 않았다. "그건 이상한 게 아녜요, 시몬. 당신은 한창 때의 남자에요. 당신 나이의 많은 남자들은 결혼하지요. 나 자신도 그렇고요."

"하지만 난 결혼하기 원하지 않아요"라고 시몬이 응답했다. "내게 첫번째로 중요한 것은 선생님을 모시는 겁니다. 아내의 존재는 선생님이 예루살렘에 세우려 하는 왕국에 참여하려는 나를 산만하게 만들 거예요. 내가 여자를 원하는 것은 단지 여자가 그 몸을 편하게 해주기에 여자를 원하는 그런 식입니다."

"선생님은 모든 남자가 다 독신생활에 맞도록 되어 있지는 않다고 하셨지요" 하고 베드로는 부드럽게 말했다. "나는 내가 사랑하는 드보라가 없이는 까다로운 사람이었을 거예요. 너무 꽉 막혀 있고 들떠있어서 선생님에게도, 누구에게도 도움이 안 되지요. 여호와께서는 우리들이 충동과 욕구를 갖도록 창조하셨습니다. 나는 결혼이 성스럽고 내게 맞는다고 생각해요." 그의 낮은 속삭임은 달램으로 바뀌었다. "친구여, 당신과 나는 많이 비슷해요. 결혼은 당신의 정욕을 식히고 당신을 보다 나은 사람으로 만들 거요. 다정한 작은 처녀를 구해 봐요. 엠마오의 당신 부모님들이 장래의 신붓감으로 정해 놓은 누구 없어요?"

시몬은 그의 등을 돌담에 기대고 팔짱을 꼈다. "어쩌면 당신이 옳소" 하고 그는 인정했다. "우리 어머니는 가까운 친구분의 딸과 내가 약혼 하기를 원하지요. 아마도 유대로 가는 대로 빨리 아버지께 말씀을 드려 야 할 것 같습니다."

베드로는 친구에게 최선의 충고를 했다고 생각하는 사람이 스스로 만족해하는 선의의 미소를 지었다. "아가씨의 이름이 무엇이오?"

"릴라라고 해요"

"예쁩니까?"

시몬이 기억을 되살렸지만 그녀의 명징한 모습이 떠오르지 않았다. "그녀는 어리고 수줍어하고, 상당히 매력적이지요." 만일 어떤 흠이나 눈에 거슬리는 결점이 있었다면 그가 틀림없이 기억했을 것이었다. "그 녀의 가정은 엄하고 그녀의 혈통은 순수해요." 그녀는 바타샤와는 많이 다르고 또한 현재로서는 자기에게 더 합당하다고 그는 생각했다. 게다 가 그녀는 처녀이고, 그 점은 그가 확신하는 것이었다. 나이든 제시가 그의 딸들 중 하나라도 정숙하지 않은 행동을 하도록 놓아두지 않았을 것이다. 반면에 바타샤는 로마의 백부장 마르셀러스와 연루되었고 아 주 가까웠을 가능성이 높았다.

시몬과 베드로는 어깨동무를 하고 걸어서 집으로 돌아왔다. 그들은 침묵했으며 발밑의 나뭇가지 바스락거리는 소리만이 그 침묵을 깼다.

침실로 돌아오자 베드로가 나지막이 웃었다. "유다는 마치 숨이 막 히는 것같이 코를 골아요" 하고 그가 속삭였다. "그는 부글부글 끓는 것 같은 소리를 내기에 나는 항상 누가 그인지 알 수 있지요."

아직도 화가 안 풀린 시몬이 격한 경멸조로 말했다. "난 저 사람과 짝 이 되지 않았으면 해요!"

베드로가 웃음을 억제하면서 하품을 했다. "아마도 선생님께서 당신의 인내심을 키워주려 하는 것입니다." 그가 누워서 돌아눕더니 보다 우스꽝스러운 소리로 코를 골았다. 곧 베드로와 시몬 두 사람도 방에서 자고 있는 다른 사람들의 음악에 그들의 소리를 추가했다.

온화한 겨울이었다. 밤과 아침은 상쾌하고 맑았으며 낮에는 따뜻해서 외투 없이 지낼 수 있을 정도였다. 바타샤와 요나는 매일 예수와 제자들을 위해 기도했다. 바타샤는 때로 시몬을 생각했다. 그의 이별의 입맞춤은 생각했던 것보다 그가 그녀를 더 좋아하고 있다는, 그리고 그의 거친 태도에도 불구하고 그는 결코 그녀를 싫어하지 않는다는 희망이 싹트도록 만들었다. 그 접촉의 순간은 달콤하고 진지했으며 그녀가 그를 다시 만나고 싶은 기대, 그리고 서로의 다른 점들을 아마도 해결할 수 있다는 기대를 가지게 했다. 어쩌면 죽은 것들이 살아나고 대지가 기쁨의 의상을 입는 봄에 그들 사이의 사랑이 꽃필 것이었다.

그녀는 향초와 덩굴호박과 겨울호박을 겨울정원에서 재배했으며 저녁에는 옷을 만들면서 직조기 위에서 바쁜 시간을 보냈다. 요나는 아침에 공부를 한 뒤에는 바타샤와 함께 막달라로 와서 — 비록 겨울 몇 달 동안의 장사가 한산하기는 했어도 — 가게 일을 도왔다. 요나는 바타샤의 아버지의 옛 친구분 중 하나인 아시마라는 나이 드신 분과 친해졌는데, 그분은 요나에게 고대의 일화와 옛 이야기들을 들려주면서 몇 시간씩을 보내셨다.

요나는 매일 얼마간의 시간을 나무집에서 보냈다. 바타샤는 요나가 나무집을 왜 그렇게 좋아할까, 의문을 품다가 곧 그녀 스스로의 어린 시절과 자기도 그곳에서 백일몽을 꾸기 좋아했다는 사실이 떠올랐다.

보통 요나는 저녁식사 때에 늦었기에 그녀는 자주 그를 불러야만 했다. 알렉시스가 그녀에게 요나가 로마의 군인들과 매일 싸우고 있고, 이때까지 아마도 혼자서 열두 군단쯤을 쳐부수었을 것이라고 말해 주었다. 그의 상상력을 동원해서 요나는 그의 은밀한 망대에서 로마군들을 발견해내고는 나뭇가지로 만든 단검을 들고 그들을 정복하러 내려갔다.

그녀는 시몬이 그런 정서를 아이에게 주입하지 않았나 의심했지만 아마도 그렇지는 않을 것이라고 생각했다. 어쩌면 적을 발견하고 야전에 참전하려는 경향은 모든 남자들에게, 특히 투사가 되기 위해 태어난다고 정평이 난 히브리의 남자들에게는 천부적인 것이었다. 그녀는 때때로 요나의 나이와 비슷한 아이들이 가까이에 있었으면, 하고 바랐다. 소년에게는 친구가 필요했고 전쟁놀이 이외의 놀이가 필요했다.

어느 날 저녁 그녀가 요나를 불렀을 때 아이는 겨울의 바삭거리는 관목 숲을 숨을 헐떡거리며 밀치고 나와 급하게 그녀에게 달려와 그녀의 손을 꼭 잡았다.

"요나야!" 하고 그녀는 꾸짖었다. "너 따뜻한 외투도 안 입고 놀고 있었구나. 그럼 안 돼! 손이 얼음처럼 차구나. 넌 놀러 나가기 전에 내가 입혀주고 덮어줘야 하는 어린애란 말이냐?"

"저 아래 월계수 나무 있는 데에 노인 한 분이 계세요!" 하고 아이가 급하게 그녀에게 말했다. "그분이 굉장한 고통 속에 쓰러지셨어요."

"노인이라고?" 라고 물으면서 그녀는 잠깐 눈을 감았다. 아니, 고개를 흔들면서 그녀는 생각했다. 아니, 그럴 리가 없어.

그녀는 요나가 이끄는 대로 월계수 나무쪽으로 갔다. 그 사람은 찢어진 더러운 겉옷을 되는 대로 걸친 채 옆으로 누어 몸을 구부리고 있었다. 그녀가 그를 잡아 일으키자 그들의 눈길이 서로 만났다. 그녀는 오직 바라볼 수 있을 뿐이었다. 그녀는 시돈에서 그를 알아보았다. 그가 바닷가의 바위 위에서부터 그녀를 내려 보고 있는 것을 보았을 때 그녀는 그가 누군지 알았다. 이제 여기 그가 다시 왔다. 그리고 그녀는 이 사람이 자기 아버지라는 것을 더 이상 부인할 수 없었다.

"… 왜 돌아오셨어요?" 하고 그녀는 단조로운 목소리로 반기지 않으며 물었다.

"난 죽어간다."

"그게 저랑 무슨 상관이죠?"

"넌 내 딸이다."

"알렉시스를 이리 오도록 할게요. 가자, 요나야."

아이는 당황해서 조용히 따라왔다.

다음날 마리아 바타샤의 아버지인 향수제조인 힐렐이 집으로 돌아왔다는 소식이 막달라 전역에 퍼졌다. 그가 성공적인 수입업자였던 시절에 그의 옛 친구였던 많은 사람들이 그를 만나러 와서는 그가 얼마나 늙고 약해졌는지를 보고는 충격을 받았다. "그래도 힐렐은 아직 젊어, 아직 젊어서 죽지 않을 거야" 하고 그들은 말했는데, 그들 모두 힐렐과 같은 연배였고 겁이 났기 때문이었다.

그레테는 사랑의 슬픔으로 그를 위해 법석을 떨었고, 수산나는 최고의 요리로 그의 식욕을 돋우려 했다. 알렉시스는 그의 옹이처럼 굳어진 손 밑에 구부리고 앉아 거리낌 없이 울었는데 힐렐이 그에게는 가장 친절했던 주인이었기 때문이었다. 바타샤는 그의 침상에 가까이 가지 않았으며 그가 더 이상 소동을 부리지 않고 죽었으면 하고 진심으로 바랐다. 그러나 그는 시간을 끌었다. 매일 매일이 지날수록 그녀의 분노는 커져서 드디어는 무서울 정도가 되었다.

"왜 들어가서 아버지를 뵙지 않니?"하고 그녀의 이모가 어느 날 저녁 바타샤가 직조기 앞에 앉아서 빠르고 시끄럽게 덜컹거리는 소리를 내며 일을 하고 있을 때 물었다. "아버지는 매 시간마다 너를 보기 원하신다. 의사 말이 아버지는 오늘 밤 넘기기 힘들다고 한다."

"아시마 아저씨가 아버지에게 제일 좋은 친구예요"하고 바타샤가 꾸준한 속도로 일을 계속하면서 무거운 목소리로 대답했다. "아저씨가 아버지 침대 곁에 앉아서 편하게 해 드리고 계세요."

"아버지가 화해하고 싶은 사람은 아시마 아저씨가 아니다 — 바로 너다."

"나중에 뵐게요."

"나중에는 너무 늦을 수 있다."

그녀의 발치에 앉아 있던 요나가 날카롭게 올려보았다. 비난과 혼돈이 그의 조숙한 검은 눈동자에 나타났다. "아버지시잖아요! 걱정 안 되세요?"

"넌 이해 못 할 거야"하고 그녀는 어린아이에게 어른들이 사용하는 젠 체하는 어조로 말했다. "내 아버지는 내가 네 나이쯤 되었을 때 나를 버렸단다. 말 한 마디도 약속도 없이 그냥 나가버리셨어. 어느 날 밤 아버지는 내게 입 맞추고 나를 침대로 보냈지. 그다음 날 아침, 내겐 아빠가 없었어. 내 아버지는 그때 죽은 거야. 저기 누워 있는 사람은 아버지와 닮지 않았어. 나는 그를 사랑하는 척하지 않으련다. 왜냐하면 나는 위선자가 아니니까."

"제가 보기엔 아주머니는 그냥 화가 난 거예요. 아주머니의 생각대로 살지 않았다고 해서 아버지에게 화가 난 거예요. 아주머니는 화가 났어요, 그래서 조금도 아버지를 이해하려고 노력하거나 시도도 안 하시는 거예요"하고 요나가 굳센 목소리로 항의했다.

"됐어, 그만 해!"하고 바타샤가 평소 같지 않은 날카로움으로 아이에게 말했다.

요나가 그때까지 짜고 있던 가죽띠를 내던지며 힘을 모아 일어서서는 가냘픈 불꽃처럼 분개해서 그녀를 마주했다. "12년밖에 아버지와 같이 있지 않았다고 그러시는 거예요? 그건 우리 중 몇보다는 길게 있었던 거예요. 저는 제 친아버지의 이름조차도 몰라요."

"네 방으로 가라, 요나" 하고 바타샤가 차갑게 명령했다. "나는 너의 이런 건방짐을 참을 수가 없다. 이건 너랑 상관없는 일이다."

요나가 뛰어서 방을 나갈 때 그레테가 이빨 사이로 괴로운 소리를 냈다. 그녀는 자기의 조카딸이 아이에게 그렇게 냉정히 말하는 것을 들은 적이 없었다. 바타샤는 상관없다는 단호한 자세로 직조기로 돌아갔고 북이 자동으로 돌아가는 딸각, 딸각하는 커다란 소리가 귀청이 터질 것 같은 침묵 속에 계속 울렸다. 결국 그레테도 침실로 물러가버려 조카가 혼자 팽팽히 긴장된 쓰라린 마음의 담요에 휩싸인 채 있도록 놓아두었다.

제 13 장

오직 주는 사유하시는 하나님이시라,
은혜로우시며 긍휼히 여기시며

느헤미야 9:17 NIV 성경

한밤중이 되었을 때 바타샤는 직조기의 가로대를 거의 산산조각이 나서 부서져라 내리 닫았다. 그녀는 일어나서 아버지에게로 천천히 내키지 않는 걸음으로 다가갔다. 수산나가 지켜보고 있었다. 바타샤가 가까이 오자 그녀의 검은 아프리카의 눈동자가 넓게 열렸다. "가세요" 하고 바타샤가 말했다. "내가 아버지랑 한동안 같이 있을게요."

그녀의 친구가 떠나자 바타샤는 침대 곁의 등불이 던져낸 차가운 노란 빛의 웅어리 속에 서 있었다. 그녀는 침대 안의 남자를 응시했다. 이 가죽만 남은, 햇볕에 그을린, 움푹하게 들어간 검은 눈동자를 가진 존재가 그녀의 아버지였다. 그의 긴 회색 수염은 초라했고 한때는 짙고 검었던 머리는 이제는 뼈만 남은 머리통 위에 힘없이 매달려 흩어져 있는 몇 움큼뿐이었다.

마음이 아파서 그녀는 고개를 석고로 된 벽을 향해 돌려 현실을 부정하려 했다. 정교한 동양의 아라스 천으로 된 벽걸이와 크레타 섬에서 온 세 개의 값진 화병들에 집중하는 것이 차라리 나았다. 물러진 뼈와 손상된 살의 불쌍한 집적체가 되어버린 막달라의 힐렐 대신에 이러한 것들의 세부 사항을 생각하자고 그녀는 슬퍼지는 마음을 다잡았다.

결국 그녀는 다시 그를 보았다. 잿빛 살갗과 성긴 잿빛 털로 뒤덮인 그의 작은 늑골을 감싸고 있는 가슴을 보았다. 한때 저 가슴은 넓고 강건했으며, 그녀를 안아 가까이 할 때엔 웃음으로 가득했다. 이제 그 가슴은 거의 움직이지 않았다. 그녀는 그 가슴이 올라가고 내려가는 과정을 지켜보면서 자세히 살펴보았다.

갑자기 그의 눈이 열렸다. 눈은 고통과 죽음으로 힘이 없었다. "브리지타?" 하고 그는 힘없이 떨리는 목소리로 불렀다 "아니, 바타샤에요."

"그렇구나, 마리아야." 믿을 수 없게도 이 처절한 순간에 그의 목소리에는 장난기가 담겨 있었다. 그는 그녀의 어머니가 그녀에게 준 지파(支派)의 이름을 결코 제대로 인정한 적이 없었는데 지금은 일부러 그녀의 첫 이름으로 그녀를 불렀다. "불빛 속에 서 있으니 너는 꼭 너희 어머니와 같구나."

아무런 표정이 없이 그녀는 그의 침대 곁의 의자로 천천히 움직였다. "많이 고통스러우세요?"

"아니다."

그녀는 아버지가 거짓말 하고 있는 것을 알았다. "의사를 부를게요."

"아니다! 그 의사는 다른 의사들 모두와 같이 얼간이다. 그들은 아무 것도 몰라. 그들 대부분은 악당이나 도둑이지. 난 내게 내 문제가 뭐라고 말하는 이교도의 돌팔이들이 필요 없어." 그는 애써 몸을 일으켰다가 다시 뒤로 누우며 헐떡였다.

아버지의 호흡 곤란이 그녀를 놀라게 만들었다. "어디가 아프세요?"

"내 가슴이."

"심장이요?"

"그래, 내 심장이 마치 오래된 가죽 포도주 부대와 같이 갈라져서 피가 가슴으로, 폐로, 그리고 하나님만이 아는 곳으로 새고 있지.”

스스로 진단을 내리는 그는 여전히 그다웠다. 그는 항상 모든 것을 다 안다고 생각했다. 그녀는 이 비극적인, 그리고 적절치 않은 순간에 화가 치미는 것을 느꼈다. “아버지가 어떻게 알아요!”

“그냥 아니까 안다”라고 그는 어느 정도 옛날의 자신 있던 독선을 갖고 말했다.

그녀는 머리를 흔들며 옆눈으로 그를 바라보았다. 그는 어떤 면에서는 전혀 변하지 않았다. 항상 변론하고 자기의 방법을 고집하려 하는 태도. “그래요! 아버지는 이 방면에서 교육받은 사람보다도 더 잘 아신다고 생각하는 거죠. 그래, 어디서 이런 모든 의학지식을 배우셨어요, 아버지?”

“넌 무덤까지 따라오며 나랑 다툴래, 딸아?” 그는 한숨을 쉬고는 침대보를 마르고 갈고리 같은 손으로 잡아당기기 시작했다. “전에 두 번 발병한 적이 있기에 나는 안단다. 처음 발병은 시실리 섬에서 배를 타고 돌아올 때 일어났다. 우리가 시돈에 상륙했을 때 고통이 너무 심해서 나는 페니키아 의사한테 갔다. 그는 내게 맨드레이크*를 좀 주면서 터무니없는 돈을 요구하곤 내게 안정을 취하라고 말했다. 그때 나랑 같이 있었던 여자가 내게 심장발작이 온 것이라고 말했다. 그녀는 자기 남편도 심장발작이었다고 하면서 나도 자기 남편처럼 죽을 것이라고 비관적으로 선언했다. 난 놀라지 않았다. 그래서 내가 순전한 외고집으로 나았다고 난 생각한다.” 그는 성마른 웃음을 웃었다. “아니면 아마도 여호와께서 내려 보시고, ‘하! 나는 자비로우니 너에게 또 한 번의 기회를 주노라, 힐렐아.’ 하고 말씀하셨겠지. 여하튼 나는 나았다. 5년 뒤에 다시 발병했는데, 내가 가서 맨드레이크를 좀 사서 직접 해먹

---

* 마취제로 사용되는 식물.

었는데 다시 좋아졌다." 그는 침대 속으로 무력하게 빠져들어 가는 것 같았다. "그러나 이번엔 안 될 거야."

바타샤는 눈이 먼지투성이가 된 것같이 느꼈다. 그녀의 입은 너무 말라서 거의 삼킬 수가 없었다. "왜 돌아오셨어요? 시돈에는 아버지를 돌보아 드릴 친구들이 없나요? 재혼은 안 하셨어요?"

"난 시돈에 많은 친구들이 있지 — 맥주 한 잔 나누면서 생기는 부류의 친구들. 그리고 난 다시 결혼 한 적이 없다. 누가 네 엄마에 필적하겠니?"

"아까 여자 이야기를 했잖아요?"

"그녀는 잠깐 같이 있었던 누군가에 불과해." 그는 눈을 감고 불규칙하게 숨을 쉬었다. "너 시돈에서 나를 알아봤니?" 아버지가 꾸벅 졸았다가 질문을 했다고 그녀는 생각했다.

"아버지는 저를 알아보았어요?"

"왜 넌 나를 화나게 하려고 작정했니?" 그는 가슴에서 새와 같은 소리를 냈는데 아마도 웃으려고 했던 것 같았다. "그럼, 나는 너인 줄 금방 알았지. 넌 엄마랑 똑같이 생겼지. 겉모양만 말이다. 그 밖에는 넌 나랑 많이 닮았지, 난 그게 두렵다."

"난 눈을 보고 아버진 줄 알았어요" 하고 그녀는 인정했다. 난 예수님과 그분을 따르는 많은 사람들과 함께 시돈에 있었어요. 우리는 그분이 약속된 메시아라고 믿어요."

"나도 그를 보았다" 하고 힐렐이 말했다. "그냥 보통사람이지, 그렇지만 그가 사람을 끄는 대단한 힘을 갖고 있다는 것은 나도 인정해야겠지. 메시아라고, 흥! 그건 잃어버린 소망이지. 옛 선지자들이 사람들을 회유하려고 만들어낸 무엇이던가, 또는 오늘날의 정치가들이 쇠약해지는 나라가 시들어서 먼지가 되는 것을 막기 위해서 이용하는 무언가지."

"그분은 진정으로 메시아예요" 하고 그녀가 단호히 말했다. "내일 알렉시스를 보내서 그분을 찾겠어요. 그분은 지금 갈릴리 북부 어디에선

가 가난한 사람들을 가르치고 또 돌보고 계실 거예요. 그분이 오셔서
아빠에게 안수하셔서 아빠를 낫게 할 거예요. 그분은 저도 발작에서 고
쳐주셨어요."

"그가 그랬어?"하고 힐렐이 약간 놀라서 말했다.

"그럼요. 그분은 대단한 능력을 가지셨어요. 나는 많은 놀라운 일들
을 보았어요."

"그래, 내 마음은 닫혀 있지 않다. 피 흘리는 나의 심장의 작은 부분
은 아직도 메시아를 희망하고 있지. 그렇지만 알렉시스를 보내지는 마
라. 너무 늦었다."

그녀는 대답을 보류했지만 속으로는 내일 아침 일찍 선생님을 찾으
러 보내겠다고 마음먹었다. "아버지는 냉소적으로 변하셨어요. 냉소적
이고 음울하게 되셨어요."

그는 뒤틀린 미소를 지었다. "나이 들면 그렇게 된다, 내 딸아 ― 그리
고 인생에서 가장 아름다운 존재를 이유도 없이 빼앗기면 그렇게 된다."

"그래서 아버진 엄마가 죽었다고 하나님께 한을 품었어요?"

"아마도"하고 그는 애매하게 말했다. "그건 부조리해. 네가 설명해
봐라"하고 그는 작은 소리로 힐난했다. "엄마는 젊고 아름답고 착했고
죽어야 할 이유가 없었다."

"난 아무것도 설명할 수 없어요"하고 그녀는 답했다. "왜 엄마가 죽
었는지, 그리고 왜 더러운 늙은 도둑과 살인자들은 계속 살아서 거리를
돌아다니고 사람들을 해하는지 난 몰라요. 그래도 난 하나님을 믿어
요. 그리고 특히 예수님은 그렇게도 자주 사람들을 공격하는 악의 손길
들을 막아주는 능력을 갖고 있다고 난 믿어요."

"아, 나 역시도 아직 신이라는 존재가 있다는 것을 믿는다"하고 힐렐
이 주장했다. "난 단지 그분의 의도가 궁금하다. 그분은 시편 기자가
선포했던 그런 종류의 자비로운 여호와가 아닌 것 같다. 난 때로 그분

이 우리들 모두와 사악한 게임을 하고 있는 무정한 독재자라고 믿곤 했다. 시험하고 항상 시험하는. 그래서 오직 최고의 극기주의자들만이 — 여기 이 땅에서의 모든 고통과 고난을 견뎌 낸 사람들만이 — 하늘나라에 갈 수 있겠지. 그래, 신은 있지. 맞아. 그러나 난 그 신을 그렇게 좋아하지 않아."

"아빠!" 하고 그녀가 질겁하며 말했다.

그는 마른 웃음을 웃었다. "신성모독이라고, 그래 나도 안다. 하지만 아닐 수도 있어. 어쩌면 정직의 가장 순수한 형태일 수도 있지."

"그건 믿음이 없는 거예요. 저의 선생님인 예수님께서는 아빠의 견해를 받아들이지 않으실 거예요. 그분은 우리에게 항상 소망하고 믿으라고 말씀하세요. 하늘의 아버지께서는 우리들 머리의 머리카락 숫자까지 세고 계시고 끝이 없는 크신 사랑으로 우리를 사랑하신다고 말씀하세요."

힐렐은 입술 사이로 냉소적인 소리를 냈다. "그 친구는 고통을 전혀 겪어보지 않은 사람 같은 말을 하는구나. 그가 마음을 다해 사랑하던 것을 잃어보라고 해라, 그러면 그가 어떤 믿음을 가졌는지 알 수 있을 것이다. 그에게 심장발작이 와서 가슴이 터져나갈 것같이 느껴보라고 해라. 삶이 그에게 악의 담장처럼 다가가게 해봐라. 그리고 그가 어떻게 버텨내나 보자."

"그분은 비틀거리지 않으실 거예요"라고 그녀는 자신 있게 말하곤 그의 야윈 몸을 감싼 욧잇을 정돈하려 일어섰다.

"하지 마라!" 가만히 있지 못하고 움직거리며 그는 그녀를 밀어냈다. "그래, 나도 정말 너의 예수를 만나보고 싶다" 하고 그는 도전적으로 말했다. "내가 그와 직접 얼굴을 맞대고 만나 논쟁하고 싶다. 아마도 그는 여호와께선 나의 믿음을 조금도 파괴하지 않으셨다고 말하겠지. 아마도 그는 내가 나의 연약함과 하나님의 선하심을 믿지 않으려는 적대심으로 스스로 믿음을 파괴했다고 말하겠지. 그는 내가 믿음 대신에 한을 품었다고 말하겠지."

눈물이 그의 쇠약한 늙은 눈에 모이기 시작했다. 바타샤는 어릴 적 그녀의 우상이었던 아버지가 아무런 소망 없이 우는 것을 보고 슬픔에 휩싸였다.

"나는 불쌍한 사람이다" 하고 그는 인정했다. "나는 욥과 같은 강건함을 갖지 못했지. 나는 도망쳤고 하나님께 등을 돌렸어. 나는 주먹을 쳐들고 그의 이름을 불렀어. 나는 내가 그보다 더 많이 안다고 — 그보다 더 정의롭다고 믿으려 했어. 그러면서 이 순간까지 왔지, 그러나 이제 나는 그가 하나님이라는 것을 알았고 그에게 만유를 다스리시도록 인정해야만 된다는 것을 알았어." 그는 공허하게 웃었고 눈물이 그의 눈에서 쏟아져 나왔다. "이건 앞뒤가 안 맞아. 난 기도하고 잘못했다고 말할 거야. 나, 보통의 인간이, 전능자께 대항했으니 잘못했습니다, 그러면 전능자께서는 그분의 의 안에서 나를 용서하셔야 돼. 결국, 그분은 하나님이시지. 하나님은 한을 품으실 수 없지. 나는 하나님께 한을 품을 수 있어도 그분께서는 내게 한을 품으실 수 없지."

"괜찮아요, 아빠." 그가 그렇게 부서져 내리는 것을 보는 것은 그녀에게 충격이었다. "걱정하지 마세요. 난 하나님이 아빠를 사랑하시는 걸 알아요."

"내 잘못이었다" 하고 그는 울었다. "항상 나는 잘못했고 마음속 깊숙한 곳에서 나는 알고 있었다. 그러나 난 교만했고 화가 나 있었지."

그녀는 아버지에게 몸을 굽혀 그의 이마를 쓰다듬었다. 그는 그녀의 접촉을 낯설게 느꼈고 땀이 나서 오한을 느꼈다. 드디어 그는 잠이 든 것 같아 보였고 그녀는 앉아서 머리를 의자에 기댔다. 왜 아버지는 이렇게 그녀의 삶 속으로 돌아와서 그녀를 아프게 만드는 것일까? 아버지가 그녀에게 원하는 것은 무엇일까?

시간은 끝도 없이 어둡고 외로운 밤의 가장 깊숙한 곳으로 흘렀다. 모래시계 속의 모래가 한 알 한 알 떨어져 내렸다. 등불은 낮게 탔다. 방의 구석구석에서 조용하고 어두운 그림자들이 무정하게 가까이 다가들면서 빛의 범주를 더욱 작게 압박하고 있었다.

아버지가 다시 한 번 속삭였을 때 그녀는 들으려고 앞으로 다가갔다. "뭐라고요, 아버지?"

낯익은 사랑의 눈이 열려서 적막하게 애원하는 표정을 지었다. "너 또한 나를 용서해 줄래?"

이 질문이야말로 그녀가 피하고 싶었던 심판이었다. 어떻게 그녀가 거짓말로 예라고 할 수 있으며, 또한 그렇다고 어떻게 아니오라고 할 수 있겠는가?

"나를 용서해 주겠니, 작은 마리아 바타샤야?" 하고 그는 다시 물었다. 죽음의 장막이 순간적으로 그의 표정에서 들려졌고 그는 또렷하게 깨어 있었다. 그는 그녀를 유심히 보았다. 그녀가 거짓을 말한다면 그는 알 것이었다.

그녀는 무언가 해야 할 말을 찾느라 애썼다. 그의 손이 욧잇 위에 놓여 있었다. 그녀는 아이처럼 자기의 손을 그의 손 밑으로 넣었다. "노력할게요, 아버지."

갑자기 그는 머리를 뒤로 젖히더니 마치 그의 혼이 육체를 빠져나가 위로 올라가는 것처럼 조용히 경련했다. 그녀는 뛰어다니며 집안을 깨웠다. 잠시 뒤에 그레테, 알렉시스, 수산나, 그리고 몇몇의 충실한 하인들이 그의 침상 곁에 모였다. 그녀는 뒤로 물러서서 놀란, 그러나 눈물은 흘리지 않는 눈으로 아버지의 목이 더 이상 움직이지 않고, 입이 닫히고, 그리고 움직이지 않는 욧잇이 수의로 바뀌는 것을 지켜보았다.

몇 시였지? 하고 그녀는 생각했다. 누군가가 그 시간을 적어놓아야만 했다. 아버지가 돌아가신 시간을. 다른 사람들이 흐느낌과 커다란 탄식으로 애도를 시작했을 때 그녀는 돌아서서 굳은 자세로 그녀의 방으로 걸어갔다. 창문으로 다가가 그녀는 두꺼운 겨울 커튼을 잡아당기고 운모 창문을 열었다. 드디어 새벽이 입 벌린 자줏빛 상처처럼 차갑게 응고되어가는 하늘 안으로 다가왔다. "아버지, 사랑해요!" 그녀는 창문 밖으로 기대며 소리쳤다. "아버지를 용서해요!" 돌아서자 그녀는 그레테가 문간에서 팔을 벌리고 서 있는 것을 보았다. 그녀가 흐느끼며 달려가자 그녀의 이모가 그녀를 감싸 안았다. "아버지는 이제 내 말을 들을 수 없어요! 미리 말했으면 좋았을 걸요."

"들으셨을 거야" 하고 그레테는 그녀의 머리를 쓰다듬으며 말했다. "아브라함의 품으로 가는 길에 네 말을 들으셨을 거야."

아버지의 장례를 치른 지 9일이 지난 뒤에 바타샤와 요나는 레아와 드보라를 만나러 가버나움으로 갔다. 바타샤의 가슴은 슬픔으로 겨울 대지처럼 되었다. 그녀의 어머니의 죽음은 칼에 의한 치명적인 상처처럼 빠르고 단호했다. 그녀는 어머니의 죽은 신체를 본 적도 없었고 몇 주일이 지나기까지는 무덤에도 가지 않았었다. 아버지가 그런 모든 것들에서 그녀를 보호해 주었다. 이제야 그녀는 아버지의 큰 배려를 깨달았다.

그러나 아버지의 죽음에서는 그녀는 모든 것들을 보았고, 무섭고 감각을 마비시키는 모든 순간들을 견뎌내야만 했다. 병고와 죽음과 장례식. 이것들은 매일의 새로운 날들로부터 어둡고 슬픈 구멍들을 도려내는 깊은 슬픔을 그녀에게 남겨놓았다.

드보라와 레아는 일부러 즐거운 표정을 지으면서 그녀를 반겨주었다. 위로해주는 한 방법으로 그들은 바타샤의 기억이나 슬픔을 상기시킬 언급을 회피함으로써 그들의 연민과 걱정을 피해갔다. 여자들이 앉아서 세상사를 이야기하는 동안 요나는 밖으로 놀러 나갔다. 길고 불안한 침묵이 간간이 그들의 대화를 파고들었다. 바타샤는 그들에게 미안함을 느꼈다. 그녀는 어떻게 대응하고 무슨 말을 해야 할지 모르는 그들을 관대하게 이해했다. 정중하게, 그녀는 아버지에 관해서 언급하거나 최근의 몇 주일간 그녀가 겪어내야 했던 어두운 뒤엉킨 시간들을 다시 이야기하는 것을 삼갔다.

요나가 방으로 들어와서 이런 불편한 침묵의 하나 중에 있는 사람들에게 주님의 어머니께서 현관에 와 계시다고 알렸다. 레아가 아이에게 곧장 안으로 모시라고 말하고 드보라는 향기로운 포도주를 한 잔 더 가져오려고 일어났다. 바타샤는 그들의 분주한 모습을 담담한 미소로 바라보았다. 슬픔 밑으로 파묻혀 버린 그녀였지만 아직 파묻히지 않은 그녀의 일부는 예수님의 어머님도 다시 보고 싶기도 하고 그녀에게 최선의 호의를 베풀려고 하는 레아와 드보라의 마음도 이해했다.

그 여인이 등장하자 방안은 바타샤로서는 오직 평온이라고만 정의할 수 있는 분위기로 자리 잡히는 것 같았다. 레아가 그녀의 외투를 받아들며 편안한 자리를 권해 드렸다. 드보라는 그녀와 같이 온 쌍둥이 아이들을 위해 서둘러서 작은 잔에 주스를 따랐다. 요나는 뒤편에서 왔다 갔다 하며 이 극적인 장면을 주의 깊게 보고 있었다.

"이 아이들이 유다와 유딧으로 제 막내들이에요"라고 주님의 어머니께서 쌍둥이들을 미소와 더불어 소개하셨다.

아이들과 같이 놀고 싶은 욕심을 더 이상 참을 수가 없어서 요나가 소리를 질렀다. "그 아이들 저하고 놀아도 돼요? 제가 돌 궁전을 만들었는데 애들에게 보여주고 싶어요. 애들이 저보다 어리니까 제가 잘 돌볼게요."

어머니의 온화한 잿빛 눈동자가 눈가에서 오므라들었다. 그녀가 머리를 끄덕이자 아이들은 서둘러 마실 것을 마시고 급히, 그러나 공손히 자리를 떴다.

"예수를 보러 왔어요" 하고 그녀가 레아와 드보라를 향해 몸을 돌리면서 설명했다. "예수가 여기 머문다고 알고 있는데요."

"여기 머무시지요. 제 … 제 말은 때때로 여기 머무신다는 뜻이지요" 하고 레아가 말을 더듬었다. "지금은 떠나 계세요. 그분들 모두요. 예수님은 갈릴리 어딘가에 계실 거예요."

그녀의 얼굴이 침울해졌다. 그녀는 실망을 잔속에 숨기면서 마실 것에 입을 댔다. "그렇군요" 하고 마침내 그녀가 진정한 목소리로 말했다. "언제 돌아올 거라고 생각하세요?"

"우리는 정확히는 몰라요" 하고 레아가 대답했다. "봄의 어느 때쯤일 거예요."

"급한 일인가요?" 하고 드보라가 물었다. "때때로 제 남편 베드로가 밤을 지내러 오는데 급한 일이면 제가 남편에게 예수님을 찾아내어 나사렛으로 가시게 할 수 있어요."

"급한 일은 없어요. 그리고 나는 예수를 나사렛으로 가게 하고 싶지 않아요" 하고 예수님의 어머니는 아주 솔직하게 말했다. 바깥에서 그들이 있는 곳으로 아이들의 웃음소리가 희미하게 흘러들었다. "난 그곳을 떠났지요, 그리고 난 돌아가지 않을 거예요."

스스로도 마음도 쓰라렸지만 바타샤는 — 비록 예수님의 어머니의 하트 모양의 얼굴이 강하고 평온하였지만 — 그녀 안에 있는 조용한 슬픔을 감지했다. 그녀는 이 여인이 굉장한 개인적 희생을 치르고 나사렛을 떠났고, 내적 갈등과 어려운 결심을 겪고 있다는 것을 느꼈다.

바타샤의 눈에 갑자기 눈물이 솟아올라 — 주체할 사이도 없이 볼을 타고 흘러내렸다. "부디 아이들을 데리고 막달라에 오셔서 저와 같이 지내세요" 하고 그녀가 비탄에 잠긴 목소리로 떼를 쓰듯 말했다.

주님의 어머니가 팔을 뻗어 바타샤의 손을 잡았다. "왜 우세요?" 하고 그녀는 부드럽게 물었다.

"그녀는 바로 전에 아버지를 여의였어요" 하고 레아가 설명했다.

"아, 그랬군요." 주님의 어머니의 순수하고 때 묻지 않은 연민이 바타샤를 위로로 감쌌다. "눈물이란 가장 예기치 않은 순간들에 흘러나오지요" 하고 그녀는 말을 계속했다. "아이들의 웃음소리에, 친절한 표정에, 고통 중에 있는 다른 사람을 직관적으로 인식했을 때."

"예수님이 봄에 돌아오실 때까지 저와 같이 계실 거지요?" 하고 바타샤가 물었다.

"그러죠" 하고 주님의 어머니가 미소와 더불어 말했다. "그리고 봄은 올 것입니다, 나의 친구여. 그 희망을 붙잡고 햇살과 기쁨을 기대해야만 해요."

주님의 어머니의 영혼은 은혜로운 느릅나무와 같았다 ― 햇살을 받은 금빛 꼭대기, 수많은 새들의 노랫소리로 가득하고 삶의 미풍에 기쁘게 굽어지며 수많은 폭풍에도 굳건히 서서 버티는 느릅나무. 바타샤는 그녀의 펼쳐진 보호 아래에서 은신했다. 그녀의 조용하고 햇볕으로 아롱진 그늘 속에서 쉬면서 그녀의 노래를 마치 메마르고 목마른 대지처럼 받아들였다.

주님의 어머니는 야고보와 요한의 어머니인 그녀의 언니 살로메같이 실질적이고 능률적이어서 밀가루의 양을 어떻게 조절하는지, 새로 세탁한 빨래들을 말리기 위해 건조대 위에 올려놓는 가장 좋은 방법이 어떤 것인지 알고 계셨다. 그러면서도 때로는 가슴 속 깊숙한 곳에 간직한 비밀들을 숙고하는 것처럼 신비스러워 보였다.

바타샤는 그녀를 그녀의 첫 이름인 마리아라고 부르는 것이 불편하게 느껴져 그녀를 사모님이라고 부르기 시작했다. 주님의 어머니는 이

존칭을 반대하지 않고 겸허하게 받아들였다.

온화한 겨울이었지만 눈이 두 번 가볍게 내렸다가 곧장 녹아버렸다. 많은 비가 내려서 대지와 초목이 구분이 안 될 정도로 섞여 금빛과 갈색의 얼룩덜룩한 무늬로 바뀌었다. 그러나 혹독한 겨울에 때때로 찾아오는 진눈깨비가 몰아치는 폭풍은 없었기에 바타샤와 사모님은 그에 대해 감사하는 기도를 드렸다.

3월이 다가오는 어느 오후, 시골의 땅들이 기대에 차서 조용히 쉬고 있을 때, 그들은 흥분한 아이들의 커다란 "호!" 하는 소리와 날카로운 외침에 이어 나직한 남자들의 웃음소리가 들려오는 것을 들었다.

"예수님이에요!" 하고 바타샤가 환호했다. "그분은 베드로에게서 사모님이 여기 계시다는 것을 들으셨을 거예요" 하고 그녀는 사모님께 말했다.

예수는 양쪽 허리에 유다와 유딧을 꼭 껴잡고서 빌라 안으로 들어섰다. 그의 어머니가 일어서서 아들의 눈과 너무도 닮은 눈에 기쁨이 가득해 아들을 향했다. "나와 네가 무슨 관계지, 아들아?" 하고 그녀는 꾸짖는 척했다. "너는 방랑자가 되었구나."

그의 팔이 그녀를 그의 가슴으로 부드럽게 이끌었다. 그리고 그는 어머니의 짙은 은빛 날개가 달린 머리카락을 만지고 양쪽 볼에 입을 맞춘 뒤 어머니를 붙잡은 채 몸을 떼어놓았다. "어머니!" 그 한 마디가 사랑의 표시이자 또한 감사의 기도였다.

그녀의 정숙한 눈에 눈물이 그득했다. "더 일찍 못 와서 미안하다. 내가 믿던 대로 되지 않았다. 너도 알지. 나는 더 이상 다투고 싶지 않았단다. 그리고 나는 네 걱정을 했고."

"알아요" 하는 그의 목소리는 부드러운 배려였다.

"다른 모두 편안히 잘 있는 것을 보고 왔다. 시몬은 룻과 같이 있다. 아버지 요셉은 아직도 야고보와 같이 가게에 있고. 그들은 나 때문에 화가 나 있지만, 그러나 난 더 이상 너와 떨어져 있을 수가 없었다."

예수는 어머니를 살며시 떼어놓고 어머니의 눈을 진지하게 들여다 보았다. "어머니는 다가올 모든 일들을 견뎌 내실 수 있지요?"

"반드시 견뎌야지" 하고 그녀가 눈물 속에 미소 지으며 말했다. "자 이제 가자, 내가 네게 먹을 것을 좀 주마. 너 피곤하고 목마르겠다."

그들이 아이들과 함께 안마당을 떠나가자 바타샤는 마음이 혼란해져 서 서 있었다. 그것은 다정한 재회였고, 예수와 그의 어머니가 소유하 고 있는 사랑의 수용력을 생각하면 당연한 일이었다. 그러나 예수가 그 렇게 엄숙한 어조로 미래에 관해 언급한 것은 과연 무엇을 뜻하는 것일 까?

제 14 장

손을 펴사
모든 생물의 소원을 만족케 하시나이다

시편 145:16 NIV 성경

봄이 일찍 왔고 제자들이 가버나움으로부터 둘씩 짝을 지어 돌아왔다. 지쳤지만 그들은 사명을 성공적으로 이룬 것이 기뻤기에 활기에 차 있었다. 그들은 베드로의 집에 모여서 많은 입맞춤과 떠들썩한 인사말, 그리고 서로 어깨를 토닥거려 주면서 커다란 축하연이 될 모임을 즐기고 있었다. 바타샤와 수산나, 그리고 사모님이 그들이 돌아왔다는 소식을 듣고 막달라로부터 맛있는 음식들을 뚜껑 덮은 접시에 담아서 가지고 왔다. 살로메가 남편 세베대와 같이 도착하자 그의 활기찬 목소리가 짓궂고 통상적인 유쾌함에 합해졌다.

살로메와 주님의 어머니는 서로의 목을 붙잡고 기쁨의 울음을 터뜨렸다. 두 자매가 서로 만난 지 너무 오래 되었다. 살로메가 사모님에게 그 지역에 온 뒤에도 벳새다를 방문하지 않았다고 나무랐다. 사모님은 자기의 어린 두 아이들을 돌보느라고 바빴다고 대답했다. 사모님이 살로메는 어린애가 없으므로 새처럼 자유로운데 왜 막달라로 그녀를 보러 오지 않았냐고 물었다. 살로메는 동생이 자기를 생각해서 더 이상 구릉지에 있지 않고 호수를 건너 와 있다는 전갈만 보냈으면 필히 방문했을 것이라고 엄살을 부리면서 대답했다. 그들은 같이 웃음을 터뜨렸고, 다시 껴안았으며, 언니가 주님의 어머니를 잡아 장난스럽게 빙빙 돌리자 곁에 있던 두 어린 것들은 피가 섞인 친척들이 다시 만났다는 온전한 기쁨 속에 빠져들었다.

그들 모두는 맛있게 먹고 마셨다. 드보라가 플루트를 갖고 나와 가볍고 흥겨운 음악을 연주하기 시작했다. 사모님이 치터*로 반주하였고 살로메는 이에 지지 않으려고 탬버린을 집어 들고 딸랑거리는 종소리로 박자를 강조했다. 곧 춤판이 벌어졌고 타고난 춤 사랑에 못 이겨 바타샤는 흥이 나서 춤추는 동아리에 합류했다. 시몬이 얼굴을 돌린 채 가볍게 감정 없이 그녀의 손을 건드렸다. 바타샤의 즐거움이 노여움으로 바뀌었다. 그는 저녁 내내 전혀 그녀를 쳐다보지 않았고 어떻게도 아는 체를 하지 않았다. 마치 그녀는 존재하지 않고 가을에 있었던 이별의 입맞춤은 결코 없었던 것같이 느껴졌다.

그러나 요안나와 구사가 도착하자 그녀는 다시 밝아졌다. 그들은 지난 몇 주일 동안 마카이루스에 있는 헤롯의 겨울 궁전에 있었는데 헤롯이 특별히 구사를 그곳에 불렀기 때문이었다. 춤추던 동아리가 흩어졌고 바타샤는 그녀의 친구를 포옹하러 뛰어나갔다. 그녀를 보자 요안나가 눈물을 터뜨렸다. 웃음소리 속에서 나오는 어울리지 않는 커다란 흐느낌의 소리가 축제의 기쁨 위에 죽음의 종을 울리는 것같이 들렸다. 음악이 그쳤고 모든 소리와 움직임이 숨을 죽이고 멎었다.

"세례 요한이 죽었습니다!"라고 구사가 외투를 못에 걸면서 공표했다. 피로와 슬픔의 주름살이 그의 얼굴에 배여 있었다. "헤롯이 그를 처형했습니다."

---

* 거문고 비슷한 현악기.

"죽다니요? 세례 요한이 죽었어요?" 이 소식이 방 전체에 퍼졌다.

아무 말도 하지 않고 예수는 앞이 보이지 않는 사람처럼 더듬어 의자를 찾아서 무표정하게 앉았다. 그의 가슴 깊은 곳에서 고통스러운 신음이 올라왔다.

살로메가 다가와 팔을 두르자 사모님은 손을 눈으로 가져갔다. "아니, 어떻게 그럴 수가 있어요?"라고 사모님은 눈물을 흘리며 한탄했다. "너무 젊어요. 우리 예수보다 단지 6개월 더 나이 들었을 뿐이에요. 그가 쿰란의 수도원에 다니던 소년이었던 것이 바로 어제 같은 데요. 항상 영적인 것을 그렇게도 생각했고 항상 옳은 일만 하려고 했는데요. 우리 모두 그가 언젠가는 하나님의 위대한 사람, 위대한 선지자가 될 것으로 알고 있잖아요. 엘리사벳 아주머님께서 살아계셔서 이 고통을 겪지 않는 것이 다행이네요"라고 말하고 다시 가장 어린 조카이자 예수의 제자인 요한에게 말할 때는 그녀의 목소리가 작아졌다. "네 이름은 세례 요한을 따라 지었지." 세베대의 아들 요한이 그의 이모인 사모님에게 다가가 붙잡자 그녀는 그의 어깨에 기대 울었다. 살로메가 무력한 주먹을 쳐들었다. "헤롯은 이 죽음에 대해 값을 치러야 해요! 그가 무죄한 피를 흘리게 했으니 그 결과 그는 쏟아지는 여호와의 진노를 겪을 거예요."

그들 모두 예수를 바라보았다. 그는 자리에서 앞으로 기댄 자세로 머리를 양손 속에 굽히고 있었는데 충격이 너무 커서 말을 하지 않는 것처럼 보였다.

"난 믿을 수가 없어요" 하고 베드로가 말했다. "안드레와 나는 예수님을 만나기 전에 한참 그를 따라다녔지요. 언제 죽었어요?" 하고 그는 물었다.

"2주일 전입니다. 나는 여기에 오려고 가능한 빨리 떠났어요. 나는 그들에게 아내가 아프다고 했고, 그녀는 지금 아파요. 이 모든 추악한 일들이 그녀에게 악몽을 주었고 그녀의 신경을 파괴해 버렸어요."

"오, 끔찍한 일이었어요!" 하고 요안나가 안절부절못하며 이야기했다. "헤로디아의 사악한 아이가 그의 머리를 연회장으로 가져왔어요. 그의 눈들은 그때에도 똑바로 앞을 보고 있었어요. 피가 너무 많이 나왔어요."

"그들이 그의 목을 잘랐어요" 하고 구사가 설명했다. 그의 목소리가 공포로 쉬어 있어서 사람들이 모두 방석을 찾아 여러 가지 놀란 자세로 주저앉았다. "실제로 나는 헤롯이 그를 죽일 거라고 생각해본 적이 없어요"라고 그는 덧붙였다. "그는 요한을 좋아했어요. 세례 요한에 대한 그의 존경심은 사람들이 잘 알고 있었어요."

"헤로디아의 짓이었어요" 하고 요안나가 울면서 끼어들었다. "그녀와 그녀의 사악한 애가 그를 죽이려고 같이 음모를 꾸몄어요."

"난 이해가 안 가네요" 하고 빌립이 그 상황에서 작은 이유라도 찾아내려고 애쓰며 말했다. "헤롯이 요한을 좋아했고 또 존경했다면 무엇 때문에 그런 혹독한 짓을 했단 말입니까? 앞뒤가 안 맞아요."

"악한 일에 앞뒤가 있습니까?" 하고 시몬이 폭발했다. "말이 나왔으니까 말하지만 빌립, 당신은 사탄과 직접 다투어서 사탄을 한 번 혼내주지 그래요. 어떤 사람들은 정말로 사악하다는 것을 왜 당신은 그냥 인정하지 않습니까?"

"그렇지만 모든 일들이 그렇게 명료하지는 않아요" 하고 빌립이 반박했다.

시몬이 못마땅해서 노려보았다. "이 행위의 악함은 아주 명료해요" 하고 그는 주장했다. "난 헤롯이 그의 아비처럼 창자에 구더기가 그득해서 죽기를 바라요."

"어떻게 일이 벌어졌는지 우리에게 말해줘요, 구사" 하고 베드로가 더 이상의 언쟁을 미리 막으면서 재촉했다.

"헤롯이 분봉왕에 오른 것을 기념하는 날이었어요" 하고 구사가 시작했다. "우리는 큰 잔치를 준비했습니다. 로마와 블레셋, 그리고 아람에서 헤롯의 친구들이 왔습니다. 궁정의 모든 손님방들에는 손님들이 들었고 나는 굉장히 많은 음식과 비싼 포도주를 주문했습니다. 연회는 아주 음탕해져 갔고 굉장히 많이들 마셨습니다. 내가 요안나를 데리고 연회장에서 나오려 하는데 헤로디아의 딸이 들어와서 춤을 추기 시작했습니다. 그래서 나는 그 시간에 연회장을 빠져나와서 괜히 왕비의 비위를 거스르지 말아야겠다고 생각했습니다."

"그 작은 계집애는 아주 도발적으로 춤을 추었습니다. 세세한 말씀은 드리지 않겠지만, 여러분들이 상상할 수 있는 것보다 더 유혹적이었습니다. 그 계집애는 그 자리에 있던 더러운 마음을 가진 모든 사내들의 혀가 술 취한 욕정 속에 늘어지도록 만들었습니다. 나는 믿을 수가 없었습니다 — 아직 어린애인데요, 여기 있는 요나와 같은 나이인데요."

"그 여자애는 자기가 무슨 짓을 하는지 정확히 알고 있었어요!" 하고 요안나가 소리쳤다. "모를 리가 있나요, 그 엄마가 그 애의 선생인데요?" 요안나는 다시 그녀를 감싸주는 바타샤의 팔 안으로 돌아갔다.

"춤을 마쳤을 때 그 애는 거의 나체였어요" 하고 구사가 말했다. "박수와 발 구르는 소리가 홀 안을 진동했지요. 헤롯이 그 여자아이를 불러서 자기 무릎에 앉히고 더듬기 시작했어요. 그건" — 그는 적절한 말을 찾으려 했다 — "구역질났어요. 그는 여자애가 원하는 무엇이든지, 심지어는 그의 왕국의 절반이라도 주겠다고 말했습니다. 여자애는 엄마의 의견을 들으러 뛰어갔지요. 애가 돌아와서는 헤롯을 껴안고 세례 요한의 목을 달라고 청했습니다."

"맙소사" 하고 시몬이 주먹을 꽉 쥐었다.

"헤롯이 동의했다는 걸 난 믿을 수 없어요" 하고 빌립이 말했다. "아직 어린애의 부탁에 사람을 그렇게 잔인하게 죽이다니요?"

"아, 그도 놀랐지요" 하고 구사가 설명했다. "그는 술이 깨어서 꽤나 감상적이 되었지요. 그렇지만 그는 약속을 번복할 수 없었고 손님들 앞에서 체면을 손상할 수 없었지요. 그는 아이에게 무엇이라도 주겠다고 맹세했고 요한의 머리가 그 아이가 원한 것이었어요. 그래서 그는 친구들 사이에서 명예를 지키기 위해 극악한 행동을 저질렀습니다" 하고 구사는 비꼬는 표현으로 결론을 내렸다.

"집행인이 홀의 입구로 와서 살로메에게 요한의 머리가 담긴 큰 접시를 넘겼어요" 하고 요안나가 말했다. 그녀의 눈물은 말랐다. 이제 목소리도 흥분하지 않고 담담했다. 마치 그녀의 심안 속에서 이 순간들을 수없이 다시 체험한 것 같아 보였다. "그 아이가 작은 계집애의 팔로 그 커다란 타원형 접시를 똑바로 잡고 있으려 애쓰는 동안 피와 핏덩어리가 그 애의 벗은 다리 위로 튀어 내렸지요. 아이는 그 쟁반을 헤로디아 앞에 놓으면서 낄낄거리고 있었어요. 나는 왕비의 승리의 표정을 결코 잊지 못할 거예요. 그녀가 간통의 삶을 살고 있다고 비난한 세례 요한에게 그녀는 드디어 복수한 거지요. 위대한 목소리는 소리가 없었어요. 광야의 외치는 소리는 죽어 피 흘리는 입이 되어 누워 있었어요."

바타샤는 병이 날 것 같았다. 그녀는 아직도 머리를 숙이고 두 눈을 콧날 위에 고정시키고 조용히 앉아 있는 예수를 쳐다보았다. 여자들은 울고 있었고 남자들은 노여움이나 분노에 찬 다양한 표정을 짓고 있었다. 그녀는 그들 너머로 한순간 즐거웠던 잔치를 하다 팽개쳐둔 여러 가지들을 보았다. 모두 너무 행복했지, 하고 그녀는 슬픔에 잠겨 생각했다.

밖에서 사람들의 소리가 들려 그녀는 방을 나가 문으로 갔다. 그녀는 예수가 가버나움에서 돌아왔다는 소식이 이렇게도 빨리 퍼져 아픈 사람들과 상처 입은 사람들이 벌써 문으로 몰려오는 것이 아니기를 바랐다. 그러나 그녀가 만난 것은 약 100명 정도 되는 사람들의 무리였는데 그들 모두 마치 희망 없는 그림자처럼 조용히 서 있었다.

"여기가 요나의 아들 베드로의 집입니까?" 하고 한 사람이 물었다.

"예" 하고 그녀는 부드러운 목소리로 그들에게 답했다.

"나사렛의 예수님이 여기 계십니까?"

"계시기는 하지만 지금은 병을 고치시거나 가르치실 시간이 아닙니다. 예수님은 방금 그분의 사촌인 세례 요한이 참수되었다는 소식을 들었습니다."

"알고 있습니다" 하고 그들의 대변인이 경의를 표하며 말했다. "우리들은 요한의 제자들입니다. 우리는 방금 그분을 장사지내고 왔습니다. 예수님이 받아주신다면 이제 우리는 예수님을 따르기 원합니다."

선생님은 그들을 친절하게 받아주었다. 슬픔의 여행을 하느라고 반쯤 굶으면서 왔기에 그들은 걸신이 들린 듯 모든 남은 음식들을 먹어 치웠다. 날이 늦었고 그들이 지쳐있는 것이 분명했기에 베드로는 그들에게 그의 안뜰에 천막을 치라고 말했다. 레아는 평상시 버릇대로 조금 투덜거렸는데 — 특히 정원이 일종의 천막마을로 바뀌면서 그녀가 화분에 심어놓은 레몬나무 하나가 아무렇게나 던져진 것을 보고서는 더욱 투덜거렸다.

요한의 제자들은 예수에게 피로에 지친 목소리로 예수가 위험에 처할 수 있다고 조용히 말했다. 요한이 죽은 뒤 예수가 행한 기적에 관한 소식들이 헤롯의 귀에 들어가자 양심이 마비된 이 왕은 요한의 영이 예수 안에서 다시 살아났다고 믿게 되었다.

제자들은 어안이 벙벙했다. 그들은 헤롯의 생각이 그렇게 분별이 없게 된 것을 믿을 수 없었다. 요한의 제자들은 분봉왕이 종교적인 사람은 아니지만 미신적인 사람이라고 대답했다. 왕은 죄의식에 시달렸고 죄의식은 그의 혼에 비정상적인 영향을 끼쳤다.

게다가 사두개인들이 왕을 부추겨서 요한이 예수의 형상으로 그를 괴롭히려고 돌아왔다는 환상을 갖도록 만들었다. 사두개인들은 죽음 뒤의 어떤 형태의 부활도 믿지 않았기 때문에 이는 아이러니였다. 그들은 사람이 죽으면 단순히 모든 존재가 끝난다고 주장해왔다. 대제사장 가야바가 헤롯의 약점을 이용하고 그를 괴롭게 만듦으로 그보다 우위에 서려고 이 소문을 꾸며냈다. 가야바는 권력을 사랑했기에 공포에 사로잡힌 헤롯이 그의 발밑에서 울도록 만드는 것보다 그를 더 행복하게 해 줄 일은 없었다.

　여하튼 헤롯왕이 예수를 만나고 싶어 한다는 말이 퍼졌다. 예수의 제자들이 처음으로 한마음이 되어 예수에게 헤롯의 요한에 대한 병적 광증이 사라질 때까지 당분간 빌립의 영지*로 물러가 있자고 주장했다. 예수가 그들과 함께 다음날 아침 호수를 건너 벳새다 — 율리아스로 가기로 동의했다. 그곳에서 그들 모두는 휴식을 좀 취하고 예수는 사촌이 잔혹하게 살해된 충격에서 회복할 시간을 가지려 했다.

　그들은 호수의 북쪽, 그리고 요단강의 동쪽에서 3~4마일밖에 떨어지지 않은 넓은 평원의 잔디밭에서 야영을 했다. 남쪽으로는 벳새다 — 율리아스가 있었는데 이는 분봉왕 빌립이 가이사의 딸의 이름을 따서 건설한 도시였다. 그 밑으로 더 내려가면 거라사인 지방인데 그곳은 예수가 폭풍을 잠재운 다음날 아침 귀신들린 아울루스를 치유해 준 곳이었다.

　제자들은 많은 사람들이 다가오는 것을 걱정스레 바라보았다. 오늘

* 누가복음 3:1 참조.

은 쉴 수 없을 것 같았다. 사람들이 배를 타고 호수를 건너서도 왔고, 가버나움을 경유해 육로로도 왔으며 강어귀에서 1마일 정도를 여울을 걸어서도 왔다. 대부분의 사람들은 예루살렘으로 유월절을 지내러 가는 길이었는데 가는 길에 기적을 일으키는 사람, 나사렛 예수를 만나보기로 작정했다. 또 어떤 사람들은 아울루스가 예수의 이름을 두루두루 퍼뜨린 데가볼리에서 왔다.

"저희가 사람들을 돌려보낼까요, 선생님?" 하고 세베대의 아들 야고보가 물었다.

예수가 연민을 갖고 대답했다. "아니요. 저들을 보시오, 야고보. 저들은 길을 잃은 양들과 같아서 울며 목자를 찾고 있소. 나는 저들을 돌보아야만 합니다."

예수는 이리저리 넓은 평원을 돌아다니며 병을 고쳐주고, 위로해 주며, 어떤 사람들에게는 아람어로, 또 다른 사람들에게는 유창한 헬라어로 말했다. 호수를 건너서 그를 따라왔던 갈릴리 사람들에게는 그들에게 익숙한 토속의 거친 악센트로 이야기했다. 그는 누구에게나 편안한 사람이었다.

시몬은 선생님의 베푸는 능력과, 자기 스스로의 인간적 필요사항과 스스로의 슬퍼하고 울어야 할 욕구를 잊는 능력에 감탄했다. 예수는 사람들을 돕기 위해서는 그가 가진 모든 것들을 기꺼이 희생하려 했다. 예수는 만일 한 사람이 일생 동안 그렇게 하는 것이 불가능하지 않다면 이 땅 위를 걸어 다니며 한 사람, 한 사람 모두를 직접 돌보아주는데 그의 전 생애를 바칠 것이라는 것을 시몬은 알고 있었다.

요한의 제자들은 여기에 왔으나 버림받은 것처럼 보이는 한 무리의 슬픈 작은 집단이었다. 가버나움에서 바리새인의 우두머리가 예루살렘에서 온 그의 동료들과 같이 도착했다. 다시 태어나 새로운 삶과 목적을 갖게 된 거라사인 사람 아울루스는 자기도 또한 제자라고 생각하며 사람들 사이를 바삐 돌아다녔는데 어떤 의미로는 그도 진정 제자였다. 시몬은 그의 옛 열심당원 친구 사무엘의 아들 엘르아살이 몇몇의 유대의 혁명논자들과 같이 사람들 속에 돌아다니는 것을 보았을 때 완전히 허를 찔린 것 같아 놀랐다. 엘르아살은 어디에 가든지 선동하는 재주가 있어서 열심히 사람들을 부추겨 불건전한 소동을 일으켰다. 시몬은 그가 말하고 몸짓하는 것을 지켜보았다. 그는 그것이 파괴적인 대화라는 것을 알았다 ─ 로마에 대한 증오, 전쟁, 그리고 모반 등. 시몬은 자기도 그렇게 폭력적으로 보이는 것이 아닐까 하고 의문을 가졌다. 그러지 않기를 바랐다. 엘르아살의 정열에는 무언가 어두운 것이 있었다.

유대인들이 초저녁이라고 부르는 이른 오후였다. 예수는 하루 종일 사람들과 같이 있었고 아직도 모두를 다 돌보아 주지 못했다. "여러분, 문제가 있는 데요"라고 그가 말했다.

"뭔데요, 선생님?" 하고 안드레가 물었다.

"사람들이 주렸어요. 저들이 이 황량한 곳에서 먹을 것도 없이 하루 종일 나와 있었어요. 어떻게 저들을 먹여야 할까요, 빌립?" 하고 그는 무리 중에서 가장 많이 배웠다고 생각되는 제자 빌립에게 물었다. 문제를 빌립의 손에 그렇게 남겨놓고는 그는 돌아서서 다시 사람들을 돌보려고 군중 속으로 걸어 들어갔다.

빌립의 이마가 생각하느라고 주름이 졌다. "여기 있는 사람들이 얼마나 된다고 당신은 생각하오?" 하고 그는 마태에게 물었다.

"남자가 5,000명 가까울 것이고요" 하고 마태가 대답했다. "그리고 적어도 그만큼의 여자들과 아이들이 더 있고요."

"그래, 문제를 해결했습니까?" 하고 잠시 뒤 예수가 성큼성큼 돌아와서 물었다.

빌립은 속상한 모습이었다. "주님, 이 군중들을 먹일 만큼 빵을 사자면 오백 데나리온은 있어야 하고 그래도 한 입씩밖에 못 먹을 겁니다." 하고 그는 유다에게 물었다. "우리 지갑에 돈이 얼마나 있습니까?"

"그렇게 많지 않아요!" 하고 놀라서 소리치고 유다는 숨겨 놓은 동전 지갑을 지키려는 것처럼 손을 허리띠 위에 보호하듯 놓았다. "사람들이 벳새다 율리아스로 가도록 해서 자기 먹을 것들을 사도록 하지요."

시몬은 아무런 말없이 지켜보았다. 그는 유다가 도둑이라는 것을 알았기에 그와 그것에 대해 직접 부딪혀 보고 싶었다. 바타샤가 공금지갑을 돌려주었을 때 그녀가 부족분을 보충했기 때문에 지갑은 거의 터질 정도로 가득했다. 시몬은 군중들을 먹일 충분한 돈이 지갑에 있는지는 모르지만 유다가 훔쳤던 것을 보충하기 위해 그녀가 은화를 좀더 넣지 않았을까 하고 추측했다.

예수는 유다를 사려 깊게 바라보며 가만히 있었다.

"주님" 하고 빌립이 따지려는 목소리로 항의했다. "우리가 나가서 빵을 산다 하더라도 어떻게 갖고 옵니까? 우리가 지고 오기에는 너무 많습니다."

"수레와 나귀를 빌려야 하겠지요" 하고 안드레가 실질적인 참견을 했다.

"여러분 중 음식을 갖고 온 분 있습니까?" 하고 예수가 미소를 참으며 물었다. 그는 문제를 해결하려는 그들의 미약한 시도들이 재미있다고 생각하는 것 같았다.

"제가 가져왔어요" 하고 요나가 목소리를 높였다. "오늘 떠나기 전에 수산나 아줌마가 제 옷 속에 점심을 넣어주셨어요."

시몬이 웃었다. "수산나가 요나의 양에 맞추고 있어요, 선생님. 그

너는 요나가 자라는 아이라서 하루 종일 규칙적으로 먹을 필요가 있다는 것을 알지요."

요나가 대충 포장된 점심을 꺼내서 예수에게 내밀었다. "많지는 않아요, 선생님, 하지만 얼마든지 잡수세요."

예수가 아이로부터 두 마리의 생선과 빵 다섯 덩어리가 든 종이꾸러미를 받으려고 다가가자 "선생님" 하고 안드레가 실망한 목소리로 외쳤다. "이 모든 사람들에게 빵 다섯 덩어리와 작은 물고기 두 마리를 갖고 뭘 하겠습니까? 그건 마치 시내 광야에 물 한 바가지를 붓는 것과 같을 겁니다."

"가서 야고보와 요한과 베드로, 그리고 다른 제자들을 시켜 사람들이 50명과 100명 단위로 무리를 지어 쉬도록 하시오" 하고 예수는 날카롭게 안드레를 쳐다보며 말했다.

여기에는 무슨 조처가, 안드레가 이해할 수 없는 무엇인가가 있었다. 안드레는 의문을 제기치 않고 순종하며 서둘렀다. 이제 그는 선생님의 즉각적인 분부 이상의 것을 생각하기를 그만두기로 한 것이 분명했다.

"아니 어떻게 이럴 수가!" 하고 말하며 빌립은 홀린 듯 눈길을 예수에게 고정시켰다.

군중들이 싱그럽게 푸르른 잔디 위에 마치 잘 재배된 경작지처럼 가로 세로로 열을 맞춰 정돈되자 예수는 눈을 하늘로 들어 기도했다. "당신을 찬양합니다. 여호와 우리 하나님, 우주의 왕이여, 당신께서 빵이 대지로부터 나오도록 했습니다." 그것은 사람들이 식사 때 드리는 관습적인 기도였다. 그리고 그는 빵 한 덩어리를 부수었고 그런 뒤 그의 손은 시몬이 그의 겉옷으로 만든 바구니가 가득 차서 넘칠 때까지 계속해서 바삐 움직였다.

빌립은 넋을 잃었다. 제자들은 그들의 겉옷을 계속 계속해서 채웠고 빵은 예수의 바쁜 손길 속에서 신비하게 불어났다. 바라보기에 어지러움을 느끼며 빌립은 그가 목격하고 있는 사실 — 예수가 희박한 대기로부터 실체를 창조해낸다는 — 을 받아들여만 했다.

가슴에 아기를 품은 한 여자가 앞으로 나왔다. 여자가 다닐 때는 아기를 가지로 엮은 바구니에 담아서 데리고 다니는 것이 관습이었다.

"선생님, 내 아기가 젖을 먹는 동안 제 바구니를 사용해서 먹을 것을 나르도록 하세요."

곧 다른 여자들이 자기들의 가지로 엮은 요람들을 역시 제공했다. 모든 바구니들이 부서진 빵과 생선 조각으로 차서 흘러 넘쳤고 잔디 위로 넘쳐 떨어질 정도가 되었다. 참새들이 날아와서 선생님의 발치에서 먹고는 배가 부른 뒤에는 겁먹지 않고 선생님의 어깨 위에서 앉아 쉬었다.

빌립이 머리를 붙잡고 언덕 아래로 비틀거리며 나아갔다.

"어디 가요?" 하고 시몬이 물었다. "사람들 시중드는 것 좀 도와줘요."

빌립이 — 유순하고 세련되고 공부 많이 한 빌립이 — 돌아서서는 숨기지 않고 흐느꼈다. "당신은 저 분이 누군지 알아요? 저 분이 무엇인지 알아요?"

"그분은 예수님이고, 메시아예요"라고 시몬이 답했다.

"그분은 위대한 생명력이에요. 우주를 움직이는 힘이고, 태초부터 움직였어요. 그분은 깊음의 표면과 사람들의 가슴 속에 숨 쉬는 창조적 생명의 원동력이에요."

베드로가 그를 쫓아가려 했으나 시몬이 그를 붙잡았다. "가게 놔둬요. 우린 할 일이 있어요."

사람들이 다 먹고 난 뒤에 제자들은 남은 음식을 열두 바구니나 모았다. 그들은 남은 것들을 아울루스에게 주어서 주변 시골 지역의 가난한 사람들에게 나누어주도록 했다.

엘르아살과 그의 열심당원들은 사람들 사이를 돌아다니며 그들을 선동해 행동으로 나서게 할 기회라고 생각했다. 음식을 배부르게 먹었기에 그들은 아주 기꺼이 예수를 정치적 지도자로 여길 것이었다. 그들은 예수를 광야에서 하늘로부터 만나를 내려오도록 해 사람들을 먹인 모세와 비교했다. 예수는 그들에게 음식과 그들이 원하는 모든 것들을 공급해 줄 수 있었다. 그는 얼마나 멋진 왕이 될 것인가! 모든 식탁에는 빵이 있을 것이며 작고 큰 길마다에는 안전과 평화가 있을 것이다. 로마인들은 더 이상 과중한 세금을 부담시킬 수 없을 것이다. 그들의 군인들은 더 이상 그들을 때리고 병신을 만들거나 여자들을 강탈하지 못할 것이었다.

갑자기 군중들이 잔디밭에서 커다란 기쁨의 함성과 더불어 일어나 예수에게 몰려들기 시작했다. 엘르아살과 그의 친구들이 앞장을 섰다.

"선생님"하고 시몬이 흥분해서 소리쳤다. "저들이 선생님을 왕으로 만들기 원합니다! 저들이 선생님을 옛적에 사람들이 사울에게 그리 했듯 어깨 위에 태울 것입니다. 그러면 공회도, 아니 로마 황제도 선생님의 지배능력을 부인할 수 없을 것입니다."

예수가 저지하는 손길로 엘르아살을 막았다. "멈추시오! 내가 왕위에 오르기에 때가 적당하지 않소."

"하지만 예수님!"하고 엘르아살이 부르짖었다. "우리가 당신을 우리의 지도자로 만들도록 해주시오. 우리가 당신을 우리 앞에서 예루살렘으로 모시고 들어가도록 해서 유월절의 모든 사람들이 당신이 누구인지 알 수 있도록 하게 해주시오."

"당신들은 알지 못합니까?"하고 예수가 고개를 들어 그들 모두에게 큰소리로 말했다. "나는 사람들에게 영광을 받지 않습니다. 나는 사람의 명예나 썩어 없어질 명성을 갈구하지 않습니다. 내 나라는 이 세상에 속하지 않습니다."

그 말과 더불어 그는 그들을 떠나 언덕을 향해 걸어갔다. 몇 시간 뒤 군중들이 흩어진 뒤에 그는 돌아왔다. 그는 제자들에게 배를 타고 갈릴리의 벳새다로 돌아가라고 말했다. 그는 육로로 돌아서 거기에서 그들을 만날 예정이었다.

그들은 세베대의 배 중 제일 큰 배에 탔는데 그 배가 그들 모두를 쉽게 수용할 수 있었기 때문이었다. 호수의 한쪽에서 다른 쪽까지는 단지 6마일 정도의 거리였다. 역풍이 불었기에 세베대의 아들 야고보가 돛을 내렸고 그들은 노를 젓기 시작했다. 이런 짧은 거리는 문제도 안 된다고 생각하며 시몬은 그의 튼튼한 등허리를 노에다가 들이밀었다. 다른 사람들과 함께 시몬은 그의 어깨가 흔들거리고 팔이 가죽 끈처럼 흐느적거리게 될 때까지 젓고 또 저었다.

"얼마나 왔어요?" 하고 그는 어깨너머로 안드레에게 물었다.

"아직 반도 못 왔어요! 바람이 우리를 밀어내고 있어요."

"몇 시나 되었죠?" 하고 작은 야고보가 커다란 신음소리로 물었다.

"사경이에요" 하고 베드로가 뒤에서 답했다. "거의 밤새 노를 저었어요."

"우린 결코 못 갈 거예요" 하고 도마가 우울한 목소리를 냈다. "사단이 계속해서 역풍을 보내고 있어요."

"봐요, 봐요!" 하고 베드로가 떨리는 손가락으로 우현 너머를 가리켰다. 약간 떨어진 곳에서 물을 가로질러 하얀 형상이 너울거리자 그들 모두 노 젓기를 멈추었다.

"유령이다!" 하고 유다가 겁을 먹고 소리 질렀다.

두려워서 그들 모두 배의 중심부에 웅크렸다. 스스로를 용감하며 미신에 물들지 않았다고 생각하는 시몬마저도 그들이 번져내는 공포에 사로잡혔다.

"안심하시오!" 라고 낯익은 목소리가 말했다. "납니다. 두려워 마시오."

베드로가 무릎으로 기어서 뱃전 너머를 바라보았다. "선생님, 정말 선생님입니까?"

"그렇소, 멀리서 여러분을 보고 도우러 왔소."

베드로가 웃기 시작했다. "주여, 나도 물 위를 걷게 해주십시오."

"이리 오시오!" 하고 예수가 팔을 크게 움직여 손짓했다.

뒤를 돌아보지도 않고 무모할 정도의 순전한 믿음으로 베드로는 곧장 뱃전을 타고 넘어 물 위를 곧바로 걷기 시작했다. 한 차례의 특히 사나운 파도가 그에게 달려들기까지는 그는 아기의 걸음마와 같은 걸음으로 제법 잘 나아갔다. 갑자기 그는 파동 치는 물결을 내려 보고는 겁에 질렸다.

"오, 하나님! 내가 뭘 하는 거지?" 곧장 그는 출렁이는 물 밑으로 빠졌고 잠시 후 그가 허우적거리며 헐떡거리며 물 위로 떠오를 때까지 파도가 그의 존재를 지워버렸다. "예수님! 어디 계세요? 살려주세요!"

예수가 그의 어깨를 잡아 끌어올려서 다시 그의 발만 파도에 닿도록 했다. 베드로는 목숨을 구하기 위해 선생님께 매달렸고 선생님은 웃느라고 가슴이 들썩거렸다. "당신의 믿음은 어떻게 된 것이오? 왜 끝까지 오지 않았소?" 하고 예수는 물었다.

배 안에 있던 사람들은 그 광경을 엄청난 흥분으로 바라보았다. "베드로가 주님에게서 눈길을 떼었어요, 그래서 빠진 거예요" 하고 빌립이 요약했다. "예수님은 웃으시지만 내 생각엔 좀 실망하셨어요. 베드로가 예수님을 실망시켰어요."

"예수님은 이해하세요" 하고 나다니엘이 너그럽게 말했다.

"당신은 뱃전을 넘어가 선생님과 같이 걷지도 않았소" 하고 시몬이 베드로를 옹호하려고 무뚝뚝하게 목소리를 높여 말했다.

"당신도 마찬가진데요" 하고 빌립이 아주 빈정대는 세련된 말투로 지적했다.

"그만 두세요!" 하고 요한이 노한 목소리를 냈다. "두 분은 항상 서로 으르렁거리세요. 그게 다른 사람들을 불안하게 만들어요. 계속 그러면 두 분 다 배 밖으로 차버릴 거요. 두 분 다 뭍사람들이니 잘 가라앉을 걸요. 그럼 우리들 속이 시원할 터이고."

시몬과 빌립은 최소한 양심이 있어서 약간 죄책감을 느끼는 것 같았다. 요한은 자주 화를 내지는 않지만 한 번 화를 내면 모두 주목했다. 그들 모두 잠잠히 있을 때 베드로가 예수보다 먼저 배에 올라와서 자기가 겪었던 일을 생동감 있게 이야기도 하고 또 공연히 가라앉았던 것에 대해 스스로를 질책하기도 했다.

바람에 밀려 예정된 항로를 놓쳤기에 그들은 게네사렛 평야 옆의 물가에 상륙했는데 그곳은 주님이 자주 가는 곳 중 하나였다. 그날 밤 내내 그들은 안락한 침대도 없었고 머리 위를 가려주는 지붕도 없었지만 전혀 개의치 않고 평안한 잠을 잤다 — 하나님께서 축복하신 향기로운 대지가 멋지도록 안전한 것을 느꼈다.

그다음 며칠 동안 예수는 그 지역의 사람들을 도와주었다. 사람들은 병자들을 침상 채로 마을로 장터로 데려왔고 또 많은 사람들이 예수가 그들 사이를 걸어 다닐 때 그의 옷자락만 만져도 병이 나았다.

드디어 예수가 지치고 발병 난 제자들과 더불어 가버나움으로 돌아왔다. 한 무리의 사람들이 기다리고 있었다. 그들 중의 많은 사람들은 예수가 벳새다 율리아스에서 음식을 주었던 바로 그 사람들이었다. 그들은 좋은 기분이 아니었다. 그들은 회당 밖에서 예수에게 소리를 질렀다. 예수가 그들을 피해 떠났던 것이 그들을 화나게 만들었다며, 그들은 또 그들이 예수를 찾느라고 며칠을 소비했다고 불평했다.

마침내 예수가 화가 나서 큰소리로 말했다. "여러분들은 왜 나를 찾았습니까?" 하고 그는 물었다. "내가 기사와 표적을 행하였기 때문입니까? 내가 여러분에게 음식을 주고 여러분의 육신이 만족했기 때문입니까? 솔직히 말하자면 여러분들은 나를 괴롭히고 힘들게 만듭니다. 여러분들은 내가 여러분들을 돕는 진정한 이유에는 관심이 없다는 것을 압니다. 내가 여러분들을 위해 영적으로 해 드릴 수 있는 일들에는 여러분들이 관심이 없다는 것을 나는 압니다."

그들은 귀담아 듣지 않고 소리를 질렀다. "오늘 당신은 무얼 하시렵니까? 무언가 멋진 일을 우리에게 보여주시오! 여호와께서 광야에서 우리 조상들을 먹였듯이 매일 우리를 먹여주시오!"

예수는 좌절해서 고개를 흔들었다. "그러나 내가 떡입니다. 이해하지 못합니까? 여러분들이 나를 받아들이고 믿으면 결코 주리거나 목마르지 아니할 것이요."

순전히 먹을 것을 얻으려고 왔던 사람들은 불만을 품었다. 실망해서 그들은 떠나기 시작했다. 그들은 비유적인 설교보다는 보다 실질적인 것을 원했다. 항상 따라다니는 바리새인들이 원망하는 말을 함으로써 사람들의 불만을 부추겼다. "어떻게 이 목수의 아들이 자기를 사람들의 영적 필요의 대답이라고 스스로 칭할 수 있단 말인가? 우리는 이 사람이 이런 참담한 말을 하도록 놓아두어서는 안 됩니다. 조치를 취해야만 합니다." 사무엘의 아들 엘르아살과 그의 불평 집단들은 예수가 그를 정치적 지도자로 세우는 것을 허락하지 않았기에 이미 화가 나 있었던 터라 군중들의 불만에 합세했다.

"왜 여러분들은 모두 내게 불평하는 것입니까?"하고 예수가 6척의 키를 있는 대로 쭉 피고 서면서 그들에게 항의했다. "왜 여러분들은 마음을 걸어 닫고 대답을 여러분의 육신 속에서 찾으려 합니까? 오직 하나님만이 여러분을 가르칠 수 있다는 것을 알지 못합니까? 여러분이 아버지께 귀를 기울이고 아버지께 배우려면 내게로 오시오. 내가 곧 생명을 주는 생명의 떡 — 산 떡입니다. 그렇습니다. 여러분의 조상들은 광야에서 만나를 먹었습니다. 그러나 그들은 죽었습니다. 여러분들이 나를 먹으면 결코 죽지 않을 것입니다. 누구든지 나를 따르고 나를 믿으면 영원히 살 것입니다."

군중들이 시끄럽게 불평했다. 서기관들과 바리새인들은 군중들이 흩어져 가는 것을 보고 그 기회를 이용했다. "당신들, 계속해서 그를 따를 겁니까?" 하고 그들 중 하나가 암하아레츠에게 소리쳤다. "저 자가 미친 것을 모릅니까? 오직 미친 사람만이 저런 참람한 주장을 할 수 있소. 나사렛에 가보시오. 저 자의 고향 말이오. 거기서 저 자는 미친 사람으로 알려져 있소. 심지어 저자의 동생들마저 저자를 규탄해왔습니다."

둘, 그리고 셋씩 무리를 지어 종교지도자들은 군중들을 밀고 나오며 그들의 팔로 마치 "흥!" 하고 야유의 소리를 내는 듯한 시늉을 했다. 민중들 중 많은 사람들이 그들을 따랐다. 조용히 엄숙하게 예수는 그들이 떠나는 것을 바라보았다. 그의 눈에 실망의 그림자가 드리웠다. 그리고 그는 돌아서서 남아 있는 사람들에게 말했다. 남아 있는 사람들의 대부분은 그의 가까운 추종자들과 전에 요한의 제자들이었던 사람들이었는데, 그들은 떠나는 사람들 속에서 결단을 내리지 못하고 발을 들었다 놓았다 하며 같이 모여 있었다.

"나는 솔직하게, 그리고 엄숙하게 말합니다" 하고 예수는 그들에게 말했다. "잘 들으시오. 여러분 속에는 생명이 없습니다. 여러분은 인자의 살을 먹고 인자의 피를 마셔야만 합니다. 인자의 생명과 그 살리는 힘을 여러분의 것으로 가져야만 합니다. 여러분이 나를 먹고 생명을 주는 나의 피를 마시면 영생할 것입니다. 그렇게 하는 사람은 항상 내 안에 거하고 나도 그 안에 거하기 때문입니다. 나는 살아계신 하나님께 여러분의 언약입니다." 예수는 이 단순한, 그러나 심원한 진리를 그들이 받아들일 것을 간청했다.

요한의 제자들의 우두머리인, 이름이 다윗인 자가 어깨가 축 처져서 몸을 돌려 걸어 나갔다. 100명이 넘는 사람들이 그를 따라갔다. 유다는 그들과 같이 행동할 것처럼 발걸음을 떼어놓았다가 다시 생각하고 마음을 바꾸는 것처럼 보였다.

"이 말이 여러분들에게 걸림이 되고 여러분을 실족하게 만듭니까?" 하고 예수가 공허한 슬픔으로 팔을 그들에게 펴면서 간절한 어조로 소리쳤다. "이 말이 여러분들을 놀라게 하고 아연하게 합니까? 그렇다면 내가 하늘로 올라가는 것을 보면 얼마나 더 놀라겠습니까? 그때엔 믿겠습니까?"

시몬이 그의 곁을 지나가는 다윗의 팔을 잡았다. "가지 마시오. 저 분을 믿으시오. 우리와 같이 있읍시다."

다윗이 고개를 저었다. "저 분은 세례 요한과 다릅니다. 저 분은 너무 이상합니다. 피에 관한 이 모든 말들. 나는 더 듣고 싶지 않습니다."

"저 분은 자주 비유와 비밀스러운 언어로 이야기합니다" 하고 시몬이 설득하기 위해 설명하려 노력했다. "우리도 항상 저 분을 이해하는 것은 아닙니다. 가지 마시오."

"아니요" 하고 다윗은 뿌리쳤다. "난 내 옛 생활로 돌아가려오."

이제 남은 사람들은 열두 제자들과 흩어져 있는 보통 사람들, 그리고 충성스러운 여자들이었는데 모두 제각기의 침묵의 늪 속에 서 있었다. 예수가 머리를 숙이고 거의 들을 수 없는 깊은 패배의 신음을 뱉었다.

"여러분들도 나를 버리고 떠나려오?" 하고 그는 그들에게 말을 하려 천천히 머리를 들었다.

베드로가 대답했다. "선생님, 우리는 갈 곳도 찾아갈 사람도 없습니다. 선생님은 우리의 메시아입니다. 선생님은 생명의 말씀을 하십니다. 우리는 다른 누구에게도 의존할 수 없습니다."

"맞습니다. 내가 여러분들 모두를 고르고 골랐습니다" 하고 말하는 예수의 목소리가 거칠고 눈에는 눈물이 그렁했다. "그런데도 불구하고 여러분들 중 하나는 마귀입니다" 하고 예수는 겉옷으로 머리를 감싸고 그들 사이로 걸어 나갔다.

시몬은 아연했다. 선생님이 자기들 중 하나가 마귀라고 했다. 차가운 손가락이 그의 심장을 건드리는 것처럼 양심의 가책이 느껴졌다. 주님이 그를 두고 한 말이 아닐까? 주님이 시몬의 가슴 속을 들여다보고 로마의 점령에 대한 그의 용서 없는 분노를 보신 것이 아닌가? 그의 정욕을 향한 경향을? 중요한 가르침을 이해해야 할 때마다 나오는 그의 미련함을? 화가 났을 때 조용히 참지 못하고 튀어나오는 그의 나쁜 성질을? 제자가 되기엔 모든 방면에서 너무도 부적절한 그의 모습을?

시몬은 좌절했고 스스로에게 화가 났다. 그는 실패자였다. 그는 더 잘하기 위해서, 그의 부르심에 합당한 사람이 되기 위해서 노력해야만 했다.

제 15 장

... 이방의 빛이 되게 하려니.

이사야 42:6 NIV 성경

바타샤는 알렉시스가 그녀가 막달라에 와서 꽃을 수확하기 시작하는 것을 돕기를 원하는 것을 알고 있었다. 갈릴리 사역에서의 좌절 이후 예수가 어려운 시기를 겪고 있었기 때문에 그녀는 요안나의 집을 그렇게 빨리 떠나기를 정말 원치 않았지만 그녀와 수산나는 내일은 가버나움을 떠날 계획이었다. 그를 따르던 사람들 중 너무도 많은 사람들이 그를 버리고 갔기에 예수에게 깊은 상처를 주며 엄청난 영향을 초래했다.

사태를 더 악화시키는 것은 바리새인들이 율법의 여러 가지 세세한 문제들을 가지고 그를 괴롭히는 것이었다. 그 결과 예수는 말이 없어졌고 평소보다 훨씬 많은 시간을 혼자서 게네사렛의 평원에서 보내거나 호수에서 떨어져 있는 낮은 언덕들을 배회하며 보냈다. 그는 때로는 한 번에 이삼 일씩 베드로의 집을 떠나 있곤 했다. 열두 제자들도 역시 낙담해서 선생님에게 당분간 다 같이 갈릴리를 떠나자고 설득하려고 했다. 빌립은 그들이 가까운 이방인들의 지역으로 가기를 원했다. 유대인들은 이미 자기들이 하나님께 특별한 은총을 받고 있다고 생각하고 있기 때문에 이방인들이 유대인들보다 훨씬 열심히 예수를 받아들일 것이라고 그는 확신했다.

그렇지만 예수는 어떤 계획에 착수할 준비가 되어 있지 않는 것같이 우울한 침묵을 지켰다. 바타샤에게는 때로 그가 세상에서 가장 외로운 사람인 것처럼 보였다. 농담을 해보려는 제자들의 미약한 시도도 예수를 즐겁게 하지 못했다.

"그분을 따르던 사람들 중 그렇게 많은 사람들이 그분을 버렸으니 이제 그분은 무엇을 하려 할까요?"라고 바타샤와 더불어 새롭게 피어나는 정원의 꽃들 사이를 걸으며 요안나가 물었다. "어머나!" 하고 그녀는 벌어지는 장미 꽃봉오리 위로 몸을 굽히며 소리 질렀다. "여기 그 번쩍이는 푸른 벌레가 또 있네요! 왜 이 벌레들이 내 장미 속에서 자는 걸까요? 막달라의 당신 꽃들 속에도 이 벌레들이 있나요?" 하고 그녀는 바타샤에게 물었다.

"그것들은 해롭지는 않아요" 하고 바타샤가 웃으며 답했다. "조심해야 될 것들은 줄기에 있는 초록색의 작고 성가신 놈들이에요. 그것들은 진드기인데 비누와 물로 씻어내야만 해요." 그녀는 한숨을 내쉬고 걸어가며 갖고 갈 장미 한 송이를 꺾었다. "요안나, 당신은 그분이 이제 그만 둘 거라고 생각해요?" 하고 그녀가 물었다. "그분이 굉장히 상처받고 실망했다는 것은 나도 알아요. 그분의 어머니는 두려워하고 계신데, 그분이 목수로서의 이전 삶으로 돌아간다면 어머니도 안심할 거라고 나는 때때로 생각해요."

"두려워한다고 해서 당신은 그분의 어머니를 비난할 수 있어요?" 하고 요안나가 눈썹을 치켜 올리며 물었다. "가야바가 보낸 사람들이 어제 회당에서 얼마나 그분을 쫓아다녔는지 보았지요. 그들은 피에 굶주려 있어요. 당신은 그분을 따르던 사람들의 대부분이 떠났으니까 이제는 종교지도자들이 덜 압박할 거라고 생각해요?"

"그들은 단지 자칼의 무리에 불과해요."

"하지만 예수님은 유대인이에요. 히브리 형제지요. 그들이 어떻게 그분을 그렇게 완전히 무시할 수 있어요?"

"자칼은 같은 무리끼리 서로 잔인하게 달려드는 것으로 유명해요. 난 어제 예수님이 그들이 받아 마땅한 질책을 하셨을 때 기분이 좋았어요." 하고 그녀는 그녀의 친구가 그렇게도 좋아하는 작은 푸른 수영장 가에 앉아서 팔을 뒤로 해서 기대며 4월의 따뜻한 태양에 얼굴을 내놓았다. "아뇨, 난 그분이 포기할 거라고 생각하지 않아요. 그분은 사명을 가졌어요. 사명을 가진 사람은 포기하지 않아요."

"구사는 그분이 이제 자기를 따르던 히브리인들 중 많은 사람들이 가버렸기에 갈릴리를 떠나서 이방인들의 도시들을 돌아보기 시작할 거라고 생각해요" 하고 말하고 요안나는 그녀의 곁에 앉아서 손가락으로 물을 만져보았다. "구사가 그러는데, 때로는 무지가 편견보다 극복하기 쉽대요."

"나는 어떤 경우에도 예수님이 이방인들의 지역이라고 해서 그분의 능력을 발휘하지 않을 것이라고 생각한 적이 없어요" 하고 바타샤가 의견을 말했다. "그분은 필요해서 자기를 찾아오는 사람들은 누구나 도와주려 해요. 나는 예수님이 오직 유대인의 왕이 되기 위해서 오셨다고 생각하는 시몬에게 동의하지 않아요."

"그 열심당원 이야기가 나왔으니 말인데요, 그가 유대에서 돌아온 뒤에 그와 이야기를 나눈 적이 있나요?" 하고 요안나가 자연스레 물었다.

"파티가 있던 날 밤에는 여러 가지 바빠서 기회가 없었고요, 그다음 날 아침에는 그들이 벳새다 율리아스로 가버렸지요. 그저께 그와 간단한 말을 주고받았는데 그는 요나를 법적으로 양자로 삼아서 친아들의 모든 권리를 주었다고 내게 말했어요." 하고 그녀는 미소 지었다. "그 일은 날 아주 행복하게 만들어요."

"그가 다른 말은 안 했어요?" 하고 요안나가 놀라서 물었다.

"아뇨, 뭐 다른 게 있나요?" 하고 바타샤가 당혹해서 물었다.

"글쎄요, 베드로가 그러는데 그 열심당원이 엠마오에 있는 동안 자기 아버지에게 말씀 드려서 자기 집과 오랫동안 알고 지내온 한 가정의 젊은 유대인 처녀와의 약혼을 주선해달라고 부탁했대요. 베드로에 의하면 그 가정들 사이에는 오랫동안 약속이 되어 있었대요."

바타샤는 멍해졌다. 모든 생각과 감정이 조용한 불신의 빈 껍질을 뒤에 남기고 날아가 버렸다. 비록 충격적이긴 했지만 그 소식은 파티가 있었던 날 밤의 그의 냉정했던 태도를 설명해 주었다.

"잘 되지 않았어요?" 하고 요안나는 그녀가 전해준 말이 바타샤를 기절시키는 충격이었다는 것을 알지 못하고 감탄했다. "그래요. 당신도 보다시피, 우리에게 있는 모든 것이 다 비운과 슬픔만은 아닌가 봐요."

바울이 배를 띄우러 나오자 요안나는 주의를 그에게 돌려 그가 물속으로 거꾸로 빠지지 않도록 그의 튜닉 뒷자락을 잡아주었다. 바타샤는 그 기회를 잡아 급히 빠져나가려 했다.

"어디 가세요?"

"난 … 난 가서 좀 누워야겠어요. 약간 두통이 오는 것 같아요" 하고 바타샤는 손을 들어 이마를 짚어 설득하려 했다.

"아, 안 돼요! 당신 요 몇 달 동안 안 그랬잖아요."

"그건 아녜요. 발작이 돌아오는 건 결코 아닐 거예요. 그냥 보통의 두통예요, 정말로" 하고 그녀는 급히 설명했다. "걱정 마세요. 아마도 햇볕이 너무 밝은 탓일 거예요. 난 괜찮아요. 그냥 여기 있으면서 즐기세요."

"하지만 당신 아주 안 좋아 보이는데요!" 하고 요안나가 아주 걱정스레 반문했다. "뭐 좀 갖다 줄까요? 찬 음료라도?"

"아 … 아녜요. 그냥 좀 누우면 돼요" 하며 그녀는 아직도 손을 이마에 올린 채 말을 더듬으며 빠져 나왔다.

일단 혼자가 되자 그녀는 분하고 속이 상해 바닥을 왔다 갔다 걸어 다

넜다. 어떻게 그가 그럴 수가! 어떻게 그가 겨울에 사랑스러운 입맞춤을 그녀에게 하고 돌아와서 봄엔 다른 사람과 약혼을 할 수가 있단 말인가? 오직 무감각한 짐승만이 그런 행동을 할 수 있을 것이다! 그녀는 정원의 굼벵이처럼 오그라들어 죽고 싶었다.

그날 남은 오후를 그녀는 요안나의 집의 자기 방에서 슬픈 마음을 품고 자기는 버림받았고 이런 대우는 부당하다고 느끼며, 한편으로는 평안히 용납할 수 있도록 해달라고 기도하며 보냈다. 그는 어떤 여자를 택했을까? 하고 그녀는 스스로 번민하며 궁금해 했다. 그녀는 어떻게 생겼을까? 그녀는 드보라와 같이 검은 눈과 머리를 가진 순수 혈통의 유대 처녀일거라고 그녀는 생각했다. 수줍고 겸손할 것이다. 또 어릴 것이다. 그녀는 외국 풍의 용모와 대담한 태도와 성숙한 연령의 바타샤와는 전혀 반대되는 인물일 것이었다.

"왜 그렇게 거울을 들여다보고 있어요?" 하고 요안나가 새로 세탁한 리넨 제품들을 방으로 갖고 들어오며 물었다. "그렇게 당신만 쳐다보고 있는 것은 당신답지 않아요."

"난 늙어가요" 하고 바타샤가 눈가에 있을 것이라고 생각하는 주름을 만지며 말했다.

"아이구, 그것 때문에 걱정했어요?" 하고 그녀의 친구는 손으로 말도 안 된다는 표시를 하며 말했다. "난 당신보다 세 살이나 많아요. 아마도 당신은 내가 므두셀라*의 엄마 같다고 생각할 걸요. 바보같이 굴지 말아요." 그녀는 어깨너머로 쳐다보면서 리넨 제품들을 벽장에다 넣었다. "하지만 당신이 무슨 말을 하는지 난 알아요. 여호와께 당신이 결혼 안 한 것에 대해 감사 드려요. 여자를 나이 먹게 하는 것은 애를 기르는 일이에요. 바울은 나를 무덤으로 일찍 가도록 만들어요. 그 애가

---

* 성경에서 가장 오래 969세까지 산 족장.

금방 장난감 배 하나를 건지러 수영장에 뛰어드는 바람에 하인 한 명이 끄집어내야 했어요." 그녀는 바타샤를 조금 밀어내고 자기도 거울을 들여다보려고 바타샤 옆에 앉았다. "난 머리가 세기 시작해요. 알고 있었어요?"

"어디요?" 하고 바타샤가 요안나의 머리를 굽히고 자세히 보았다. "맙소사!" 친구의 정수리는 작은 은빛 머리칼들로 그득했다. "곧 석류 열매의 염색약을 사용하기 시작해야겠는데요" 하고 그녀는 속으로 웃으며 걱정스레 말했다. 옛 속담이 맞았다. 동병상련이라더니. "계절 중 3월에 머물도록 우리를 도와주는 화장품이 있다는 것을 감사할 따름이지요."

요안나가 웃었다. "맞아요, 바타샤, 세월은 당신에게 친절을 베풀고 있지요. 다른 사람에 비하면 스물여덟의 나이가 그렇게 나이 들어 보이지 않아요."

"우리의 관습에 의하면요" 하고 바타샤가 그녀에게 상기시켰다. "나는 이미 결혼해서 지금은 아이들도 있어야 해요."

"아, 그래서 그랬군요. 결혼하고 싶어서 …?" 하고 요안나가 장난스럽게 따져 물었다.

"때로는 결혼 생각을 해요" 하고 바타샤가 인정했다.

요안나가 알겠다는 표정을 거울 속에서 그녀에게 보냈다. "빌립이 당신을 좋아해요" 하고 그녀는 그다음 말을 강조하기 위해 눈썹을 치켜올렸다. "그 사람, 당신을 아주 좋아해요."

"제발!" 하고 바타샤가 재미있어 하며 손을 들었다. "말도 안 돼요!"

"오, 당신 교활한 사람 아녜요?" 하고 요안나가 놀렸다. "마치 모르고 있는 척하네요." 그들은 둘 다 웃었다. 그러자 바타샤의 오그라들었던 가슴이 좀 펴졌다. 친구가 있다는 것은 좋은 일이었다.

비정상적으로 따뜻한 겨울이었기에 꽃들이 엄청나게 피어났다. 바타샤는 빌라에 도착하자 곧 일하러 갔다. 수확에서 발산되어 나오는 풍성한 향기가 낮에는 그녀의 팔을 향기롭게 만들었고 밤에는 그녀의 창문을 통해 낯익은 애무처럼 떠돌면서 망각된 꿈처럼 새벽까지 남아 있었다.

집에 온 지 나흘이 지나자 그녀는 일상의 일 속에 정착되어 단지 일하는 사이에 틈이 날 때만 시몬을 생각했다. 그녀가 일에서 너무 오랫동안 떠나 있었기에 알렉시스가 때로는 그녀가 잊어버린 압축과 증유 과정에 대한 자세한 내역과 측정법에 대해 그녀의 기억을 되살려 주어야만 했다. 심지어는 그가 그녀에게 명령 비슷하게 말한 적도 있었는데, 참 놀라운 발전이었기에 그녀는 오히려 재미있게 생각했다. 특히 그가 자기가 무슨 짓을 했는지 깨닫고 사과하려고 거의 땅바닥에 엎어졌을 때는 더욱 그랬다.

어느 늦은 아침, 그녀의 이모가 벳새다의 빌립이 불쑥 왔다는 소식을 가져와 그녀의 일을 중단시켰을 때 그녀는 서둘러 안마당으로 나가 진심 어린 인사와 더불어 날렵한 팔을 내밀어 환영했다.

"빌립, 제가 소작녀처럼 보이는 이런 때에 오시다니 참 나쁜 분이시네요" 하고 그녀는 농담을 건넸다.

"당신은 언제나처럼 아름답습니다" 하고 그는 감탄하는 태도로 그녀를 맞았다.

"그리고 당신은 언제나처럼 치켜 올리시네요" 하고 그녀는 가장된 질책의 표정을 눈썹 아래로부터 지으며 말했다.

"결코 치켜 올리는 것이 아닙니다" 하고 그는 그녀가 안내하는 자리에 앉으며 말했다. "저는 진실을 말합니다. 당신의 머리는 바람에 흩날렸고 얼굴은 상기되었으며 당신의 냄새는 상큼하며 달콤합니다."

"그리고 제 발가락은 흙투성이인데요, 그건 말하지 않으셔서 감사합니다" 하고 웃으면서 그녀가 말했다. 그녀는 그가 자기를 좋게 생각한다는 것을 믿었다. 그의 시선은 상처를 보듬는 향유와 같았다.

"우리들은 내일 두로와 시돈을 향해 떠납니다. 떠나기 전에 와서 당신을 보고 싶었습니다. 작년 가을에 그곳에서 보냈던 평온한 날들을 기억하시지요? 당신도 왔으면 좋겠습니다."

"저도 가고 싶어요" 하고 그녀가 말했다. "그렇지만 금년에는 수확이 상당히 빨리 시작되어서 당분간은 일을 돕기 위해 집에 있어야만 해요."

"당신 없이는 전과 같지 못할 것입니다" 라고 그는 서운하다는 투로 말했다. "난 당신이 보고 싶을 것입니다."

그가 얼마나 좋은 사람이며 부드러우며 또한 그녀의 감정을 사려 깊게 생각하는 사람인가, 생각하며 그녀는 그에게 곤혹스러운 미소를 지었다. "선생님께서 여름 중간에 잠깐 머무르시기 위해 이곳에 오실 수 있을 거라고 제게 말씀하셨어요." 그녀는 밝게 말했다.

"그렇다면 나는 당신 없이 바닷가를 걸으며 그걸 기대해야 하겠군요."

별안간 장난기가 사라지자 무슨 말을 해야 할지 몰라 잠시 동안 그녀는 가만히 침묵했다. 가버나움의 종교지도자들이 그녀에 관해 말한 것들을 그는 알고 있을까? 그는 그 소문을 들었을까? 그가 아직 못 들었다면, 그들의 관계가 더 발전되기 전에 그에게 알려야만 한다고 그녀는 생각했다.

"빌립" 하고 그녀는 부드럽게 시작했다. "제 손상된 평판에 대해 알고 계세요? 저 … 저한테 좋지 않은 소문이 나돌고 있었거든요" 하며 그녀는 더듬거렸다.

그는 머리를 뒤로 젖히고 웃었다. "이거 아주 재미있군요. 당신은 내가 당신을 좋아하려는 것을 막으려고 하는 것 같네요. 무슨 이야기를 말하는 것입니까? 당신이 여기 이 목가적인 낙원에서 로마 병정들을 위한 매춘굴이라도 운영한다는 이야기입니까?" 하고 그는 팔을 저어 무시해버리는 표정을 보였다. "당신은 정말 내가 당신에 관한 그런 쓰레기

같은 이야기들을 믿는다고 생각합니까? 당신이 지금 아주 덕이 높은 하나님의 사람을 모시고 있다는 사실을 제외하더라도 나는 결코 당신이 매춘부가 되기에 좋은 기질을 가졌다고는 생각하지 않습니다. 당신은 쉽게 당신을 내어주기에는 너무 정직하고 직선적이고, 그리고 너무도 냉정한 분입니다. 그리고 당신은 또한 얼굴이 붉어지는 경향이 있는데, 요 몇 분 동안은 아주 예쁘게 얼굴이 붉어지는군요."

"그렇지만, 빌립, 어쩌면 당신이 알아야 할 것들이 있어요."

"내가 알아야 할 것들은 이미 다 알아요." 하고 그는 자기 손으로 그녀의 볼을 감싸서 엄지손가락으로 그녀의 입술을 덮었다. "제발 그만요! 나는 당신의 과거에는 관심이 없습니다. 당신은 내가 일생 동안 저지른 개인적인 모든 잘못들을 열거해 드리기를 원합니까? 내게도 많은 잘못들이 있다는 것을 믿으세요."

그는 일어나서 그녀를 일으켜 자기를 보도록 했다. "해질녘까지 벳새다에 가려면 난 가야만 해요. 난 아직 부모님들께 작별인사도 못 드렸습니다."

그녀는 그와 함께 걸어서 기둥으로 세워진 현관까지 나왔다. 그는 몸을 돌려 세련된 자신감으로 몸을 굽혀 그녀의 입술에 입맞춤을 했다. "몇 주 안에 만납시다. 나를 생각해 주오."

그의 마차가 먼지를 날리며 나아갔고 길이 구부러진 곳에서 시야에서 사라졌다. 사랑스러운 미소를 지으며 그녀는 그를 배웅했다. 그의 입맞춤은 시원하고 부드러웠으며 그에게선 박하냄새가 났다. 아주 기분이 좋았다.

8월 말에 예수와 제자들이 약속한 대로 막달라에 왔다. 바타샤가 모든 사람들에게 리넨 제품들을 세탁하고 음식을 준비하고 빌라가 분홍빛 진주처럼 빛날 때까지 청소하라고 분부했기에 향수와 관련된 모든 일들은 중지되었다. 그들이 방문하는 동안 바타샤는 시몬을 피했고 그에게 물어볼 것이 있어 할 수 없이 대면해야 할 때면 그의 머리 위의 하늘을 쳐다보았다. 그에 대한 그녀의 감정은 아직도 아주 쓰라렸다.

　저녁때 그녀는 빌립과 함께 시내를 가로지르는 다리까지 걸으면서 이야기를 나누었다. 그들의 관계는 발전하고 있었고 그녀는 그와 같이 있는 것이 변함없이 좋게 느껴졌다. 대부분의 시간들을 그들은 선생님과 그가 펼치는 이방인의 도시들에서의 새로운 사역에 관해 이야기했다. 빌립은 사역이 진전되는 것에 아주 만족해하면서 그녀에게 데가볼리* 전역에 걸쳐서 헬라인들이 병을 고치기 위해, 그리고 선생님의 가르침을 듣기 위해 떼를 지어 나왔다고 말해 주었다.

　예수는 갈릴리에서 그랬던 것처럼 똑같이 많은 이적들을 시토폴리스, 카피톨리아, 그리고 히포스에서 행했다. 그곳들에서는 편협한 마음을 가진 종교적 광신자들이 그를 괴롭히지 않았는데 헬라인들은 종교에 관한 한 아주 관대했기 때문이었다. 히포스의 외곽지역에서 그는 벳새다 가까운 평원에서 유대인들에게 먹을 것을 주었던 것과 똑같은 신비로운 방법으로 이방인의 무리들에게 은혜를 베풀어 먹을 것을 주었다. 이것으로 예수가 인종이나 지파로 인해 좋은 것을 베푸는 것을 보류하려 하지 않는다는 것을 빌립은 인정했다. 그날 예수는 4,000명의 남자들과 수백 명의 여자와 아이들을 떡 일곱 개와 생선 두어 마리를

---

* 요르단강(江) 동부에 있던 그리스 계통의 도시연합체, 10개 도시를 뜻하는 그리스어.

가지고 먹었다. 똑같은 종류의 보잘것없는 음식을 가지고 행한 똑같은 이적이었다. 그 일이 있은 뒤, 그곳 사람들은 벳새다의 사람들과는 달리 행동했다. 예수가 그들에게 그만 집으로 돌아가라고 했을 때 그들은 믿는 마음을 가지고 조용히 떠났다.

막달라에서의 사흘간의 방문이 끝날 즈음에 예수는 헤르몬산 지역의 북부로 갈 준비를 했는데, 그 지역은 요단강의 상류가 생겨난 곳이었다. 바타샤는 다른 사람들이 배에 타고 출항할 준비를 하는 동안 그를 따라 호숫가까지 가서 그의 발아래 무릎을 꿇었다. "주님, 얼마나 놀라운 일들을 이곳에서도, 또 이방인의 도시들에서도 행하셨는지요! 제 마음은 커다란 사랑과 함께 주님과 같이 갑니다." 이른 아침의 해가 그의 얼굴을 밝고 명료하게 드러냈다 — 섬세한 면모, 잘 손질된 짙은 수염, 역시 짙지만 구릿빛 가는 실들이 뿌려진 것 같은 머리, 거의 쉬지 못하고 평범한 식사만 하며 먼 길을 여행하느라고 단련된 가는 몸. 고난과 실망이 그를 나이 들게 만들었다고 그녀는 가슴 아프게 느꼈다. 넓고 차분한 깊고 신비스러운 눈은 미소 지을 때에 주름을 보였고, 그가 그녀에게 손을 얹으려고 몸을 굽혔을 때 그의 정수리에는 금빛이 섞인 은빛이 있었다.

"마리아" 하고 그는 말했다. "나는 당신과 나의 모든 제자들에게 커다란 열망을 갖고 있소. 믿음을 지키시오. 항상 믿으시오, 나는 당신의 사랑과 순종으로 행복하오."

호수의 북쪽 끝을 가로지르는 항해는 별다른 사고 없이 진전되었다. 제자들은 조용히 요단의 입구의 낮은 늪지대에 도착해 배를 대고 캠프를 쳤다. 막달라를 떠나자 시몬은 보다 편안히 숨을 쉬기 시작했다. 바타샤와 빌립이 그렇게도 잘 지내는 것을 보는 것은 그의 감정을 다른 방향들로 흩어놓았다. 빌립이 바타샤에게 넋을 잃은 것을 그는 볼만큼 보았다. 빌립이 바타샤를 원하는 것도, 그리고 그가 청혼한다면 바타샤가 십중팔구는 그 청혼을 받아들일 것이라는 것도 그는 알기에 굉장히 짜증이 나면서도 인정했다. 그 생각은 반갑지 않은 충격으로 다가왔다.

다음날 그들은 10마일을 여행해 요단 호수 근처, 또는 때때로 메롬이라고 불리는 곳에 캠프를 쳤다. 그곳은 늪지라기에는 조금 더 큰 습지의 지대였다. 아침이 되자 주님은 그들을 데리고 발을 들여 놓을 수 없어 보이는 열대의 삼림 속으로 자신 있는 발걸음을 했다. 반대편에 도착하자 그들은 가파른 언덕을 올라가서 비옥한 평야를 바라보았다. 그리고 그들은 올리브의 숲들을 지나 완만한 구릉을 올라가 고대의 게데스*의 샘물이 분출하는 것을 보았다.

한 시간이 좀더 지나자 그들은 로마인들이 닦아놓은 옛길과 만났다. 굉장히 큰 뽕나무들과 클레머티스와 인동덩굴들이 뒤엉켜서 길 양쪽으로 벽을 만들어서 그들이 걷는 동안 아름다운 냄새를 풍겼다. 곧이어 역사적인 마을 아벨벧마아가**가 그들의 눈에 들어왔고 다시 푸른 초원이 나왔는데 그곳에서 수많은 샘물들이 나와서 흘러내려 요단강으로 합쳐 들어갔다. 여자들은 냇물 위로 몸을 굽히고 빨래를 하고 있었다. 아이들은 물속에서 갈색으로 빛나는 벗은 몸으로 놀고 있었다. 그들이 터벅터벅 걷는 동안 광활한 황금빛 밀밭이 미풍 속에서 머리를 흔들었다.

계속해 위로 올라가면서 그들은 거대한 바위들을 비켜가기도 하고 야생화들의 무리 위를 걷기도 했다. 그들이 다리를 건너자 오른쪽으로 단***이라는 이름의 도시가 보였다. 더 높은 곳의 현무암의 언덕 위에 분봉왕 빌립의 수도인 가이사랴 빌립보가 자리 잡고 앉아 지는 해 속에 자수정처럼 빛나고 있었다. 그 주변으로 은빛 시냇물과 폭포가 용솟음 쳤고 돌로 된 테라스가 현란하게 피어 있는 협죽도와 부겐빌리아의 틈

---

* 유다 최남단의 성읍, 수 20:7 참조.
** 이스라엘 북부 납달리의 성읍, 삼하 20:15 참조.
*** 팔레스티나 북변의 성읍.

을 통해 빛났다. 그 모든 것들 위로 헤르몬산의 꼭대기가 흰 머리의 아버지처럼 솟아 있었다.

예수는 그들을 도시의 왼쪽의 상류 쪽으로 몇 마일 더 데리고 갔는데 그곳은 돌 암반 속의 커다란 동굴에서 요단강의 상수원이 솟구쳐 나오는 곳이었다. 여기가 그들이 살아 있는 음악을 계속 귀에 담으며 야영장을 세우고 쉰 곳이었다. 여기가 예수가 앞으로 일어날 일에 대해 그들을 준비시키면서 같이 있으면서 그들을 어머니같이 돌보고 그들의 영혼을 자기 가슴 속에 품어 준 곳이었다.

비록 수도 가이사랴 빌립보는 헬라 사람들이 주류를 이루고 있었지만 회당이 있었고 예수는 그곳에서 매일 사람들을 돌보았다. 사람들은 예의 발랐으며 갈릴리의 사람들이 그랬듯이 그를 공격하거나 그가 가는 곳마다 뒤를 밟거나 하지 않았다. 사람들은 그를 마술적이고 날개 달린 페가수스를 타고 매일 아침 새롭게 나타나는 반신반인의 인물로 대우했다. 이교도들이지만 그들은 그들이 할 수 있는 만큼 그를 받아들였다.

그들이 그곳에 도착한 다음 주일의 첫 날, 예수는 캠프에 돌아온 뒤 열두 제자들을 그의 주변으로 모이게 했다. "사람들이 나에 대해서 뭐라고 합니까?" 하고 그는 물었다. "내가 누구라고 그들이 말합니까?"

시몬은 얼마 동안 이 문제에 관해서 숙고해왔다. 그러나 그는 예수의 심원한 신분을 양심적 생각으로 규정할 수 없었다. 5,000명을 먹이던 날, 빌립은 예수를 생명력이고 창조적 힘이라고 말했다. 그러나 시몬은 이 추상적 개념을 파악하기 힘들었고 정확하게 무슨 뜻인지 몰랐다.

도마가 큰소리로 대답했다. "선생님, 갈릴리의 어떤 사람들은 선생님이 다시 살아난 세례 요한이 틀림없다고 믿지요. 요한의 제자들도 우리에게 그렇게 말했지 않습니까?"

"다른 사람들은 선생님의 이적 행하는 능력을 보고 선지자 엘리야가 사람으로 돌아온 것이라고 그러지요" 하고 작은 야고보가 곁들였다.

"그리고 그들의 사악한 길에서 회개하고 돌아서지 않는 도시들에게 선생님이 저주를 공포하셨기에 에레미야에 가깝다고 말하는 사람들도 더러 있지요" 하고 나다니엘이 자기의 콧등을 문지르며 큰소리로 말했다.

"그럼 여러분들은 내가 누구라고 생각합니까?" 하고 예수가 그들에게 정확히 말하라고 질문했다.

그들은 침묵했다. 그들 뒤 산 한가운데서 살아 있는 물이 솟아나왔고 그 흐름은 가까운 시냇물 속에서 소용돌이치며 미세한 먼지들마저 삼켜버리면서 그들에게 생명을 주고 있었다.

베드로가 일어서서 깊은 숨을 들이쉬고 말했다. "선생님은 하나님의 아들입니다" 하고 그는 선언했다. "그리스도입니다" 하고 그는 경의를 표시하며 예수 앞에 무릎을 꿇었다.

시몬이 침을 꿀꺽 삼켰다. 베드로가 그걸 말했다. 그들 모두 생각해왔던 것을. 그의 충동적인 순종으로 그걸 불쑥 말해버렸다. 그들 중 누구도 다시는 몰랐다고 핑계를 댈 수 없을 것이고 그들의 선생님의 진정한 정체를 거명하는 것을 피할 수 없을 것이었다. 베드로의 말은 그들이 보다 높은 믿음의 수준을 받아들일 수밖에 없도록 만들었다.

예수가 베드로의 불꽃 같은 머리칼의 머리에 손을 얹어 그를 축복했다. "당신은 이것을 스스로에게나 혹은 다른 사람들에게서 배우지 않았습니다" 하고 그는 부드럽게 말했다. "나의 아버지께서 이를 당신에게 알려주셨습니다. 사람들이 당신을 베드로라고 부르지요. 이는 헬라어로 반석이라는 뜻이지만, 나는 오늘 당신이 고백한 그 반석 위에 나의 교회를 세울 것을 당신에게 알립니다. 아무것도 이 교회를 이길 수 없을 것입니다. 당신과 당신의 형제들에게 내가 천국 열쇠를 드립니다. 영적인 지식으로 당신은 하늘에서 이미 풀려 있는 것을 땅에서 풀 것입니다. 그리고 당신은 하늘에 매여 있는 것을 알게 되고 마찬가지로 그것을 땅에서 맬 것입니다. 그렇게 하나님께서 당신을 통해 그의 기쁘신 일을 행할 것입니다." 말하고 그는 하늘을 우러르며 엄숙히 말했다. "내가 그리스도라는 말을 퍼뜨리지 마시오. 여러분을 준비시키기 위해 나는 시간이 더 필요하오."

그는 그들의 둘레를 벗어나 가까이에 있는 오크 나무로 걸어가 그 오래된 옹이진 나무껍질에 팔을 기댔다. "여러분에게 해야만 할 말이 있소" 하고 그는 말했다. "곧 나는 지독한 시련을 겪어야만 합니다. 대제사장들과 서기관들이 말할 수 없는 짓들을 내게 할 것이고 나는 고난을 받을 것이요" 하고 그는 하늘을 향해 얼굴을 들었다. "그들은 나를 죽일 것이오."

"저 분은 과장하고 있소" 하고 시몬이 작은 야고보에게 속삭였다. "저 분이 그리스도라면 어떻게 그들이 저 분을 죽일 수 있소? 하나님의 정체로 가득 차있는 사람을 죽이는 것은 불가능합니다."

예수가 계속해서 말했다. "그러나 나는 3일 만에 다시 살아날 것입니다. 스스로 존재하는 자의 살아 있는 증거가 될 것입니다." 제자들 중 아무도 귀를 기울이지 않았다. 그들은 모두 학교의 부주의한 아이들처럼 자기들끼리 속삭이기 시작했다.

드디어 베드로가 다시 무리의 지도자로서의 역할을 떠맡았다. 그는 예수를 옆으로 모시고 가서 열심히 속삭였다. "주님! 왜 이렇게 끔찍한 말씀들을 하시는 것입니까? 하나님께선 그런 일들이 주님께 일어나도록 하지 않으십니다. 자, 이리 오십시오" 하며 그는 예수를 제자들이 모여 있는 곳으로 이끌었다. 제자들은 놀라서 그들을 지켜보았다. "우리와 같이 앉으시고 죽고 죽이는 이야기들은 그만하십시오."

예수가 놀란 표정을 지으며 그들로부터 떨어졌다. "인간의 마음이란 얼마나 변덕스러운가요! 쉬지 않고 나를 놀라게 만드는군요. 한순간 당신은 영 안에서 움직이더니 그다음 순간 당신은 세상의 욕망으로부터 말을 하는군요. 내가 사역을 시작했을 때 사단이 유대 광야에서 엄청나게 나를 시험했습니다. 그는 굉장하게 나를 유혹했습니다. 그중 가장 어려웠던 시험은 내가 하나님을 대신해 행동하지 말고 나의 능력과 나의 욕망 속에서 행동하라는 권유였습니다. 그러나 나는 거부했고 그를 극복했습니다. 당신은 지금 내게 사단을 생각나게 하는군요. 따라서 나는 마찬가지로 당신을 극복할 것이오. 내 뒤로 물러가시오!" 하며 그는 베드로에게 자기 뒤편을 가리키며 천천히 걸어 나왔다. "나의 말을 지키지 아니하려거든 나를 친구라 부르지 마시오" 하며 그는 어깨 너머로 말했다.

그러더니 그는 다시 몸을 돌려 그들 모두를 정면으로 보고 말했다. 그의 목소리는 힘이 있었고 강했다. "내가 진실을 말합니다. 잘 들으세요. 여러분들이 정말로 나의 제자가 되기를 원한다면 여러분 자신을 부인해야 합니다. 여러분의 운명을 받아들이고 삶에서도 나를 따르고, 그리고 죽음으로 불림을 받으면 그렇습니다. 죽음에서도 나를 따라야 합니다. 여러분이 다른 모든 것들을 생각하고서도 세상의 위로와 평안을 갖기를 원한다면 여러분들은 여러분의 하늘의 기업을 잃을 것입니다. 그러나 여러분들이 나를 위해서 땅의 욕망을 버린다면 여러분은 하늘에서도, 또 여기에서도 소원을 성취하고 평안을 얻을 것입니다. 여러분 스스로가 무엇이 더 귀한지 결정하십시오. 온 천하와 그 안의 모든 부를 얻는다 하더라도 그 때문에 하나님을 잃으면 무슨 소용이 있겠습니까?"

"주님이 언제 주님의 왕국을 땅 위에 세울 것인지 우리에게 말해 주십시오, 주님" 하고 요한이 부탁드렸다.

예수의 모든 것을 아는 짙은 눈이 시간의 세기들을 넘어, 전장에서 맞닥뜨려 싸우고 있는 사람들의 무리들을 넘어, 거대한 도시들과 문명을 넘어, 머나먼 미래를 들여다보고 있는 것같이 보였다. 그러다가 현재로 돌아왔다. 그의 시선이 제자들 위에 한 사람, 한 사람씩 사랑스럽게 머물다가 유다에게 와서 멈추었다. "여기 여러분들 중 대부분은 살아서 내가 천국으로 들어가는 것을 볼 것입니다. 나는 여러분이 내가 왕국을 세우는 것을 돕도록 정해 놓았습니다."

시몬은 안심했다. 예수는 자기의 죽음을 예언했을 때 진심으로 한 것이 아니었다. 그렇지 않다면 어떻게 죽은 사람이 왕국을 세울 수 있겠는가?

엿새 후 안식일의 해가 질 때 예수가 베드로와 요한과 야고보를 데리고 기도하러 산으로 올라갔다. 그들은 다음날 아침 동이 트기 전에 돌아왔다. 그들이 캠프로 들어올 때 시몬은 그의 침낭에서 몸을 뒤집어 부스스 눈을 떴다. 예수의 얼굴이 빛나고 있었다. 아직 해도 안 떴는데 어떻게 그럴 수가 있을까 하고 시몬은 의아해했다.

"당신들이 본 것을 내가 돌아오기 전 까지는 아무에게도 말하지 마시오"라고 예수는 같이 갔던 제자들에게 조용히 말했다. 그리고는 그들을 떠나서 한적한 장소에서 쉴 곳을 찾는 것처럼 산으로 걸어 올라갔다.

세 명의 제자들은 떨고 있었다. 그들은 온기를 찾는 듯 야영장 모닥불 속의 식어버린 석탄 위로 몸을 구부렸다. 무슨 비밀이 있구나, 하고 시몬은 혼자 생각했다. 춥지도 않은데 요한은 격렬히 떨고 있었고 야고보와 베드로는 두려움에 질린 표정이었다.

"괜찮아, 요한?"하고 야고보가 동생의 어깨에 팔을 둘렀다. 요한은 소리 없는 숨죽인 울음을 터뜨렸다.

"그는 놀라 기진했어요"하고 베드로가 속삭였다. "그는 우리가 그 환상을 보았을 때부터 저렇게 떨고 있었어요. 힘내요, 요한"하고 베드로는 마치 히스테리 상태에 있는 사람을 달래서 진정시키듯 기운차게 말했다.

"그 애를 그냥 놔둬요"하고 야고보가 말했다. "여기 앉아라, 요한. 넌 금방 괜찮아질 거야."

"요한은 너무 민감해요"하고 베드로가 연민을 갖고 말했다. "나도 주님의 옷이 빛으로 하얘지고 얼굴이 거룩한 불로 빛날 때 역시 소스라쳤지요. 주님과 같이 있던 두 사람은 모세와 엘리야에요. 그걸 깨달았을 때 나는 거의 기절했어요. 그런데도 내가 정신을 잃지 않은 것에 하나님께 감사하지요."

야고보가 콧방귀를 뀌었다. "정신을 잃지 않았다고요? 당신은 그분들, 우리의 가장 위대한 선지자와 우리나라의 가장 위대한 지도자에게 달려가 천막인지 초막인지를 세워 살게 해 드리겠다고 주절거렸어요. 그게 정신을 잃지 않았던 사람의 행동입니까? 내 자신이 얼이 빠지지만 않았더라면 나는 당신 때문에 부끄러웠을 겁니다."

"난 단지 그분들을 환영한다는 걸 알리고 싶었을 따름이에요"하고 베드로가 변명했다. "난 여호와께서 이스라엘 사람들을 광야에서 인도해내실 때에 성막에 사셨다는 것을 기억했고, 그래서 모세와 엘리야가 계속 머물면서 예수님이 그의 왕국을 헤르몬산 위에 세우는 것을 돕기를 바랐지요."

야고보가 큰 한숨을 내쉬었다. "미안합니다. 당신은 좋은 뜻으로 그랬군요. 난 당신이 어떻게 그렇게 충동적인 행동을 할 수 있는지 이해를 못 하겠어요."

"괜찮아요"하고 베드로가 웃으려고 했다. "때로는 나 역시도 이해가 안 갈 때가 있소."

"그분들이 말한 것 중 기억나는 것 있어요?"하고 야고보가 물었다.

"주님에게 조언을 드리는 것처럼 보였는데요."

"그래요, 그리고 또 격려도 하고요."

"그건 당신이 초막에 대한 형편없는 말로 경솔히 참견하기 전이었죠."

베드로가 사과한다는 의미로 두 손을 들었다.

"여호와께서 스스로 우리들을 그분의 성스러운 임재로 뒤덮으시고 우리에게 그분의 아들의 말을 듣고 순종하라고 말씀하신 것은 놀라운 일이 아니지요. 여호와께서는 당신의 입을 닫기 위해서 무언가 하셨어야 했던 것이지요."

베드로가 안절부절못해서 손가락으로 붉은 머리칼을 훑었다. "아이구, 내가 전능하신 하나님을 너무 심하게 모욕하지 않았기를 바라요."

야고보는 화가 나서 한숨을 내쉬었지만 후회하고 있는 친구가 안쓰러웠다. "당신이 여호와를 모욕했으면 당신은 벌써 죽었어요. 아마도 여호와께서는 당신의 실수하는 버릇을 이해하실 겁니다. 여호와께서 유머 감각이 있으시기를 바랍시다."

그들이 자러 간 뒤에도 그들에게서 들었던 것을 생각하느라고 시몬은 오랫동안 깨어 있었다. 이것은 예수가 하나님의 아들이며 여호와와 먼저 돌아가신 모든 선조들의 인가 아래 땅 위에 웅장한 왕국을 세워 권능과 성스러움으로 통치하려 하고 있다는 그의 추리가 옳다는 것을 입증하는 것이었다. 예수는, 아마도 베드로가 제시했던 것처럼 바로 여기 헤르몬산 위에, 이제까지 인간이 보았던 그 어느 것보다도 멋지고 장엄하게, 분봉왕의 것보다 산 위 훨씬 더 높은 곳에, 어쩌면 산의 정상에 자리 잡아 항상 불 같은 하나님의 영광 안에 담겨 있는 것이 팔레스타인의 전역에서 보일 수 있는 궁궐을 지으려 할 것이다. 온 세상에서 순례자들이 절하고 경배하러 올 것이다.

제 16 장

라투는 시작은 방축에서
물이 새는 것 같은 즉

잠언 17:14 NIV 성경

    며칠 뒤 그들은 야영을 거두고 집으로 향했다. 오는 길에 예수는 갈릴리 북부의 마을들과 촌락에서 가르쳤다. 다시 그는 자기의 죽음을 예고했으며 다시 제자들은 슬픔과 비탄에 빠졌고 믿으려 하지 않았다. 그들은 모여서 예수의 말을 문자 그대로 받아들이지 않기로 합의했다. 시몬은 선생님이 곧 헤르몬산에서 그의 왕국을 세울 것이라는 의견을 내세웠다. 그 지역을 향후의 본거지로서 정탐할 목적이 아니라면 무엇 하러 그곳에 갈 이유가 달리 있겠는가?

    다른 제자들도 이 가설을 좋아해 자기들 스스로의 상상을 동원해 이 생각을 윤색하기 시작했다. 예수는 거대하고 빛나는 성전을 지을 것이며 성전의 개개의 대리석 기둥은 그 둘레가 하도 커서 마흔 명의 남자들이 손을 벌려도 그 주위를 감싸지 못할 것이다. 벽옥의 별들로 빛나고 있는 지붕을 떠받치고 있는 이러한 기둥들이 수백 개는 될 것이다. 바닥은 금 — 투명한 금이어서 거울처럼 빛날 것이다. 예수는 커다란 눈부신 보좌에 자주와 주홍의 번쩍이는 옷을 입고 앉을 것이다. 그의 왕관은 진주와 각양각색의 귀한 보석들이 박혀 있을 것이다. 그의 머리 뒤로는 푸른빛의 서광이 흐를 것이다. 그의 양쪽으로는 6개의 그의 것 보다는 작은 보좌들이 줄지어 있을 것이고 그곳에 그들 선택받은 열두 명이 그의 장관들로 앉아서 일의 결정과 나라의 중요한 사안들에서 그를 보좌할 것이다.

"나는 그의 오른 편에 앉을 것이오" 하고 베드로가 아주 흥분해서 선언했다.

"당신이라고요!" 하고 세베대의 아들 야고보가 소리쳤다. "왜 당신이에요?"

"그분이 나를 좋아하니까요. 그분이 나를 좋아하는 것을 당신도 알잖아요. 내가 그분이 하나님의 그리스도라고 고백했을 때 그분은 기뻐하셨어요. 그분은 내게 왕국의 열쇠를 주셨어요. 그분 말하는 것을 당신도 들었지요."

"그건 아마도 그분이 당신에게 문을 지키는 임무를 맡기려는 게지요" 하고 야고보가 신랄하게 쏘아붙였다.

"그분이 나를 좋아하는 것을 부정할 순 없을 겁니다" 하고 베드로가 성급히 말을 계속했다. "왜 그분이 항상 우리 집에 머물겠습니까?"

나이 든 나다니엘이 꽤나 당황해서 목을 가다듬었다. "내게 묻는다면 그분은 사촌 요한을 제일 사랑합니다. 그분은 항상 그를 찾고 또 자기가 할 수 없을 때는 어머니를 돌보아 달라고 요한에게 당부합니다. 나는 요한이 앞으로 올 왕국에서 틀림없이 높은 자리를 차지할 거라고 생각합니다."

"야고보 형도 그럴 거예요" 하고 요한이 자기 형을 위해서 언성을 높였다. "야고보 형이 한쪽에 나는 다른 쪽에 앉을 거예요. 우린 그분의 사촌이니까요."

"그렇다면 우리 아버지도 그분의 사촌이에요" 하고 다대오가 지적했다. "그 문제라면, 나도 그렇고요."

"그분의 진정한 사촌은 아니지요" 하고 요한이 따졌다. "두 분은 요셉 숙부님의 조카들이지만 요셉 숙부님은 그분의 진짜 아버지가 아닙니다. 우리 모두 믿지 않습니까?" 하고 그는 지지를 얻기 위해 다른 사람들을 둘러보았다. "예수님이 하나님의 아들이라는 것을!"

"물론 우리는 믿지요" 하고 빌립이 설명했다. "그러나 다만 영적인 의미에서만요. 예수님에겐 땅에서의 아버지가 있어야만 하지요. 그 밖의 생각은 상상할 수 없지요." 하며 그는 자기의 현명한 어휘 선택에 미소지었다.

요한의 표정이 고집스럽게 바뀌었다. "하지만 우리 어머니 말씀이, 주님의 어머니가 예수님을 낳으셨을 때 동정녀이셨대요."

야고보가 급히 끼어들었다. "그렇지만 어머니는 우리에게 그 문제를 논하지 말라고 했어요" 하고 그는 동생에게 주의하라는 표정을 지었다.

"그래도 사실이에요!"

"자, 이 모든 것들은 우리에게 도움이 안 돼요" 하며 시몬이 끼어들었다. "예수님이 곧 그분의 왕국을 세운다는 것만으로도 충분해요. 그게 내 관심의 전부 다예요. 나 자신은 그분과 같은 위치에 앉을 자격이 없다고 느껴요. 그리고 그분의 잔을 드리는 사람이나 비천한 궁정지기만 되어도 족해요. 예수님이 우리에게 당부했듯이 우리, 그분의 승리에 마음을 쏟고 개인적 욕심은 접어 둡시다. 우리가 다투고 있는 것을 아시면 주님이 기뻐하지 않을 것입니다."

빌립이 팔짱을 끼고 눈썹을 고추 세웠다. "화해의 말이 열심당원에게서 나오다니? 이건 새로운 일인데요."

"난 항상 내 위치를 명확히 했어요" 하고 시몬이 도전은 아니지만 풍자가 섞인 목소리로 대답했다. "모든 생각들을 더 이상 의미가 없어질 때까지 분석하는 철학자들과는 달리 내 의견은 단순해요. 내가 원하는 모든 것은, 그리고 이제껏 원해온 것은, 우리의 메시아가 사람들을 자유롭게 만들어서 우리가 억압과 절망 없이 평화와 기쁨 속에서 살 수 있게 되는 거예요."

가버나움으로 돌아가는 내내 그들은 계속 다투었고 예수는 앞서서 걸으며 아무 말도 하지 않았다. 그들이 베드로의 집에 도착했을 때 예수가 무릎을 꿇고 그의 작은 여동생 유딧을 안아서 돌려 세웠다. "여러분들, 이 아이를 보세요" 하고 그가 말했다. "여러분들이 아이들과 같이 행동하려면, 그러려면 이 아이같이 부드럽고 믿으려 하고 겸손하고 배우려고 해야 합니다. 이런 것들이 하나님의 왕국에서 여러분들을 큰 사람으로 만드는 자질이지 이기적인 욕망이나 자만심이 아닙니다. 교만은 아버지 앞에 설 자리가 없습니다."

굉장히 분해하면서 그들은 기분이 나빠 말없이 여전히 서로에게 분개하며 자기들의 일을 했다. 10월의 두 번째 주일에 예루살렘에서 초막절을 지내게 될 것이기에 예수는 그들에게 예루살렘으로 갈 준비를 하라고 말했다. 드보라가 임신 초기에 있었기에 레아와 드보라는 가지 않겠다고 말했다. 베드로는 아내의 임신 소식에 기쁘기도 했지만 잦은 병의 발작으로 고통당하는 아내가 걱정되기도 했기에 자기도 역시 집에 머물겠다고 했다. 하지만 드보라는 그 말을 듣지 않고 그가 가겠다고 약속하도록 만들었다. 그녀는 베드로가 있어야 할 곳은 선생님과 함께라면서 시어머니 레아가 자기를 도와서 돌보아 줄 것이라고 말했다. 그녀가 그렇게 강요하는 이유가 부분적으로는 그녀가 아픈 것을 볼 때마다 베드로가 안절부절못할 것이며, 또 남아서 아기 보는 역할을 하게 되면 틀림없이 그가 아파서 자리에 눕게 될 것이기 때문이라는 것을 누구든지 알고 있었다.

그들은 갈릴리 남쪽에서부터 사마리아를 통하는 직로를 이용해서 유대로 갔는데 이는 좀 비정상적이었다. 왜냐하면 사마리아는 엄격한 유대인들에게는 부정한 지역이며 그곳 사람들은 여호와의 축복에 참예할 수 없는 열등한 종족으로 간주되고 있었기 때문이었다. 상당히 강한 편견을 가진 시몬은 여행 중 짜증이 나기는 했지만 그의 순수한 히브리 다리가 사마리아의 흙으로 더럽혀지는 것에 대해 불평을 하지는 않았다.

그렇지만 우레의 아들들이라는 별명을 가진 야고보와 요한은 야지쓰의 사람들이 예수와 그의 일행들이 그들의 마을을 통과해서 지나가는 것을 거부했을 때 화를 냈다. 그들 형제들은 선생님께 그들의 불경함과 진정한 유대교로부터의 이교도적 일탈을 벌하기 위해 불을 내려서 그들의 경작지를 태워버리라고 말씀 드렸다. 예수는 그들 형제들에게 이들은 이방신의 영향 아래 있는 사람들이라며 형제들을 심하게 나무랐다.

그러나 다른 많은 사마리아의 고을들은 예수를 친절하게 영접하였는데, 그 이유는 선지자로서의 그의 명성 때문이기도 했고 또한 여행자들에게 친절을 베풀라는 그들의 오래된 동양적 관습을 지키려는 기꺼운 마음씨 때문이기도 했다. 그 결과로 예수는 사마리아인들 중에서 많은 친구들을 만들었고 많은 사람들이 그가 메시아라고 믿었다.

그들은 예루살렘에 8일 동안 계속될 명절의 첫날이 시작되기 전 저녁에 도착했다. 성막 축제 또는 때때로 초막절이라고 불리는 명절은 광야에서의 이스라엘 백성들의 방황을 기념했으며 추수의 수확을 감사하는 마음을 나타내는 것이었다. 그들 선조들의 사막에서의 40년의 곤경을 공경하고 기리기 위해 유대인 가족들은 천막을 세우고 명절 기간 동안 그 속에서 살았다. 또는 야자나무와 로템나무의 가지로 오두막을 짓고 빛나는 화환과 달콤한 향기의 포도덩굴로 장식했다.

예수와 제자들은 줄에 매달린 호박들과 사과, 밤, 도토리 등의 바구니가 임시로 지어놓은 거처들을 따라 줄지어 매달려 있는 분주하고 화려한 예루살렘의 거리들을 따라 걸었다. 관용과 선의가 흘러넘치는 때였기에 아이들은 마음껏 놀면서 어디서든지 좋은 대로 먹을 것을 얻었

다. 신선한 파인애플, 계피, 과육, 구워낸 빵, 구운 닭고기 등의 냄새
가 흥겨운 유대음악과 외국인들의 거친 말소리들과 함께 서늘한 대기
속에 어울렸다.

세계의 모든 곳에서 유대인들이 이 명절을 지키기 위해 성시로 왔는
데 멀리는 스페인, 이탈리아, 그리고 사르마티아*의 저지대에서도 많
은 사람들이 이 한 번의 명절 나들이에 그간 못 드렸던 모든 제물들을
만회하기 위해 왔다. 그들은 제시간에 도착하기 위해 여름 내내 여행했
다. 이렇게 초막절은 유월절만큼 많은 사람들이 참가하는 종교행사인
데 유월절은 여행하기가 힘든 자주 춥고 비가 오는 겨울 계절의 끝 무렵
에 있었다.

그들은 최근에 입교한 이다말의 아들 다니엘이라는 사람의 넓은 안
뜰에 야영장을 세웠는데 이 사람은 겟세마네 근처에 올리브 농장을 가
진 나이 든, 그리고 존경받는 예루살렘 사람이었다. 그의 부인 타바르
는 당당한 체구의 여자였는데 그녀의 외모만큼이나 강하고 고귀한 믿
음을 가진 여인이었다. 과부가 된 딸 하나가 요나와 같은 나이의 어린
아들인 요한 마가와 같이 그들과 같이 살았다. 두 소년은 곧 친구가 되
어서 떨어질 수 없는 사이가 되었다.

다니엘은 예수에게 예루살렘의 사람들이 예수에 관해 몇 주일 동안
이야기했다고 말했다. 흩어져 살고 있는 많은 유대인들이 그를 볼 수
있는 기회가 없었기에 그가 하는 일을 직접 보고 싶어 했다. 그는 암 하
아레츠 중에서 많은 사람들이 예수에 관한 열띤 토론과 갈등 속에 참여
하고 있다고 말했다. 일부 사람들은 예수가 단지 좋은 사람일 뿐이라고
말했다. 또 일부 사람들은 그가 나쁜 영향을 주어서 사람들을 현혹한다
고 믿었다. 그러나 대다수의 사람들은 그가 약속된 메시아이기를 바랐

---

* 흑해 북부에 위치한 고대의 지역이름.

다. 그러나 그들은 예수를 위해 너무 크게 내놓고 말하기를 꺼려했는데, 그 이유는 바리새인들이 노골적으로 적대시하며 누구든지 예수를 따른다고 공언하면 파문하겠다고 위협했기 때문이었다.

바타샤는 다니엘의 안뜰에서의 대화를 들으며 두려움이 조용히 점차 커져가는 것을 느꼈다. 성전 경비대들이 예수가 사람들을 가르칠 때 매일 그림자처럼 따라다니는 것이, 마치 그를 체포할 수 있는 잘못을 예수가 범하기를 기다리는 것 같았다. 그녀는 자주 사모님과 다니엘의 부인인 타바르를 찾아 힘과 도움을 얻으려 했지만 그들도 역시 당국의 권세 있는 종교적 지도자들의 적대감이 위험해지는 것을 두려워하고 있는 것이 느껴졌다.

명절의 일곱 번째 날 새벽에 바타샤와 사모님과 타바르와 아이들이 축제에 참가하기 위해 성전으로 갔다. 그들은 종려나무와 버드나무와 도금양나뭇가지를 한 손에 들고, 또 다른 손에는 과일을 들고 연도*가 진행되는 동안 적절한 시간에 그것들을 흔들었다. 연도의 끝에 제사장들이 포도주와 물을 같이 제단에 부었다.

예수는 식이 진행되는 중 조용히 한쪽으로 떨어져 서 있었다. 제물을 드리는 순서가 끝나자 그는 성전계단을 올라 제단으로 가서 사람들에게 돌아서서 큰소리로 말했다. "누구든지 목마르거든 내게로 와서 마시오! 그리하면 여러분의 가장 깊은 곳에서 커다란 평안과 행복으로 솟아오르는 생수의 샘물을 갖게 될 것이오." 바타샤의 뒤에 서 있던 여자 하나가 말했다. "진정 저 분이 그리스도이십니다! 저 분의 얼굴을 보세요. 사람의 얼굴에서 저러한 덕스러움을 나는 본 적이 없어요. 이분이 야말로 우리가 기다려 오던 기름 부음받으신 분이 틀림없어요."

"이 사람은 갈릴리에서 왔어요" 하고 그 여자 옆에 있던 다른 여자가

---

* 사회자와 회중이 교대로 주고받는 연속적인 응답기도.

냉소했다. "그는 메시아일 수 없어요. 선지자 미가께서는 그리스도가 다윗 성, 즉 베들레헴에서 나오신다고 예언했어요."

사모님이 몸을 돌려 그 여자를 평온한 잿빛 눈으로 뚫어지게 응시한 뒤에 바타샤와 다른 사람들과 더불어 흩어져가는 예배자들과 함께 자리를 떠났다. "무슨 일 있으세요?" 걸어가면서 바타샤가 속삭였다. "그 여자가 사모님을 모욕했나요?"

"아녜요" 하고 사모님이 조용히 대답했다. "난 단지 그녀의 얼굴을 들여다봄으로써 진실을 알고 싶은 진정한 욕구가 있는지 알아보려 했을 따름이에요. 만일 있었다면 난 그녀에게 예수가 갈릴리가 아닌 베들레헴에서 태어났다는 사실을 말해 주었을 거예요."

그날 느지막하게 바타샤는 소식이 듣고 싶어 시몬과의 접촉을 꺼리는 마음을 젖혀 놓고 그에게 가까이 갔다. 다른 사람들은 공회의 회원인 니고데모라고 하는 나이든 분과 이야기하고 있었지만, 시몬은 그들과 떨어져서 혼자 앉아 있었다. 니고데모는 당국자들이 다 같이 모여서 예수를 신성모독죄로 고발했다는 것을 알려주려고 왔다. 적절한 공청이 없이 그러한 선언을 하는 것은 유대 율법에 어긋나는 것이었다.

"시몬…?" 하고 그녀는 머뭇거리며 물었다. 그녀가 그의 옆자리에 앉자 시몬은 검은 머리를 들어 조심스럽게 그녀를 바라보았다. "당신은 예수님이 위험에 처해 있다고 생각하세요?"

"그래요" 하고 그는 짧게 대답하고 목수칼로 나무조각을 새기는 일을 계속했다. "그러나 베드로와 나는 어떤 희생이 있어도 그분을 지키기로 약속했어요. 바리새인들이 그분을 해치려면 먼저 우리들을 거쳐야만 할 겁니다."

그녀는 안도의 한숨을 내쉬었다. 시몬과 베드로는 제자들 중에서 육체적으로 가장 건장했다. 둘 중 누구도 싸우는 것을 두려워하지 않았다. 그녀는 시몬이 갈릴리의 군중들 틈에서 예수님을 위해 어떻게 스스로 방어벽이 되었는지를 기억했다. 그때 그가 결코 물러서지 않았던 것처럼 이제 싸움이 일어난다고 해도 그는 또 물러서지 않을 것이다.

"유대에 있는 당신의 열심당원 친구들은 당신과 합세해서 예수님께 헌신할까요?" 하고 그녀는 호기심을 갖고 물으며 화제를 바꾸었다.

그는 얼굴도 들지 않고 조각에 전념했다. "난 그들과 갈라섰소. 그들은 예수 바라바라고 하는 사람을 추종해요. 그 사람은 우리 예수님하고는 전혀 달라요."

"그 사람이 여리고 노상에서 로마인 3명을 죽였다는 소문이 난 그 사람인가요?" 하고 그녀는 그와 더 대화를 계속하려고 물었다. 그녀는 시몬과의 개인적 관계가 불가능하다면 최소한 그들이 서로 친구였던 시간으로 돌아가고 싶었다. 그가 그녀를 버렸기에 입은 상처는 내적으로 은밀하게 숨길 수 있었다.

"엘르아살에 의하면, 그는 예루살렘의 열심당원의 대장인데 그 소문은 사실이랍니다. 엘르아살은 우리 예수님은 평화와 사랑을 가르친다고 해서 좋아하지 않아요. 그는 살인과 폭력을 즐기는 바라바를 지지하기는 것을 더 좋아하지요."

"그리고 당신은 이제 더 이상 로마정부를 힘으로 전복하는 것을 묵인하지 않나요?" 하고 그녀는 시험적으로 물었다.

"난 변했습니다" 하고 그는 칼끝으로 조심해서 다듬고 있는 나무 위로 몸을 굽혔다. "모든 제자들 중에서 아마도 내가 제일 많이 변했을 겁니다. 그리고 변하면 변할수록 나는 제자가 되기에 부족한 나의 부적절함과 자격이 없다는 것을 점점 더 깨달아요. 나는 선생님이 그의 왕국을 세우실 시간을 기대하지만 다른 사람들처럼 중요한 자리를 차지하기를 바라지 않아요. 그분은 나를 선택하셨지만 왜 나를 선택하셨는지 난 몰라요. 나는 깨끗하지 못한 사람이거든요."

그녀는 이런 시몬을 본 적이 없었다. 그의 조용한 상처받기 쉬운 모습이 그녀를 감동시켰다. 그녀는 가까이 가서 그의 손을 폈다. "뭘 만드세요?"

"아무것도 아녜요. 그냥 뭔가 손을 바쁘게 만들려 하는 거죠."

"아니 물고기 조각이네요" 하고 그녀가 부드럽게 말했다. 손바닥만한, 거칠고 광은 안 났어도, 그렇지만 모든 세세함에서 완벽해서 각각의 작은 비늘들이 옆의 비늘로 정교하게 이어져 있었다. 머리에서 꼬리까지에는 헬라어가 깊이 새겨져 있었다. 예수 그리스도, 하나님의 아들, 구세주. 각 단어의 첫 글자를 조합하면 다음의 단어가 되었다. ΙΧΘΥΣ* "어머, 예뻐요!"

"별로예요" 하고 그가 부단히 움직이며 말했다. "난 돌에다 새기는 건 익숙해요. 나무는 너무 약해요."

그가 금방 갈 것 같아서, 또 그가 늘 그렇게 느닷없이 행동하는 것을 알고 있기에 그녀는 생각하지 않고 빨리 물었다. "제가 가져도 돼요?"

그녀의 요구에 당황했다는 듯 그는 자기를 비하하는 표정으로 어깨를 으쓱하며 나무조각을 그녀의 손에 놓아주고 일어나서 평소대로의 무뚝뚝한 태도로 다니엘의 안뜰의 포석을 밟으면서 가버렸다.

바타샤는 그 조각을 다니엘의 부인에게 보여주었는데 그녀는 그걸 너무 좋아해서 조각가 친구에게 그걸 들고 가서 똑같이 만들어 달라고 했다. 그리고 또 그녀의 친구들에게 보여주었는데 그 친구들도 역시 복사판들을 만들었다. 시몬은 알지도 못하는 사이에 곧 예루살렘의 수백 명의 사람들이 그의 작은 물고기의 복사판들을 가졌고 그 숫자는 매일 늘어났다. 어떻게 되었는지 복사하는 과정에서 다른 말들은 생략되어버렸고, 단지 신비로운 수수께끼 글자 ΙΧΘΥΣ만이 남았다. 이게 차라리 잘 된 것이다 라고 바타샤는 생각했다. 왜냐하면 이 메시지를 싫어하는 적들은 필사적이고 강력하기 때문이었다. 이렇게 되면 오직 그걸 가진

---

* 헬라어로 물고기라는 뜻.

친구들만이 그 의미를 알 것이었다.

초막절이 지나자 예수와 그를 따르는 사람들은 텐트를 걷고 베다니로 갔다. 베다니는 예루살렘에서 남으로 2마일쯤 떨어진 작고 아름다운 교외였다. 그들은 바타샤가 그때까지 보았던 가장 넓고 아름다운 사관에서 머물렀는데 발코니가 위층을 온전히 둘러 싼 이층으로 된 건물이었다. 화분의 종려나무들과 덩굴 필로덴드론들이 아래층의 마구간의 입구로 가는 몇 개의 아치 길 사이에 놓여 있었다.

그들이 차양이 쳐진 곳으로 들어서 말과 나귀들을 단속할 때 바타샤는 그 청결함을 주목했다. 배설물이나 동물가죽에서 나는 악취가 없었다. 물통과 마초 더미는 단정하게 정돈되어 있었고 각 구획은 구유 속에 신선한 내음을 풍기는 건초들과 더불어 깨끗했다.

예수와 같은 연배의 남자가 나와서 그들을 맞았다. 예수를 보자 그는 힘찬 포옹으로 예수를 감싸 거의 땅바닥에 넘어뜨릴 정도였다. 그의 넘치는 기쁨은 주변 사람들에게 영향을 미쳐 선생님이 그의 애정 어린 인사를 풍성한 웃음으로 답할 때 모두 미소 지었다.

"그래 자네가 드디어 우리를 보러 오셨군!" 하고 예수의 친구는 기분 좋은 힐난조로 말했다. "난 자네의 명성이 너무 높아져 이젠 우리를 잊어버렸다고 생각하기 시작하는 중이었지."

예수는 그의 양쪽 볼에 거친 남자다운 입맞춤을 했다. "자네를 잊어, 나사로? 어떻게 다윗이 요나단을 잊을 수 있단 말인가?"

이 마음을 흔드는 표현이 나사로를 깊은 기쁨의 발작으로 몰아넣은 것 같았다. "아하, 그래 자네는 우리 어머니들이 어렸을 때 우리들을 그렇게 부르곤 했던 것을 아직도 기억한다는 말이지." 그는 한 팔로 예수의 어깨를 둥그렇게 감싸서 자기 옆으로 껴안았다. 그리고 다른 한 팔로 다른 모든 단원들에게 손짓했다. "내 가장 사랑하는 친구의 친구들로서 여러분들을 환영합니다." 말하면서 그는 궁중에서 복종을 약속하듯 절을 해서 모든 사람이 웃었다.

바타샤는 이내 그가 좋아졌다. 그는 사람을 사랑하는 사람들에게서 발견되는 열정적 생명력을 갖춘 다정하고 행복한 사람이었다. 바타샤의 눈에는 그를 한결 훌륭하게 만드는 것은 쾌활하고 거의 충견과 같이 선생님을 영웅으로 숭배하는 그의 마음이었다.

"잔치를 벌여야지, 응?" 하고 그는 예수를 잡고 밀면서 그의 동의를 구하려 고개를 끄덕였다. 예수는 웃으면서 이 친구와 다투어 봤자 소용없다는 듯이 머리를 흔들었다. "그래, 어린 새끼양이 있지. 내 여동생 마르다가 완벽하게 요리해 놓을 거고, 정원에서는 싱싱한 야채를 가져올 것이고, 최고의 포도주가 있지!"

그는 돌아서서 예수를 층계로 인도하며 다른 사람들에게는 따라오라고 손짓했다. 그리고 계속해서 줄곧 이야기했다. 그들은 또 한 차례의 계단을 올라가서 돌 탁자와 화려한 방석들이 놓인 긴 의자들로 장식된 아름다운 옥상의 테라스로 나왔다. 곳곳에 꽃이 피는 관목과 열대 과수의 화분들이 산재했다. 포도나무가 아치형의 격자 시렁 위에 꽃피어 허리 높이의 담장으로 기어올랐다.

사모님을 발견한 나사로는 그녀의 건강과 안녕에 관한 문안을 중간중간에 하면서 그녀에게 입맞춤을 퍼부었다. 그는 남자들에게 양해를 구하고 그녀를 몇 층계 아래로 인도하며 그의 누이들이 어머니를 보면 얼마나 기뻐할지 큰소리로 말했다. 바타샤가 당황해서 물러섰다. 그녀와 사모님이 이 여행에 따라온 유일한 여자들이었다. 수산나는 남편과 아들을 만나서 재회의 시간을 가지려고 다메섹에 갔고 요안나는 구사와 같이 마카이루스에 있었다. 그녀는 그 자리에 남아서 남자들과 어울리기 싫었기에 오라고 하진 않았지만 나사로와 사모님을 따라 터벅터벅 걸었다.

부엌에 도착하자 그녀는 사모님이 이번에는 다시 두 자매들에게 포옹당하며 인사 세례를 받고 있는 것이 보였다. 두 자매는 낮이 밤과 다른 만큼 서로 달랐다. 언니는 큰 골격에 혈색이 좋았고 다정히 웃을 때는 이가 좀 튀어나왔다. 동생은 작고 젊었으며 흘러내리는 검은 머리를 가졌다. 동생에게는 동양의 공주와 같은 연약하고 신비한 태도가 있었다.

나사로가 돌아서다가 비로소 바타샤가 있는 것을 알아보았다. "미안합니다!" 하고 소리치며 그는 자기가 예의 없는 바보였다는 것을 나타내려고 손으로 자기 이마를 찰싹 때렸다.

그는 그녀를 그들 가운데로 인도했고 사모님이 그녀를 제대로 소개하자 그는 바타샤에게 자기가 소홀했던 것에 대해 다시 사과하고 한 번에 두 계단씩 뛰어서 돌아나갔다.

여자들은 요리 솥과 새끼양 요리에 제일 적합한 양념에 대해 이야기하기 시작했다. 신비한 태도를 가진 자매인 마리아는 그녀들의 활발한 대화 속에 끼어들지 않고 있다가 슬며시 옆으로 빠져나가서 예수를 만나러 층계참을 올라갔다.

마르다는 하인들을 멍청하다고 하면서 부엌에서 내보내고는 직접 음식 준비를 떠맡았다. 사모님과 바타샤가 돕기 위해 들어섰고 얼마 안 되어 그들은 땀을 무척 흘렸다 — 마르다가 제일 많이 흘렸다. 마르다의 커다란 솜씨 좋은 손은 완벽을 추구하며 도처에 번득였다. 제법 시간이 지난 뒤에 치즈와 올리브 요리들이 준비되었다. 마르다는 자기가 내가겠다고 주장했다. 바타샤는 놀랐다. 마르다는 이제까지 새끼양에 대해 여왕이 보석을 다루는 것처럼 신경을 썼는데 새끼양에 양념을 넣을 때가 다 되었는데 직접 음식을 내가겠다고 했기 때문이다.

하지만 그녀는 놀랍게도 빠르게 옥상에서 돌아와서 제때에 사모님 손에서 국자를 빼앗아 양념을 하기 시작했다. "자기 할 일을 안 하는 마리아라니요"하고 그녀는 불평을 했다. "게으른 애예요. 여기선 제가 모든 일을 해야 한다니까요. 그 애는 마치 할 일이 하나도 없는 양 위에서 예수님 말을 듣고 있어요. 이거 이제 됐나 보네요"하며 그녀는 양의 뒷다리 부분에서 온전하고 균일하게 고기를 잘라 커다란 타원형 접시 위에 예쁘게 진열하기 시작했다. 바타샤가 보기엔 그 와중에 틀림없이 손가락을 댔을 것 같았다.

지혜롭게도 사모님은 부엌의 다른 쪽으로 가서 냅킨이 깔린 바구니에 빵을 담기 시작했다. 바타샤도 그녀를 따라 그릇에 야채를 담았다.

"제 동생이지만요!"하고 마르다는 큰 접시 위로 서성거리며 불평을 쏟아냈다. "그냥 저기에서 예쁜 엉덩이를 깔고 앉아 있어요."바타샤와 사모님은 알겠다는 표정을 주고받았다. "어머니가 계셨으면 한 대 때리셨을 거예요! 그러면 제 동생은 일주일은 앉아 있을 수가 없을 터이니 게으르게 서서 있어야만 할 거예요. 모든 일들은 내가 하도록 맡겨 놓고….." 그녀의 목소리는 알아들을 수 없는 불평 속으로 잦아들었다.

"이거 제가 할게요"하고 그녀는 산더미같이 고기가 쌓여있는 커다란 접시를 들었다. 그녀의 팔이 불룩하니 나왔고 어깨가 흔들렸다. "두 분은 쉬세요."

사모님과 바타샤는 그들이 갖고 갈 수 있는 만큼을 모아서 들고 세 사람 모두 비틀거리며 계단을 올라갔다. 마르다가 심히 헐떡거렸다.

"저 아가씬 황소예요!"하고 바타샤가 낮은 목소리로 말하자 사모님이 쉿 하고 입을 다물도록 했다.

옥상의 풍경은 평온 자체였다. 나사로와 제자들, 사관의 다른 손님들이 모여서 예수의 말을 듣고 있었다. 예수의 발치에 도취된 표정의 마리아가 있었는데 침착하고 아름다웠으며 미풍이 그녀의 머리칼을 흔들어주고 있었다.

마르다의 내부에서 폭발이 일어난 것 같았다. 그녀는 남자들 사이를 밀치고 들어가더니 갖고 간 것을 탁자 위에 내려놓기 전에 옆 발로 마리아를 거칠게 찼다. 그녀의 타고난 혈색 좋은 얼굴이 검붉은색으로 번져서 주근깨가 거의 보이지 않게 되었다.

바타샤와 사모님도 또한 갖고 온 음식을 식탁 위에 정돈했다. 안도의 한숨을 내쉬고 그들은 담소하며 곧 먹을 음식을 기대하며 보다 편안한 자세를 취하는 다른 사람들과 더불어 자리에 몸을 기대었다.

단지 마르다만이 아직도 서 있었다. 먼저 애피타이저로 나왔던 접시들 중 몇 개가 비었다. 그녀는 그것들을 모아 쌓으면서 커다랗게 덜그럭거리는 소리를 냈다.

그녀의 팔이 예수 앞에 닿았을 때 그가 그녀의 손목을 잡고 놓지 않았다. "왜 그러지요?"

그녀의 턱이 떨렸다. "피곤해서요. 제가 이 모든 일을 했어요."

"무슨 일이든 너무 신경을 쓰지 말아요. 이건 단지 음식입니다. 우린 수수한 사람들입니다. 이렇게 요란한 음식들로 우리를 대접하지 않아도 돼요."

"그래도, 마리아가 도와주기만 했더라면 이렇게 힘들지는 않았을 거예요!" 그녀는 동생에게 비난의 눈길을 쏘았다. "전 이 모든 일을 여기서 하고 쟤는 저 좋은 것만 하고요" 하면서 그녀는 목소리에 눈물이 섞이는 것을 감당하지 못했다.

사람들 위로 완전한 침묵이 덮였다. 당황해서 마르다가 물러가려 했다. "저 … 죄송합니다."

예수는 그녀를 놓아주려 하지 않았다. "어딜 가려고요?"

"가서 좀더 가져오려고요. 쟤보고 절 도와주라고 하세요" 하고 그녀는 머리를 마리아 쪽으로 끄덕였다.

"마리아는 나와 같이 시간을 보내기로 결정했습니다. 난 그녀를 보내지 않겠습니다." 예수의 목소리는 다정했지만 단호했다. "무엇이 더중요합니까. 나와 같이 시간을 보내는 것인가요, 아니면 음식 걱정을 하는 것인가요?" 하고 그는 부드러운 미소와 더불어 물었다.

마르다가 머리를 떨어뜨렸다. "전 그냥 모든 것이 제대로 되기를 원했어요" 말하는 그녀의 목소리가 떨렸다. "전 예수님이 좋아하시는 음식을 드리고 싶었어요."

"마르다, 마르다" 하고 예수는 손을 뻗어 그녀의 이마에서 젖어 흘러내린 머리카락을 빗겨 주었다. "당신은 아직 내게 환영의 입맞춤도 해주지 않았소. 아직 나를 사랑한다는 말도 해주지 않았소" 하는 그의 질책은 부드러웠다.

"하지만 전 사랑해요" 하고 그녀가 진지하게 속삭였다. "제가 사랑하는 것을 아시잖아요." 그녀는 무릎을 꿇고 힘껏 자기를 내어던지며 예수를 끌어안았다. "예수님이 여기 오셔서 너무 기뻐요" 하며 그녀는 그의 한 볼에, 그리고 다른 볼에 입을 맞추었다. "뵌 지 1년이 넘었어요, 얼마나 뵙고 싶었다고요."

"그럼 앉아서 나와 같이 식사합시다" 하고 그는 진솔한 사랑으로 지시했다. "마리아, 언니에게 자리 좀 내주도록 해요."

그 뒤로 계속되는 날 동안 베다니의 사관은 갈릴리에서 베드로의 집이 그랬던 것과 거의 마찬가지로 유대에서의 예수의 본거지가 되었다. 예수의 소문은 팔레스타인 전역에 퍼졌고, 또한 메소보다미아, 수리아, 트라키아, 그리고 서역의 이달리야까지 스며들었다. 왕왕 이렇게 먼 지역에서 사람들이 예수의 가르침을 듣기 위해 사관으로 왔다. 비록 그들 중 많은 이들은 술객이었거나 다른 종교나 철학을 공부하는 학생들이었지만 예수는 항시 그들을 친절히 응접했다. 그들은 자기들의 도시와 문화로 돌아가서 말하기를 예수는 유대의 성전에 약속된 이 땅에 평화를 가져올 메시아라고 했다. 그러면 또 다른 사람들이 직접 보기 위해서 오곤 했다. 단순히 그의 이름을 말하는 것만으로도 사람들의 가슴이 멈추고 듣고, 또 소망을 갖고 믿게끔 되리만큼 소문이 퍼졌다.

예루살렘 근처의 돈 많고 직위 높은 사람들도 예수를 방문했다. 그들 대다수는 은밀히 왔는데 지역에서의 자기들의 확립된 지위를 지키면서 예수 또한 자기 사람으로 만들기 위해서였다. 고리온의 아들 니고데모와 아리마대의 요셉이 그러한 사람들이었다. 한 번은 그들이 방문했다가 아래마대 사람 요셉이 대제사장 가야바에 대해 자세한 이야기를 했다.

"그의 평생의 주된 목표는 제사장 직을 유지하는 것입니다" 하고 요셉이 어느 날 저녁 제자들에게 말했다. "그 강박 관념에서 솟아오른 것이 두려움입니다. 그는 자주 세상 사람이 모두 예수님을 따른다고 슬퍼합니다. 그는 민중들을 경멸하지만 또 그들이 필요하다는 것도 알고 있습니다. 왜냐하면 성전과 제사장의 전통에 대한 민중들의 지지가 없으면 그의 권세와 부가 부서져 내려 먼지가 될 것이기 때문입니다. 민중들은 우리 종교의 의미 없는 규율과 진정한 종교의 결여를 비난하는 선생님의 질책에 귀를 기울이고 있습니다. 민중들은 종교지도자들이 그들의 고된 어깨 위에 부과하는 많은 부담과 불가능한 의무에 지쳐있습니다. 가야바는 자기가 힘과 영향력을 상실하고 있다는 것을 알고 있고 그걸 알기 때문에 그는 잔인하고 사악해졌습니다."

니고데모가 자신 있게 예수에게 몸을 돌렸다. "그러나 걱정하지 마십시오, 랍비*여. 가야바는 제가 원하는 대로 불평을 할 수는 있지만 재판 없이는 선생님에게 유죄판결을 내릴 수 없습니다. 요셉과 제가 선생님의 친구이고, 또 다른 사람들 중에서도 여럿이 선생님이 메시아라는

---

* 선생이라는 뜻.

것을 믿기 시작했습니다. 가야바는 만장일치가 아니고서는 아무 짓도 할 수 없습니다. 왜냐하면 고등법원에서 어떤 조치가 통과되려면 우리들 모두의 찬성이 필요하기 때문입니다. 그것이 법이고 대제사장일지라도 그건 지켜야만 합니다. 선생님께서 시내로 가르치러 갈 때마다 그와 그의 추종자들이 선생님께 성전에서 토론하자고 대들지는 몰라도 그래도 그는 선생님을 해할 수는 없습니다. 또한 그는 선생님께 사형을 선고할 수도 없습니다. 왜냐하면 그 권한은 오직 로마정부가 가지고 있기 때문입니다. 가야바의 손은 묶여 있고, 그리고 그도 그 사실을 압니다."

제 17 장

너의 눈은 그 영광중의 왕을 보며

이사야 33:17 NIV 성경

시몬은 부모와 같이 안식일을 지키러 베다니에서 엠마오까지 7마일 길을 자주 걸어갔다. 때로는 그의 아버지가 시몬과 같이 돌아와 선생님의 발치에 앉아 다른 제자들과 즐겁게 섞였다. 시몬과 이새의 딸 릴라의 약혼은 정식으로 공표되지 않았는데 이것은 시몬을 최근에 압박하는 많은 미해결 문제들 중 또 하나였다. 어느 주일날 아침에 시몬이 아버지와 같이 여행했을 때였다.

"왜 늦어지고 있나요?" 하고 그는 물었다. "의논을 시작하시라고 몇 주일 전에 아버지께 말씀 드렸는데요" 하고 그는 아버지를 일깨워드렸다.

"내 아들아, 그 아이는 아직 어리다. 이새 아저씨는 딸아이가 너무 수줍어해서 지금은 결혼 생각을 못 한다고 말씀하신다. 네가 그 애를 좀더 만나서 그 애에게 부드러운 모습을 보여주면 아마도 좋을 것이다. 선물이라도 좀 주고."

"그렇군요" 하고 시몬이 중얼거렸다. "그녀에게 벌써 선물을 주었어야 했는데요" 하고 그는 시인했다. "그런 생각을 못 했어요. 하지만 아버지, 저는 다정다감한 사람이 아녜요. 저는 구애하는 기술을 공부한

적이 없어요. 저는 어떻게 여자를 기쁘게 하는지, 그리고 어떻게 제가
매력 있게 보이도록 하는지 몰라요."

글로바가 안 됐다는 듯 동의하며 머리를 흔들었다. "이새 아저씨도
릴라가 너를 무서워하고 있다고 말하더라. 다른 누구보다도 관대한 아
버지이기에 그분은 딸이 결혼을 보다 기껍게 생각하기까지는 공식적
약혼을 강요하기 싫어하신다."

시몬이 참지 못하고 씩씩거리며 말했다. "저를 무서워한다고요!" 하고
그는 큰소리를 냈다. "난 결코 그녀가 날 무서워할 짓을 안 했는데요."

"나도 안다. 내 아들아" 하고 글로바가 대답했다. "아마도 그 애를 겁
나게 만드는 것은 네 몸집과 불 같은 태도일 것이다." 말하고 그는 웃음
을 숨겼다. "당분간 이 문제에 대해 이새 아저씨에게 말하지 않기로 난
작정했다. 넌 날 믿어야 한다. 내 아들아, 널 대신해서 내가 제대로 하
고 있다는 것을. 유대의 좋은 아버지는 결혼과 같은 중요한 일에서 항
상 그의 아들을 위해 최선을 다한단다."

"잘 알겠어요, 아버지" 하고 시몬은 동의하고 그 일을 맘속에서 잊어
버리려 할 때 그들은 나사로의 사관에 가까워지고 있었다. 시몬은 예수
를 만나러 옥상으로 올라갔다. 예수는 날이 좀 쌀쌀해도 하루의 이 맘
때는 돌화로 주변에서 제자들을 만났기 때문이었다. 글로바는 따뜻한
열을 내는 요리용 화로 앞에 여자들이 습관적으로 모여 있는 다락방으
로 향했다.

바타샤가 시몬의 아버지를 미소로 맞으면서 가까이의 방석에 앉으시
라고 손으로 안내했다. 그녀는 기대를 갖고 그가 오는 것을 기다리게
되었는데, 그 이유는 그의 즉각적 기지와 사람들을 즐겁게 하려는 성
격, 그리고 때로는 그의 유일한 아들을 포함한 사물의 모든 모습들에
대해 부풀려서 하는 이야기들 때문이었다. 그녀는 글로바와 같이 편안
하고 사람들과 잘 어울리는 분이, 앞뒤 안 가리는 격렬한 성격 때문에

사람들을 멀리하게 만드는 시몬과 같은 아들을 둔 것이 흥미로웠다. 또한 그들 부자의 얼굴은 닮은 점이 좀 있어도 그들의 체격에는 현저한 차이가 있다는 것이 그녀를 놀라게 만들었다. 시몬은 아버지보다 족히 6인치는 더 높게 하늘로 솟았다.

글로바가 설탕과 향신료를 섞은 포도주 잔을 들고 앉자 그녀는 호기심을 감추려 하지 않고 그것에 대한 화제를 꺼냈다. "아저씨의 아드님은 어떻게 당당한 체격을 갖고 태어났지요?" 하고 그녀는 물었다. "어머님이 키 큰 집안에서 오셨나요?"

"그 반대예요" 하고 글로바가 등을 기대고 다리를 꼬면서 대답했다. "우리 집사람 한나의 사람들은 꽤 작아요." 그의 검은 눈동자들이 장난스러운 빛을 띠었고 그의 목소리는 익살스러워졌다. 바타샤는 이러한 태도를 그가 재미있는 이야기 하나를 시작하려는 전조로 인식했다.

"사실은 아가씨가 질문했다는 것이 재미있어요" 하고 그는 말했다. "물론, 내가 지금부터 아가씨에게 말하는 것은 철저하게 비밀로 지켜야 해요. 우리 아들한테 이야기해도 안 돼요, 왜냐하면 이건 아들에게조차도 비밀로 해왔으니까요."

"알겠어요" 하고 그녀는 웃음을 참으며 대답했다. "절 믿으셔도 돼요. 저는 뒤에 가서 소문이나 내고 돌아다니는 여자가 아니에요" 하고는 그녀도 다리를 꼬면서 뒤로 기대앉아 얼굴을 심각한 표정으로 바꾸었다. 그녀의 차분한 푸른 눈이 그의 눈과 만났다. 그의 눈은 검고 익살이 숨어 있었다.

"오래 전에," 하며 그는 시작했다. "사실은 몇 백 년 전이죠. 내 선조 중의 한 분이 블레셋 여인 하나와 미친 듯한 사랑에 빠졌지요. 내 아들은 이 이교도와의 사랑에 관해 아무것도 모르고 나도 그가 이 사실을 알기를 원치 않는 다는 것을 알아야 해요" 하고 그가 경고조로 덧붙였다. "내가 이걸 우리 족보에서 말살하느라고 굉장히 조심했어요."

"제 입술은 봉해졌어요"하고 그녀가 그를 안심시켰다.

글로바가 갑자기 한숨을 내쉬더니 손으로 그녀를 믿는다는 의미의 손짓을 했다. "우리 가문의 남자들은 항상 정열적인 것으로 유명하지요"하고 그는 낮은 목소리로 털어놓았다. "나의 선조, 말기수아라는 분이 이 이교도의 여인을 너무도 사랑했기에 우리의 혈통을 순수하게 지킬 것을 요구하는 옛 규례도 어기고 그녀와 결혼했지요. 결혼식은 아름다웠으며 다분히 이교도적이었지요. 소문에 의하면 고믈라 — 그 여인의 이름이었지요 — 는 꽃으로 된 옷을 입었는데 그녀의 몸이 많이 노출되도록 일부러 만들어진 옷이라고 해요. 그녀는 머리에는 클레마티스로 짠 화관을 썼고 어깨에서 등까지는 만개한 수백 송이의 장미가 열을 지어 흘러내렸어요. 그리고 둔부에는 주홍빛 아네모네의 허리띠를 둘렀지요.

그는 잠깐 멈추었다 덧붙였다. "아가씨는 향수 만드는 사람이니 그녀가 걸으면서 풍기던 향기를 짐작할 수 있겠네요." 그녀가 냉소하듯 고개를 끄덕이자 그는 계속해서 말했다. "그들은 노란 햇살이 터져 나오는 오래된 강우목(rain tree)* 아래서 서약을 했답니다."

"아주 로맨틱하네요"하고 바타샤가 토를 달았다.

"그럼요, 말하기 뭣하지만 말기수아 할아버지는 너무 심할 정도로 로맨틱했지요. 그분은 그녀의 부족들 속에서 살려고 자기 부족들을 버렸어요. 그분들은 동굴에서 살았고 3년 동안 아주 행복했어요. 고믈라가 아들을 낳았고 그 아들을 둘 다 끔찍이 사랑했지요. 부족간 전쟁 중 고믈라는 살해당했고 말기수아 할아버지는 지독한 상처를 입고 죽은 줄 알고 방치되었어요. 사내애는 싸움이 시작되었을 때 그 아버지가 숨겨두었던 아마포 더미 아래 안전하게 누워 있었지요. 말기수아 할아버

_____
* 콩과 나무로 열대 아메리카 원산.

303

지는 회복되어서 아들을 자기 부족 사람들에게 다시 데리고 와서 히브리 사람으로 키웠지요"하고 말하고 그는 주목을 끌려고 잠깐 쉬었다. "그러나 그분은 재혼하지 않았지요. 그분은 자기의 마음을 고블라 할머니에게 바쳤기 때문이죠."

"너무 감동적이에요"하고 말하고 바타샤는 소리 없는 웃음을 잔속에 감추기 위해 포도주 잔을 잡았다. "그런데 이 모든 것이 시몬의 키와 무슨 상관이 있지요?"하고 그녀는 잔을 다시 내려놓으면서 물었다.

"아, 내가 말을 안 했나요?"하고 글로바는 자기 이마를 찰싹 때렸다. "고블라 할머니는 여자 거인이었어요. 말기수아 할아버지는 키가 고블라 할머니의 허리밖에 안 왔지요. 그분들의 아들은 자라서 준 거인이 되었고, 그리고 그때로부터 매 10번째 세대에 우리 가문에는 준 거인이 태어났지요."

"정말이에요?"하고 그녀는 휘둥그레진 눈으로 믿는 표정을 보였다. "정말, 이 멋진 사실을 알려주신 것에 대해 확실한 감사를 드려야만 하겠어요. 저는 항상 시몬이 격세유전과 같은 산물이라고 생각했어요."

그는 일어서면서 스스로 낮게 낄낄거리며 좋아했다. "자, 나는 이제 엠마오로 돌아가야만 하겠네요. 그렇지 않으면 내 사랑 한나가 걱정할 테니까요."

"다음에 시간이 더 있으실 때는요"하고 그녀는 다정하게 부탁했다. "아드님이 어떻게 하나님을 두려워하지 않을 정도의 호전성을 갖게 되었는지 말씀해 주셔야만 해요."

글로바가 히죽하니 웃으며 그녀의 손을 잡았다. "아, 그래요, 우리에겐 헷 사람의 피가 좀 흐르지요, 그걸 인정해야 하겠지요. 헷 사람 하마르가 유대의 공주 하나와 맹렬한 사랑에 빠졌지요. 그는 강한 무사였고 전장에서 두려움을 모르는 사람이었어요. 그렇지만 그는 어린 양과 같은 가슴을 가졌기에 속이 부드럽고 온유해서 커다란 사랑을 할 수 있었지요."

"에이" 하며 그녀는 시몬이 그런 성격을 이어받았을 가능성에 대한 그녀의 의심을 감추려 하지 않았다. 그는 그녀의 손을 꼭 쥐었다 놓고 걸어가며 웃었다.

매일 아침 예수는 엄숙하게 성전을 향해 얼굴을 돌렸다. 선생님의 적들이 그를 못살게 굴고 그의 가르침을 비웃기 위해 숨어서 기다리고 있다는 것을 알고 있기 때문에 시몬은 거룩한 성*으로 들어가는 것이 두려워졌다. 안식일 오후 일찍 그들이 샘문을 경유해 시내로 들어갈 때 그들은 동냥을 받기 위해 애처롭게 노래하고 있는 장님을 만났다.

"오, 사람들이여. 긍휼히 여기시오! 나는 어미의 자궁의 암흑에서부터 세상의 암흑으로 나왔습니다. 자비로우신 여호와여, 한 번도 낮의 빛을 보지 못한 이 불쌍한 사람에게 긍휼을 베푸십시오!"

그는 꽤 어려서 요한의 나이 정도였다. 시몬은 그를 불쌍히 여겼는데 운명이 정상적 삶과 젊음의 기쁨을 그에게서 앗아갔기 때문이었다. "주님" 하고 그는 물었다. "누구의 죄입니까. 이 사람입니까, 아니면 그 부모입니까? 왜 그는 소경으로 태어났습니까?"

"누군가가 죄를 지은 것이 아닙니다" 하고 예수가 대답했다. "그가 소경으로 태어난 것은 오늘 하나님의 권능이 그에게서 나타나도록 하기 위해서입니다" 하고 그는 멈추어서 흙을 좀 집었다. "내가 그에게 눈을 만들어주겠습니다. 그러면 사람들은 내가 세상의 빛인 것을 믿을 것입니다."

---

* 예루살렘을 가리킴.

그는 흙에 침을 뱉어 진흙을 만들었다. 그는 그것을 그 사람의 눈에 연고마냥 바르고 그에게 말했다. "실로암 못에 가서 씻으시오."

그 사람은 즉각 순종하며 일어서 손으로 성벽을 더듬으며 찾아서 성문을 빠져나가려 했다. 시몬이 일어나서 그에게 연못으로 가는 지름길을 안내해 줌으로써 도우려 했다. 예수가 시몬을 제지하며 비록 그가 치유받기 전에 넘어지고 더듬어야만 하더라도 자기 길을 자기가 찾는 것이 그에게 중요하다고 알려주었다.

다음날 오후, 니고데모가 사관으로 찾아왔다. 그는 흥분해서 이야기했다. 시내의 모든 사람들이 에노스, 그 소경의 기적에 관해 말하고 있다고 했다. 너무도 큰 소동이 났기에 성전의 관원들이 그 사건을 심문하기 위해 그 사람을 법정에 데리고 갔다. 에노스는 한 선지자가 진흙을 그의 눈에 바르고 실로암 못에 가서 씻으라고 했다고 설명했다. 믿지 못하는 제사장들은 심문하기 위해 그의 부모들을 소환했다. 파문당하는 것이 두려워 그들 부모들은 그들의 아들이 날 때부터 소경이었으며 그가 어떻게 갑자기 보게 되었는지 해명할 수 없다고만 이야기했다. 관원들은 다시 에노스를 불러들였다. 그들은 누군가가 진흙으로 그에게 눈을 만들어주었다는 사실을 부인하게 만들려고 노력했다.

예수가 니고데모에게 귀를 기울여 계속 듣고 있다가, "그래, 에노스가 나를 부인했습니까?" 하고 질문하면서 끼어들었다.

"진정코 주님, 그는 부인하지 않았습니다!" 하고 니고데모가 답했다. "저는 암하아레츠 중 어느 누구도 법정에서 그렇게 용감히 서 있는 것을 전에 본 적이 없습니다. 그는 가야바에게 자기 스스로 생각하는 것만큼 똑똑한 사람이라면 그런 어리석은 질문들을 하지 않을 것이라고 말했습니다. 그는 시간이 시작된 이래로 그와 같은 기적을 행한 사람은 아마도 땅의 흙으로 아담을 지으셨던 여호와 이외에는 아무도 없었을 것이라고 했습니다. 그는 그들에게 그들이 주님이 누군지 모른다면 바로 그들이 눈이 먼 사람들이라고 말했습니다. 가야바는 성전 수비병들에게 에노스를 밖으로 집어던지라고 명령했습니다. 그들은 굉장한 허세를 부리며 그를 집어던졌고 그 불쌍한 사람은 많은 군중들이 지켜보는 가운데 보기 민망하게 거꾸로 땅에 떨어졌습니다."

예수가 소리 없이 웃었다. "우리 다시 시내로 갑시다" 하고 그는 제자들에게 말했다. "난 에노스가 나를 만나서 우리가 친구가 되기를 원합니다."

예수와 그의 기적에 관한 흥분된 이야기들이 들불과 같이 예루살렘 사회의 각계각층으로 퍼져나가자 본디오 빌라도가 예수의 정치적 야망에 대해 걱정이 되어 사절을 나사로의 사관으로 보냈다. 그 사절은 다른 사람 아닌 작은 야고보의 동생인 요세였다.

그가 제자들 중 한 사람의 동생인 것을 알자 마르다는 그를 따뜻하게 환영했다. 작은 야고보는 좀 냉담했고 시몬은 요세가 그들이 있는 방으로 들어올 때 차가운 침묵을 지켰다.

"어머니는 어떠시냐?" 하고 작은 야고보가 요세에게 화로 곁의 의자를 권하면서 물었다. "네가 우리 일을 하청주고 어머니를 시내로 모셔간 뒤에 난 어머니를 못 뵈었다."

"어머닌 괜찮아요. 형이 한 번도 우리의 새로운 집에 찾아오지 않는 것이 어머니의 유일한 불만이에요. 어머닌 형이 우리가 최근에 부자가 된 것을 질투한다고 생각하세요."

"제발 난 질투하지 않는다고 어머니를 안심시켜다오" 하고 작은 야고보가 신랄히 말했다.

"형이 직접 안심시키세요" 하고 말하곤 요세는 의자에 자리 잡고 앉아서 조심스럽게 자기의 번쩍거리는 겨울외투를 손질하기 시작했다. 그에게서 감송향이 우러나왔고 짧게 자른 머리에서는 지독히 강한 냄새가 나는 기름이 묻어났다. "난 나사렛의 예수님과 대화하기 위해서 왔어요. 그분은 어디 계세요?"

"그분은 잘 가시는 동산에 기도하기 위해 가셨다. 네가 그분께 원하는 것이 무엇이냐?"

요세가 형에게 거드럭거리는 미소를 보냈다. "형도 알듯이, 내 가까운 친구 몇 명이 빌라도 총독의 자문역예요. 그들이 총독에게 예수의 움직임과 그가 공회에서 일으킨 소요에 대해 계속해서 보고하고 있어요."

"예수님은 소요를 일으키지 않으신다" 하고 작은 야고보가 날카롭게 받아쳤다. "만일 소요가 있다면, 그분을 반대하는 바리새인들과 사두개인들이 일으킨 것이다."

"논란의 여지가 있는 문제지요" 하고 요세가 냉담하게 말했다. "상황이 걷잡을 수 없게 되어가고 있어서 빌라도 총독이 걱정하고 있어요. 총독이 나를 보낸 것은, 말하자면 말로 랍비를 설득하게 하려는 것이지요. 그런데 그분이 여기 없으면 내 생각엔 여러분 중에서 리더와 이야기를 해야 될 것 같은데요. 그 사람 이름이 뭐지요? 요나의 아들 베드로인가요?"

"베드로는 급한 일이 있어 갈릴리에 갔다" 하고 작은 야고보가 설명했다. "그의 아내가 아기를 가져서 그녀가 괜찮은지 보려고 갔다. 다음 주까지는 돌아오지 않을 것이다."

"그러니까 그냥 돌아가는 것이 어떠냐?" 하고 시몬이 날카롭게 끼어들었다. "우린 네가 말해야 할 어떤 것도 듣고 싶지 않고, 네 젖비린내가 날 소화불량으로 만들어."

요세의 예의를 차리던 허울이 흙으로 만든 마스크처럼 부서져 내렸다. "내게 말조심해요, 시몬. 그렇지 않으면 몇 주일 전에 말썽을 일으키려고 성당에 들어왔던 갈릴리의 열심당원들처럼 죽어 나자빠질 걸요. 빌라도 총독은 간단히 그들을 해치웠고 만일 내가 당신이 열심당원 운동에 속해 있다고 말하면 총독은 당신도 간단히 해치울 수 있어요. 이제껏 내가 입을 다물었던 것은, 다만 당신이 우리 형의 동료이기 때문이에요."

"그리고 네가 내 동료의 동생이라는 사실이 내가 너의 냄새 나는 낯짝을 부숴버리지 않은 유일한 이유지!" 시몬의 성질을 붙잡고 있던 약한 실들이 툭 끊어졌다. 그는 항상 요세를 믿지 않았다. 더구나 요세가 그와 작은 야고보가 그에게 맡긴 사업을 하청을 준 이래로 그는 그 일을 그와 한 번 단단히 따져보고 싶다는 생각을 품고 있었다. "넌 네 웃기는 협박이 날 겁나게 할 거라고 생각하느냐?" 하고 그는 겁주는 웃음을 띠며 말했다. "넌 네가 받들고 있는 이교도의 서바나 녀석을 내가 두려워한다고 생각하느냐? 난 그 녀석과 팔레스타인에 있는 모든 로마 놈들을 마사다* 주변의 붉은 협곡에 집어던져 넣고 그 더미 위에 그 녀석들을 도와주는 패역한 유대놈들을 더 던져 넣고 싶다. 그런 뒤 내가 횃불을 들고 그 놈들을 마른 그루터기 태우듯 태워버리고 싶다."

요세가 벌떡 일어섰고 그의 입술이 움츠러들었다. "당신은 돼지로군요! 천하고 비열하고 쓰레기를 하도 좋아해서 그 위로 올라올 생각도 못하는. 당신과 우리 형은 자기망상에 사로잡힌 랍비에게서 메시아를 발견했다고 생각하는군요. 당신들 둘 다 너무 미련해서 우리가 이미 메시아 — 로마정부 — 를 만났다는 걸 모르고 있어요! 빌라도 총독과 헤롯왕은 당신들이나 랍비와 같은 극단적 유대인들이 가만히만 있으면

---

* 이스라엘 사해 해안에 있는 구릉지의 이름.

우리들을 공정하고 평화롭게 다스릴 거예요. 유대인들이 팔만 뻗어서 새로운 삶의 길을 껴안기만 하면 번영과 공평한 정부가 모든 이스라엘 사람들의 손이 붙잡을 수 있는 범위 안에 있어요."

시몬이 이제는 소리를 질렀다. "넌 제단 앞에서 무죄한 사람들을 죽이는 것을 정의의 행동이라고 부르냐? 넌 성전세를 남용해서 수로를 바꿔 궁궐로 끌어들이려는 짓을 좋은 재정정책이라고 부르냐? 유대의 아낙네가 식구들이 먹을 물을 긷기 위해 한 필롱*을 걸어야 하는데, 빌라도의 여편네 글라우디아는 백합같이 흰 몸뚱이를 목욕물에 담근다." 그는 요세에게서 몇 걸음 떨어져 나와 팔을 흔들었다. "제기랄! 너와 네 일당들이 얼마 전 수로의 일부가 무너졌을 때 그 밑에 있지 않았던 것이 분하다. 그것이 정의의 심판이었을 터인데."

요세의 얼굴이 기름과 땀으로 번들거렸다. "내가 여기 서서 이 모욕을 참아낼 필요가 없군요. 하지만 알아두시오, 이 모든 것을 빌라도 총독에게 말할 것이고, 또 당신이 위험한 열심당원이라는 것도 그에게 알려 줄 것이오. 그리고 시몬, 그들이 당신을 국가의 적으로 십자가에 매달 때 난 아주 기쁘게 바라볼 것이오."

협박에 정말 독이 묻어 나오고 또 자기 동생의 원한 대처 능력을 알고 있기에 작은 야고보가 급히 큰 목소리를 냈다. "그들이 시몬에게 불리한 증거를 찾기가 쉽지 않을 것이다. 그가 열심당원들과 만난 지가 2년도 더 됐어. 열심당원들은 거짓 메시아를 지지하고 있다."

"우린 바라바에 관해 모든 것을 알고 있어요"하고 요세가 말했다. "곧 우린 그를 잡아서 처형할 거예요. 똑같은 운명이 당신들의 랍비를 기다리고 있지요. 비록 그가 나의 친척이긴 하지만 난 그가 로마의 십자가에 매달려서 만들어낼 멋진 광경을 감상할 겁니다."

---

* 약 200미터의 거리.

분노가 시몬을 삼켜서 모든 합리적 생각을 완전히 잊도록 만들었다. 그는 팔을 벌리고 요세를 잡으러 갔다. 빌립과 나다니엘이 옆방에서 달려 나와 작은 야고보를 도와 시몬의 손가락을 요세의 모가지에서 떼어 냈다.

"우리 친척 한 사람이 방문하러 왔다고 마르다가 내게 말하던데요." 하는 사모님의 청명한 목소리가 난장판을 가로 질렀다. 시몬이 물러나서 머리를 흔들며 자제력을 회복하려 했다. 사모님이 와서 마치 아무런 비정상적인 일도 없었던 것처럼 요세의 차고 떨리는 손을 잡았다. "너 요세가 틀림없지" 하고 그녀가 말했다. "내 동서 미리암이 만년에 가진 아들 맞지. 우린 서로 만난 적이 없구나. 난 마리아야, 예수의 어머니지. 난 네 아버지의 동생분인 요셉과 결혼했단다."

그녀의 다정한 태도는 존경심을 일으켰다. 요세가 절을 했다. "숙모님이 오셔서 우리 어머니를 만나보세요" 하고 요세가 충격을 받은 목소리로 말했다. "우리 어머니는 이제 거룩한 성 안에 집을 갖고 계세요. 동편 가에 있는 아주 새 단지에 있는 3번째 건물이에요. 제 이름이 입구 위쪽에 있어요. 바로 며칠 전에 어머니가 오래 못 만났다고 숙모님을 만났으면 하셨어요."

사모님이 미소 지었다. "어머니가 나를 보기 원하신다면 갈릴리로 가기 전에 내가 꼭 가서 미리암 언니를 만나야겠다."

"어머니가 무척 좋아하실 거예요" 하고 요세는 다시 경의를 표하며 고개를 숙인 다음 날카로운 눈길을 시몬에게 준 뒤 가버렸다.

바타샤와 사모님은 그 건물을 별 문제 없이 찾아냈고, 지나치게 번쩍거리는 옷차림을 한 미리암이 그들을 그녀의 집 안으로 인도했다. 방이 그 여자보다 더 멋없게 꾸며져 있는 것을 보면서 바타샤의 눈은 당혹해서 두리번거렸다. 방은 시장의 진열대에서 나온 최근의 유행물들과 장식품들로 그득했다. 대리석으로 된 로마의 정치가들의 흉상 주변에는 어울리지 않게 엉켜있는 야한 모습의 나신의 여신상들이 있었다. 요란한 색깔의 깃털로 만들어진 흉측한 새들이 탁자를 올라타고 있거나 구석에 앉아 있었다. 로마정부를 상징하는 커다란 박제 독수리가 높은 자리에서 그 흥분된 발톱을 푸른 장식이 된 받침대에 박고 번쩍이는 눈초리를 던졌다.

"세월이 당신을 다정하게 대했군요, 아우님"하고 미리암이 그들에게 낮은 탁자 옆의 방석이 있는 자리를 권하면서 사모님에게 말했다. 키가 큰 노예가 느물거리게 웃으면서 포도주를 내왔다. 노예는 상관 않고 바타샤는 믿기지 않는 눈으로 가운데 놓인 장식물, 조개와 모조 진주를 멋대로 접착시켜 먼지가 부석부석한 복합체를 주목했다.

"예쁘지요, 그렇잖아요?"하고 미리암이 자기 생각엔 바타샤가 경탄하고 있다고 생각하며 물었다. "요세가 지중해에서 수입품만을 취급하는 상점에서 사왔지요."

바타샤가 고개를 끄덕이며 미소 지었다. "숨이 막힐 정도네요."

"이렇게 잘 지내고 계신 걸 보니 참 좋네요"라고 사모님은 바타샤를 동서에게 소개하고 나서 말했다. "언니가 요세에게 제가 보고 싶다고 말씀하셔서 기뻐요. 너무 오래 되었어요."

"그래요, 너무 오래되어서 이제는 오해나 언짢은 감정들을 더 이상 품고 있을 수 없지요"하고 미리암이 예의 바르게 답했다. "알패오도, 요셉 서방님도 다 세상을 떠났는데 우리가 모르는 사람인 양 할 이유가 없지요. 난 항상 아우님을 좋아했어요."

항상 관대한 사모님은 산과 같이 쌓여있는 조개 장식물들을 넘어서 손을 뻗어 동서의 손을 꼭 쥐었다가 놓았다.

"예수 아래로 아이들이 몇 명 더 있어요?" 하고 미리암이 물었다. "난 둘째 야고보 이야기는 들었어요. 그 애 이름은 아우님이 우리 시아버지의 이름을 따서 지었지요. 그런데 그 뒤로는 아우님과의 소식이 완전히 끊겼지요."

사모님의 목소리는 동서와의 옛정을 다시 회복하려고 노력하면서 원래의 그 부드러움을 찾았다. "야고보 다음에 저는 룻이라고 하는 딸을 낳았어요. 그 애는 나사렛의 잘 나가는 천막제조업자와 결혼해서 지금은 아이도 있지요. 그다음에 시몬인데, 시몬은 목수가 되기보다는 천막을 만들겠다고 결정했지요. 시몬은 룻의 남편과 그의 상점에서 일하지요. 그다음이 요세인데, 그 애는 언니의 막내아들을 생각나게 하는 애예요. 야고보가 그 애에게 나사렛에서 목수기술을 가르치고 있지요. 내 쌍둥이, 유다와 유딧이 제 막내둥이들이죠. 그 애들은 열 살이에요. 그 애들은 제게 커다란 축복인데, 왜냐하면 요셉이 급작스럽게 죽은 뒤에 ─ 그건 지독한 충격이었는데요, 제가 임신한 것을 알았거든요. 그 애들을 임신하고 있었던 시간은 제게 슬픔과 행복한 기대의 뒤섞임이었지요. 저는 계속해서 곧 세상으로 나올 아기가 요셉의 마지막 선물이라고 생각하면서 스스로를 위로했어요. 제가 두 아이를 빠르게 연속해서 거의 고통 없이 낳았을 때의 제 기쁨을 상상해보세요. 자비로운 하나님께서 두 배의 기적으로 저를 축복하셨어요. 하나님은 사랑하는 한 사람의 상실을 채워주기 위해 두 사람의 사랑스러운 사람들을 제게 주셨어요."

"아우님은 나보다 운이 좋았군요" 하고 미리암이 슬프게 말했다. "나는 야고보와 요세 사이에 네 아이를 잃었지요. 둘은 유산했고 둘은 사산했어요."

"정말 너무 안됐네요" 하고 사모님이 진지하게 말했다.

아기를 가져본 적이 없었기에 바타샤는 이야기에 도움이 될 수 없었다. 그렇다고 그녀가 출산에 관해 말하는 여자들의 이야기 듣기를 꺼려하는 것은 아니었다. 때로는 그녀도 자궁 속에서 아기를 키우고 가슴으로 안아보고 싶었다. 이제 그녀가 병에서 나았기 때문에 그 병을 아기에게 내리 전할지도 모른다는 걱정 없이 아기를 가질 수 있다는 것을 그녀도 알고 있었다. 그러나 아기를 갖기 위해서는 남편이 있어야 했고 그렇게 남자와 같이 있어야 한다는 생각을 할 때마다 그녀는 시몬을 생각했다. 그러나 그녀의 그러한 생각들은 항상 그녀를 막다른 궁지로 몰아가곤 했는데, 그 이유는 시몬이 엠마오의 처녀와 결혼을 할 것이기 때문이었다. 환상에서 스스로를 흔들어 깨우며 바타샤는 미리암에게 예수를 만난 적이 있느냐고 물었다.

그 나이든 여인은 자기의 무거운 목걸이를 짧게 만지작거렸다. "아, 물론 그를 본 적이 있죠. 시내의 사람들은 누구나 다 예수를 보지요" 하고 그녀는 몸을 숙여 중앙 장식물과 잘 어울리는 그릇에 있는 아몬드를 집어서 몇 개밖에 안 되는 불쌍한 이빨로 자근거렸다. "얼마나 멋지게 생긴 남자를 아우님이 아들로 두었는지, 칭찬할 수밖에 없어요, 아우님" 하고 그녀가 사모님에게 말했다. "예수는 결코 멋진 옷을 입고 있지 않으면서도 아주 당당했어요. 그러면서도 그는 큰 권위를 갖고 움직였고 검은 머리와 수염은 항시 아주 잘 손질되어 있었어요. 아우님이 그와 똑같은 눈을 가졌고 머리도 풍성하며 잘 익은 대추야자의 색깔이니 예수가 그런 색깔을 가진 것은 내가 잘 알지요. 그런데 알패오 가문의 모든 남자들은 비정상적으로 키가 작거든요. 난 아우님의 장남은 어떻게 큰 키를 가졌는지 의아스러워요. 그렇다면 요셉 서방님이 진짜 아버지라고 결론짓기가 결코 … 음음" 하고 그녀는 당황해서 빨리 화제를 바꾸었다. "물론 예수는 날 알아보지 못 했지요. 난 군중 속의 많은 사람들 중 하나였으니까요. 청년기에도 날 한 번도 만나지 못했는데 그가 어떻게 날 알아보겠어요? 그렇지만 난 그렇게 많은 사람들에게 메시아라고 불리는 조카를 가졌다는 것이 얼마나 자랑스러웠는지 아우님에게 말해야만 하겠어요."

그래, 하고 바타샤는 생각했다. 세상적인 찬사가 그 무엇보다도 미리암을 감동시키겠지.

미리암은 마실 것을 마시기 위해 잠깐 말을 멈추었다가 다시 계속했다. "한 아들은 예수를 메시아로 신봉하고 다른 한 아들은 그렇지 않으니 그게 우리 집안에 문제를 좀 일으켜요" 하고 그녀는 고백했다. "야고보는 요세로 인해, 또 요세는 야고보로 인해 서로 감정이 상하는 것이 난 두려워요. 하지만 요세라도 예수가 친절하다고 해서 비난할 수는 없어요. 그냥 보기만 해도 사람들은 예수가 좋은 사람이라는 것을 알지요."

그녀는 또 하나의 아몬드를 집어 우묵한 입에 넣고 우물거리며 씹었다. "예수는 병 고치는 은사가 있지요!" 하고 그녀는 큰소리로 말했다. "난 그걸 직접 봤어요. 요세는 아직도 믿지 않지만 난 믿어요, 왜냐하면 난 예수가 절름발이 관절염의 여자를 고치는 것을 보았으니까요. 요세는 그걸 속임수라고 하지만 난 그렇지 않은 걸 알아요, 왜냐하면 내가 그 여자를 장터에서 여러 번 보았기 때문이죠. 그 여자를 볼 때마다 늙음이 나에게 그 여자와 같은 불구를 갖고 찾아오지 않은 것에 대해 자비로운 여호와께 감사를 드렸어요. 주름살이나 이빨 몇 개 빠진 것은 참을 수 있지만 결코 위를 쳐다 볼 수도 없고 하나님의 푸른 하늘도 볼 수 없게 된다는 것은 … 아, 글쎄요 … 그건 정말 고통이에요. 당신은 매일같이 사람들의 흙투성이 발만 쳐다보면서 돌아다니는 것이 좋겠어요?" 하고 그녀는 몸을 돌려 갑자기 바타샤를 쳐다보았다.

"아니, 전혀 아니죠" 하고 바타샤는 급히 확인시켰다.

"그럼요, 나도 안 좋아하고 어느 누구도 안 좋아하겠지요. 그녀가 치유받던 날, 난 군중 속의 사람들이 그녀가 그렇게 18년을 지냈다고 말하는 것을 들었어요. 그냥 상상해보세요! 똑바로 누워서 잘 수 없는 18년을! 그리고 그녀가 먹을 것을 사는 것은 어떤 시련이었을까요? 파는 사람의 눈을 결코 볼 수 없었지요. 그녀가 매번 속임을 당했을 것을 생각해보세요. 그런데 아우님의 아들 예수가 그녀를 순식간에 고쳐주었어요" 하며 미리암은 돌 기념비처럼 굽은 잿빛의 4개의 이빨을 드러내며 사모님을 향해 웃었다. "그녀가 화살처럼 똑바로 펴졌어요. 그리고 그녀는 그녀만큼이나 초라하고 옹이진 손잡이, 그녀의 등만큼이나 구부러진 그녀의 지팡이를 집어던졌지요."

이 수다스러운 노파에게는 무언가 호감이 가는 것이 있다고 생각하며 바타샤는 웃음을 억지로 참았다. 유머감각을 가지고 적당한 거리만 지키면 될 것 같았다.

"아우님은 언제 처음으로 아드님의 놀라운 능력을 발견했어요?" 하고 미리암이 사모님에게 물었다.

"아, 저는 항상 예수가 특별하다는 것을 알고 있었어요, 사실은 그 애가 태어나기 전부터요. 요셉도 알고 있었지요" 하고 사모님은 세세한 내용으로 들어가지 않고 말했다.

미리암은 "흥" 하고 비웃는 소리를 내고는 사모님의 눈길을 피했다. 바타샤는 여기에서 예수에 관한 어떤 신비한 의혹이 — 가족간에 불화를 야기한 어떤 비밀이, 형제와 형제를 서로 반목하게 만든 무언가가 있다는 것을 눈치 채게 되었다. 그것이 무엇이든 미리암도, 사모님도 그걸 털어놓고 이야기하려 하지 않고 있었다.

"예수는 모든 면에서 좋은 아이였어요" 하고 사모님이 조금도 자식 자랑하는 어머니의 태를 보이지 않으며 말했다. "그 애는 상냥한 기질을 갖고 태어났고 자라면서는 배우려는 열성이 있었어요. 요셉은 굉장한 애정을 갖고 예수를 사랑했고 가게에서 그 애에게 목수기술을 가르치면서 많은 시간을 같이 지냈어요. 우리 다른 아들들은 때로 아버지 요셉이 자기들보다 예수를 편애한다고 느꼈지요. 최근까지도 나는 그 애들이 예수에게 상당한 적개심을 갖고 있었다는 것을 몰랐어요" 하고 그녀는 슬프게 말했다.

"그래요, 한 집에서 애들 사이에는 언제나 좀 시샘이 있지요. 가인과 아벨 이후에 그래왔지요" 하고 미리암이 동정적으로 말했다.

사모님은 고개를 끄덕이고는 계속해서 예수의 어린 시절을 회상했다. "예수는 항상 사람들과 어울리기를 좋아하면서도" 하고 그녀는 말했다. "혼자서 한적한 곳으로 가서 걸으면서 많은 시간을 보냈어요. 난 예수가 명상과 기도를 통해 하나님으로부터 직접 많은 것을 배웠다고 믿어요. 예수는 또한 책 읽기를 대단히 좋아했어요."

바타샤는 재미있게 들었다. "저는 나사렛의 회당에 커다란 필사실이 있다는 것을 몰랐어요" 하고 그녀는 말했다.

"사실 크지 않았어요" 하고 사모님이 대답했다. "단지 유대 율법과 족장들의 역사가 담긴 보통의 두루마리 책들이 있었는데, 그것들을 예수는 열두 살 나이에 전부 통달했지요. 그런데 다행히도 가까이에 있는 지포리*가 동과 서 사이의 바쁜 통상로에 위치해 있었지요. 요셉이 다른 문화와 종교권의 머나먼 지역까지 다녀온 사업적으로 아는 지인들과 여행자들, 그리고 교역업자들에게서 두루마리 책들을 많이 빌렸어요. 요셉은 예수가 해면과 같은 마음을 가져서 무엇이든지 읽은 것은 결코 잊지 않는다고 말하곤 했지요"라고 말하고 그녀는 말을 중단하고 대화를 독점하지 않았나, 걱정하는 것처럼 미소를 지었다.

그들의 나이든 여주인은 아몬드 그릇에 다시 신경을 쓰느라고 이야기는 반쯤 듣는 것같이 보였지만 바타샤는 선생님의 어머니가 예수에

---

* 갈릴리 중부지역의 마을, 동정녀 마리아의 부모가 이 마을 사람인 것으로 전해짐.

관해서 말하는 모든 것에 완전히 빠져서 아이일 때의 예수가 어땠을지를 상상하려고 노력했다. 툭하면 나무에서 떨어지고, 물이라면 — 질겁하고 싫어하는 목욕물만 아니면 — 틈만 있으면 뛰어드는 요나하고는 아주 다를 것이라고 그녀는 생각했다.

"예수님은 틀림없이 훌륭한 아이였을 거예요"하고 그녀가 말했다. "사모님이 슬퍼하거나 걱정하도록 만들지는 결코 않았을 거예요."

"예수는 훌륭했어요"라고 사모님이 동의했다. "하지만 한 번은 예수 때문에 아주 화가 난 적이 있었지요. 걱정으로 말한다면 난 걱정이 돼서 죽을 것 같았었지요. 그건 예수가 열두 살 때 바로 여기 예루살렘에서 유월절 기간에 생겼던 일이지요."

미리암의 귀가 쫑긋했다. "난 항상 아우님과 요셉이 명절을 지키러 예루살렘에 온 적이 있었는지 궁금해 했는데요."

"우린 왔지요, 물론"하고 사모님이 대답했다. "우린 항상 제 동생과 동생의 가족과 같이 와서 명절을 지키고 좋은 시간을 가졌어요. 그러나 이 사건이 있었던 유월절만은 사흘간의 공포로 끝났지요."

"예수님께 무슨 일이 생겼나요?"하고 바타샤가 물었다. "다치셨나요?"

"우린 별별 상상을 다 했지요"하고 사모님이 답했다. "우리가 예수가 우리와 같이 없다는 것을 발견했을 때는 이미 갈릴리로 돌아가기 위해 하룻길을 갔을 때였어요. 난 그 애가 살로메 언니와 언니의 아들들과 같이 있는 줄로만 알았고, 살로메 언니는 예수가 나와 같이 있는 줄로만 알았어요. 그 애가 없어진 것을 확인하고는 나는 완전히 공포에 사로잡혔어요. 요셉과 나는 다시 돌아가면서 미친 듯이 길을 수색하기 시작했어요. 그때 우리에겐 야고보와 룻이 있었고 시몬은 젖먹이 아기였어요. 우리는 결국 예루살렘까지 돌아와서 모든 곳을 뒤지기 시작했지요. 나는 노예상이 그 애를 훔쳐간 것이라고 확신했어요. 그들이 어떻게 내 착한 아들을 악하게 학대할 것인가 하는 공포가 날 병이 나게 만들었고, 그러자 젖이 말라버렸어요. 그러자 시몬이 계속해서 울어댔고 다시 세 살밖에 안 됐던 룻을 성나게 만들었지요. 항상 샘이 많은 아이인 야고보가 예수를 잊어버리고 집에 가자고 그랬지요. 그 애는 예수를 좋아하지 않았거든요. 그때가 요셉이 아이들에게 회초리를 든 유일한 때였습니다. 나흘 째 되던 날에 우리들은 간구의 기도를 올리러 성전으로 들어갔지요. 그런데 거기 예수가 있었어요. 건강하고 온전하게, 율법에 대해 토론하는 학식 있는 선생님들 사이에요."

"그래서 사모님은 어떻게 하셨어요?" 하고 바타샤가 물었다.

"난 예수를 심히 야단쳤지요. 그 애는 팔로 나를 감싸고서는 자기는 항상 자기의 아버지를 마음에 두어야만 한다고 말했어요. 나는 그 애가 여호와를 지칭한다는 것을 알았어요. 그리고 내가 때로는 아내로서, 어머니로서 해야 할 많은 일들 — 출산, 육아, 그리고 집안을 단정하고 깨끗하게 지켜야 하는 것 등 — 때문에 자각하지 못했던 무언가가 생각났던 것이 바로 그때였습니다."

"무엇이 생각났어요?" 하고 미리암이 물었다.

"내가 예수를 갖기 전에 날 찾아왔던 천사의 방문이 생각났어요. 그 천사가 여호와께서 나를 메시아의 어머니가 되도록 선택하셨다고 말했어요." 미리암이 뒤로 물러나 깊은 숨을 들이쉬었다. "그래, 아우님은 그걸 정말로 믿어요?" 하고 그녀가 물었다. "당신의 젖으로 그 애를 먹여 키웠고 이가 나려고 하는 그 애의 잇몸을 장뇌로 문질러 주고 그 애의 더러워진 기저귀를 빨고 했는데 — 그런 아우님이 그 애가 선지자가 우리에게 약속한 메시아라고 정말 믿어요?"

"믿지요"라고 사모님이 답했다. "확실히 믿지요. 난 몇 년 동안을 그 생각을 안 하려고 했어요. 오랫동안 난 예수에게 보통 남자의 삶을 살라고 권고함으로써 그 애를 보호하려고 했어요. 그러나 결단해야 할 때가, 내가 결단을 내리고 그 결단을 지켜야만 하는 날이 왔어요. 나의 결단은 온 마음을 다해서 내가 아는 진실을 신봉하는 것이었어요. 아마도 난 고통을 당할 거예요. 오래 전에 한 늙은 선지자가 사단이 단도를 내 가슴으로 밀어 넣을 것이라고 했어요" 하고 말하곤 그녀는 동서에게 한참 뚫어질 듯한 시선을 보내고 나서 덧붙였다. "그렇다 하더라도 난 항상 예수에게, 그리고 그의 신분에 충실할 거예요."

미리암은 방석 안으로 오므라드는 것같이 보였다. "나는 아우님의 믿음을 가졌으면 해요. 믿음은 아름답고 늙지 않지요. 그러나 난 아녜요. 난 안 믿어요."

사모님이 미소 짓고는 팔을 뻗어 그녀의 여윈 손을 다독거렸다. "아직 시간이 있어요, 언니. 그리고 믿고 싶은 마음이 있으면 언젠가 곧 그 바람이 작은 믿음을 낳게 되고 그 작은 믿음이 자라고 성숙하지요. 그러면 언니의 영혼이 커다란 평화와 기쁨으로 솟아오르게 되지요."

제 18 장

여호와께서 나의 흑암을 밝히시리이다

사무엘하 22:29 NIV 성경

　12월이 깊어서 낮이 가장 짧을 때 유대인들은 또 다른 명절 — 수전절을 지켰다. 이 명절의 8일 동안 수백 개의 불붙은 촛대들이 성전의 추운 어둠을 밝혔다. 때로는 빛의 축제라고도 불리는 이 명절은 기원전 164년 기슬래 월* 25일을 기념하는 것이었는데, 이때 애국자 유다 마카비가 한 무리의 유대 용사를 거느리고 수리아의 안티오코스 에피파네스 왕 치하의 헬라의 지배로부터 예루살렘을 재탈환했다. "망치"라고도 불리는 마카비는 이교도의 제물의 피로 더럽혀진 제단을 깨끗이 치우고 성전을 여호와께 다시 봉헌했다. 이것은 전쟁으로 폐허가 된 조국 히브리를 위한 위대한 승리였으므로 히브리인들의 전투 정신과 나라를 지켜주시는 여호와의 뜻의 증거로서 그 뒤로 계속해서 기쁜 축제로 지켜졌다.

　명절의 마지막 날 더 많은 불들이 그 어느 때보다도 더 밝게 타오르고 있을 때 예수가 성전으로 갔다가 사람들을 가르치러 솔로몬의 행각까지 계속 걸어갔다.

---

* 히브리 력으로 9번째 달. 스가랴 7:1 참고.

가야바가 이끄는 유대인들이 계속해서 그를 괴롭히며 똑같은 질문을 연속해서 던졌다. "이보시오" 하고 그들은 빈정거렸다. "당신이 진실로 누구인지 말해 주시오. 우리를 의혹 속에 놓아두지 마시오. 당신이 진실로 그리스도이거든 분명히 그렇다고 말 좀 해주시오."

시몬의 입이 분노로 타들었다. 예수는 벌써 여러 가지 방법으로 여러 번 그가 누구인 것을 그들에게 말했다. 그럼에도 그들은 해로운 벌레 떼처럼 계속해서 예수를 찔러대고 괴롭히며 주변을 감돌면서 그를 공개적으로 참람죄로 고소해 법정으로 데려가 형을 선고할 기회를 기다리는 것이었다. 주위를 둘러보며 시몬은 오늘은 청중들이 많지 않은 것을 주목했다. 날이 추워, 많은 사람들이 추운 바람 속에 성전 행각에 모이기보다는 따뜻한 화롯가의 집에 있기로 한 것이었다.

"내가 누구인지 나는 당신들에게 말했습니다" 라고 예수가 드디어 침착하고 위엄 있게 그들에게 답했다. "그러나 당신들은 믿으려 하지 않습니다. 나는 시내에서 많은 기적들을 행했습니다. 그래도 당신들은 내가 하나님의 권능으로 행한다는 것을 믿으려 하지 않습니다" 하고 그는 숨을 들이쉬어 가슴을 채웠다가 천천히 내쉬었다. "그러나 당신들은 나의 양이 아닙니다. 내 양들은 내 음성을 알며 내가 부르면 열심히 뛰어옵니다. 내 양들은 내가 저희를 내 가슴에 모으며 돌봐 줄 것을 압니다. 왜냐하면 저희는 내게 속했기 때문입니다. 나는 저희에게 영생을 줄 것을 약속했습니다. 그리고 저희는 결코 영생을 잃지 않을 것이며 영원히 멸망치 않을 것입니다. 그리고 아무도," 그는 나무라듯 말했다. "저희를 내 손에서 빼앗을 수 없습니다."

주위에 서 있던 보통 사람들의 작은 무리들은 고개를 끄덕여 동의를 표했다. 그들 중 많은 이들은 예수가 치유하고 위로해 주었던 사람들, 말하자면 장님 에노스, 관절염으로 구부러졌던 여인, 몇 주 전에 돌 맞아 죽을 것을 구해 주었던 창녀 등이었다. 이들과 다른 많은 사람들은 내놓고 예수를 공경했다.

예수가 팔을 하늘로 들어올렸다. 상앗빛 겉옷이 흘러내려 탄력 있고 강건한 근육과 힘줄로 된 힘 있고 남자다운 팔뚝이 드러났다. "나의 아버지는 만유보다 크고 강하십니다. 아무도 나를 따르는 사람들을 나에게서 빼앗을 수 없으며, 아무도 그들을 나의 아버지에게서 빼앗을 수 없습니다" 하고 그는 목소리를 높여 크게 외쳤다. "나와 아버지는 하나입니다!" 그의 선포는 성전의 복도들을 통해 메아리쳤으며 드디어는 지성소까지 들어갔다.

가야바가 신음소리를 내며 가슴을 쳤다. 그는 돌아서면서 리본 장식이 된 에봇*의 가슴 부분을 찢었다. "참람하다!" 하고 그는 비명을 질렀다. "그를 죽여라!"

가야바를 따라온 제사장들과 바리새인들이 옷의 주름 속에 숨겨가지고 다녔던 돌 조각들을 꺼내 드는 것을 보고 시몬은 완전히 경악했다. 예수에 대한 증오로, 그들이 심지어는 성전의 경계 안에서 살인을 도모하게끔 되었다는 사실을 그는 믿을 수 없었다.

그의 심장이 공포로 쿵 하고 울렸다. 그는 예수의 머리를 향해 날카로운 돌을 쳐든 가장 가까이에 있는 바리새인에게 돌진했다. 그러나 시몬이 그를 잡기도 전에 예수의 목소리가 다시 울렸다.

"멈추시오!" 모든 움직임이 정지된 장면과 같이 멈추었다. 심지어는 그의 적들까지도 그의 목소리의 권위에 눌려 본능적으로 대응했다.

그 뒤를 잇는 침묵은 두텁고 긴장된 것이었다. 예수가 그들을 뚫어지게 바라보고 있을 때 그의 얼굴 위로 온갖 종류의 표정들이 빠르게 스쳐 지나갔다 — 상처, 분노, 실망, 좌절, 슬픔 등. 드디어 그가 말했다. "나는 여러분들이 보는 데서 여러 가지의 자비로운 일들을 했습니다" 하고

---

* 제사장의 예복.

그는 낮은 어조로 물었다. "그중 어떤 일로 나를 죽이려고 합니까?"

"선한 일들 때문이 아니다!" 하며 피를 보기 원하는 가야바가 입에 거품을 물고 으르렁거렸다. "우리는 너의 참람함을 돌로 치려는 것이다! 네가 보통 사람으로서 스스로를 하나님이라고 일컫는 것이 옳으냐?"

예수가 계단 위의 그의 자리에서 내려 보았다. 그의 당당한 키와 권위 있는 태도가 가야바를 조용하도록 만들었다. 예수의 그다음 말들은 특별히 그를 향한 것들이었다. 그는 증오도 악의도 없이 친절하게 말했다. 두 종교적 지도자들의 차이는 아연할 정도였다.

"나는 아버지께서 세상을 위해 헌신하도록 세상으로 보내신 자입니다. 나와 아버지가 하나인 것을 여러분들이 알 수 있도록 하기 위해 나는 아버지의 일을 합니다. 그러나 당신들은 이를 믿지 않으려 합니다. 내가 진실을 말하려니와 누군가가 참람한 사람이라면 그건 바로 당신들입니다. 왜냐하면 내가 하나님의 아들이라고 했다고 나를 죽이려 하기 때문입니다."

"그를 돌로 쳐라!" 하고 대제사장이 화가 나서 소리쳤다.

그러나 행동의 시간은 끝나 있었다. 바리새인들의 팔들은 이미 힘없이 그들의 허리로 내려와 있었다. 돌들이 하나씩 하나씩 땅바닥으로 떨어져 내렸다. 사단의 용기가 그들의 가슴에서 빠져나가 그들을 약하고 무기력하게 만들었다. 예수가 걸어 나갔고 사람들은 흩어졌다.

가야바가 화가 나서 옆으로 지나가는 시몬의 어깨를 잡았다. "난 십자가에 매달린 그를 볼 것이다. 하나님의 선택된 민족이 무법 상태에서 망하는 것보다 한 사람이 죽는 것이 나을 것이다. 우리는 이 나라의 종교적 지도자들이다. 그리고 나는," — 그는 자기 가슴을 가리켰다 — "대제사장이다. 관례와 의식은 반드시 지켜져야만 한다. 난 예수와 같은 자가 우리를 완전히 파괴하도록 놓아두지 않을 것이다."

시몬이 대제사장의 흰 손을 내려 보았다. "내게 손대지 마시오" 하고

324

그는 부드럽게 위협했다. 가야바가 그의 팔을 놓았다. "당신은 하나님의 사람이 아니오"하고 시몬이 비난했다. "당신은 세상의 권력과 사람들이 당신의 연보통 속에 넣는 연보에만 관심이 있을 따름이오."

"네 이름이 무엇이냐?" 하고 가야바가 힐문했다.

"글로바의 아들 시몬이오."

"그래 그렇다면 글로바의 아들 시몬, 너도 또한 죽을 것이다. 폭동을 일으킨 자와 참람한 자의 편을 들었으니까."

"그리고 언젠가는 가야바 나으리" 하고 시몬이 이를 갈며 대답했다. "당신은 당신의 제사장의 혈통으로 지옥을 갈라 활짝 열거요. 그곳에서 당신은 이글거리는 불꽃 속에서 당신의 그 멋진 제사장 옷을 입고 활보하고 있을 거요. 그때 당신은 우리 선생님께 자비를 구하려고 소리치고 싶겠지만 당신의 입은 풀무와 같을 거요. 그때도 지금과 같이 뜨거운 공기만 나올 거요."

"너도 죽을 것이다. 글로바의 아들아!" 하고 가이바는 떠나가는 시몬에게 소리쳤다. "너희들 모두! 고문과 수치 속에서. 너희 우두머리를 중심으로 십자가에 매달릴 열두 명의 배반자들. 그것이 너희 그릇된 소망의 마지막 결과일 것이다."

그들은 침묵 속에 베다니로 걸어 돌아왔다. 차고 슬프게 흩날리며 진눈깨비와 섞인 비가 내리기 시작했다. 시몬은 거친 겉옷을 떨리는 몸 위로 꽉 끌어당기고, 바람이 불어오자 두건을 얼굴 위로 끌어 당겼다. 어두운 북녘 하늘에서 겨울천둥이 불길하게 울렸다.

그들이 사관에 도착하자 예수는 회의를 소집했다. 성전에서의 폭력 사건은 언급하지 않고 그는 그와 제자들이 페레아* 지역에서 얼마간 지내기 위해 동쪽으로 갈 것이라고 선포했다. 그는 시몬에게 떠나기 전

---

* 요단강 동부지역.

에 부모님께 인사드리기 원하면 엠마오로 곧장 떠나라고 말했다. 바타샤에게는 어머니를 모시고 요나를 데리고 갈릴리로 돌아가라고 지시했다. 빌립은 최근에 아버님이 아프시다는 전갈을 받았기에 막달라까지 여자들과 같이 갔다가 거기서부터 벳새다로 가도록 했다. 아버님을 만나 뵌 뒤에는 빌립은 요단강 동부지역을 경유해 유대로 돌아와 페레아에서 그들과 재회할 수 있을 것이었다. 예수는 그들 모두에게 봄에 예루살렘에서 다 같이 유월절을 지내도록 다시 모이자고 제안했다. 주님의 뜻에 따라 바타샤와 그녀의 일행은 그다음 날 나사로와 마르다와 마리아에게 수없는 포옹과 다정한 작별인사를 한 뒤 출발했다.

사흘 뒤 그들은 불순한 날씨 속에 막달라에 도착했다. 바타샤의 따뜻한 분홍색 빌라가 많은 화로들과 새로 세탁한 털 양탄자, 담요들과 같이 그들을 환영해주고 위로해줬다. 수산나는 다메섹에서 최근에 돌아왔는데 그들에게 수프를 만들어주었고, 그레테는 암탉이 반쯤 물에 빠진 병아리들에게 하듯 그들을 걱정해주며 혀를 찼다.

마른 옷으로 갈아입은 빌립은 가장 늦게 식탁에 나타났다. 바타샤의 침실에 붙어 있는 대리석 목욕시설을 이용해서 그는 씻고 면도했다.

"이제야 당신은 내가 알고 있던 그 빌립 같이 보이네요"하고 바타샤가 놀렸다. "좀 전엔 노상강도처럼 보였는데요."

빌립은 매끈한 턱을 문지르며 미소했다. "난 수염을 기르려고 결심했었어요. 예수님과 다른 이들은 전통적인 히브리 풍의 아주 근사한 수염들을 가졌어요. 그런데 웬걸요! 가렵기 시작하고 날 귀찮게 했어요. 난 가려운 단계를 견뎌내야 하는 참을성이 없어요. 난 알렉산드리아의 대학시절부터 면도를 했어요. 내 생각엔 나의 겉모습은 항상 유대인보다는 헬라 사람이나 로마인을 닮을 것 같아요" 하고 말하는 그의 어조는 미안하다는 투였다.

"당신은 당신에게 가장 잘 어울리고 잘 맞는 식으로 옷도 입고 몸단장하는 것이 좋아요" 라고 말하고 사모님은 카르다몸 향신료가 든 뜨거운 차를 한 모금 마시고 말을 계속했다. "하나님은 중심을 보십니다. 외모가 전통적이거나 유행을 따르는 것이거나 또는 사회적으로 용납되거나 혹은 그렇지 않거나 하는 것은 거의 중요하지 않아요. 솔직히 말해서 나는 지금의 당신과 다른 모습의 당신을 상상할 수 없어요."

"사모님, 당신은 친절의 화신이십니다" 하고 말하고 그는 바타샤를 향했다. "당신도 지금의 내가 좋아 보인다고 생각해요?"

"제 의견은 보류하겠어요" 하고 바타샤가 장난스럽게 웃으며 답했다. "사모님의 칭찬이 이미 당신을 우쭐하게 했잖아요."

그는 한숨을 쉬고 깊은 상처를 받은 척했다. 그들이 평화로운 침묵 속에 계속 식사를 하고 있는데 빌립이 말을 꺼냈다. "언제 유다와 유딧을 뱃새다에서 데리고 오실 계획을 세우셨나요?" 하고 그는 사모님께 물었다.

"날만 좋으면 언제든 살로메 언니의 집으로 갈 거예요. 애들이 무척 보고 싶지만 무슨 이유에서든 이런 나쁜 날씨에 애들을 밖에 내놓고 싶지는 않아요. 난 애들이 살로메 언니의 집에서 행복하게 잘 지내는 것을 알아요. 유일한 걱정이 있다면 세베대 형부가 애들한테 너무 잘해줘서 버릇이 나빠질까 하는 거죠" 하고 덧붙이며 그녀는 웃었다.

"제가 애들을 데려오면 안 될까요?" 하고 빌립이 제안했다. "아버지를 뵌 후에 애들을 제 마차에 태워서 데려온 뒤 페레아로 떠나면 될 텐데요."

일주일 뒤에 비가 멈췄고 태양이 구름 뒤로 나와서 갈색 흙투성이의 풍경을 엷은 노랑 빛으로 물들였다. 그러나 가끔 불어 닥치는 강한 바람은 깜짝 놀라도록 뺨을 후려쳐 눈물이 나오게 하는 모진 모서리가 있었다. 빌립이 두 마리의 기운찬 말이 끄는 화려한 마차를 타고 도착했다. 유다와 유딧이 두꺼운 털 덮개 속에 누에고치처럼 쌓여서 빌립의 양쪽에 하나씩 앉아서 같이 왔다. 애들의 빨개진 코와 들뜬 눈만이 보였다.

바타샤와 사모님이 겉옷을 부여잡고 애들을 만나러 뛰어갔다. 애들이 기쁨의 힘찬 탄성을 지르며 어머니의 품 안으로 날아들었다. "요나는 어디 있어요?" 하고 유다가 활기 있게 물었다.

"나무집에 있을 걸" 하고 바타샤가 말했다.

유다가 함성을 지르고는 나무집을 감추고 있는 잡목 숲을 향해 달려갔다. 요나에게 답변의 외침이, 그리고 멀리서 웃음소리가 들려왔다. 유딧이 움직이지 않고 서 있었으나 외톨이가 된 눈물이 눈에 고이기 시작했다.

"이리 와라, 아가야" 하고 사모님의 딸의 손을 잡았다. "우리 따라가서 그 애들이 잘 있나 살펴보자." 유딧이 이젠 마음이 훨씬 놓였는지 웃으면서 엄마 손에 매달렸다.

"바람을 피하세요" 하고 바타샤가 충고했다.

"그렇게 할게요" 하고 사모님이 뒤를 쳐다보며 대답했다. "애들이 그렇게까지 오래 놀지는 않을 거예요, 내 생각이지만."

빌립과 바타샤가 앞방에 편안히 자리를 잡자 수산나가 그들에게 따뜻한 카밀레 차와 꿀 버터를 바른 아주 얇은 가루 반죽 과자를 내왔다.

"아버님은 어떠세요?" 하고 그녀가 물었다.

"내가 생각한 대로였어요 — 통풍이 온 거죠. 난 어머니가 믿던 헬라인 의사를 쫓아내고 그 친구의 말도 안 되는 처방을 집어던졌지요. 그런 뒤 나는 엄밀하게 아버지가 무엇을 잡수시는지, 그리고 그것이 어떻게 준비되는지를 감시했지요. 사흘이 안 돼서 붓기가 빠지고 아버지는 걸어 돌아다니셨어요."

"심하지 않아 다행이네요"하고 말하면서 그녀는 평소의 침착한 성격과는 어울리지 않는 긴장감이 빌립에게 깔려있는 것을 느꼈다. 그 이유가 무엇인지를 알 수가 없어 그녀는 불안하고 걱정스러운 반응을 보였다.

그가 그들 사이에 놓인 방석을 치우고 가까이 와서 그녀의 어깨를 자기 팔로 감쌌다. 그녀가 머리를 숙이자 그는 그녀의 턱을 쳐들고 입을 맞추었다. 그녀는 가만히 있으면서, 그냥 세련되게 입맞춤을 당했다는 단지 지적인 인정보다 무언가 더 깊은 것을 기다렸다. 아무것도 그녀의 속을 흥분시키는 것이 없었다. 그녀의 생각은 시몬에게 흘러갔다 — 갈릴리 해변에서 그의 불 같은 급작스러운 열정, 엠마오의 처녀에게 약혼하기 이전의 그의 강렬한 작별인사 등.

"나와 결혼해 줘요"라고 빌립이 말하고 그녀의 시선을 붙잡으려고 그녀에게서 떨어졌다.

"아니요"라고 그녀는 잠깐 생각하지도 않고 속삭였다. "할 수 없어요."

"왜 안 됩니까?"하고 그가 뒤로 물러나며 물었다. "우린 어울리는데요. 우린 마음이 맞는데요. 난 당신이 날 좋아한다고 생각했어요."

"아, 빌립, 너무 미안합니다. 물론 전 당신을 좋아해요. 그러나 …" 하고 그녀는 적당한 말을 찾느라고 말을 멈추었다. "그러나 저는 절대로 결혼하지 않기로 작정했어요. 저는 우리의 관습에 따라 아버지가 결혼을 준비해 주어야만 하는 젊은 처녀가 아니잖아요. 저는 가족이 없어요. 저는 오랫동안 혼자 지냈어요. 저는 제가 옳다고 믿는 것을 제 스스로 선택할 자유가 있어요."

"그리고 당신은 우리가 결혼하는 것이 옳지 않다고 생각한다고요?" 하고 묻는 그는 분명히 마음이 상해서 흔들리고 있었다. 그는 갑자기 일어나서 천천히 걷기 시작했다.

"아니, 그런 뜻으로 말한 것은 아니고요"라고 그녀는 몸을 앞으로 숙이며 눈으로는 이해해달라고 사정하면서 말했다. "저는 여자가 결혼하려는 남자에게 느끼는 것과 같은 것을 당신에게 느끼지 않는다는 것을 의미했어요."

그가 신음했다. "너무 솔직해요. … 항상 너무 솔직해요."

"아, 제가 너무 아둔했어요"하고 그녀가 비탄에 빠져 말했다. "제가 당신을 여기까지 오게 한 것을 알아요, 그렇지만 전 당신을 좋아해요, 빌립"하고 그녀는 그에게 확실히 말했다. "저는 당신을 사랑하고 당신이 청한다면 결혼할 수 있을 것이라고 생각했어요. 그런데 할 수가 없어요. 제발 절 용서하시고 전처럼 친구관계로 돌아가요."

"아니오!"하며 힘주어 말하고 그는 외투를 집었다. "그냥 친구가 되자는 말은 내게 하지 말아요. 내 감정은 지금 너무 쓰라려서 그런 생각을 포용할 수가 없어요."

"아, 저는 당신을 완전히 잃어버렸군요."그녀는 탄식하며 문까지 그를 따라갔다. "당신이 저를 얼마나 미워할는지요."

"난 당신을 미워하지 않아요. 당신은 내가 지금 이 순간 얼마나 실망하고 좌절했는지 알아야만 해요. 그렇지만 난 당신을 미워하지 않아요"라고 말하는 그의 목소리는 자기의 감정을 분석하기 시작하면서 이전의 그의 자신감을 좀 찾았다. "난 단지 상처받았을 뿐이오. 오늘은 내게 불운한 날이에요. 그러나 난 결국 철학자입니다"하고 그는 단언했다. "그렇다고 이것이 앞으로 올 모든 날들이 똑같이 비참할 것이라는 뜻은 아니지요."그는 외투를 단단히 입고 띠를 둘렀다. "모든 일들은 상대적입니다. 사람은 반드시 앞을 내다보아야 합니다. 얼마간의 시간이 흐른 뒤 봄이 되면 아마도 우리는 친구일 수 있겠지요.", "아니요"라고 말하며 그는 손을 들어 막았다. "날 껴안지 말아요!"그는 재빨리 그녀의 앞을 떠나 알렉시스를 불러 그의 마차를 가져오라고 했다.

바타샤는 예수와 그의 제자들을 위해 신실하게 기도했다. 그녀는 빌립이 그녀를 용서하고 봄이 되면 아무런 유감이나 미움 없이 그녀를 만나게 해달라고 뜨겁게 간구했다. 그녀의 모든 기도의 끝머리에는 항상 시몬을 언급했지만 금방 그녀는 벙어리가 되었다. 그를 위한 그녀의 기도는 말이 없었고, 맥락도 없었고, 처음도 끝도 없었다.

아이들의 웃음소리가 집안을 채웠고 대리석 홀을 통해 메아리쳤으나 사모님의 평온함이 모든 것에 질서와 규율을 부여했다. 요나가 유다와 유딧이 공부하는 것을 도와주었는데, 올리브 나무에 마차와 병정들을 새기는 것만 좋아하며 잠시도 가만히 있지 못하는 그녀의 남자 형제보다는 유딧이 학자의 자질을 더 보여주었다.

바타샤는 동쪽지역에서 수입된 커다란 실타래를 몇 개 샀다. 그녀와 사모님이 서로 도와서 예수에게 봄에 입을 가는 실로 된 가벼운 겉옷을 만들고 있었다. 사모님은 시력이 예전 같지 않아서 낮 동안 옷을 만들었고 밤에는 바타샤가 일을 이어 받았다. 그 옷은 그들이 갈릴리 풍으로 코바늘로 짰는데 솔기가 없이 온전히 통으로 만들 예정이었다. 그녀는 사모님께 그녀가 색깔을 제대로 골랐는지 여쭈어보았다. 여하튼 그가 입고 있는 겨울외투는 흰색 계통이었기 때문이었다. 사모님은 겨울외투는 이것만큼 희지 않다고 그녀를 안심시켰다. 그들이 새로 짠 천을 겨울 햇볕을 향해 들자 천은 진줏빛 광택으로 빛났다. 바타샤는 한 개의 바늘로 가는 실을 끌고 고리를 만들며 빠른 속도로 진척했으며 때로는 기름등불의 빛에 의지해 밤늦게까지 바느질을 했다. 그녀는 유월절까지 옷을 완성시키고 싶었다.

틈틈이 날씨가 따뜻했기에 그녀와 사모님은 그 틈을 이용해서 가버나움에 있는 드보라와 레아를 방문했다. 전에 작고 여성스러웠던 드보라가 임신 마지막 3개월 기간으로 접어들자 이제는 아주 명백하게 몸상태가 드러났다. 그들이 방문했을 때마다 레아는 그녀의 언니가 아기를 낳다가 어떻게 죽었는지, 하는 소름 끼치는 똑같은 이야기를 하곤 했다.

"아이구, 난 언니가 질렀던 공포의 비명들을 잊을 수가 없어요!"하고 레아는 눈동자를 비극적으로 굴리면서 몇 번씩 들었던 반갑지 않은 이야기를 시작했다. "그 일이 일어났을 때 난 겨우 열 네 살이었어요. 그렇게 무섭게 죽다니요! 애는 죽어 나왔고 애를 낳으면서 언니는 피를 너무 흘렸지요. 언니가 누워 있던 방에 살며시 들어갔다가 난 기절하는 줄 알았어요. 사방이 피투성이였어요. 애가 한쪽에 누워 있었는데 색깔 바랜 인간의 한 쪼가리에 불과했지 결코 애기로 보이지 않았어요. 우리 어머니가 아버지의 품에서 울고 있었지요. 언니는 피를 흘리며 요 위에 누워 있었고 형부는 언니 곁에서 울고 있었지요. 산파는 어쩔 수 없는 좌절감 속에 그녀의 피 묻은 팔을 하늘을 향해 올렸지요."

"하지만 넌 괜찮을 거야"하고 그녀는 몸을 기대 드보라의 팔을 걱정스레 토닥거렸다. "산파가 양귀비의 정수를 좀 구했단다. 내가 그녀에게 네가 필요할 때 많이 주라고 지시해놓았다. 내가 널 낳을 때 이틀 동안 굉장한 진통을 했는데 양귀비가 없었으면 무슨 일이 벌어졌을지 모르겠다. 하나님 감사합니다. 그 약은 대부분의 시간 동안 나를 자도록 해주었으니까 말이다."

지나친 걱정으로 소란을 떨면서 그녀는 먹을 것을 가지러 가려고 일어섰다. 바타샤는 무언가 메스꺼움을 느끼면서 과연 포도주를 마실 수 있을지 자신이 없었다. 얼이 빠진 듯 무표정하게 앉아 있는 드보라의 입 양쪽에 흰 반점들이 솟아 있었다. 오직 사모님만 레아의 무서운 이야기에 영향을 받지 않으셨다.

사모님이 손을 뻗어 드보라의 힘없는 손을 잡고 온정과 자신감으로 그 손을 감쌌다. "난 일곱 명을 낳았단다"하고 그녀는 달래는 목소리로 말했다. 드보라는 마치 멀리 떨어져 있는 사람처럼 사모님께 집중하려 했다. "내 얘기를 들어요!"하고 사모님은 그녀의 손을 부드럽게 그러나 강하게 흔들어 그녀가 주목하도록 하셨다. "그래도 난 살아 있고 모든 애들도 살아 있다. 난 첫 아이 예수를 단지 남편과 전능하신 하나님만의 도움으로 낳았다. 예수는 마구간에서 태어났지. 돌봐주는 산파도 없었고 물론 양귀비 같은 약도 없었어. 넌 믿음을 가져야만 한다. 네 아기는 건강하게 살아서 태어날 거다. 고통은 좀 있을 거다. 새로운 생명을 낳으려고 몸이 열릴 때 고통이 있는 것은 자연스러운 거지. 때가 되면 고통을 견뎌야만 한다. 걱정하고 두려워하는 것은 네 자신과 네가 가진 예쁜 아기를 상하게 할 따름이다" 하고 그녀는 드보라에게 사랑스러운 미소를 보내며 다정한 목소리로 덧붙였다. "지금까지의 너의 상태를 볼 때 아들일 거라고, 아주 건강하고 활발하며 꽤 커다란 아들일거라고, 나는 생각한다."

"저도 그렇게 생각해요" 하고 말하는 드보라의 눈이 빛을 냈다. "베드로가 지난번 왔을 때 그에게 아들일 것이라고 말했어요."

"애 엄마는 보통 알지." 사모님이 싱긋이 웃으며 그녀의 손을 꼭 잡았다.

"하지만 때로는 전 … 전 두려워요" 하고 드보라가 더듬거리며 고백했다. "그 … 그리고 어머니가 제 출산을 도우려고 고용한 산모를 … 전 안 좋아해요. 그녀는 손톱이 더러워요, 오" 하고 그녀는 자기의 부른 배를 내려 보며 신음했다. "난 베드로가 같이 있었으면 좋겠어요. 그 사람은 뭘 할지 알 거예요."

"넌 잘못 생각하고 있다!" 하고 레아가 말하면서 바람같이 방 안으로 들어와 접시를 탁자 위에 놓았다. "남자들이란 애 낳을 때엔 전혀 쓸모가 없단다. 하지만 내가 걱정하지 말라고 수없이 말했지" 하고 그녀는 거의 공포의 분위기를 자아내는 태도로 걱정스레 말했다. "내가 맞추어 놓은 그 여자는 아주 훌륭하다. 네가 식초를 마시고 소정의 달걀껍질만 먹으면 너와 아기는 무사할 걸 난 확신한다."

"달걀껍질이요? 식초요?" 하고 분개해서 자리에 일어서며 묻는 사모님의 목소리가 높아졌다.

"아니, 왜요?" 하고 레아가 답했다. "달걀껍질은 아기의 뼈를 튼튼하게 하고 식초는 악한 영이 아기에게 해코지를 하려고 드보라의 자궁으로 들어가는 것을 막지요."

바타샤가 사모님을 알고 난 뒤 1년 내내 그녀는 사모님이 목소리를 높이거나 성을 내는 것을 본 적이 없었다. 지금 화를 내는 그녀의 모습은 경외심을 불러일으켰다.

"당신 딸과 아직 태어나지 않은 아기에게 해로운 짓을 하는 나쁜 영들은 바로 당신과 당신이 산파라고 부르는 그 무식한 여자뿐입니다!" 하고 사모님이 솟구치는 분노 속에 큰소리를 냈다. "딸을 병나게 할 것들을 먹이지 마시오!" 그녀는 외투를 끌어안고 문 쪽으로 큰 걸음으로 걸었다. "도대체 달걀껍질과 식초라니요! 그들 말을 듣지 마라" 하고 그녀는 어깨너머로 드보라에게 말했다. "무엇이든 네가 좋은 것을 먹고 마셔라. 네 몸에다 신경 쓰고 몸이 네게 말하는 것을 들어라. 믿음으로 여호와께 기도하고 여호와의 언제나 변하지 않는 사랑을 믿어라. 침착하고 자신감을 가져라. 그리고 무엇보다도 양귀비 액이나 맨드레이크* 가루를 먹지 마라. 약이란 아기의 자연적 경로를 지체시킬 따름이다" 하고 사모님은 경멸의 코웃음을 치곤 빠르고 격한 동작으로 외투를 몸에 둘렀다. "네 어머니 레아가 너를 낳을 때 이틀이나 고생한 건 놀랄게 없지" 하고 그녀는 중얼거렸다.

사모님답지 않은 행동에 놀라 아직도 정신이 없는 바타샤도 외투를 찾아 들고 떠날 준비를 했다.

"그래서요!" 하고 말하며 레아가 두 손을 엉덩이에 얹은 채 눈을 부릅

---

* 마취제의 일종.

뜨고 섰다.

드보라가 가구 주변을 뒤뚱거리며 돌아서 그들에게 뛰어왔다. "잠깐만요! 화내지 마세요. 선생님의 어머니가 우리 집에서 화가 나셨다는 것을 알면 베드로가 결코 저를 용서하지 않을 거예요."

사모님이 돌아섰다. 모든 노여움이 증발해버린 것같이 그녀가 깊은 한숨을 내쉬었다. "미안하다, 아가야"하고 말하며 그녀는 손을 뻗어 드보라의 괴로워하는 얼굴을 두 손으로 감쌌다. "난 네게도, 또 네 엄마에게도 결코 화나지 않았다. 난 두려움과 그 두려움이 사람들에게 하는 짓에 화가 났던 거란다. 바타샤와 난 너를 위해서 매일 기도할 것이다. 그리고 시간이 되면 넌 하나님의 은혜와 능력 속에 아름다운 아들을 낳을 것이다." 그녀는 미소 지으며 다정하게 약속했다. "언제라도 내가 필요하면 낮이건 밤이건, 넌 내게 말만 하면 된다."

제 19 장

보라 처녀가 수태하여
아들을 낳을 것이요

이사야 7:14 KJV 성경

　2월의 바람은 더욱 추운 날씨 속에 불었으며 바타샤에게는 이 비정상적으로 혹독한 겨울이 결코 끝나지 않을 것처럼 보였다. 그녀는 아이들에게 매일 놀다가 어떤 꽃들이라도 보았는지 물어보면서 그러한 꽃들이 봄의 용감한 전령들이라고 말했다. 드디어 아이들이 꽃 하나를 발견했다고 알려왔다. 따뜻한 외투를 몸에 두르면서 그녀는 직접 보기 위해 해동하는 대지를 가로질러 달렸다. 그것은 단단한 노란색 투구를 쓴 건장한 작은 병정과 같은 크로커스였다. 그녀는 웃으면서 이렇게 아름다운 장면을 본 적이 없다고 외쳤다.

　세베대와 살로메 부부가 유월절을 지내러 가는 길에 잠깐 들렀다. 그들은 올해엔 일찍 가서 그곳에 있을 동안 머물 집을 임차하려고 했다. 요안나, 바울, 그리고 구사도 티베리아스로 가면서 들렀는데 헤롯의 여름궁전이 열릴 시기였기 때문이었다. 분봉왕이 항상 유월절을 그의 선조로 물려받은 예루살렘의 하즈모디언* 집에서 — 종교적 축제를 지

---

* 기원전 140~37 헤롯대왕 때까지 있었던 이스라엘의 왕조.

키기 위해서든 아니면 유대 총독 빌라도를 괴롭히기 위해서든 — 보냈기에 요안나 일행은 바타샤를 나사로의 사관에서 4월 초하루에 만나기로 약속했다.

바타샤와 사모님은 참을성 있게 하루하루를 보내며 다시 예수와 함께 있게 될 날을 기다렸다. 예수의 겉옷은 완성되어 여행갈 날을 기다리며 바타샤의 삼나무 장 밑에 놓여 있었다. 그들은 유월절 한 주일 전에 베드로가 예수의 호출 전갈을 갖고 올 것을 기대했다. 드보라의 출산일이 가까워지고 있었고 베드로는 그녀가 출산할 때 같이 있을 예정이었기 때문이었다.

3월 중순의 어느 날 오후 알렉시스가 시내에서 돌연히 돌아왔다. 사모님 이름으로 온 편지가 급한 인편으로 가게로 전해졌던 것이다. 사모님이 떨리는 손가락으로 두루마리 편지를 폈다. 그녀가 내용을 급히 읽어 내려갈 때 표정이 풍부한 그녀의 회색 눈으로 경악과 비탄이 몰려들었다.

"자비로우신 여호와여!" 하고 소리 지르며 그녀는 낮은 의자 위로 무너져 내렸다. "그가 죽었어요! 믿을 수가 없어요!"

바타샤의 심장이 놀란 동물처럼 늑골을 향해 파닥거렸다. 그녀는 떨리는 손으로 사모님에게서 편지를 받았다.

마 — 시아 예수아,* 메시아 예수의 어머니, 마리아님께 베다니의 사울의 딸 마르다가 인사드립니다.

우리의 사랑하는 오라비가 오늘 아침 일찍 죽었습니다. 이 편지를 받으실 때에는 오라비는 우리 조상의 무덤 속에 들어간 지 이틀이 되었을 겁니다. 오라비는 열흘 전에 심한 열병에 걸렸습니다. 우리는 페레아에 계신 예수님께 오셔서 고쳐달라고 사람을 보냈습니

---

* 히브리어로 메시아 예수라는 뜻.

다. 그러나 그분은 결국 안 오셨고 나사로 오라비는 죽었습니다. 마리아와 저는 슬픔으로 제 정신이 아닙니다. 우리는 아직도 예수님을 기다립니다. 왜냐하면 그 어느 때보다 지금이 예수님이 필요한 때이기 때문입니다. 예루살렘에서 많은 높은 공직자들이 우리와 함께 애도하러 왔는데, 오랫동안 우리 사관이 멀리서 온 그분들의 친구들과 가족들을 모셔드렸기 때문입니다. 니고데모와 아리마대의 요셉은 우리와 항상 같이 계시지만, 그러나 오직 예수님만이 지금 우리를 도우실 수 있습니다. 그분이 왜 오시지 않았는지 이해할 수 없지만 그분을 향한 우리의 사랑은 약해지지 않았습니다.

저는 저의 친구이시자 저의 제2의 어머니이신 사모님께서 무슨 일이 일어났는지 알고 싶어 하신다는 것을 압니다. 마리아와 저는 부활의 때에 나사로 오라비를 만날 것입니다. 우리를 완전한 절망에서 지켜주는 것은 오직 이것, 단지 이 희망뿐입니다.

우리의 사랑하는 나사로 오라비, 가난한 사람이건 부유한 사람이건 누구에게나 다 같이 친절하고, 은혜롭고, 그리고 쾌활했던 오라비를 우리가 얼마나 그리워할지요! 우리는 애통하는 마음으로 끝없이 통곡합니다. 사모님의 아들 예수님이 태어나셨을 때 저의 어머니가 뱃속에 갖고 있었던 그 아기, 사모님의 아들의 가장 친했던 친구를 위해 사모님도 우리와 함께 슬퍼하실 것을 압니다. 하나님의 은혜가 이 슬픈 때에 우리들에게도, 또 사모님에게도 같이 하시기를 기원합니다.

바타샤는 믿을 수가 없었다. 나사로가 죽다니. 지난번 그를 만났을 때 그는 참으로 활력 있고 생생했다.

"그분들에게 가야겠어요" 하고 사모님이 눈물을 닦으면서 일어섰다.

"우리 곧장 떠나도록 하지요" 하고 바타샤가 동의했다. 그녀는 알렉시스를 불러 마차를 준비하고 곧장 나귀들을 돌보라고 분부했다. 수산나가 놀고 있는 아이들을 불러왔다. 바타샤는 사마리아를 가로지르는 직로를 택하기로 결정했다. 쉬지 않고 가면 저녁때까지는 엔돌에 갈 것이었다. 여자들과 아이들만 그렇게 먼 길을 여행하는 것은 안전하지 않기 때문에 알렉시스가 가게를 수산나에게 맡기고 그들과 같이 가야만 했다.

바타샤가 자기 짐을 싸고 있다가 그레테가 가버나움에서 레아가 왔다고 알려줘서 중단했다. 바타샤는 짜증이 났다. 레아의 반갑지 않은 방문은 이런 때에 그녀가 가장 원하지 않는 것이었다. 가능한 한 빨리 레아를 돌려보내리라 마음먹고 그녀는 억지로 환영의 표정을 지으며 홀로 나갔다.

그러나 레아의 수심에 찬 표정을 보고 그녀는 마음을 바꾸었다. 그녀는 레아를 앞쪽 응접실로 안내하고 앉도록 했다. 레아의 손이 마비된 것처럼 떨리고 있었다. 그녀는 이모에게 원액 포도주를 한 잔 가져다 달라고 했다. 겉으로 보아도 레아에게는 회복제가 아주 필요해보였기 때문이었다.

"사모님은 어디 계세요?" 앉아 있지 못하고 레아는 뛰어 일어나서 흥분해서 돌아다니기 시작했다. "사모님을 만나야 해요. 드보라가 애 낳을 시간이 되었는데 그 애는 선생님의 어머니가 아니면 누구도 아이를 안전하게 출산을 도울 수 없다고 고집을 부려요."

"하지만 우린 베다니로 갈 준비를 하고 있어요! 사모님의 친구분 중한 분이 돌아가셨어요, 그래서 우리가 유가족을 위문해야만 해요."

"안 돼요! 안 돼요!" 하는 레아의 목소리는 날카로웠고 그녀는 작은 원을 그리면서 천천히 걸었다. "사모님을 가버나움으로 모시고 가야만 해요. 드보라는 사모님을 필요로 해요."

"무슨 일이 있어요?" 하고 사모님이 따뜻한 외투를 입고 배낭을 든 채 방으로 들어왔다. "레아로군요!" 하고 그녀는 놀라서 소리쳤다. 그리고 그녀는 멈추어서 미소 지었다. "아, 그래요, 드보라 때문이지요, 그렇죠? 진통이 시작되었군요" 하고 그녀는 레아의 손을 잡고 공포에 사로잡힌 그녀를 안심시켰다. "애기가 일찍 나오는 모양이네요" 하고 그녀는 침착하게 말했다. "예정일을 잘못 계산할 수도 있어요. 그런 일은 자주 있답니다. 걱정 마세요."

"오, 제발요!" 하고 레아가 애원했다. "그 애는 사모님 이외에 어느 누구도 출산을 도와주기 원치 않는답니다. 제발 노여움을 잊고 와서 제 딸을 도와주세요."

"난 오래 전에 노여움을 잊었습니다. 내가 떠나왔던 것은 더 이상의 말썽을 일으키지 않기 위해서였습니다." 사모님은 그레테에게 포도주 잔을 받아 레아의 떨리는 입술로 들어올렸다. "자, 여기요. 이거 마시고 앉으세요."

레아는 쓰러질 것같이 보였지만 하라는 대로 했다. "그렇지만 시간이 없어요. 우리가 여기 앉아 이렇게 망설이는 동안 이 순간에 드보라는 아기를 낳을지도 몰라요. 난 그 애를 하인들에게 맡겨놓았어요! 오, 하나님! 그 애가 죽으면 어떻게 해요?"

"드보라는 죽지 않아요." 말하며 사모님은 레아의 어깨를 다독거렸다. "진통이 얼마나 심해요?"

"심해요! 아주 심해요!" 하며 레아가 흐느꼈다. "난 그 애가 어떻게 서서 견디는지 몰라요."

"그럼 따님이 걸어 돌아다녀요?" 하고 사모님이 물었다.

"그 애는 걷는 것 이외에는 그동안 아무것도 하지 않았어요. 어제는 제 침실을 위에서 바닥까지 청소하고 애기 침대와 배내옷이 제대로 있나 확인했지요. 바닥이 하도 깨끗해서 그 위에서 밥상을 차려도 될 정도에요. 그 애는 어젯밤엔 아주 늦게 잠자리에 들었어요. 전 너무도 걱정이 됐지요" 하고 레아는 일관성 없이 뒤죽박죽 말을 했다. "그 애가 자고 있는 동안 저는 자주 가봤어요. 그런데 오늘 아침 그 애는 진통이 시작됐다며 사모님을 원했어요. 그 애는 오늘 밤에 애가 나올 거라고 말했어요. 제발, 우리 서둘러야 해요!"

사모님이 레아의 횡설수설 속에서 중요한 맥을 찾아내고는 조용히 물었다. "따님이 그 말을 했어요 — 애가 오늘 밤에 나올 거라고요?"

"네, 하지만 그 애는 아직도 어린애인 걸요. 그 애가 뭘 알겠어요?"

"때로는 하나님께서 애기 엄마가 될 사람에게 특별한 지혜를 주시지요. 우리는 충분한 시간을 갖고 댁까지 갈 수 있어요."

"그럼 우린 베다니 대신 가버나움으로 가게 되나요?" 하고 묻는 바타샤의 마음은 이 갑작스러운 상황의 바뀜에 혼란스러웠다.

"그래야만 하지요" 하고 사모님은 책상으로 가서 펜과 양피지를 꺼냈다. "어린 엄마가 새 생명을 세상에 내어놓으면서 나의 도움을 필요로 하는데 내가 어떻게 가서 친구의 죽음을 조상할 수 있겠어요? 죽은 사람을 위해서는 나중에라도 울 시간이 있을 거예요." 그녀는 급한 내용을 휘갈겨 쓰고 편지를 말아 봉했다. "이걸 사람을 시켜 마르다에게 보내도록 해 줄래요? 나의 애도와 조상하러 가는 것이 늦어지는 것에 대한 사과의 내용이 들었어요."

"알렉시스가 직접 전하도록 하지요. 그가 마르다와 마리아에게 더 자세하게 상황을 설명할 수 있을 겁니다."

"당신이 나와 같이 가버나움에 갔으면 해요" 하고 사모님이 바타샤에게 말했다. "난 도움이 필요하고 레아는 내게 도움을 줄 형편이 아니네요."

바타샤가 고개를 끄덕이고 나가서 알렉시스에게 새로운 지시를 하고 그레테 이모와 수산나에게 계획이 바뀌었으니 자기와 사모님이 가버나움에 가는 동안 아이들을 돌보아 달라고 부탁했다. 레아는 타고 왔던 빌려온 마차에 올라타 운전수에게 서둘러 달라고 말했다. 바타샤는 사모님과 같이 뒤를 따랐다. 능숙한 운전수인 바타샤는 알렉시스에게 손짓을 한 뒤 그녀 소유의 마차의 고삐를 쥐어 잡았다. 알렉시스는 머큐리를 타고 편지를 갖고 남으로 달렸다.

그들은 베드로의 집에 기록적으로 빠른 시간 내에 도착했다. 그들이 드보라의 방에 가까워지자 레아는 멈칫하면서 홀의 어두운 구석으로 몸을 웅크렸다. 그녀는 어쩌면 그녀가 직면할지도 모를 것을 두려워해서 방에 들어가지 않으려 했다.

드보라는 눈을 감고 얼굴에는 땀이 방울로 맺힌 채 태아와 같은 자세로 옆으로 누워 있었다. 눈을 떠서 사모님의 부드러운 모습을 보자 그녀는 힘없는 작은 미소를 보냈다. "사모님이 오실 줄 알았어요. 전 겁먹지 않았어요. 기도하고 있는 한, 전 참을 수 있어요."

진통의 파도가 그녀를 엄습했고 그녀는 숨 쉬는 것도 잊으면서 잔뜩 구부렸다. 사모님이 침대 위로 몸을 굽혔다. "진통에서 도망가지 마요"하고 그녀는 다정하게 말했다. "진통은 자연스러운 것이고 있어야 하는 것이란다. 인류의 모든 위대한 어머니들은 그 진통을 겪었단다. 그러니 넌 걱정할 것이 없다. 힘을 빼고 깊은 숨을 쉬어라"하고 그녀는 드보라를 일어나 앉게 하고 앞으로 몸을 숙이도록 했다. 그런 뒤 그녀는 드보라의 등과 어깨를 주물러 준 뒤에 베개에 기대앉도록 한 뒤에 대부분의 여자들은 반쯤 앉아 있는 자세를 드러누운 자세보다 더 편하게 느낀다고 설명했다.

사모님은 침착하게 흥분함 없이 이야기를 했다. 바타샤는 사모님이 일부러 방에 그녀 특유의 청정함을 부어 넣고 있다는 것을 깨달았다. "가서 레아에게 모든 것이 괜찮다고 말해주세요"하고 그녀는 바타샤에게 말했다. "내 생각엔 약 8시간 지나면 손자를 볼 것이라고 그녀에게 말하세요. 우리에게 물과 깨끗한 천과 기름 한 병이 필요하다고 말하세요. 그리고 가볍게 꿀을 탄 물그릇과 해면을 가져오세요."그녀는 돌아앉아 드보라의 이마를 만져주었다. "출산이 끝날 때까지 드보라는 몸이 건조해서 목이 마를 거예요."

바타샤는 시키는 대로 하고 방으로 돌아왔다. 시간은 천천히 갔고 드보라의 진통은 강도와 빈도가 늘어갔다. 피가 좀 비쳤다. 사모님은 그녀의 밑에서 자주 덧댄 천을 갈았고 바타샤는 그녀를 도와 드보라의 더럽혀진 가운을 벗겼다.

　"사모님도 이렇게 아프셨어요?" 하고 특히 힘든 진통의 순간을 겪고 나오면서 드보라가 사모님께 물었다.

　찬 헝겊으로 사모님은 드보라의 이마에서 땀을 찍어냈다. "첫 애가 항상 가장 아프게 하지요. 예수를 낳을 때 난 죽는 줄 알았어요. 왜냐하면 난 처녀였고 결코 남자를 알지 못했어요" 하며 그녀는 또 한 차례의 진통에 시달리는 드보라를 계속 닦아 주었다. "여자들이 결코 이런 고통을 당하지 않아도 되도록 되어 있었지요" 하고 사모님이 애잔하게 말했다. "하나님께선 결코 이런 것을 의도하지 않으셨어요. 동물들을 보세요. 동물들은 신음조차 지르지 않고 새끼들을 낳지요. 사람도 그렇게 되도록 되어 있었어요. 그런데 이브가 죄를 지었지요, 그래서 이 모든 고통들을 우리에게 가져왔지요" 하고 그녀는 손짓으로 드보라의 고통을 나타내면서 냉소적인 작은 웃음을 웃었다. "난 우리의 첫 어머니*에게 그녀의 불순종에 대해 때때로 화를 냈어요."

　바타샤는 사모님의 말씀 중 한 가지가 마음에 걸렸다. "예수님을 낳으셨을 때 처녀라고 말씀하셨지요? 전 이해가 안가네요."

　"다른 누구도 이해 못하지요. 요셉과 내가 정혼했고 그것은 법적으로도 도덕적으로도 우리 율법에서는 결혼으로 구속력이 있는 것이지요. 나는 애를 가져 몸이 불기 시작했지요. 우리 집안은 당황했지요. 가족들은 내가 죄를 지었다고 생각했기에 나를 우리 어머니의 아주머니 되시는 남 유대의 산 중에 있는 엘리사벳에게 보내버렸지요. 그분도

---

* 이브를 뜻함.

그 노년에 수태해서 역시 임신 중이었어요. 내가 그분을 뵈었을 때 예수보다 여섯 달 먼저 임신된 그 태어나지 않은 아기가 그분의 자궁 안에서 몸을 뒤집으며 세상에 나올 준비를 했으며 성령께서는 엘리사벳 아주머니에게 내가 메시아를 갖고 있다는 것을 알려 주셨지요. 난 몇 주일을 그분과 함께 지냈으며 그분은 나에게 많은 위로가 되었어요. 난 그때 아주 어려서 단지 열다섯 살이었으니까요. 그분의 아기가 세례 요한이었어요" 하고 사모님은 슬프게 말했다. "저들이 1년 전에 마카이루스에서 살해했지요."

그녀는 계속해서 드보라를 닦아 주었다. 그녀의 목소리는 부드러운 노랫소리와 같은 위로였다. "내가 없는 사이에 요셉의 형인 알패오가 요셉과 다투고 그의 부인을 데리고 이사 가버렸지요. 알패오는 내가 요셉에게 부정했다고 확신했지요. 그것이 알패오와 그의 부인 미리암, 그때 열 살이었던 작은 야고보가 엠마오로 가서 살게 된 까닭이죠. 알패오는 석수가 되었고 내가 집안에 가져왔다고 그가 생각한 추문과 수치로 요셉을 미워해서 다시는 그와 말을 하지 않았지요. 나는 어떻게 해서든지 형제들 사이의 불화를 회복시키려는 희망으로 얼마 동안 미리암과 연락을 계속했지만 결국은 근래에 내가 예루살렘에 갔을 때까지 완전히 왕래가 끊겼었지요."

"하지만 동정이면서 사모님이 어떻게 아이를 가질 수 있었어요?"

드보라가 신음하며 물을 달라고 했다. 사모님은 그녀의 입술을 해면으로 적셔주면서 지금 위장에 들어가는 것은 무엇이든지 그녀에게 해로울 수 있다고 말씀하며 물을 못 마시도록 했다. 사모님은 다시 드보라에게 숨을 고르게 쉬고 긴장을 풀라고 지시했다. 드보라의 눈은 고통으로 흐려졌지만 순종하겠다고 고개를 끄덕였다.

드보라가 용감하게 조용히 진통을 계속 겪는 동안 사모님은 의자 깊숙이 몸을 기대앉았다. 바타샤는 자기가 한 질문에 대한 답변을 기다렸지만 다시 물어서 강요하려 하지는 않았다.

"난 설명할 수 없어요"라고 드디어 사모님이 답을 했다. "그건 신비한 수수께끼예요. 어느 날 밤 천사가 내게 나타나서 내가 하나님께 은혜를 입어 하나님의 아들을 수태하도록 선택받았다고 말했어요. 나는 두려웠고 그런 일이 어떻게 있을 수 있을까 의문을 가졌지요. 그러나 천사가 내게 놀라지 말고 걱정하지 말라고 하였어요. 천사는 나의 동정의 자궁에서 한 아들이 나올 것이고, 나는 그 이름을 예수라고 해야 하는데, 예수의 뜻은 구원자이며, 그가 이스라엘 온 족속을 다스릴 것이며, 그의 왕국은 무궁할 것이라고 말했어요."

"그래서 어떻게 하셨어요?" 하고 바타샤가 물었다.

"난 믿었어요" 하고 사모님은 간단히 대답했다. "나는 하나님께서 가난한 시골 처녀인 나를 선택하셔서 그렇게 중요한 소명으로 축복하셨다는 것에 감사한 마음으로 휩싸였어요. 나는 마음속으로 찬미의 노래를 부르며 계속 며칠을 지냈어요. 하나님께서 언제 내 자궁에 거룩한 생명으로 씨앗을 점화했는지 난 몰라요. 그러나 난 곧 몸이 불기 시작했어요."

"그런 뒤 난 부모님께 무슨 일이 일어났는지 말씀 드려야만 했어요. 처음엔 부모님들이 믿지 않았어요. 그러다가 믿으셨다고 생각되는데 완전히 믿은 것은 아니었어요. 추문에 대한 공포와 그들의 믿음이 충돌했지요. 살로메가 나를 위해서 부모님들에게 역성을 들어주었어요. 그녀는 세베대와 갓 결혼했는데 내가 아직 동정이라는 것을 직관적으로 느꼈어요. 내 삶의 그런 특별한 때에 나의 편이 되어준 것에 대해 나는 항시 그녀를 사랑할 거예요. 그녀 특유의 실제적이고 변치 않는 태도로 그녀는 결코 흔들리지 않았고 결코 의심하지 않았어요."

"하지만 사모님은 정혼했지요. 사모님의 정혼자께서는 그 모든 것에 대해 어떻게 느끼셨나요?"

"처음엔 그분도 그분 형님같이 생각했지요 ─ 내게 딴 남자가 있었다고. 임신이 자기의 책임이 아니라는 것을 알고는 그분은 조용히 인연을 끊고 나를 멀리 해서 결혼식을 결코 추진하지 않기로 작정했지요. 그런데 한밤중에 천사가 그분께 말을 한 뒤에는 그분은 믿었지요. 내가 엘리사벳 아주머니에게서 돌아왔을 때 그분은 나와 함께 베들레헴으로 갈 준비를 했어요. 그때가 호적하는 해였고 그때에는 나의 임신기간이 상당히 진전되어 있었지만 그분은 날 보호하기 원했고 그분의 곁을 떠나는 것을 원치 않았어요.”

바타샤가 일어나서 등잔에 불을 붙였다. 참으로 엄청난 이야기였지만 등불의 빛남이 저녁 그림자들을 방에서 몰아내듯이 그녀의 의심도 그림자들과 같이 사라졌다. 모든 것이 정말로 이해가 되었다.

사모님은 바타샤가 자리에 되돌아오자 이야기를 계속했다. “요셉은 의로운 사람예요. 그분은 선지자 이사야가 처녀가 아들을 낳을 것이라고 예언한 말씀을 기억했어요. 우리들은 예수가 베들레헴에서 태어난 뒤에도 한참 동안은 부부생활을 하지 않았어요.”

“아, 그랬군요” 하고 바타샤가 기억해냈다. “초막절 마지막 날 성전에 있었던 여자가 베들레헴이 메시아가 태어날 장소라고 그랬지요.”

“난 예수를 사울과 루디아의 사관의 마구간에서 낳았지요 — 그들은 마르다와 나사로, 그리고 마리아의 부모이지요. 그 사관은 호적하기 위해 여러 곳에서 온 사람들로 만원이었어요. 모든 히브리의 남자들은 그들 조상의 도시로 가야만 했고, 당신도 알듯이 요셉은 다윗왕의 직계 자손이었죠. 내가 진통중인 것을 알고 루디아가 그녀 자신도 임신 첫 달이었는데 사관 밑에 있는 마구간에 급히 나를 위한 자리를 만들어주었지요. 지금, 불쌍한 드보라가 겪는 것같이 내가 진통을 하고 요셉의 놀란 손 안에 아기 예수를 낳은 곳이 바로 거기 깨끗한 짚으로 만든 침상 위예요” 하며 사모님은 웃으며 재미있는 표정을 바타샤에게 지었다. “우리는 한참 뒤, 나중에서야 예수를 베들레헴에서 낳음으로써 우리가 선지자 미가의 글이 이뤄지도록 했다는 것을 깨달았어요. 진정한 예언은 사람의 계획으로 이뤄지지 않지요."

"그랬어도 예수 탄생의 소식은 널리 퍼졌지요. 많은 사람들이, 심지어 그때도 예수가 메시아라는 것을 믿었지요. 그들은 경배하러 사관으로 왔어요. 그 주변 들판에 있던 목자들이 환영을 보고 별을 따라 와서 우리들을 발견했지요. 3명의 조로아스터를 믿는 점성가들도 하늘에서 이상한 표적을 보고 놀랐는데 그들의 도표를 가지고는 그걸 합리적으로 설명할 수가 없었기 때문이었지요. 그들은 예물을 갖고 찾아왔는데, 무언가 놀라운 일이 일어난 것을 믿은 것이죠. 그들은 배운 사람들이었어요. 내 아기를 보자마자, 비록 임시로 만든 누추한 요람 속에 있었지만, 그들은 한 왕이 이 땅에 평화를 가져오기 위해 태어날 것이라는 옛 기록을 기억했어요. 그들이 무릎 꿇어 경배할 때 그들의 호화로운 옷들이 짚 속에서 속삭였어요."

"지금 헤롯의 아버지인 헤롯대왕이 그 소식을 듣고 제사장들과 서기관들에게 그리스도가 어디에서 태어날 것이냐고 물었어요. 그들이 왕에게 답하자 왕은 화가 나서 베들레헴의 모든 사내아이들을 죽이라고 명령했지요. 그때도 그렇게 악한 세력들이 내 아들을 해하려고 준동했지요. 아기에 불과한 그 아이를."

바타샤가 중얼거렸다. "제가 어렸을 때 아버지께서 때때로 그 학살에 대해 몸서리치며 이야기했지요."

"아기들이 아기 침대에서 살육당했고 엄마 품에서 떨어져 나갔지요. 만약에 천사가 요셉의 꿈에 나와 경고해 주지 않았더라면 예수도 그 희생자 중 하나가 되었을 거예요. 우리는 곧장 애굽으로 피했지요. 그 점성가들이 준 금을 사용해서 여비로 썼지요. 떠나기 전에 우리는 사울과 루디아에게 앞으로 일어날 일을 말해 주었어요. 나사로가 막 태어났지요. 그들은 나사로와, 그때 열한 살이었던 마르다와 함께 그들이 나중에 새로운 사관을 지었던 베다니의 루디아의 부모님께로 피했지요. 그 뒤 몇 년 뒤에 나는 유월절 때 예루살렘에서 우연히 루디아를 만났어요. 우리가 다시 우리의 우정을 새롭게 하고 있었을 때 그녀는 그들 부부가 그때 베들레헴의 다른 부모들에게 경고해주려 했지만 비웃음만 당했다고 말했어요. 나사로는 장성해서 우리가 성시를 방문할 때마다 만나서 내 아들의 가장 친한 친구가 되었지요" 하고 말하고 사모님은 슬픈 한숨을 쉬었다. "그런데 지금 그는 죽어서 아버지의 무덤 속에 누워 있어요."

드보라가 후두부에서 전에 내었던 킹킹거리는 신음과는 다른 이상한 소리를 냈다. 사모님이 즉시 그녀 위로 몸을 굽혀 위로하는 말을 담은 기도를 하기 시작했다.

"난 죽을 거예요. 난 더 못 견뎌요" 하고 드보라가 신음했다.

"숨을 깊게 쉬어라. 이제 진통이 계속되지만 오래가지는 않을 거다. 이제 애가 나오기 시작하는 단계이다."

드보라는 못 듣는 것 같았다. 그녀는 자기가 아직도 살아 있나 확인하려는 듯이 자기 얼굴 앞으로 손을 들어올렸다. 아마도 진통이 그녀의 존재를 완전히 소진해버렸다고 생각했던 것 같았다. 별안간 그녀는 분연히 일어나서 커다란 날카로운 비명을 질렀다. 목의 모든 힘줄이 고통 속에서 팽팽해졌다. 그러더니 다시 축 늘어져 뒤로 누웠다.

"좋아!" 하고 사모님이 즐겁게 말했다. "이제 진통이 올 때마다 그렇게 해야 한다. 하지만 좀 조용히 해요. 필요한 건 소리가 아니고 힘을 쓰는 거다" 하고 그녀는 이불을 들췄다. 드보라 밑의 패드가 피와 물로 젖었다.

"저는 이렇게 돼야 하는 줄 몰랐어요" 하고 바타샤가 약한 목소리로 말했다.

"아기가 이제 아주 금방 나올 거예요." 사모님이 이제 아주 바빠졌다.

그녀는 이불을 드보라의 허벅지 위로 접어올리고 드보라가 다시 일어나서 힘을 주려 하자 급히 돌아가서 그녀의 등을 받쳐 주었다. "가서 레아에게 손자 돌볼 준비를 하라고 하세요. 애를 솜으로 닦아 주고 기름도 발라 주어야 하는데 난 너무 바빠서 그걸 할 수는 없어요."

바타샤가 급히 방을 나갔다가 문 밖에서 떨고 있던 레아를 데리고 즉시 돌아왔다. 드보라는 이제 매번 수축할 때마다 힘을 다하고 있었으며 너무 바빠서 불평도 못했고 아기를 세상으로 나오도록 하는 임무 이외에는 다른 어떤 것에도 신경을 못 썼다.

"저기! 저기 아기의 머리가 나와요!" 하고 사모님이 소리쳤다. "아기가 마지막 단계를 빨리 통과할 거예요. 잘하고 있다, 드보라" 하고 그녀는 흥분해서 소리쳤다. "아기 머리칼을 보세요!" 하고 그녀는 웃으면서 드보라를 흘깃 쳐다보았다. "빨간 머리다!"

바타샤는 눈앞의 사실에 놀라기도 하고 경외감을 갖기도 했다. 한 번 더 힘을 주자 아이의 머리가 나왔다. 사모님이 솜을 찾자 바타샤는 빠르게 솜을 드렸다. 그러나 아이는 벌써 울고 캑캑거리면서 스스로의 기도를 트고 있었다. 엄마 자궁에서 완전히 다 나온 것도 아닌데, 라고 바타샤는 놀라서 생각했다. 그런데 벌써 살려고 싸워야 한다니.

사모님은 드보라에게 보다 부드럽게 힘을 주라고 말했고, 다음 순간 아이는 태어났다. 바타샤와 사모님은 즐겁게 흐느꼈다. 드보라는 웃고 있었다. 레아는 죽은 것같이 기절해버렸다.

"보여 주세요! 보여 주세요!" 하고 드보라가 손가락을 움직이며 팔을 뻗었다.

"기다려요, 사모님이 탯줄을 끊을 때까지요" 하고 바타샤가 말했다.

잠시 뒤 사모님이 발가벗은 갓난아기를 드보라의 가슴에 안겼다. "어머, 애가 베드로 닮았어요" 라고 말하며 드보라는 아이를 바싹 껴안았다. "엄마, 보세요! 내가 아들을 낳았어요! 아이구 … 불쌍한 엄마

같으니."

"바타샤, 당신이 애기를 닦아 줘야 해요. 레아는 못해요" 하고 사모님이 상큼한 목소리로 분부했다.

"제가요?"

"그래요. 난 시간이 없어요. 아직도 할 일이 있어요. 태가 나올 거예요. 애를 데리고 가서 작은 침대에 뉘어요. 솜으로 잘 닦고 기름을 발라 주어요. 강보로 싸는 건 당신이 잘 모르면 내가 나중에 할게요" 하고 사모님은 바타샤에게 아기를 건네고 손짓으로 가라고 했다.

바타샤는 꼼지락거리는 갓난아기를 내려다보면서 무력함을 느꼈다. 그녀는 평생 유아를 돌본 적이 없었다. 그러다 그녀는 웃었다. 일종의 부드러움이, 보편적 모성의 본능이 그녀를 사로잡았다. 그녀는 애를 눕히고 애의 작은 몸을 구석구석 닦아 주기 시작했다. "아니, 너 그렇게 다정하게 살짝 찌푸리면 어쩌자는 거지?" 하고 그녀는 사랑스럽게 흥얼거렸다. "네가 좋던 싫던 난 네 발가락에 기름을 발라야 한단다."

드보라와 레아의 청에 따라 그들은 가버나움에 나흘 더 머물렀다. 작은 요나는 다루기 힘들어서 모두를 바쁘게 만들었다. 레아는 정신을 차리자 자랑하고 싶어서 애를 버릇 나쁘게 키울 할머니의 징조를 보였다. 사모님이 드보라가 애에게 젖 주는 것을 돕다가 처음에 실패하자 웃었다. 고 성급한 작은 꼬마는 어느 젖도 물려고 하지 않았다. 꼬마는 화가 나서 두 주먹을 화가 나서 옹송그리고 머리를 젖혔다.

"요거 힘 센 것 좀 봐요!" 하고 사모님이 소리쳤다.

"애가 절 안 좋아해요" 하고 드보라가 제 자식과 한소리로 투덜거렸다.

"네 젖이 들어가기 시작하면 애가 널 아주 좋아할 것이다. 애는 멋진 아이다. 그리고 영리하고. 애는 네가 아직 젖이 충분치 않은 걸 알고 있다. 하지만 앤 조금씩 먹을 거고, 지금은 그게 애가 필요한 전부다."

사흘째 되던 날에 드디어 엄마 젖을 찾아서 먹기 시작하는 아들에게 엄마답게 머리를 숙이는 드보라를 보고 사모님과 바타샤는 막달라를 향해 떠났다. 그들은 베드로를 만나는 즉시 요나의 출생에 관한 자세한 이야기를 그에게 전해 줄 것을 약속했다. 그들은 가능한 빨리 유대를 향해 떠나기로 했기 때문이었다. 아직도 마르다와 마리아를 위문하러 가야 했고 유월절은 겨우 두 주일을 남겨 놓고 있었다.

"저런 손자를 갖다니 레아는 운 좋은 할머니예요" 하고 사모님이 덜그럭거리는 마차 안에서 생각에 잠겨 말했다. "우리 딸 룻은 애가 둘 있어요. 난 그 애들을 아주 사랑해요. 그런데 우리 아들들은 아무도 애가 없어요. 친손자에겐 뭔가 특별한 것이 있지요, 내 생각이지만. 한때 난 바랐지요, 예수가 …" 하고 그녀는 스스로 말을 끊고 중단했다. "하지만 지금 그걸 생각하는 건 소용없는 일이죠."

"무슨 말씀하시려 했어요?" 하고 바타샤가 물었다.

"아, 한때. 몇 년 전에요, 난 예수가 결혼해서 보통 사람의 삶을 살았으면 하고 바랐지요. 난 예수를 위해 신붓감을 고르기도 했었죠 — 사울의 딸 마리아라고. 당신도 알겠지만, 너무 오랫동안 예수의 진정한 신분을 깊이 숨기다보니 내 스스로도 거의 잊었어요. 난 예수가 안전하기를 — 이름이 없어도 — 바라요. 엄마란 자기 자식들을 보호하려 들지요. 그 본능은 결코 없어지지 않아요, 당신도 알다시피 애들이 얼마나 나이가 들건, 얼마나 유명해지고 중요한 사람이 되건, 그 본능은 그냥 있죠."

"예수님께 마리아와 결혼하기를 원한다고 말하셨어요?"

"귀띔만 했지요. 예수는 그의 인간적인 측면이 앞서기를 바라는 나의 바람을 이해한다는 듯이 그 특유의 신비스러운 미소를 내게 던졌을 뿐예요. 그게 예수에게 유혹이 되었는지 아닌지는 난 몰라요. 얼마 뒤에 곧 예수는 요단강으로 가서 요한에게 세례를 받았지요. 그리고 그는 광야로 들어가서 40일을 돌아오지 않았어요. 그다음에 내가 예수를 보앗을 땐 그는 여위고 수척했으며 내가 알 수 없는 내적 능력으로 가득 차있었어요. 모든 육체적 욕망들은 광야에서 타서 그의 밖으로 나온 것 같이 보였어요. 그는 내게 많은 시험을 받았고 사단과 직접 얼굴을 맞대고 만났다고 말했어요. 그렇지만 그는 그것에 대해 아주 자세하게 말하려고 하지는 않았어요. 그는 그의 아버지의 뜻을 행하기 위해 인간적인 욕망들을 멀리하는 것을 배웠다고 함축적으로 말했을 따름예요."

"그 뒤로는 난 그에게 마리아에 대해서 결코 말을 꺼내지 않았어요. 난 그가 그녀를 사랑하는 걸 알아요. 하지만 그 사랑은 예수가 모든 사람들을 향해 가진 아주 강력한, 그리고 모든 것을 포용하는 것과 똑같은 사랑이지요. 그는 이제는 그의 삶의 경로를 결코 바꾸지 않을 거예요. 그의 행동은 항상 아버지의 뜻에 따를 거예요. 때때로 내 가슴은 두려움으로 ― 세상 사람들이 그에게 어떤 짓을 할까 하는 두려움으로 마비가 돼요."

"사람들은 그분을 해할 수 없어요" 하고 바타샤가 논박했다. "여호와 하나님은 사단보다 강하시고 이 땅의 아버지처럼 예수님을 보호하려고 하실 거예요."

"알아요"라고 한숨을 쉬며 사모님이 말했다. "하지만 예수가 어렸을 때 성전에서 그를 하나님께 헌정했을 때 나와 요셉이 만났던 늙은 선지자를 잊을 수 없어요. 그는 예수가 믿는 사람들과 믿지 않는 사람들을 갈라놓을 운명이라고 말했어요. 그리고는 예수를 내게 돌려주며 칼이 내 마음을 찌를 것이라고 말했어요."

"난 예수를 내 가슴에 꺼안았지요. 난 놀랐어요. 그 선지자가 무엇을 의미했는지 정확히는 모르지만, 그래도 비극이 언젠가 우리에게 닥치리라는 것을 느꼈어요. 내가 어쩔 수 없는 악한 일 ― 그것이 내 가슴을 수천 개의 조각으로 부술 것이라는 것을요."

"노인네의 말인데요" 하고 바타샤는 사모님이 평안하게 해 드리려고 말했다. "그 노인이 말한 어떤 것도 걱정 마세요. 오래 전 일이에요."

"하지만 그는 선지자였어요"하고 사모님이 말했다. "선지자들은 앞날을 알아요. 그의 말들이 내 준비의 시작이라는 것을 난 항시 내 속 깊은 곳에서 느끼고 있었어요. 난 지금도 내가 아는 그 피할 수 없는 것 ─ 받아들이고 싶지 않지만 ─ 에 대해 준비를 해요."

바타샤는 다시 그녀를 안심시킬 기회를 갖지 못했다. 그들은 집에 도착했다. 유다, 유딧, 요나가 뛰어나와 그들을 맞았다. 바타샤가 얼굴을 찌푸렸다. 아이들이 털옷을 입고 있지 않았기 때문이었다. 그리고 돌연 그녀는 이제는 춥지 않다는 것을, 태양이 따뜻하고 빛난다는 것을 깨달았다. 나무들에는 작은 초록 싹들이 장식 못처럼 퍼져 있었고 그녀의 꽃들 중 어떤 것들은 피어나기 시작하고 있었다. 계절은 매년 이런 식으로 왔고 그녀는 정확한 순간을 알아맞힐 수 없었다. 봄은 새로운 색깔의 페인트 상자를 든 장난꾸러기 아이처럼 보이지 않게 왔다.

먼지에 휩싸이고 여행에 지친 알렉시스가 그날 저녁 늦게 말을 타고 돌아왔다. 그는 흥분을 이겨내지 못하고 있었다. 부엌의 깨끗한 대리석 바닥에 먼지와 모래를 흩뿌리며 그는 의자 위로 쓰러지듯 앉았다. "나사로 님께서 살았어요!"하고 그는 모여든 집안 식구들에게 선포했다. "예수님이 그분을 무덤에서 불러내셨어요. 제가 직접 그걸 보았어요!"

사모님이 그에게 목을 축이라고 포도주 한 잔을 권했고 바타샤는 더 자세한 이야기를 하라고 요구했다. "저는 사관을 힘들이지 않고 찾았어요. 그리고 두 자매 분들의 인도 아래 조문객들이 이미 가 있는 무덤으로 가는 길을 하인들이 알려주었지요"하고 그가 설명했다. "제가 도착했을 때 예수님이 거기 계셨어요. 돌이 무덤 입구에서 옮겨 놓여 있었습니다. 사람들은 곡을 멈추었고 침묵이 그들을 덮었습니다. 갑자기 예수님이 큰소리로 외쳤습니다. '나사로, 나오게!' 죽은 사람이 어둠 속에서 빛 속으로 겹으로 된 수의와 그 안의 향료의 무게 때문에 비틀거리면서 걸어 나왔습니다. 그분은 손을 뻗어 더듬었는데 베로 된 천이 아직도 얼굴을 감싸고 있었기 때문이지요."

"사람들은 놀라서 석상처럼 움직이지 않았습니다. 예수께서 저보고 나사로 님의 얼굴에서 수건을 벗겨 드리라고 분부하셨습니다. 손이 떨려서 저는 심하게 더듬었지요. 그분에게서는 죽음의 악취가 없었고 단지 막 개봉한 향유병에서 나오는 향기뿐이었지요. 그분의 얼굴은 통통했으며 마치 방금 평온한 잠에서 깨어난 것처럼 미소 짓고 있었습니다. 예수님을 보자 금방 알아보고 웃음을 터뜨리며 베옷 자락을 뒤에 끌고 오면서 비틀거리며 앞으로 나갔습니다. 예수님이 그분을 붙잡아 껴안으면서 양 볼에 입을 맞추셨습니다. 놀란 목격자들은 흩어져서 움직이기 시작했는데 그들 대부분은 가족들의 가까운 친구분들이었습니다. 숨죽인 기쁨의 소리가 대기를 채웠고 이어서 부풀어 오르기 시작했습니다."

"모두 사관으로 돌아갔습니다. 예수님과 나사로 님, 그리고 정신이 나갈 정도로 행복한 자매분들이 인도했지요. 그리고 잔치가 벌어졌습니다. 나중에 공회의 두 의원 분들이 사관으로 오셔서 부활의 소식이 온 예루살렘을 덮었다고 알려주었습니다. 가야바가 대법정의 특별 회의를 소집했습니다. 가야바가 관원들에게 예수님은 나라를 위해서 죽어야만 하고 또 나사로 님도 죽어야 하는데, 나사로 님이 예수님의 엄청난 권능을 알리는 걸어 다니는 증거이기 때문이라고 했습니다. 예수님이 제자분들과 함께, 그리고 나사로 님도 같이 에브라임 마을로 가서 제자 도마 님의 집에 당분간 머무시기로 결정했습니다.

제 20 장

보라 네 왕이 네게 임하나니,
그는 공의로우며 구원을 베풀며
겸손하여서 나귀를 타나니

스가랴 9:9 NIV 성경

계획한 대로 유월절 전 주일에 모두 유대에 모였다. 여자들과 아이들이 갈릴리에서의 60마일의 여정을 무사히 마쳤다. 바타샤와 사모님은 베다니의 사관에 들었고 수산나는 남편과 두 아들과 같이 있으려고 예루살렘으로 갔는데, 그들은 거룩한 주간을 지키려고 여행 중에 시간을 낸 것이었다. 예수와 제자들은 그다음 날 수척하고 긴장한 모습으로 도착했다. 그러나 작은 아기 요나가 의외로 세상에 빨리 나왔다는 소식을 듣자 그들의 기분은 밝아졌다. 베드로는 우정 어린 놀림과 축하의 말을 받는 대상이 되었다.

유월절 전의 안식일에 예수가 전에 문둥병을 고쳐 준 베다니의 저명한 인사가 예수와 그의 일행들을 저녁식사에 초대했다. 식사 중 예수가 자기의 때가 가까워졌다고 말했다. 제자들이 전과 같이 믿지 못하겠다는 느낌으로 반응하고 있을 때 나사로의 누이 마리아가 감송향이 들어 있는 옥합을 갖고 들어와서 그 옥합을 깨뜨려 식탁 앞에 기대어 누워 있는 예수에게 부었다.

유다가 그녀의 낭비를 비난했지만 예수가 그를 나무랐다. 그 제자의 얼굴에 도전의 어두운 표정이 스쳐 지나갔고, 그것을 조용히 지켜보고 있던 시몬이 주목했다. 작은 야고보가 최근에 유다가 그의 고향 그리욧에 토지를 사려고 돈을 모으고 있으며 유다는 집과 땅을 사려는 자기의 욕망 이외의 다른 말은 거의 하지 않는다고 시몬에게 말했다. 시몬은 유다가 아직도 공금에서 조금씩 돈을 빼돌려 그의 개인적 욕심을 충당하기 위해 모으고 있는 것이 아닌지 의심스러웠다. 도둑질로 비난하는 일이 아니어도 제자들 간에는 시기와 반목이 너무 자주 생겨나고 있기에 시몬은 그 의심을 자기 혼자서 간직하고 있었다.

이번엔 베드로와 세베대의 아들 야고보 사이에 다툼이 생겼다. 살로메가 예수에게 그가 왕국에 들어가면 자기의 두 아들들을 그의 양쪽 편에 있게 해달라고 했기에 베드로가 화가 난 것이었다. 시몬의 생각에는 그 모든 다툼이 어리석어 보였다. 그는 자기가 제자들 중에서 가장 작은 자라고 생각했으며, 또한 동시에, 제자들 중 어느 하나도 특별한 은혜를 주장할 만큼 훌륭하다고 생각하지 않았다.

시몬은 예수가 굉장한 중압감 아래에 있다는 것을 알았다. 그의 권능은 줄어들지 않았으나 그의 인간적인 힘은 줄어들었다. 예수는 시몬이 2년 전 그를 처음 만났을 때보다 여위었다. 이제 검은 머리칼에는 은빛 가루들이 흩뿌려졌고 근심이 그의 양 볼을 움푹하게 만들었다. 비록 그가 항상 갖고 있던 것과 같은 결단과 힘으로 걷고 있었지만 걸음 속도는 조금 느려졌고 미소도 전만큼 많지 않았다.

예수를 그렇게도 괴롭히는 것은 예루살렘에서 있을 위험인가? 하는 의문을 시몬은 가졌다. 그는 항상 자기가 선생님을 보호할 수 있다고 생각했으나 요즘에는 자신이 없었다. 시몬의 마음의 혼란한 상태가 그로부터 자신감을 앗아갔다. 그의 일생에서 처음으로 그는 인간으로서의 그의 한계를 인정하기 시작했다. 만일 공격을 받게 되면 여호와 하나님께서 선생님을 보호하러 천사들을 보내달라고 그는 자주 기도했다. 왜냐하면 자기의 인간적인 노력이 충분하다는 자신이 전혀 없었기 때문이었다.

아니면 제자들끼리 서로 다투는 정신 상태가 예수님을 무겁게 짓누르는 주원인인가? 제자들은 싸우지 않고는 한 지붕 아래 모이지 못하는 것처럼 보였다. 이제 그들은 각기 다른 집들에서 지내기까지 했다. 야고보와 요한은 벳바게에서 그들 부모와 같이 세를 낸 집에 들어 있었다. 안드레와 베드로, 그리고 마태는 예루살렘의 이다말의 아들 다니엘의 집에 머물고 있었다. 시몬과 다른 제자들은 바타샤와 사모님, 그리고 아이들과 함께 베다니의 사관에 묵었다.

유월절 주일의 첫 주일날 감람산 근처의 베다니의 외곽도로에서 예수가 제자들을 만났다. 유월절 순례자들의 많은 무리들이 그들 주변에 호기심을 갖고 모여들기 시작했는데 이들 중 많은 이들이 죽은 자를 살려낸 예수에 대한 소문을 들었기 때문이었다. 시몬은 떼를 지어 서성거리는 군중들을 보면서 커다란 기대감을 느꼈다. 그 아침은 봄 햇살이 흘러 넘쳤고 그의 기분도 일시적으로 고양되었다. 바타샤가 준 새로운 옷을 입은 예수도 눈부시게 멋졌다. 선생님이 그에게 손짓을 하자 시몬은 서둘러 앞으로 나아갔다.

"당신과 베드로가 마을로 들어가시오" 하고 그는 멀리 있는 벳바게를 가리켰다. "마을 언저리에 나귀가 매여 있을 겁니다. 그 나귀를 이리로 끌고 오시오. 누가 왜 그리 하냐고 묻거든 주가 나귀를 필요로 한다고 말하시오."

두 제자는 정말로 흰 나귀가 울타리에 매여 있는 것을 발견했다. 그러나 그들이 그 나귀를 데리고 오려고 할 때 그들은 난관에 빠졌다. 그 짐승이 발굽을 땅에 박고 움직이려 하지 않았다.

베드로가 나귀의 목을 잡아당기고 시몬이 뒤에서 밀고 했지만 소용이 없었다. "가자, 이 고집쟁이 노새야" 하고 베드로가 투덜거렸다. 시몬이 나귀의 엉덩이를 후려갈기자 나귀는 화가 나서 울기만 했지 여전히 움직이려 하지 않았다. "때리지 말아요" 하고 베드로가 주의했다. "주인이 화를 나게 만들면 안 돼요."

"하지만 주님께서 기다립니다! 어떻게 해야 되겠소?"

"나도 모르겠소." 하고 베드로는 효과 없는 드잡이를 중단하고 뒤로 물러나 나귀를 쏘아보았다. 상관하지 않는 듯 짐승은 풀을 뜯어 먹으려고 머리를 낮추었다.

"우리가 이 나귀를 들고 갈 수는 있겠지요" 하고 시몬이 절망스럽게 제안했다.

베드로가 놀란 것 같았다. "나귀가 꽤 무거워 보이는데요. 그리고 언덕이 여기저기 가파르고요. 아, 뭐 그래도. 한번 해봅시다" 하고 그는 어깨를 으쓱하며 말했다. "내가 앞을 들을 테니 당신이 뒤를 들으시오."

"왜 내가 운 좋은 사람이 돼야지요?"

"불평 말아요. 적어도 당신은 앞으로 걷지 않소. 내가 비틀거리다 쓰러지면 난 시끄럽게 울어대는 200파운드 무게의 나귀 밑에 묻혀버릴 거요."

"하나님 맙소사! 도대체 여기서 뭣들 하는 겁니까?"

투덜거리면서 그들은 짐승을 내려놓고 돌아서서 분명히 나귀의 주인으로 보이는 남자를 보았다. "주께서 이 나귀를 필요하다고 하셔서요" 하고 그들은 한 목소리로 말했다.

"아, 그래요. 랍비께서 오늘 그 나귀를 빌리실 거라고 말씀했지요. 그분의 이모님과 이모부께서 우리 집 하나에 세 들어 계시지요. 랍비께서 어제 그분들을 찾아오셨어요. 그리고 그분들이 저를 불러서 제가 랍비를 직접 만나도록 해주셨지요. 그건 큰 영광이었어요."

"그럼 우리가 이 나귀를 가져가도 괜찮지요?" 하며 시몬은 나귀를 다시 들으려고 몸을 구부렸다.

"그럼요. 하지만 나귀의 어미도 같이 데리고 가지 않는 이상 그 나귀를 아무 데도 못 데리고 갈 겁니다. 그 나귀는 사람을 태워본 적이 없어서 사람을 두려워합니다."

"쯧쯧" 하며 베드로가 혀를 차면서 머리를 흔들었다. "그렇다면 선생님이 이 나귀를 타보실 시간이 있을지 걱정되네요." 주인이 어미 나귀의 고삐를 베드로에게 주자 그는 나귀를 끌고 예수가 기다리고 있는 동산으로 왔다. 시몬은 뒤에서 어미를 기쁘게 따라가는 나귀 새끼와 함께 왔다.

주님이 전혀 문제없이 나귀에 올라타 거룩한 성을 향해 감람산을 내려가기 시작해 그들 둘 다를 놀라게 했다. 군중들이 따라오면서 마치 넓어지는 강과 같이 점점 더 많은 순례자들이 모여들었다. 아직도 모르고 있던 사람들에게 이 분이 기적을 행하는 나사렛의 선지자라는 소식이 퍼져나가자 흥분이 사람들의 가슴에서 가슴으로 도약했다.

행렬이 케드론 계곡으로 내려가기 전의 마지막 험한 돌 언덕에 이르자 군중들은 호산나를 노래하기 시작했고 예수를 왕이라고 부르며 다윗의 자손이라고 기쁘게 찬양했다. 무리는 겉옷을 벗어 길에 깔아 양탄자를 만들고 여자들과 아이들은 나뭇가지를 꺾어 공중에 흔들면서 그가 메시아라고 외쳤다.

이것은 시몬이 항상 상상하던 영광스러운 입성은 아니었다. 불타는 전차들도, 부딪히는 칼들도, 전장의 함성도 없었다. 다만 찬양과 갈채를 보내는 환호하는 무리에 둘러싸인 예수만이 있을 따름이었다. 시몬은 나라를 구원하실 분이 겸손히 나귀를 타고 올 것이라고 한 선지자 스가랴의 예언을 기억했다. 온유, 평강, 그리고 의가 권능으로 가는 그의 길일 것이었다. 다시 한 번 시몬은 혼란스러웠고 선생님의 왕위로의 등극이 어떻게 이뤄질지에 대해 완전하게 이해할 수 없었다.

언덕의 꼭대기에서 예수는 멈췄다. 온 예루살렘이 빛 속에 누워 있는 것이 깨끗하게 보였다. 대성전의 황금빛 둥근 지붕이 아침햇살 속에 번쩍였다. 마치 빛나는 도시를 그의 손안에 잡아넣기를 원하는 것처럼 그는 손을 뻗었다. "네가 나를 받아들였으면 좋았을 것을" 하고 그는 속삭였다. "왜냐하면 이제 네가 심판받을 시간이기 때문이다." 색색의 명절 옷을 입은 사람들로 가득하고 질서를 유지하려는 병정들의 번쩍이는 로마투구가 때때로 그들 사이에서 움직이는 시가지를 바라보면서 그의 눈에 눈물이 고였다. "그러나 너는 하나님의 권고를 깨닫지 못했다. 이제 네가 둘러싸일 날이 올 것이다. 네 원수들이 너를 포위할 것이다. 그리고 그들이 공격해서 너와 네 자식들을 땅에 메어칠 것이다." 울면서 예수는 나귀를 재촉해 앞으로 나아갔다. 온화한 미풍이 그의 눈물을 마르게 했다.

다만 그의 측근들만이 행렬 중에서 있던 이 번민의 멈춤을 지켜보았다. 아랑곳없는 군중들은 케드론 계곡을 통해 아래로 내려가며 길에서 소리치고 노래하면서 성전의 계단으로 직접 연결되는 도시의 북동쪽 문으로 접근했다. 제사장들 중 몇몇이 소동소리를 듣고 또 어쩌면 성전의 가장 높은 단 위로부터 다가오는 축제의 대중들을 보았기에 예수를 맞으러 나왔다.

"사람들을 책망하시오"라고 그들이 큰소리로 요구했다. "저들은 당신을 왕이나 메시아라고 불러서는 안 됩니다. 저들의 소리가 안 들립니까? 저들은 당신을 그리스도라고 부르고 있소!"

"들립니다"라고 예수가 대답했다. "내가 당신들에게 말하지만 만일 저 사람들이 잠잠하면 길가의 저 돌들이 소리를 지를 겁니다"라고 말하고 예수는 나귀에서 내려 요나와 마가라하는 요한에게 나귀를 주인에게 돌려주라고 명했다. 그리고 예수는 아치문을 통해 걸어 들어가 이방인의 마당*으로 통하는 계단에 올라가 말씀을 시작한다는 신호로 팔을 들어 올렸을 때 그의 흰 겉옷이 햇볕 속에 반짝거렸다.

가야바는 좌절 속에 이를 갈며 지켜보았다. 그가 성전 수비대에게 오늘 예수를 잡도록 하면 군중들이 소동을 일으킬 것이었다. 외곽도시에서 소환되어온 로마병정들이 시가지와 가까운 주변들을 순찰 중이었는데 소동이 일어나면 곧장 행동을 개시할 것이었다. 대제사장은 로마 당국과 문제를 일으키길 원치 않았다. 예수가 이 싸움에서 이긴 것이었다. 온 세상 사람들이 그를 따르는 것같이 보였고 그의 반대자들은 무기력하게 옆에 서서 그가 성전을 차지하는 것을 지켜볼 수밖에 없었다.

그날 밤 바타샤는 사관에서 야식 만드는 것을 도왔다. 식욕이 없었기에 그녀는 부엌을 빠져 나와 뒷문을 통해 집을 나왔다. 늙은 옹이투성이 뽕나무 아래 그늘 속에 긴 의자가 놓여있기에 그녀는 서늘한 응달 속에 숨으려고 그곳으로 갔다.

"마리아인가요?"

그건 주님의 목소리였다 — 그가 그녀를 부르는 친숙한 방식이었다. 그가 그녀의 옆에 앉아 침묵하고 있을 때 그녀가 그에게 드렸던 겉옷이 바스락거렸다. 그의 다정한 존재가 그녀에게 뻗어 나와 이해와 사려로 그녀를 휩쌌다.

"오, 선생님!"하고 그녀는 눈물을 글썽이며 예수를 향해 부드럽게 소리쳤다. "당신께서 누군가를 그렇게도 사랑할 때 왜 그들은 당신을 거절하는 것일까요?" 그녀는 시몬에 대해 이야기하는 것이었다. 시몬

---

* 성전 마당이 4곳으로 분류되어 있었는데 그중 이방인들이 들어갈 수 있도록 허용된 바깥마당.

을 다시 만나자 그녀의 가슴엔 그리움이 솟아올랐다. "제가 사랑했던 사람들은 누구나 저를 버렸어요. 어머니는 제가 어렸을 때 돌아가셨어요. 그리고 얼마 안 돼서 아버지가 떠나셨지요. 그리고 지금은 제가 아주 깊이 관심을 갖는 분이 저를 버려버렸어요. 저는 너무 외로워서 결코 온전해지거나 진정한 기쁨을 체험할 수 없을 것같이 느껴져요."

예수가 그녀를 부드럽게 잡고 그녀의 머리를 자기 어깨로 끌어당겼다. "이해하오. 마리아의 슬픔은 내게도 또한 마찬가지로 있는 것이오. 나도 거절당하고 버림받아 왔소. 사람들이 이 땅에서 겪는 고통과 분노를 나는 초월해 있을 거라고 결코 생각지 마시오."

더 이상 말하지 않고 그는 그녀를 붙들고 있었다. 그녀는 뺨 밑으로 예수의 맥박과 그의 생명소의 따스함을 느꼈다. 마리아가 부어드렸던 향유의 내음이 아직도 그의 피부에 남아 있었고 그녀가 지어드린 겉옷 위에 묻어 있었다. 그녀는 한숨을 쉬고 그가 주는 평화에 마음을 열었다. 그녀의 마음이 가라앉자 그녀는 그녀의 상처를 달래 주러온 아버지나 큰 오빠에게 하듯이 팔을 들어 예수에게 매달렸다. "결코 저를 버리지 마세요, 라보니*."

"걱정하지 말아요" 하고 그는 부드럽게 나무라고는 약속했다. "난 결코 당신을 떠나거나 버리지 않을 겁니다."

그다음 날은 월요일이었다. 예수는 다시 감람산 근처에서 제자들과 만나서 예루살렘에 들어갈 준비를 했다. 예수는 아침 빛 속에서 창백하고 긴장해보였다. 그날 아침 예수는 사관에서 조반을 사양했다. 시몬은 선생님이 정말로 음식다운 음식을 드시는 것을 마지막으로 본 것이 언제인지 기억하지 못했다. 그는 예수가 먹지 않아서 약해진 것이 아닌가 하는 의문을 가졌다. 이유가 무엇이든 예수가 좋은 기분이 아닌 것

---

* '나의 선생님'이라는 히브리어.

만큼은 확실했다. 이러한 눈치를 알고 제자들은 성전 행각*으로 곧장 나오게 되는 성벽의 문으로 가는 길을 예수와 함께 걸어가면서 조심스레 침묵을 지켰다.

멀리에서 잎이 무성한 무화과를 발견하자 예수가 걸음을 빨리 했다. 무화과나무는 푸른 잎과 더불어 열매를 내는 것이 보통이었으나 이 나무는 외양만 좋았기에 그들이 가까이 가서 보았을 때는 열매가 없었다. 아마도 선생님의 위장이 그 순간에 시장해서 수축했던 것 같았다. 왜냐하면 선생님이 화가 나서 그 외양만 그럴듯한 나무를 저주했기 때문이었다.

그가 흥분한 것에 놀라서 제자들은 계속 조금 떨어져 걸어가며 서로 놀란 눈길을 주고받았다. 예수는 나무를 향해 주먹을 휘두른 뒤에 그들을 따라잡으려고 걸어왔다. 시몬은 열매 없는 무화과나무뿐 아닌 무언가 다른 것이 선생님을 괴롭히고 있다는 것을 깨달았다. 그러나 주님의 염려가 무엇인가에 집중하는 대신 그는 다시 자신의 부적절함과 열매 맺지 못함에 대한 자괴심 속으로 빠져들었다.

그들이 성전에 도착했을 때도 예수는 계속 화가 나 있었다. 가야바가 성전 안으로 들어가는 그의 길을 막으려 했을 때도 예수는 아는 척도 하지 않고 그를 무시해버리고 이방인의 행각**으로 곧장 나아갔다. 그곳에선 관원들이 희생으로 드릴 동물들도 팔고 또 외국 돈을 유대의 돈으로 바꾸어주고 있었다. 그는 헌정된 양들을 지키려고 서 있는 사람에게서 채찍을 빼앗아 들어 자기의 머리 위 공중으로 휘둘렀다. 그리고 그는 환전상들 중 한 사람의 머리 가까이로 채찍을 내리쳤다. 그 사람이 놀라서 비틀거리며 뒤로 물러섰다. 예수는 하나씩, 하나씩 그들을 모두 그들의 탁자에서 몰아내려는 듯이 계속해서 채찍을 내리쳤다. 그들

---

* 기둥들이 늘어선 현관.
** 성전의 이방인의 뜰로 나가는 기둥들이 늘어선 입구.

이 물러나기 전에 쌓아놓은 돈을 가져가려고 하면 그는 그들의 탐욕의 손가락 앞을 채찍으로 후렸다. 그리고 그는 가까이 가서 한 팔로 줄 지어 서 있는 무거운 네 발 달린 탁자들 중 하나를 둘러엎은 다음 계속해서 하나씩 탁자들을 때려 부수었다. 사람들이 급히 물러가면서 달리다가 굴러가는 동전 위에서 넘어지기도 했다.

예수가 그들을 쫓으며 채찍을 흔들면서 소리쳤다. "하나님의 집은 기도하는 집입니다! 당신들은 이를 강도의 굴혈로 만들었소." 그리고는 채찍을 던져버리고서 그 난장판에서 큰 걸음으로 걸어 나왔다. 그의 검은 눈이 분노로 번쩍였고 얼굴은 거룩한 노여움으로 굳어 있었다.

다시 한 번 종교지도자들은 무력하게 지켜보는 수밖에 아무것도 할 수 없었다. 예수가 벌인 소동은 불쾌하기 그지없었지만 그들이 그를 잡으려고 더 혼잡하게 만든다면 로마의 집정관들이 좋아하지 않을 것이었다. 그들은 기회를 노리고 있는 것 같았다. 아마도 예수를 좋아하는 사람들이 주변에 아무도 없는 밤에 멀리 떨어진 곳에서 그를 붙잡을 방법을 모색하고 있었다.

주랑 안으로 걸어 들어가면서 사람들을 개인적으로 접촉하고 그들의 개인적인 질문에 답해 주면서 예수는 진정이 되는 것같이 보였다. 빌립과 안드레가 세 사람의 젊은 낯선 사람들과 같이 그에게 가까이 갔을 때 예수는 마다하지 않고 그들을 반겼다. 시몬은 그들을 보고 그들이 유대인이 아니라는 것을 알 수 있었다.

"주님" 하고 빌립이 겸손하게 말을 시작했다. "안디옥 대학의 제 친구들 중 몇이 주님의 소문을 듣고 만나 뵙기 위해 먼 길을 왔습니다."

예수가 그들에게 앞으로 나오라고 손짓하자 빌립이 소개했다. "이 두 사람은 실바누스와 페트로니우스입니다. 둘 다 철학도입니다." 그리고 그는 요한의 나이 또래인 말쑥한 용모의 금발의 젊은이를 가리켰다. "그리고 이 사람이 누가입니다. 이 사람의 부친이 제가 좋아하는 교수였습니다. 누가는 의사가 되려고 공부하고 있습니다."

그들 세 사람 모두에게 말을 시작하기 전에 예수는 누가에게 미소를 던졌다. "여러분은 위기의 시간에 나를 만나러 왔습니다. 내가 항상 하던 똑같은 말을 여러분에게도 합니다. 여러분이 나를 섬기기 원하면 나와 같이 있어야만 합니다. 종은 그 주인과 같이 있어야 하며 주인은 종과 같이 있어야 합니다. 여러분이 내게 충실하면 하나님께서 여러분을 영예롭게 할 것입니다."

예수는 마치 투명한 푸른 하늘을 살피려는 듯이 위를 쳐다보았다. "그래요. 여러분들이 철학도라니까" 하고 그는 우수가 섞인 낮은 목소리로 말했다. 그들은 앞으로 몸을 숙였다. "그렇다면 내가 작은 철학을 말하지요" 하고 말하며 예수는 그들을 보았다. "한 알의 밀이 땅에 떨어져 죽으면 그때 많은 열매를 맺습니다. 그러나 그러기 위해서는 먼저 죽어야만 합니다." 그는 깊은 숨을 들이쉬고 한 손을 펴서 기둥 하나에 몸을 기대고 머리를 숙였다. "아, 내 마음 속의 고통이여!" 하고 그는 속삭였다. "때때로 나는 나의 아버지께 나를 구해달라고 부탁하고 싶습니다! 내가 이 고통을 견뎌 낼 수 없다고 말하면서. 그러나 나는 이것을 위해서 내가 보내졌기에 이 고통을 겪어내야만 한다는 것을 알고 있습니다." 그의 고통으로 번쩍거리는 눈이 눈물로 그득했다. "오, 아버지. 내가 아버지를 영광스럽게 하도록 하소서."

구름 한 점 없는 하늘이 심하게 우르릉거리는 소리를 내면서 마치 몇 조각으로 갈라지는 것 같았다. 성전의 바닥이 진동했다. 시몬의 다리가 흐물흐물 힘이 빠져서 거의 넘어져 무릎을 꿇을 뻔했다. 누가가 소매로 얼굴을 가렸고 다른 이들도 각기 다양한 두려움의 자세를 취했다.

어떤 사람들은 우레가 우는 소리를 들었다고 했다. 또 다른 사람들은 "내가 이미 영예롭게 하였고 또 영광스럽게 하였으며 너를 칭송하노라. 그리고 내가 이를 다시 하리라" 라고 말하는 하나님의 목소리를 들었다고 주장했다.

예수가 몸을 돌려 그들에게 말했다. "이는 나를 위한 것이 아닙니다. 나의 아버지께서 당신들을 위해 이를 말씀하셨습니다. 많은 유대인들이 내가 세례받을 때 이 목소리를 들었습니다. 내 제자들 중 몇 사람도 벳새다 율리아스에서 어느 날 밤에 들었습니다. 그리고 이제는 당신들 이방인들도 이 목소리를 들었습니다." 예수는 누가와 그의 동료들, 그리고 자기를 둘러싼 다른 이방인들을 에워싸는 몸짓을 했다. "이것이 나의 증거입니다. 내가 십자가 위에 들릴 때 나는 모든 사람들 — 유대인도 이방인도 — 을 가까이 부를 것입니다. 여러분들은 오늘 보고 들은 것을 기억할 것입니다. 그리고 그 기억이 여러분이 사람들을 나의 십자가로 데리고 오는 것을 도울 것입니다. 그 십자가에서 나는 이 세상의 악한 영을 사람들의 가슴속에서 쫓아낼 수 있습니다."

"하지만 선생님" 하고 누가가 말했다. "우리는 성경에서 그리스도는 영존하실 것이라고 배웠습니다. 그런데 선생님은 어떻게 선생님이 십자가에 매달릴 것이라고 말씀하실 수 있습니까? 죽은 사람은 살아서 영원히 지배할 수가 없습니다."

"우리 주님은 자주 비유로 말씀하십니다" 하고 빌립이 예수를 위해서 큰소리로 말했다.

예수가 한숨짓고 걷기 시작했다. "빛이 잠시만 더 여러분과 함께 있을 것입니다" 하고 그는 어깨너머로 뒤를 보았다. "할 수 있는 동안 내게 가까이 있으시오. 아직 시간이 있을 때 배우시오. 그러면 후에 여러분도 빛과 진리의 아들들이 될 것이오."

예수는 성전의 구역을 떠나가서 저녁식사 때까지 베다니로 돌아오지 않았다. 시몬은 베드로, 안드레, 빌립, 그리고 나다니엘과 더불어 침묵 속에 식사를 했다. 임박한 운명에 대한 느낌이 그들의 영혼을 어둡게 했고 아무도 그 운명을 철저히 알아보기를 원치 않았다. 급기야 나다니엘이 입을 열어 유다가 그리욧에서 돌아왔다고 말했다.

그 소식을 듣자 시몬이 날카롭게 고개를 들었다. "그는 더 일찍 돌아왔어야 했소"라고 퉁명스럽게 불만을 표했다. "유다는 선생님과 같이 지내는 시간보다 더 많은 시간을 고향에서 보냈소. 어떻게 그가 진정한 제자라고 간주될 수 있겠소?"

"그는 해야 할 중요한 일들이 좀 있습니다"하고 결코 남을 판단하지 않는 사람인 나다니엘이 유다를 변호하느라고 말했다.

시몬이 입술 사이로 거친 소리를 내고는 토를 달지 않고 식사를 계속했다. 그러자 더 이상의 대화가 없었다.

그다음 날 예수와 제자들은 다시 예루살렘으로 갔는데 그 전날 아침에 갔던 똑같은 길을 택해서 갔다. 그 무화과나무를 처음으로 눈여겨본 것은 바로 베드로였다. 그가 나무를 보다 가까이 들여다보려고 걸어가서 마른 잎사귀를 뜯어내자 잎사귀는 그의 손가락들 사이에서 부서져 버렸다.

"보세요, 선생님! 이 나무가 어제 선생님이 저주한 그 나무입니다"하고 그는 두려운 어조로 말했다. "이게 완전히 말라버렸습니다. 그 뿌리까지도 …"하고 그는 밖으로 나온 뿌리 하나를 걷어차자 그 뿌리가 먼지부스러기가 되었다. "마치 큰 불에 타버린 것 같습니다."

"기도는 위대한 일을 할 수 있습니다"라고 예수가 말했다. "기도는 엄청난 능력을 불러올 수 있습니다. 확신하고 믿는 기도는 심지어 저 산이"하고 그는 겟세마네를 가리켰다. "들려 바다로 빠지도록 할 수도 있습니다. 이 교훈을 기억하시오. 그러나 여러분이 기도할 때엔"하고 그는 덧붙였다. "반드시 여러분의 원수를 용서하십시오. 미워하면 안 됩니다. 여러분이 그들을 용서하면 하늘에 계신 여러분의 아버지께서도 여러분의 잘못을 용서하시고, 그리고 놀라운 일들이 여러분의 기도로부터 일어날 것입니다."

성전에 도착하자 예수는 여자들의 마당*으로 들어갔는데 그곳에도 국고가 있었다. 아직 날이 일렀지만 커다란 방은 십일조와 헌금을 드리러 오는 순례자들로 만원이었다. 예수는 서서 사람들이 그들의 동전을 나팔 모양의 금고 속으로 던져 넣는 것을 조용히 지켜보았다. 제자들은 예수의 편안한 태도와 서기관들과 바리새인들이 보이지 않는 것에 힘을 얻어 이리저리 돌아다니기 시작했다.

시몬은 유다가 기둥 옆에 서서 누군가와 이야기하고 있는 것을 발견했다. 더 가까이 가서 자세히 보자 그는 유다의 상대자가 아첨꾼 추종자들인 바리새인들을 수행하지 않은 대제사장 가야바인 것을 알았다. 그는 베드로를 팔꿈치로 밀며 고갯짓을 했다. "난 유다가 무슨 짓을 하는지 의심스럽소."

"아마도 가야바에게 주님의 공금에 헌금 좀 하라고 부탁하나 보죠" 하고 베드로가 비꼬아서 말했다.

시몬은 베드로에게 자기가 알고 있는 유다에 관해 말할까 하는 생각을 잠깐 하다가 그만 두었다. 유다가 그리욧에 자주 가 있는 것을 어떤 징조로 생각한다면 어쩌면 유다는 그들 제자의 신분에서 스스로 탈퇴하려는 작업을 진행하는 것처럼도 보였다. "이 유월절의 모든 행사를 통해 생기는 수입에서 가야바가 몇 퍼센트나 자기의 개인수입으로 챙겨 넣을지 궁금하군요" 하고 시몬이 추측하고 싶어 했다.

"당신과 내가 평생에 볼 수 있는 것보다 더 많을 거요, 형제여" 하고 베드로가 시몬의 등을 손바닥으로 치며 말했다. 동료를 따라 이미 예수가 사람들을 가르치기 시작한 솔로몬의 행각으로 가면서 다시 한 번 유다를 보는 시몬의 미간이 좁혀졌다. 예루살렘으로 들어오는 순례자의 밀물이 늘어남에 따라 매일 더 많은 사람들이 모였다. 시간은 짧았다.

---

* 네 곳으로 나뉜 성전 마당들 중 여자들의 출입이 허용된 바깥쪽 마당.

벌써 화요일이었고 유월절 음식은 금요일 밤에 먹게 되어 있었다. 방문자들이 전통적 유월절 저녁을 먹기 위해 머물 곳과 희생양, 그리고 필요한 품목들을 구입하려면 오늘 시내에 도착해야만 했다.

책략적으로 군중들 속에 이리저리 자리 잡고 있는 바리새인들의 무리들은 예수를 못 믿게 하기 위해서, 또는 순전히 괴롭히기 위해서 계속해서 예수의 가르침을 중단시켰다. "누가 당신에게 여기서 가르칠 권세를 주었소? 무슨 권세로 당신이 이런 일을 하는 거요?" 하고 그들 중 하나가 소리쳤다.

"당신이 먼저 내 질문에 대답하시오. 그러면 나도 당신 물음에 답하지요" 하고 예수가 말했다. "세례 요한은 그 권세를 어디에서 받았습니까? 하늘로부터요, 아니면 사람으로부터요?"

시몬이 웃었다. 만일 그들이 하늘로부터라고 하면 그들은 세례 요한도 인정하고 또 예수가 하나님의 그리스도라고 말했던 그의 모든 말들을 인정하게 되는 것이었다. 만일 사람으로부터라고 하면 많은 사람들이 그를 진정한 선지자라고 알고 있었기 때문에 사람들이 그들에 반대해서 소동을 부릴 것이기 때문이었다.

"우리는 모르오" 하고 바리새인들이 대답을 못하겠다고 했다.

예수가 팔로 마치 파리떼를 날려 보내는 것 같은 동작을 하고 나서 말했다. "그건 대답이 아니오. 따라서 나도 내가 무슨 권세로 내 기적을 행하는지 당신들에게 말하지 않겠소." 다시 사람들에게 몸을 돌려 그는 경멸이 섞인 목소리로 말했다. "서기관들과 바리새인들은 권좌에 앉아 있습니다. 그들의 권위를 인정하는 것은 괜찮습니다. 그러나 그들과 같이 되지는 마시오" 하고 지적하며 그들이 있는 방향을 가리켰다. "왜냐하면 그들은 모든 것을 외식하기 위해 하기 때문입니다. 그들은 미간과 팔에 매단 작은 상자 속에 성경구절을 갖고 다니며 화려한 겉옷을 입고 사람들의 감탄을 자아내려고 매년 옷의 단을 길게 만듭니다. 그들은 잔치의 상석과 회당의 상좌를 차지합니다. 예, 그렇습니다. 그들은 여러분이 주는 존경을 받아먹고 여러분이 '랍비'라고 부르면 으쓱해집니다. 하지만 기억하십시오. 여러분들 모두는 형제자매들로서 이 땅에서 하나님과 서로서로를 섬기라고 보내졌으며, 여러분의 유일한 진정한 지도자이자 랍비는 그리스도입니다."

그의 펴졌던 손이 서서히 닫혀 불끈 쥔 주먹이 되었고 그는 그 주먹을 적들을 향해 흔들었다. "화가 있을 것이요, 당신들 서기관들과 바리새인들이여. 외식하는 자들이여! 위선자들이여! 당신들은 과부의 것을 훔치고 성전에서 길게 기도합니다. 오, 당신들 불쌍한 소경들이여! 당신들은 교인 하나를 얻기 위해 바다와 육지를 두루 다닙니다. 그러다가 하나가 생기면 당신들은 그를 당신들과 같은 지옥의 자식으로 만듭니다! 당신들은 당신 정원의 작은 채소 하나하나의 십일조까지 성전에 드리지만 당신들 마음에는 믿음도, 공의도, 또는 긍휼도 없습니다. 하나님께서 당신들이 얼마나 규율을 잘 지킬지에 관심이 있으십니까? 아니면 가난한 사람들과 고통받는 사람들에게 친절과 관용을 베푸는 것이 더 중요합니까? 당신들에게 화가 있을 것입니다! 당신들은 먹는 물에서 해가 없는 하루살이는 걸러내려 애씁니다. 그러나 돌아서서 당신들은 약대를 삼킵니다!"

시몬과 베드로가 눈썹을 치키면서 서로를 바라보았다. "저들이 오늘 아침의 무화과나무를 보았다면 목숨을 구하려고 모두 달아났을 겁니다"하고 시몬이 속삭였다.

"영적인 철면피들이여! 당신들은 의례적인 세척을 행하려고 굉장히 애를 씁니다!" 하고 예수는 가차 없이 계속 말했다. "당신들의 속이 그렇게도 더러우면 그 세척이 헛되다는 것을 모르시오? 먼저 당신들의 속이 깨끗한가를 확인하시오, 그리고 바깥 모습을 걱정하시오. 당신들은 회 칠한 무덤에 불과합니다. 당신들은 깨끗해 보이지만 안에는 죽음의 악취가 가득합니다."

"당신들은 그때 당신들이 살아 있었더라면 오래 전의 선지자들을 죽이지 않았으리라고 말합니다. 그러나 기억하시오, 당신들은 살인자들의 후예들입니다! 독사의 새끼들이여! 당신들이 어떻게 지옥을 피할 수 있겠습니까? 잘 들으시오!" 하는 그의 목소리가 대리석 홀에서 파도처럼 울려 나왔다. "오늘 내가 말하는 것을 결코 잊지 마시오. 때가 되면 내가 당신들과 다시 싸울 선지자들과 지혜 있는 사람들을 보낼 겁니다. 당신들은 그들을 회당에서 매질하고 마을에서 마을로 쫓으며 박해할 것입니다. 오래 전의 의로운 선지자들의 피가 당신들의 선조들의 머리 위에 있던 것과 똑같이 그들의 피가 당신들의 머리 위에 있을 것입니다."

그렇게 외치는 그의 눈에서 눈물이 떨어졌다. "오, 예루살렘아. 예루살렘아! 선지자들을 돌로 치고 하나님께서 보낸 자들을 죽이는 자여. 암탉이 그 새끼를 모으는 것과 같이 내가 네 자녀들을 얼마나 내 날개 아래 모으기를 원했느냐! 그러나 너는 나를 원치 않았다" 하고 그는 머리를 겉옷의 두건으로 싸고 성전 계단을 내려왔다. "나는 당신들을 당신들의 빈 집에 남겨둡니다" 라고 말하며 그는 순간적으로 돌아서 성전을 향해 손짓했다. "당신들이 찔러 꿰뚫은 사람을 조상할 때까지 당신들은 나를 다시 보지 못할 겁니다."

아무 말 없이 시몬과 다른 제자들은 그를 따라서 그가 자주 가는 동산까지 따라갔다. 그곳에서 그는 풀밭에 주저앉아 지친 머리를 뒤로 젖히고 한 감람나무의 엉켜있는 줄기에 몸을 기댔다.

예수가 굉장히 흥분해 있다는 것을 알고 있기에 분명 그의 내적 혼돈을 덜어드리려는 의도에서 베드로는 멀리 있는 성전을 가리켰다. 성전의 금빛 둥근 지붕이 번쩍였고 저녁노을은 마지막 불꽃으로 성전의 대리석 행각과 기둥들을 비췄다.

"보세요, 선생님! 아름답지 않습니까?"

예수가 지친 목소리로 대답했다. "저 건물이 완전히 파괴되어 돌 하나도 돌 위에 남지 않는 때가 올 것입니다" 하고 그는 눈을 감고 세상 끝에 일어날 일들에 대해 말하기 시작했다. 마태가 공책을 꺼내어 선생님의 말씀들을 기록하기 시작했다.

제 21 장

어린 양은 하나님이 자기를 위하여 친히 준비하시리라.

창세기 22:8 KJV 성경

"요안나! 만나서 반가워요! 우리 찾느라고 애먹었어요?" 하고 물으면서 친구를 껴안은 다음에 바타샤는 무릎을 꿇고 바울을 안고 그의 머리를 쓰다듬었다.

"월요일에 성전 밖에서 작은 야고보를 만났는데 그분이 내게 어떻게 찾아가라고 알려 주었어요. 어머나, 여기 멋진 사관이네요! 내가 이제껏 본 사관 중 가장 멋지네요." 그녀는 망토를 벗고 탁자들 중 하나 옆에 편안히 자리 잡았다. "이분들이 이 옥상 전부를 아름다운 정원으로 만들었군요. 그리고 그렇게 좋은 분들이라면서! 말해 주세요, 여기에 나사로가 사시죠? 예수님이 죽음에서 살려내신 분이요, 그 소식은 아주 멀리 티베리아스까지 퍼졌어요."

"그럼요. 그분과 예수님은 어렸을 때부터 가장 친한 친구였어요. 그런데 당신 어떻게 여기 왔어요?" 하고 바타샤가 물었다. "구사는 어디 계세요?"

"우린 마차로 왔어요. 구사는 헤롯의 유월절 행사를 위해 궁궐을 정리하느라고 바빠서 우리를 데려다 줄 수 없었어요. 당신에게 자신 있게 말하지만 분봉왕은 이 명절을 훌륭한 유대인의 방식으로 지키지 않을 거예요. 난 그가 그의 잔치를 난장판으로 만들지 않을 체면이라도 있으면 하고 바랄 뿐이에요. 트롤리어스라고 하는 노예가 우리 마차를 몰았어요. 헤롯은 이 노예를 높이 평가해서 자기가 원하는 대로 아주 잘 복종한다고 믿어요."

"트롤리어스라고요!" 바타샤는 즉각 2년 전에 티베리아스에서 자기를 구해주었던 훌륭한 그리스인을 기억해냈다. "그 사람, 검은 머리에 잘 생겼지요? 예술가이고요?"

"아, 맞아요" 하고 요안나가 답했다. "내가 아는 노예들 중에서 제일 재주 있고 지적인 사람이지요. 당신 그를 연회에서 만났던 것 기억하지요?"

"물론이지요. 그 사람 지금 어디에 있어요?"

"밑에 마구간에서 말들을 돌보고 있어요."

바타샤는 그녀에게 다과를 갖고 곧 돌아오겠다고 말한 뒤 재빨리 층계참 두 계단을 내려와 마구간으로 갔다. 그녀는 밤색 암말을 부드럽게 빗질해 주고 있는 트롤리어스를 보았다.

"가장 훌륭한 복부화가*가 마부가 되었나?"

놀라서 돌아보는 그의 검은 눈이 그녀를 알아보면서 반짝였다. "부인!" 하고 그는 절을 했다.

"내가 너에게 포도주를 좀 가져왔어" 하고 그녀가 잔을 내밀자 그는 받으려는 움직임을 보이지 않았다. "노예가 부인에게 시중받는 것은 허락되지 않습니다."

"그럼 벤치 위에 올려놓을 테니 언제든 좋을 때 마셔."

그의 입 양쪽 귀퉁이가 올라간 것을 보면 같은 사람에게 호의를 베풀 때는 바타샤가 규율을 깨는 것을 염두에 두지 않는다는 것을 그가 기억해

---

* 벗은 몸에 그림 그려주는 사람.

낸 것 같았다. 목이 말랐는지 그는 벤치에서 잔을 들어서 마셔 비웠다.

"어떻게 지냈어?" 하고 그녀가 물었다. 마구간 주변에서 자기 주인의 말들을 무심히 손보고 있는 다른 많은 노예들을 향해 눈을 두리번거리는 그를 보고 그녀가 덧붙였다. "걱정하지 마. 나한테 자유롭게 말해도 돼. 여기서는 너에게 나쁜 일이 생기지 않아."

그는 눈에 띄게 편안해졌다. "저는 잘 지냈습니다."

"아직도 그림 그려?"

"배에다가는 안 그립니다" 하고 그는 계속해서 말의 가죽에서 먼지를 털어내면서 어색한 웃음과 더불어 대답했다. "헤롯왕께서 우리가 여기 있는 동안 하즈모디언 궁전의 벽 하나에다 프레스코화를 그리라고 제게 명령하셨습니다. 보디페인팅은 유행이 지났습니다."

"당신의 작은 긍휼에 감사합니다. 자비로우신 여호와여." 그가 확실히 편안해지는 것을 보자 그녀는 재미있게 웃었다. "아니, '감사합니다. 제우스여'라고 해야 하겠지. 제우스가 너희들 그리스의 신의 이름 아닌가?"

"저의 신은 아닙니다" 하고 그가 물 한 양동이를 가져다 말의 코 밑에다가 놓아서 마실 수 있도록 하며 대답했다. 그는 다시 한 번 빨리 주변을 둘러보아 아무도 엿듣고 있지 않다는 것을 확인했다. "저는 선함과 자비의 신인 보이지 않는 신을 믿습니다. 예수라는 분의 아버지이신 신입니다. 그래서 제가 구사 님의 부인을 오늘 모셔다 드린다고 자원한 것입니다. 저는 그 신성한 분이 때때로 여기 머무신다고 들었습니다." 하고 그는 양동이를 옆으로 치웠다. "그분 지금 여기 계신가요?"

"예수님은 기도하시면서 낮을 보내시지. 최근에 시내에서 있었던 일이 그분을 힘들게 하셨어" 하고 그녀는 설명했다. "아, 트롤리어스. 난 네가 우리 선생님을 따르는 사람이 되었다는 것이 너무 기쁘다!" 마치 그녀의 큰 목소리를 막으려는 듯 그가 얼굴을 찌푸리며 손을 들었을 때 그녀는 웃었다. "걱정마. 여기 있는 사람들은 다 믿는 사람들이야. 이 사관의 주인들도 예수님의 가까운 친구분들이야."

"죄송합니다. 헤롯의 궁전은 아주 다릅니다. 노예들 중 일부는 믿는 사람들이지만 우린 우리들끼리만 말합니다. 그러나 다른 사람들 앞에서는 헤롯의 귀에 들어갈까 두려워 결코 말하지 않습니다. 그는 충성하지 않는 노예들은 벌레를 밟듯 쉽게 죽이곤 합니다."

"넌 요안나와 구사에게는 마음 놓고 이야기해도 돼" 하고 그녀는 웃으며 알려주었다. "그분들은 거의 3년 동안이나 예수님을 믿었어."

"제가 그분들과 대화를 하지 못합니다. 저는 노예입니다."

"너는 믿는 사람이야" 하고 그녀가 부드럽게 가르쳐 주었다. "선생님은 우리들에게 차별 없이 서로 사랑하라고 명령하셨어. 서로 사랑하므로 우리는 그분을 향한 우리의 사랑을 표현하지. 이걸 기억해둬. 요안나와 구사는 너를 저버리지 않을 거야" 하고 그녀는 떠나려고 몸을 돌렸다가 잠깐 멈춰서 뒤를 돌아보았다. "하나님께서 너와 함께 하시기를."

"그리고 또한 부인과 함께 하시기를" 하고 그는 손을 들어 머리를 끄덕이며 그들이 서로 한마음이라는 표시를 했다.

바타샤가 음식 한 접시를 들고 옥상으로 돌아오자 요안나가 뽀로통하니 부어 있었다. "여기 난 먼 길을 왔는데 당신은 날 버리고 가버렸어요."

바타샤가 웃었다. "미안해요. 난 막 재미있는 사실을 알아냈어요. 노예 트롤리어스가 예수님을 따르는 사람이 되었어요."

요안나가 놀라서 허리를 세워 앉았다. "난 전혀 몰랐어요!"

바타샤가 친구에게 잔을 건넸고 그들은 바울이 꽃이 피어나는 관목들의 화분 사이를 돌아다니는 것을 보면서 말없이 마실 것을 마셨다. "트롤리어스 같은 사람들이 얼마나 많을까요?" 하고 바타샤가 생각에 잠겨 말했다. "예수님의 이름조차 거론도 안 하면서 매일의 자기 일들을 하면서 비밀리에 침묵하고 있는 신봉자들, 그러면서도 전심으로 예수님을 사랑하고 그의 가르침을 따르는 사람들 말이에요?"

"몇 군단쯤 되겠지요, 내 생각에는 말예요" 하고 요안나가 답했다. "아마도 군대를 이루기에 충분할 거예요."

서로의 소식을 묻고 답하며 이야기하다가 그들의 대화는 개인적인 것으로 바뀌어갔다. 바타샤는 그녀에게 빌립이 구혼했지만 그녀가 거절했다는 것, 그렇지만 빌립은 앙심을 품지 않고 아직도 그녀를 다정하게 대해 주고 있다고 말해 주었다. 가장 가까운 친구를 나무라는 재미있는 말투로 요안나는 그녀를 바보라고 불렀다. 요안나는 구사가 공직을 은퇴하려 하고 있고, 이미 가버나움 근처의 농장을 구입했다고 말했다. 바타샤는 놀랍기도 하고 기뻐하기도 하면서 자기 친구가 생계를 위해 염소들의 젖을 짜는 것을 상상하기는 어렵다고 말했다.

바울이 두 손을 모아 잔처럼 만들고 눈이 반짝거리면서 그들에게 뛰어왔다. "내가 뭘 잡았는지 알아 맞혀 봐요, 엄마."

"어머나, 난 그게 개구리가 아니었으면 한다."

"여기엔 개구리가 많지 않아요" 하고 바타샤가 찡그리며 말했다.

"나비예요" 하고 바울이 기뻐서 소리쳤다.

"그래, 그럼 보내 줘라! 질식시킬라."

바울은 그의 포동포동한 손을 열기 전에 잠깐 고민하는 눈치였다. 아주 멋진 주홍과 자줏빛의 나비가 게으르게 하늘을 향해 올라가 햇볕 속에 길을 내더니 옥상의 담장 너머로 사라졌다. "아, 난 갖고 있고 싶었는데!" 하고 바울이 소리 지르며 울기 시작했다.

요안나가 간 뒤에 바타샤는 빨래 바구니를 들고 사관 뒤의 테라스를 가로 질러서 우물곁에 빨래를 위해 사용되는 물통 쪽으로 걸어갔다. 그녀는 작은 흰 새끼양과 놀고 있는 요나, 유딧, 유다의 곁을 지나갔다.

"그 양 어디서 났니?" 양이 이 아이에서 저 아이에게로 뛰어가며 노는 것을 보고 바타샤가 웃으면서 물었다.

"나사로 아저씨가 방금 집으로 데려왔어요" 하고 요나가 양의 목을 끌어안았다. "예쁘지 않아요? 순전히 하얗고. 애는 흠 하나도 없어요."

유딧이 양의 입에다 입을 맞췄다. "오, 정말 귀여워요. 난 애를 사랑해요!"

바타샤는 우물로 가서 빨래 통에 물을 긷기 시작했다. 그녀는 시몬의 굵직한 목소리를 들었지만 들으면서 계속 일을 했다.

"너희들 그 양을 너무 좋아하지 않도록 해라" 하고 그는 경고했다. "그랬다가는 속만 상할 것이다."

"왜요?" 하고 요나가 물었다.

"왜냐하면 내일 그 양은 죽어야만 하니까. 몇 백 마리의 양들이 성전의 제단 위에서 죽어야 하는데, 이 양도 그중 하나다."

"어머, 안 돼요!" 하고 유딧이 울부짖었다. "이 작은 양은 너무도 귀여워요. 어떻게 죽일 수가 있어요?"

"그게 법이란다" 하고 시몬이 선생님의 작은 누이를 다정한 눈으로 바라보면서 답했다.

"그렇지만 왜요?" 하고 요나가 다시 물으며 일어섰다. "왜 법은 순진한 동물들, 이 양같이 아름다운 동물들을 죽이라고 하지요? 동물들이 그런 잔혹한 대우를 받을 짓을 하기라도 했나요?"

"하나님께서 그렇게 명령하셨다" 하고 시몬이 대답했다. "자, 내 말 듣고 그 작은 짐승에게서 떨어져 있어라. 그렇지 않으면 내일 나사로 아저씨가 양을 가져갈 때 슬플 것이다."

유딧은 무릎을 꿇고 양을 끌어안았다. 유다는 물러나서 조용히 관망했으나 요나는 아직도 도전하는 자세였다. "전 아직도 이해가 안가요" 하고 요나가 말했다.

"너 성경 읽었지, 아들아" 하고 시몬이 상기시켰다. "우리 종교에서 피의 희생을 중요하게 여긴다는 것을 넌 알고 있지."

"전 성경을 읽었어요" 하고 요나가 인정했다. "그렇지만 저는 순진한 동물들을 무분별하게 죽이는 것을 결코 이해 못했어요." 그의 눈이 고집스러운 표정을 취했다. "우리가 굉장히 심술궂은 하나님을 섬기는 것 같아요."

바타샤는 시몬이 화를 낼 거라 생각했는데 그가 단순히 한숨을 짓고 돌 의자에 앉은 다음에 아이들에게 가까이 오라고 손짓하는 것을 보고 놀랐다. "질문하는 것은 괜찮다, 내 아들아" 하고 그는 요나에게 말했다. "그러나 조심해서 질문해야 한다. 하나님은 귀가 있으시단다."

그는 요나를 자기 옆에 앉도록 하고 더 어린 다른 2명의 아이들을 두 팔로 안았다. "아주 오랜 옛날에" 하고 그는 이야기를 시작했다. "하나님께서 흙으로 사람을 지으시고 사람에게 생명을 불어 넣으시고 혼을 주셨단다. 하나님은 사람에게 온 땅과 그 안에 있는 모든 것들을 가질 수 있다고 말씀하셨다. 대신에 하나님은 사람에게 하나님을 사랑하고 하나님에게 순종할 것을 요구하셨을 뿐이었다. 그렇게 하지 않으면 사람은 죽을 것이라고 하셨다. 그러나 사람은 불순종했고, 자기 뜻대로 행동했고, 그러자 창조자에게서 떨어져 나가게 되어 즉시 비참하고 불행하게 되었다. 사람은 그전에 하나님과 더불어 가졌던 가까운 관계를 갈구했으나 그의 마음이 불순종의 죄로 어두워졌기에 하나님은 사람과 더불어 아버지로서 의사소통을 할 수 없으셨다. 하나님은 선하시기에 죄와 가까이 할 수 없으시기 때문이다."

그는 유딧을 끌어 무릎 위에 앉혔고 유다는 그의 발치에 앉아서 들었다. "그러나 하나님께서는 몹시 상심하셨다. 하나님은 하나님께서 창조하신 것들이 멸망하리라는 것을 아셨다. 그러나 하나님께서는 죄에 대한 벌로서의 죽음의 판결로 되돌아가실 수 없었는데, 그 이유는 하나님 스스로가 거짓말쟁이가 될 수 없으셨기 때문이었다. 자비를 베푸셔서 하나님께서는 죽을 수밖에 없는 사람이 그 죽음을 대체 할 수 있는 방법을 강구하셨다. 그 대체 방법은 오랜 세월 동안 항상 순진한 동물들을 죽이는 것으로 표현되었다. 그 동물들의 피를 보실 때 하나님께서는 그 피를 사람의 죽음과 그의 죄에 대한 값으로 인정하신다." 새끼양이 순하게 다가오자 시몬은 양에게 팔을 뻗어 그 귀를 어루만졌다. "이어린 것이 비록 죄는 없지만 값을 치러야만 한단다."

요나는 침울했다. "양을 보세요. 제 생각엔 애도 알고 있고 죽고 싶지 않대요." 눈물이 그의 목소리를 억눌렀다. "너무 슬퍼요."

"그래, 하지만 결코 하나님을 비난하지는 마라. 이건 사람의 잘못이다. 사람이 제 마음대로 하지 않았더라면 죽음은 없었을 것이다."

"그렇지만 왜 아담과 이브가 한 짓을 제가 걱정해야만 하나요?" 하고 요나가 따졌다. "전 나쁘지 않아요. 전 악한 사람이 아녜요."

"너는 죄인이다" 하고 시몬이 답했다. "너는 네 핏줄 속에 죄를 갖고 태어났다. 그건 인간으로서 우리의 유업이다. 사람의 첫 불순종과 더불어 그건 우리 모두의 일부가 되어서 세대에서 세대로 이어져 내려오게 되었다. 타락, 고통, 죽음이 그것이다. 우리의 첫 조상들에게 그들이 행한 것에 대해 분을 품지 마라. 똑같은 선택이 주어졌다면 넌 네가 다르게 행동했을 것이라는 자신이 있니? 난 없다. 사람이란 하나님은 전혀 생각지 않고 야비한 이기심에서 행동하므로 잘못된 선택을 할 수 있는 존재다."

그가 유딧을 무릎에서 내려놓자 아이는 남자아이들을 따라 언덕 아래로 내려갔다. 그 아래 목장에서 아이들은 양에 대한 사랑의 마음을 억제하지 못하고 다시 양을 어루만지며 놀기 시작했다. 바타샤는 머리를 흔들고 다시 그녀에게 주어진 일에 집중했다. 생각지도 못했지만 시몬의 커다란 손이 그녀의 눈앞으로 내려오더니 그녀가 빨래 통을 채우려고 들었던 물 양동이를 잡았다.

"이건 하인들의 일이오."

"괜찮아요. 유월절이라 사관은 만원이고 하인들은 모두 다 바빠요."

그는 통을 채우기 위해 물을 더 길면서 무거운 물 양동이를 마치 장난 감인 양 다루었다. 그의 체취가 느껴지고 그가 가까이 있는 것이 곤혹스러워서 그녀는 뒤로 물러났다. "당신 방금 아이들에게 좋은 가르침을 주었어요"하고 그녀가 말했다. "전 항시 당신이 그런 재능을 가졌다고 생각했어요. 요나가 알고 있는 모든 것, 다 당신에게 배운 것이지요."

"고맙소"하고 그는 스스로를 낮추는 웃음을 웃으며 말했다.

"왜 당신과 다른 제자들이 오늘 성전에 안 가셨지요?"하고 그녀가 소다를 통에 뿌리면서 물었다.

"예수님이 안 가신다고 했어요." 시몬이 그녀가 일하는 옆의 풀밭에 앉았다. "그렇지만 예수님은 며칠 더 나중에 가시겠다고 했습니다"하고 그는 덧붙였다. "우리 중 몇몇은 예수님이 헤르몬산 위에 왕국을 세우고 예루살렘의 종교지도자들과의 다툼을 그만 두셨으면 하고 바라고 있지요. 지금 빠는 게 내 겉옷인가요?"

"네, 요나 것하고 같이 있지요"하고 말하며 그녀는 그것을 빨래판으로 가져갔다. "이 옷 입고 뭐 하셨어요, 진흙 속에서 목욕했어요?"

그가 웃었다. "우린 씨름을 했지요."

그녀는 그에게 재미있다는 눈길을 슬며시 주고는 화제를 바꾸었다. "제자들은 아직도 자기들끼리 누가 선생님을 따르는 사람들 중에서 가장 큰 사람인지 다투고 있나요?"

"항상 밑바닥에 그런 기류가 흐르지요"하고 시몬이 인정했다. "난 이해가 안가요. 난 보다 작은 제자로 간주되는 것을 지극한 영예로 생각해요. 난 선생님이 내 체력과 싸움 솜씨 때문에 나를 제자로 불러주셨다고 생각했지요. 그러나 선생님과 같은 초자연적 능력을 가진 분은 보통의 인간들의 보호가 거의 필요 없지요. 순식간에 예수님은 자기를 위해 싸울 천사들의 군단을 보내달라고 하나님께 요청드릴 수 있지요. 때로 난 필요 없는 인간같이 느껴져 석공 일을 하러 돌아갈까 생각하지요.”

그녀는 충격을 받았다. “오, 시몬. 어떻게 당신이 그분을 떠날 수 있어요?”

“바로 그거지요” 하고 그가 인정했다. “아무리 내가 소용없고 보잘것 없이 느껴져도 난 그분에게 등을 돌릴 수 없다는 것을 알아요. 난 그분을 내가 결코 가져보지 못했던 형제와 같이 느껴요. 난 남아서 그분이 날 필요로 하는 가장 작은 일에서라도 그분을 섬기는 것으로 만족하기로 결심했어요.”

“그분께 당신의 혼란과 자기 회의감에 대해 말씀드려 본 적 있으세요?”

“아뇨” 하고 말하며 그는 머리를 흔들었다. “난 그런 일이 그분을 성가시게 할 만큼 중요하다고 생각 안 해요.”

“하지만 시몬” 하고 그녀는 부드럽게 나무랐다. “예수님은 우리들의 모든 개인적 걱정거리에 관심을 갖고 계세요.” 그녀는 시몬과 눈을 맞추었다. “당신은 반드시 예수님을 개인적으로 가서 뵙고 당신이 느끼는 것을 말씀드려야만 해요. 그분은 당신의 삶의 목적을 명확하게 해주시고 위안을 주실 거예요” 하고 말하고 그녀는 시선을 옆으로 돌렸다. “저 자신도 최근에 제 평안을 깨뜨리는 문제에 대해 대화를 나누었어요.”

“빌립에 관한 것이었습니까?” 하고 묻는 그의 목소리가 도전하는 듯 날카로운 데가 있었다. “그와의 결혼하는 것에 관해서요?”

그녀는 빨래 몇 개를 더 짜내서 바구니에 넣은 다음 주님의 겉옷을 잡으려고 손을 뻗었다. “아뇨, 빌립에 관한 것이 아니었어요” 하고 그녀는 뾰로통하게 답했다. “물론 그와 결혼하는 것에 관한 것도 아니고요.”

“그 옷이 당신이 선생님께 만들어 드린 옷이요?” 하고 돌연 그가 밝은 목소리로 물었다.

“사모님과 제가 겨울 동안 이걸 만들었지요” 하며 그녀는 잠깐 위를 처다보았다. 그는 웃고 있었는데 틀림없이 무언가 기분 좋은 것이 있었다. 그녀는 주님의 옷을 새로운 통에 넣고 섬세하게 짜인 옷감 사이로 빨랫물이 빠져나가도록 압착하기 시작했다.

"그거, 아름답소."

그녀가 다시 올려다보았을 때 그는 특이한 표정을 짓고 있었다. 그녀는 전에 그런 표정을 본 적이 있다. 그녀는 빨리 주님의 겉옷을 헹궈내고 무거운 바구니를 방벽 삼으면서 일어섰다. 그가 그녀의 얼굴을 향해 다가오자 그녀는 물러섰다. "절 만지지 말아요, 시몬" 하고 그녀는 날카로운 어조로 명했다. "약혼한 남자가 지금 당신이 하려는 것처럼 다른 여자를 만지는 것은 적절치 못해요" 하고 그녀는 바구니를 둔부의 한쪽으로 들어올렸다. 그가 그녀를 도우려 움직이자 그녀는 재빨리 돌아보며, "제가 할게요!" 하고 말하고는 걸어가 버렸다.

그녀가 물러가는 것을 보면서 그의 입 언저리가 익살스러운 웃음으로 올라갔다. 아마도 그녀와의 관계에서 그가 완전히 실패할 운명은 아닌 것 같았다. 그는 빌립에게 그녀를 빼앗기지 않았다. 그녀에게 릴라와 그의 약혼이 결코 구체화되지 않았다는 것을 알려 줄 방법을 그는 찾을 것이었다. 그런 뒤 그는 그의 아버지가 말해 주었던 재능과 부드러움을 갖고 최선을 다해 그녀에게 구혼할 것이었다. 그런데 그녀는 빨래를 갖고 어디로 가는 걸까? 그의 미소가 유쾌한 웃음으로 바뀌었다. 건조대는 여기 바깥에 있었다.

다음날 저녁, 예수는 제자들을 예루살렘으로 인도했다. 그는 이다말의 아들 다니엘의 거의 사용하지 않는 다락방에서 다 같이 그들이 유월절을 지내도록 준비해 놓았다. 시몬은 모이는 장소가 어디가 될지에 대해 왜 선생님이 미리 자유롭게 의논하지 않는지 궁금했다. 선생님은 대답을 하지 않았지만 베드로와 요한에게는 알려준 것으로 보였다. 왜냐하면 선생님이 그들을 따로 불렀고 얼마 안 되어 그들은 준비를 돕기 위해 떠났기 때문이었다.

그들은 부유한 상인의 집 이층 뒤편에 있는, 밖에서는 잘 안 보이는 방에 들어갔다. 그 방은 잘 꾸며져 있었고, 하얀 천이 덮인 말굽 모양의 식탁과 관습에 따라 배치되어 있는 기대 누울 수 있는 긴 의자들이 놓여 있었다. 분명히 다니엘의 하인들 몇과 또 그의 손자인 마가라하는 요한도 도왔을 터인데 그는 선생님을 위해서는 무슨 일이든지 열심히 하려는 사람이었다. 다니엘은 좋은 주인으로서의 예의를 갖추어 그들을 환영했으며 자기 집이 명절을 지키기 위한 장소로 선정된 것이 얼마나 영광인가를 몇 번이고 말했다. 그리고 그는 그의 가족들과 같이 할 유월절 성찬을 주재하기 위해 물러갔다. 그는 마가라하는 요한을 데리고 들어갔는데, 그 젊은이는 예수와 그의 제자들과 남아 있고 싶다는 눈치를 여러 가지로 보였다.

그들이 떠나자마자 곧 베드로와 유다 사이에 다툼이 벌어졌는데 둘다 선생님 옆 자리를 차지하기 위해 몸 씨름을 했다. "여러분들은 이방인의 왕의 궁전에 있는 사람들처럼 상석 때문에 다투면 안 됩니다" 하고 예수가 화를 내지 않고 말했다. "나의 나라는 그와 다릅니다. 여러분들 중 가장 큰 자가 가장 작은 자가 되도록 하시오. 우두머리와 지도자가 겸손해지도록 하시오. 여러분들의 선생인 나조차도 섬기려고 왔다는 사실을 이제는 모두 알아야만 합니다."

베드로가 겸연쩍어 했다. 곧장 그는 유다가 긴 의자를 차지하도록 놓아두고 재빨리 식탁을 돌아 가장 낮은 자리를 찾아갔다. 말굽 모양의 좌석 배치에서 그 자리는 바로 요한의 반대편이었는데 요한은 선생님의 오른쪽에 있었다. 시몬은 조용히 베드로 옆의 긴 의자를 택했다.

모두 자리를 잡자 곧 예수가 일어나서 말을 했다. "내가 고난을 받기 전에 여러분과 함께 이 유월절을 먹기를 진실로 간절히 원했습니다." 그는 머리를 숙여 음식을 축복했다. 우울한 상념이 그를 덮는 것 같았다. 상 위의 등불이 가녀린 빛으로 사람들을 비추었고 만찬의 모습은 애잔하고 꿈결 같은 기색을 띠었다.

제자들이 자기들끼리 간헐적으로 투덜거리는 가운데 관례대로 첫 잔이 돌아갔다. 그들은 가엾은 베드로를 억지로 선생님 곁에서 밀어내고 그렇게 중요한 자리를 차지한 유다에 대해 분개했다. 그들은 베드로를 칭찬하면서 이런 불공평한 상황에서 그의 편을 들어줘야겠다고 생각했다. 그런 토론이 계속되는 비난과 규탄으로 발전되어 식탁 주변을 떠돌았다.

예수가 별안간 일어섰다. 그들은 자리에 앉기 전에 이미 씻었기에 시몬은 왜 선생님이 문 옆에 서 있는 물동이 쪽으로 가시는지 알 수 없었다. 다른 제자들이 자기들끼리 다투고 있는 도중 시몬은 예수가 겉옷을 허리의 요포까지 벗어 내리고 수건을 허리에 두르는 것을 조용히 지켜보았다. 선생님의 몸이 수척해진 것이 그의 눈에 띄었다. 어떻게 저렇게 야윈 것일까? 예수에게 어떤 허약함이나 병의 기색은 보이지 않았지만 그는 더 이상 2년 전에 그들과 함께 대해에서 수영을 하던 굳건하고 건강한 사람이 아니었다. 이제 그는 가늘고 야위었으며 그의 가슴에는 근육이 전만큼 깊지 않았다. 그의 팔은 강하고 울퉁불퉁했으며 그의 어깨는 아직도 넓고 남자다웠지만 살이 없었다.

계속해서 느끼고 있는 패배감 때문에 밝은 기분일 수가 없는 시몬은 더 깊은 우울함으로 빠져들어 갔다. 그의 눈은 대야에 물을 담아 갖고 와 베드로의 발치에 무릎을 꿇는 예수를 따라갔다.

이야기하기에 바쁘다가 베드로는 중간에 말을 멈추고 깜짝 놀라 아래를 내려 보았다. "주님, 뭐하십니까?" 예수가 그의 발목을 잡으려 하자 베드로가 급히 발을 피했다. "선생님, 안됩니다! 난 선생님이 내 발을 씻도록 할 수 없습니다. 선생님은 저의 주님입니다!"

예수가 베드로의 발목을 더욱 꼭 잡고 그의 신발 끈을 풀었다. "당신이 지금은 알지 못하나 결국에는 알게 될 것입니다."

당황한 베드로가 다시 반대했다. "난 선생님이 씻도록 할 수 없습니다."

예수가 뒤로 주저앉아 쳐다보았다. "내가 당신의 발을 씻지 않으면 우리는 친구가 될 수 없습니다."

그러자 베드로가 발을 빼냈던 것처럼 충동적으로 발을 내밀었다. "좋습니다! 그러면 제 머리와 손도 같이 씻어주십시오. 만일 이 속에 어떤 숨은 뜻이 있다면 제겐 온전한 씻김이 필요합니다."

예수가 미소를 지었다. 그는 허리에 묶인 수건으로 베드로의 발을 훔쳤다. "당신의 마음과 손은 이미 깨끗합니다. 섬기기 위해서 준비를 갖출 것은 오직 당신의 발뿐입니다."

그다음에 주님이 그에게 오자 시몬은 속으로 움츠렸다. 그는 베드로가 그랬던 것처럼 발을 피하지는 않았지만 선생님의 부드러운 손길을 느끼면서 말도 없고 움직임도 없이 산산조각으로 부서졌다. 오, 하나님, 하고 그는 생각했다. 제 가슴은 고백하지 않은 죄로 시꺼멓습니다. 오, 선생님, 제가 어찌 선생님의 사랑을 감당할 수 있습니까? 저는 제 비밀스런 생각과 실패가 때가 되면 증기와 같이 가버리기를 희망했습니다. 그는 예수의 숙인 머리를 내려 보았다. 등불 속에서 예수는 금빛 후광을 띠고 있었다. 제가 어떻게 선생님이 제 앞에 세워 놓은 훌륭한 수준에 맞춰 살 수가 있습니까?

"됐어요, 시몬." 예수가 수건으로 시몬의 발을 마지막으로 다정하게 닦은 뒤에 올려다보았을 때 그의 참을성 있는 눈은 시몬의 영혼의 가장 깊은 곳까지도 꿰뚫고 있었다. 시몬은 침을 삼키고 겸손히 머리를 숙였다. 선생님이 다른 사람들에게로 옮겨 가고 있을 때 시몬은 바타샤의 충고를 기억했다. 아마도 그는 예수와 개인적으로 만나서 자기의 감정을 설명하고 결코 충분히 선해질 수 없는 자기의 마음에 대해 용서를 구할 수 있는 기회를 가져야만 할 것 같았다.

예수가 각 제자들의 발을 씻기며 식탁을 한 바퀴 돈 뒤에 그는 옷을 입고 자리에 다시 앉았다. 이제 제자들은 그들끼리 다툼을 끝내고 조용해졌다.

"내가 방금 한 행동을 여러분들은 이해합니까? 나는 본을 보인 것입니다. 당신들은 나를 선생이라, 주라 부릅니다. 내가 여러분의 발을 씻길 수 있다면 여러분이 할 수 있는 가장 작은 일은 서로 섬기는 것입니다. 내가 여러분을 섬겼듯이 서로 섬기십시오. 내가 여러분을 돕기 위해 겸손히 몸을 낮추었듯이 여러분도 서로를 돕기 위해 겸손히 몸을 낮추십시오."

"그러나 여러분에게는 또한 권리가 있습니다"라고 예수는 계속했다. "여러분은 내가 사역하는 동안 나와 같이 있었습니다. 내 아버지께서 나에게 영광을 주신 것같이 나도 또한 여러분에게 영광을 드립니다. 여러분은 내 나라에서 내 상에서 먹고 마시며 보좌에 앉으며 심판이 될 수 있습니다."

베드로가 의기양양해서 충동적으로 웃었다. 예수가 슬픈 표정으로 그를 바라보았다. "베드로, 들으시오! 사단이 당신을 밀 까부르듯 하려고 합니다. 사단은 당신들 모두를 시험하려고 합니다." 그의 눈길이 식탁을 한 바퀴 휩쓸었다. "그러나 내가 여러분의 믿음이 떨어지지 않도록 기도했습니다 — 특히 베드로 당신을 위해. 당신은 흔들릴 것입니다. 그러나 당신은 돌아와서 더욱 튼튼해질 것입니다. 그 힘을 이용해서 믿음의 형제들을 위한 기초를 세우시오."

"난 아닙니다! 난 결코 선생님을 등지지 않습니다, 주님. 난 그들이 날 감옥에 넣어도 아니 죽인다 하더라도 괜찮습니다! 아닙니다. 주님, 난 변함없습니다!"

예수가 잠깐 눈을 감더니 머리를 흔들었다. "내가 진실을 분명히 말하지요. 당신은 나를 결코 모르는 척 할 것입니다. 내일 아침 닭이 울기 전에 당신은 이미 세 번이나 나를 부인할 겁니다."

"아닙니다" 하는 베드로는 눈에 띄게 당황했다. "어떻게 그런 말씀을 할 수 있습니까? 난 결코 그러지 않을 것입니다."

그들은 더 이상 다투지 않고 식초에 담근 쓴 나물, 빵으로 싼 구운 양고기, 그리고 바삭바삭하게 만 무교병으로 된 전통적인 유월절 음식을 먹기 시작했다. 무언가 긴장된 흥겨움이 뒤따랐지만 시몬은 그 안에 끼어들지 않았다. 그는 선생님 안에 있는 깊은 내적 혼돈과 슬픈 긴장을 감지했다. 등불이 낮아지고 따뜻한 빛의 둘레가 작아짐에 따라 어둠이 그들의 작은 모임으로 다가서는 것같이 그에게 보였다. 그때 유다는 완전히 그림자 속에 있었다.

"당신들 중 하나는 나를 팔 사람입니다"라고 예수가 선언했다. 이 말씀에 다른 사람들이 놀라움을 표하면서 질문을 하기 시작했지만 시몬은 머리를 숙이고 침묵했다. 유다가 갑자기 급히 식탁에서 일어나 서둘러 사라지는 것을 그는 희미하게 느꼈고 예수는 마치 깊은 골짜기로 떨어져 내린 누군가를 보는 것처럼 유다를 따라 눈길을 돌렸다.

유다가 떠난 뒤에 예수가 남은 사람들에게 말했다. "나의 사랑하는 친구들이여, 나는 여러분을 떠나야만 하는데 그전에 같이 있을 시간이 많지 않습니다."

"어디로 가십니까? 저도 같이 갈 수 있습니까?" 하고 베드로가 물었다.

"지금은 아닙니다. 그러나 나중에 나를 따라올 수 있습니다."

"아니, 지금 같이 가도록 해 주십시오" 하고 베드로가 우겼다.

"걱정하지 마시오" 하고 그는 모두에게 말했다. "무슨 일이 있어도 그냥 계속해서 믿고 나를 신뢰하시오. 내가 가는 곳에 거할 곳이 많습니다. 내가 여기까지 여러분을 이끌고 와서 버리지 않을 것입니다. 다시 우리 모두 같이 있을 수 있도록 내가 처소를 마련할 것입니다. 그러면 내가 와서 여러분을 데리고 갈 것입니다." 예수는 그들의 놀란 표정을 보고 미소 지었다. 시몬은 그가 하는 말을 한 마디도 이해하지 못했다. 그들 중 몇 사람들도 혼란스러워 하는 것이 분명했다.

"그냥 마음을 편하게 가지시오" 하고 예수가 안심시키려고 말했다. "여러분은 내가 가는 곳을 알고 있으며 또 어떻게 그곳에 올지도 알게 될 것입니다."

"하지만 주님!" 하고 말하는 도마는 확실히 당황한 것처럼 보였다. "미리 말씀해 주시지 않으면 우리가 어떻게 압니까? 또 우리가 길을 모르는데 어떻게 주님 있는 곳에 갈 수 있습니까?"

"왜냐하면 내가 길이기 때문입니다" 하고 예수가 답했다. "내가 나의 아버지께로 가는 유일한 길입니다."

"주님" 하고 빌립이 끼어들었다. "저는 주님이 어제 가셨듯 기도하기 위해 이 땅 위의 어느 한적한 곳으로 간다고 말씀하는 것이 아니라는 것을 이해하기 시작했습니다. 주님은 사람의 눈에는 보이지 않는 하나님이 살고 계신 다른 세계에 대해 말씀하고 계십니다. 그러나 주님, 하나님의 모습을 조금이라도 보여주시면 주님이 말씀하고 계신 이런 일들을 우리가 어쩌면 가시화할 수 있을 것입니다."

선생님의 얼굴이 슬픈 기색으로 그늘이 졌다. "오, 빌립. 내가 당신과 항상 같이 있었는데 아직도 내가 누군지 모릅니까? 나를 본 사람은 나의 아버지를 보았습니다. 어떻게 이런 질문을 할 수 있습니까? 나를 믿으시오 — 내가 아버지 안에 있고 아버지가 내 안에 계신 것을 믿으시오. 이 사실을 온전히 믿지 못하겠거든 내가 이제껏 행한 일들을 기억하시오. 내가 진실로 여러분에게 엄숙히 말하는데 나를 믿는 사람은 그가 꿈도 꾸어보지 못한 크고 놀라운 위업을 이룰 것입니다. 여러분이 무엇을 구하든 그것이 그리스도로서의 나를 위해 구하는 것이면 내가 그것을 허락할 것입니다."

그의 기색이 깊이 내려앉았다. "여러분이 아직도 이렇게 미성숙한 것이 나를 근심하게 만듭니다. 내가 여러분의 마음을 따뜻하게 하고 여러분 가슴 속에서 여러분을 가르칠 보혜사를 여러분에게 드리도록 아버지께 구하였습니다. 내가 간 뒤에 그가 내가 여러분에게 말한 모든 것을 생각나게 하고 다가올 일들과 여러분들이 해야 할 일들을 알 수 있도록 여러분을 도울 것입니다."

그는 일어서서 무교병을 그의 손 사이에 잡았다. 축사한 뒤에 그는 떡을 떼어 요한에게 주면서 손에서 손으로 돌리라고 지시했다. "이것은 여러분을 구원하기 위해 값없이 내어놓은 내 몸입니다. 이걸 먹으십시오. 그리고 이제부터 나를 영예롭게 기억하기 위해 이 의식을 거행하시오."

그리고 그는 포도주 잔을 들어올렸다. "이것은 나의 피입니다. 하나님으로부터의 희망과 치유와 해방과 번영에 대한 새로운 약속입니다. 그리고 이제부터 내가 얼마나 관대하게 여러분을 위해 내 삶의 피를 흘렸는지를 기념하기 위해 이를 행하시오."

시몬은 이해하려고 노력했다. 왜 선생님은 계속해서 죽음의 문제를 거론하시는 걸까? 그들은 예수가 어떤 위험에 처했다는 것은 분명 알고 있었지만 또한 그가 엄청난 능력을 소유했고 하나님께 구원을 요청하기만 하면 어떤 공격도 피해 갈 수 있다는 것도 알고 있었다. 그렇다면 떡과 포도주에 관한 이 비유는 무엇이란 말인가? 시몬은 언제나 말씀의 비유 속에 그렇게도 흔히 감추어진 선생님의 불가해한 언어를 자기가 이해할 수 있을지 의문스러웠다.

예수는 팔을 들어 그들의 안전을 위한 길고 다정한 기도를 뜨겁게 올렸다. 그리고 그는 유월절 만찬을 끝내는 관습적인 찬송으로 그들을 인도했다. 그의 목소리가 제자들의 목소리와 더불어 편안한 조화를 이루었다.

제 22 장

개들이 나를 에워쌌으며
악한 무리가 나를 둘렀나이다.

시편 22:16 NIV 성경

　우울하게 그들은 함께 겟세마네를 향해 걸었다. 예수가 베드로와 야고보와 요한을 수행하고 동산에 있는 그가 좋아하는 한 지점으로 가려고 언덕을 올라갔다. 다른 사람들은 약간 뒤떨어져서 터벅터벅 걸었다. 시몬은 뒤에 남아서 선생님이 그가 좋아하는 안전한 한적한 장소를 향해 나무 사이로 지나갈 때 그의 흰 겉옷이 달빛을 받아들이는 것을 멀리서 보았다. 생각도, 계획도 없이 시몬은 몸을 돌려 시내를 향해 걸어 들어갔다. 명절 인파들의 무심한 행동들과 횃불, 그리고 법석대는 모습들을 찾아보면서.

　성문에 배속된 로마 파견군들이 밤을 지내기 위해 빌린 숙소를 찾아 교외로 가려고 도시를 떠나는 순례자들을 지켜보았다. 그러나 그들은 들어오는 사람들은 누구나 다 붙잡고 심문했다. 요나보다 별로 나이 들어 보이지 않는 병정 하나가 앞으로 나와서 시몬에게 이렇게 늦은 시간에 왜 시내에 들어가느냐고 물었다. 시몬은 항상 느끼는 증오가 가슴속에서 피어올라 그의 생각을 삼켜버리기를 기다렸으나 그 증오심이 생기지 않았다. 그에게 감정이 없어진 것 같았다.

"난 여기서 자랐기에 낯익은 장소들을 다시 한 번 가보고 싶은 생각이었소" 하고 시몬이 설명했다. 아직 성숙하지 않은 젊은이는 수염도 거의 안 날 정도로 어렸다. 그의 부모들은 어디에 있고 이 젊은이는 왜 이렇게 집에서 멀리 떨어져 있을까를 생각하며 시몬은 그에게 미소했다.

"이봐요, 장터에 머물도록 해요" 하고 병정은 친절한, 그러나 젠체하는 태도로 충고했다. "이번 주에 몇 차례 사고가 있었어요. 강도들의 작은 무리들이 밤에는 유객들 중 사냥감을 찾아서 길거리를 돌아다닙니다."

"주의하지요, 젊은이" 하고 시몬은 소년 병정에게 머리를 끄덕이고, "평안이 있기를"이라고 말했다.

그는 작은 길들을 통해 가면서 사적인 모임에서 오고 가는 유월절 유객들의 무리들을 피해 거리의 장터로 향해 나아갔다. 많은 매점들과 상점들이 아직 문을 열고 장사를 하고 있었고 모든 곳에 횃불이 밝혀져 있었으며 사람들은 기념품과 맛있는 먹거리들을 찾아서 밀려다니고 있었다.

모든 사람들이 다 종교적 의식을 지키려고 명절을 지내는 것은 아니었다. 선술집들은 호황을 누렸고 술 취한 흥청거림이 흘러 넘쳤다. 시끌벅적한 웃음소리들이 딸랑거리는 금속 장신구와 유리로 된 명절 화환으로 장식된 불 밝힌 카페에서 쏟아져 나왔다. 시몬은 차양 아래로 들어가 세카르 — 야자열매로 만든 투명한 술 — 한 잔을 주문했다. 그리고는 앉아서 불타듯 독한 마실 것을 조금씩 마시며 붐비는 길거리를 지켜보았다.

한 번은 그가 세카르를 너무 많이 마시고 집으로 돌아왔을 때 아버지가 그를 심하게 때렸던 것을 그는 지금 다정스러운 마음으로 기억했다. 그가 십대였을 때의 일이었고 그때 그는 아버지보다 6인치나 더 컸지만 아버지 글로바가 매 한 대마다 잠언을 인용하며 때릴 때 그 체벌을 아무런 불평 없이 받아들였다. 그는 반항적인 아이였고 벌을 받아 마땅했다.

남은 마실 것을 단숨에 들이켜고, 장터에서 나와 한때 그가 한 무리의 불량배들과 더불어 돌아다녔던 좁고 구불구불한 길 쪽으로 향했다. 그렇게 해서 그는 싸움을 배웠다. 엘르아살을 우두머리로 그의 무리들은 반대파들을 굴복시키고 뒷골목을 정복자들이 흔히 그러듯 보살펴 주는 듯하는 거만함으로 휩쓸었다. 나중에 그들은 열심당원들이 되었고, 그 뒤에 시몬은 그들을 떠나서 선생님을 따랐다.

추억에 빠져 있었기에 그는 뒤로부터의 급습을 듣기보다는 느낌으로 눈치 챘다. 술을 마셨기에 그의 반사행동은 조금 느려져 너무 늦게 돌아섰다. 무언가가 그의 머리를 세게 때렸다. 시야가 까맣게 되어 그는 눈을 감았다. 완전히 의식을 잃기 전에 그는 하늘을 향하고 있는 예수의 모습을 잠깐 보았다. 예수의 고통스러운 얼굴이 피 같은 땀 속에 절어 있었다.

자정이 지났지만 바타샤는 잠을 이루지 못했다. 유월절 만찬 뒤에 요나가 시몬은 정혼한 것이 아니라고 하면서, 양가의 교섭이 결코 결론에 이르지 못했고, 최근에는 완전히 취소되었다고 말했다. 아이의 입에서 무심코 전해진 이 소식은 이해가 안 갈 정도로 그녀를 놀라게 만들었다. 그녀는 어떻게 해야 할지를 모르고 어둠 속에서 무언가 희망을 가지려 하며 깨어 있었다.

갑자기 그녀는 사관의 바깥벽에서 무언가 긁히는 소리를 들었다. 그녀는 일어나서 홀의 벽에 달린 낮게 불타고 있는 촛대에서 불씨를 얻어 침대 옆의 램프에 불을 붙였다. 그때 그녀는 다시 소리가 나는 것을 들었다. 그녀는 소리가 나는 곳을 찾으려고 창밖으로 머리를 내밀었다. 그녀는 한 아이가 땅의 안개에서 솟아올라 덩굴이 덮인 담장을 거미와 같이 기어오르는 것을 보았다. 달빛 속에 뚜렷이 들어난 그는 마가라하는 요한이었다. 완전히 벗은 그의 소년다운 몸이 빛났다.

그녀가 램프를 끌어안고 요나의 방으로 달려갔을 때 요한 마가가 창문을 통해 두려움과 떨림으로 사색이 되어 뛰어들었다. "도대체 너 뭐하는 거냐?" 하고 그녀가 낮은 소리로 다그쳤다.

요나가 눈에서 잠을 비벼내면서 일어나 앉았다. "요한 마가구나!" 하고 그는 잠결에 소리쳤다. 그의 친구는 말을 하려고 했으나 겨우 울음 섞인 중얼거리는 소리를 낼 뿐이었다.

바타샤는 손짓으로 두 아이 모두를 조용히 하도록 했다. "둘 다 목소리를 낮춰라, 집안 전체를 깨울라. 요한 마가야, 진정해라. 요나야, 얘가 추워서 산산조각이 나도록 떨지 않게 옷 좀 줘라. 얘는 태어날 때처럼 벗고 있다."

요나가 겉옷을 집어서 마가라하는 요한에게 던지자 아이는 바보스러운 동작으로 옷을 잡아 급하게 몸에 둘렀다. 일단 몸을 완전히 감싸자 아이는 엎드려 있던 자세에서 완전히 일어섰다. "저 … 저 죄송합니다. 부인. 깨우지 않으려 했는데요. 로마군인들이 저를 잡으려고 해서 저는 놀라서 달아났어요. 요나에게 이야기하려고 여기로 왔어요."

"도대체 무슨 일이 네 옷에 생겼단 말이냐? 그리고 로마군인들에게서 도망쳤다니 그게 무슨 말이냐?" 하고 바타샤는 안절부절못하는 아이에게 물었다. "네가 군인들과 사고를 일으킨 것을 아시면 너희 할아버지께서 노하실 것이다."

"군인들이 저를 붙들었어요, 그리고는 예수님을 체포했어요. 그렇지만 저는 몸을 뒤틀어서 달아났고 군인들은 제 옷만 붙잡고 있었어요."

"체포해? 예수님을?" 하며 그녀는 요나의 침대 위로 주저앉았다. "앉아라, 요한 마가야, 그리고 무슨 일이 있었는지 정확하게 말해다오."

"유월절 만찬 뒤에 우린 모두 자러 갔어요"하고 아이는 이야기를 시작했다. "예수님과 제자분들은 이미 떠나셨지요. 그런데 유다 아저씨가 우리 집으로 왔어요. 그래서 할아버지께서 그를 맞으러 침대에서 일어나 나가셨어요. 저도 역시 깼어요. 제대로 옷을 갖추어 입지 못하고 저는 헐렁한 겉옷을 허리띠도 하지 않고 걸쳤어요. 저는 유다 아저씨가 예수님이 어디 계시냐고 묻는 것을 들었어요. 할아버지는 모른다고 대답하셨어요. 저는 계단을 기어 내려가서 유다 아저씨에게 예수님 일행들이 겟세마네로 가신다고 말씀하는 것을 들은 것 같다고 말했어요. 유다 아저씨는 만족한 듯이 떠났어요. 저는 제 방으로 돌아와서 창문 밖을 내다보았는데, 유다 아저씨가 길 아래 멀리에서 많은 사람들의 무리와 만나는 것을 보았어요. 그 사람들 중 많은 사람들은 횃불과 무기들을 들고 있는 군인들과 성전 수비대들이었어요. 예수님이 위험한 것 같은 두려움에 저는 할아버지에게 알리지도 않고 그들을 따라갔어요."

"예수님에게 그들이 오기 전에 알려드리려고 저는 겟세마네로 가는 지름길로 갔지요. 전 몇 제자분들이 잠들어 있는 것을 발견했지만 선생님을 찾지 못했어요. 제가 선생님 계신 곳을 찾기 전에 군인들이 왔고 저는 덤불 뒤로 숨었어요."

"제자들이 일어났고 많은 소동과 혼란이 있었지요. 예수님이 어둠 속에서 베드로 아저씨와 야고보 아저씨, 그리고 요한이랑 함께 나타나셨어요. 유다 아저씨가 앞으로 나서더니 예수님께 입 맞추고 주님이라고 불렀어요. 그런 방법으로 유다 아저씨는 어느 분이 선생님이라는 것을 알렸어요."

"아니, 어떻게 그 사람이 그렇게 할 수가 있니?"하고 바타샤가 믿지 못하는 표정으로 말했다. "우정의 입맞춤으로 선생님을 배신한단 말이냐?"

"군인들이 거칠게 예수님을 붙잡았어요. 베드로 아저씨가 칼을 휘두르며 앞으로 튀어나와 무리 중 한 사람을 찔렀어요. 선생님께서 베드로 아저씨와 또 싸우려고 앞으로 나서는 다른 제자분들을 꾸짖으셨어요."

"우리 아버지는 어디 계셨어?" 하고 요나가 물었다.

"난 몰라" 하고 마가라하는 요한이 대답했다. "너희 아버지는 못 봤어."

"그다음에 어떤 일이 생겼니?" 하고 바타샤가 물었다.

"예수님이 군인들에게 그들을 따라 조용히 갈 터이니 제자들은 놓아두라고 말씀했어요. 예수님이 군인들과 같이 온 제사장들과 성전의 우두머리들과 공회의 장로들에게 왜 예수님을 잡으러 마치 예수님이 보통의 죄인인 것처럼 한밤중에 검과 몽치를 가지고 왔느냐고 물으셨어요. 예수님은 예수님께서는 항상 공개적으로 하실 일을 해오셨는데 그들이 예수님을 어두울 때 잡으려고 온 것은 어둠의 세력이 그들을 조종하고 있는 것을 증명하는 것이라고 말씀하셨어요."

"군인들이 화가 나서 예수님께 달려들어 예수님의 손을 묶었어요. 군인들이 제자분들 몇몇을 향해 다가서기 시작하자 공포가 밀려왔어요. 제자분들이 도망쳤고 베드로 아저씨가 앞장서서 도망쳤어요. 왜 베드로 아저씨가 방금 전엔 싸우려고 하다가 다음 순간엔 도망쳤는지는 제게 묻지 마세요. 아마도 선생님의 조용한 항복이 아저씨를 무력하게 만들었는지 모르지요. 제가 아는 것은 저 자신도 두려워서 얼이 빠져 있었다는 거예요."

"혼란 중에 군인 하나가 뒤로 물러섰다가 저한테 걸려 넘어졌어요. 그가 제 겉옷의 목덜미를 잡아 저를 끌어올렸고 저는 그가 쉽게 제물 하나를 찾아냈다고 사악한 기쁨을 느끼는 것을 그의 눈에서 볼 수 있었어요. 그래서 옷을 벗어버리고 벗은 채 도망친 거예요. 그 군인은 욕을 하더니 이어서 웃음을 터뜨렸어요. 저의 비겁함이 그를 재미있게 만들었던 거죠."

"그들이 예수님을 어떻게 할까요?" 하고 요나가 근심스럽게 물었다.

"아무 짓도 못해!" 하고 바타샤가 답했다. "그들은 한밤중에 예수님을 재판하려 하지는 않을 거야. 아마도 가야바가 예수님을 심문만 하고는 보내드릴 거야. 너희들 둘은 가서 자라. 요한 마가야, 너는 이 모든 것을 내일 아침 일찍 다니엘 할아버지께 설명 드려야만 한다. 요나가 너랑 같이 가서 힘을 돋우어 줄 것이다."

"전 예수님이 걱정돼요" 하고 마가라하는 요한이 침대로 올라가면서 띄엄띄엄 말했다. "제 잘못예요, 유다 아저씨에게 예수님이 계신 곳을 말한 것이 저잖아요."

"자책할 필요 없다. 어쨌든 유다는 예수님을 찾아 겟세마네에 갔을 것이다. 그곳이 예수님이 기도하러 즐겨 가는 장소라는 것은 모두 다 안다. 이제 쉬어라. 아침이 되면 예수님은 풀려나실 것이고 모든 게 다 잘될 거다."

3시간 뒤에도 바타샤는 아직 깨어 있었다. 그녀는 결코 눈을 부칠 수 없었다. 그녀는 나사로를 깨울 생각도 했지만 종교지도자들이 그를 대하는 태도를 생각할 때 망설여졌다. 그가 예수를 도우려고 시내에 들어간다면 그도 위험에 빠질 것이었다.

바깥문에서 들리는 작고 먼 종소리를 듣고 그녀는 누군가 하며 뛰어나갔다. 그것은 제자 요한이었고 겉으로 보기에도 비탄에 빠져 있었다. "도대체 무슨 일이 벌어지고 있는 거예요?" 하고 그녀는 물었다. "마가라하는 요한이 얼마 전에 와서 예수님이 붙잡혔다는 전혀 믿을 수 없는 말을 했어요. 그렇지 않다고 내게 말해 줘요."

요한이 마구간 구역으로 들어와서 낮은 긴 돌의자 위에 쓰러지듯 앉았다. "사실입니다. 그들이 예수님을 가야바의 집으로 끌고 갔어요. 베드로와 제가 멀리서 따라갔어요. 저는 저의 신분이 사건에 관심이 있는 레위인이라고 말을 잘 해서 가야바의 뜰까지 들어갔어요"라고 그는 말했다. "너무 혼란스러워요. 전 이모님께 이 사실을 말하고 위로해 드리려고 왔어요. 이모님께 제가 왔다고 말해 주실래요?"

"하지만 사모님은 유월절을 당신 부모님과 같이 드셨어요. 모르셨어요?" 하고 말하곤 그녀는 옆에 충격으로 아연해져서 그의 앉았다.

"몰랐어요. 제가 어떻게 알아요? 전 부모님을 지난," 하며 그는 손으로 눈을 쓸어 내렸다 "수요일 밤부터 못 뵈었어요." 하고 말하곤 그는 일어섰다. "가봐야겠어요. 선생님께서는 제가 이 소식을 이모님께 알려 드리기 원했어요."

"예수님은 어떠세요?" 하고 그녀가 물었다. "결코 그들이 그분을 해하려는 것은 아니죠?"

"그들은 벌써 예수님의 얼굴을 때렸어요. 예수님의 눈 하나가 부어서 닫히고 입술에선 피가 흘러요" 하고 요한은 손을 머리카락 속으로 집어넣었다. "전 이런 일이 일어나는 것을 믿을 수가 없어요. 전 침착해야겠지요. 이모님을 생각하고 제가 이모님께 뭘 할 수 있는지 생각해야만 해요."

"다른 사람들은 어디에 있어요?" 하고 그녀가 물었다. "시몬은 어디 있어요?"

"그들이 예수님을 붙잡아 끌고 갈 때 우리들은 모두 흩어졌어요." 말하는 그의 이마에 주름이 생겼다. "우리가 유월절 만찬을 먹고 난 뒤에는 전 그 열심당원을 동산에서 본 적이 전혀 없어요."

"하지만 시몬과 베드로는 어떤 일이 있어도 예수님을 지키기로 약속했는데요" 하고 그녀가 강조했다.

"베드로는 심지어는 예수님을 모른다고 부인했어요" 하고 요한이 말했다. "그는 저와 같이 뜰에 있었는데 여자 종 하나가 와서 베드로에게 예수님을 따르던 사람이 아니냐고 물었어요. 베드로는 '아니'라고 하며 맹세했어요. 그런 뒤에 그는 떠났어요. 나는 기다리면서 가야바와 공회의 대표단들이 예수님을 빌라도에게 데려가는 것을 지켜보았어요. 무절제하게 술 취한 유월절의 유흥객의 무리들이 구경거리를 보기 위해 따라갔어요. 유대인들은 이방인의 집이라고 해서 성채 안으로는 들어가려 하지 않았지요. 그래서 빌라도가 그들에게 나왔어요. 빌라도는 좋은 기분이 아니었어요. 가야바가 그에게 예수가 범죄자라고 말했어요. 빌라도가 가야바에게 예수님을 유대법에 따라 심판하라고 응수했지요. 가야바가 유대법정이 사람에게 사형을 선고하는 것은 율법적이 아니라고 대답했어요."

"사형이요?" 하고 묻는 바타샤의 목소리가 공포스러울 정도로 높아졌다. "사형이라니!"

바타샤에 비해 평온했던 요한의 자세도 무너졌다. "그게 그들이 원하는 거예요. 그들은 예수님을 단번에 그리고 완전히 없애기를 원해요. 영원히요."

"하지만 그들은 그럴 수 없어요. 예수님은 나쁜 짓을 하지 않았어요. 이건 하나님의 법과 인간의 범절에 완전히 어긋나는 거예요" 하고 그녀는 일어나서 짚이 떨어져 있는 마구간 바닥을 서서히 걸었다. 잠에서 깬 말들이 부산해졌다. "빌라도가 다른 말 안 했어요?" 하고 그녀는 발꿈치로 한 바퀴 돌며 물었다.

"전 몰라요. 전 자리를 떠났어요. 예수님이 절 쳐다보셨는데 전 그분이 침묵으로 저에게 그분의 어머님께 가라고 한다는 것을 알았어요" 하고 요한은 일어나서 피로와 슬픔에 빠져 비틀거리며 문 쪽으로 걸어갔다.

바타샤는 날듯이 계단을 올라갔다. 더 지체할 것 없이 나사로에게 알려야만 했다. 아마도 그는 니고데모와 아리마대 요셉을 만날 수 있을 것이었다. 그들은 공회의 의원들이었다. 그들은 영향력을 이용해서 예수님을 구할 수 있을 것이었다.

소식을 듣자마자 나사로는 예루살렘을 향해 떠났다. 마르다와 마리아가 둘 다 울면서 사관의 응접실에 있는 바타샤에게 왔다. 바타샤는 울지 않고 그들을 위로하면서 같이 기다렸다. 방문객이 왔다는 것을 알리는 종소리가 문 쪽에서 나자 그녀는 누가 왔나 보려고 달려 나갔다. 하인 트롤리어스가 숨을 고르려고 애를 쓰면서 그녀에게 절을 했다. 그녀는 문을 열어서 그를 마구간 안으로 인도했다.

"전 계속 달려 왔어요"하고 그가 앉을 자리를 찾으며 말했다. "마구를 달거나 마차를 준비하느라고 사람들의 이목을 끄는 것이 저는 두려웠어요"하고 그는 이마의 땀을 훔쳤다. "전 헤롯의 궁정에서 왔어요. 구사 각하께서 부인께 그들이 하나님의 사람을 심판하기 위해서 헤롯에게 데려왔다는 것을 알려드리라고 저를 보내셨습니다."

"무슨 일이 있었나?"하고 바타샤는 상황을 파악하려고 애쓰면서 물었다.

"대제사장들과 서기관들이 알현을 청했을 때 헤롯은 축제의 밤을 끝내가고 있었습니다. 왕은 권태로워졌고 취했습니다. 아마도 그는 예수님이 무슨 마술 같은 것을 부려 자기를 즐겁게 해줄 것을 기대했는지도 모릅니다. 대제사장들과 서기관들이 이 거룩하신 분을 참소하기 시작했습니다. 그러나 예수님이 그들의 규탄에 대해 침묵을 지키고 계시자 왕은 초조해져서 예수님을 비웃고 조롱하면서 사기꾼이라고 불렀습니다."

"구사 님께서 이러한 사실들을 부인께 알려드리고 또 희망을 드리기 위해서 저를 보내셨습니다"라고 트롤리어스는 서둘러 말을 이었다. "예수님이 갈릴리 사람으로서 그의 관할 아래 있지만 헤롯은 예수님에게 유죄선고를 하기를 거부했습니다. 왕은 아직도 세례 요한에 대한 악몽에서 벗어나지 못했고 더 이상 무고한 피를 흘리므로 자기의 죄를 더 크게 만들기 원치 않았습니다."

"그렇다면 빌라도는?"하고 바타샤가 물었다. "예수님이 다시 그의 앞으로 끌려가게 되면 그는 어떻게 할까?"

"저는 모릅니다, 부인. 그러나 로마인들은 그들의 법제에 자부심을 갖고 있고 그들이 세상에 질서를 가져왔다고 자랑하고 있습니다. 우리는 빌라도가 로마 식으로 배운 대로 공정하게 판결해서 예수님에게도 유죄선도를 내리는 것을 거부하기를 바랄 수 있습니다."

"예수님은 어떠셔? 헤롯의 부하들이 그분을 잔혹하게 대했나?"

"예수님은 헤롯에게 가시기 전에 곤욕을 치르셨습니다. 그런데 헤롯의 군졸들이 그분에게 밝은 자색 백부장의 망토를 걸치게 하고 가시나무의 가지로 관을 만들어 억지로 그분 머리에 덮어 씌웠습니다. 그 관이 그분 이마에 몇 군데 상처를 내게 해서 피가 많이 나왔습니다. 그런 뒤 그들이 그분의 얼굴을 때리고 조롱했습니다."

"세상 사람들이 다 미쳤나?" 하고 바타샤가 공포에 질려 소리쳤다. "왜 사람들이 그런 짓을 하는지 난 이해가 안 간다!"

"대제사장들이 그분이 유대의 왕이라고 주장했다고 참소했기 때문입니다" 하고 트롤리어스가 답했다. "군인들은 그분을 왕처럼 옷을 입혀 놓고 조롱했습니다. 헤롯은 재미있어 했으나 곧이어 예수님을 빌라도에게 다시 데려가도록 했습니다. 그는 호송하기 위해 자기가 아끼는 백부장과 병력을 보내면서 빌라도가 어떤 판결을 내리든 그것을 수행할 수 있도록 자기의 정예부대를 빌라도에게 빌려주는 것이라고 말했습니다. 그 순간의 헤롯은 잠자러 가고 싶은 마음에 단지 빨리 골칫거리에서 벗어나고 싶었을 뿐이었습니다.

시몬은 머릿속에서 고동치는 아픔 때문에 흐릿하게 일그러져 들리는 목소리들을 들으며 잠시 정신이 들었다. "저 사람을 어떡하지요? 죽을지도 모르니 그냥 문 밖에 놓아둘 수는 없잖아요."

"상관하지 말아요. 그를 그냥 놔둬요. 아마 취한 것뿐일 거예요. 자서 술이 깨도록 놔둬요."

"선생님이 우리에게 말했던 착한 사마리아 사람 이야기 기억하죠? 어떻게 당신 '상관하지 마요' 라고 할 수 있어요? 봐요, 그 사람은 유대인이고 우리 형제예요. 게다가 옆모습과 검고 윤기 나는 수염을 보면 좋은 혈통의 사람이에요."

"베로니카! 우린 낯선 사람을 집안에 들일 수 없어요. 난 지금 막 집으로 돌아오다 저 사람에게 걸려 넘어질 뻔했고 그래서 당신에게 말한 거예요. 문 닫고 들어와요."

"어머나, 보세요! 그의 머리에서 피가 나요. 누군가가 저 분을 공격하고 강탈했어요. 제발, 서방님, 우린 저 분을 집안으로 들여야 해요. 난 그의 상처를 기름으로 깨끗하게 하고 깨어나면 먹을 것을 좀 주어야만 해요. 우리가 적어도 그를 도우려고도 않는다면 하나님께서 기뻐하지 않으실 거예요."

"아, 알았어요. 그러나 당신이 돌보아야만 해요. 난 돌아가서 무슨 일이 생기는지 알아봐야 해요. 그를 일으키는 것을 도와줘요. 오, 하나님. 이 사람 무게가 천 근은 될 거요!"

어두운 밤이 지나고 대신 음울한 새벽이 되었다. 하인들이 바타샤, 마르다, 그리고 마리아가 소식을 기다리고 있는 방으로 요세를 안내했다. "난 우리 형을 찾아 왔어요" 하고 그가 퉁명스러운 목소리로 말했다. "형이 여기 있습니까?"

"아니요"하고 바타샤가 답했다. "작은 야고보도 다대오도 여기 없어요. 두 분은 어젯밤 예수님이 붙들린 뒤로 돌아오지 않았어요"하고 그녀가 덧붙였다.

"난 그들의 안위가 걱정돼요. 난 방금 빌라도가 재판을 하고 있는 집정관실에서 돌아왔습니다."

"그럼 예수님을 보셨겠네요!"하면서 그녀는 그를 방의 더 안쪽으로 인도했다. "무슨 일이 일어나고 있는지 저희들에게 이야기해 주셔야만 해요. 우린 걱정으로 미칠 것 같아요. 나사로께서는 니고데모와 요셉 아리마대께 행동을 취하도록 부탁하려고 나가셨어요."

마르다와 마리아가 물에 빠진 사람들처럼 요세를 꼭 붙잡았다.

"예수님 괜찮으세요? 제발 말 좀 해주세요."

"빌라도는 그분을 구해주려 하고 있어요"하고 요세가 답했다. "빌라도는 예수님에게서 잘못을 발견할 수 없다고 반복해서 말하고 있어요. 내 친구들이 오늘 아침 예수님이 잡혔다는 소식을 갖고 날 깨웠어요. 물론 우리 어머님은 야고보 형과 다대오 때문에 걱정이 되셔서 그들을 찾으라고 나를 보내셨어요."

"빌라도가 예수님을 놓아줄 거라고 생각하세요?"하고 바타샤가 요세를 자리로 안내하며 물었다.

"그는 모든 유대인들에게 지쳐있어요"라고 요세가 의자에 앉으면서 말했다. "그리고 대제사장과 그 추종자들의 거짓된 독실함에도요. 빌라도는 사건이 이렇게 전환된 것을 전혀 마음에 들지 않아 해요. 무슨 말을 한다 해도 로마인들은 정의에 입각해서 움직이지 우리 민족처럼 종교적으로 융통성이 없지 않아요. 난 빌라도가 예수님을 처형할 거라고는 정말 믿지 않아요. 난 그러지 않기를 강력히 바라요"라고 덧붙이면서 그는 후회 속에 머리를 흔들었다. "왜냐하면 난 그동안 잘못을 저

질렀기 때문이에요. 그리고 난 그분을 반대했던 것을 깊이 후회하고 있습니다."

"빌라도가 뭐라고 했습니까?" 하고 바타샤가 끈질기게 물었다.

"그는 예수님을 사람들에게 돌려주길 원했어요. 유월절 기간 동안 죄수 하나를 풀어주는 관습을 알고 계시죠? 빌라도가 군인들에게 며칠 동안 감옥에 가두어 두었던 바라바라고 하는 죄수를 예수님과 함께 데리고 나오도록 했습니다. 그는 군중들이 악명 높은 죄수 바라바보다는 예수님을 선택할 것이라고 생각했습니다. 그러나 예수님을 따르는 일반 사람들은 아직 잠자리에 있었고 모여 있던 무리들은 밤새 이 소동을 따라다니며 피를 보기 전에는 예수님을 놓아주지 않으려 하는 술 취한 악당들과 창녀들이었습니다. 제사장들은 내내 그들 사이에 끼어서 예수님이 스스로가 하나님과 동등하다고 주장하므로 거룩하신 여호와를 모독했다고 말하면서 그들이 난동을 부리도록 자극했습니다. 사무엘의 아들 엘르아살도 그의 열심당원 무리들과 같이 거기 있으면서, "우리에게 바라바를 놓아 주시오! 예수를 십자가에 못 박으시오"라고 외쳤습니다. 그 외침은 구호가 되었습니다. 그래서 빌라도는 그 죄수를 놓아주고 이 죄 없는 분을 계속해서 감금했습니다.

바타샤의 목구멍이 공포로 오그라들었다. "그래도 당신은 빌라도가 예수님을 처형하라고 명하지는 않을 거라고 생각하는 거죠?" 하고 그녀는 그가 앞서 말했던 말을 상기시키며 말했다.

"그럼요" 하며 깊은 한숨을 내쉬는 요세는 자신을 잃는 것같이 보였다. "바라바를 놓아 보낸 뒤에 빌라도는 예수님에게 채찍질을 하라고 명하므로 군중들을 달래려고 했습니다."

"채찍질을요!" 하고 마리아가 억제할 수 없는 울음으로 빠져들면서 흥분해서 외쳤다.

"그래요, 그래도 십자가보다는 낫지요" 하고 요세가 설득했다. "난 빌

라도의 논리를 이해할 수 있어요. 그는 피를 보기 원하는 군중들과 예수
님을 죽이려고 결단한 종교지도자들과 맞닥뜨렸어요. 빌라도는 예수님
이 죄가 없다는 것을 알아요. 나는 빌라도가 극단적인 다른 선택 — 십
자가의 처형 — 을 피하기 위해서 채찍질을 명했다고 생각합니다."

"39번의 채찍질" 하고 바타샤가 공포에 질려 중얼거렸다.

"걱정하지 마세요. 헤롯이나 빌라도나 둘 다 예수님이 죽어야 할 이
유는 없다고 동의하는 것 같습니다. 그들은 오히려 일시적으로 친구가
되었습니다. 헤롯은 이번 일을 다 끝내도록 빌라도에게 자기가 아끼는
백부장과 병력을 빌려주었습니다. 그냥 참고 기다리세요. 채찍질이 끝
난 뒤의 예수님을 보면 군중들도 만족해서 그분을 보내드릴 거예요. 예
수님은 맞은 몸으로 여러분들에게 돌아오시겠지만 적어도 살아계실 겁
니다."

"하지만 많은 사람들이 채찍질을 당해 죽었어요!" 하고 마르다가 울
고 있는 동생을 붙잡고 탄식했다. "그들은 사람들을 벗겨 놓고 무릎을
꿇려 놓아요. 게다가 채찍 끝에 쇠와 유리조각이 달렸어요. 채찍은
갈비뼈의 흰 부분이 튀어나올 때까지 사람을 파고들어요. 오, 사랑하
시는 하나님. 당신의 아들, 당신의 기름 부음받은 분을 도와주세요!"

406

제 23 장

그 얼굴이
타인보다 상하였고

이사야 52:14 NIV 성경

시몬은 머리의 고통 때문에 찡그리면서 눈을 떴다. 구토가 목구멍으로 올라오려 했다. 여자 하나가 걱정스러운 표정으로 그를 내려 보고 서 있었다. 감청색의 망토가 그녀의 머리를 덮고 있었지만 그 밝은 색조는 창문을 통해 들어오는 엷고 희미한 빛에 의해서 약해져 있었다. 시야가 흐릿해져서 그는 어지러움에 대처하려고 눈을 감았다.

"여기가 어딥니까?"

"당신은 안전합니다. 다시 주무세요."

"길에서 들려오는 이 모든 소음들이 무엇입니까?"

"한 사람이 처형되기 위해서 골고다로 끌려가고 있습니다" 라고 말하는 여자의 목소리가 흐느낌으로 부서졌다. "모두 그걸 보려고 달려갑니다. 그러나 당신은 쉬세요. 좀 뒤엔 나아질 겁니다."

시몬은 얼굴을 찡그리고 잠에 빠져들었다.

바타샤는 사관 앞에서 나사로를 기다리며 서 있었다. 틀림없이 그가 예수님을, 비록 채찍질로 다치셨어도 살아계신 예수님을 모시고 곧 돌아올 것이었다. 별안간 요나가 언덕 꼭대기에 나타나서 전속력으로 달려왔다. "그들이 예수님을 십자가에 매달아요!" 하고 아이는 울면서 소리쳤다. "예수님이 지금 십자가를 지고 골고다로 가세요! 전 아가씨께 알려드리려고 요한 마가의 집에서 계속 뛰어왔어요."

그녀는 예루살렘을 향해서 곧장 뛰기 시작했다. 가리지 못한 그녀의 머리가 바람에 날렸다. "마르다와 마리아 아가씨들께 말씀 드려라!" 하고 그녀는 소리쳤다. "그리고 넌 여기 남아 있어라!" 하며 그녀는 신경질적으로 손을 흔들었다. "이런 일은 아이들이 볼 일이 못 된다."

성시에 도착하자 그녀는 사람들로 혼잡한 작은 길들로 뛰어들어 마침내 서문으로 향하고 있는 행렬을 보았다. 사람들을 밀어내고 사람들의 어깨 사이를 파고 들 때의 그녀의 팔은 철과 같은 완력과 쇠 발톱을 가진 것 같았다. "비켜요! 나 좀 지나가게 해줘요!"라고 그녀는 가차없이 단호하게 소리쳤다.

드디어 그녀가 예수를 보았을 때, 그는 십자가의 무게 아래에서 비틀거리고 있었다. 피가 그의 상처 난 등에서 흰 겉옷으로 적시고 선명하게 갈라진 틈을 통해 흘러나와 옷단에서 바닥의 돌들로 떨어졌다. 그녀는 그를 둘러싸고 있는 군인들을 헤치고 나아가서 주먹을 흔들면서 책임자인 백부장에게로 직접 다가갔다. "그만해요! 살인자! 비겁자!"

군인들이 웃었다. "여자들은 대장님께 사족을 못 써요, 대장님. 그건 틀림없이 대장님의 예쁜 얼굴 때문이에요."

그녀는 발로 그를 걸어차고 손톱으로 그의 눈을 파내려 했다. "지금 당장 그분을 보내드려요!" 하고 그녀가 소리를 질렀다.

"당신 미쳤어? 그만해!" 하고 그는 그녀의 이빨이 덜커거리도록 그녀의 어깨를 흔들었다. 그런 뒤 그는 그녀를 꼭 붙잡고 못 믿겠다는 듯이 그녀를 들여다보았다. "바타샤!"

"마르셀러스? 정말 당신이에요?"

"당신 돈 거 아니오? 이렇게 날 공격한 것만으로도 난 당신을 감옥에 넣을 수 있소."

그녀가 그의 팔을 꼭 잡고 사정했다. "오, 마르셀러스. 이분을 십자가에 매달지 마세요. 그분은 무고해요! 제발, 하나님의 이름으로, 그분을 놓아드리세요!"

"난 그럴 수 없소. 난 명령을 받았소. 그런데 저 사람이 당신에게 누구요?"

"그분은 나의 주님이시며 나의 하나님이세요."

군인들이 큰소리로 놀렸다. "그럼 당신의 하나님을 잘 보쇼. 보여요? 그도 사람처럼 피를 흘리는 뎁쇼?"

"가요, 바타샤" 하고 마르셀러스가 단호하게 그녀를 떼어놓았다.

그녀가 얼굴 앞으로 양팔을 내어 밀며 애원했다. "오, 마르셀러스. 제발 이 일을 중단해요!"

"나는 그를 고발하지 않았소. 가서 그 고결한 대제사장에게 부탁하시오."

군인들 중 하나가 그의 단검으로 예수의 옆구리를 찔렀다. 그리고 행렬은 다시 서서히 움직이기 시작했다. 그녀는 그의 옆모습, 그의 아름답고 고귀한, 그러나 이제는 매 맞아 훼손된 머리를 보았다. 금방 나온 피의 따뜻한 내음이 그녀의 콧구멍을 채웠다. "오 하나님" 하고 그녀는 속삭였다. "저들이 당신에게 어떤 짓을 한 것입니까?"

손 하나가 그녀의 어깨를 잡고 억지로 그녀를 뒤로 당겨 알지 못하는 군중들 속으로 끌었다. 감청색의 옷을 입고 있는 여인이었다. 가까이서 바라다보자 바타샤는 그녀가 선생님의 옷자락을 만질 수 있도록 자기가 도와주었던 여자라는 것을 기억했다. 그녀의 이름은 베로니카였다. 바타샤는 그 일을 잘 기억하고 있었다.

그녀는 바타샤에게 물에 적셔 놓은 자기의 망토를 건네주었다. "당신은 백부장을 아시지요. 그에게 선생님의 얼굴을 닦을 수 있도록 다시 안으로 들어가게 해달라고 해보세요."

바타샤는 망토를 받아 들고 사람들의 담장을 뚫고 힘껏 앞으로 나아갔다. 그녀의 의도를 깨닫고 마르셀러스가 군인들을 멈추도록 해 그녀가 예수 앞에 무릎 꿇을 수 있도록 해주었다. 그녀는 부드럽게 그의 얼굴 위의 크고 작은 상처들과 그의 부어 오른 눈에서 나온 피를 닦아드렸다. 그의 겉옷의 앞자락은 피가 낭자했는데 그곳이 그의 가슴에 난 채찍의 갈고리 자국에서 피가 흘러나오는 곳이었다. 그는 산산조각이 난 알라바스트론*처럼 부서져 있었고 안에서 피를 흘리고 있었지만 아직도 온전했다. 피를 멎게 할 방법은 없었다.

"그들이 이런 짓을 못하도록 하소서" 하고 그녀는 속삭였다. "그들이 이런 끔찍한 짓을 하지 못하도록 하소서."

"아무도 나의 생명을 빼앗아 가지 않습니다. 나는 나의 생명을 거저 줍니다" 하고 그는 연민 속에 한탄하는 여인에게 구타당한 얼굴을 들었다. "나를 위해 울지 마시오. 당신의 자녀들을 위해 우시오. 언젠가 이 악한 도시가 멸망할 것이기 때문입니다. 내가 여기 있는 동안 이 도시가 회개하지 않으면 내가 간 뒤에는 얼마나 더 나빠지겠습니까?"

마르셀러스가 그녀를 떼어놓고 예수에게 일어나라고 명령했다. 그는 무거운 것을 지고 일어났다가 다시 쓰러지면서 돌바닥에 무릎을 깨

---

* 향유병.

고 두 손과 두 발이 모두 피 웅덩이 속에 잠긴 채 머리를 떨어뜨리고 있었다. "일어나라고 했다!" 그는 거칠게 예수의 팔을 잡았다.

"안 돼요!" 하면서 바타샤가 마르셀러스와 예수 사이를 몸으로 막았다. "저 분이 죽을 지경으로 피를 흘리시는 것이 안 보여요?"

"다른 두 사람들은 그들의 십자가들을 지고 갑니다" 하고 마르셀러스는 말하면서 역시 십자가의 형을 선고받고 앞에 가는 두 죄수들을 가리켰다.

"저들은 채찍을 맞아 몸이 찢어지지 않았어요!" 하고 그녀는 그의 얼굴에 대고 말했다. "마르셀러스, 저 분이 더 이상 십자가를 지고 가지 않도록 해줘요" 하고 그녀는 도움을 청하기 위해 군중들을 돌아보았다. 곧 그녀의 눈은 수산나와 그녀의 남편인 시몬, 그리고 그들의 두 아들인 알렉산더와 루포에게 멎었는데 그들은 길 바깥쪽에서 지켜보고 있었다. 시몬은 위엄 있는 풍채에 넓은 어깨를 가진 남자였다. "저 분을 도와주세요" 하고 바타샤는 애원하는 눈초리로 부드럽게 간청했다.

시몬이 앞으로 나서자 마르셀러스는 거칠게 그를 예수 쪽으로 밀어붙였다. 그 거친 대우를 묵살하고 그 아프리카 사람은 예수 곁에 무릎을 꿇고 자기의 어깨를 살며시 150파운드 나가는 십자가 밑으로 밀어넣어 천천히 십자가를 선생님에게서 들어 올리고 걷기 시작했다.

"아주 좋아" 하고 마르셀러스가 조롱했다. "넌 오늘 친절을 베푼 것이다. 아마도 너의 하나님이 그 대가로 네게 상을 베풀 것이다."

바타샤는 신음했다. 그들이 대못을 박는 동안 그녀는 눈을 감았다. 그의 손목이 부서질 때, 그리고 이어서 그의 연약하고 부드러운 발의 뼈가 부서질 때 희미하게 바삭거리는 소리를 그녀는 들었다.

누군가 그녀의 뒤에서 비명을 질렀다. 사모님이 두 주먹을 가슴 사이에 움켜쥐고 다가오는 것을 그녀는 어깨너머로 보았다. 순전한 공포가 그녀의 관자놀이의 머리칼을 하얗게 만들었고 얼굴엔 충격의 주름살을 아로새겼다. "사단이 나의 심장에 칼을 들이밀었다. 나는 이런 일이 생길 것을 알고 있었다. 오, 내 아들. 내 아름답고 착한 아들아!"

십자가를 들어 올리면서 군인들이 땀을 흘렸다. 예수의 몸이 밖으로 흔들렸고 그의 손과 발은 나무에 박혀 붙어 있었다. 그리고는 십자가가 커다란 구멍 속에 쿵 하는 꿍음과 더불어 내려 박혔다. 그의 몸속에서 관절이 서로 떨어져 나가자 예수가 여린 신음소리를 냈다.

"내 아들은 항상 저렇게 아름다운 머리를 갖고 있었어요" 하고 외치는 사모님의 목소리가 공포에 질려 단조롭게 울렸다. "그가 아기였을 때를 기억하세요?" 하고 그녀는 언니 살로메에게 물었다. "내가 머리를 빗겨줄 때면 그의 머리가 내 손가락에 감겨들곤 했지요? 청동빛 윤이 나는 부드럽고 짙은 작은 고수머리들이었죠. 기억하세요?"

"그럼" 하며 살로메는 사모님의 어깨를 그녀의 말로 감쌌다.

"지금 저 머리를 보세요. 저 피, 저 거품. 저 모습이 지금 나의 아들이에요, 나의 다정한 작은 아이 …. 너무도 착한 — 언제나 너무도 착하기만 한."

마르다가 바타샤의 곁으로 다가왔다. 그녀의 눈은 빨갰고, 그녀의 얼굴은 울어서 부어 있었다. "하나님께서 이걸 보고 계실까요? 하나님은 왜 가만 계시는 걸까요? 이분은 자기 아들이신데요."

마르셀러스가 그녀가 하는 말을 들었다. "당신들 어리석은 여자들이여. 비록 이 사람이 다른 사람들보다 제일 용감하게 죽어간다는 것은 나도 인정하지만 이 사람은 보통 사람이에요. 이 사람은 우리가 준 진정제마저 먹으려 하지 않았어요."

"당신은 잘못하고 있는 거예요, 마르셀러스" 하고 바타샤가 말했다.

그는 욕을 하고 으스대며 걸어가서는 포도주 부대를 집어 어깨 위로 들어 올려 마셨다. 마시기를 끝내자 그는 그것을 높이 들었다. "좀 마시겠습니까, 오 위대한 왕이시여?"

예수가 눈을 깜박여 눈에서 피를 떨어뜨려내고는 슬픈 표정으로 그를 응시했다.

"싫으시다고요?" 하고 마르셀러스가 빈정대면서 말했다. "그렇죠, 물론 싫으시겠지요. 이건 우리 군인들이나 마시는 저질의 것이죠. 왕께는 안 어울리지요. 빌라도가 우리에게 당신 머리 위에 플래카드를 박아놓으라고 한 걸 알고 계십니까? 거기엔 세 가지 말로 당신이 유대의 왕이라고 써 있습니다" 하고 그는 거의 앞으로 넘어질 정도로 큰 절을 했다. 군인들이 왁자지껄하게 웃어댔다.

"아버지여, 저희를 사하여 주옵소서. 저희는 자기의 하는 것을 알지 못함이니이다."

예수와 같이 십자가에 달린 행악자 중 하나가 소리쳤다. "당신이 메시아라고 주장했던 사람이 아니오? 당신이 정말 그리스도라면 거기서 내려와 우리를 구해 주시오" 하고 그는 고통스러운 웃음을 웃다가 신음했다. "그럼 우리가 당신을 믿겠소."

"조용히 해라!" 하고 예수의 다른 편에 있던 도둑이 명령했다. "너는 죽어가는 순간에도 조금의 경외심이 없느냐?" 하고 그는 예수를 쳐다보며 부탁했다. "주님, 저는 지금 당하는 일이 마땅합니다. 그러나 주님은 그렇지 않습니다. 저는 주님이 무죄한 것을 압니다. 주님, 당신이 당신의 나라에 임하실 때 저를 생각해 주십시오."

"안심하시오" 하고 예수가 말했다. "당신은 나와 함께 낙원에 있을 것이오."

바타샤는 이 모든 일들이 진행되는 것을 의연하게 지켜보았다. 홀리지 않는 눈물이 고여서 그녀의 얼굴과 이마를 붓게 만들었다. 그녀는 울지 않으리라고 결심했다. 눈물이 그분을 도울 수는 없을 것이었다. 그녀는 그분께서 돌아가실 것을 알았으며 마지막 순간까지 그녀 스스로를 돌아보지 않고 그분과 같이 있을 것을 결단했다.

바리새인들이 와서 잘난 체하는 어조로 그를 조롱했다. "아하, 당신은 성전을 헐고 사흘에 짓는다고 말했지요. 이제 뭘 할 겁니까? 당신 스스로도 구원하지 못하는군요."

사모님이 십자가 가까이로 왔다. 요한이 그녀가 쓰러지지 않도록 부축했다. "내 마음이 옛 생각으로 어지러워요" 하고 그녀가 말했다. "아름다웠던 모든 시간들, 그 웃음소리. 그는 항상 웃기를 좋아했고 좋은 시간 갖기를 좋아했지요. 아버지 요셉이 돌아가신 뒤로는 아이들에게 그렇게 사랑스럽게 대해 주었고 집안의 가장이 되었지요. 한 번도 불평을 하는 적이 없었어요. 우리들을 부양하기 위해 가게에서 열심히 일했고. 너무 착하고, 참을성 많고 튼튼하고." 그녀의 눈이 넓어져서 십자가에 걸려 있는 난도질당한 아들의 모습을 응시했다. "어머니를 자랑스럽게 만드는 아들이에요."

그녀로 인해 바타샤의 가슴이 무너졌다. 어머니는 이런 무서운 일을 보아서는 안 되었다.

"지금 그를 보아요. 여위고, 상처투성이에, 고문당했어요. 그는 항상 튼튼하고 강건한 아이였는데" 하며 그녀는 머리를 흔들었다. 그녀의 눈썹이 한군데로 모였다. "난 전에 한 번도 그의 피를 본 적이 없었어요. 내가 기억하는 한 그는 결코 베이거나 상처를 입은 적이 없었어요. 그런데 지금 그의 피를 봐요, 보세요. 피가 나무를 타고 내려와 땅을 적시고 있어요. 저건 그의 생명이 빠져나가고 있는 거예요."

바타샤가 그녀를 껴안았다. 그녀는 사모님의 머리 너머로 요한을 바라보면서 눈빛으로 사정했다. "오, 사모님을 모셔가세요. 이러다가 사모님 돌아가세요."

"여자여"하고 예수가 어머니를 내려 보며 불렀다. 그의 혀가 부어서 말이 분명치 않았다. "요한이 이제 어머니의 아들입니다."그는 고통으로 이글거리는 눈의 초점을 사촌에게 맞추었다. "어머니를 맡아 다오."

사모님은 빈 팔을 십자가를 향해 들어올렸다 — 자기의 아들을 한 번 더 껴안기를 원하는 어머니였다. "나의 아들, 나의 아들아!"하고 그녀는 분노 속에 외쳤다. 요한이 그녀를 돌려세워 그와 함께 떠나도록 했다.

방은 어두웠다. 그리고 조용했다. 시몬은 시간이 어찌되었는지 궁금했다. 그는 두 친절한 사람들이 자기를 골목에서 끌어와서 그들의 뒷문을 통해서 그를 들어다가 침상 위에 놓아두었던 것을 가물가물하게 기억했다. 그렇다면 이제는 아침이어야만 했다. 그가 한 번 깼는데 그때엔 빛이 있었던 것 같았다. 그는 푸른 옷을 입고 있던 여인을 기억했다. 그가 낮 동안 계속 자서 그다음 날 밤까지 자버렸던 것인가? 아니면 아직 밤이고 그 여인은 그가 꿈꾸었던 무엇이었을까? 그의 머리는 좀 나아졌으나 그래도 그는 혼란스러웠다. 깊은 한숨을 쉬고 그는 다시 잠에 빠져들었다.

"난 이 어둠을 이해할 수 없어요"라고 빌립과 같이 십자가의 발치에 왔었던 금발의 젊은 헬라인이 말했다. "일식이 아니잖아요."

"빌립, 어디 계셨었나요?" 하고 바타샤가 비난하는 마음 없이 물었다. "다른 분들은 어디 계시나요?"

"모르겠소" 하는 빌립의 얼굴은 초췌했고 그의 홀린 듯한 눈은 십자가를 외면하고 있었다. "어젯밤 베드로와 요한이 우리에게 동산에서 그들을 기다리라고 하고 돌아오지 않았소. 나는 친구들을 만나려고 갔소. 그다음에 난 이런 일이 일어나고 있다는 것을 알았소. 그래서 누가와 함께 온 것이오."

"왜지요?" 그녀는 슬프게 물었다. "왜 예수님이 돌아가셔야만 하지요?"

"왜냐고요?" 그는 예수를 쳐다보고 두려워서 몸을 떨었다. "나도 왜인지 모르오. 이 핏덩어리의 사람이 우리의 선생님이란 말입니까?" 하고 그는 얼굴을 외투로 감싸곤 돌아섰다.

시간은 검은 진창처럼 느리게 흘렀다. 예수는 고통받고 있었다. 스스로의 체중이 그의 숨을 막히게 하므로, 그는 박힌 못에 몸을 더 의지해야 했기에 한 숨 한 숨 들이쉴 때마다 힘들어 했다. 강도들은 소리 지르고 그들의 고통을 저주했지만 예수는 아주 작은 신음만 낼 뿐이었다. 바타샤는 예수의 갈비뼈 아래의 움푹한 부분이 안팎으로 움직이는 것을 보고 있었다. 그녀는 언젠가 그 움직임이 끝날 것이라는 걸 알고 있었다. 그리고 예수가 쇠약해졌고 정신을 잃어가고 있기 때문에 그 순간이 곧 올 것이라는 것도 알고 있었다.

사모님의 동서인 미리암이 십자가로 왔다. "나는 이제 믿습니다. 하지만 너무 늦었군요" 하고 그녀는 조용히 바타샤에게 말했다. "나는 항상 맘속 깊이에서 그분이 메시아라는 것을 알고 있었습니다. 나는 그분의 어머니가 그분을 잉태했을 때 동정녀였던 것도 알고 있었습니다. 하지만 나는 변호하려 하지 않았습니다. 나는 남편 알패오가 그것을 믿도록 설복하지도 않았습니다. 세상에 그분이 있도록 할 수 있었으나 우리는 믿으려고 하지도 헌신하려 하지도 않았습니다. 지금은 내겐 너무 늦었지요, 또 모두에게 너무 늦었지요" 하고 그녀는 언덕 아래로 조금 내려가 앉아 슬프게 울었다.

마르셀러스는 꼴사나울 정도로 술에 취했다. 그의 부하들도 마찬가지였다. 로마인들답게 그들은 내기하기를 좋아했고, 이제 그들은 예수의 겉옷을 가지고 내기를 했다. 그들은 그렇지 않아도 음산한 오후의 햇빛을 가로막아 주사위를 제대로 볼 수 없도록 만든 이상한 어둠을 저주했다. 무감각해져버린 무관심으로 바타샤는 그녀가 그렇게 애써 만들던 예수의 옷을 걸고 내기하는 그들을 지켜보았다.

그녀가 다시 눈의 초점을 십자가에 맞추었을 때, 그녀는 순간적인 환영을 보았다. 두텁고 침침한 구름이 예수의 곁으로 내려 왔다. 그것은 녹색 빛으로 파동 치면서 느린 죽음의 무도처럼 안에서 너울거렸다. 그녀는 그녀의 옛 원수들을 보았다. 조롱의 굴레에서 악의에 차 뒤틀리고 꿈틀거리고 있는 그들 파충류의 뱀과 같이 교활한 몸뚱어리들을. 그들은 예수를 희롱하면서 비웃고 괴롭히면서 악의에 차서 기뻐했다. 그모스, 다곤, 아남멜렉, 네르갈, 식굿, 므니, 말감,* 그것들 모두 다 거기 있으면서 그분의 피 흘리는 머리위로 증오에 찬 독을 뿜어냈다.

"안 돼!" 하고 그녀는 눈을 감으며 소리쳤다. 다시 그녀가 올려보았을 때는 어둠에 싸여 십자가에 매달려 만신창이 되어 죽어가는 한 남자를 보았을 뿐이었다. 그러나 그녀는 그 귀신들이 하나님께 기름 부음받은 자의 고통스러운 죽음을 기뻐하면서 저 다른 영역 에 아직도 있는 것을 알고 있었다.

"엘리, 엘리, 라마 사박다니!" 하고 예수가 갑자기 부르짖었다.

"저건 고대 히브리어예요" 하고 빌립이 말했다. "시편 22장의 시작이

---

* 바타샤 속에 들어 있었던 일곱 귀신들. 예수가 내쫓아 고쳐주었음.

지요. 내 하나님이여, 내 하나님이여, 어찌 나를 버리셨나이까! 우리의 조상, 다윗이 이 모든 것을 예언했습니다 ― 그 조롱, 그 고통, 그의 손과 발의 못 박힘, 심지어는 그의 겉옷을 가지고 내기하는 사람들까지도 ― 이 모든 것이 2,000년 전에 모두 예언되어 있었습니다.”

"목이 마르오" 하고 예수님이 신음했다.

"마르셀러스, 그분에게 마실 것 좀 드리세요!" 바타샤가 급한 목소리로 말했다.

그 백부장은 이미 기세가 꺾여있었다. 술은 십자가 위의 남자의 모습을 삼켜버리지 못했다. 근심과 두려움이 그득한 황갈색의 눈으로 그는 피 흘리고 있는 이방인을 계속 올려보았다. 괴기한 어둠이 그 장소에 더욱 짙게 내리면서 그의 힘을 더욱 빼앗아갔다. 말도 못하고 마르셀러스는 갈대 끝에 젖은 해융을 달아 높이 들었다.

예수는 타는 입술로 해융의 것을 마셨다. 그리고는 그의 머리가 십자가로 젖혀졌고 그는 소리쳤다. "테텔레스타이!"* 죄는 사하여졌습니다! 아버지여, 저의 영혼을 아버지 손에 맡깁니다!"

고통스러운 그의 숨결이 떨었다. 그리고 그는 한숨을 쉬었다. 그의 머리가 앞으로 숙여졌다. 바타샤가 아연해졌다. 그녀는 그의 가슴을 보면서 다시 움직일 것을 기다렸으나 그 가슴은 움직이지 않았다. 잠깐의 시간이 흘렀다. 그녀의 가슴이 뛰었다. 왜 나의 가슴은 아직도 고동치는데 그분의 가슴은 고동치지 않는가? 그분은 가셨다. 이제는 끝났다. 다시는 그분을 못 볼 것이다. 그녀의 충격과 슬픔은 묘사할 수가 없을 정도였다.

깊은 침묵이 어둠과 합해졌다. 아무도 말하지 않았다. 바타샤는 자기가 아직도 그분이 숨 쉬는 것을 듣는다고 생각했다. 그녀는 다시 한

---

* '다 이루었다'라는 뜻.

번 그분을 자세하게 들여다보았다. 그는 잿빛이었고 죽어 있었다. 그녀의 눈이 그의 신체를 살피며 애도했다. 아무런 움직임도 없었다. 전혀! 그 신체는 그녀가 알고 있었던 젊고 활기 찬 남자와 닮은 것이 아무것도 없었다. 그러나 그럼에도 그녀는 계속해서 소리를 — 부드러운 들쉼과 내어 쉼의 소리를 듣고 있었다. 그것은 우주의 거대한 숨결이었을까?

"저들은 왜 몽둥이를 갖고 있지요?" 하고 누가가 빌립에게 속삭여 물었다.

빌립이 눈을 비비며 답했다. "해가 지면 우리의 안식일이 시작됩니다. 안식일에는 사람이 십자가에 달려있을 수 없습니다. 몽둥이는 십자가에 있는 사람들의 다리를 부수어서 그들이 버티고 일어서 숨을 쉴 수 없도록 하기 위한 것입니다. 그들은 금방 질식해 버릴 것입니다."

군인들이 이쪽 강도와 저쪽 강도에게 가서 커다란 몽둥이로 그들의 다리를 부러뜨렸다. 그들의 신음소리는 처량했다. 군인들이 예수에게 왔을 때 누가가 소리쳤다. "멈추시오! 그분은 이미 돌아가셨소. 난 압니다. 난 의사입니다. 쓸데없이 그분의 다리를 부숴서 그분의 신체를 모독하지 마시오."

"우린 확실히 해야만 합니다" 하며 군인 하나가 몽둥이를 뒤로 올려 매었다.

"그만 둬라!" 하고 마르셀러스가 소리쳤다. 그 사람을 치지 마라. 이건 명령이다!" 하는 그의 목소리가 흐느낌으로 부서졌다.

누가 어떻게 손쓰기 전에 다른 군인 하나가 칼을 뽑아서 예수의 옆구리를 찔렀다. 피와 물이 쏟아져 나왔다.

"하지 말라고 했잖아!" 하고 마르셀러스가 주춤거리며 물러서 팔뚝으로 얼굴을 가리며 돌아섰다. "내가 무슨 짓을 했나 … 이 사람은 하나님의 아들이었다. …"

시몬은 탁자에 앉아 허겁지겁 먹었다. "우린 일식 속에 있는 것 같아요" 하고 그는 푸른 옷의 여인에게 말했다.

"하나님께서 탄식하고 계세요" 하고 그녀가 힘없이 말했다. 그녀의 얼굴엔 눈물 자국이 있었다.

"이름이 무엇입니까?" 하고 시몬이 물었다.

"베로니카예요."

"음식 솜씨가 훌륭하세요, 베로니카" 하고 그는 웃었다. "내가 지난 밤에 공격당한 뒤에 돌보아 주셔서 감사합니다. 남편은 어디 계세요?"

"아직도 시의 서쪽 골고다에 있어요."

"아, 그래요. 당신이 십자가의 처형에 관해 말했었지요. 당신은 틀림없이 그가 누군지 알고 있겠군요. 난 당신이 울었다는 것을 알 수 있어요."

"그분은 좋은 분이셨어요. 제가 그분의 옷을 한 번 만지자 그분의 능력이 흘러나와 저를 고쳤어요" 하며 그녀는 울기 시작했다. "그분은 메시아였어요. 세상의 나쁜 세력이 메시아마저 죽일 수 있다면 우리에게 무슨 희망이 있겠어요?"

시몬이 씹는 것을 멈췄다. 그의 입속의 빵이 먼지가 되었다. 그는 믿을 수 없어 여인을 바라보면서 우둔한 짐승처럼 머리를 흔들었다. "그분의 이름이 뭐지요?" 하고 그는 떨리는 목소리로 물었다.

"예수예요."

"안 돼!" 하며 그는 마치 상처 입은 짐승처럼 비틀거리며 일어섰다. 그는 공포에 사로잡혀 뒤로 물러섰다. "이럴 수가 없어!" 그는 돌아서 달렸다. 거리를 가로질러 골고다 쪽으로 달렸다. 땅이 흔들리기 시작했다. 그의 발밑에서 포도가 흔들렸다. 사람들이 가게에서 소리 지르며 나왔고 집들이 비명을 질렀다. "세상의 종말이다! 멸망의 시간이다! 지진이다! 살려면 뛰어라!"

시몬은 오로지 예수에게 가겠다는 마음 하나로 밀려오는 공포에 대항했다. 건물들의 기초가 움직였고 지붕에서 벽돌들이 굴러 내렸다. 한 젊은 제사장이 성전에서 가슴을 치면서 튀어나왔다. "지성소의 휘장이 위에서 아래까지 찢어졌어요! 하나님께서 오늘 우리들에게 심판을 내리신 것이 틀림없습니다!"

시몬이 해골이라 하는 곳*에 왔을 때 그곳은 비어 있었다. 멀리 3개의 빈 십자가가 성난 하늘을 등지고 있었는데, 그중 가운데 것이 가장 뚜렷했다. 몸을 돌렸을 때 슬프게 그를 쳐다보고 있는 베드로를 보았다.

"그분은 어디 계세요?" 하고 시몬이 물었다.

"아리마대 요셉이 빌라도에게 안식일이 시작되기 전에 시체를 매장하도록 해달라고 부탁했어요" 하고 베드로가 답했다.

시몬이 쳐다보고 깊은 낭패의 숨을 쉬었다. "그러면 그분이 정말로 돌아가셨어요? 난 받아들일 수가 없어요. 우리는 그분과 같이 어젯밤에 만찬을 같이 했어요. 어떻게 일이 이렇게 빨리 일어날 수 있어요?"

"유다가 저들을 겟세마네로 데리고 왔어요. 저들은 유다에게 은 30냥을 주었어요."

"오, 하나님! 그건 넉 달 치 임금도 안 돼요. 예수님을 그렇게 싸게 팔다니요."

"나중에 그는 가책을 느끼고 가서 목을 맸어요."

시몬이 풀 위에 주저앉아 손으로 머리를 감싸고 앞으로 몸을 내밀었다. "난 토할 것 같아요."

* 골고다를 이름.

"그분이 돌아가실 때 아무도 편들어 드리는 사람이 없었어요" 하고 베드로가 말했다. "우린 모두 도망갔어요. 난 결코 그분을 모른다고 부정했고, 그때 그분이 머리를 들고 나를 보셨으니 내가 부정하는 것을 들으셨을 겁니다." 베드로는 눈을 감고 눈물을 떨구어버리려고 했다. "내 어린 아들은 태어난 지 아직 3주도 안 됐어요. 난 죽기 전에 아들을 한 번 안아보고 싶었어요. 난 드보라에게 다시 입맞춤도 하고 싶었고요. 그래서 난 비겁자가 되었지요."

시몬이 소리 없이 웃었다. "나도 잘 한 것 없어요. 내 스스로에 연민을 느껴 난 선생님 옆의 내 자리를 지키는 대신 기분전환을 하려고 시내에 들어갔어요. 난 술을 마시고 너무 취해서 날 공격하고 강도질 한 나쁜 놈들의 공격을 막지 못했습니다. 예수님이 돌아가시는 동안 나는 종일 잠만 잤어요."

"이제 우린 어떡해야 하지요?" 하고 베드로가 말했다.

"애도해야지요" 하고 시몬이 비탄에 잠긴 목소리로 말했다. "다 끝났어요."

베드로가 돌아서서 조용히 걸어가 버리자 시몬은 일어서서 돌투성이의 황량한 언덕을 올라 거칠게 만들어진 십자가 쪽으로 걸어올라 갔다. 그는 겁에 질려 십자가를 응시했다. 예수의 피가 아직도 그 위에 젖은 채 있었다. 그는 몸을 던져 그 앞에 엎드렸다. "오, 예수님. 용서하세요. 잘못했습니다." 그는 십자가의 발치에 누웠다 — 세상에서 가장 외로운 사람으로 회개 속에 외롭게, 모든 것을 포기하고 외롭게, 그리고 우는 것 이외에 다른 어느 것도 할 수 없이 무기력하게.

"너무 급하게 예수를 방부처리 하는데" 하고 살로메가 말했다.

바타샤가 그녀의 거칠어진 눈을 비볐다. "요셉 아리마대께서 빌라도에게 그분의 시체를 달라고 하고 자기의 무덤을 장례를 위해 내어놓은 것을 감사해야지요!"

"저들은 심지어는 향료도 사용하고 있지 않아요" 하고 미리암이 분해서 말했다. "정향나무와 알로에로는 충분치 않아요."

"아마도 그게 이 늦은 시간에 구할 수 있는 전부인 모양이지요. 저 분들은 할 수 있는 최선을 다하고 계세요" 하고 바타샤가 말했다.

"당신은 막달라에서 향을 좀 갖고 왔나요?" 하고 살로메가 물었다.

"그럼요, 물론이지요."

"난 몰약이 좀 있어요" 하고 살로메가 말했다. "당신은 뭐 내놓을 것 없으세요?" 하고 그녀는 미리암에게 물었다.

"나르드* 한 옥합이 있어요" 하고 그녀가 답했다. "그걸 그분께 드린다면 영광이지요. 그분의 몸은 제대로 방부처리 해야 돼요. 그렇게 돌아가신 뒤에는 그렇게 해야 돼요."

"그럼 우리들의 선물을 갖고 내일 여기서 만나지요" 하고 살로메가 말했다.

"내일은 안식일이에요" 하고 바타샤가 지적했다. "일요일에 만나야만 해요."

"좋아요, 그럼" 하고 살로메가 주장했다. "해뜨기 전 일요일에, 우리 셋이서요."

---

* 히말라야산 방향식물.

드디어 시몬은 그가 슬픔 속에 더 이상 혼자가 아니라는 것을 깨달았다. 또 한 사람이 십자가 발치의 반대쪽에 누워 있었다. 그의 손은 시몬의 손 옆에서 피가 스며든 흙을 움켜쥐고 있었다. 그 낯선 이의 슬픔은 시몬의 슬픔만큼이나 깊고 억제하기 어려운 것이었다. 그가 그의 머리를 들고 슬프게 흐느낄 때 시몬은 그를 알아보았다.

　"어떻게 된 거요, 당신?"하고 시몬이 물었다.

　"난 비참해요"하고 마르셀러스가 울면서 대답했다.

　"오늘은 비참한 날이오"하고 시몬이 동의했다.

　"당신은 누구요?"

　시몬은 마르셀러스가 2년 전에 포도주가게에서 있었던 사건에서의 그를 기억하지 못하고 있다는 눈치 챘다. "난 그분의 제자 중 하나요."

　"그분이 고통받을 때 당신은 어디에 있었소? 난 십자가 곁에 그분을 따라온 사람들이 대부분 여자들인 것을 보았소."

　"난 잠들었었소. 난 하나님께 용서해달라고 부탁했습니다. 하나님은 자비로우셔서 날 용서하시리라고 믿습니다."

　"하나님께서 나도 용서하실까요?"하고 마르셀러스가 물었다. "난 그분의 아들을 죽였습니다."

　"우리 모두가 죽였습니다"하고 시몬이 연민하는 마음으로 손을 뻗어 마르셀러스가 일어서는 것을 도왔다. "우리 모두 그분을 배반했습니다."

　"당신은 그 하나님의 사람을 잘 압니까?"하고 마르셀러스는 시몬이 언덕 아래로 그를 인도하도록 하면서 물었다.

　"그분은 내게 형제 같았어요"하면서 시몬은 작게 흐느꼈다. "그분은 내게 많은 것을 가르쳐 주었습니다. "

　"당신 당분간 나와 함께 있으면서 그분에 대해 말해주겠소?"

　시몬이 고개를 끄덕였다. 그들은 서로의 팔로 부축하면서 같이 골고
다에서 걸어 나갔다.

제 24 장

사망을 영원히 멸하실 것이라

이사야 25:8 NIV 성경

"막달라는 어디 있습니까?"

"자기 방에 있지요."

"그녀는 어때요?"

시몬은 눈물로 부어 오른 마르다의 눈에 다시 눈물이 그득해지는 것을 보았다. "그녀는 먹지도 않으려 하고 이틀 밤이나 자지도 않았어요. 그녀는 우리와 같이 슬퍼하지 않으려 해요. 그녀는 울지 않아요."

"그녀와 이야기를 해봐야겠소."

마르다가 어깨를 으쓱했다. "그러세요. 하지만 아무 소용없을 거예요. 어젯밤 장례가 끝난 뒤론 그녀는 누구에게도 한마디도 하지 않았어요."

그는 컴컴한 구석에 외롭게 흐트러진 자세로 움츠리고 앉아 있는 그녀를 발견했다. 빗질도 화장도 하지 않은 그녀를 본 건 처음이었다. 그녀는 창백했고 의욕을 잃은 눈은 눈물도 메말라 깜빡이지도 않으면서 앞을 응시하고 있었다.

그는 소파의 그녀 곁에 앉아 손을 부드럽게 잡았다. "나는 지금 막 다

426

니엘의 다락방에서 왔소. 모든 이들이 어제 끝까지 예수님과 함께 하였던 당신을 칭송했소." 그녀가 턱을 기울여서 벽 한쪽에 다시 눈을 둘 곳을 찾자 그는 잠깐 말을 멈추었다. 무슨 말을 해야 할지 몰라서 시몬은 항변하듯 물었다. "바타샤, 당신은 왜 울려 하지 않소?"

"한 번 시작하면 걷잡을 수 없을 것 같아서 그래요" 하고 그녀가 무뚝뚝하게 말했다. "나의 모든 세계가 울음 속에 사로잡혀 버릴 거예요."

"바타샤, 나는 당신이 이러는 것을 견딜 수가 없소" 하고 그가 고통스럽게 말했다. 그의 눈도 눈물로 가득 찼다. "내가 당신을 위해 해줄 수 있는 것이 있을까요? 뭐라도 가져다줄까요?"

"난 예수님이 필요해요" 하고 그녀가 단호히 말했다. "예수님을 가져다주세요."

그는 한숨을 내쉬었다. 그의 눈에서 눈물이 하염없이 흘러내렸다. 그는 자기 가슴 옆으로 손을 넣어 마르셀러스가 그에게 주었던 옷을 꺼냈다. "내가 그 겉옷을 다시 가져 왔소 — 당신이 만든 그 옷 말이오."

천천히 그녀는 구겨지고 피 묻은 겉옷을 향해 손을 뻗었다. 한때는 그 옷을 입었던 사람만큼 순백으로 깨끗하고 아름다웠던 옷. 그녀의 굳었던 표정이 풀리기 시작했고, 뜨거운 눈물 몇 방울로 시작했던 울음이 곧 격렬한, 통제할 수 없는 격류로 변했다.

"오, 타샤." 그는 그녀를 품에 끌어안고 떨고 있는 그녀의 몸을 마치 그녀가 어린아이인 양 다정하게 흔들었다. 그의 크고 거친 손으로 보듬고 달래면서 사랑과 격려의 말을 속삭여주었다. 그녀의 얼굴과 눈에 입맞춰 주고 그의 머리를 그녀의 머리칼에 묻고 함께 울었다.

"그분은 절 떠났어요" 하고 그녀는 흐느꼈다. "그분은 절 결코 떠나지도 버리고 가지도 않겠다고 약속하셨어요. 왜 그분은 그렇게 말씀하시고서 돌아가실 수 있죠?"

시몬은 그녀에게 답을 주고 싶었지만 해줄 답이 없었다. 보호하고 싶어 그는 그녀를 안은 팔에 힘을 주었다. 그의 입술이 속삭였다. "당신을 사랑하오." 그는 그녀가 점점 유순해지며 그에게 기댈 때까지 입맞춤과 더불어 사랑한다는 말을 계속했다.

"남은 거라곤 이게 다인가요?" 하고 그녀가 슬프게 물었다. "서로 붙잡고 있는 두 사람뿐인가요?"

"지금은요" 하고 그가 그녀의 머리칼에 대고 부드럽게 대답했다. "그걸로 충분하오."

"오, 전 지쳤어요" 하며 그녀는 그를 가까이 안고 얼굴을 그의 가슴에 묻고 한숨을 쉬며 어린아이처럼 훌쩍였다. 잠시 후 그녀의 팔에는 힘이 빠졌고 그녀는 조용히 입으로 숨 쉬면서 얕은 잠에 빠져들었다.

조심스레 그는 그녀의 팔에서 빠져 나와 베개들 사이에서 그녀가 편안하도록 만들어주었다. 그것이 바로 여인을 사랑할 때 느끼는 감정이었다 ― 그 부드러움으로 남자를 무너뜨리는 이 섬세함, 자신을 다 주고 싶은 이 자발적 마음. "나의 사랑하는 사람이여" 하고 그는 몸을 굽혀 그녀의 입술에 짧은 입맞춤을 하고는 그 자리를 떴다.

미리암과 살로메는 동이 트기 직전에 무덤이 있는 동산에서 만났다. 바타샤가 늦게 왔다

"어디 있었어요? 해가 막 뜨려고 해요."

"미안해요. 늦잠 잤어요" 하도 울어서 바타샤의 얼굴이 상해 있었고 그녀의 외투 속의 머리는 땋지도 않은 채 부스스했다.

"향료 가지고 왔지요?" 하고 미리암이 물었다.

"네."

"좋아요. 살로메가 방향제를 얻을 수 있었어요."

그들은 말없이 무덤을 향해 걸었다. "어떻게 우리가 돌을 움직이지요?" 하고 바타샤가 물었다.

"그 생각은 하지 못했네요" 하고 말하는 살로메는 제일 중요한 것을 생각하지 못한 자신에게 화가 난 듯이 보였다.

"아마도 우리 셋이 같이 밀어보면 ⋯ ."

"아뇨! 목요일 밤에 무덤을 인봉하는데 네 명의 장정이 필요했어요" 하고 미리암이 고개를 흔들며 말했다.

바타샤가 큰소리로 말했다. "마르다가 그러는데, 군인들을 배속시켜 파수를 보도록 했답니다. 당국에선 제자들이 와서 예수님의 시체를 가져갈까 염려하고 있었어요. 아마도 마르셀루스가 책임자일 거예요. 그러면 그를 설득해서 부하들이 돌을 움직이도록 하면 우리가 들어가서 시체에 기름을 바를 수 있을 거예요."

"만약 그들이 안 한다면 베드로와 요한이 우리를 도와 줄 수 있을 거예요. 여기에 곧 그들도 오기로 되어 있어요" 라고 살로메가 말했다.

"봐요!" 하며 미리암이 가리켰다. "누군가 벌써 무덤을 열어놓았어요." 봉인했던 그 큰 돌이 참지 못하고 옆으로 굴러간 것처럼, 대리석으로 된 입구에서 조금 떨어진 곳에 놓여있었다.

살로메가 앞으로 뛰기 시작했다. 무덤에 먼저 이르러 그녀는 구부리고 안을 보았다. "그분이 없어요!"

이 말이 바타샤에게 큰 충격을 주었다. 그 살인자들이 그분을 죽이는 것만으로 만족하지 못하고 그를 무덤에서 꺼내 그 신체를 더 훼손하려고 하는 것이었다. 그녀는 눈이 안보여 휘청거리며 흐느꼈다.

"바타샤, 무엇이 잘못 되었소?" 베드로와 요한이 새벽 미명 속에 그녀에게 다가왔다.

"오, 베드로. 그들이 우리 선생님의 시체를 훔쳐갔어요. 가서 직접 보세요."

바타샤는 벤치 위에 쓰러져서 다시 새로운 한바탕의 울음 속으로 빠져들었다. 그녀는 한참 뒤에나 일어나서 아리마대 요셉이 예수의 매장을 위해 기증한 호화로운 대리석 무덤으로 다가갈 수 있었다. 첫 햇살이 입구를 장식하고 있는 섬세한 흰색 설화석고 조각품들 위에 스치고 있었다. 살로메와 미리암은 어디에도 보이지 않는 것으로 보아 벌써 가 버린 것 같았다. 그녀가 안을 들여다보기 위해 몸을 굽히자 또 다른 걱정의 물결이 그녀의 열에 들뜬 눈 위로 덮쳐왔다. 두 남자가 어둑한 무덤 안에 서 있었다. 그들은 베드로와 요한이 아니었다.

"무엇 때문에 그렇게 걱정하시오?" 하고 그중 한 명이 물었다.

"그들이 그분을 가져갔어요. … 그들이 그분을 가져갔어요." 이것이 그녀가 흐느낌 가운데 겨우 할 수 있는 말의 전부였다. 돌아서 몇 걸음 걸어가다가 그녀는 아이처럼 울부짖었다. "오 예수님! 어디 계세요?"

철저하게 비참해져서 그녀는 베다니로 돌아가기 위한 긴 여정을 위한 기력을 모으려고 노력했다. 돌아가기 위해 많은 힘이 필요한 것을 그녀는 알고 있었다. 이미 새벽은 동녘을 장밋빛, 자줏빛 왕관으로 물들여 놓았다. 뜰은 새들의 노래로 터질듯했고 이른 아침 꽃들은 향기를 펼쳐 내기 시작했다.

갑자기 일출 속에 한 남자가 그녀를 만나러 걸어왔다. 그녀는 그가 그날 일을 하러 온 정원사일 거라고 짐작했다. 그의 눈부심이 그녀의 민감한 눈을 안보이게 만들어 찡그리도록 했다.

"여자여, 왜 그리 근심했소? 그렇게 많이 운다면 틀림없이 병이 날 것이오"

그녀는 손으로 차양을 만들었다. "여보세요!"그녀는 흐느끼는 목소리를 진정시키려고 깊게 숨을 들이쉬었다. "당신이 이 탈취 사건에 연루되었거나 또는 그들이 나의 선생님을 어디에 갔다 놨는지 조금이라도 아는 게 있다면 지금 바로 나에게 말해주시오. 나는 반드시 선생님을 찾아야 해요!"

그가 부드럽게 웃었다. "마리아!"

깜짝 놀라 그녀는 눈을 깜빡이고 팔을 내밀고 비틀거리며 앞으로 나갔다. 그녀의 이름을 전처럼 친숙하게 부르는 그분은 예수님이었다. 그분은 살아 계셨다. "라보니!"* 그녀는 그녀가 꿈꾸는 게 아님을 확인하기 위해, 그분이 다시 떠나지 않도록 하기 위해 힘을 다해 매달렸다.

"아니, 날 붙잡지 마시오. 난 머물 수 없소. 난 나의 아버지에게 가야 하오. 가서 나의 형제들에게 내가 살아 있다는 것을 말해 주시오."

그녀는 그를 놓아주고 그의 발아래 무릎을 꿇고 감사 기도를 드렸다. 그녀가 눈을 떴을 땐 그는 가고 없었다.

그날 오후, 시몬은 아버지와 함께 엠마오를 향해 걷고 있었다. 아버지를 안전하게 집으로 모셔드리고 잠깐 어머니를 만난 뒤에 그는 바타샤를 보러 베다니로 갈 예정이었다. 그녀는 그날 아침 제자들 몇몇에게 예수님이 살아계신 것을 그녀가 보았다고 알려주었다. 그는 그녀 가까이에서 그녀가 보다 이성적으로 생각하기 시작할 때까지 그녀의 슬픔을 위로해 주고 싶었다.

"하지만 요한도 그걸 믿고, 그리고 또 베드로도 믿더라" 하고 글로바는 그들이 길을 오면서 내내 했던 토론을 계속했다.

"아버지" 하고 시몬이 부드럽게 충고했다. "왜 희망이 없는데 희망을 가지세요? 우리 모두는 예수님께 일어난 일들을 받아들여야만 합니다.

---
* '선생님'이라는 뜻.

우리들은 그분이 보여주신 본보기를 따라 삶으로써 그분을 따를 수 있습니다. 이제 그분이 돌아가셨으니 그 본보기가 그분이 우리에게 남긴 유산이고 그분을 공경하는 길입니다. 부활에 대한 이 모든 이야기들은 어리석은 것입니다."

"하지만 그분은 무덤에서 사흘 만에 나오시겠다고 예언하셨다. 마태가 그것을 기록해 놓았다. 요한도 이제는 그것을 기억한다. 예수님도 가이사랴 빌립보에 다녀온 직후에 그걸 언급하셨다. 나다니엘은 다른 때도 그 말씀하신 것을 기억한다고 말한다. 심지어 빌립도 예수님이 사망을 이기셨다는 가능성을 마음속에 품고 있다."

시몬이 심드렁히 물었다. "이번에 빌립의 논리는 무엇이죠?"

"그는 진리와 선은 결코 죽지 않는다고 말한다. 하나님은 우주의 법칙에 의해 사단보다 강하다."

시몬이 침묵했다. 작은 희망의 싹이 그의 가슴 속에서 펼쳐지기 시작했다. 만일 그것이 사실이라면 어찌 되는가? 선생님이 무덤을 정복하셨다면 어찌 되는가? 모든 인간이 당면해야 하는 마지막 위대한 시합장에서 선생님이 사단을 이기셨다면 어찌 되는가? 반신반의하면서 그는 걸어가면서 숙고했다. 부드러운 봄비가 — 햇살과 뒤섞인 투명한 보석 같이 — 내리기 시작했다. 그들은 두건을 올리고 머리를 숙였다.

"어허!" 하고 놀라서 그들은 돌아서 두건 쓴 머리를 숙이고 걸어서 다가오는 한 남자를 보았다. "두 분은 어디로 가십니까?"

"엠마오로 갑니다" 하고 글로바가 말했다.

"기다리세요! 같이 걸어갑시다."

"만나서 반갑습니다" 하고 시몬이 환영했다. 나그네의 어깨 자세의 무언가가 혼란스럽도록 낯이 익었다. "이분은 제 아버지 글로바이시고 저는 시몬입니다. 예루살렘에서 곧장 오시는 길인가요?"

"그렇습니다" 하고 그 남자가 대답했다. "당신과 아버님이 무엇에 관해 토론하셨습니까? 두 분 말씀하시는 것을 가까이 오면서 들을 수 있었습니다."

그 남자의 목소리의 어떤 특색이 시몬에게 울렸다. 그건 시몬이 알고 있는 또 하나의 목소리의 묘하고 심원한 메아리였다. 셋이 다 같이 걷기 시작하면서 시몬은 그 남자의 두건 아래를 보려고 애썼다. 그는 나그네의 머리칼을 힐끗 보았다. 그것은 새끼양의 털 색깔이었다. 그의 발걸음이 흔들림이 없이 힘찼기에 그는 나이 든 것 같지는 않았다.

"당신께서 정말 금방 예루살렘에서 오시는 길이라면서 예수님에 관해 듣지 못했습니까?"하고 시몬이 의아한 표정으로 물었다. "모든 사람들이 그분께 일어난 일에 관해서 이야기하고 있는데요."

"당신께서 제게 말씀해 주시지요"하고 나그네는 벽옥 같은 빗방울 사이를 터덜터덜 걸으면서 제안했다.

"난 성시의 모든 사람들이 이 며칠 동안 일어났던 일들을 알고 있다고 생각했는데!"하고 글로바가 외쳤다. "그분에게 좀 가르쳐드려라, 아들아"하고 그는 시몬에게 말했다.

"그러세요, 시몬. 좀 가르쳐주세요"라고 나그네가 말했다. "그러면 저도 여러분들을 가르쳐드릴 수 있을지 모르지요."

낯익은 유머였다. 시몬은 이 사람을 어딘가에서 알고 있었다. 그는 비가 그쳐서 이 남자가 두건을 벗고 정체를 드러냈으면, 하고 바랐다.

"물론 사실이지요"라고 나사로가 말했다. "그가 나를 무덤에서 데리고 나올 수 있었다면 그는 확실히 그 자신에게도 그렇게 할 수 있습니다. 사람들이 그의 권능의 크기와 아버지의 사랑의 웅대함을 깨닫지 못하기 때문에 모두 놀라고 의심하는 것입니다."

"제자분들은 아직도 다니엘의 다락방에 모여서 그 문제에 대해 숙고하고 있습니다" 하고 마르다가 의견을 말했다. "글로바의 아들 시몬도 살아나신 주님을 보았기에 제자분들을 설복하려 하고 있어요. 예수님이 그들 모두 같이 있을 때 나타나셔야만 그들이 진실로 믿게 될 거라고 저는 생각해요."

"시몬이 주님을 보았대요?" 하고 바타샤가 물었다.

"네, 오늘 오후 일찍이 엠마오로 가는 길에요" 하고 마르다가 말했다. "그와 글로바 아저씨가 그분이 주님이신 줄을 알지 못하고 살아나신 주님께 집으로 들어오셔 같이 식사하자고 초대했다고 합니다. 주님이 손을 들어 떡을 떼실 때 그분들은 새로 난 상처를 보았고, 그리고 주님의 두건이 얼굴에서 벗겨졌을 때 그분이 주님인 것을 알았습니다. 시몬의 말에 의하면 선생님의 용모는 그분의 부활한 상태의 영광 때문에 조금 변했지만 그래도 주님은 우리가 모두 알고 따랐던 그 예수님으로 명확하게 알아볼 수 있다고 합니다."

"이건 시작에 불과합니다" 하고 나사로가 예언했다. "미래의 세대는 오늘을 믿음과 기쁨으로 돌아볼 것이고, 수많은 사람들이 믿게 될 것입니다."

그들은 전에 일어났던 기적적인 사건들에 대해 더 이야기하고 나서 돌아갔다. 바타샤는 자지 않고 깨어 있었다. 그녀는 시몬이 올 것이라고 생각했다. 얼마 뒤 그녀는 현관의 종소리가 나는 것을 들었다. 그러나 흐트러진 옷차림으로 방으로 뛰어 들어온 것은 시몬이 아니라 요나였다. 아이의 겉옷이 날개처럼 휘날렸다. 이 아이의 옷이 항상 하나님의 진노같이 보이는 것은 이상한 일이 아니지, 라고 바타샤는 생각했다.

"요나야! 도대체 네게 무슨 일이 있니?" 하고 그녀가 엄하게 속삭였다. "사람들 잠들었다!"

"전 말씀 드려야만 했어요." 그는 숨을 고르면서 헐떡였다. "저는 다니엘 아저씨 댁에서 줄곧 달려왔어요."

"구리동전 같은 냄새가 난다. 제대로 목욕한 게 언제냐?"

"제발 다시는 목욕하는 걸 갖고 절 꾸중하지 마세요."

"누군가는 말해야 한다. 네게 필요한 것은 엄마다."

"알아요. 그것에 대해서 말씀 드리려고 제가 온 것에요. 제발 잔소리 좀 마시고 잠깐 들어보세요."

요나는 사춘기의 건방진 단계까지 컸고 그녀는 그게 싫었다. "잔소리라니! 너 걱정스럽구나, 요나야! 난 네가 지나친 것이 아닌가 두렵다. 보호자도 없이 항상 길거리를 뛰어다니고, 그 와중에 옷은 산산조각이 나고?"

아이가 부끄러움을 느꼈다. "잘못했습니다."

"그래야지. 자, 이제는 앉아서 왜 네가 그렇게 흥분했는지 말해다오."

요나가 그녀 옆에 앉아서 그녀의 손을 잡았다. "제 아버지가 아씨께 결혼해 달라고 부탁할 겁니다."

"네가 어떻게 알아?" 하고 그녀는 호기심에 차서 물었지만 놀라지는 않았다.

"아버지가 그 이야기를 할아버지께 하는 것을 들었어요. 할아버지는 아주 좋아하셨어요. 할아버지는 아씨가 기개가 있는 여인이라고 하면서 아버지의 훌륭한 부인이 될 것이라고 하셨어요. 아버지가 오늘 밤에 아씨와 그걸 의논하러 오실 거예요. 제발 그렇게 하겠다고 하세요" 하고 애걸하면서 요나는 그녀의 손을 꼭 잡았다. "저는 결코 릴라 아가씨를 제 어머니로 생각할 수 없었어요. 왜냐고요, 그분은 저보다 단지 몇 살 위일 뿐이에요. 그 두 분의 정혼이 깨졌을 때 저는 기뻤어요."

그녀는 그의 머리를 쓰다듬었다. "시몬이 나에게 부탁한다면 우리는 긴 이야기를 해야 할 것이다. 걱정하지 마라. 이제 빨리 침대로 가라.

그리고 제발 이불 속에 들기 전에 씻어라."

"하지만 아버지가 때로는 얼마나 거칠고 참을성이 없으신지 아시지요. 제 생각엔 제가 자지 않고 도와드려야 할 것 같아요."

"넌 결코 그럴 수 없다. 가서 자라" 하고 그녀는 더 이상의 양보를 용납하지 않는 어투로 명령했다.

요나가 그의 습관적인 기어오르는 자세로 계단을 뛰어오르자 그녀는 쯧쯧 혀를 차며 고개를 흔들었다. 그리고 그녀는 머리를 가다듬고 얼굴을 새로 고치고 로션을 팔에 바르고 바닥을 천천히 걷기 시작했다. 드디어 종이 울렸고 그 종소리가 그녀를 놀라게 했다.

시몬이 안내받기를 기다리지도 않고 응접실의 문을 통해 들어왔다. 그는 그녀를 자기 팔 안으로 끌어넣었다. 허락을 받기 위한 완곡한 말이나 공손한 서두 같은 것은 없었다. 그는 그녀에게 한참이나 계속되는 —거칠고 엄청나게 격렬한 입맞춤을 했다. 그런 뒤 그는 그녀의 어깨를 잡고 떼어놓았다. "나랑 결혼해요."

그녀가 눈썹을 반달같이 둥글게 했다. 긴 이야기나 망설임, 연인 같은 한숨은 없을 것이 분명했다. "좋아요" 하고 그녀는 동의했다.

그는 아주 만족해서 다시 그녀에게 입을 맞췄다. 그리고 그는 긴 의자 위의 그의 곁에 그녀가 앉도록 했다. "우리가 함께 되도록 되어 있어요."

"선생님이 당신에게 그렇게 말씀하셨어요?"

"정확하게 말씀하신 것은 아니지만 난 알아요. 유다가 죽었으니 당신은 나의 동역자가 되어야 해요. 해야 할 일이 많아요. 예수님이 그의 아버지께로 올라가기 전에 우리에게 더 여러 가지를 지시하기 위해 한참 더 계실 것이라고 나는 믿어요. 그러나 그분은 전처럼 우리와 같이 살지는 않으실 거예요. 그분은 우리에게 우리 안에 거하실 보혜사, 즉 우리를 인도하고 능력을 주실 영을 보내시겠다고 약속하셨어요. 난 그

부분을 완전히 이해하지 못하지만 때가 되면 이해할 것이라고 믿어요. 그때에는 우린 가서 일어났던 일들을 모두에게 말해주어야만 해요.”

“당신과 글로바 아버님이 오늘 엠마오로 가는 길에 예수님을 보셨다면서요”하고 그녀가 말했다.

“그래요, 예수님은 많은 것들을 설명해 주셨어요. 예수님은 아주 인내하시면서 내게 모세와 선지자들에게서 자신에 관해 기록된 성경구절들을 인용해 주셨어요. 예수님은 고통받는 메시아로 보내지셔서 모든 사람의 죄 사함을 위해 피의 희생이 되도록 되어 있으셨어요. 그는 우리가 생각하는 것처럼 일시적인 왕이 되실 분이 결코 아니었어요. 언제든지 그분이 왕국을 이야기할 때는 그것은 기도하고 또 노력함으로 세상을 변화시킬 수 있는 사람들 개개인 안에 살아 있는 그분의 고결한 능력에 관한 것이었어요.”

“저는 다시 살아나신 형태 속의 예수님을 본 첫 번째 여자였고 당신은 첫 남자였어요. 이건 우리에게 커다란 영광이에요”라고 그녀가 지적했다.

“예수님은 우리가 부모가 되어서 — 어떤 의미로는 첫 부모가 되어서 — 회개의 물과 속죄의 피에서 어린이들이 태어나서 예수님과 더불어 새로운 생명으로 들어가는 것을 도와주라고 하신 것이에요”라고 말한 뒤 그는 그녀에게 빛나는 미소를 던지며 일어섰다. “나는 형제들과 같이 밤을 지내기 위해 다니엘의 집에 가야만 해요.”

그녀가 문까지 그를 따라가는 동안 그는 계속해서 이야기했다. “아버지께서 내일 혼인 계약서를 작성할 거예요. 법적 동의와 신부가 되었다고 주장하는 사이에는 시간을 두는 것이 관습인 것은 나도 알고 있어요”라고 말하면서 그는 돌연 그녀에게 돌아섰다. “그러나 나는 긴 구혼의 시간 없이 곧장 당신을 나의 사람으로 받아들일 것이오”하고 그는 눈썹 아래로 그녀를 보면서 그녀의 뜻을 물었다.

"당신 원하시는 대로, 내 사랑" 하고 말하는 그녀의 순종적인 표현에는 재미있다는 유머가 담겨 있었다.

"그럼 우리는 동의했어요?" 하고 그는 그녀를 가까이 당겼고 그녀는 부드럽게 안겼다.

"온전한 동의이지요."

그녀의 눈 속에서 본 무언가가 그를 전율케 했다. 그는 그녀의 얼굴을 그의 거친 석공의 손으로 감쌌다. "오 내 사랑, 난 당신을 내 생명을 바쳐 사랑할 것이요." 그녀의 입술에 짧고 열정적인 입맞춤을 한 뒤 그는 떠났다. 희망과 목적과 사명감으로 가득 차서.

에필로그

A.D. 68년

나, 브리갠티아와 아트르바티아의 교회들의 종인, 시몬의 아들 요나는 우리 아이들, 베냐민, 베다니, 그리고 예루살라와 그들의 가족들에게 안부를 전한다. 하나님 우리 아버지와 그분의 아들 예수 그리스도로부터의 건강, 평안, 그리고 번영을 기원한다.

여름의 나날들은 빨리 지나갔으나 내가 기대했던 만큼 순조로운 나날들은 아니었다. 내가 마지막 편지를 보낸 지 12주밖에 안 지났다. 너무 많은 일들이 일어나 너의 어머니와 내가 받아들이기가 어려울 정도였다. 베스파시언의 아들 디도 사령관 휘하의 거대한 로마군인들의 대군이 예루살렘을 두텁게 포위하고 진을 치고 있다. 전에 나의 편지에서 언급했던 나의 좋은 친구 가이우스 발레리우스는 옛 지인들로부터 디도가 성시를 완전히 파멸하고 그 안의 유대인들을 죽이고 소수의 생존자들을 지구의 사면팔방으로 날려버릴 계획을 하고 있다고 들었다. 나는 성전에 관해서 주님이 하셨던 말씀—"돌 하나도 돌 위에 남지 않으리라"—을 고통스럽게 기억한다. 이것이 시작일 수 있을까? 적의 무리들이 시간을 들여 어떤 곳들은 두께가 16피트가 되고 길이와 폭이 24피트와 12피트나 되는 거대한 성전의 블록들을 무너뜨릴 것이라고 상상하기는 어렵다. 그러나 성전의 반구형 지붕을 덮고 있는 금을 얻기 위해 그들이 그렇게 할 수도 있다.

전쟁은 우리에게 조금씩 서서히 다가왔다. 수백 명이 죽은 가버나움의 전투 소문을 들었고 또는 데가볼리에서의 살육에 관해 들었다. 어느 양지 바른 날 시장터에서 사람들은 군단이 남쪽으로 유다를 향해 행진하는 것을 보았다. 그들의 장화가 보도의 돌판 위를 걸으며 북 치듯 보조의 율동을 만들었다. 사람들이 멈춰서 움직이지 않았다. 그들은 머리를 흔들었다. 그리고는 다시 견과류와 수박, 장신구와 포도주를 사는 그들의 일을 계속했다. 그러나 별안간 닥치는 파도 — 엄청난 살육이 있을 것이라는 것을 알려주며 사람을 거의 익사시키는 그런 파도 — 와 같이 경악이 몰려드는 순간이 올 것이다. 로마인들은 다루기 어려운 유대인들을 상대하기에 지쳐있다. 그들은 유대뿐만 아니라 이곳 갈릴리에 있는 유대인들마저 모두 바로잡기보다는 분쇄해버리기로 결단했다.

너희 어머니와 나는 내일 고향으로 떠난다. 나는 여름내 작업했던 양피지들을 남겨두고 떠나야만 한다. 가벼운 행장으로 여행해야 하기 때문이다. 가이우스가 그의 소유의 동굴 속에 항아리에 넣은 일곱 두루마리를 비밀리에 숨겼고 나중에 대상들 편에 브리타니아로 옮길 방법을 찾을 것이다. 나는 그것들을 당분간 안전한, 알려지지 않은 곳에 봉해두어야 한다고 생각했고 울지는 않았다. 모든 나의 눈물들은 이야기를 기록하며 흘려졌다.

글을 쓰면서 나는 먼 추억이 때로는 마음속에서 원호를 그리며 다른 추억으로 움직이며 몇 년의 세월을 뛰어넘어 최근의 사건들로 간다는 것을 배웠다. 나는 나의 아버지가 사도 베드로를 방문하던 중 로마의 원형경기장에서 4년 전에 어떻게 돌아가셨는지를 계속 생각하고 있다. 네로는 성급한 재판으로 아버지에게 유죄판결을 내렸고 사자들을 풀어 놓아 아버지에게 달려들도록 했다. 그 뒤 마가라하는 요한이 아버지의 시체를 묻었고 로마에서 먼 길을 와서 우리에게 아버지가 얼마나 용감히 싸우셨는지를 알려 주었다. 65세라는 나이에도 나의 아버지, 글로바의 아들 시몬께서는 아직도 위대한 투사이셨기 때문이었다. 그 소식을 들은 지 불과 두 달 뒤에 널리 막달라 마리아라고 알려진 우리 어머니는 주무시는 중 돌아가셔서 아버지에게 가셨다.

그분들의 이야기를 쓰면서 결혼하신 뒤에 어머니와 아버지가 자녀를 갖는 것이 지혜로운 일인지에 대해 많은 의논 — 아마 다툼이라고 말할 수도 있을 — 을 하셨다는 것이 기억나면 나도 또 웃었다. 아버지는 자녀를 갖는 것에 반대하셨는데 그분들의 삶이 계속되는 여행과 고난의 연속일 것이기 때문이었다. 아버지는 어머니가 그 나이에 아이들을 출산하는 일을 하지 않는 것이 좋다고 계속해서 말씀하셨다. 그러면 어머니는 어머니가 아니라 아버지가 늙어서 문제가 있다고 퉁명스럽게 반박하곤 하셨다. 그렇지만 어머니는 주의 깊게 주기를 지키셔서 아기를 낳지 않으셨다. 그러나 브리갠티아의 모든 주민들은 그녀를 어머니라고 불렀는데 그것은 어머니가 많은 출산들을 도와주었고 또 유아를 돌보고 아기를 가진 엄마들을 도와주는 기회가 결코 어머니를 떠나지 않았기 때문이었다. 그러나 이런 일들은 너희들이 이미 알고 있는 일들이다.

내 어린 시절의 동무이자 주님의 이부 여동생*인 너희 어머니, 나의 사랑하는 유딧이 그녀의 다정한 회색 눈빛으로 나를 나무란다. 그녀가 배낭을 꾸리고 빌라를 떠날 준비를 하는 것을 도와주어야 하는데 나는 등잔가에서 머뭇거리고 있다. 우리는 마차를 타고 육로로 이집트로 여행할 것이다. 마가라하는 요한이 알렉산드리아에 교회를 세웠다. 나는 나의 옛 친구를 방문하고 소식을 나누고 싶은 생각이 간절하다. 그리고 우리는 해안을 따라서 서쪽으로 가서 수산나 아주머니와 시몬 아저씨가 살고 있는 구레네로 갈 것이다. 그분들의 아들들인 루포와 알렉산더

---

* 주님의 아버지는 하나님이기에.

는 로마의 교회에서 잘 알려졌다. 난 수산나 아주머니를 달래서 그녀의 유명한 꿀 과자를 내게 만들어 달라고 할 수 있기를 바란다. 그곳에서 우리는 배를 타고 위대한 흰 문*을 통해 항해해서 스페인의 연안을 거슬러 올라가 훨씬 위의 아트르바티아까지 갈 것이다.

너희들은 이 편지를 우리가 도착하기 전에 받을 것이다. 내일 곧장 브리타니아로 항해하기 위해 내가 이 편지를 두로로 떠나시는 요셉 아리마대 아저씨에게 맡길 것이기 때문이다. 그분은 도부니**의 부족영역에 선교회를 설립하시기 원한다. 그분은 성배를 갖고 가실 것이다. 그리스도인의 사랑의 입맞춤으로 그분을 환영하고 그분이 하시는 일을 성원해 드려라. 아마도 우리 사람들 중 몇몇은 관심을 갖고 그분을 도울 것이다.

복음이 이 땅을 뒤덮고 있다. 동쪽의 파르티아에서 서쪽의 아일랜드까지 교회들이 존재한다. 잔혹한 핍박에도 불구하고 우리들은 몇 천 배강하다. 하지만 너희 어머니는 참지 못하고 나를 재촉한다. 너희 어머니의 모든 생각과 행동은 하나의 목적으로 모인다 — 다시 한 번 사랑하는 자녀들을 껴안고 그녀를 노니***라고 부르는 너희들의 어린 것들을 무릎에 놓고 입 맞추고 껴안는 것이다.

모든 지각에 뛰어난 하나님의 평강이 그리스도 예수 안에서 너희 마음과 생각을 지키시기를 기원한다. 그리고 우리를 치유하시는 아버지, 여호와 라파****께서 전쟁으로 황폐해진 이 땅에 자비를 내리시기를 기원한다. 예루살렘의 평강을 위해 기도해라. 우리 주 예수 그리스도께서 그가 약속하신 대로 속히 오시기를 기원한다.

---

* 아마도 지브롤터 해협인 것 같음.
** 영국에 사는 켈트인 족속의 하나.
*** 할머니의 애칭.
**** 치유하시는 하나님이라는 뜻의 히브리어.

누군가에게 나의 가장 소중한 것을 주기 위해 내 스스로를 깨어 부술 수 있을까?

알라바스트론(*Alabastron*)이라는 낯선 단어로 된 제목의 책을 집어 들고 읽기 시작하면서, 그리고 그 낯선 단어가 사실은 평생을 내 가슴 속 깊은 곳에 숨어 있었던 낯익은 개념의 숙제였다는 것을 알고 난 뒤 이 책을 번역해 나아가면서, 또 번역이 끝난 지금까지도, 계속 내 가슴 속을 울리는 질문이다.

작가가 외국인인 경우 그 작가의 작품을 가장 잘 이해하는 방법이 번역하는 것이라 믿었기에 이 책을 번역하고 싶었다. 또 이 책을 번역하다 보면, 작가와 호흡을 맞추다 보면, 이 아름다운 희생의 이야기를 읽고 또 읽다 보면, 계속해서 가슴 속을 울리는 이 질문에 대한 대답이 나올 수 있으리라는 희망을 갖고 이 책을 번역했다. 그러나 번역이 다 끝난 지금도 같은 질문이 메아리마냥 가슴 속 깊은 곳을 울려대고 있지만 아직도 자신 있는 대답을 못 하는 내 자신이 너무 부끄럽기만 하다. 이 질문에 대한 대답을, 나는 이 책을 읽는 독자들에게 미루고 싶다 — 참 비겁한 짓인 줄 알면서도.

알라바스트론, 고대의 여인들이 목에 펜던트처럼 걸었던, 흔히 설화석고로 만들어졌던 향유를 담은 작은 병이다. 봉을 열어 그 안의 향이 나오도록 하기 위해서는 봉뿐만이 아니라 병 자체가 깨어져야 했던 알라바스트론. 우리는 이 아름다운 이야기에서 예수님의 발 위에 알라바스트론을 깨어 향유를 붓고 스스로의 머리카락으로 발을 닦아드리는 한 여인, 막달라 마리아를 본다. 그러나 우리 모두의 죄를 사해 주시기 위해 십자가 위에서 스스로의 몸이 깨어지고 그 깨어진 몸에서 물과 피를 쏟는 예수 그리스도 자신이 결국은 가장 위대한 알라바스트론이라는 사실을, 우리는 이 책을 읽으면서 깨닫는다.

저자가 30년의 긴 세월 동안 자료를 준비하며 각고의 노력과 간절한 기도 끝에 탄생시킨 이 소설에서 예수의 삶이 우리가 흔히 막달라 마리아라고 알고 있는 한 여인의 눈을 통해 우리에게 펼쳐진다.

마리아, 본명이 힐렐의 딸 바타샤인 이 여인은 성경, 또는 다른 문헌들에서 흔히 창녀였을 것이라고 추정되지만 이 책에서는 막달라의 부유한 향수제조업자로 나온다. 그 어머니가 귀신에 들려 자살을 했고 그녀 또한 어머니에게서 물려받은 언제 돌발할지 모르는 발작 — 귀신 들린 병 — 을 숙명처럼 몸에 지니고 살아간다. 그러던 어느 날 밤, 다시 찾아온 발작으로 인해 자신도 모르게 호수에 뛰어들어 빠져 죽기 직전 예수의 제자 중 하나인 시몬에 의해 구출되어 예수를 만나게 되어 병 고침을 받고 죽을 때까지 예수에게 헌신하는 되는 삶을 살게 된다. 예수의 생애를 다룬 많은 기록들이 대부분 남자들의 눈을 통한 것이었지만, 이 책은 섬세한 감정의 여자의 눈을 통해 기록되었기에 때로는 우리에게 거리감이 느껴질 수도 있었던 그리스도의 생애와 사역이 보다 친밀하고 인간적인 면모로 다가온다.

뜨거운 피의 사나이 시몬, 불꽃보다 더 급한 성격의 사나이 시몬, 성경에서 제자들의 이름이 거론될 때 마지막 끝머리에 셀롯(또는 열심당원)이나 가나안 사람으로 잠깐 거론되고 마는 글로바의 아들 시몬이 이 소설에서는 중요한 인물로 나온다. 예루살렘의 뒷골목을 휩쓸던 열심당원 시몬은 로마군인들과의 싸움에서 거의 죽었다가 살아나 예수를 따르기 시작한 뒤, 다른 어느 제자들보다도 가장 뜨겁게, 그리고 순전한 마음으로 예수를 위해 헌신한다. 3년 동안이나 예수를 따라다니면서도 예수가 십자가에 매달려 죽는 순간까지도 참 예수의 정체를 깨닫지 못하고 자리다툼을 하며 시기와 질투의 다툼을 놓지 못하는 다른 제자들과는 달리, 시몬은 제자로 선택된 것에만도 감사해 온몸을 바쳐 예수를 보호하고 그의 가르침을 깨달으려고 노력한다.

마리아와 시몬, 가장 순전한 마음으로 예수를 따르는 남과 여. 그러나 두 사람 모두 강한 개성과 특이한 성격의 소유자들이기에 서로 좋아하고 사랑하면서도 쉽게 가까워지지 못한다. 그러다가 끝내 예수가 십자가에 매달려 죽은 뒤 그들의 사랑도 열매를 맺는다. 그렇게도 의지했던 예수, 결코 떠나거나 버리고 가지 않겠다고 마리아에게 약속했던 예수. 그러나 그는 죽었고 제자들은 모두 흩어져버렸다. 이제 남은 것은 그녀와 시몬뿐이었다. 흘릴 눈물마저 메말라 시몬을 보고 외치는 마리아의 절규가 너무 애절하다.

"남은 거라곤 이게 다 인가요?" 하고 그녀가 슬프게 물었다. "서로 붙잡고 있는 두 사람뿐인가요?"

"지금은요" 하고 그가 그녀의 머리칼에 대고 부드럽게 대답했다. "그걸로 충분하오."(본문 24장 중에서)

예수가 죽은 지 이미 2000년이 더 지나간 지금, 과연 우리에게 남은 것은 무엇인가? 어느덧 기독교 최강국이 되었다는 한국의 곳곳에는 도시든 시골이든 하늘로 치솟은 뾰족탑과 더불어 크고 작은 교회의 물결이 홍수를 이루고 있다. 그러나 그 많은 교회들 속에서 우리는 목회자들간의 불협화음, 성도들간의 불협화음, 믿는 자들과 믿지 않는 자들의 불협화음이 끊이지 않는 것을 듣고 있다. 2000년 전 예수를 시기하고 모함하던 종교지도자들이나, 예수를 따르면서도 그의 참뜻을 깨닫지 못하고 자리다툼만 일삼던 제자들의 양상은 지금, 더하면 더하지 결코 못하지 않다.

이제는 우리들 스스로가 알라바스트론이 되어야 할 때가 되지 않았을까? 아니 그것이 너무 힘들다면 고대의 히브리 여인들처럼 우리의 가장 소중한 것들을 담은 알라바스트론을 갖고 다니다가 가난하고 소외된 이웃을 만나면 언제든 그것을 깨부수어 나누어 줄 준비를 할 때가 되지 않았을까? 이 책을 읽는 독자들과 더불어 이러한 준비를 같이 하고 싶다.

끝으로 이 책을 번역하는 동안 여러 가지로 도움을 준 뉴질랜드의 교우 Shawn Marshall, 멜버른에 있는 작은 딸 정은이와 항상 기도로 격려해 준 사랑하는 아내 조윤희, 그리고 흔쾌한 마음으로 책을 내주는 나남출판의 조상호 사장께 가슴 속 깊은 곳으로부터 감사를 드린다.

2010년 10월, 길고 흰 구름의 나라 뉴질랜드에서
김 동 찬

생명의 줄기를 따라 다시 읽는 성경 이야기

하나님의 인치심
The Seal of God

F. C. 페인 지음
김동찬 옮김

《하나님의 인치심》(*The Seal of God*)은 1972년 작고한 작가 F. C. 페인의 국내 유일무이한 번역성서다. 세계 만물에 대한 창조주 하나님의 계획과 섭리를 구체적 생명체들을 투과하며 섬세하게 조명하는 과정에서, 성경의 원어인 히브리어와 헬라어의 수치 속에 감춰진(*seal*) 비밀을 연구하는 것이 흥미롭다. 작가는 '생명'이란 과연 무엇인가 라는 인간 본원의 물음에 답하기 위해 다시 '생명'으로 돌아간다. 작가는 동식물, 인간, 환경, 우주를 위시한 구체적 생명들을 이성(理性)의 눈으로 탐구하고, 그 길고 긴 탐구의 도착지에서 삼라만상의 근원이자 그 자체로 생명이신 유일신 하나님을 만난다.

불안과 불확실성의 시대에 요청되는 '존재'를 찾아 나서는 이 서사적 여정은 우리 주변에 산재한 숨은 생명들과 그 생명들이 엮어나가는 관계의 아름다움을 다시 사유하게 한다. 신국판·238면·10,000원

나남
nanam Tel. 031) 955-4600
www.nanam.net